梁斌散文全集

梁斌 著

中国青年出版社

目录

第一辑　青春笔墨

001_ 失败和成功

002_ 读了《如此农村》以后

004_ 春

005_ 从蜂群说到中国社会

006_ 时代中的牺牲者——乡村少女

010_ "救灾"和"做灾"

012_ "吃苦"和"耐劳"

014_ 狗

017_ 再谈"狗"

020_ 新麦子面纸

023_ 从叫花子说到土匪

025_ 嗡嘟草堂随笔（二则）

027_ 处世谈

030_ 从"自杀"说到"被杀"

033_ 朋友的悲哀

036_ 朋友

038 _ 从中国农村妇女生活论到"健美的女性"

041 _ 关于"文学"的杂录

042 _ "十节一"的话——献给被忘却的朋友

045 _ 塞北之行

046 _ 读卢梭《忏悔录》

049 _ 兔子的故事

054 _ 塞外

060 _ 泪之种种

062 _ "新生力量"与"老生力量"

第二辑 峥嵘岁月

065 _ 两走白洋淀

078 _ 保定二师"七六"惨案四十七年祭

086 _ 在《新武汉报》的日子里

093 _ 夜走黑虎岭

104 _ 在炮火纷飞的日子里

130 _ 我听到党的脚步声

133 _ 山东剧院之行

138 _ 西出太原

145 _ 过路

154_ "南下"前后

158_ 在直隶新馆的日子

162_ 关于保定"左联"

165_ 保二师——革命的摇篮

第三辑　谈天说地

168_ 致北京

174_ 壮志未酬老不休

175_《烽烟图》寻稿纪实

182_ 地方风味在保定

184_ 家乡来客

189_ 天津，我的第二故乡

194_ 且说公园

196_ 我再也不为难了

200_ 饮食的传统艺术

204_ 摆摊的老教师

207_ 摆摊闲话

210_ 新年话家常

211_ 白杨之歌

215_ 在治脚室

217 _ 北方昆曲的崎岖道路

224 _ 且说卖画

226 _ 谈"捧角"

229 _ 有感于输液治感冒

235 _ 津门鱼味思河豚

第四辑　师友情深

238 _ 远千里同志十年祭

247 _ 和吴立人同志在一起的日子

251 _ 怀念贾振丰同志

254 _ 怀念丁浩川老师

262 _ 又是一年春草绿

267 _ 忆简明同志

271 _ 永不消逝的友情

279 _ 话黄胄

283 _ 绿色的晴光

286 _ 友情

289 _ 悼丁玲同志

290 _ 昂首抵苍穹

294 _ 名医王士相

第五辑　东瀛杂记

300 _ 和日本读者在一起

303 _ 访问日本讲谈社

305 _ 在火车上

308 _ 日本的"茶道"

311 _ 杨柳桥之夜

313 _ 晚餐会上

318 _ 和翻译家、出版家在一起

322 _ 琵琶湖游记

第六辑　序言与后记

327 _《播火记》后记

342 _《翻身记事》后记

345 _《红旗谱》四版后记

346 _《春朝集》序

348 _《播火记》再版后记

358 _ 话剧《红旗谱》

360 _《烽烟图》后记

364 _ 战争年代冀中剧运回忆录序言

365 _《金谷集》序

368 _《梁斌文集》自序

第七辑　我之文学观

378 _ 文艺工作者不可放过的历史体验

380 _ 我怎样创作了《红旗谱》

387 _ 我为什么要写《红旗谱》

391 _ 漫谈《红旗谱》的创作

426 _ 谈创作准备

440 _ 生活·写作·语言

450 _ 虚构、幻想和联想

453 _ 生活、语言与长篇

456 _ 要讲究美

457 _ 话说书画

458 _ 关于早期的几篇作品

461 _ 我写《夜之交流》

464 _ 我与图书

467 _ 时代·思想·创作

473 _ 我的第一篇小说

477 _ 谈文学写作

485 _ 我在深入生活

493 _ 我的文学观

499 _ 深入生活和观察生活

502 _ 谈谈语言问题

504 _ 坚持现实主义

508 _ 写一部好书

513 _ 民族气魄与民族风格

516 _ 我与画

548 _ 我和画

551 _《梁斌散文全集》编后记

第一辑　青春笔墨

失败和成功

　　初学走路的小孩，没有不跌的，但是他跌了爬起来还是走，无论他跌了多少次，仍旧要走的，所以走了又跌，跌了又走，及到会走，也就不常跌了，假如那小孩因为第一次跌得痛苦，再也不走了，那么还有走的希望吗？那是一定没有的，因为他的会走，全是由跌来的，起先的跌，是不知道走法，及到受着跌的教训，知道怎样就要跌，渐渐有了抵抗跌的经验，就渐渐会走，照这样看来，可知跌是走的失败，也可以说是会走的基础，走是跌的产物。

　　古人说"有志者事竟成"，是什么意思呢？

　　就和小孩走路是一样的道理，因为有志气的人，无论做什么事，是不怕失败的，他心中以为一定有成功的一天，不过早晚不同罢了，所以他一次失败，就得一次的教训，长一次的经验，这种精神和小孩走路有什么两样呢？

换句话说，世界上的事没有失败，只有成功的，为什么呢？例如一个掷铁饼的学生，心中想掷50米远，初次只掷了37.5米，后来渐渐由37.5米，40.5米，40.7米掷到50米，在没有到50米的时候，所掷的各次，总算失败，但是也可以说是成功，初次成功了37.5米，后来渐渐成功到50米的地方，所以这失败二字，是部分的成功，是成功的基础，渐渐向成功那条路上走去！

《大公报·天津版》1931年8月29日

读了《如此农村》以后

在三月十三日的本园里，我读了毅君的《如此农村》以后，十二分的同情。

实在的，中国农村是已经破产了。十数年来的战乱、捐税、灾荒和高利贷的剥削，几乎只留给整个的中国农民以饥馑了。封建势力和新官僚的残酷，已到极点，也就是说，现代中国农民所过的非人的生活，已到九层地狱之下了。

不要看他们人道的伪慈善的面目；委实的，高利贷主便是大地主，大地主可以放高利贷。二者都可以成为资本家。高利贷主、大地主、资本家，他的本身，或者他们的子弟，可以成为官僚和买办，新军阀、旧士大夫，差不多他们都是互相提携的。

此外，有多少种的这个税，那个捐……来勒索农民们的食粮和货币。所得的歀项并没给人民造了甚么幸福。

农民们是无可如何的，只得说是敬神不切，以致动了天怒。

土匪，盗贼，遍地皆是。当然，那不是他们本身的罪恶；是社会的不良。尤其是高利贷成为农民的致命伤。借钱先立抵押文书。假如你没有房产抵押，就休想借一块钱。

他们不会奢华，只知道日以继夜、夜以继日地劳动。然而所得物，经过了捐税、地丁、高利贷等等的剥削后，到年终结账的时候，还得落个债台高筑，连过年的饺子都吃不到——甚至于破产流亡。

有钱的便有势力；在这个年头，高利贷主和大地主，可以用贱价收买土地；用势力霸占农民的一切。那些劳苦民众们，渐渐变成雇农，甚至于一身生命都典当了。

当然的，太太，少爷，小姐们，只知道风花雪月，醉死梦生，肉欲的享乐……那能知道这些呢？这些与他们的所谓艺术生活是有妨碍的。

《大公报·天津版》1933年3月18日

春

"春",玫瑰色的"春"。

醉吧!沉醉着吧,杏花开了,燕子来了,温存的风吹着,柳树飘荡着……啊,"春",玫瑰色的"春"。

"走!""去吧!"他和她。

她穿一身"春"色衣服。"春"色的脸笑着,头发蓬松着。娉婷袅娜。流露着女性美,预示着"春"。

他们荡一叶书舫,在明媚的湖心。他们看着,蔚蓝的天,美丽的自然,怡情了,沉醉了,摇桨,放歌……温情地,并坐着,偎贴着,搂抱,吻……"妹妹我爱你!""行不得呀,哥哥!"他们唧唧咕咕,他们谈着"春"。

醉吧,沉醉吧!在"春"中度过"春"是闲逸的,美的。

记着,你们在沉醉中没有听得"冀东撤防,冷口失陷",破坏了你们"春"的生活!

《大公报·天津版》1933年4月21日

从蜂群说到中国社会

　　有人把蜂群比作人类的社会，有分工有合作。一点不错，人类社会中有农、工、商、学、兵等等，蜂群里有职蜂、将蜂、王蜂的分别。可是蜂群里没有阶级，没有放高利贷的，蜂王对于职蜂也没有什么勒索。

　　职蜂的任务最大，采粉、做蜜、培养蜂儿等，可说是蜂群中的主干。将蜂只管交尾。一个蜂王一天还要下几千孩子呢！

　　蜂对于他的种族的延续最为关心，一个蜂王老了，生殖力缩减的时候，职蜂就做起王台来。没王群有时竟同时造起七八个来。待新王出世后，母王就被逐或刺死。

　　蜂里边绝对没有有闲阶级，真是抱着吃饭做活的主义。将蜂只消耗蜜，而不工作。所以在蜂群中蜜汁缺乏的时候，将蜂就有被"流亡"的危险；一个废残了的蜂，会走出房来自甘饿死。

　　蜂，也有侵犯的行为，会发生贼蜂。但全蜂自卫力很大，群起而攻之，不刺死它不甘休。

　　按现代中国社会来说，就没有蜂群的良好。"朱门酒肉臭，路有冻死骨"是平常理，算不了什么，因为那是人家的私有财产。扔到河里喂了王八又与谁相干？但是，在蜂群社会中则不然。有的蜂要饿死了，别的蜂会从蜜囊吐出蜜来喂它。中国社会是你有了你吃，我有了我吃，而且受法律的保障，不许抢夺。

　　人类社会的王子，不但一天不下几千子，还要拿着子走，像蜂里面行吗？倘若王子也独占一片蜜房不许别的蜂吃，早就刺死他了。当然蜂王没有所用的军队或学者。

一个蜂群不会有和外国勾通的奸细；至于蜂王，也不会把外群的蜂邀来刺自己的蜂。而中国历史上竟有汉奸之类的东西。

农人和职蜂差不多，在中国的任务最大（不能说是任务，是负担）。某某长挣几千元，某某长挣一万元。汽车洋楼姨太太，这些不能从天上掉下来。这个税那个税，直接间接转来转去，还是转到农民身上，致使他们终年劳苦不得一饱。农民更无职蜂刺杀王蜂和将蜂之能力。呜呼！人不如蜂耶！

《世界晚报》1933年6月4日

时代中的牺牲者——乡村少女

"有女不嫁读书郎，一年四季守空房，忽的一月回家转，提着两包袱破衣裳""有女要嫁读书郎，一年四季守空房，盼望一日回家转，是个旧郎也像新郎"。

这两首歌谣出在农村，并且是现社会下的产品，这在这矛盾的社会中，所反映出来的怨曲是带着不少矛盾性。

在"大门不出，二门不迈"的"千金们"的嘴里，可以时常听到的一种小曲，盖她们在性的苦闷中，不免要幻想种种的事情，多半是幻想她们未来的郎君。她们既不能出门，在这小小的天地间，又找不到一种相当的消遣，只是闷闷地哼着"愁死人哪！……"种种幽怨的、不清楚的曲子。

现代社会的情形都不是她们想到的，现在的"郎君"不是她们想的那么柔顺可爱。在性的苦闷中度过了闺秀生活。好容易把"郎君"盼到了，还得是"一年四季守空房"。过着"守活寡"的生活。这种"活寡"的生活，恐怕比"闺秀生活"更是凄楚，更是难过。

这是普遍的情形，她们的"郎君"过惯了都市生活，看见了不少的摩登少女们的面容。看见了不少的美少年和"拉腕儿"牵着手并行，甜言蜜语的。这时她们的"郎君"起一种什么感想呢？他不免要后悔自己的早婚，痛恨"她"的腐旧，没有知识。

所以即使她的"郎君""一日回家转"，她也是享受不到温情的"爱"。她的"郎君"更是不接受她的爱。"她"的"郎君"要把"她"当做一种发泄性欲的机器，用着了拿过来，用不着给她两脚搁在一边。

这是一种人的生活吗？但"她"是十足封建性的，自己没有知识，没有能力，也不知有什么反抗。只有归之于命运了。

这时，她对于"郎君"的"回家转"什么都没有得到。她的一切都成泡影。便又对着这"两包袱破衣裳"哼起"愁死人啦……"的怨曲来。

多少少女的青春，就在这怨曲中消逝了。

中国农村破产了，农村生活日趋贫困。广大的劳苦群众，在帝国主义和封建势力联合铁蹄之下过活。拖泥带水劳苦经年。妇女们当然也不能外此。

自古来，那个她都愿嫁一个"白面书生"。现代的农村妇女，虽然说是"一年四季守空房"，也在所不惜，还是很想嫁个"白面书生"的一"郎君"。以为"是个旧郎也像新郎"，她不愿嫁个拖泥带水的、劳苦经年的农人。陷于和他们相同的命运。

等到她把一个"白面书生"的"郎君"嫁到了。她才明白，这"白面书生"是变质了，受了文明的洗礼了，还是"不嫁读书郎"好免得受那种蹂躏。

究竟是"嫁读书郎""不嫁读书郎"啊，这时"她"的父母要大为难了。我们看下面几个谈片，可以证明一切：

A君三四年不回去了，他的"外府"真的把他想出病来。后来A君的父亲用种种方法叫他回家，终以"各住一间屋的条件回家了。可巧三间屋各住一头，他的父母以为这样总有回心转意的时候。却不知这许看不许动的东西，更使她难过……"一个朋友对我说。

在这种情形之下，她是被弃了。在青春的性的发闷中，度过了三四年，把"郎君"盼回来了，还是"各住一间屋""许看不许动"，这是一个什么生活？不论"她"心中如何焦急悽楚，究竟她的"郎君"是"许看不许动"。尝不到什么甜蜜的滋味。

"×的命运真不强，她的男人五六年不回家了，今年回了一回家，连面都没看见，便又跑到日本去了，她的男人已经声明不要她了，你想好家好主的女儿，为什么不要人家呀？到现在还是按时应节地到婆家去，不过一进门想到自己是没有男人的人，天天免不了哭……"农村中一个老太太向我这么说。

这种没有男人的媳妇怎么做呀，这一辈子就这样过下去吗？这还"按时应节"地到婆家去干什么呢？只是做牛马吗？这还不算更有件便宜男人的事。

"××的女婿上洋学，她们每年给人家一百多块钱。否则，她的女婿就对她不好起来……"

这种事情是当然有的，假如她的父母是富有之家，当然用种种方法可以博得女婿的欢心，以冀自己的女儿不致被弃。这究竟是勉强的，不能维持到底啊！

自然这些事情不能归罪于一方面，完全是社会的罪恶，研究妇女问题者，应该注意到这农村妇女所受的痛苦，所得"被弃者"，更处有复杂的社会背景。

中国现代，是个什么社会呢？

自鸦片战争以来，割地赔款，许可领事裁判权、关税不能自主。以后任何资本主义国皆可挟着商品来消费，中国变成了国际市场、次殖民地。

世界资本帝国主义者为了把中国造成一个商业社会，于是飞机大炮鸦片电影同时并进，破坏了中国宗法封建社会。

帝国主义者为了巩固其市场，要收买军阀政客，为了市场的斗争，而演成了中国数十年来不断的军阀混战。中国社会在几十年中走了欧西几百年的历史。在马路上同时出现了电车，汽车，大车，单轮手推车，骆驼和蹄声嘚嘚的驴子。

只是在都市里出现了大工厂，还是外国的多，在内地的封建的生产方式,还占优势。生产手段是最原始的。支配的生产关系,还没有支配起这个整个的中国社会。残余的生产关系还在农村中呈着威风。这便表示了中国社会的半封建性。

此种情形之下,都市里出现了狂热的恋爱小资产阶级的知识分子在渴慕着文明的女性。乡村中还是十足的封建婚姻,"父母之命""媒妁之言""嫁鸡随鸡""嫁狗跟狗"。在这矛盾万端中出现了被弃者的"她们"。

文明的"白面书生"们,在用着各种方法来解脱着这封建婚姻,但是已经结婚的,向封建氛围中的"她"提出了离婚,那就不啻宣布"她"的死刑。在名誉上或生活上,使"她"不能存在。

所以"白面书生们",我希望你们不要只想到自己,也替她们乡间妇女要想一想才好。你们是可以甚至于为这个杀死一个爱慕你的女性呀!

《世界日报》1933年6月22日、23日

"救灾"和"做灾"

有人说:"中国产业不发达,造匪的能力却特别大。"不错,中国差不多成了造匪公司。所令人抱憾的是这个公司不统一,不过是取同一行动,"连号""托拉斯""辛狄克"式的

罢了。

数年来不断军阀内战，捐税，灾荒……绝了人民的生活源泉。败家破产，流亡载道，遍地哀鸿。这谁都不能不承认。"饿着肚子怎么能过下去？"狗急了跳墙，人急了造反。这就有所谓非法行动了。抢粮，罢耕……就要向匪的道上去，"出品"商标已经贴上去了。

一九三一年长江大水，被灾十六省，灾民至全国人口四分之一。接着便是陕省大旱，虫蝗等灾绵绵不绝。生民涂炭，以草根树叶果腹，易子求食，拆屋做燃。饿殍满地，哭声震天，极尽人间之惨事。慈善家、仁人、君子，莫不垂涕大哭，婆娑着泪眼而言曰："呜呼！怎么着济度这万万苦恼的苍生啊！"诚然是感动了大人先生们的"恻隐之心"，终于拿出"众生苦恼不断如乱丝，吾之志亦不断如乱丝"的派头来而赈电交驰了。

这是修好的事情，太太老爷们也乐得捐助。政府也批一批款子赈灾。但这很长的水管子，从上到下，也免不了流一点半点的，结果到了最下层灾民的手里却是寥寥无几。你想：买匹耕牛要花几十元，再盖住处，吃，穿，这点小意思不是杯水车薪吗？

赈是常放，这当然忘不了大人先生们的恩德。可是，谁相信会有民国二十二年的税征到民国六十多年的事儿呢？谁相信捐税繁杂到几十种呢？谁相信附加税超过正税几倍呢？这与赈灾数目相去几何！

有人说："泾惠渠一开惹得罂粟万里"，其原因何在哉？

"九一八"以来四省沦亡，毁家败产，战地村庄皆成灰烬。

和平后官家再从事赈救，那么东四省的赈救只得等"五十年后"了。

《世界晚报》1933年6月23日

"吃苦"和"耐劳"

"吃苦耐劳"没有"克勤克俭"，说不上是"吃苦耐劳"；"克勤克俭"没有"吃苦耐劳"，也说不上是"克勤克俭"。中国人既能"克勤克俭"，又能"吃苦耐劳"。真的，是极尽天下之美德了。

王二哥给人家做长工，从早到晚，从日出到日落，不得休息，一年挣个二十块钱。做个新土布褂子，还舍不得穿在身上；至于绸缎皮毛，那更不用说了；洋服大皮鞋，不用说穿，连看都没看过。王二哥也曾有过打算：烟，是不吸不行，就每天少吸一锅；一天省一锅，十天省十锅。这年头东西贵，十锅烟也足值一大枚，省一个是一个。有病不吃药，为什么？愿意死吗？不！"俭"也。

人，谁没有欲望？有了钱先娶个女人。不过，我所说的女人不像大人先生们说的一样。王二哥所希望的女人，既不摩登，又不……反正是和大人先生们的欲望不一样就完了。

不用说别的，连过年过节吃顿饺子，早晨起来吃套烧饼馃子,闲暇的时候,穿上两件子新衣服,赶个会啦、看个戏啦、游玩游玩,这在他看来就真是人间神仙了。

王二哥也常说:"不用看我现在做长工,一步运气好,种到五十亩地,我就得好好地享享福。"但是一年二年三年四……他的运气总也好不了。只是一年年挣的钱养不了老母亲。

至于两肩膀扛着嘴的人,说文雅一点就是两袖清风者,就不能得到这种高贵的美德了。既无可"俭",又无可"勤"。只有"吃苦耐劳"了。

按现社会说,念洋书者,都是所谓富贵之家。一部分人是传统的做官。祖是官,父是官,当然本身也可以做官。所谓"龙生龙,凤生凤,老鼠的儿子会打洞"是也。家庭既不富贵,又没有抄道可走的好学者,只得在书本子上用功夫。然而现在已不是"学而优则仕"的社会了。经得"十年寒窗苦","锦"上添不了"花"而饿着肚皮,走回家去喝爸爸的稀饭者,亦不乏其人。

这种人念书,桥头一坐弄点小吃,吃着窝窝头,住贱房子,穿贱衣服,这就够上了"吃苦耐劳""克勤克俭"了。

我们所说的,并不是"看财奴"式的,家里堆着大批银钱,偏偏每天要吃糠和咽菜,工作不息的人。

要问王二哥,为什么"吃苦",为什么"耐劳",他一定这样回答:"不'吃苦''耐劳'要被主人开除!"或者说:"不'吃苦''耐劳'挣不上钱来!"他所说的挣不上钱,也就是所说的二十块钱了。他绝对不敢妄想一个月挣几千块钱,像个什么"长"一样。

看起来,"吃苦耐劳"只是"吃苦""耐劳"而已。

要说好好着"吃苦""耐劳"做下去,一定能够会得到好处,那就似乎是有点令人迷惘了。"吃苦吧!""耐劳吧!""好好着!""不要动!"前头是预令,最后再来一个"……死"。

"吃苦耐劳不和'竞争'结合要变成牛、驴和被宰割的小羊"。

和谁竞争啊!自然,先得想想你为什么"不能生活"。

《世界日报》1933年7月7日

狗

"猫捕鼠,犬守家,各司其事,况为人乎?……"这是说:"人应该跟着狗学。"

"狗",一想就有那么个影子:有毛,四条腿,长嘴巴……譬如你手里拿着块骨头吧,它离得远远的,一双灵活眼睛就瞧见了,浑身颤动着,摇着尾巴,张着嘴,做出那么种娇诣的样子。或者是滚地,拜……闹种种玩意儿引人的欢心,叫人乐于给它这块骨头吃。

狗的种类很多,有"土产",也有舶来品。什么小不大点的叭叭狗,雄赳赳大个子的狮子狗,长毛货短毛货,大脑袋瓜小脑袋瓜……多啦。咱对狗学未深研究,也不必昏云了。

"打狗还要看主子呢……"这是打狗哲学。最要紧,"狗"不是乱打的。

"狗"是有阶级性吗?曰:有。坐汽车的狗是一阶级,夹着尾巴乱窜在街上者又是一阶级。

像我们房东太太的小姐,上街抱着她的狗,看电影抱着她的狗,吃饭的时候也要先问安。"小花!你吃得好啊。……""你这讨厌的东西又不言语了!……"接着就是一阵子×笑。睡觉的时候,夜深了还要给她的小花说笑话。"小花你也去恋爱吧!""小花好好修行吧,快成神了。""…………"在她是消遣,实在呢,吵得人睡不着觉。

"狗"生在富人之家,不算白活一辈子。失迷了路途还有主人登报悬赏;登汽车,坐在主人的身旁,高傲得很;两顿饭还加着吃点心。这等狗比整日操作在农村的农夫的饭食还强多少倍,此外还有人给洗澡。这样一辈子吃穿不愁,真是人不如狗也。

"狗"生在穷人之家,就算是倒一辈子霉了。主人一天吃不上两顿杂和面,哪有余裕来供献给狗呢!这样的狗不用说吃肉吃点心,刷锅水都吃不饱。于是凹着肚子,夹着尾巴,在街上找点人粪吃。它不用想坐电车,叫太太小姐们抱抱,小孩子们见了都会给它两砖头。

"狗"也勇于战斗,尤其是在恋爱期间,甚至于牺牲一切。然而没有群对群的战斗,只是会一群咬一个。败北后那种败北的样子,也更是难堪。这当然不是太太小姐们的狗做的。太太小姐们的狗是"文质彬彬"的。

拉车子王老二那只狗可以打，打了准没事儿。像富儿阔佬们的狗，趁早别打，以免"骑上马下不来"，不坐牢，也得到派出所，最低也得挨顿骂，"妈那个的，打死狗了赔人命！"

哈！哈！胡诌了这一片打狗哲学。

"狗"，这种东西究竟是好还是不好？

"狗性的人"是说人狗化了。"狗仗人势"是说，狗倚着主子的势力而势力。"走狗"这个名词最通行，谁都明白，勿待解释。"走狗"之"走狗"叫作"狗蹄""狗毛""狗尾巴"，总而言之，是为"走狗"手脚，孙子辈的狗。衙差到了乡村都叫作"狗腿子"，等等。至于"落水狗"这个名词我不懂，不必胡说。

"某某人如何？"

"哼！……狗……"

"狗"究竟好还是不好，是需要分析的。

第一，狗是受人豢养的。

第二，狗会摇起尾巴来谄媚。

第三，狗只会给主人效劳。

论所谓理说：想受人豢养就得会谄媚，拍，吹。既受了人的豢养，就得拿出尽忠保国的精神来。什么"忠臣不保二主"，什么"宁为节烈死，不为亡国奴"，什么"焚身救国"，所以有义犬之名。

"狗性的人"不只是"忠臣不事二主"，也有"八面圆通的"。"舌头一担子长""嗅觉一千里"，见利而趋徙做"狗"事者，俗名"小秋千"。"我是墙头一棵草，风吹两边倒，谁要给我二百钱,我说谁好"之类"既无坚定不拔的节操,又无……"的"狗性人",只有"钱心""势利心",吾们可仿"次殖民地"之名,而名之曰"次狗"。

社会的糟糕,引起"狗性人"或"次狗"的加多。官僚土劣之青年时代,也未必没有高唱过"打倒……"但一入社会,因受不住"狗潮"的侵袭,或生活的鞭子的鞭挞,只得吹、拍、钻营,而走向狗的道途了。当然啊!也有"老号祖传秘方胎"的"狗",所谓"狗裔"者。"狗裔"自有他的"狗"道和狗关系可走,比"新进狗"的环境好一点儿。我也借一句话做个结论:总而言之统而言之一言以蔽之,"狗"道地不是好东西,对社会有害而无利。

《世界晚报》1933年7月9日

再谈"狗"

这是何等的欣幸啊!只因胡云了一会子"狗",才引起了泳枭君的"异议"。真的是"琴鸣于知心者"。相信泳枭君更是热心于"狗"学研究的人。我们无妨来共同研究。

既言胡云,就是对于"狗"学不大懂,而肚里有话不说,它自己老是想向嗓子眼儿外跑,结果把这种不成熟的、未加选择的胡云"狗"拿出来,谬误是难免的(不只是"狗"学,任何种的科学的谬误都是难免的)。自拜读泳枭君"狗不是好东西异议"的伟论之后，颇多领悟。"不过"还有几点是应该特别陈述的。

在我所说的"狗"，是"狗"和"狗化的人"，以外还插了狗的主人。

我的"狗"的结论是："狗道地不是好东西，与社会有害而无利。"泳枭君的"狗不是好东西异议"的结论是："狗是好东西，好宝贝""狗道地不是不好东西，与社会有利而无害"。

"狗，不是人，是狗"，我所以"武断地认定'狗不是好东西'"主因并不在此，而是在"狗化的人"的狗的行为上。不的话，怎么能把"人"和"狗"画成等号呢？"人"是人，"狗"还是狗。

"生在富人之家的狗，仅按顿吃饭说，比整日操作的农夫还要强……"这个"细小的例子"是说，狗的主人看待农夫，还不如他自己的狗。实际上农夫的生活，和"生在富人家之狗"相比，真真的是"真真的，大大的不如狗"。

是，我们应该明白狗的苦衷。("狗，不是人，是狗"。)因为它没有"万物之灵"的"人"的"绝顶聪明"，为了活着，才受"人"类的豢养。在这种情形之下说它是"畜类"，骂它"不是好东西"，似乎是太不仁道了。

然而，"狗，你不惹它"，它不一定就"不惹你"。你经过有咬街狗的门的时候，它会悄悄地给你一马后炮。这种情形是常有的，撕破了衣裳咬破肉皮也是难免，所以"人"经过那门的时候，常常带着砖石和木棍，以防不测。

"狗"咬人，也有它的哲学。只要穿的衣服华丽一点的，它或者就不找这个没趣。但对于衣衫褴褛的人，或叫花子，它非要拼命地追击不可。这是狗的特性，或者也许是狗的什么什么观。

"这种年头儿"，人"为了吃饭"而摇起尾巴来谄媚，或者"用身子来谄媚"的，不能说是很少。然而真的是替主人效劳尽忠，而为主人之臣仆"下菜碟"，徒享荣华高贵，苦害非"狗化的人"者，真真的是"真真的大大的"不是东西。

然而"吃了主人的饭，不会给主人效劳"，而存心"给旁人效劳拆自己主人的台的"那就不能再把它叫作"狗"。因为它没有狗的行为。这才是那"好东西，好宝贝"哩！

恐怕这样的"狗"，是离不开人类社会的，而与人类社会的好坏，颇有关系。

"狗"道地不是好东西呢？还是"不是不好东西"呢？我们要看大多数人之对于它的观念如何（又要碰出个"细小的例子来"）。

譬如小孩子们骂街吧！（不但小孩子，大人也有这样骂的。嘴不停止地骂，甚至心里也骂。）"小狗崽，小狗子……""你的妈妈下了一窝小狗……"假若狗是"好东西，好宝贝"的话，谁还拿它去骂人呢！他为什么不这样骂呢："你是个小老虎！……""你是一条金龙……""你是宝贝……"为什么偏拿狗来骂呢？

"狗"道地不能被大多数人认为是"好东西，好宝贝"。对于它的观念，只是恶劣。

"狗"类的社会是如何的变动,我不知道。人类社会的狗化的人,确是与社会有害而无利。

这年头,狗是"商品"化了,"有钱买得鬼推磨",但是"人所做的一切",也未必全"还不胜狗",也许有跳出狗的圈子来反"狗"的。

"狗"是好东西、好宝贝吗?

像"门下三千狗""狗才毕臻"者,也是仗着"有钱""有势",叫花子不会有这么些个狗才来帮助。狗多了或者许有长出"狗宝"来的,成为了世人最喜欢的"好东西,好宝贝"。

狗才的人对人类没有益处,只会助纣为虐。

这样,恐怕"人"对于"狗",印象好的不多见吧!

"狗道地不是好东西,与社会有害而无利",是非"好东西"非"好宝贝"。

《世界晚报》1933年7月19日

新麦子面纸

"留下个儿女给烧钱挂纸的!"人,上了几岁年纪了,就有这个叹息。要儿女,一来为的是"养老",二来还为的是"送死",三来为的是"死后荣安",有人给送个钱花。孟子曰:"养生不足以当大事,惟送死可以当大事",这是说"送死"

重于"养生"。所以办白事必须高搭其棚,大扎其花,多开其席,大有其朋,鼓乐喧天,大哭大号,大抽大咽,以示郑重。办白事的门前遍就是这三个字——"当大事"。一看就明白清楚,不会挂在喜事的门前。

这一看就是十足的封建味道,仍旧遗留在乡村里。"十里不同俗",当然不能同一方式,但也有其同一性,反正是"送死""致哀"。

有人说中国社会是"半封建"的,有人说是"资本主义"的,这里我们不必细论。这种"送死"的方式仍然是存在着,是封建性的。

民国以来,有国葬。这在昔时除非朝廷家,是不能有的。当然啊,拉洋车的小伙子没有国葬的资格,必须是为国出力者,志士烈士等有名望的人,才值得国府开支一笔巨款,大修公墓……以示优荣,而致百姓们的热诚。

"朝廷家与庶民大不相同……"虽是《回荆州》的一句秦腔,但道出了自古而然的事实。不过民国以来,文化昌明了,也就不必再立太庙。祭法也改了,从前是狗羊牛三牲,现在只须三鞠躬,或者再上静冥。谥法也改了,像孙总理,这世界大名鼎鼎的革命家,也只谥一个"国父"。老百姓们也只此而聊以致敬,不必有什么这个那个一大连串的称谓。这确乎是一种进步。

事情越说越远,且说烧纸的风俗吧!这是自昔有之的。子孙为了"晨昏三叩首",还有写个牌子搁在家里的,叫作神主。初一十五啦,过年过节啦,"烧香拨火",致敬尽礼。至于

"小庄稼主",不便于把"神主"供在寝室里,或者是牛棚里,又不便供在厕所里,那最好是不留。

"烧纸"多半是妇人家做的事,男人家也有做的,可是没有妇人家的心诚。烧纸的时候须有致辞,未烧之前,还有咒语。男人烧纸画十字,女人烧纸画个圆圈……把纸点着了再嘟嘟念念:"一年家给你老人家烧个纸……"末了是大哭一场了事。在号啕中,还要把想念的情形,和与死人有关系的冤枉事,都述说个净尽。

本题的题目,是想说这"新麦子面纸",题前是引出的一大篇胡云话。

看吧!芒种过后,路上就有妇人女子提着包篮上坟扫墓。所带的果蔬供献,当然就是这"新麦子面"啦。

农村人的吃食,平常都是粗粮。油、肉、麦子面是不常吃的。只是过年过节,才吃顿饺子。所以这麦子面便成了餐朋飨友和供神的贵重食品。

我是这样想的,这一九三三年的"新麦子面纸",无论在质上还是在量上,都会有发展,尤其是给鬼烧纸者会加多。长城各口之战,可算是"国际战争"。事情大,所以死的人也比较多。比起数年来"内除国盗"的战争要死的多了。

堆尸成山,流血成河。拿着胳膊碰坦克车,拿着血肉抵抗炸弹,可算是忠而且烈,为国为民了。

道地,他们是横死的,所以也不必公葬和修墓。然而,他们也真有祗盛的葬仪。"啪啪"的枪声,"轰!……轰……"的炮声,可算是当了富儿阔佬们葬仪中的"打街炮"了。

"痛呀……""妈呀……"的呻吟，算是吊死者的哭声。"嗡嗡……"的飞机声可算是音乐的合奏。何其盛哉！

结果只是增加了老爹老妈的眼泪、寡妻孤子的悲啼，再没有别的了。"和平"而已矣！

我想，长城一带定有野鬼的号啕。横死的，东庙里不收，西庙里不留，身上带着血，拿着他致命的那粒弹丸，坐在城墙上，望着家乡的老爹老妈少子寡妇哭哭啼啼的，等着亲人的第一次烧纸——"新麦子面纸"。

于是在岔道路口，就增多了烧纸的人——给野死的人烧纸，有老头子、老婆子，也有女人和小孩子。

"我的亲人啊！你死得好冤啊！……"荡漾在空中。

野死鬼坐在长城上，在流泪。

《世界晚报》1933 年 7 月 20 日

从叫花子说到土匪

"先生，我瞎！我可是个瞎子呀，先生！"一个叫花子，瞎子，在路口嘶喊着。旁边立着一个小姑娘（因为是叫花子，没有将"密斯"这个摩登的名词加上去的资格），立刻迎着一位有钱的过客赶上去。

"先生，我自从早晨就没吃过饭，肚子饿着啊！先生……"

她哀求着。

叫花子卖穷的目的，就在求得人的同情，或比同情更进一步，要求帮助。但所求甚微，只是这一大枚，甚至是一大枚的二分之一，也就满足了。

假若一个叫花子，向一个人去要钱的时候，那个人真的动了慈悲心，一大枚落在他的手里，立刻我们看出他的脸在微笑。

假若，聒聒噪噪地说着"先生，我瞎，我饿着肚子哩……"的时候，所得的反应是"活该！谁使你瞎的……"（大人先生们脑子里这么想）。不用说他要垂头丧气地走回来。可是叫花子的声音烦躁得使他难受，为了免去难受毕竟一大枚又出了手，落在叫花子的手里。

两相比较，还是后者为胜利。同情心是最靠不住的东西。

假如叫花子更进一步，那就好了。不用说得到同情，在未得同意之前就拿着跑，衣服、家伙或者是吃的东西（洋钱是很少见到的），那又怎么样呢？

无疑的，这就是所谓小偷儿了，小偷儿的本领，照常说是不如扒手，因为扒手是有相当组织的。

在市场上常要留心，有洋钱，藏在衣服内层里，以免不翼而飞。可是不知不觉中便黄鹤杳然了。

在扒手们，来个"二仙传道"或者"八仙过海"，便乐乐融融洋钱到手了。

叫花子和扒手比起来，本领实在差得太远。或者就是因为叫花子这一行是比较合理一点。记得我常听得一个叫花子说："咱们是前清的儒人——做叫花子，也不算是人格坏。只要不偷人家的，不摸人家的，披着麻包叫都不算怎么样……"这也算是叫花子的神圣观。

票匪的能力又比扒手大一点了。捡着值钱的人扯过来，洋钱就会大堆的拿过来。百、千、万的数目，都可达得到的。

能与官兵相抗者，还是股匪。散兵线一拉开，要什么有什么。匪头有做到什么长的希望，甚至割地称雄。

中国有两样多的东西，并且是有加无减。除开订不利于己的条约以外，便是叫花子和土匪了。

《世界日报》1933 年 8 月 9 日

嗡嘟草堂随笔（二则）

汽车下狗学士惨死

人生真的是淡薄极了，不知在什么时候大祸就会临门；活了早晨就管不得晚上，睡了晚上，就不知道早晨还能否到临。

早晨一起身就把条皮带上的纽子弄断了，权把半截麻绳做了腰带。这是第一项不吉利的事。走过大绒线胡同的时候，又遇着了一件不悦情的事。那是一个推水的汉子，走着走着，折了车轮子。水柜里的水如瀑布似的流出来，哗哗有声。看热闹的人不少，三个小孩子，一个拉车的，一个卖鸡子儿的掌柜的。

那推水的汉子，擦了擦汗，把嘴一歪，好像要哭出来。

正向着图书馆进发,走下北海上边那个大石桥的时候,远远的一辆汽车飞过来,呜呜而鸣,有声有色,气势汹汹。

哇的一声,汽车飞过之后,一只小黑狗儿跳起来,转了一个圈子倒下了,再也不动,回头再看那汽车已经跑得远远了。

我真看不过,那个穿黄衣服的警察竟然泰然不动。那只小黑狗儿就这样结束了这一辈子的性命。假若它是个人的话,是个高等人的话,报纸上又该大字登载"汽车之下学士惨死"了。

一看就知道,那是一只野狗,没有享到过主人的幸福。不的话,那个警察又该坐罪了,"你为什么不保证我的狗!"

小黑狗躺在马路旁,身上滚了血,很难看,我以为不定什么时候会生了蛆发出臭味来。但等由图书馆回来的时候,已经不见了,"有碍观瞻"吧!

"这一定是早间碰上两个坏的预兆的缘故。"一路上,我这样想。

卖洋火的老婆子

"换洋取灯哟……"卖洋火的老婆子一阵吆喝之后,我把日来积蓄的"一筐烂纸"收拾起来,行一次拍卖。

对门的刘太太,也拿出来,同老婆子讲价钱。她的货品是一只女人穿的旧尖棉鞋子和几只小孩鞋。

"给多少……"刘太太吸着烟。

"哼!三盒……"卖洋火的老婆子一边翻看着她那一堆宝贵的东西,一边咳嗽着,说着。

"只给那么一点儿?"刘太太停止了吸烟,瞪着两眼说,脸上的粉末被太阳照得明明白白。

"卖不出去,存着货……玉米面十六枚一斤……有时一天卖不出来,下雨饿着肚子……"她忘记了是在做买卖,诉起苦来,"可怜哪……"她咳嗽着。

"可怜不可怜,我不管你那个……给五盒……"拿起来要走的样子。

"给四盒吧!……咳!这年头真难活呀!"

《世界日报》1933年8月12日

处世谈

"处世接物要拿诚心来战胜,不要拿智谋来战胜……"这句处世格言,深深地印在我的脑子里,永远不会忘记。

记不得那是一本什么书上的一篇文章了,是端起大人架子来对小孩子们说的。这篇文章被选在我们的国文讲义里。记得国文教员讲这课书的时候,是郑重其事的,费了很大的力气。讲了以后还要背诵一遍,背不上来的时候,就要挨十下教鞭。真的,当教师的为了学生们的处世,也要费这么大劲。

"要拿诚心来战胜,不要拿智谋来战胜。""诚心"是什么东西,我也未曾懂过。据老师说:是不要虚伪,要诚恳对人,忠恕于事。"智谋",我倒有点懂,是足智多谋。可不是神智多谋，神智多谋不像诸葛亮老先生了吗？他会马前课，前知五百年后知五百月，那就与本题相违拗了。

"知道了就要实行。"也是我修身格言里头的一条。理论上知道了的事，就应该脚踏实地地去干，不应该应付了事。因为"理论和行为应该相符合"。

"妈的，真不是东西，卑鄙。"在学校里的时候免不了拿这种语调来骂人，骂那所谓"鸿臣""黄带子""保皇党"之流的走狗。可是如今社会上的"洋楼先生""汽车大夫"又都由这流人物来充当了。而那些自称有革命性的，洁身自好的人却还在吃着苦。

这年头！这样的社会不容易生活是显然的。由于生活的艰难，做人就得多一个脑袋，或者多两只手，总而言之，要比别人多一手儿才行。

除开祖祖辈辈的书香人家不用说，人家有的是好亲戚好世交。要是平地里起座山，平常人想闹阔了，那就非得生拔腰不可。

有些人从学生时代就做起。功课是基本，应该学得好一点。比方说吧，你要把《千家诗》背得滴溜儿熟，八卦画得最妙，"三坟""五典"也知道些。这样，你的老师就会说："哈！哈！小子有造！把品行分多给他加上点。"看！好不好？这一来你便成了学校里独一无二的好学生了。老师对于你的印象也好起来。

交朋友是"染于苍则苍，染于黄则黄"，这是圣人之言，金科玉律。他们却朋友不可滥交，像那上学买不起课本，为了做身制服打算盘的那类，他们认为没有交的必要，怕染上穷了，一辈子也跟着遭穷运。

西其服而革其履者，注意人家开多少货铺和工厂。他爸爸是个军官啦，还是是个什么权威的学者，便可以乘机而入（抓着机会），拜把子，或是姐妹团，看他老太太的侄女儿女婿，老丈母娘什么的，反正不是朋友就是亲戚。这一来他们也就抖起来了。

一天两天三天……"有志竟成"，时间长了，好亲戚好朋友的也就多了，那么就可以出入于汽车一大排的门庭了。

"世界上的事情，是越活动就越活动。"向另外的一个不认识的阔人谈起来之后，他们就可以说了：和什么长是亲戚，和什么名人是朋友。这一来他的好朋友是越来越多……越来越多……

"不贵乎多，而贵乎精。"朋友非生死之交是不行的。他瞧准了那个朋友是值得周旋的，在过年过节的时候，派人送一点什么礼物去——在未送之先要打听他老太太爱吃什么，他的爱人稀罕什么。在过年的那一天要去玩一趟顺便拜个年。当然人家对这样的朋友是要留饭的，饭后再来上八圈麻将。这样他就成了入幕之宾。再不然，你看哪里有好的电影名片，或是梅兰芳的戏，借口不可多得，请他的弟弟妹妹们去玩一趟，也就成了生死之交。

"八面圆通"了之后，出了学校走入社会，有的是老师朋友们帮忙，他一定可以阔起来。

虽然是"身列朝班"，也不要懒怠，用功如前。"指日高升""福禄进宝",那就很有一统天下的希望了!

但是事情不一定就这么顺利,发生竞争是免不了的事。在这种场合之下,他不会露出自己的弱点。

对于上司,有势力的人,他百般敬奉以示诚恳。有人给他"八拜"来求好,那他就来个"九叩"。

放下这头,咱再道那头。

话说"诚心"和"智谋"本是相对的。在这个社会上"诚心"者也只是吃苦。只有靠"智谋"才能享受荣华富贵。

社会不良,离了"吹""拍"不能生活,挤得有良心的人们,流着眼泪"没有办法啊!"在这样的社会里,他们的行径,相见以"诚"的人们是跟不上的,就也只得认命了。

《世界晚报》1933年8月15日

从"自杀"说到"被杀"

洋鬼子的资本家们,拼命地向中国侵略;中国本身的资本家没有发展的能力。中国社会是畸形的,几十年间走了西欧一二百年的历史,是故把中国造成了万花筒,五花八门无奇不有,结果弄得民不聊生。

生活是极艰难困苦的,农村破产、金融特别紧张。在这种场合之下,"自杀"的是加多了,因着精神上的烦闷或是因着无法解决肚子问题。从洋车夫的跳河,到大学生的坠楼、妓女的服毒,三教九流哪一行的人都有。

有人说:"我们不应该非难'自杀'的人。"意思就是说,在某种环境之下,不由你不"自杀"。

然而人生没有打不开的路,何况谁不知道"自杀"难过。以"刀子"和"毒"来自杀,免不了疼痛难忍,就是吃葱辣死,吃花椒麻死,也好受不了的。

以"死"来解决生活问题的人,自有其"死"的道理。高等一点儿的人,把手枪拿起来,手指一动,一切问题就算是解决了。何其便宜哉!至于服毒、扎刀子的自杀,那就免不了有点危险,有点甘受苦痛,或者达不到死的目的。

应该"积极"地寻求生活方法,为什么偏要"消极"地来解决呢?为了恋爱问题而死者,自然是为了他的爱情神圣(我们也不必说他们应该决斗了);为了生活困难而死者,就太不值得了。世界上解决生活的方法不是很多吗?

我们不能绝对地非难自杀者,但是"自杀"至少也不如被人杀了有价值,因为是以"积极"的方式去求生活的。

"被杀"之风,大有风靡一时之势。自杨杏佛的"被杀"、丁玲的"被杀",以至吴老二的"被杀"(绑架)、刘小子的"被杀"、王大姐的"被杀"(求奸不随)……多得一言难尽。

"被杀"的方式也多得很,"被刺""被殴杀""被处死刑"等。

人到了"被刺"的资格那就抖起来了。杨杏佛"被刺"了,因为他是个在社会上有名誉的人。某某长和某大人物也

"被刺"过，因为他们都是抖得不亦乐乎的人。像那被"侦探"和"刺客"看上了眼的人，也就有了被看上眼了的"行为"。风吹草动的平常人是不被注意到的。

"被殴杀""被处死刑"的人，多得多了，不用说全世界，就说是在中国，每天就说不定要有若干人。但是那些为所谓"内除国贼"和"外抗强权"的战争而死去的什么"志士"或者"勇士们"，则不在此例。

"被杀"的方式愈传愈妙，像那"活不见人，死不见尸"的"被杀"法，既掩人耳目又没有收尸移葬的麻烦。

把"自杀"和"被杀"做个比较，"自杀"还是不如"被杀"。以生物学的观点来说，人是应该有永远存续的观念，为什么偏偏要自杀呢？那么搁着"自杀"的死，等着"被杀"不就得了吗？

按人道主义者们来说，就也不应该去"自杀"。因为那是太使人不快意，太耗费眼泪了。

人，应该为了自己所为的去奋斗而求生存，不应该去自杀。至于奖励自杀的人，在我的法律上都是有条例的。"处他八百年的坐牢，一辈子坐不完，子子孙孙的接着坐"（可不要遇着了活八百岁的彭祖）。

《世界日报》1933 年 8 月 16 日

朋友的悲哀

那是一个黄昏，天气还有些热，虽然说已经是立秋了。

头有点晕眩，拿了把扇子，在大街上散步，舒散一天来的郁闷。因为不想远行，没有穿外褂，也没穿袜子。

"喂……密斯特×……"

突然的，一声耳熟的叫唤。我回转头来一看，啊！原来是多年不见的朋友，六年来既未见过面，也未曾通过信。

"你还是这样的矮！……"他笑着在我身上轻轻地拍了一下。

"可不是吗？已经长了胡子了！……哈哈！"同样的，我也笑着，禁不得向他打量一下，"你也没变模样儿，大个子，麻子脸……"但没有说出来。

到底是多年不见的朋友了，亲热，深深地握了手。然而只作了一番寒暄，再亲切的话却说不出来。

小学里同过二年学，感情上谈不上亲密。直到毕业的那几天，他约我谈过几次话。我年岁很小，他以老大哥的资格向我说了许多规劝的话。"好好的读书""日后要多通信……"并且还说举行毕业式的那天下午要在××楼请我吃一顿饭。那我就以小弟弟的资格，百般应和了。不过他并未照话实行。

后来因为母亲有病，我并没有升学。记得曾接过他一封由P城寄给我的信。里边有许多"自离别后，食不甘味，寝不安枕……"之类的话，还有几个《聊斋志异》上的典故，而今全记不得了。

据他说，我离开家以后他又找过我几次。那我就不敢相信了。

"你在哪个大学？……"他这样地问。

"我没上学……"相形之下我觉得很难过。"大学""大学"，各色的影子立刻在脑子里浮现起来。我终于答复了他。

"我，上不起学了……"

"不要胡云！……"说着，他又在我身上轻轻地打了一下。

"你现在哪里住……快毕业了吧！……"我同样地向他问着，看着他一双发亮的大皮鞋发呆。

"不，我因为有病已经休学了。前几天，我还在西山住，疗养院，养病……我病了一年，现在好一点了……"说着好像是有点惨然。

可是他的话带有几分威风，吓得我的破学生服直颤动。只见两只手指划着，拿出他那太极拳的身手来，麻麻的白脸蛋上起了两朵红云。

走着走着，我们立在一个小桥头上。桥下是臭气冲天的污泥，为了人声清静，便暂站住脚。

默默地立了一会儿，都显得不大自然。又问过他关于几个同学的消息，他说没有通过信，不知道。

"老 A 曾经给我来过一封信，"他说："要我几天以内给他回信——那样的人们我真不愿……"脸上显出难堪的表情。

我听了也有几分莫名其妙，因为据我所知道的 A，性格高傲得很，并没把他放在眼里，私下谈话的时候也没谈论过他。

到后来又闲扯了一大片,不耐烦了,想要辞行,可是他又长篇大论起来。

他说:"这年头,真是不好过。在乡在城都是不安全。乡间绑票的多,到了城市里又有了捉反动分子的。"他说着又叹了一声气。

"再见吧!有空我去找你。"乘空我这样子说。

"去吧!我在××街××公寓住。"

"哈哈……"

"再见!"

天色已晚了,我慢慢地走回去。

后来曾经找过他一次。他要请我吃饭看电影,但均未成行,清茶三盏之后又大谈其话。我问他小小的一间屋子里为什么搁着五张桌子,他说是朋友们常在这里吃饭,预备着方便一点。

屋子还是装点得很好,水墨丹青,书画满墙。但总觉得是有点不自然。

他把许多的酒瓶子摆在书架子上,一排一排的。桌子上也有许多蒙了灰尘的茶碗。

最后他说他的病是不容易好的,乡村住不安然。在城市每月六七十块钱的生活费,家庭不能再多给钱。"我很悲观,真没法子生活了。"他说。

《世界日报》1933 年 9 月 3 日

朋友

"话说天下大势，分久必合，合久必分"，意思就是说不是直线的前进。不只是"天下大势"，就是一点点琐琐碎碎的事，也都是如此的。什么夫妇的离合，朋友的疏近，等等的社会人情都是如此，况且"人心日坏，世道不古"，一切都变了。

交朋友虽不像那封建式的订婚一样，要门当户对，但至少也须加以斟酌，比如长袍大褂者切莫交"洋其服而革其履"的朋友，"光头和尚"切莫和"油头粉面"之类的相交，除此之外，"志"不同，"道"不合者……总之，秉性不同者切莫相交。男男相交是如此，男女相交也是如此。处此"经济支配社会"的社会，不得不留这个心。否则一个风吹草动立刻吹台，夫妇各自东西，朋友如同路人。

呜呼！岂不痛哉，岂不痛哉！

吾友黎君，系于某中学时之良友也。面黑圆且小，身高且细。在校时读必伴，饭必共。不幸该校遭解散，那时我还卧病家中，乃修书一封给黎君，问学校遭难的真相，谁知一去不复回。当时心中忖度"或他往耶"，年后赴平，传闻黎君已入某大学肄业，寓某公寓中，喜甚，乃前往，不遇。隔窗窥其室，丝被锦帐，花数盆，洋装书若干……归，作书一封：

"××兄鉴：别来数月，念甚。弟于月前来平，昨日造访未遇……有暇请来弟处一谈……"

谁知"一行白鹭上青天"，许久不见回信。心急又下请求书：

"诚为呈请一觑君颜事：窃自别来数月未晤，弟多挂念，君如肯见弟一面，准不向君借钱……"云云。

意在激励其性而速来也，然而，杳若黄鹤。多年老友，各走一方矣！呜呼！哀哉！

反又闻该君革履、呢服，油头粉面，日携"拉腕儿"于市场中散步云云。

此事过后，心中郁郁，乃修书一封寄予另一友人，内有"去年今日此门中，人面桃花相映红……桃花依旧笑春风"，意在恋慕母校，而怀朋友各居一方，并叙离校后之漂泊可悲。信寄后，不日一黄色信皮来，拆而视之，知乃某友人之手笔也，诗云：

"'多情泪如稀，往事休重题……'我已孤来孤往，不想多交朋友……"云云。

看未完，持之入厕，以之揩便，甚适宜。

人，能独立生存于社会乎？曰：不可。朋友如手足也，奈何斯社会，经济可以支配朋友，政治可以支配朋友，甚而有共同立场者，尚相戮杀。呜呼！朋友之义已不存在矣！

《世界晚报》1934年3月12日

从中国农村妇女生活论到"健美的女性"

"中国从来未曾有过真正的妇女运动",这似乎是武断的说话,其实也只是一九二七前后的一刹那。把"平等""自由"剪发,放足的,说教的灌输到农村妇女的耳孔里去,而今,和往昔没有两样,未曾脱开封建礼教的羁绊。

中国妇女运动者,只以女的知识界为对象。说他是"运动",毋宁说他是接到欧西文化后的一种反响。都市文明中的妇女,大多数的沉于"恋爱自由"的热潮中,未曾把整个妇女运动的前途放在心,虽然也有几个女性出露于政治舞台之上,却是忘记了,还有若干倍以上的妇女陷于九层地狱之中——在农村里过着非人的生活。

中国社会是不平衡的发展。几个都市受了文明的洗礼,内地却没有一个文明式的工厂,差不多还是学徒制的作坊。民族资本主义的衰靡,使中国市场整个的受国际市场的支配。

中国内地没有大规模的工厂,尤其是没有利用女工的劳动部门。妇女劳动者只有躲在农村里,去从事于农业部门的劳作。

除了很少数的地主阶级的妇女,专做着男人的玩物外,妇女在农业劳动部门上,和男子差不多演着同样重要的角色。这在春忙时,麦秋时,秋获时,在农村里走一趟就会明白的,至于从事蚕桑的地方,采茶的地方,更是不用说的。

生孩子是妇人的天职,养育期中她要负完全责任,一家老幼的衣服都归妇人洗做,炊事由妇女料理,此外喂鸡,看狗,使他们从明到暗没有休息的机会。

在农忙期中,我们可以看到许许多多的妇女匍匐在太阳晒射着的土地上,拖泥带水地劳作着。

在"在家从父,出嫁从夫,夫死从子"的教条下,把她们的一生断送了。绝对听从男人的支配,受尽了无理的虐待,无论是精神上,或是物质上的。

中国农村,整个的破产,不能没有历史上的因素,数年来的灾荒战乱,捐税的繁苛,把中国农民送到死的线上,近年来股匪如麻,也就是历史的说明。

无疑的,这给与中国农村妇女以莫大的危亡,饥饿逃亡之余,还要防卫兵匪的非人道的奸淫。

中国农村乞丐式的贫困,使农村妇女更加用力地劳做,为的是吃一碗的饱饭。可是过度的劳做,生育前后没有休息和保养,再加以饥饿的缠绕,使她们对于种种的病态,不能躲开,个个的脸上是枯黄的,瘦弱的,不到相当老的年纪,就骨骼疼痛,不能行动了。

谈到育婴,那更是浅近得很,在农忙期间她们会把孩子放在车道上,随其哭号,或者是整日的关在家里。毋宁说是牛乳和沐浴了。

说到这里,回头我们再说"健美的女性"。

在"健美的女性"影片的字幕里,有一页明明的写着"献给劳动阶级的妇女"几个字。然而"健美的女性"之在中国的演出,对于中国劳动阶级的妇女是有着如何的影响呢?

"健美的女性",是科学社会的产品。以学科的方法启示于妇女，告诉如何的，来健美了自己。

里面很详细地说，妇女应该有相当的运动，字幕上说："你应该利用空闲的时间去运动"，无疑的是资本主义者的说教。意思是说资本不能留出一部分时间来，去给与以相当的运动。更未曾说到，工厂中应该设备运动场和洗浴场。

又说，在生育的前后，应该有休息时间，怎样的合乎卫生，育婴要怎样讲究，然而并未说到在此种期间，工厂并应该许其怎样的经济条件。

总起来说，"健美的女性"里，启示着：女工应该注意身体的强健——在不妨害工厂工作的条件之内。那是恐怕女工身体衰弱了，会断绝了劳动后备军——好一个资本主义的说教啊！

历史告诉我们说：两个经济基础不相同的社会，文化上的沟通是会遇了阻碍。

"健美的女性"之在中国的演出，可以说失去了创作者整个的主旨。

中国的劳动妇女，会把"卫生"这两个字的意义看作奢侈品，整日的劳作，就可以代替了"运动"，而且有余。

中国的劳动妇女，努力地挣扎在饥饿的线上，再没有时间去注意其他。

那么"健美的女性"之在中国的演出，只有让小姐太太们当做可喜的漫画看了。

《世界日报》1934年3月16日

关于"文学"的杂录

一、文学是社会的产物，各个社会都有特殊的文学，在阶级社会内文学亦表现其阶级性，所以现在的作者无论有意识或者无意识，写在文字上总脱离不了其阶级的本质。

二、作者应有一定的宇宙观和世界观，易言之，即是有中心思想。不然时左时右，忽东忽西，今天谈谈共产，明天说说民族，没有一定的主见，这简直就是文学的流氓，鲁迅有一句话说得非常透彻："……而随时拿了各种各派的理论来做武器的人都可称之为流氓。"

三、现在的文学作者，不是文学票友，就是文学职工，前者未免过于游戏潇洒，后者不免有所故意使文学商品化。

四、真正的作家，无论如何总是不满意自己，终生学习，终生努力，把创作视为最郑重最严肃的事。

五、许多作家都是为创作而创作，这样的创作专供他人玩赏，实在太没意思，我们的创作应当有一种表现，并且使读者对这种表现起一种反应。

《大公报·天津版》1934年9月14日

"十节一"的话——献给被忘却的朋友

秋的黄昏,风凉起来了——这寂寞的古城啊!

走回寓所,已是七点多钟;脱下衣服,点着油灯,又到街上买了一壶开水。客旅的生活永是黎明中的路灯一样惨白而悽清。

立在窗前,无意识地揭起一张日历。"十月一日"!

同时脑海里在荡漾着"寒衣节"的意味。

故乡的风俗,把十月一日叫做寒衣节;那天,后代的子孙们都到祖宗的坟墓上去送纸剪的衣服,死去的孩子们也会得到一点生母的慈惠。

"可怜那荒冢中的朋友呵",禁不住的心中一股酸悲。然而,寒衣节是农历的十月一日,算来还差好多天,何必这样的多悲呢?恐怕他们的爸爸妈妈妻子孩儿们,在一月前就给已死去的人儿预备寒衣了。朋友呵,你们也只有在九泉之下,接受这未曾忘却的你们的亲朋的眼泪吧!

已是三个年头不曾听得人提起这件事:那是一个六月的拂晓,敌人拿着刺刀和枪炮攻破围墙,来对付这赤手空拳的青年学生,刺刀扎进肚皮,流出带血的肠胃来;枪弹打进肢体中,那样惨悽的嚎叫,啊!我不忍画出那非人道的惨酷的漫画。结果,死了七人,下余的五十多个就被关进牢狱里。后来敌人为了要镇压某地的农民暴动起义又给枪毙了四人,他们就被埋在府城北的义地里。而今是被忘却了。

我的朋友——那斗争的一群,被严密的军警围在学校里,吃尽了所有的食粮，吃尽了河里的藕，吃尽了看门的狗，把狗皮悬在校门上，向同情者求援。他们未曾含有丝毫的"个人"与"自私"。是要负起他们的使命。

这样悲惨的事件，不是空前的，也不是绝后的。从前这种血已经流得够多了，以后呢，恐怕更要流多起来吧！

为了养病，在事前一月回到故乡。这，或者被朋友说是逃避呢！但是噩耗传来的时候，我很想起身跑回Ｐ府。那时也正是我病势垂危的时候。

翌年春天，经Ｐ府回到故都。为了要隐去了自己，未曾停留在Ｐ府一天，于是也无机会去看那朋友们的坟冢。在故都偶而遇着一个昔日的朋友，也不过是相对酸鼻，不忍谈起这悲惨的事件，沉重的刺激，使我守着了长时间的静默。

有时几个朋友坐在一起，也想到过要纪念朋友们；把它用文学的笔写出来，并且希望，使它永久的存在世界上。当时讨论过北国月刊上的一篇"围困"的内容与作者。内容却是以这悲惨的事件为题材，然而只是道听途说，当时就决定不是我们朋友中任何一个人的作品。朋友要求我把它写出来。但在翌年的秋天我就远走塞北了。由塞北而河南当年又返回故乡；春天又在一个看守所更消磨过去，带着病重返故乡，秋天又到大明湖畔养病去了。病，就一直带到现在。所许下的心愿，那样繁重的工作也未曾做。

前几天，才看见"围困"那篇引人下泪的作品被刊进彭岛君的蜈蚣船文集里。对于这悲惨的事件算是独一无二的文献了。

今秋过Ｐ府时，如愿的拜访了朋友们的坟墓。几个已经被父母接回故乡去了，剩下的只有几个土坑；几个坟冢像是有人上过土的，却也生满了蔓草。墓碑上刻的不是"我们的英雄"。

我们的英雄在永久的伴着长夜听那鸦鸣了。

在旅店中，好似演电影一样，幻映着朋友们各个的面孔；那坚毅的温柔的微笑，握得紧紧的拳头。

另一面是敌人酷毒的笑——流氓学者，不认字的教育家的得意的姿色。

使我永远不能忘却的，朋友们坚强的精神。为了充实自己，日日的埋进学理的研究中。为了充实自己的阵营，教导年青的朋友像自己的弟弟一样。就把使命当成了终身的事业干。我是他们的弟弟之一，师承他们的意思走上了征途。途中遇着一个朋友作了同性恋的对象，于是他们叫我们作"英雄与美人"，他们知道突然的将我们分开，会损害精神，于是谆谆不倦地讲着同性恋对于我们的事业的妨害。

当我听到一个朋友的女人，为了想念朋友撇下孩子殉去了的时候，也只有个已在垂泪了。还有一个朋友的家属，在朋友执行死刑的那一天，全家跪倒刑场上大哭。

为了将来全世界人类的幸福，而抛弃了父母妻子和宝贵的生命，受尽了非人的刑具的苦痛与世长辞了。朋友们不要悲哀吧！你们的弟弟是永久的是师承着你们的伟大的思想，直到事业成就的那一天。

现在没有什么东西来安慰你们。只有暗暗地含着酸泪伸出了拳头。

《京报·北京》1935年10月5日

塞北之行

菊花上市已经很久了，秋的故都充满了萧索、凄迷和冷落。枣树上只剩下一两颗残果，殷红地颤在树枝上。黄昏间，小雀子叫得厉害，吱吱喳喳地充满了这寓所的庭院，是在悲哀着寒冬的来临吧？！啊！这疲惫的日子啊！

为了打发这冗长的日子，整日个把思想埋进书堆里。因了事业的失败，精神是萎靡的。不，到底还有着迈进的勇气，心里在要求着新的生活、新的环境，"到那兵燹频仍的塞北去"！

靠了亲友的帮助，得到了北旅的"机会"。我不敢对"机会"两个字有什么再微妙的解释；贫困的人们就只有靠着"机会"来解决本身的问题。不过，并未想到要升官发财，只是希求着新的视野，转换这单调的生活。

"去吧！漂泊去吧，少年时代的高尔基、卢梭，不就是漂泊了半生吗？"有时脑子里就会激起这种波纹。

早晨出去，走辞几位相好的朋友，听了不少鼓励与忠告。回来的时候，已经有一个丘八爷在寓所等我了。胸章上写着是王上士，他很规矩地说明是×师××团的，来接×先生。我说道"鄙人便是"。他怔了一下，用狐疑的眼光看着我，好像是说"稚气未退的孩子，配教我们的营长吗？"真的，不是有把牢的介绍人，我真没有胆量去冒险呢！

我一点儿都不孩儿气，很庄重地和他攀谈，询问黄营长最近情况，以及××军的战绩。因为和黄营长是很亲密的朋友的关系，谈了许多关于他的闲话。最后才知道和王上士是同乡，王上士就更加客气地谈了些军队生活的话。对我这年轻的孩子，简直以前辈的资格加以指教了。

第二天，露冷的晨光下，我坐在平绥列车的军用车中。精神又开始有点迷惘了，前途是丝毫没有把握。

汽笛响了，列车蠕蠕地动着，渐渐地离开那温存的故都——我的第二故乡。

列车在秋的原野中疾驰，奔向那多山的塞北。

《华北日报》1935年10月

读卢梭《忏悔录》

如译者在序里所说："卢梭是自然主义及浪漫派与情感文学的首领。他的《民约论》为世界革命的先锋；他的《爱弥儿》为自然教育的先声；他的具有文学与哲理两长的《忏悔录》，实集情感派之大成。"

艺术的要素是"情感"。"情感"的储存量最多的艺术品，也就是生命最长的艺术品。莎士比亚、卢梭的感情的热度，数百年来还未冷了下去，也就是"人是感情的动物"的缘故。

时代与环境的不同，会产生不同的艺术作品。所以不能把《忏悔录》和任何文学作品相比拟。"伟大的文学作家没有一个不是哲学家的。"戏剧作者莎士比亚以及普罗文学泰斗高尔基,都是从时代的"现实生活"里找到了思想的皈依。

《忏悔录》的哲学成分不少于感情的成分;他的哲理打破了传统的迷梦,热情呼吁被囚于因袭的人们。所以,作者是近世的大思想家。他毫无顾忌地揭破人间秘幕,并且赤裸裸地刻画了自己的本体。所以又说他"是自然主义浪漫派情感文学的首领"。

卢梭与高尔基有相同之点:自幼就失去了父母的慈爱,流浪在社会上,未曾受到高深的教育。然而卢梭处处依赖贵族与宗教,虽然他把宗教作了他吃饭的工具。他爱过很多高贵的女人,受高贵的人们的怜惜,曾赴过多少高贵的人们的宴会。托尔斯泰说:"人类中具有两种人,一种是精神的人,这种人以寻求别人的幸福为自己的幸福;一种是肉体的人,这种人寻求的是自己的幸福,为这种幸福,宁甘失去全世界的幸福。"(《复活》一〇〇页)卢梭究竟是前者,所以当不成秘书,做不成参赞,他要找一种"自由的职业",因思想不合而与朋友冲突,为世人所不容。说他:"柔丽之主人,乃为野熊,爱弥儿之创造家变为疯狂者去了!"这样他被当局缉捕,被人拿石头子在路上打他的头,漂流各国,在晚年还有这很坏的遭际。但是此后若干年还是被他激起了法兰西的民主革命,揭起德莫克拉西之旗。高尔基呢,当学徒做助手、厨行、工人、新闻记者以至做伟大的文学家,都是与劳动者为伍。也曾受过不少人的侮辱与唾骂。二者思想的行径虽不同,却有着共同的精神,强毅坚忍为反对者所慑服。

"无论他们怎样的苛待与屡次胁迫，我终不能屈服，虽以死刑临我，终不能使我怕。"

"人要以凶恶的手段改正我的过失，未有不失败者；若对我好好的，又使我有回思的余地，人又未有不成功者。"

于此，我们就知道他是怎样的一个人了。

从《忏悔录》里，屡屡会找到我们自己的映影，虽然作者口口声声说是他自己的行状。作者说："这是一件根本的事情。因为在忏悔，凡我答应者乃是写给世人看的，故我所写的是心灵的历史。""我所写的《忏悔录》，不是碑铭一样一意地夸我好。凡我有错处固当写出，而有好处也不肯隐去。"无论如何《忏悔录》还是一本好的文学书。

《忏悔录》共十二卷，从孩提时期起写到他受缉捕亡命于各国止，无一处不是热烈的感情的流露，处处是"良"与"善"的表现，然而他也曾做过贼。他有一种新的道德观念，和涅赫留道夫（《复活》中人物）未转变以前一样，这种新道德观念被人讽刺与笑谑，他却不像涅赫留道夫一样的变坏而与世俗同流了。卢梭清白无瑕的哲学思想，一直保持到老死。是想用他至良至善的"人性"，来找到世人的同情。

《华北日报》1935年12月12日

兔子的故事

人,一到了相当的年岁,对于儿时的回忆,就更觉得有味,青年时后脚跟还踩着黄金时代的门槛,壮年时就免不了隔江嗟叹,到了老年,再回忆儿时的生活,就好像一个易于流逝的梦咧!

我外祖父,最喜欢养鸟。譬如吧!画眉,百灵鸟,红锭,蓝锭。此外还有一驾老鹰,还有一双细狗。

别看他那么大的年纪!身体很壮。带着星星起身,大半夜才睡。一年三百六十响,除了头痛脑热的,从不改掉他的习惯。可是自幼就没作过一天庄稼。早晨一起床,提着笼子跑四郊,林子里,田塍上,一直到"饭时"才回来。回来就该扫院子,挂鸟笼,喂狗,下棋。那狗,常跟他吃一样的菜。

他的鹰,还戴帽子哩!也会吃牛肉。把鹰入到黑屋子里,不见太阳。或是该睡的时候不叫它睡,拿手指头拨弄它。外祖父"安歇"以后,常把鹰搁在头前,成夜的拿手摸索它。据说,那叫"熬鹰"。可以激励它的性情,使它更猛鸷些。

"别看咱这两下子不强!方圆百里谁不知道咱!"他常常很得意地说,确乎是,譬如他和伙计们去放鹰,先把鹰脖子上挂一个纸牌,牌上写着地址和名字,预备那鹰失迷了路途,有人给按着地址送回来。送当然是不白送的,至少落得一顿酒肉。是个穷人呢,就得破费个三吊五吊的。那人们,得住王老财的鹰,就和发一笔小财一样。

说我自己的事吧：我的心上老是忘不下他。一个红脸膛，两撇小浓髯子的老头子。很和蔼，带孩子气，精神成天兴奋着。有一天我见他穿上新马褂，新皂布鞋，新皂布帽盔儿，手里提着鸟笼子，笼子落着蓝布罩，我想一定是画眉在睡觉哩！我就喊了一声：

"姥爷！你做吗去呀！"边喊边向跟前跑。

"唔？"他猛一回头看见我，笑容把髯子给挪了位，"走吧！林林！爷儿俩赶庙去！"

你说怎么样，他一到庙上，就直奔鸟市。那地方卖什么的都有：鸟市当然有卖鸟的，除了鸟，还有花草，兔子，镰头，火石……一到那地方，那提鸟笼子那伙子人们就凑上来。低首，打拱的那么寒暄着。

"表兄！你好啊！……多日不见啦！"

"表叔，今年年头很好吧！侄儿们都结实！"

不用说，"左么"是那一套。接到就是打罩子，开笼门，让画眉飞到庙顶上打个手势还飞回来。……你一着，我一着的，引起不少的人拍巴掌欢笑。结果还是外祖胜了。胜了一高兴，多少人的茶钱，他一个人拿出来。

那真烦，有什么花色可看呢？我真不信有人把他们那画眉，当宝贝看承。我不看那，我悄悄地跑到兔子市上去看家兔。我觉得那比画眉新鲜些。

你瞧！是个白兔子吧，毛色就雪白，眼珠儿血红。是个灰兔子吧，毛色就青灰，眼珠儿煞黄的，闪着蓝光。是个黑的呢，就连屁股带脑袋一身黑。有的也带白夹膀，白肚皮。蹦蹦跳跳的很好玩。

兔子掌柜的说，这玩意儿孳生可快哩！他说，"猫三狗四，小兔一月一窝。"不但一月一窝，而且在正月里下一个，二月里下俩，三月里下三……腊月里可以下十二个！新鲜不！

咱正看哪出神，外祖仓仓促促地找过来。满头是汗。看样儿像要排喧我几句。

"你这孩子，急死我啦！瞎跑，迷失了可找不着妈啦！"说着，拿土布方手巾擦汗水。唔？他反倒嗤的笑了！他见我对着人家傻看，就知道我的心事啦！

"嗨！这一对几百钱？……"他意气轩昂地问。

"老先生！这对吗？拿去吧！咱家里的……"那兔子掌柜的说着，把那两双白兔子，攥着耳朵授攒出网笼来。

我一看，就知道他是个识主顾的。

"不，不，买卖，买卖……多少钱吧！"

"这都是八百一双，灰的六百，黑的四百……这两双，你老就拿一吊四百钱……哈哈……"说着就笑啦。

"不多，不多……"外祖父说着有点犹豫，"可是，今天没带钱……也没法带回去。"

"好好！东庄，你老是东庄的财主！这么吧！下市，晚上送过去！"

"送去，再给钱！"

外祖扯着我的手，离开那里。兔子买停当了，心里挺快乐。外祖那人，是真大方！三吊五吊的看不上眼。跟我爸爸比起来，可差劲！视钱如……如什么呢？总之，休想给孩子买兔

051

子，兔子毛儿都不行！

我有了两双兔子，就和外祖有画眉有鹰是一样。就总得服侍它。饮水，拌食。我还想给它拿虱子呢！舅舅来说，那可不行！兔子只可以捉耳朵，一搂腰，就会死。可是，我也得给它脖子上拴个纸牌，纸牌上写上我的名字。万一走失了，好有人给送回来。

兔子喜欢吃"苦沫棵""药葫芦苗"，我得拿着筐子去当采办。有一天提了一大篮子兔子爱吃的东西回来。我想，这，整着个儿吃，未免太费嘴，还是给它切来吃。我拿刀切起菜来，"嗤！嗤！"的挺快当的。不留心，刀刃放在手指上。一见血，就由不得不哭，"哇！"的一声，把妈从屋子里哭出来。姥娘也跑出来，妗子也跑出来。

"呜……呜……呜！"我只是哭。不用看妈的脸是难看的。姥娘和妗子却只笑着。

"又喂你这宝贝兔子咧，孩子家就动铁动刀的！"妗子说着，把我抱到他们屋子里。上药，拿布包扎好。

兔子的肚子大起来了，也应该有个窝了。人家说，在板箱里不能生小兔子，生的时候自己还要打丈把长的窝哩！我很急，快求舅舅，他说很忙，过几天再说。谁知道要过几天呢？我的兔子快分娩了！

有一天，我正在妈屋里午睡，猛孤丁的听得谁在喊：

"林林！林林！你的兔子吃肉啦！"

拿起腿来，我就跑。一溜烟跑到柴棚里，心里想："我的兔子是吃草的，什么人敢给我喂肉？"

"嘿！"我还没进柴棚门，果然看见那个毛头火性的公兔子，衔着个肉棒。我一看板箱里还有两三个肉腻腻的东西，在母兔身上蠕动着。我明白了："这是我的兔子生了小孩子！"我忙叫做饭的长工。

"福禄！赶快救救它！"

福禄上去就把那血淋淋的小东西捡下来。那公兔子呢？毫不迟疑地又去衔第二个，我紧忙着把它轰出来，关在门外头。后来又依着福禄的主意，拿外祖的鸟笼子把它禁起来。好像是吃了自己的儿子，应该判几年徒刑。可是"它为什么要吃自家的儿子呢？"

我以为这样，就保得住它们母子的安全啦。怕被柴草割破了它们红嫩的肉，我给它们铺上旧棉絮。食的呢？从此要喂小米粥了。

到第三天早晨，我发现那小东西仔们都僵硬地死去了。浑身没有一根毛，连眼也没睁过。不用说，它没见过青天，白日，没见过这个世界。

我埋怨舅舅，他不该不给它们掘洞，眼看着它们活活地死去。那做母亲的，别是多难过哩！

可是，爸爸为什么吃儿子呢？

《益世报》1936年4月22日、23日

塞外

一、在宣化

宣化——荒草，黑土和黄沙。好个塞北的野城啊！

因饱经了客旅的劳倦，夜间睡得很甜蜜。醒来已是天色微明了。门外透进几缕曙光，晓风吹得窗纸呜呜的响。不时听得马的嘶鸣，一阵阵马粪的味道令人窒息。

"滴！滴！滴……嗒嗒！滴……"一阵号声，响彻了晚秋清凉的晨晓的太空。幽婉而嘹亮。

平生最怕听的两种声音：听到火车的笛鸣，那样凄厉哀婉的长吟，立刻会有一幅亲子友朋别离的画图展开在眼前；听到抑扬悲壮的号声，脑海里会立刻涌现广大的一群，灰色的牛马生活的影子。急忙地起床，急忙地出操，急忙地吃饭，急忙地听从着统辖者的命令走上火线去送死。那人生之有力的图解啊！

门，呀的开了，一个拎着枪的岗兵走进来。瑟缩着，把嘴巴钻进大衣领里。

"王上士！要回九龙坡吗？今早有小炮排的大车呢！"

那个兵士用手拉了拉王上士的被窝说。

王上士睡眼惺忪地嗡哝了些什么话，他就蹒跚着走出去了。

起身后，在那嚣杂的街上走走。

宣化，一个不大讲究的城市；颓敝的城垣。积满了秽土和煤碴的马路上，来往的尽是灰色弟兄，间或有一两个蓬头垢面的乡下老。路旁立着一排排的低矮的房子和错杂的店铺——那劫后残存的憨态！

转过牌楼，在一家小馆子的楼上吃饭。王上士说他最不喜欢吃肉，只要了一盘炸鱼和炒蛋，最后要了一碗口蘑汤。王上士就大大地称赞口蘑的可口和合味。他说×军长赏赐他们五斤口蘑，他吃的最多。

太阳升得高了，天气倒显得阴霾起来。塞北的时令确实早得多，从北平穿来的夹衣再加一件棉袍，还不能御寒呢！风，吹得很凉。

回到××军留守处，岗兵对王上士说黄团长今天进城了。

是一个血气方刚的青年军官，魁伟个儿，很面善。见我走进去，他立起来温存地笑着点头。我也向他行了一个礼。把几个朋友的信交给他。

"来啦，文林！……"

"唔，是的！"我本能的笑了。

"在北平见面……有两个月啦！我很希望你来！"

"唔！……"

服装，体格……种种方面的不调谐，坐在一块谈起话来。感觉到异常局窘，自惭形秽，有几分寒伧了！这流浪者的心哪！

他问起他昔日的长官何旅长和其他北平的朋友们，我都简单而沉着地应付过了。这是有生第一次装出虔恭的样子来向人说话。据王上士说："想干军队，就非如此不可！"

"走吧！去洗洗澡，山旮里想洗澡很难！……"

"也好!"说着就走出来。

一个年青的弁兵,把我扶上一匹雄壮的黑马。黄团长骑上一匹不大驯熟的红马,那马扇了扇耳朵,嘶着转圈子,毂毂着耍跳起来。他涨红了脸用皮靴磕它,它妄不过也只好撒开脚步向前走了。我的马很驯顺地迈着步,紧跟着。

士兵和军官们都打立正,乡下佬就很快地躲开。这样威风凛凛地招摇过市,在生命史上,算是荣幸的一页。可是,我的心是那么空虚,落寞。

把马拴在一家澡堂的门外,年青的弁兵看守着。

一个规模不大的澡堂,非常肮脏,完全没有北平的风味。不合世纪的水泥建筑,粗造的木器,还有一种使人欲呕的味道。

喝茶,静寞……

"是您接到刘如雷的信吗?"还是他先打破了沉寂。

"唔!是的。"我点一下头。

"哼哼!那家伙很厉害呢!"

于是,脑子里又涌起了一个连锁的故事。

曾为了一本什么书而检举了一个营长的一个中央政治宣传员,据说,是他名义上的朋友。他曾对刘如雷说,我是怎样一个有为的青年,怎样的身世,会作文章。并且指给刘如雷看我在某副刊发表的,题名《芒种》的文艺作品。刘如雷认为我有可疑之点,就装作一个传令兵的口吻给我写信说,佩服我的文笔。青年人应有所作为,以及资本主义的厌恶等。这,我完全明白不是一个传令兵的手笔。我立刻给他回信说,我只是一个学文学的人,不懂什么主义。可巧,那个被检举过的营长,也是何旅长的旧部。此刻从家乡回到军队去，经过北平，我把信给他看。他说："那里是什么传令兵，完全是个阴险的家伙！"我即不屑地还之以冷笑。

他回去之后，黄团长为了这事曾经派一个副官来叮嘱我。这一幕的暗阴算是揭破了。

那阴险的家伙，听说我要去了，却用南方某大报的信笺，约我为文艺副刊的特约撰稿。信笺上还印着一首红字的长诗。我没有理他。

"我应该怎样对付他，躲过那黑色的爪牙！"又成为当前需要解决的问题了。

二、九龙坡路上

天空低垂着乳白色的浓雾，房屋，树木，都湿漉漉的。马鬃上也滴着露水。太阳被云雾遮蔽了，变成了一个阴晦欲雨的日子。

年青的弁兵很谨慎地掉转了马头，我懒洋洋地跨上去，身体感觉潮湿而凉冷，很不快意。

王上士把我的行李，搬到运煤的车上去，我很歉意地向他道谢了。因为很少经验旅途的繁难，一切都亏他照应。他是我的同乡，而且和我做了很要好的朋友。是一个久经军队的中年人，那张忠厚温和的脸，是我永久不能忘却的。可是，因为身份的关系，就不能一同骑马了。心里好像有一种莫名其妙的隐屈一样，很觉难过。

"文林，走啊！骑得很好吧！"黄团长笑着回过头来，像是担心的样子。"小心一点！山路，很难走呢！……文华骑马很刁！军校时代他是骑兵科。"

"唔！"我微笑了一下。可是，他的眼光转去了以后，笑立刻在脸上消逝了。

话声随着马的步武，走出那古老的城门。出城是一条浅浊的河道。河床上陈列着羼杂的车辙马迹，河水戋戋地流着。走到河的中流，马把头猛然的向下低，几乎把我跌进水里去，我撒开缰绳让它喝个饱。

黄团长很清闲的，气势轩昂的，轻打着鞭子，显得很得意的样子。嘴里又在讲着，他十数年来的从军生活——冒了多少弹雨，舍了多少生死，受了多少苦痛，最后又讲到他的官运：

"从现在算起，这行子也干了这么十几年啦！民国十九年在河南作战的时候，那是攻××寨，那时没有子弹啊！全凭着大刀。在一天之内，有从二等兵升成营长的！……"

说着，他回头忧然的一笑。那悲惨的回忆，恐怕使他唤起事后的惊悸了。从二等兵升成营长，须要有多少人作了尸骨的桥梁啊！他之所以做了团长，那点功勋也就可想而知了。

身体颓倦，精神也很疲倦。但是只得跟他没头没脑地搭讪着。

马陡然地登上岗子，颠簸得很厉害，有时髀股颠起马鞍很高，手里捏着一把冷汗。地势节节高起了。回望那荒原上的野城，躺在乱石之中。一个黑色的圈子，围着一簇簇的小屋。圈外一条白色的条子，从西方引来，展开，展开，展开到那广漠的旷野里。

对面峙立着峰峦,峰腰间摆着一簇簇木盒子似的房子,配着红、黄、紫,各色的小树。峰顶泄下一带泉水,绕过村落依然迷失在峰峦中去了。

秋将去了,田野里还立着不曾收割的禾稼。田地辟在山顶上,一磴一磴的塍陇显得分明。田里尽是黄土和沙石,可知地味的硗瘠。土豆子已收拾了。可是,看不见棉花和麦子。远近山径上,走着一两匹驴子,从高峰上走下来,背上驮着两捆谷子和高粱。赶驴子的人嘴里唱着不知名的俚曲。谷穗可怜得像手指。

经过几个村庄,三五家的,七八家的,都是土坯房屋,或者住在山洞里,洞壁上还剜着方的或圆的小窗洞。农家在场上弄谷子,糠秕飞舞着,使我想起儿时的故乡。那游丝般的打谷场上甜蜜的儿时的梦啊!

农家用着那原始的农具,在谷场上敲打着禾穗。树下间或拴着匹牛犊和老马;胯下的马好像以为到了家,发出亲热的吼声。农家都用歧视的眼看我们。

村落里都有把自然的山峰削成的碉楼。据说这里从前流贼很多,现在都成了救国团和义勇军了!

马蹄踏得石径咔咔地响,谷间起着共鸣。爬过高岗,转上山腰侧的狭隘的路。头上是陡直的峭壁,脚下是辽阔的深涧。涧壁杂生着枯萎的灌木。崎岖地走着,头有点发晕,不是歉于情意,真不敢玩这把戏!

下了岭,走出一条山沟,是一条铺满了沙粒的涸河。河西一个村落,大概就是目的地了。

059

河旁不少的柳树，叶子都变成深黄色了。村落间缭绕着炊烟。村民和士兵们络绎到河边来汲水。显得一种原始的太平胜景。

在河岸上下了马，把马交给年青的弁兵。

"很累吧！文林"他笑着说。

"唔！是的！"我有几分迷惘。

黄昏，夕幕低垂了。

一九三三年冬于宣南防次，三五年冬改于北平

《北调》1936 年第 5 期

泪之种种

"泪是悲哀的解嘲。"

郭沫若先生在他的诗里也曾有过这么一句："雨后的宇宙，好像泪洗过的良心。"言其雨后的匀净，如"泪"后的心情，一切忧伤郁积，清除净尽。

可是，眼泪不一定只限于悲哀之后才会出现，大笑之后也同样地会有眼泪出来。

比方说：为了将有远行，今天你到北海五龙亭去会情人。春阳娇憨，万里晴空。温柔的风，拍着胸襟。水鸟飞着，鱼儿跃着，你们陶醉于欣悦中，心旷神怡，喝茶，谈天，吃点心。

可巧，这个当儿，猛孤丁地湖中划船上的情侣，翩然落水，你的朋友看乐了，弯下腰去，咕咕地一直笑出眼泪来。

夕阳向晚啦！你不能不把心事告诉她，说明最近的将来要与之别离，远走西子湖滨。这个当儿，她会泪珠一颗颗地落在你的衣襟上。

"抱头大哭"之后，她出北门，你出南门，就此分手。一出南门，迎面来了个叫花子的老头，流着眼泪说："老爷！您给我凑上一大枚……"你不理睬，坐上车子走啦！

回到家，和蔼的母亲，正在给你检点行装。见你进去，一定问饱问饿的，和你强打着精神谈天。她要嘱咐你常给她写信，最好暑假能回家看看她。你说，道路远，必定寒假才行。这个当儿她老人家惨然地说："我已是五六十岁的——人——啦"说着，落下泪来。

那么，你在一天之内遇到了四种眼泪，在你的感情上就有四个不同的变化。第一次，你感到的是娱悦。第二次你感到的是爱。第三次，只感到嫌厌。第四次，你将有"谁言寸草心，报得三春晖"之感。

真眼泪是情感之苗，假眼泪只为了应酬。什么是假眼泪呢？譬如吧！邻家死了人，老街坊，总得去哭两声。可是，和死的那个人又没关系，这叫做"不为死的为活的"。哭了两声，用手指从眼里挖出点泪来。这眼泪，是多么不带劲呢！

《益世报》1936年6月5日

"新生力量"与"老生力量"

我们的党,向来注意新老干部团结。

新陈代谢,是人生的规律。在这一点,"新"的不必骄傲,"老"的不必悲观,最后一刹那,任人难逃,"新""老"都有份。

"新生力量"并不是年轻干部的代名词。所谓"新生力量",即暗示:这人除有一定思想水平以外,必须有一定资质、能为,或者有比别人突出的成绩,才能成为"力量",才能说明这个人前途广阔,将为人类有更大更多的贡献。在一时来讲,则突出的成绩,尤为重要。否则,一经提拔,就会众说纷纭,意见百出。如果其他不提,光是比"年轻",按现在来说,三十岁的人,可说是"年轻"的干部。但二十五岁更年轻,二十岁的人,又比二十五岁的人年轻了五岁。比来比去,谁也比不了一岁的人,那就只有一岁的人是"新生力量"了!

一个槽上小牲口多,预示槽头兴旺。一家人青年人多,预示劳动力充沛,家庭隆盛。一个工作岗位上青年干部多,说明将有"突飞猛进",都是可喜的现象。但他们都不能脱离老一代,这也是人生的规律。自从没有历史记载的世纪,就是老一代把生活经验传授给新一代的。今天,党还号召"带徒弟",学生肯定地要向老师学习。这说明"老生"依然是"力量",而且是决定力量。因为他们承上启下,影响深远。所谓"老生力量",他们就必须毫不吝惜地把丰富的"生活经验"和"工作经验"传授给后来者。否则只是比老,人生七十古来稀,七十五岁的人还比七十岁的人老五岁,八十岁的人则更老,九十岁的人更老……那只是"老生",而不是"力量"。要被人说"老朽",骂"老而不死"……

我们的党,号召"新""老"干部团结在一个岗位上,配备使用,是万分正确的:"老"干部有经验,"新"干部火力强。

我不同意说,只青年人才能学这学那,说过了二十几岁或三十几岁就不行。青年人火力强,是真情,而老年人一样能学习。过去社会,老瞎子还学会算卦呢!今天在全国范围中,老年人学俄语、搞翻译的就不少,老年人也在很多岗位上发出了光辉。而且在人类中,壮年人也是很多的,他们也一样能学习好多事情。按目前来说,老干部大多是在阶级革命、民族革命中培养出来,他们的革命经验是难能可贵的。在巩固革命成果中,起着独特的作用。谁要忽视这一点,就要显出另一样。

一个人,要什么都能的,是太少了。又要"新生",又要"老生",简直不可能。"新生"有"新生"的缺点,有"新生"的优点。"老生"有"老生"的缺点,有"老生"的优点。各有所长,各有所短。

党号召提拔"新生力量",老年人亦不必气馁。战斗终生,劳动到最后一刹,再闭上眼睛,是最快乐不过的。世界文豪肖洛霍夫,五十岁开外的人了,他的创作生活,正在炉火纯青。托尔斯泰的笔,一直写到他的晚年。齐白石的画,八十几岁的时候画得是最好的。梁灏八十二岁得状元,自古以来传为佳话。

063

"新""老"力量并肩作战,发挥高度的阶级友爱,是对工作有绝对好处的。如果一个岗位上忽视这一点,必然显出另一个现象!

《蜜蜂》1957年第4期

第二辑　峥嵘岁月

两走白洋淀

白洋淀，好响亮的名字呀！

白洋淀是冀中平原上的一颗明珠。鱼米之乡，为子弟兵提供精美的给养不用说，在那抗日战争最艰苦的年月里，依靠河湖港汊，成为最巩固的根据地。我记得最清楚的，是去过白洋淀两次。记忆不清的还有好几次。

抗日战争开始，我在新世纪剧社工作。一九三八年秋末，我奉命参加区党委组织的北上工作团，并带剧社一起去工作。已经是风萧萧、黄叶飘的季节。区党委给我们发了步枪、手榴弹和棉军装。幕布和道具用两个骡子驮着，两个汽灯，一个人挑着。

当时冀中区党委驻任丘县出岸村，司政两部驻青塔镇。在一天的早晨，我们穿上棉军装，背上背包，挎上枪，背上手榴弹就出发了。

中午时分，走上大清河的长堤，堤旁尽是几搂粗的大柳树，西风有些凉了，黄色的、红色的叶子纷纷落着。堤下激流有声。

路上经过冀中最小的县份——新镇县。过了城向东去，就是三地委驻地。地委书记董汝勤同志接待了我。

董汝勤同志是冀中唯一的女地委书记，年岁不大，白净脸儿，戴着眼镜。她看完了介绍信，微微笑了说："很好！很需要！"

又说："苏桥地方，是水旱码头，码头工人很多。工人和农民不一样……"她仔细谈了码头工人的生活：他们早出晚归，挣了钱来，打酒喝，买肉吃。下顿怎么办，从不计较……

她还谈了这一带的政治经济情况：从此往南，就是有名的文安洼，年年水涝成灾，十年九不收，收一年吃十年。土地兼并严重，有几十顷、几百顷、几千顷地的大地主……

这时董汝勤同志尚未结婚，她青年时期在天津工作，把青春献给了党。后来到洪湖特委工作。山西口音，很有风度。新中国成立以后因病逝于北京

我们走到苏桥，听到前方有枪炮声，说是日寇在进攻胜芳，此地离胜芳仅有四十里。

下午，我们在戏楼上挂起幕布，侧耳听得有枪炮声。开演的时候，观众来得还是很多，有码头工人、附近的农民，还有部队。这天晚上演了《血洒卢沟桥》《爸爸做错了》《放下你的鞭子》等三个节目。演《血洒卢沟桥》的时候，台下很静，人们光知道卢沟桥事变，不知道中国军队怎样在卢沟桥上抗击日寇。当演《爸爸做错了》时，日本侵略军一出场，台下就有些

动乱,当日本侵略军追赶两个少女的时候,观众一阵怒吼:"打倒日本帝国主义!"跳起脚来顿足捶胸,好像日本侵略军就在面前。最后演《放下你的鞭子》。那个卖艺的女孩子唱道:"我的家在东北松花江上,那里有森林煤矿,还有那满山遍野的大豆高粱……"人们屏息凝神,纹丝不动。老人谈到日寇怎样占领东北,父女二人不得不流浪江湖卖艺为生,人们由不得落下泪来。当卖艺老人伸手敛钱的时候,观众纷纷把铜圆扔上台来,也有扔银圆的。在抗日初期,崔嵬同志写下这个小戏,为发动广大人民起来抗日救亡立下了功勋。

我们原来的计划,要在这里工作一个时期,帮助地方上在码头工人中建党。但是因为敌人的进攻,董汝勤同志派人来催促我们离开这里。我们只演了三个晚会,就离开这里到雄县去。

离开雄县向五分区驻地进发。当时五分区司政两部驻在京、津、保三角地带深处的霸县。分区政治部主任杨友民同志接待了我们,表示非常高兴,他说:"我们早就想接你们来这里工作,非常需要。可是这个地区还不稳定……"那天中午,杨友民同志代表司政两部请我们吃饭。在院子里摆上几个方桌,桌上摆了四个大盆:一大盆熬肉,一大盆鸡蛋……同志们一个个吃得汤足饭饱。可是这里离敌人近,每天枪炮之声不绝于耳。我们听到杨友民同志给他的部下讲话:"到了前方,不要把抗日的传单标语贴在老百姓的墙上,免得老百姓受害。可以贴在树上、庙墙上……"这里还是游击区。

我们在杨友民同志直接帮助下工作了几天。他说派一个连队送我们到安新,我说用不着,他说这里沿途土匪很多,只好派一个排送我们。杨友民同志于"文化大革命"后期病逝。

当我们的队伍到了安新，城门口贴着大字标语："欢迎新世纪剧社！""打倒日本帝国主义！"有几队小学生打着校旗，喊着口号迎接我们。大街上贴满了红红绿绿的标语。到了地委机关，受到罗玉川同志的热情接待。我说："你们太客气了！"他说："不欢迎不能形成运动。"机关是个四合子大院，好像没有多少人，只有几个带短枪的警卫人员走出走进。

剧社驻在董氏花园。花园东边是四合子大瓦房，外院一个荷塘，芦苇和柳叶子都黄了。塘西是个水榭，我就住在水榭上。周围短墙是用酒坛子砌成。一个天津的碱商，竟有如此豪富！

午饭后，我又去和罗玉川同志谈工作，可是罗玉川同志很忙，正拿着听筒打电话，在电话中知道，日本军队在发动进攻了。

他拿着听筒说："什么？什么？日本军队的汽艇上来了？把堤旁的大树放倒在河里！""唔？打桩？打上几排大桩！不叫鬼子的汽艇进白洋淀……"不用问，日寇攻上来了。

罗玉川同志打完电话，长出一口气说："日本军队五路围攻开始了。"说话之间，好像正北方向有炮声。

罗玉川同志又拿起听筒说："怎么？把打鸭子的大台杆组织起来？五只渔船一组，藏在苇塘里……唔？大量用铁砂……阻止敌人进白洋淀。"打完电话，扭过头对我说："你们演你们的戏！"

今天回忆起来，这就是"雁翎队"的开始吧？

罗玉川同志守着电话指挥群众武装作战，很忙，我不便多说。走到戏楼，晚会正在进行，观众并不太多，北方二十里处有枪声，人们对于看戏有些冷落。

其实那时在冀中平原上，枪声炮声是家常便饭。第二天晚会，挂上幕布化好装等着，观众还是不来，只好去几个人，背上鼓、敲着锣沿街发动，走了几趟街才聚弄了一些人来看戏，因为枪声更近了。

演完戏回到董氏花园，罗玉川同志派人送信来，催我们离开这里。我立刻派人去县政府要了几只船。水榭上很冷，这天晚上我未睡着。天还黑着，人们就起来，牵牲口装船，急忙出发。

我们坐上船到同口镇，在村公所里打尖吃饭。这个村公所气魄很大。在大四方院子中间，用板凳支着几个柳条笸箩，笸箩里盛着大饼，用棉被盖着。旁边地上架锅烧水，一个老者，抄着手站在一旁，眯眯笑着说："自己拿吧，想吃多少就拿多少！"又说："外边有卖小鱼儿的，吃着方便。吃着喝碗开水，没有稀的。"

我拿了一个大饼，到门外买了五大枚的酥鱼，搁在大饼上，裹了个喇叭卷儿，一边吃着，一边喝着开水。这几年人们过的是军事共产生活，到一个村庄，吃了饭打下个白条就走了。

有一个人，我记不清是谁了，把大饼中间咬了个大窟窿，套在脖子上，一边耍着，一边吃着，引逗得人们咯咯大笑。虽然战斗频繁，人们还是充满革命乐观主义。

这次出去工作，围着白洋淀转了一个圈，在硝烟云雾、戎马倥偬中，仓仓促促，顾不得看清白洋淀的"庐山真面目"。

第二次到白洋淀，是一九四二年，"五一"大"扫荡"之后。

这年四月，领导机关已经知道日寇将以十万军队"扫荡"冀中区。四月，我们听了三纵队司令员吕正操同志的动员报告，决定化整为零，以小组为单位活动。动作要快，脚丫子闪击战。我的小组里有刘纪、段森和王敏，到深北县隐蔽。深北县文建会的同志把我们安排在石德路附近的"爱护村"里。在反"扫荡"时，近敌区是空隙地带，叫作"灯下黑"。平时街上看不见人，当吃派饭的时候，围着饭桌坐满一圈，冀中的、分区的、县里的、区里的，都集中在这里。我感到：人太多了，会引起敌人的注意。

于是立即行动。第二天我们穿过饶阳县境，越过滹沱河，到了献县的岳家庄。翌日一早，我们就听说敌人昨晚封锁了滹沱河；大堤上五步一个岗哨，夜间有灯笼火把，断绝了行人。

岳家庄一带，正是梨花盛开。梨林连绵不断，纵横三五十里，是打游击的好地方。可是敌人在滹沱河南里，"扫荡"得特凶；在麦田里拉大网，反复剔抉，在村里抓夫修路、修岗楼。过了几天，听说骑兵团被敌人击垮在石德路畔，政治委员杨经国同志牺牲了！

本来他们想越过石德路，到冀南去。第一天晚上没有窜过去，第二天晚上又没窜过去，第三天晚上就被敌人打散了，军马满世界乱跑。冀中人民群众没有不惋惜的。

在"五一"反"扫荡"以前，我们曾给骑兵团演了一场戏，闭幕以后，杨经国同志曾到后台来看我，和演员同志们握手言欢。他说："老梁！跟我们一块吧！有马、有枪！"当时我的心上曾为之一动：打游击有马有枪，倒是个好条件。不过六七十个人的队伍，有女演员，有小鬼队，怎么打仗呢？我迟疑了。杨经国同志看我犹豫，也就不勉强。

杨经国同志二十多岁年纪，穿着草绿色军装，非常英俊，革命事业在等待他，他的牺牲，使我们深为哀痛。

过了几天，我们越过肃河公路，到了肃北地区。在肃北遇上任、河、大联合县文建会的干部，我和王敏跟他们去任、河、大，刘纪和段森回蠡县去。到了目的地，足足睡了一大觉。天色一明就听说司政两部昨天晚上来到这个村。我喜出望外，就去看司令员吕正操同志。一个参谋带着，一进门就喊："有客自深北来！"吕正操同志细高挑儿，白净面皮。听得说，他由不得怔了一下，问："你从深北来，怎么样？"我向他汇报了日寇"扫荡"情况，汇报了我广大军民英勇反"扫荡"的情况。当我谈道："骑兵团被敌人击垮了，杨经国同志牺牲了！"他睁着大圆眼睛不再说什么。

在战斗的年月里，我明白一个高级军事负责人对军事干部的珍惜。尤其是骑兵，在平原上是多么的需要啊！我是明白他的心情的。

我回来吃了午饭，睡了一会儿。在睡意蒙眬中，听到枪声。我一骨碌站起来，跑到门外一看，尘埃蔽天，司政两部和群众团体的人，排着四路纵队，摞着膀子出发了。说是敌人围上来了。我们紧忙拾掇东西，跟群众一起，沿着街筒子向村外跑。到了村边上，遇上十几个背枪的同志，跟他们一起越过高阳县境，到了蠡县东莲子口村，在大"扫荡"中，蠡县是个空隙地带。

七月下旬，我们接到区党委的通知：敌人的"扫荡"是长期的，叫我们在肃北集中，到白洋淀去，准备过路。

到了肃北，看见火线剧社社长苏禄同志，他们也集中了二十多个人。"火线"是属于政治部领导的，"新世纪"是属于区党委领导的，经常是同台演出，并肩作战。

在肃北住了几天，由部队保护去白洋淀。当时我因反"扫荡"留下半尺长髯，出村时一个老太太走上来说："看你这么大年纪了，还跟着干吗，快回家吧！"我走过去安慰了她，其实我才二十几岁。

正是深秋时节，高粱晒着红米儿，玉蜀黍吐着花红线。我真是叹服交通员的本领，从肃北到白洋淀，没有走一条大路，也没有走一条小路，只是走过一块高粱地，又走过一块谷子地，半夜走到白洋淀畔的大树刘庄。部队放上岗哨，在村西的大堤上歇下脚来。

交通员告诉我们：几天之前，曾有"火线"和"新世纪"的几个同志，其中有苏禄的爱人路玲和"新世纪"的罗品，夜间在此处与敌人遭遇。路玲和罗品同志就牺牲在这里。她们与敌人遭遇后，一喊口令，敌人就冲上来，开枪射击。路玲同志当场被打倒，罗品同志跑下大堤，被敌人击倒在苇塘边上。在夜暗中，我没有看见苏禄同志的表情。在那个年月里，死个人也不算什么稀奇了。

路玲同志是火线剧社出色的女演员，一九三八年随"东北战地服务团"来冀中。她在战火纷飞中演出了不少的好戏，为冀中人民留下不可磨灭的印象。可惜她正在年轻，就牺牲了。过路的人们，展开一个红色大被，把她的尸首盖上。晚响，全村群众给她们送葬。

罗品同志是河南人。一九四〇年参加剧社工作，为我们的小鬼队做了大量的工作。她长于音乐和绘画，她谱的《青年颂》，高亢的音律传遍冀中平原。她画的宣传画，清淡而有特色，是一个有才能的人。可惜，只二十多岁年纪就牺牲了。

到了白洋淀，正是蓼红芦白、淀水秋深的季节。淀水绿幽幽，淀边上长满了各色的野花。陆地上人们都是种庄稼，淀里人们都靠治鱼介苇为生。男人们下淀捕鱼：有撒网的，有搬罾的，有下虾篓子的，下苇帘子（迷津）的……忙个不休。女人们都是织席，破苇，碾苇篾子。淀里人们的生活习惯和陆地上人们不同。

原来白洋淀是个清净地方，现在，附近县份的大队、机关、干部都集中在这里。淀边上，背大枪的、挎盒子的、拿手榴弹的，人来人往，摩肩接踵。我们正为找不到一个堡垒（地道）发愁，遇上冀中公安局副局长王冀农同志。他说："这个不难，你就跟着我们吧！"他抬起手画了个大圆圈，说："一个苇塘纵横四五十里，敌人来了，往苇塘里一钻，就万事大吉！"他告诉我说，敌人的机枪子弹在苇丛里窜行，五十步以外就无力了。

吃过晚饭，我们随王冀农同志坐船到大淀对过去，淀上有风，挺凉爽。到了苇塘边上，蚊子成群。蚊子的个儿实在大，说像飞机，有点玄乎；说像一个小蜻蜓，一点儿不假，叮人挺疼。

睡觉时，把苇席铺在草上，盖上被子，以防蚊咬。可是，第二天黎明一醒，满淀上雾露，席子上是水，被子和衣服都潮湿了。皮肤红肿，是夜间被蚊子咬的——夏天，被子盖不住。

淀里虽然保险，可是这个罪儿实在难受，只好在淀边村里住下。

住了三两天，指挥部命令：造几天的干粮（烙了饼，切成棋子块，在锅里爆干）装在干粮袋里，坐上渔船，到指定的地点集合。小船走在水面上，轻轻划开淀水的波纹，绕过一条渠道，又过一个大淀，再绕过一条渠道，又是一个大淀。在淀边下了船，我们就在这个苇塘里住了三天。

芦苇有手指粗，有一房多高，长着绿色的宽大叶子。我们把芦苇放倒，睡在上头。苇地上有蘑菇和黄色小花，鸟在叽叽喳喳叫着。我们谈天或是说笑话，实在闷了，就到淀边上去玩。七月中旬，正值荷花盛开，鸡头米长成拳头大，菱角开着白色的小花。淀水清澈，看得见水中的游鱼，有一二尺长的大鱼。可是闻香不到口，我们饿了只有吃几口饼干，渴了喝两捧淀水。在战争中，亦无心欣赏淀上风光。

在一个下午，我们坐渔船出发，船队很长，穿过几条渠道，划过一个大淀，中途有一个小岛，岛上有很多老树和苇垛。船队划过的时候，一群群水鸟飞起，有长颈鹭鸶、野鸭、五彩水雉和许多不知名的小鸟喳喳叫着，轰然而起。

下了船才知道这次过路的共有三百多干部，由三个连队护送。太阳平西，我们的队伍出发了，成一路纵队，前头有部队开路，后头有部队殿后。还是不走路，在青纱帐里穿行，远远可以看见敌人的岗楼。天道热，口中奇渴，嗓子里像冒烟。当经过瓜园的时候，眼看着白皮的甜瓜、绿皮的西瓜，一个个在眼前溜过，心里羡慕已极，可是大家都有遵守纪律的习惯，没人动过一个。珍重和农民的关系是大事。

夜行军，队伍走得很快，走一会儿跑一会儿，跑得肚肠痛，出了浑身大汗。实在太渴，在月光之下，看见车沟边草底下有星星的闪光，趴下就喝，很解渴。直到现在也闹不清是什么滋味，是马尿还是雨水。

过铁路之前，队伍停了一刻，部队赶过去，我们走到铁路边的时候，敌人在车站上开了机枪，机枪嗒嗒地叫着。原来正在漕河车站的栅栏口上——我也真是闹不清，为什么非在敌人栅栏口上过沟不可？人们一时惊慌，忽地跳进护路沟里，沟底有一丈宽，有一房那么高。接着，又争先恐后地往上爬，沟上有人持枪指挥，可是在枪林弹雨之中，也听不清他说的是什么。

见有人跑上去，我往上跑了几次，都滚下来，实在太累了，只好在对过坐下来歇一会儿。喘了几口气，看见土坡上有个树卜，有人从那地方跑上去。我站起来，两手掐着腰，憋足了劲，跺了一下脚，跑上去，正好有一只脚蹬在树卜上，我好容易扒住那只脚，那人急了，用力一提腿，把我提了上去。在夜暗之中，也看不清是谁，竟有这么大的力气！

机枪还在响着，我在沙地上跑着，眼看左边倒下一个，右边又倒下一个。不知怎么，我也闹了个前失倒下去，摔了个大跟头。这时我心上很清醒，想是中弹了。机枪还在响着，我躺在地上，伸开两只手摸着，摸不到潮湿，也没有血腥味。觉得脚脖子有些痛，坐起来一摸，脚脖子直了，我用两手一扳，咯吱一声，脚不痛了。站起来又跑，直到跑出危险地带，才喘过气来。

前面经过一个村庄，村边积雨成河，一边蹚着水，用两手捧着水喝了一个饱。过了河，天就黎明了。走过村庄，天已大亮，有人挑着筲出来饮牛。刚从井里打上水来，我又扒着筲桶喝了个饱，说："真是浇心火！"

又要过封锁沟了。井台南边，是个岗楼。岗楼南边是一座高山。我想为什么单在敌人岗楼底下过封锁沟？直到交通员从岗楼里搬出梯子来，叫我们过沟，我才认识到交通员的本领。当我们过铁路的时候，敌人在电话中知道我们要进山，把队伍拉到道口上去等伏击，可是我们偏不从道口上过。真是诸葛亮有诸葛亮的谋略，司马懿有司马懿的谋略。或胜或败，各有千秋！

交通员又拿出一条绳子，有的爬梯子，有的拽绳子往上爬。正在爬沟，敌人又赶过来，战斗开始了。两方各有一挺机枪，嗒嗒响着。战士们喊着话："中国人不打中国人！"就这样，我们一边打着仗，一边跑，跑了一夜，身上也实在太乏累了。我左手提着一个小夹袄，右手提着个小包袱，就像有几十斤沉重。"火线"的张刃先同志给我背上小包袱，我才一步步爬上山去……

从白洋淀到易县北水峪，一夜之间跑了一百七十里，又爬了个八里地的山。

离开北水峪，向唐县的北洪城进发，中途路过完县的北大悲——冀中后方勤务部所在地。我们在这里歇下来。听说三纵队政治委员程子华同志回来了，那天晚上，我去看他。

进了门，他正点着一盏小油灯吃晚饭。桌上摆着一碗烩菜，一碟大酱，两根干葱，几个馒头。他叫我坐下一块吃，我有点不好意思。子华同志是参加过长征的老一辈的无产阶级革命家，生活如此清苦。据说，他向来饮食有度，起居有节。直到现在，已经七十高龄，身体还是很健康的。他在那年春天带十六团、十七团、十八团、二十三团、警备旅南下讨逆，去打了朱怀冰、石友三。风尘仆仆，打了胜仗回来。据说这个战役打得很漂亮。

子华同志是冀中广大人民群众信得过的领导者。在区党委主管军事，后来兼区党委书记。在冀中工作期间，做了两件大事：一是肯定土炸弹，开展了全区民兵的爆炸运动。一是肯定了地道，开展了全区群众性的地道战。

那是一九四〇至一九四一年间，蠡县三区群众为了掩护干部，发明了地道。为此在党内引起了很大的分歧，有的说这是"退却路线"。县委书记王夫同志因此去职。子华同志以军委书记身份召开了会议，听取了汇报，最后肯定："没有地道，不能保存干部，不能坚持平原游击战争。"立刻下令，发动全区人民群众，构筑了街通街、村通村的大型地道，开展地道斗争。在那样艰苦的年月，民兵和地方部队依靠地道作战，展开地道战，赢得平原游击战争的胜利。子华同志肯定了地道斗争，为党、为国家民族立下不朽的功勋。冀中广大人民群众是永远不能忘记的。因为地道不只掩护了干部和武装，也掩护了广大人民群众。

《天津日报》1978年12月7日

保定二师"七六"惨案四十七年祭

今天，我怀着沉痛的心情，悼念为二师七六学潮牺牲的烈士们。你们的鲜血已经开出鲜艳的花朵。你们为中华民族的解放事业所进行的英勇斗争，将同你们的英名一起永垂不朽。

河北省保定第二师范学校建党较早，从保属地区建党以来，就是一个革命的堡垒。每当放寒暑假，校党团支部布置假期工作时，总要求同志们回乡发展农村党团员和赤色团体。有些新建的农村党团支部和小组，在校党支部领导之下，培养教育几年以后才转到地方。

由于蒋介石发动四一二反革命政变，北伐战争遭到了失败。为了回击国民党反动派，同学们以合法斗争的方式，发动了轰轰烈烈的学潮斗争，赶走了紧紧追随国民党反动势力的校长秦万瑞，赢得了斗争的初步胜利。

接替秦万瑞的，是国民党西山会议派的张陈卿。他到校之后，以"学者"自居，昂首阔步，目中无人。曾在周会上公开攻击共产主义，胡说："你，马克思哩！牛克思！不合中国的国情。你是站不住脚的！"但是统治者毕竟是统治者，只要他们一天不放弃压迫和剥削，就会暴露于光天化日之下。一九三〇年暑期共招两班学生——十二班和十三班。但他不同时招生，而是暑期前招收一班，暑期后招收一班。只暑期前一次招生，报名者就有二千五百人之多，可以收到二千五百元的报名费。除去请人看卷的招待费、考卷纸张费，两次招生就贪污三四千元之多。

揭露张陈卿的贪污案，在校党组织内酝酿很久，直到一九三一年暑期才发难。那天晚上，趁校长和训育主任参加欢送高级班同学毕业的联欢会之机，发动了学潮斗争。

半夜子时，全校电灯忽亮。学生纠察队已割断电话线，在会计课（有钱）、校长室、训育主任和教务主任门口放了岗哨。学生会召集了大会，宣布了张陈卿三大罪状及贪污事实，宣布学潮斗争开始。随后也在各班开了大会，发动学生讨论分析了河北省教育界的政治情况，分析了"留法派"和"留美派"的矛盾，并在大会上做出决议：一、派代表团赴天津，到河北省政府告状。二、派代表团赴北平，举行记者招待会，公布二师同学发动学潮详情，争取正义的社会舆论。

经过三天斗争，结束了学潮，派代表欢迎开明校长进校，人皆欢喜。

一九三一年二师学潮斗争，积累了几次学潮斗争的经验，利用敌人内部矛盾，取得了胜利，表现了合法斗争高超的艺术。

新来校长比较开明,表示愿与学生会合作,办好学校。学术空气活跃起来,成立了文学研究会、社会科学研究会、世界语学会、武术会等,校长还亲自教授世界语。学生团体如春蕾绽放,同学们自己办的各种刊物,如雨后春笋。

这年九月十八日,日本法西斯在东北发动了九一八事变。同学们听到这个消息,蜂拥而至图书馆,看到报纸上的消息,想到当亡国奴的命运,皆义愤填膺,顿足号啕。

面对日寇入侵,蒋介石却抱"不抵抗主义",采取逆来顺受态度,因此,东北驻军未还一枪一弹,节节退却。

素有革命斗争精神的二师学生,进一步看清了蒋介石卖国贼的真面目,于是奔走联络,建立保定学联,在南关大桥旁召开了保定学生抗战誓师大会。第六中学的国文教员登台讲话,他慷慨激昂地喊:"诸位同学呀!我们每人预备一把小刀子呀!割断日本鬼子的喉头呀!"

同时,二师同学又要求学校当局建立了学生军,开了军事课,进行了军事训练,准备开赴前线。

此时,上海学生罢课,工人罢工,人民群众上街示威。全国各地情绪激昂。十二月,北平、济南、上海、广州学生入京大请愿。请愿队伍刚到中央党部门前,军警开枪,用刺刀乱刺学生,死伤三十余人,一百余人被捕。

消息传来,二师同学群情激奋,"不救国毋宁死!"的口号响彻古城。自此,每日下午课毕,同学们便三三五五携带宣传品出门,深入码头、工厂、农村,演说前线及各地群众抗敌情况,发动广大群众起来抗战救亡。

正在动员抗战的紧急关头，南京政府下了连坐法。大意是：抗战是国家的事，读书才是学生的事，读书就是救国。学生不守校规，师长负责；师长不守校规，校长负责……他们妄图端起这盆冷水，浇灭学生界抗战救亡的烈火。

二师学生并不为反动派的恐吓所吓倒，而是更加努力，以合法方式组织粉笔队，深入大街小巷，书写抗战标语，散发大量的宣传品。同学苏瑞章、刘光宗两人到第六中学墙上写标语，被校长黄际蒙派人逮捕，送市公安局法办。这更激怒了抗日青年，大家列队到公安局门口示威，要求抗日自由，释放抗日青年，大骂黄际蒙的汉奸行为。这时发现有人对抗日青年盯梢。为时不久，藏金召、王金荣二同学带宣传品赴东郊兵营一带宣传，被特务拘捕。但在保定学生抗日救亡的威势之下，统治者当局不得不释放被捕同学。然而，他们还是不准备抗战。实际上某些人正在寻求门路，企图步徽、钦二宗之后尘，走投降的道路。

一九三二年一月十八日，日本海军陆战队在上海登陆，十九路军自动还击，各界群众奋起抗战。事变震惊全国。但是蒋介石下令中国海军不准配合十九路军抗战，并截留全国各地对十九路军的抗战捐款。这进一步暴露了他们的狰狞面目，保定学生忍无可忍，于是志存中学爆发了抗日学潮，驱逐反对抗战的校长张澍，学潮长达半年之久。

统治者为了镇压华北学生抗日运动，四月宣布："因兵乱提前放假。"俟学生回乡之后，又宣布："解散第二师范……"其实，"兵乱"是假，"解散"是真。于是同学们选举了留校代表团，住在保定日报社。当统治者宣布解散母校之日，代表团立即回校，呼吁同学即速返校护校。

当时政治形势是：日军已经占领东北。本年三月，伪满洲国成立。四月，日军开始进攻热河省朝阳寺，进军华北。国难当头，强敌压境，正是需要抗战力量的关键时刻，统治者却疯狂镇压群众抗日。当一部分同学返校后，军警齐出，包围了母校，断绝了米面柴菜的供给。在校同学面对气势汹汹的敌人，立即拿起武器进行战斗。

当时代表团估计，敌人企图饿到同学无法忍受时，订城下之盟："自此不得再有抗战行动……"但是，同学们都下定决心坚持斗争，拖延时间，待机解决。因此，米面吃完，挖食了校园的藕，宰杀了几十条看家的狗。而后，又以英勇机智的行动，进行了两次购面斗争。

当时，中共保属特委，不同意再坚持下去，以免发生意外。写信拴在石头上投入学校，并建议保定学联发动青年学生向校内投掷烧饼和大饼。保定学联还派人化装成家属进入学校，传达意见。

但是，九一八事变之后，学校党支部对运动的领导，落在有觉悟的同学之后，无力控制这一大规模的抗战救亡运动。对如何结束这场斗争，意见分歧，一时很难一致。

在此斟酌不定之际，保定军警荷枪实弹，于深夜向母校发动了袭击，于是血淋淋的白色恐怖笼罩了保定上空。

同学王慕桓正在北操场站岗，见有敌人隔墙跳进来，他手持单刀，呐喊了一声，一刀卸下了敌人半个膀子。敌人扒倒围墙，冲进校内，于是展开了北操场上的一场白刃战。

同学们看到寡不敌众，呼喊退守二道防线（大礼堂门口），招架了一阵，继而退守三道防线（图书馆门前）。我们敬爱的贾良图同学，为阻击敌人牺牲于此处。

后来，同学们到了教员休息室，见有一同学手提自己的肠子，鲜血淋淋，匍匐爬进，破口大骂："蒋介石当汉奸了……"（笔者书至此处，潸然泪下）。

斗争至一九三二年七月六日天明，当场共牺牲贾良图、王慕桓同学等八人，伤陈锡周、边隆基等四人。臧伯平、朱瑞祥、王育洁等五十余人被捕。潜于储藏室内，脱险者蒋东嵋一人。从医院营救脱险者陈锡周、焦振声二人。通过士兵关系脱险者陈健民一人。

七六惨案过去两月，高蠡中心县委地区农民拿起枪来，举行了武装暴动，建立抗战武装，迎接红军北上抗日。除保属地区农民参加外，尚有安新、无极、藁城、完县等地农民参加，天津的洋车工人亦有赶来参加者。

统治者为了镇压全国工人、农民、学生的抗战救亡运动，叫嚷："攘外必先安内""言抗日者杀无赦"。并宣布："批评南京政府不抵抗政策者，为危害中华民国罪。"其反动态度已暴露无遗。统治者为了镇压高蠡暴动，把刘光宗、曹金月、杨玉林、杨鹤生四同学从监狱里提出，说："你们的官司打完了，送你们回家……"装上汽车，通过大街向西关驶去。杨鹤生同学看刑具未除，形势不对，说："光宗弟！这不是送我们回家，是去西门刑场！"于是大喊："中国共产党万岁！打倒日本法西斯！"刘光宗同学即开始向群众演讲。大街上行人都围过来看，人山人海，人皆称赞："这是真抗战！""真是英雄！"两旁店家举出酒碗，向英雄们敬酒，并有向汽车上投水果者。街上人们讲起他们因抗战致死，纷纷落泪。

第二师范解散之后，伪教育厅派亲日派萧汉三来掌校。他以法西斯手段，解散了所有教职员工，重新招生，另起炉灶，改名"保定农村师范"，实行三杆主义——笔杆、枪杆、锄杆。但他的目的并不是向学生们灌输抗战思想，而是进行奴化教育。素有抗日革命传统的二师同学，看穿了他们的阴谋，以郭德昌等同志为首，掀起了驱萧学潮，相持数月之久。并且郭德昌等同志到天津，找到名律师张绍曾（此人现在是天津政协委员、法律学会的会员），以确凿证据，向高等法院起诉。伪教育厅不得不撤换萧汉三，另派孟夫堂掌校。郭德昌等诸位同学，不愧为二师同学！不愧为抗日救亡的英雄！

但是，林彪、"四人帮"却肆意诬蔑二师七六学潮为"王明路线"，诬蔑七六惨案烈士为"王明路线牺牲品"，诬蔑写二师学潮、高蠡暴动的书为"为王明路线树碑立传"。颠倒是非，指鹿为马，玩弄笔墨，极尽其造谣中伤之能事！他们把二师七六学潮和当时抗日高潮的时代背景割裂起来看，说不应该在城市里闹革命。我们是历史的见证人，我们是从抗日救亡的白色恐怖中过来的。当时在共产党领导下，广大工人、知识分子行动起来了。北平、天津、上海、济南、广州、西安等城市的工人、知识分子、学生首先行动起来，二师七六学潮是发生在王明路线在党内居统治地位的时期，但是不能忘记是在九一八事变和一·二八上海抗战之后，日军已开始进攻华北。尤其不能忘记的，保定城与抗战前线近在咫尺。日本特务化装成学生、小贩、僧侣，在北平、天津及华北农村已经开始大肆活动。全国人民，工农商学兵一齐来救亡，难道保定人民就可以身处桃花源，甘当亡国奴吗？有人说："不应回校，不应被围困在学校里。"不到学校如何护校？被围困又是谁情愿的？有人说："可以不护校。"我们说，你不抗战不更无危险吗？究其实，阶级敌人毕竟是阶级敌人，你是抗战救亡的，反动统治者要"先安内后攘外"，这就是冲突的焦点。也有人说："不应该向敌人猛打猛冲。"我们要问："难道俯首就擒为好？"我们要历史地看问题，离开当时具体情况就很难辨明是非。

中华人民共和国成立之后，人民政府曾将要犯十四旅旅长陈冠群，从开封押回保定伏法。我们也曾走访河北省政协委员、当时任河北省政府主席的于学忠。据于学忠谈：当时包围第二师范，逮捕枪杀二师学生，并非伪河北省政府决定。

由此看来，当时二师留校代表团对形势估计是正确的。困难当头，大敌当前，按当时形势不应有此案发生。但是，毕竟发生了。这只能用马列主义才能解释通：你要抗日，他要偷安，并且正在寻求门路投降，怎能不对要求抗日的青年学生实行血腥镇压呢？

当时的青年学生，年岁小的十五六岁，最大年龄是二十二三岁，在革命高潮时的英雄行为完全是可歌可泣的，是值得我们学习的。当时广大人民群众正在起来，欢呼抗日武装的形成，迎接红军胜利前进，抗日高潮正在蓬勃发展。

至于在"文化大革命"中把"七六"烈士纪念碑毁掉，把高蠡暴动烈士陵园糟蹋得不像样子，把烈士翟树功的纪念碑砸碎，这是林彪、"四人帮"出于篡党夺权的需要，是其反革命罪行的铁证。

当时的共产党员、共青团员和革命青年，是怀着共产主义的远大理想走上战场的。现在，党中央已经粉碎"四人帮"，开始了社会主义现代化的建设。烈士们！亲爱的同学们！你们安息吧！你们受的诬蔑，由我们和广大工农群众来洗刷干净，广大工农群众是站在你们这一边的。你们完成了时代赋予你们的光荣任务，你们的遗志，我们正在实现。你们的父母就是我们的父母，你们的子孙是党的儿女，他们会在党的培养下成长壮大，成为可靠的接班人。烈士们，安息吧！

《保定日报》1979年7月6日

在《新武汉报》的日子里

接到老朋友的信，屈指一算，离开武汉已经二十五个年头了。

如果不南下，也许我不会到报社去工作。再者，如果不是为了写《红旗谱》这部书，我也不会南下。

要写《红旗谱》这部书，还是在一九三五年，从山东剧院回到北京，和老朋友岳路住在北京西城前英子胡同公寓的时候。当时年轻，创作欲正浓，写作的热情挺高，等坐下来，写了几章就凉下来了。寻思了一下原因，一是生活不足，二是没有打过游击战，三是还不能掌握长篇的技巧。于是只有改变计划，写了一个短篇。

第二次写《红旗谱》是在一九四二年，这时创作欲也很高，除了听到的以外，特别到玉田村，拜访了参加高蠡暴动的老同志们，记录了语言和材料。可惜的是在战争环境，战斗频繁，静不下来，这次写了一个短篇和一个中篇。虽然如此，二师学潮和高蠡暴动这个题材，永远在我脑子里转着，朱老忠、严知孝、大贵等人物、故事和细节常常在脑子里盘旋着。

自从日本鬼子占了东北四省，到一九三七年，这个时期，就不想写文章，成天价东跑西跑，中心工作是发动群众起来抗日救亡，争取不当亡国奴。一直到一九四二年，才深入农村，体验生活。不体验则已，一体验农村生活，确实明白了生活的不足，除写了几个剧本外，不足以写出长篇小说。一九四五年，开始到一个县委做宣传部长、副书记的工作。不做实际工作则已，一做起来，每天忙得不行，一大溜子工作没个完了，先是反奸复仇、反黑地、反国特，后来又是土改试点、土改运动……

华北的土改运动，我是从博野十二村土改试点开始的。直到一九四八年，复查运动完了，想拿起笔来开始写作的时候，我又发现从一九三八年到一九四二年这一段时期里，未做实际工作，生活上是个空白。你说是个空白吧，可也老是在乡村里出溜，在剧社工作，从这个村庄到那个村庄，但只是搞演出工作，没有亲身与实际工作相结合。这段空白，大概是合理负担、统累税、减租减息……一溜子群众运动。因此，我要争取南下，到新开辟区工作，重新做起。于是给党委打了报告，由于老同志的帮助，一九四八年随军南下，一九四九年才到了湖北襄阳地委做宣传工作。果然不出所料，一上岗位，第一个中心工作就是剿匪反霸，接着就是减租减息、土改、复查等一系列工作。这一次土改，还是我搞的第一个土改试点——刘爷庙试点村，总结出经验，再推广到全面。

做了一段新区工作，接触了新人物新事物，思想有了新的变化。农村工作十年了，掌握了农民运动的规律，也做上了负责的工作，又不想回到文艺工作岗位了。不巧，土改完了，要抽调干部补充机关。当时党中央要调大批干部进京。

农村工作十年，有了工作经验，掌握了农民运动的规律，懂得了农民，心里有了小打算，乐不思蜀了。正好，遇上一件腻味事，省委要调动我的工作，到了《新武汉报》。组织部告诉我是先念同志调我去的，第二天找先念同志谈了话，在他家里吃了饭，就走马上任了。

当时，我做这个工作很不相当。那些年里我一直做农村工作，我了解农民，了解农村，比较地熟悉了农民运动的规律。我未做过工人工作，不了解工人，不了解工厂，不了解城市工作，不懂得工人运动的规律，我的难处就来了，觉得做不了这个总编辑。可是市委跟我谈话时，还叫我一人负责，把工作做好。你看，不懂还要负责，有多难呀！

但是，我自十四岁入团，那时也三十多岁了，老干部了，没有说的，还是硬着头皮答应下来。为什么说硬着头皮呢？我南下的目的，不是要到报社当总编辑，是为着写长篇小说《红旗谱》，去补足生活这一课。但是到了目前境地——党的需要，我只有重新学起了。重新学起实在不容易，城市工作是新工作，新闻工作也是一个新工作。

到了报社，和大家见了面，一拿工作，不行，"冷手抓热馒头，抻着两只手作难"。

《新武汉报》的前身是《大刚报》。编辑部和工厂共有二百人左右，有十几个党员。我是一个新来的人，一个人掌握一个报社——党的喉舌、理论机关，难呀！亏的是其他领导同志来得早一些，比我工作熟悉。此外还有些老新闻工作者，虽然我是新来的吧，到了一块，大家倒挺和谐。

一个人到一个机关，我想一定遇上很多困难。其实不然，这二百人中，没有一个人跟我为难，他们都欢迎我这个年轻的老干部，而且尊重我，工作很顺利。分工的时候，我是"脑筋清醒"的，每天晚上看四大版清样。

我是社长，得参加市委的会议，参加社会活动，参加演讲团，到各机关作学习报告。工作虽然忙，但很好做，因为那时都是一些青年人——大学生和中学生，他们要求我给他们讲"党的工作的四个法宝"，讲"怎样读书"。当时，新参加工作的青年，还不会用马列主义分析十八、十九世纪的文学高峰。有一次我讲了怎样读《安娜·卡列尼娜》，第二天就有一个女同志找我，说她有错误思想。她一说，我就明白了，安慰她说：知道是错误，改了就行了！她还觉得怪不好意思的。我劝她多读毛主席的文章，读马列主义。

当时，我每天上夜班，看四大版清样。不只看正文，连广告都看了。二百人中有十几个党员，我每天除了一般工作，还要负责全报社的其他工作。十几岁、二十几岁的青年记者，文章经常写不通顺，我得一行行看了，改了，有时改得很多。甚至广告中也出错误。有错误，我就得改。改得多了，编辑部不高兴，工厂有意见，因为改得多了，经常推迟出版时间。他们有意见我也不管，反正我要看完四版清样，看不完不签字；不签字，他们就定不下版，出不了报。因此发生一些小矛盾。但未形成意见，因为他们知道我是外行，不会做新闻工作，他们谅解我。

就是这样，我的苦处也吃大了。晚上八点钟上班，看一会儿书，等一会儿看一版清样，等一会儿看一版清样，有时中间距离大，就想睡一会儿。正睡着，工人同志送了清样来，又把我叫醒，我只好在迷糊中看清样。于是工人同志们有了反映，说："梁社长看清样，老是迷里迷糊的！"这是真情。我晚上上夜班，有时两三点、四五点钟才睡觉。刚睡下不久，窗外就有叫卖菜声，我就睡不着了。他们都是老新闻工作者，晚上上班，白天睡觉，是老习惯。我则不然，我的老习惯是晚上睡觉，白天上班，正好倒了一个过儿。因此不久，在检查身体的时候，发现血压高了。这一段工作就是我患神经衰弱、失眠、血压高的开始。

除此以外，就是武汉天气太热，每年五月开始进入夏季，九月才进入秋季，热度极高，连电扇的风、桌子、床上的席子都是热的，只有睡在澡盆里，放上凉水。当温度高起来的时候，只早晨上一会儿班，伏天停止上班。虽然如此，过一个夏天也掉一身膘。因此北方人每至五月，即开始向老家送孩子。据说武汉是中国三个火盆之一，除武汉外，还有南京和重庆。

话虽如此，武汉也有适意的地方：夜间看完一版清样，摇着扇子到大门外马路上散散步，有卖馄饨的，卖米酒汤圆的，卖莲子的，卖热干面的……歇班的夜晚，到长江边上的茶棚下，沏上两毛钱的茶，躺在竹椅上一睡，江风徐来，也怪凉快的。

礼拜的日子里，坐上轮渡过得江去，走上蛇山公园，在黄鹤楼头、松树林中、竹丛之下散步，仰听各种的鸟叫，啾啾唧唧，俯视长江自西方滚滚而来，龟山全貌，尽在眼前。

谈到生活，武汉是比较讲究的。当时，衣食的样式，比北京还好。武汉的姑娘们长得又白又漂亮，身材适度，工作起来特别起劲。靠墙泰的西餐，老通成的豆皮，冠生园的饭菜，味道都有特色。再说一样，据说湖南人请客是请吃菜，不像北方人请吃饭。武汉人请客却是请喝汤，一碗这个汤，一碗那个汤。武汉有一个小馆子，专门卖汤：八卦汤、鸡汤、排骨汤……喝汤就芝麻烧饼，不卖饭。再说一样，别处没有，酒馆里专卖烧鸭子舌头下酒。我曾想过：柜台上那一大盘子鸭子舌头，得捕多少鸭子呀？原因是武汉江湖野鸭特多，有以捕野鸭为业者，因此才有这么多的鸭子舌头。虽然如此，谈起风味，吃遍北京、武汉的饭，都不如襄阳的大华饭店，大华饭店的南味，真是有一种特殊的风味。时隔二十五年，又不知大华饭店今日是何光景。

说了一大段吃喝，可不能误会。在《新武汉报》的日子里，工作是忙碌的，吃点小吃，只在工作之余。时间长了，觉得肚子有点素了，想吃点东西。这一次你请客，下一次我请客，轮流坐庄，联络感情。谈了半天生活，并不是为了别的，请同志们彼此回味一下在《新武汉报》的日子。

我是怎样在武汉写《红旗谱》的原稿呢？

一九五二年定级，有了工资。一九五三年开始休假，这一年我到北京休假两个月，住在西山碧云寺。休假就是休息。白天游山看景，逛香山、卧佛寺、周家花园、八大处；晚上睡在床上，轻轻听着松风鹤鸣。猛地想起一件事，我是文艺工作者下乡来的，来深入生活的，怎样忘了写文章呢？于是开始写《红旗谱》。那时写的《红旗谱》还不是今天的《红旗谱》，是《战寇图》。没有想到，一下笔特别顺利，好像笔尖上流出来的，心如平原走马，易放难收，半年写了一部原稿，还修改了几次。

为什么写得这样顺利，我想了一下原因：是生活充实了，有了基础。深入了实际工作，有了工作经验。经过了抗日战争，当过一阵大队的政治委员，没有打过大仗，可是也指挥过小仗，听得多，经历的事故多了，见了世面，闯荡了广阔的天地。

时间经过了二十五年，年轻的同志们在党的领导下成长壮大，都成熟了。今非昔比，现在的《长江日报》，别具风格了，受到广大群众的欢迎。祝《长江日报》的全体同志工作顺利，身体健康，为党的工作做出功勋。

《武汉日报》1979年9月14日

夜走黑虎岭

我们是一九三七年中秋节后离开蠡县的。当时冀中第一个游击队已经诞生，为了争取合法存在，我和廷华、知吾奉命去找温建公同志商量办法。我们到了林县见到温建公同志，他热情地接待了我们，并答应想办法。但待不几天，日寇占领了京汉路，国民党大军溃退，土匪横行，路途难通。我们想方设法，忧心如焚，但在这大动乱中，我们脊梁上长出翅膀，也难飞回去呀！不能按时回去，将来怎么和同志们见面呢？

我们住在林县政治处，等待机会。政治处主任闻允志同志留我们在那里工作。有一次我们下决心回去，背上背包走出村去，他又派人把我们追回来，说："这里有党，这里需要干部……"坚决要我们在这里工作，但是我们不能。

凑巧，王志远同志带着两个学生从大合沟下来，要回冀中去。王志远同志是经过政治风浪的老同志，跟他一块搭伴，是靠得住的。他的两个学生是刘泠君和徐宗义，还有我们的老朋友刘馨南。此外，还有另一伙，一个叫李华民的，也带着一伙学生同行。

李华民是个细高挑儿，脑袋不大，三角眼睛，两撇黑胡子。穿着个灰色袍子，很短，像把雨伞。当时据说这人是个"托派"，但不知后景如何。

决定农历正月十五以后出发，我把大衣给了青季，穿了他的布袍子，很像个农民打扮。出发的那天早晨，知吾、廷华、青季把我送出村外。在一块战斗了一年，怪留恋不舍的。本来想一块回去，因为他们接上了党的关系，组织决定不让他们回去，也无办法。自此以后地分南北，不知何时才能见面。

林县地区，四围高山中间平坦。出发的这一天，青天黄地，万里无云。我的心情很舒畅。一行雁群从高空里飞过，嘹亮地叫着，春天来到人间。

中午以后进入山区，爬山路已经习惯了，因为我们是从彭城跟着民训处第二大队队长李宪周同志到林县的。李宪周同志是个老党员，照顾我们很周到，当时他也想回蠡县工作，我们也希望他回去。

路上走着，志远就吧唧嘴，说："我觉得身上不好……"我说："是感冒啦？"一边走着，直说不好，越走越慢下来，走不动了。李华民他们那一伙走在前头，一股劲儿喊我们，嫌我们走得慢了。李华民回过头来，张开大嘴说："在革命的道路上，牺牲个人不算什么，也值得那么……"后头那句话我没听清楚，反正不是说好听的。李华民这么一说，馨南火了，说："咱们不跟他们一块走了，填上咱们的护照！"志远取出护照来，馨南写上。馨南说："……我们都是老同志，有祸同当，不能把我们的同志扔在半路途中！"

于是，李华民一伙就和我们分手了。在这刻上，有一个人不言声儿地离开了我们，跟着李华民他们那一伙走了。我们也未叫他，由他去吧！

途中，经过一个工作团的驻地，我们在那里落了一下脚，打听了一下前方的情况，继续前进。走了两天，走到一个大山峡谷里的小镇子，房屋被烧了很多，满村子飘着布臭气，墙根下的檩木还冒着烟，燃烧着。说是日本鬼子才"扫荡"过去了。我们不能久停，立刻转回来，回到工作团，跟负责同志说了，负责同志说："你们还没这个经验，山地行军，日本鬼在山那边，你们在这边，到哪儿去都无事！"他一说，我们也就明白了。第二天我们又折转回去，继续前进。说真的，抗战才开始，我们确实还缺少这种经验。

回到那个峡谷中的一个小镇子，还是人烟清冷，打听了一下消息，说是杨秀峰司令员曾到这里慰问群众。我们就知道此地已经是杨秀峰等同志他们创造的冀西游击区的边缘。自此，我们就可以放些心了。

我们找了一个小饭铺休息下。小饭铺临门是一座炉灶，老太太拉风箱，儿子当炉。屋子里是一条大炕，我们躺在炕上默默地休息，我在考虑这趟旅途的艰难。一会儿工夫，不知为什么，儿子和老父亲打起架来，老母亲在流着眼泪喊："儿！儿！我的好儿！"仔细听时，是因为父亲不听儿子的话，日本鬼子来"扫荡"了，没有仔细坚壁清野，粮食和衣服被日本鬼子抢了个精光。于是儿子有些没好气。

一家三口，打架平息了，还得做买卖，给我们端上来烙饼、炒鸡蛋，还有鸡蛋汤。深山里吃鸡蛋是不费难的。

吃了饭，算了账，我们继续行路。路上，志远同志说："我还觉得不舒服！"我们认为是吃东西吃得不得劲了，说："走几步就好了！"

继续走了一会儿，他又说："不行，我头晕！"我把手放在他的天灵盖上，感觉热乎乎的。刘冷君和徐宗义一边一个，架着他一步一步走着，傍晚走到一个小山村，歇下脚来。村中无店，找了个人家住下。黑灯瞎火里，我和馨南同志找保长买米做饭。志远没有吃饭，躺在炕上哼哼着。我和馨南在屋子地上转磨磨，出门在外，人地生疏，半路途中闹病，实在为难。志远说："我不行了，在这里停久了也不好，你们走吧！"馨南说："咱们老同志了，有福同享有祸同当，我们不能放下你不管？"

几个人在地上走走转转，实在为难，我们都知道他在地下工作的时候，被捕过三次，受过电刑，体质不好，万一出了事情，可是怎么办？最后问到老乡，本村无医生，老乡说："离这里三里地有个医生，不知道你们请来请不来？"

馨南说："请来也得请，请不来也得去请，我去请吧！"最后，志远的两个学生闹着去。这天晚上没有月亮，老乡给了一个纸灯笼，照着路，就出发了。

我和馨南坐在炕沿上，守着志远。他躺在炕上，一动也不动，鼻孔里呼呼地出着热气，伸手一摸额上，滚烫滚烫的。我们两人像木鸡一样地坐在他的头前。在黑暗中，我伤心得流下了几滴眼泪。

时间不长，有一个多钟头的样子，冷君和宗义引着一个老者走进门来。灯下看时，有七十多岁年纪，挂着一根木头拐杖，大长的胡子。我斟了一碗水，请老先生喝，老先生说："不用喝水，先看看病再说，你们出门在外的！"

老先生坐在炕沿上，眯着眼睛，伸出手摸脉，摸了这只胳膊，又摸那只，吧嗒吧嗒嘴唇，也不说什么，坐在灯下开了一个方子。走出来在堂屋说："这病要说重，也不太重；要说轻，也不算轻，你们出门在外，遇上病情，也够麻烦的了！"他自己道了姓名、村庄，说："几年以后，你们再到了这里，不要忘了我就是了！走，去拿药吧！"又说："两剂药，好就好了，好不了也就该着你们麻烦了！"

冷君和宗义又拿起灯笼，去送先生拿药。不一会儿工夫，取了药来。又跟老乡借砂锅熬药。

他们煎着药，我们向老乡打听了一下：此处地处深山，向前走不远，就是东阳关，日寇有兵把守。打听清楚，我们又作难了，过东阳关碰巧能过去，碰不巧，还是过不去。此处属于敌来我往的地带，不能久留。

志远吃了药，我们也倒头睡了。我一只手摸着他的脉搏，辗转不能入睡：志远要是好了，没有话说，要是好不了，可是怎么办？左无亲右无友，借贷无门……于是我做了一个很不好的梦，一梦惊醒，到了后半夜，鸡叫头一遍的时刻。我猛地问了志远一声，"志远同志！你觉得怎么样？"

"我好了！"志远在黑暗中说出这么一句话，我的心上像开了一朵花,立刻亮了。

"他好了?"馨南也猛醒过来了,说:"真是神医!"

"他要是好了,我们还是向前进,在这里,日本鬼子来了我们没有办法,前面就是东阳关,有马路相通……"冷君说着,宗义也醒了。一边说着,一边穿衣服,去做早饭。

不一会儿工夫,我们吃了饭。志远也起炕,喝了点稀粥,馨南说:"你再躺一会儿!"志远说:"不!我好了。"他也挣扎试着,在地上走来走去。

见志远吃得不少,大家都高兴,赶快提包袱出发。馨南给了房东伙食钱,向老乡道了烦劳,就出发了。老乡送出村来,指给我们去东阳关的路口。

那是一条光亮大路,虽然夜晚,星星照着,也还看得清楚。形势逼人,由不得脚下快了,几个人的脚步声嚓嚓地响着。

志远虽然好了,身体还不硬实,冷君和宗义一人架着他一只胳膊,匆匆走着。走不出十里工夫,山坡向下斜下去,我们明白:东阳关的汽车路就要到了。这时天还不明,也顾不得志远的病了,一直架着他走,不走也得走!

山路陡然下沉,冷君放下志远说:"你们在这里待一下,我俩下去看一看,探一探路。"

冷君和宗义下坡去了,我们坐在大路旁的树卜底下等着。吸袋烟工夫,他两人就跑回来,呼哧着嘴说:"没有人,快走!"

说时迟,那时快,冷君和宗义架起志远,飞奔前去,我们紧紧跟上。走下山坡一看,是一条很宽的公路,像是才修过的。我站在公路上,向西看了看,看不见什么。又向东看了看,有白色的晨光从山岭上升起。路旁的山上,似乎是一座塔——那时还未见过日本鬼子修的岗楼。我们飞跑上山,离开了这个危险地带,跑到山上,我的心上还扑通跳着。

说也奇怪,过了东阳关,上了山,到了安全地带,志远的病也好了,身体也硬实了。他说他出了一身大汗,就觉浑身轻松了。走不多远,到了山西的辽县地带。当时八路军先遣队到了辽县,我们想到那里去谈一谈,迟疑了一刻,还是赶路要紧,就放开大步趱着山路往前奔。我忘记这天的午饭在什么地方吃的。心上架着一团火,也许未曾吃午饭,一直走到太行山顶上的一个村庄——松烟镇。这是一个大镇子,可是街上冷冷清清,没有一个人芽儿。日头落了,夕阳埋进暮色苍茫中。像是被日本鬼子才"扫荡"过的,人家躲进深山里去了。天黑了,住无处住,吃也无处吃。这天晚上,我们没有吃饭,要抓紧时间,离开这里。

我们想问一下,从此处到赞皇县的路怎么走。可是连一个人也找不到。

我们心上又敲起小鼓儿,坐在村北的大石头上,想不出主意。人地生疏,怎么前进?我们看着西方的山下,云烟浮动,有像烟头大小的一点儿红光淹没在夜暗的林木中。

正在这时,走过一个老汉,有五十多岁年纪,抱着一个小娃子,后面跟着一个三十多岁的妇女。我走上去问:"老汉!去赞皇走哪一条路?"

老汉用着山西话说:"下黑虎岭啊!"

我又问:"黑虎岭在什么地方?"

老汉见我们是走远路的,他说:"说也说不明,就跟我走吧!黑天下岭危险呀!强人多,野兽多。"

强人多,我们是会理解的,自从国民党大军退却,在太行山东麓涌起了一伙伙的"抗日军""联庄会""大刀会"……也闹不清哪是汉奸,哪是抗日的。但是野兽多我们不理解。我又问:"什么野兽?"

老汉说:"狼啊、虎啊、豹子啊!多呀!断路啊!"他说着,还面有惧色。

我们心头又有些嘀咕,问他:"为什么村上没有人?"

他说:"鬼子下午刚走啊,离这儿不远哪!"

谈到这里,才知道我们的处境,前有虎后有豹,旁边有鬼子,此处不可久留。于是,拿起脚跟着老汉走了。

走不多远,已是夜色模糊。走起来,脚下的大路还是倾斜的,再往前走,越走越加陡峭。恰好天无绝人之路,是夜星光满天,照得路清清楚楚的。一路上无话可说,因为我们既不知道路,又不知道敌情,只好跟在老汉后头碰运气了。

一路走着,虽然夜晚,两眼看着高处峰悬陡峭,两旁山石突兀,微风吹过,山坡上的树卜子豁豁响着,怪瘆人的。子夜时分,天光如水,更加凉下来,身上有些难耐。走了一天路,晚饭也没有吃,路越来越不好走,就像下石头台阶一样。可是肚子不饿,两条腿走起来还蛮有劲,生命攸关心上还在架着火哩!

远处山冈上有什么东西在吼叫个不停,我问老汉:"那是什么在叫？"

老汉说："那是豹子呀！不要紧，野兽见咱们人多，就不敢来。要是人少，我早就把武器掏出来了。"说着，他把小孩子递给妇女，从腰里摘下武器，向前一抖，哗啷一声响，是一条三截鞭。说："要是不带武器，敢下黑虎岭？"

看样子，这个地区确实野兽不少。可是在平原上，在我们家乡那里，轻易看不见虎豹。偶尔看见一只狼，还说"狼虎下山好年头"。

路是越走越难走，简直是直上直下，一步一阶。直到此处，还没有遇着一个村庄。

走了一夜，天刚黎明，才下了太行山。山麓下有一个村庄，叫桃树坪。老乡说，从太行山上的松烟镇，到桃树坪，整整四十里，我们走了一整夜，只走了四十里地。山上是山西的辽县，山下是河北的赞皇县。

桃树坪是一个山村大镇，街市上有几家木板搭，有一家饭铺开了门，在生火。才想起自从昨天傍晚到现在，我们还水米未打牙。肚子也饿了，心上还在架着一团火。

我们走进去，坐在板凳上等吃早饭。这时太阳刚出来，据老乡讲，昨天晚上有两个八路军睡在村东的小庙里，被人杀了。我们听了，直觉身上毛骨悚然，原来这地方也不是安全地带。

吃完了早饭，我们赶快离开这个村庄，打听了一下老乡，日本鬼子刚"扫荡"了赞皇地面，杨秀峰司令员的司政两部已转移到元氏县，重点在开发元氏县了。

这天，我们宿在赞皇的县政府，在一个山村里。说是山村，已经没有太行山上的大山高峰了，一般也就是丘陵地带，才下了黑虎岭，走起路来，不那么费劲了。

下了山的第三天，我们找到元氏县的县政府，县长同志出来接见。馨南才说取护照叫他看，抬头一看，是个熟人，他握着县长的手，默默地笑了，说："原来是你！"

县长姓姜，是馨南的老同学；四十岁年纪，白净面皮，戴着近视眼镜。他问了馨南的来意，馨南告诉他说，我们从晋东南回来，到冀中去。姜县长说，好说，那一带都建立起政权了，不过军队很多，到目前为止，还闹不清楚哪是抗日的，哪是不抗日的，他问："你们带着枪吗？"

馨南说："我们没有带枪。"

姜县长说："不带也好，带枪是祸，路上还得格外小心！"

遇到了熟人，还是县长，我们心上才放平了，也踏实多了。凭良心说话，在我这一生还是第一次见这样的县长，穿着便服，没有官架子，门上没有岗哨。这天晚饭，县长叫厨房给我们做了一大盆面条，吃得饱饱的，睡了一大觉。

第二天，休息了半天，下午要过铁路。

姜县长给我们找了一个老乡，五十来岁年纪，看起来面容很憨厚，拿着一条大烟袋。他说："这里离铁路不远，也就是半天路程，吃了午饭，歇息一会儿咱就出发，有话路上再说。"

吃过午饭，老乡就来了。姜县长送我们出门，但未送我们出村，大概是怕暴露目标。我们向他道谢。他说："同志之间，不必客气，都是为了抗日。"他伸出手用力握了馨南的手，说："乱时走路，多多珍重！"

几个人一块走着，一块说着。老乡说："到了铁路附近，我在头里走，我伸手走就走，我说跑就跑。有人问，我们就说是朝山回来的……"

直到太阳平西，到了铁路附近，离远看得见铁路上的大桥了。找了一个坏垒底下歇了一会儿。夕阳西下时分，到了铁路边上，眼看火车飞驰而过，柿色的阳光照着路旁的林木。老乡一人在前，右手提着大烟袋，摆搭摆搭地从大桥下走过去，我们也就跟着走过去，并无一人盘问。一过了大桥，那个人脚下可就快了，我们也就紧紧跟上。

走了三四里地，黄昏时分，走进一个村院。院子里一棵大槐树，树下放着几个方桌，是个卖饭的地方，也不知道这个饭馆为什么是这么个格局。

我们喝了水，吃了饭。那人也不客套，说："到此为止，我的任务也就完成。客人慢走！"我们就此分手。虽然黄昏时分，我们也不敢住宿，因为不了解本地情况，只好出村行路。一直走到天黑，到一个大敞洼里，周围远近的村庄上，已经点起明灭的灯火，因为已经有桃树坪的事，即便有村庄我们也不敢进去。大概因为战乱，去年的棉花柴还没有拔，我们就在棉花地里歇下来。天黑了，周围村庄上的炮火嗵嗵响着，怪吓人的。

几个人坐在地上，谁也不说什么，仰头看着天上的繁星，心上侥幸一路上的顺利，还安全地过了铁路，此处大概到了无极县境内。

夜深了,天光似水,慢慢凉下来,冷得身上直打冷战,没有别的办法,只好脊梁对着脊梁取暖,耐到天刚明亮,怕有人看见,我们也就起行了。我们从梅花镇走过去,到了藁城地面。这一天,我们住在刘冷君同志的家里。冷君同志回来,合家欢喜,第二天中午全家吃饺子,表示欢迎。

在刘冷君同志家里休息了两天,第三天清早,我们即向深泽县进发。平原行路与山地不同,觉得两腿走得不快,已经迈步如飞了。这一天走了一百三十里,到了深泽县,第二天又走了一百多里,到了蠡县。

走完这一段路程,也算完成了任务。志远到博野县委交代任务,我到蠡县县委交代任务。此后,我们便投身到冀中平原的抗日风暴中去了。

《时代的报告》1980年创刊号

在炮火纷飞的日子里
——回忆新世纪剧社

我不想把事情讲得那么离奇,然而这确实是在历史上存在的事实。抗战初期,面临着北京、天津,在河北平原上,在津浦、京汉、北宁、石德四条铁路之间,深悬敌后,建立了冀中抗日民主根据地,最初是敌占铁路,我占乡村。我们曾经在这块根据地上开展了轰轰烈烈的戏剧活动，这在国际战争中还未出现过。我作为参加这个运动的一员，写这一段回忆录。

一、在蠡县

一九三七年秋末，我因公赴豫北林县一行，一九三八年春天，才回到蠡县。老朋友刘通庸在县立高小给我安排了戏剧讲座，讲完了课，就介绍我到新世纪剧社。当时这个剧社还在蠡县县委领导之下，是一个自由结合的艺术团体。这年我才是一个二十二岁的青年人，初生牛犊不怕虎，因为对文学和戏剧的爱好，我答应下了。在一个晴朗的日子，远处炮声响着，他领我到新世纪剧社去。剧社在蠡县城里西小街上的一座土坯小屋里。当我走进他们的办公室，见到社长张春霖同志，他是一个高个子的青年人，热情地招待了我。时间不长，老同学刘纪、齐祖耀、傅铎、张振和一伙小青年跑进来，有小学教员，也有青年学生。年岁最小的是女同志李彩云，年岁最大的是齐祖耀，也不过二十四岁。这是一个年轻的剧社，他们欢迎我这个新来的人。

当时的县委书记是郭春园同志，从一九三七年春天开始，我们就在一起搞地下抗日工作，后来搞救国会。听说我要到剧社去，他来找我谈话，一边在城墙上走着，一边谈着。他的意思是说：剧社局面小，没有多少工作可做，他准备给我分配一个比较重要的工作。我告诉他，我自从十几岁就是一个文艺爱好者，研究过文学，后来又学了戏剧，到剧社去比较合适。由于我的坚持，他也就不勉强，工作就这样定下来了。

我到剧社不久，张春霖同志到抗战学院去学习，把社长的工作让给我。我也不好推辞，因为在这个剧社中我是唯一的党员，也是唯一上过戏剧学校的人，就这样开始了工作。工作很繁重，社长兼导演，兼教员，我得费很大的力气才能使这个剧社名副其实。

在这个剧社里，从年岁大的到年岁小的，从男同志到女同志，都是爱国主义者。他们都是自动出来抗日的，自动地排戏，自动地练习唱歌，自动地写标语、画墙报。这时他们已经能演出几个戏、唱很多歌。他们从家里拿来了衣服被褥，骑来了车子，用车子驮着幕布，沿村演出，从这个村庄到那个村庄，演遍了蠡县全境，往北一直演到清苑县的清凉城一带，很受广大农民群众的欢迎。这时他们已经能演《放下你的鞭子》《张家店》《察东之夜》等。这是一个好的文艺轻骑队。

我的工作并不是完全随心的，我得克服很多困难。齐祖耀同志帮了我很多忙，是我们的台柱子。傅铎和郭克同志演过文明戏，有舞台经验。傅铎同志生活上善诙谐不善严肃，时常把诙谐的作风带上舞台，得从思想上给以纠正。张振同志演日本鬼子和老人是很称心的。此外，张振和王文波写一手好美术字，能画墙报，搞舞台装置。抗战初期，女同志少，沈雁同志能男扮女装，演青年妇女，郭克同志演老太太，凑凑合合一台戏。就是有一个困难，没有懂音乐的，无音乐指挥，只好向别的兄弟剧团学习。

我开始给他们讲戏剧概论、化装和舞台装置，教发音。满意的是他们能像学生一样听讲。有时采取上课的方式，有时一边导演一边说着。剧社成长很快。

这一年的五一节之前,我在家里病着,剧社派一个小同志来叫我,说"'五一'到了,还没有新剧目上演",叫我回去。

演新戏,剧本无来源,只好自己动手,写了《爸爸做错了》。内容并不复杂,事情出在廊坊:在日本鬼子到来之际,一个绅士带领众乡绅迎接"皇军"进村,并招待日军驻在他自己的庄户上。夜间,日军要"花姑娘",赶着绅士的几个女儿满院子跑。后来,全村群众起来,打败了日军。演出效果很好,戏一开始,台下鸦雀无声,继而怒吼,打倒之声不绝。几年中这出戏在冀中区的村剧团中演出了千百场,成了各区村剧团的保留节目。

《爸爸做错了》的演出,使我能够长期在"新世纪"工作下去,减少了很多困难,也改善了剧社的环境。

在这个过程里,冀中抗联会的孙犁,火线剧社的王林同志曾到蠡县,并到剧社访问。孙犁同志曾谈到"旧瓶装新酒"的问题,我考虑不多,总觉得那样很别扭,我们只用了说大鼓书、哑剧和"跳花子鸡"来表演抗日内容。此外,无大发展。王林同志谈到"话剧地方化"的问题,使我动了心思。在此之前,熊佛西先生在定县平教会办剧团,演出过农民戏。在定县的东不落岗村搞露天剧场,教农民演戏。话剧只在城市中演出,题材一般演城市戏,发音用京音国语。可是,在我的家乡,农民们不习惯说国语,偶尔有人从北京来,说几句北京话,人们就说他"撇京腔",嗤之以鼻——不待见他。

话剧是舶来品,在表演上,有时用电影手法,农民群众看不习惯。当时，我还未看过斯坦尼斯拉夫斯基表演体系的书，自己考虑创作和演出的"现实主义"问题，用"现实主义"的创作方法写剧本，把"现实主义"的方法用于表演；深入生活，就地取材，创作一种新的表演方法，完成一种新的表演体系。当时我是这样设想的，几年中，也是这样做过来的。

在发音上不完全用北京官话，就是不"撇京腔"，也不用土腔土调，而是创造一种新的舞台语言，叫观众爱听。当时反正我们也不想到城市里去演出。在根据地演出，观众绝大部分是农民，战士是农民，干部一少部分是知识分子，也以农村知识分子为多，大部分是农民。我设想了这种表演体系和舞台语言，在慢慢实践着。实践证明，广大农民群众是喜闻乐见的。王林同志提出"话剧地方化"的问题，为新世纪剧社帮了忙。我们以演出农民戏著称，成了农民的儿子，虽然有人说我们"满脑袋高粱花子"。

《爸爸做错了》的演出，使老一辈的朋友刘通庸、梁则先、李方舟等同志称奇，也博得一般同志的称赞。我们作为群众团体，参加县务会议。因此，同志们更加努力。根据地买书很难，我从家里和老朋友那里带来一部分关于戏剧方面的资料和三十年代初的一些文艺杂志，分给同志们读。

经过舞台实践，齐祖耀、傅铎、张振、郭克、段森、李彩云等同志都是好演员，使我在导演方面省了很多力。当时，刘光人同志才是一个十六岁的小孩子，每天读书、写日记、写墙报，显得出是聪明的，我在加意培养他们。

事情是会有变化的：抗战初期，自由恋爱在农村还不习惯，但在剧社里有几位同志就发生了恋爱关系，带来一些不好的影响，还有少数同志自由散漫。我不得不表示态度。因此，引起一些责难，同志们对我有意见了。有一位演员因此不辞而别，到部队去工作了，对我是一个不小的打击，因为出色的演员就是这么几个。对此，我不得不采取措施，加紧学习，开展批评和自我批评。当时干部学习制度还未建立起来，我采取了自我批评的方法。

我们从西小街搬到南大街一座花店里，是一座青砖大房子，住着也宽绰了。我们在四方大院里放上桌凳，开了第一次批评会。一部分人表现积极，一部分人表现消极，但总的效果是好的。因为批评和自我批评，虽然是初步的，毕竟是马列主义的方法。

经过批评和自我批评之后，又做了个别的人事调整，剧社在思想上有了新的起色。那一位"不辞而别"的演员，又回到了剧社。

这个时期，刘纪同志在行政事务方面、在团结方面，起着主导作用。剧社的生活是艰苦的，每天两斤小米，三分钱的菜金。只好吃小米粥就咸菜，或者小米干饭熬菜汤。但是人们不以为苦，整天都是乐乐哈哈的。也有人说我们是感情团结，什么感情呢？革命的感情。在未建党的情况下，它维系着我们团结战斗。

二、在出岸村

一九三八年六月，路一同志带着区党委的信，来蠡县调新世纪剧社去区党委工作。他对我谈了区党委的意图：要建立一个在党的领导下的、群众性的、统一战线的剧团。上级党来调，我没有意见，但也有所考虑：这样一个剧社，到一个新的环境里，是不是能够适应？为了剧社的调动，郭春园同志也到剧社来了一趟，他对一次调动几十个干部，也有一些意见。由于大家都还年轻、单纯，党性是强的，下决心服从调动。临行之前，刘通庸同志来送行，嘱咐了很多话。我对刘通庸同志的印象是很深的。他读过很多社会科学的书，文学素养也很深，为人忠厚，是一个博学多才的人。可惜后来他病了，落拓一生，没有能发挥他的才能。

剧社到了高阳县出岸村，这是冀中区党委的驻地，区党委的代号是"教育股"。工、农、妇、青、武、回……各群众团体都驻在这里，我们的直接上级是冀中抗联会——各群众团体联合的统一战线组织。抗联会主任史立德同志，是高个子的大学生，是北京"一二·九""一二·一六"运动的骨干，手眼很大，很能办事，为人和蔼可亲，他出面接待了我们。宣传部长高铁英也是才调来的。组织部长任志远是我的一个老同学。

过了几天，"教育股"派人来叫我，说有事情请我去一趟。当我到了"教育股"的办公室，一个中等身材、长得很有点俊气的青年人，站在炕上，对我笑了说："你的党的关系来了，梁斌同志声誉很好！"我也笑了说："没有什么好的……"他一说，我就明白，县委把我的工作情况介绍来了。这就是区党委秘书李春兰同志，原来是定县的县委书记。他把椅子和方桌放在炕上，临着窗户办公，一边放着他的铺盖。几年中是打交道比较多的。

我们住在出岸村东郊一个祠堂里，坐北朝南。正殿做了我们的排演场和学习室，有几张方桌和几条板凳，东西厢房做了我们的男女宿舍，乡村里没有铺板，祠堂里也没有土炕，搭草铺睡觉。但生活有所改善，此处距白洋淀较近，鱼虾便宜。同样三分钱的菜金，可以吃到棒子面窝窝熬小鱼。有一天早晨，我们正在屋里排戏，直到小晌午才休息，走出来一看，史立德同志正盘着腿儿坐在走廊下吃我们的棒子面窝窝熬小鱼。见了我们，笑了说："好吃！好吃！"这时冀中干部还未分灶，上至区党委书记黄敬同志，下至一般工作人员，都吃小米干饭熬菜汤，吃顿棒子面窝窝、小鱼，就像会餐一样美气。我们剧社人数不太多，伙食好经营，可以享受到这一点。

到出岸村，加强了学习和工作，生活比较紧张。刘纪同志从青塔书店买来了一批《中国现代史》，每人一本，每日清晨大家集体学习。我竟敢学大人吃瓜，给同志们讲毛主席的"辩证唯物论"。今天想起来，一个二十三岁的人，说不清懂还是不懂，人们瞪着眼睛傻听着，实在可笑。有一天，我们正在围桌学习，区党委副书记鲁贲同志忽然推门进来，我们赶紧停止了学习，站起身来，表示欢迎。鲁贲同志笑了说："很好！很好！我们还未搞起来，你们倒早搞起来了……"说着，走到桌前，翻开书面看了看，表示很高兴。

有一天，王林同志陪着一个人走进来，身材不高，穿一身竹绿色军装，白净面皮。走进院子，看了看我们的宿舍，看了看我们的排演室，翻看了一下我们的图书资料，最后看了看我们的厨房和锅灶。他不说话，我们只好陪着他走出大门。

过了两天，王林同志问我："你知道那是谁？"我说："我不知道。"他说："是黄敬来看你们！"我说："哪！你为什么不做介绍？"他说："他怕你们拘束！"

据说黄敬同志那年整整二十六岁，瘦瘦的个子，像个大学生。看起来对我们是很关心的。

大概是九一八纪念日吧！区党委召开群众大会，台下歌声朗朗。宣布大会开始，歌声停了，黄敬同志首先讲话，嗓门很高，讲得有条有理，是一个很能讲话的人。农会主任郑靠山，妇会主任赵亚萍，青会主任周克刚……都讲了话。然后，晚会开始：我们演出了《血洒卢沟桥》和《爸爸做错了》。火线剧社也演出了，也有农民上台表演少林拳术。这是第一次看到这么大的群众大会，部队很多，也有附近村庄的农民。

在出岸村的一段工作，博得领导和群众的满意。王林同志传达了黄敬同志的意见，说我们的工作紧张而有秩序。史立德同志也叫少先队长张树向我们学习。高铁英同志当面称赞了我们的演出，给了我们很多鼓励。其实并没有什么特别，大家都还年轻，血气方刚，由于日本法西斯的铁蹄踏上我们的家乡，激起一股保家卫国的革命热情。大家爱国的热情是很高的，在日以继夜地工作着。只要在哪里一住下来，读书的读书，写剧本的写剧本，有人到小学校里去教救亡歌曲，有人到大街上写街头诗，写标语，画墙报，搞得热火朝天。

区党委给我们派来了一个支部书记，名叫张勃，是一个很老实的青年人。我跟他谈了一次话，他说开始在剧团建党。他不多说话，不会演戏，不会唱歌，是来做党的工作的。

秋末的一天上午，史立德同志通知我去区党委。我到黄敬同志的屋里，这是一间老百姓的住房，一条大炕、一张方桌、一把椅子。他叫警卫员搬了一条长凳来，大家有的坐在凳子上，有的坐在炕沿上。除史立德同志之外，还有任志远、弓彤轩、郑靠山。黄敬同志说，要组织一个工作团去十分区工作，要在苏桥一带建党，叫作"北上工作团"。叫我也参加，并带剧社同志去。他谈了文安、霸县一带的经济政治情况和地理、民情……有事实，有分析，讲得头头是道。我们都用铅笔记在小本子上。从此，我知道黄敬同志是一个学问渊博的人，政治、经济、文化、教育……他都懂，还会演戏。后来才知道他做过北平市委书记，是一个很能工作的人。

第二天发了棉衣，发了子弹和大枪。

关于北上工作团的工作，我在《两走白洋淀》中谈过了，这里不再详细谈。刚走到苏桥，五路围攻就开始了。我带着剧社仓仓促促走过了新镇、文安、雄县、霸县、安新各县，且走且演戏，枪炮声有时在后面，有时在左侧和右侧，总是不绝于耳，最后在安新演出，一面演一面装驮子，戏演完了，连夜撤退。

从北路上回来，说是敌人要来了，要大家转移。司政两部、区党委和群众团体、青塔书店……这一搬家，大小车辆，背着的、扛着的，慌慌忙忙，走到肃宁县境，又走了回来。后来才告诉大家，为了应付敌人冬季大"扫荡"，来了一次军事演习，要大家轻装，这是形势动荡的开始。

三、敌人五路围攻

工作团从十分区回来，转赴七分区工作。七分区驻地是蠡县，我们又回到蠡县，仍住西小街上那座土坯小房。我到七地委听了鲁贲同志一次报告，得知民军司令张荫梧闹摩擦，不断向八路军挑衅。我们首先要把驻在七分区的民军的两个团解决掉。这两个团驻在博野县，张仲翰一个团，张子元一个团。张仲翰团已接受冀中八路军三纵队的领导。后来从晋东南过来了民军的一个旅，由旅长王长江、政治部主任张存实同志带着。张存实同志兼七分区司令部司令员。他把工作做好，才来了一次军事行动，把队伍拉过来。此后，张仲翰团调津南一带活动，叫"津南自卫军"。民军其余的三个团拉出来训练，后来编入警备旅。这次军事行动，对于巩固冀中区来讲，是很有意义的。这时在地方工作上搞了减租、减息、合理负担……还有拆城破路，改造地形，准备对付敌人的进攻。

敌人五路围攻，一路从定县出发，经安国、博野进攻蠡县，来势凶猛。七分区司令部，回避敌人的锋锐，转移了阵地，只有蠡县基干自卫队驻守。七专署通知：转移到潴龙河南的南庄村。直到黄昏时分，我们才撤出蠡县城，这时敌人已经到了博野县。博野县城离蠡县城很近，人心惶惶。蠡县城外有自卫队持枪防守，回头一看，在薄暮中，蠡县城的上空，起了无数蓝色的彩火，是敌人的信号弹。说明敌人到来之前，汉奸特务已先到了。日本法西斯军队的进攻，不容低估。

夜半来到南庄村，社部找了一个小房子住下。冬季来临，小房子很冷、很潮湿，找了一些玉米秸铺在地上，睡了一大觉，这天晚上没有吃饭。自此开始了游击生活。

县各机关转移到城东王家营村。我们在这里开始了战时工作，写墙报、标语，演街头戏。有一次在村北的庙台上演戏，观众还是不少，演的是远千里同志写的活报剧。县救亡室也开始活动，晚上点上汽灯，在大街上演讲，动员群众起来坚壁清野。蠡县城已经失守。县各机关团体组织工作团，赴前方工作，我们也参加了。

这天早晨，阴历腊八，大约一九三九年一月份的一天，听见正西方向有隆隆的声音，也不知是炮车还是坦克。由于改造了地形，直到这天下午，县里通知说敌人来了。我们慌忙撤出王家营。农民群众扶老携幼，牵着牛的，背着包袱的，顺着交通壕往东跑。当我们出村时，看见游击小组在村边上挖了战壕，手持手榴弹，看着我们说："你们走吧！我们给群众掩护一下！"我们不是战斗部队，也实在没有办法。

我们向东走去，听见西方很近的地方，响起了像刮风一样的机枪声，夹杂着炮声。后来，才知道驻在大王村的九分区一个机枪连和敌人打了遭遇战，打死了许多鬼子，我们的战士遭受到很大牺牲，村子也让敌人烧了。一直过了潴龙河，夕阳西下时分，敌人到了潴龙河的大堤上，透过夕阳的光芒，看得见敌人在大堤上的活动。敌人的飞机在空中盘旋，飞得很低很低，是给日军送东西的。这是我们第一次见到敌人。

这天夜里，我们继续向南走着，沿途各村明火执仗地在村公所支上大锅，为撤退到河南的干部和战士烧火做饭，有烙饼的，有煮面条的，真是一片万众齐心抗日的景象。这天夜里，我一面走，一面琢磨着这个游击怎么打法。既然敌人大队人马向东来了，我们就应当向西迂回，向它的后面去。于是，我们一夜走了几十里地，来到城南挨近肃宁县境的一个村庄。恰巧，县政府也撤退到这里。为了研究在这样形势下怎样工作，准备到区党委去请示。回去之前，在一个夜里，我回到家乡看望，顺便拿些东西和钱用。走着，遇上九分区司令员孟庆山同志的部队，四路纵队开赴前线，说是要收复蠡县城。

蠡县城已经拆除，敌人占领之后，抓了很多民夫，打上土墙，钉上铁丝网。第二天夜里，前方打响了，双方枪炮之声，不绝于耳。我的村庄离城十八里，人们都站在村西瞭望，听见八路军的喊杀之声震天动地。围城附近的群众也喊杀助威。由近及远，我村附近各村的群众也喊起来。几乎是方圆几十里的人都在喊着杀声，壮人心胆，感人落泪。虽然发动这个战役，从战略上说，不一定是很得当的，但这是一个标志，说明群众动员是成功的。自一九三七年冬季，到一九三八年冬季，连各县大队在内，共动员了十万子弟兵起来抗战。九分区的剧社社长田园同志，此时在三十大队当营长，在此役中牺牲。田园同志是东北人，多才多艺，写过几首好诗。抗战刚开始，他就牺牲了，深为惋惜！自此，冀中正式形成敌占城市、我占乡村，以乡村包围城市的局面。

我带着剧社回区党委。路上遇着很多穿灰军装的战士，和冀中部队服饰不同。到了区党委，才知道是贺龙将军率百二十师来冀中。他们从陕甘宁边区出发，长途跋涉，来到这里，帮助巩固冀中区。史立德同志谈了很多关于贺龙同志的佳话,说贺龙同志平易近人,爱开玩笑,很健谈,谈起话来大说大笑,南征北战,战斗几十年,还是非常乐观的。

有一天,抗联会通知,说贺师长请地方干部吃饭。我和抗联的干部们来到师部驻的那个村。走进一个大院,院里摆满了方桌,几个人一桌,勤务员摆上筷子,等着吃饭。用洗脸盆盛菜,一大盆肉丸子,一大盆炖肉,一大盆炒鸡蛋……光吃菜就吃饱了。菜吃不完,就叫着口号突击,才吃完了几盆菜。抗战一年了,这是第一次吃肉。在我的记忆里,百二十师到冀中,才规定领导干部吃小灶。抗战是长期的、残酷的,保持领导干部身体健康是必要的。自此以后,冀中区每逢过年过节,每人发给二斤白面、二斤肉,给干部们改善伙食。每人每年发一身棉衣、两身单衣。每月一块钱的零用钱,这就是抗日战争中的军事共产生活。

百二十师来冀中,敌人开始注意,在驻地周围的据点里,不断有增兵的消息。于是我们开始了行军,每天晚上跑个百八十里地。司政两部、区党委、各团体……晚饭后开始集合,上灯时分集合齐,贺师长开始讲话,宣布行军的纪律。行起军来,走走跑跑,跑跑走走,有时行着军就睡着了,有时跑得肚肠痛。一位百二十师的同志管这个跑法叫"行军的政治工作",无非是说用行军锻炼战斗意志。

有一天中午,饭还未熟,抗联会通知:敌人来了,紧急集合。人们正在睡着,迷迷糊糊地爬起来,用小铁碗挖上一碗饭,边跑边吃。前方接了火,枪声炮声响个不停。敌人的炮弹打过来，落在我们身边响了，溅了浑身土。

冬季大"扫荡"开始了，我们支不起舞台，无法进行工作，剧社只好脱离部队，到高（阳）肃（宁）蠡（县）三县交界处活动。一开始驻在蠡县的东莲子口村，后来鲁贲同志分配我们去清苑和蠡县交界处工作，因敌人"扫荡"频繁，我们无法过去，只好在蠡县停下脚来。这时，我们剧团的几个主要干部，一个张波，调出剧社留在区党委工作了；一个刘纪，在清苑县当抗联会主任；一个董国钧，在蠡县当了教育科长。后来，郭春园同志叫我去县委谈工作，说他和黄敬同志谈好了，叫我去十一大队工作，我不愿去，因我没有做过部队工作。最后是打着鸭子上架，只好去了。关于我的职务，县委说我是政治主任，分区说我是政治委员。这个问题，直到现在几十年了，也未弄清楚，反正是做政治工作。

后来剧社的人，一部分给县里出了一个小报，一部分到区里做群众工作，一部分人回到区党委，跟机关一块行动。

一九三九年发大水，平地水深齐胸，敌人不常出来。县大队驻在蠡县齐家庄高小学堂里。这年夏天，留在区党委的刘光人同志带着冀中抗联的信要调剧社在蠡县的同志回区党委。那时他和张振都在区党委入了党。但县委认为调这些同志回去应当有区党委的调令才行。直到这年秋天，张振同志才带着区党委的调令来了，所有剧社的人，集中在南庄村，找了一条大船，一直向东南上驶去。抬眼看去，一片汪洋大海。那年秋粮歉收，有两种东西价钱最便宜：一种是梨，长得个儿又大又甜；一种是鱼，一角钱好几斤。

四、在康北代

区党委驻在武强县的康北代村，黄敬同志把我找去，问我缺什么东西，到天津去买。我开了个单子送给他。在我的记忆里，黄敬同志是最关心我们的。过年时群众送的肉，他不吃，给我们吃了。我们开了"复活"大会，又开始了剧社的工作。在康北代演出了三个戏，一个是路一同志写的《运粮船》，两个是王林同志写的《暴发》和《夏伯阳》。也许是人们深入了一段实际生活的原因，表演艺术提高了一大步。《运粮船》是我导演的，演出效果不错。《暴发》是齐祖耀导演，剧本有些平。《夏伯阳》演出得很出色，齐祖耀演夏伯阳，傅铎演安德泰，刘之家演政治委员。刘之家是从北平跑到解放区来的高中生，先到的蠡县，我把他留下来参加了剧社。在这个戏里看出齐祖耀和傅铎的表演天才。

在康北代，傅铎、郭克同志入党。区党委派王林同志来剧社任副社长，王林同志很高兴，请了客。

这年秋天，方强同志带中央工作团来冀中，成立了整训兵团，我们和火线剧社给他们演出了晚会。自此以后，冀中部队战斗力显著提高。程子华同志带着一批军事干部从延安来到冀中，巩固了三纵队。程子华同志任政治委员。

抗大三团朱韬同志来农村调查研究，剧社派郭濯同志前去参加。

在这一期间，新世纪剧社人员有变化：我们在蠡县活动的时候，贺师长注意到我们的女演员李彩云和黄秀（从北平来的高中生）是搞文艺工作的好苗子，打算让她们到百二十师的战斗剧社去，史立德同志慷慨地答应了。在康北代，女演员张彤同志来剧社，她是一个能演戏的人。这时还来了搞文学工作的姚呐、郭濯，还有刘敬贤等几个小鬼。

冀中地方党给百二十师补充了大量的人员、枪支和服装。把柴恩波、高士毅、江东声三个旅补充给百二十师，柴恩波旅叛变，高士毅和江东声旅跟着走了。途中江东声一人带着一个警卫员跑回来。贺师长还喜欢篮球，在冀中物色了几个篮球员。百二十师的篮球队都骑马。

百二十师给了冀中一个团，和王长江旅合编为警备旅，并给地方上训练军事骨干。

百二十师在冀中平原上打了三个硬仗：齐会战斗，南莲子口战斗和宋村战斗。牵着敌人的鼻子进了山，又打了一个陈庄战斗。百二十师的战斗作风，震动了华北，给地方部队做了榜样。

为了应付一九三九年的冬季大"扫荡"，区党委把新世纪剧社送到路西去学习。临行之前，总支书记范瑾同志亲自来剧社，组织了一个临时党支部，刘光人同志任支部书记，我任组织委员，张振同志任宣传委员。

到了晋察冀分局，我去见刘仁同志，刘仁同志和彭真同志商量，叫我们去联大文艺部学习。

五、在路西

一九三九年冬季，到了华北联合大学。校长成仿吾同志和文艺部长沙可夫同志，对我们这些从战地来的人表示欢迎。第二年桃花开的时候才离开文艺部，并给配备了音乐教员陈春耀，青年干部、在音乐上也很有天才的罗品。当我们离开联大的时候，火线剧社也来联大学习。

在短期的学习中，在文学、戏剧、音乐、美术方面，都有新的提高。尤其在音乐方面，过去我们不懂，经过学习，有几个人学会了识谱、指挥和作曲。不只在艺术上有进步，刘光人同志和郭克同志还学会了一套正规的组织工作和政治工作。一部分干部和演员入了党。

当我们离开联大的时候，抗敌剧社来校演出，我们向他们观摩学习了一段时间，同台演出了一次，使我们增长了见识。随后，我们到完县一带演出，又招收了几个演员：女同志有胡汐和臧辉，男同志有刘鸿声、杨沙、胡健。归途中路过完县的北大悲冀中军区后方勤务部所在地。那时候冀中刚打了一个大仗，有些作战部队到这里来休整。剧社给他们演出了一个晚会，台上台下亲切呼应，情绪是很热烈的。我们在这里住下来，换了夏季服装。

我带着一个勤务员到晋察冀军区政治部，给晋察冀分局打了一个电话，向刘仁同志报告工作情况。他说："黄敬同志在这里，你跟他谈吧！"真是喜出望外，我和黄敬同志通了电话，他说："很好，你们快回家吧！"

我在电话中听了黄敬同志的谈话，满心高兴，立刻返回北大悲，把剧社带到晋察冀分局驻地史家寨。分局的同志们对我们的归来，表示高兴，姚依林同志给我们作了两个报告。分局正在开会，我们在那里演出了晚会，就移到康家峪招待所居住。第二天，黄敬同志来看我们，并和我谈了话。我向他汇报了在联大的学习情况。他说："很好！你们是一只老母鸡，要孵出很多小鸡！不只会演戏唱歌，还要做群众工作。"几年中，我们把黄敬同志的谈话当作工作指针。

在康家峪给招待所的同志们演出了一个晚会，招待所宰猪相待。我们又转移到冀中区党委驻地曲阳县的两岭口村。我们在两岭口村见到冀中区党委的周小舟、张国坚同志，抗联的史立德同志。人们撤到山里，可以明白平原上的情况。后来我们又到李家台做了休整。

我们很看重黄敬同志的指示，我和刘光人、刘纪同志商量，怎样落实他的意见。有一天黄昏时分，我们躺在村西的沙滩上休息的时候，仔细做了研究，大家共同的意见是开训练班，训练村剧团的骨干——团长和导演。自从一九三九年，冀中区在文建会的领导下，建立了村剧团。

我把这个措施向区党委宣传部长周小舟同志和史立德同志作了汇报，他们表示支持。一九四〇年夏初，我和刘纪、傅铎、沈雁几个同志到路东去招生，招回来一百多个男女青年人，这些人在农村剧团里都是活跃分子，有的是区县的青年干部。

我们在曲阳县的韩家峪开了第一期文艺训练班，齐祖耀同志任生活大队长，负责联系情报和军事生活。刘纪同志任政治主任，刘光人同志任副主任，做党的工作。郭克管组织科，姚呐管教务科，远千里管编辑科，编辑印刷教材。傅铎、沈雁、张振、罗品、郭灌等同志讲课并做队上的队长和指导员。我到行署去商量被服问题，黄敬同志同意，但未得到解决。黄敬同志说了一句话，值得我深思，他说："要节约粮食呀！为了往路西送粮食，伤了很多老百姓呀！"这就谈到在路西开训练班的不易。自从一九四〇年以来，平原上开始往山里送粮，把青壮年编成班、排、连，每人背四十斤，县长带着。有军队护送，有时一边打着仗，一边行军。有的群众因送粮受伤或牺牲了。我听了黄敬同志的谈话，连被服也不要了。今天想起来，也不知道这年夏天是怎么过来的。

学习的课程，有政治课：刘纪讲社会发展简史，刘光人讲中国革命与中国共产党。文艺课有导演、戏剧概论、舞台装置、化装、识谱指挥。时间短，只限于一般常识，分两个阶段，先讲理论，然后排戏。在训练班里还发展了党员。

这个训练班一直开到秋末。韩家峪一带满山遍野的枣林，枣儿半青半红，逗人食欲。学员们在平原上没见过这么多的枣，虽然三次五次地动员不让学员们吃枣，还是管不住。有不少人因吃得多而吃病了。

六、在平原上

这年秋天，区党委由路西转移到路东，才把学员带回来。学员们排的戏做了十来次公演。之后，分配回原地工作，这就在广大农村里撒下了戏剧运动的种子。剧社也留下了一些学员，补充了新的血液，其中有赵忠信、王敏、赵明一等同志。

一九四〇年秋天，冀中开文代会，我参加了，我和张青季同志被选为文艺部长。董力和刘纪同志被选为组织部长。史立德同志被选为文建会主任，王林、路一同志被选为副主任。路一同志兼宣传部长。剧社在文建会领导之下进行工作。文建会的全称是"冀中文化界抗战建国联合会",与工、农、青、妇、武、回各会并称。小学教员也参加,是一个权力机关。

这次充实文建会,加强了冀中文化工作的领导,文化、文艺工作立时活跃起来。文建会决定出版几个刊物:《冀中文化》,是一个综合性的刊物;《文化工作》,是内部的情况往来;《文艺学习》,是一个文学刊物。并决定在部队、机关、农村,建立工农文学通讯小组。

为了加强抗战救亡的宣传,文艺部通知:各村剧团停演旧戏,建立歌咏队,恢复音乐会,紧密配合扩军、征粮、护秋、护麦等任务。新世纪剧社作为文建会的膀臂,决定出版《歌与剧》《诗与画》等刊物,紧密配合政治任务,及时供应农村演唱和街头诗配画的宣传材料。远千里同志负责这方面的工作,做出了很大成绩。

值得写一笔的是:这时已经没有了印刷厂,所有刊物都是油印;同志们用铁笔写成蝇头小字,封面还套红。今天看起来,已经成为珍品,负责这方面工作的是刘洪声和刘涌。

为了应付敌人的冬季大"扫荡",一九四〇年冬天到一九四一年春天,剧社分组深入群众,到各分区就地开办训练班,辅导农村剧团排戏、唱歌。

由于文建会的建立和领导,由于部队文艺活动对地方的影响,由于新世纪剧社面向群众的工作方针,就进一步推动了冀中区广大农村的文化活动,到这时可以说是村村有戏看,到处有歌声,标语墙报随地可见,农村文化运动有了新的繁荣。

一九四一年，文建会决定开办文艺干部学校。史立德同志任校长，我任副校长，刘纪同志任政治主任，高铁英同志任教务长。区党委社会部长张国坚同志鉴于在游击根据地开办学校的繁重性，派人协助。一个人任校长秘书，直接协助我的工作；一个人参加组织科，协助组织工作；一个人任管理员，协助警卫工作。傅铎、沈雁、张振等同志做队上的工作，有的担任教员。

这次训练班规模很大，各分区、县文艺部长带队来参加学习。招收学员约三百人，分两个队进行训练。课程与上期相同。与去年不同的是在游击根据地办学校，流动性大。虽然在青纱帐期间，为了安全起见，也需随军区一同活动，因为各县城都是敌人的据点。

剧社的其他同志在这个时期演出刘光人同志创作的《暴风雨之夜》及沈雁同志写的小调剧《参军》。《参军》一剧是有趣味有特点的。两出戏都受到群众的欢迎，《参军》用冀中群众熟悉的小调谱曲，一时传遍了全冀中。

这年秋末，未等到青纱帐倒，敌人就组织了秋季大"扫荡"。训练班不得不离开军区，分组活动。这年作家孙犁同志及画家田零同志来冀中深入生活，和我们一块打游击。游击到深泽县的铁杆一带，遇上敌人的"扫荡"队。我们藏在高粱地里，敌人在大道上走过，听见高粱地里有人，大声喝着："站住！"咣的就是一枪，从脑袋上盖过去。这时从社会部来的管理员老谢立刻出现在我的面前，他手里提着枪，说："不要害怕，有我呢！"说着，两手持枪，两眼盯着前面。这次反"扫荡"出现了许多离奇古怪的事。到处是青纱帐，敌人不知道我们在哪里，我们也不知道敌人在哪里，许多人和敌人遭遇，因为敌人不敢进青纱帐，我们剧社没有一个人伤亡。

这时青纱帐虽未倒，天已经凉下来，功课未完，训练班只好结束，由各分区、县的文艺部长带队回去。

结束了训练班，剧社转移到饶阳一带，开始了正常活动。当时八分区有一个特点，村干部因忙于工作，懒于种地，草苗并盛，凡是干部的地都种得不好。根据这个主题，我写了歌剧《抗日人家》，陈春耀谱曲，由张文苑、楚萱、霍明等同志演出。在饶阳县还演出我写的五幕话剧《五谷丰登》，刘光人同志写的三幕话剧《二十条命》。这些剧本比过去反映生活深了。

一九四一年秋天，冀中召开第二次文代会，总结群众文化工作的经验。经统计，全区能独立进行演出活动的村剧团共一千七百余个。在音乐方面，能指挥，能识简谱。有的村剧团有跳舞队。虽然敌人"扫荡"频繁，农村剧团照常演出。有的敌人据点的伪军换上便衣，出来看戏。新世纪剧社在会上也作了汇报。

新世纪剧社作为一只老母鸡，经过两年的努力，是做了很多工作的。剧社按照冀中的斗争形势和黄敬同志的指示，决定在冬春两季敌人"扫荡"频繁的时期，分散到各分区做群众文化工作，从群众中吸取营养；夏秋两季青纱帐时期，集中起来进行比较大型的排戏和演出；全年坚持出版活动。那时还没有看到《在延安文艺座谈会上的讲话》，但《新民主主义论》我们认真学习了。我们的实践是体现着文艺上的普及与提高和从群众中来到群众中去的精神的。这条路子为全体代表所支持和称赞。

教学相长，剧社本身也成长壮大起来。戏剧、音乐、文学、美术……各方面的人才都成长起来。还训练出一个不错的小鬼队，能演戏，能唱歌，能跳舞，这是一个预备队。一九四一年夏天，八分区地委的大众剧社，与新世纪剧社合并。他们也参加了文艺训练班的学习，使新世纪剧社增加了有生力量。

"话剧地方化"，经过几年的舞台实践，完成了一种有地方特点的表演体系和舞台语言。也许有人认为有些土气，但确实是广大农民群众喜闻乐见的。

剧社从一个自由组合的艺术团体进步到一个政治上比较强的艺术团体，有了一个能起堡垒作用的党支部，有严密的组织生活。这时剧社已经有七十多人，是一支有觉悟的、能够密切联系群众的、有创作和演出能力的文艺队伍。

一九四一年，地方上开始实行统累税。

一九四二年春天，剧社集中在献县的岳家庄进行休整。岳家庄村处在纵横四五十里的梨林中，每年春天，梨花如海，我们在这里进行了一段学习。

事难尽如人意，事业是会有曲折的。对敌斗争一天天的更加尖锐。根据地的边缘地带，正处在剧烈的蚕食反蚕食斗争之中。一部分地区不得不成为两面政权，在经济上两面负担。这是局外人很难理解的灵活的斗争策略。

正在这时，区党委召开干部会议，吕正操同志代表区党委作了动员报告，动员党、政、军、民起来进行空前未有的反"扫荡"，说："将有十万鬼子兵'扫荡'冀中区，进行凶残的烧杀。敌人将对我们进行闪击战，我们要对敌人进行脚丫子闪击战……"史立德同志对将来可能出现的情况，这样描述着："前有敌人，后有追兵，左右还可能有包剿……"对此，我们作了充分的思想准备和工作准备。我们向同志们反复强调的只有一点，就是要进一步依靠群众。

传达了区党委的报告，为反"扫荡"进行彻底的坚壁清野，我们把幕布、服装、道具，甚至连被褥及一切笨重物资都掩藏起来。整个剧社分小组活动，林岩、罗品同志带小鬼队到献县的空隙地带活动……一切都作了准备。

敌人如期地开始了大"扫荡"，五月一日，先从七分区开始。五月五日，八分区也开始封锁了滹沱河……铁壁合围，鱼鳞式的合围，反复剔抉……把个冀中抗日民主根据地弄得水深火热。这种情况延续了三个月之久，使整个根据地"变了质"，使根据地成了敌占区和游击区。全区岗楼如林，公路如网。大部队转移到外线作战。地方机关转入地下活动。据老红军同志们说：比二万五千里长征还要残酷。

我于七月接到区党委的通知：把剧社人员送到路西去。留下刘纪、刘田、刘指南同志继续做收容工作。他们三个人做了大量工作。特别是刘田和刘纪同志两个人，用小车推着他们的二叔，扮作商人，活动于潴龙河和滹沱河之间各县，给分散活动的剧社同志送信，经历了千辛万苦，立下了大功。我与光人等同志通知了一部分同志，在蠡县的东莲子口村集中，到肃北集合。在那里遇到火线剧社社长苏禄同志。他们也集中了二三十个人，在那里等着。从肃北到白洋淀集合，在苇塘里休息了三天。由两个连护送三百多干部过路西去，一夜跑了一百七十里，打了两仗，爬了一个山头。我们的天才演员齐祖耀被俘，送到东北当了劳工。我们的青年音乐家罗品同志，带着小鬼队到了白洋淀以后，和敌人遭遇，与火线剧社导演路玲同志等，在大树刘庄壮烈牺牲。新世纪剧社早期的骨干董国钧同志，一九四二年当了蠡县县长，改名林里青，我们许多同志和他接触过，六月间，被敌人包围在北玉田村的地洞里，给自己留下最后一颗子弹。和刘纪同志在一起负责剧社收容工作的刘指南同志，一九四三年担任村支部书记，岗楼上的敌人把他抓起来，拷打致死。刘纪同志也被敌人抓入蠡县监狱，经组织上多方营救才出来。"五一"反"扫荡"以后的冀中，是血与火的海。

剧社人员集中在区党委所在地——唐县的北洪城村。沈雁、张振同志和穆玲、胡汐、刘洪声、楚萱等同志通过合法形式过路西来。傅铎、段森等同志夜间跟随白洋淀商人过路。林岩也带小鬼队通过这种办法过路西来。每个人走的路，都是用血和泪，用特殊的斗争铺成的。

剧社人员能过路的都来到了。反"扫荡"一直进行了两三个月，需要休整。我和苏禄同志带着剧社的人们到联大文学院学习。院长沙可夫同志表示热烈欢迎，并开了欢迎会。我和苏禄同志都在会上讲了话。成仿吾校长，请我们吃饭，表示慰劳之意。

一九四二年十月间，奉冀中区党委和冀中军区的命令，火线剧社和新世纪剧社合并。新世纪在路西的同志星火和秦玲英的带领下去了山西，郭克和一批小鬼去了延安，我和远千里、刘光人同志，按照周小舟同志的意见，回冀中深入生活，准备创作。后来刘光人同志又被派出做地下工作。多数同志留在火线剧社。还有一些同志没有过来，在苦难的冀中坚持着工作。

新世纪剧社，在炮火纷飞的五年中，战斗着，学习着，创造着……她已经完成了自己的历史任务。

《河北文学》1980 年第 8 期

我听到党的脚步声

一九二五年暑期，正是我十二岁的时候，我和同学袁保瀛到城里去投考县立高小。轻易不进城，进得城来，看见什么都新鲜，大街上买卖多，来往人也多。石牌楼往南，路东里有一个高台大门，进了大门，都是宽敞房子，玻璃门窗，一个一个的大教室，我就在第四教室下了场。

算术题没有什么为难，国文题是"试述五卅惨案"。这个作文题我有些为难，只听得说过五月三十日上海发生了惨案，工人领袖顾正红领导工人大罢工，上街游行示威，英国鬼子和日本鬼子开枪射击，杀死工人领袖顾正红，于是商人罢市，学生罢课……我只是把我听到的写了一遍，出乎意料，我还是考上了。

在初小时，我并不是聪明的；到了高小，我还能跟得上，全班四五十人，我的作文竟得了第二名。喜欢写字和画画，老师们都喜欢。

一九二六年夏天，我到刘老师屋里去，他正在画着一张大画：一只大手，有力地握着一支火把，通红的火光，熊熊地烧着。画完了，挂在墙上。我立在画前看了半天，觉得心上燃着一股热劲，使我增长了力量。我心里想：他为什么画这个？他画的和我们画的画不一样，我们不过是画些花卉和风景。到了五月三十日那一天，为了纪念五卅惨案，我们上大街列队游行示威，写标语、散传单，检查英国货和日本货，我干得很高兴。

有一次，我到宋老师屋里去，有一群同学正在听宋老师讲话。他把几张宣传画贴在墙上，讲什么是军阀，什么是政客，军阀和政客怎么和帝国主义勾结，压迫剥削中国工人和农民……我站在那里听着，几乎入了迷。我明白了中国人穷，就是军阀、政客勾结帝国主义剥削的。帝国主义八国联军打到北京之后，迫使中国割地赔款、五口通商。中国关税不自主，帝国主义凭借他的洋货剥削中国人……这时，我心上打开了一扇大门，要反对帝国主义，反对军阀政客。

当我在那里悄悄听讲的时候，看见宋老师桌子上戳着一摞子书，其中有一本厚厚的书，蓝皮金字，是《苏俄新经济政策》。当时我还不明白苏联新经济政策是什么，是后来我回想起来才明白的。但自此之后，我对政治问题发生了兴趣。每当刘老师和宋老师上课时，人们就喊："讲个革命故事吧！""讲讲北伐战况吧！"记得当时我对国民军北伐发生了浓厚的兴趣；要打倒帝国主义，打倒军阀了！

一九二七年春天，我正在操场上走着的时候，一个同学在背后拍了我一掌，说："我介绍你参加共产党！"我睁圆了眼睛看着他，说："共产党？"他说："是共青团呀！"我笑了说："好！你介绍我吧！"

自此，我参加了共青团。今天回忆起来，我并没有经过什么复杂的手续，就成了共青团员了，这年正是我十四岁。

在这个时期，刘老师屋里，宋老师屋里，常有来往客人。我记得，有一个姓梁的，有一个姓翟的，说他们是北方局的巡视员。他们公开作演讲，是在第三教室里，把全校同学集中起来，一次是讲的"除三害"——打倒孙传芳、吴佩孚、张作霖，讲到反帝反封建；一次是讲的"怎样做个好学生"，说除了把功课弄好，还要关心国家大事。

这年五月，刘老师召集会议，时间是黄昏时分，屋里黑乎乎的，没有点着灯，但能看得出人影。刘老师说："……当北伐军打到长江沿岸的时候，眼看革命就要成功。新军阀蒋介石叛变了革命，返回头来屠杀共产党员和工农群众……国共要分家了，我们要拿起武器战斗了……"

听了刘老师的讲话，我的思想好像从高崖上跌入深渊。中国大革命失败了！

后来，听到说毛泽东同志领导秋收起义的农民上了井冈山，后来朱德同志也率领南昌起义部队来井冈山会师，革命又有希望了！我少年的心灵上又点起火把。有一次我到宋老师屋里去，他打开小柜拿出一本小书，是日本共产党人在树林中给同志们上课的讲义。我读了这本小书，明白了阶级、阶级斗争和无产阶级革命。

自此，我开始读书了，读了很多小说，想当一个革命的作家或著述家。

一九二八年毕业，北伐军打到我的家乡。一九二九年冬初，同学沈炳南来找我说："你是团员，要组织串联反割头税运动……"我参加了这个轰轰烈烈的农民运动。

这一段生活经历，我写进《红旗谱》里。

《天津日报》1981年7月9日

山东剧院之行

我们老家乡村里，有一台子弟班，是"丝弦"。据说相传二百余年，也出过几个名角。最好的角色是老生梁云章，与周福才齐名，后来，他们俩拜了盟兄弟。

我喜欢看戏，无论"梆子""皮黄""古板"（昆曲）"哈哈腔"，我都喜欢，但我没有想到要学唱戏。可是，我后来就学了唱戏，看是奇怪不是？

一九三二年春天，母校保定第二师范被国民党政府解散，在报纸上登了"共产主义思想犯"的名单三十余人,嫌疑犯五十余人,其中有我。

一九三三年的春天,我流浪到北京,失学失业,加入了"左联",开始了我文学青年的生活。每天跑图书馆,读书,写文章,向各报纸投稿。上半年曾声援上海五作家被捕案,写标语、散传单。我的老师丁浩川因此被捕。此时,路一到北京,住直隶新馆,千里也住直隶新馆。路一担任北京"左联"的总编辑,主编《熔炉》。这年秋末,我去西北军搞军运,未成,年底又回到北京。翌年三月,我与陈鉴民、郭东明二同学同时被捕,押在北京公安局拘留所一个月,统治阶级找不到证据,叫取保释放了。

名字红了,老家不能住了,保定不能去了,北京也不好住下去,而且再被捕就不好说了。这时,我想到外省去,但年纪小,无门路,无处可去,而且稿费菲薄,没有生活之路。正在这时,报纸上出现了山东剧院招生的广告,是官费。我们三个人商量了一下,一可吃饭,二可避案,就决定投考了。这正是一九三四年暑期的时候,考试结果,只我一人考取,他们俩都落选了。

我只好离别他们,到山东济南去。

济南是好地方,"家家泉水,户户垂柳",无有风沙之苦。校址就在贡院墙根,宿舍在孔庙。孔庙后面,隔一个小巷就是"高升店",向北去不远就是大明湖。大明湖滨有鹊华桥,鹊华桥头还有黑白二妞说书的那个地方,不过当时已经改成卖烧饼的了。最好的就是有个图书馆,在大明湖之南。功课之暇,或在图书馆读书，或到湖中游玩，都是很适意的。当时湖中还有历下亭和岳王庙。

当时济南还有趵突泉、黑虎泉、珍珠泉——此泉在省政府中，不能常去。城南八里有千佛山，丛林庙宇，乃游人捷足之地。不过《老残游记》上说的"千佛山倒影水中"，不是能够常见到的景物，只有晴明的日子，坐上游船仔细端详，才能见得到。因千佛山离城八里，怎么能常见到倒影呢？

山东剧院的前身是山东实验剧院，中间停办二年，一九三四年才开办山东剧院。剧院有两个系：一个音乐系，一个表演系。院长是北京的名票友王泊生，训育主任是谭伯玉。王泊生当时倡导新歌剧运动。大意是以京剧为主，熔外国戏和地方戏、歌曲、北昆为一炉，形成新歌剧，这也是可行的一条发展道路。

戏剧理论课，有马彦祥先生的"戏剧概论"。张鸣琦先生的"舞台装置"和"化装"。卢鑫先生的"艺术论"，吴瑞燕先生讲的话剧，吴瑞年先生教的歌曲，这都是我满意的功课。有名的昆曲教师田瑞亭先生教昆曲《弹词》《刀会》和高腔《滑油山》……两个半月学一出《弹词》，虽然很慢，但是也使我仔细品赏了中国戏曲的韵味。尤其是关云长《单刀赴会》，其英勇豪爽的"唱功"和"身段"，使我像喝醉了酒一样地倾倒了。

我的正工是花脸，首先学《二进宫》，再学《潭山谷》。《二进宫》是二黄的唱功戏。学皮黄戏首先学《二进宫》，学昆曲首先学《弹词》，这是打基础。因为没有好老师，我学的花脸并不好。有一个汪馨福先生，是北京的一个有名的脸谱专家，也是票友。他教戏也可以，但是不出色。此外还有一个前清供奉张焕庭，架子好，唱得不出色。

同学中最出色的是女同学郎定一，男同学赵荣琛、郑继生。郎定一女同学，扮相好，聪明好学，开学十八天就上台演《红鸾禧》，而且博得好评。她是旗人，自幼看戏。赵荣琛演王宝钏，郑继生演薛平贵，合演《武家坡》，掌声亦不绝。此外，还有一个叫赵知璞的，是北京的票友。功架子花功夫亦不错。崔荫轩同学演出过《弹词》，是学昆曲最好的。

王泊生，是北京京华美专戏剧系的学生，熊佛西先生的高足，与张鸣琦先生同学。他喜欢学中国戏曲，所以后来退了学，在韩家谭租了一座房子，请师学戏，他功王帽老生，功成，下海唱戏。他的本戏是《西蜀梦》和《打金砖》。这两出戏曾得到顾颉刚先生的好评，在《东方杂志》上写过文章。除以上两出戏，我看过他的京戏《逍遥津》《珠帘寨》，昆曲《酒楼》《贩马记》。他嗓音洪亮，扮相魁伟，他的昆曲确实唱得不错。皮黄戏因为他吸收了西洋歌曲，自编花腔为海内所不齿。其实他的《逍遥津》唱得不错，《珠帘寨》唱得也不错。我一生未见过的是姓马的一个打鼓的老师，给王泊生打《珠帘寨》，一个倒板打下来，满堂叫好。打鼓叫好，这是第一次看见。

马彦祥先生在山东剧院期间，我看过他两出戏，一出《坐宫盗令》，一出《乌盆记》，扮相、身段、唱功都不错。在发音和表演上和旧艺人都有不同。别的老师，教青衣的老师关丽卿，老生教师朱桂芬，都有特长。花衫教师老水仙花（我忘记他的名字），年纪老了，没有上过台。昆曲教师田瑞亭，教戏的时候，人们不好生学，他就生气说："你们还不如日本人学得好。"据说他曾到日本东京帝国大学教过几年戏，载誉归来。

我和岳路、张之相、吴弢一起在报纸上出了一个刊物，叫《剧与文》周刊，曾引起轰动。我们几个人能写文章，演戏不出色。于是我们就酝酿成立一个话剧团。后来王泊生在老生教室讲了一次话："没有这么一个地方，你们到哪里去研究戏剧？你们不要为政治牺牲！"看样子我又待不下去了，我怕出事，要离开山东剧院回北京去。

我们反对王泊生，还不只是为了他热衷于封建旧戏。他的《西蜀梦》和《打金砖》，即便今天看来也无可厚非。但他不应该给国民党宣传部长张道藩上书——《上中央建设中央戏剧学院意见书》，拍国民党的马屁。据说他在后来是有些政治问题的。

我离开山东剧院后，岳路、张之相、吴弢也先后离开了，去编报纸。我的京戏和昆曲虽未学好，戏剧理论还是学了一些。直到一九四四年，在分局党校时，和同学们排演《甲申三百年祭》才有所发挥。我演牛金星，同学们说演得不错。在山东剧院的那一段生活，还是给我留下了深刻的印象。

《天津日报》1981年2月8日

西出太原

人的一生，有些事情眨眼就忘，有些经历直到老年还记得清清楚楚。比方说我到太原，虽然一生只这一次，直到如今，每个细节还记得很详细。

那是一九四三年，我到北京——当时叫北平——走了一趟。那时还被日本鬼子占领，走一趟也是很不容易的。从北平回来，我还要进山，过路西去，向领导机关汇报。我首先到桑园交通站，由交通员刘建同志领我去太行山，经过好多日子，费了很大的周折，才到了山里。那时平原上还是岗楼如林，公路如网。

向领导机关汇报之后，我就住在边区文联。那时的文联主席是沙可夫同志，他欢迎我，谈了很多平原上的事情和战地人们的生活，也谈到去北平沿途的所见所闻。我就住在牛栏村的小屋中，写完我的中篇小说《父亲》。

在那个年代，平原上的人们到了阜平的大山里，就是要好好地安心休息一下。我住的土坯小屋虽然没有窗子，只有一张小桌、一个小凳，但门前有一条小河。从早到晚，有清冽的山水在石罅中汩汩地流着。早晨爬山回来，我就坐在河边树下的大石头上，洗洗脸，漱漱口。仰头看着面前高高的大山，各种各样的大石头。石头缝里长出一棵一棵的大柿树。树枝蓬荣着，长着密密层层的叶子，好像一个大伞盖。柿子快熟了，半青半红。看着看着，不知所以，出神了。直到有人叫我吃早饭才走回去。这些东西，山里人习以为常，平原上的人们却是稀罕的。

写一天东西，直到夕阳落在西边山坳里，我就坐在河边的石头上，先洗洗脸，然后把两只脚伸到河水里，让河水冲洗得干干净净。直到夜幕降到山林，我才回去睡觉。

山居生活是适意的、安静的。

不知从哪里传来一个消息，说敌人要进攻，进攻的方法是牛刀子战术。战时生活，对于敌人的进攻，敌人的"扫荡"，并不稀奇，也不害怕。相反，引起一种警惕心理。

一天下午，我在沙可夫同志屋里谈闲话，周巍峙同志来了，又谈了一会子反"扫荡"的事。最后沙可夫同志说："你跟他们去吧！"当时周巍峙同志是西战团的团长。

临行，罗东同志给了我一条被子，眼看天就要凉了。

我跟西战团的一个小组去反"扫荡"。这个小组是一对年轻夫妇和一个小孩，还有一个炊事员，加上我，共五个人。要北出雁门关。路上经过大黑山，经过五台山下，两手抱着被子，走着崎岖的山路，一直走着。

有一天，走到一个高山之下，坐下来休息。抬头看着眼前的大山，年轻的炊事员猛地发现了一点儿什么奇迹，用手指点着，笑了说："嘿！看，猴头！"那个女同志睁眼笑着说："猴头蘑菇，少见的！"炊事员说："我来拿它！"说着，爬上峭壁，那是很高的悬崖峭壁，把那个猴头蘑采下来。大家嘻嘻笑着，这个接过来看看，那个接过来看看，确实像一个猴头。炊事员说："这可以炖鸡吃，高贵的筵席上才有。"在战争期间，每天吃的是小米干饭熬菜汤，我想不到高贵的筵席，也没吃过猴头，只觉得好玩儿。

在雁门关外的小山村里住了好多天，之后又走了一夜黑路，转移到繁峙县的南坡，吃了几天山药蛋和莜麦面。平原上没有这种东西，吃着是稀罕的。听说敌人还要"扫荡"南坡，这坡下的川里就是敌人的公路和据点。有人说："别看这坡上穷，川里可富哩！"无论怎么说，我心上有些忧愁。在平原上打游击，离老远就会看见敌人，在山里却看不见，我不习惯。

正好又碰上领导机关的人，他叫我回北平去，有一项重要任务叫我去完成，我只好答应了。回北平去，做城市工作，也不是一件容易的事情，我心上忐忑不安。

他给了我一些钱，把我交给川下的一个朋友，叫他送我到太原，再从太原转保定，去北平。还说："这个朋友不是太有把握的，你到了太原，要很快摆脱他……"我心上想：没有把握怎么……我有些踌躇。

不过，事情到了这刻上，也只好如此了！

那个朋友也姓梁，五十多岁年纪，我猜不透他的成分是商人还是农民。他领我到他亲家去，那是他岳父家。在那里做了一身黑洋布的棉裤袄，穿在身上。那时我还留着五寸长的胡子，照照镜子，很像一个商人。

朋友领我下了山，到了川底下，果然不同，道路都是平坦的，土地都是一方方的。

他家住的是瓦房，雕梁画栋。屋里扫得干干净净，炕箱上画着戏出，用桐油油了。山西的生活风习和河北不一样。

晚饭时，他太太用一个四方条盘端上饭来，杂面条，炸酱面，还有四小碟小菜。据说，山西民间比河北人吃饭讲究。

第二天，他领我出了村向西走去。路上经过明月堡，是一个镇子，周围有城墙。我们未进村，从城外抄过去，到了前面那个大村里。他领我到他的朋友家里，他的朋友五十来岁年纪，听说话他儿子是在伪合作社里做事，看样子他家像是商人。他给我把白洋换成伪钞。借了两辆车子骑上，经过代县，到了崞县。

到了崞县存上车子，打了防疫针。他递给我一个凭证，说："没有这个，敌人不让上火车。"

在车站上买了票，才说上火车，有一个伪警察要检查（火车上只准带二百元伪钞）。他笑着把伪警察拉到一边，手里拿着一张五元钞票，说："同志！你就方便一下吧！你抬一下手，我们就过去了。"说着，把钞票暗暗递过去。那个伪警察拿到钞票，笑了笑，也没说什么就走开了。

我警惕性挺高，把朋友拉到一边，问："你怎么叫他同志？"他腾地红了脸，也不说什么。我也没有说什么，到了这里，只有依靠他了。当时我对他不满，这是一个失误。

坐火车到了太原，也有半夜了，马路上路灯很少，半明不暗进了城，找客栈。找来找去，找到一家客栈，炕上没有被子，也没有枕头，只有一张光席，天冷了，席子是凉的。躺在炕上，翻来覆去睡不着觉。天气凉，心事多，哪里睡得着？

窗上透过晨光的时候，我们就爬起来，在炕沿上坐着。朋友听得有人扫院子，就站在窗前大喊："小鬼！小鬼！"我有些惊慌,立刻拉了他到账房里算了账。我把他拉到马路上,责备说:"你怎么叫他小鬼?"

他又红了脸,说:"这地方是叫小鬼!"

我只听到说南方人叫小孩子小鬼,我没有听到说过山西人跟小孩子叫小鬼的。我有些生气,但也无可奈何。

我们在大街上遛马路,敌伪时期,大街上人不多,买卖也不发达,太原城里冷冷清清的。朋友说:"这里有好女人呀!"我会意,但我没有理他。我们吃了饭,就到车站去。买了票,我要摆脱他,说:"好!麻烦你一趟,你就回去吧!"他说:"你给我五十块钱吧!"我给了他五十块钱,他点点头走了。可能,他觉得有做得不对的地方。

我估计十点钟上车,正好今天半夜就可到保定。当我站队上车的时候,看见人们手里都拿着防疫证。检票员一边检票,一边查看防疫证。当他看到我的防疫证,毫不客气地抬起脚把我踢开,把防疫证扔在地上。我捡起防疫证看了看,是"十月七日",我才想起:敌人有规定,注射防疫针过一个礼拜才能上火车。

这时我有些后悔,摆脱他太早了!在太原无有亲戚,无有朋友,也无有什么关系。一旦陷在这里,是危险的!

没有办法,我只好在车站附近找了一个客店。一进柜房,老掌柜伸手要我的居住证,我把居住证递给他,他看了一会儿,迟疑说:"梁富贵!"问:"从什么地方来?"我说:"从繁峙来。"又问:"到什么地方去?"我说:"到保定去!"他坐在椅子上写了一个条子,贴在墙上说:"梁富贵,从繁峙来,到保定去！"看样子他对我有些考虑。

我随随便便地说："从保定来……办了一些山货！"为释疑，我把小包袱交给他，存在柜房里。他领我到客房里，已经有一个伪军在炕上坐着，我向他点了点头，坐下来休息。和伪军在一起，觉得身上很不自在，也不愿说话。

心里有事，坐也坐不住。看了看门外，初冬天气，太阳高高照着。小院里有一个石桌、几把躺椅，我走出来，躺在藤椅上休息，抬起头看着天上的云片想心事。

有一个卖糖葫芦的老头走进来，把篮子放在石桌上。他笑着问："掌柜的贵姓？"

我说："贱姓梁！"说着，他取出签筒走过来，好像是熟人，知道我要抽签。他哈哈笑了，说："梁掌柜！胡子三两根儿，要想吃点好东西儿！"说着，扭身举过签筒。

我在青年时期在北京流浪，学会抽签，这点生活经验也用上了。毫不犹豫地伸过手去，嗖！嗖！嗖！抽了三把签，我眯上眼睛待了一刻，神思地看完了那三把签。我鼓起肚子捋着长须笑了，说："赢了你老头！"抽了三把签，赢了他三支糖葫芦。

我的表演，引起他们的兴趣，都走出来看。我亲切地递给老掌柜一支糖葫芦，又递给伪军一支，我自己吃一支。之后又躺在藤椅上，继续想我的心事。

待了一会儿，我走进柜房里，墙上那张条子不见了。我心上一块石头落了地。原来他要在我身上做打算，栈房里都有特务。

143

我跟老掌柜谈了一会儿，明白今天晚上还有一趟火车到保定。我走出去，找了个饺子馆，坐下来吃饭。叫了饭，我还在想着我的心事，取出防疫证一看：是十月"七"日。我想用一个什么东西划一下，正好领子上有个别针。我取下别针，把"L"划去，剩下个"一"字，变成"十月一日"，正好是一个礼拜。但是起了一些毛，我心里又在盘算。伙计端上饭来，我吃着饺子，弄了一个饺子尖儿，搁在碗边上等它冷却，用指甲掐了一点点面放在起毛的地方，用手指甲盖光了一下，毛儿没有了，而且不带痕迹。我心上立刻凉下来。

这顿饭吃到上灯时分。付了钱，走回去取小包袱。老掌柜笑笑说："祝你一路平安！"我笑笑说："好说，谢谢你！"

我走到车站，顺利地上了火车。

车厢里人很多，我挤了一个地方坐下。心情很兴奋，睡也睡不着。有几个女人，似乎是伪军太太，嘀嘀咕咕说着。车厢里很燠热，我心上有些不耐烦。有一个伪军太太脱了紫色的棉袄，露出大红的衬衣。我平生第一次看见女人穿大红衬衣的。

这辆车到保定，正是第二天十点多钟，在光天化日之下路过保定，我心上又有些不安。

下了火车，立刻雇了一辆人力车到南大桥。当我坐着车路过南关公园的时候，远远地看见交通员刘建同志。他被倒绑了胳膊，用绳子捆着，有两个伪军骑着马跟着。当走对了头儿，他睁圆两只眼睛看着我。我取出手绢，擦了一下脸，把脸遮住。到了南大桥，又雇了一辆人力车离开保定。我心上有些跳动，脸上沁出汗珠。回到根据地，我报告交通部：刘建同志被捕了，请设法营救。

　　第二年冬初，我因事去桑园交通站，又看见刘建同志。他大笑着握紧我的手，说："梁同志！我看见你了，我想跟你说话来。我一想，不跟你说，你也得救我！"他被捕了，判了刑，住了一年日本鬼子的监狱。

《光明日报》1981 年 9 月 10 日

过路

　　从平原到山里，要过京汉路。现在过路很容易，看火车不来，走过去就完了。抗战时期过一次路就很不容易，不是打着仗过，就是秘密偷渡。我一共过了七次路，第六次过路最难，也最危险，是我一生难忘的。

　　一九四四年夏天，我正在白洋淀，住在淀中的渔村里。敌人不进攻，日子过得很平静，可以正常工作。忽然接到山里的来信，叫我过路去参加整风。这是上级的决定，不愿去也得去。

　　要出远门了，我先回老家看了看，就到桑园交通站。由交通员刘玉同志带我们过路，一同过路的有任（丘）、河（间）、大（城）联合县公安局的老马和小赵。老马是个大高个子，为人很憨厚。小赵是个小个子，为人很精明。都不是一般人，在当时一般人做不了公安工作。他们是到山里汇报工作的。

那天晚上，刘玉同志来到我们的住处。这人身体健壮，满脸络腮胡子，长得五大三粗的，腰里抽着一条宽皮带，皮带上插着一支盒子枪。他见到我们，一一握手，喑哑着嗓子说："就咱们这么几个人？好说，跟我走吧！"他是交通站上最能干的交通员，跟他过路，我们很放心。我们每个人挎着个小包袱，老马和小赵每人带一支短枪。

当时，我们的敌工工作已经开展了，但敌人的岗楼还是很多，公路如旧，只有在青纱帐中穿行。我真称赞交通员的本领，不走大路，不走小路，一直在青纱帐中走着。也不知走过了多少青草秫棵，就到了敌人的爱护村。爱护村是敌人确保的村庄。

夤夜，在黑影中进了村庄，进村时有几声犬吠。有打更人敲着梆子走过来。刘玉打了一个手势，我们闪在屋檐下蹲下来，屏气凝神停了一刻。等打更人过去，他又打了一个手势，我们继续前进。进入一个小胡同，敲开一家的小门，走了进去。

房东是个高个子庄稼人，有点驼背，领我们进了屋，划根火柴，点着小油灯，扫了扫炕，说："先坐下来休息……烧水喝吧！"我们说："不用了！"因为是在夜间，烧起水来，又是抱柴火，又是拉风箱，免不了惊动四邻。

他从那屋端过烟笸箩，拿过烟袋来，请我们吸烟，我们都不吸。他盘腿坐在炕上，装上一锅烟，慢慢吸着。

刘玉同志问他："这几天敌情怎么样？"

他仰起头来，说："楼上增了一班人。日本小队长野驴越来越不是东西，要米要面都好说，他要花姑娘，咱们乡村里哪里有那个？这几天常下楼骚扰……"

刘玉同志一听，有些惊讶。他说："大哥！咱能在这村住吗？"

房东摇摇头，说："没事，为过路干部，咱有准备。有我在，没有什么闪失，你们住吧！"

说着话，天就明了。主妇起来，烧水做饭。我们洗了脸，喝了开水，吃了窝头稀饭。在吃饭时，我们看到这户人家，除了一男一女，还有两个小孩。刘玉同志吃了饭就出去了，他不和我们住在一个地方。

房东招呼着我们吃了饭，说了一声："你们休息，我到大街上看看形势。"就走出去了。主妇吩咐孩子们守在门口看着风势。

走了一夜黑道，身子骨也着实乏累了，就安排睡觉。老马和小赵，把手枪枕在脑袋底下。我没有枪，就枕着炕沿睡。谁也不说什么，一会儿就睡着了。老马如雷地打着鼾声。

正在睡梦里，房东大踏步走进来，说："伪军下楼了，快起来！"说着，掀开炕墙，叫我们下地道。我们还没有睡醒，蒙蒙眬眬地就爬下去了。因为出远门，没有带电棒，我伸手周围摸了摸，地道没有出口。在黑暗中，我说："没有出口！"

老马憨声憨气地说："没有出口？"

小赵也说："是，我也摸着没有出口。"

这时，我们有些不安。在根据地，各家地道都与大街上的大地道相通，敌人进了村，可以钻着大地道走出村去。有的有翻眼儿，他破坏了这一层，我们可以钻到第二层。有的有三层地道。在敌占区，就没有这个方便了。

事到此刻，谁也没有办法了。地道里连一支蜡烛都没有，只有在黑暗中睡着，心情压抑，一会儿就都睡着了。老马不敢打鼾声，只是吹得鼻子呜呜地响。小赵被他吵醒，伸手捅他，说："你别响了，叫敌人听见呢！"

老马被他捅醒，在睡梦里说："哪里，你忙睡吧！"

也不知道睡了多长时间，大家肚子都有些饿了。在根据地，下地道时，戴上手表，带上几个鸡蛋。今天却一不知时间，二没有吃的，小赵有些急躁，但也没有办法。老马说："睡吧！睡着了什么都忘了！"说着，又睡着了。

我和小赵睡不着，在黑暗中只有他看看我，我看看他，其实什么也看不见。也不知道忍耐了多长时间，挨到了什么时辰，有人敲灶墙，隐约听得："出来吧！敌人走了！"

说着，地道口上透出一线光明。紧张情绪过去，我们放下心来，钻出地道。房东把地道口关上。

我们互相扫了身上的土，抬起头来一看，太阳平西了。房东说："楼上下来了几个伪军，又是要酒，又是要肉，一直在村公所闹了半天，吃了饭喝了酒才走了。随后又把大瓶的酒、大块的肉送去……"说着，主妇端上饭来：窝窝头、杂面汤。

房东唠唠叨叨地说了半天。在根据地，这是常事：当时是两面政权，两面负担。我们的政策，允许群众应敌，以免敌人的烧、杀、抢、掠。在敌占区，更是常事了。

日子就这样过下去，三天两头下地道。为了保护我们，房东走出走进。闷得慌了，几个人一起说会子闲话，我就给他们讲《聊斋》，他们很爱听这些故事。有时，他们俩一块下象棋。我不会下棋，不能出门，不能上街，连一本书也未带，只有在地上走来走去，磨时间。

日子过得也很快，一连七八天不见刘玉同志的面，老马为此很是急躁，他说："我们还有事呢，老是不过路，慢慢腾腾慢慢腾腾的！耽误了公事怎么办？"

房东见老马火性子脾气，连忙说："别着急，我去找他。"他出去了半天，又走回来说："今天晚上就来了！"

我们没有办法，只得等着，一直等到吃了晚饭，刘玉同志才慢慢走进来。他右手提着枪，左手提着一大块猪肉。老马见了说："这是干什么？"

刘玉同志说："这是村公所给的，村长知道村里住着八路，给了一块肉。"

老马说："我们不能要这个，敌人天天要酒要肉，要柴要菜……我们还……"

刘玉同志见人们抢白他，他咧起嘴，瞪着眼睛看着那块肉，似乎有些后悔。房东连忙走上来，接了那块肉，说："这有什么说的，有敌人吃的没有咱们吃的？"

房东说话，算是给刘玉同志解了围。他垂着脸庞坐在炕沿上。小赵问："怎么还不过路？"

老马也走前一步，说："我们还有要紧的事呢！"

刘玉同志也不着急，慢条斯理地说："我也正着急呢。可路西里老是不过来人，不了解情况，我们也不敢过路。"

老马又说："过不了路也罢，你一连几天连个照面不打？"

刘玉同志说："这是敌占区呀！这个门不能老是有人走出走进，暴露了目标不是玩儿的。这和在咱根据地不一样呀！"他又解释了一会子，他每天怎么和村长联系，掌握敌情。又说："不用着急，反正我负责送你们到路西。"又念叨了会子敌来敌往以及村中的动静，就走出去了。

第二天，房东给我们做了烙饼炖肉，我们也请房东和小孩子们一块吃，这也算我们请房东吃饭。

此后，又过了一些天，我算着足足在这村住了半个月。一天晚上，刘玉同志提着枪，脚步沉重地走进来，笑了说："今天过路！"

人们听得说，立刻长了精神，收拾包袱。但是，一直坐到三更时分，等打更人过去，刘玉同志才说："我们走吧！"

刘玉同志手里提着枪，老马和小赵也把手枪提在手里，一同走出大门。房东送到门口，压低了嗓音说："祝你们一路平安……"似乎有些留恋不舍的。

我们回过头说："谢谢你！麻烦你一家子！"

房东点点头说："不！都是为了国家呀！"

说着，他关上小门就回去了。

刘玉同志头里走着，我们后头跟着。今天星光不亮，深一脚浅一脚地走出西街口。走不多远，就到了大沟边上。我们在矮树丛中蹲了一会儿。刘玉同志手里端着枪，趴在地上望着远处。老马和小赵手里也擒着枪，做出战斗的姿态。不一会儿工夫，沟那边有声音，刘玉同志伸手晃了一下，说："那边过来人了！"

刘玉同志爬起身来，走到沟边上。在黑暗中觑眼看着。有人爬下沟去，扔上绳子来。刘玉同志把绳子拴在树上，几人一个一个拽着绳子爬上沟来。到最后一个，在黑暗中，看着他的身形很熟悉，仔细一看，是光人。我伸出手去，握住他的手，说："是你！怎么过来了？"

他紧紧握住我的手，说："国坚同志派我出去！"

国坚同志是冀中公安局长，他一说，我就明白了，说："到什么地方去？"他说："到开封、西安一带……"

他一说，我也明白，他父亲在那边有官职。我说："哪，我们就算分手了！"

谈到这里，他有些惆怅，似乎哽咽地说："胜利了再见吧！……你过去吧！叫你过去呢！"

我在黑暗中点了一下头，就仓促分手了。在一块工作几年，他到大后方去，觉得难分难舍的。时间很紧，在黑暗中，我用两手抓住绳子溜下沟去。沟很宽。我又拉紧绳索爬上沟去。当我爬到沟沿上，刘玉同志伸出大手，拉了我一把，才爬到沟上头。

刘玉同志拉了一下老马，又拉了一下小赵，说："走吧！"

他在头里走着，我们在后头跟着。看样子刘玉同志道儿很熟，我们也放心。离开铁路，拐了一个弯儿，进入一条洼道。走了有一袋烟的工夫，前面有一片矮树林子。在夜暗中，也看不清是桃树还是梨树，离远看去，影影绰绰地似乎树下有人。走到跟前，刘玉走过去一看，果然有人。喊了一声："干什么的？"话声未了，敌人就开了枪了。

一闪念间,想道:敌人在伏击!撒开腿,顺着沟道跑起来,后面枪声吧吧响着,我们在道沟里像飞一样地跑,耳旁风呜呜直响。刘玉同志身体强壮,腿长,跑得特别快。

一直跑出有一节地,跑得肚子痛,喘不过气来了。听枪声不响了,渐渐放慢脚步,看了看,只有老马和小赵,刘玉同志不见了。他早跑到前头去了。老马喘着气说:"他没打住我们!"

小赵说:"好危险呀!"说着出了道沟,就是宽广大道。

走到一个岔路口上,我们由不得停下脚来,这是敌占区,敌情不明,我们不敢乱走。小赵说:"我们先歇一刻吧,看是怎么办?"我们走进路旁的谷子地里,坐下来休息。这时,我的小腹还隐隐作痛。

歇不一会儿工夫,大道上有人走过来,老马和小赵抽出枪,扳开机头等着。那人一边走着,压低了嗓音叫:"老梁同志……老马……小赵!"听是刘玉同志,我才放下心来。老马和小赵提着枪,一起走出谷子地。

刘玉同志见到我们,笑了说:"不怕!不怕!"一同走着,他的脚下就出了步儿了,我们也快步跟上。

走了一个钟头的样子,在夜暗中,看见前面的山冈了,山前有一个小村落,我们沿村边走过去。刘玉同志把我们引进一个场院里,走进一间场屋。他说:"你们等一等,我先去前面看看。"说着,他手里提着枪走出去,我们坐下来休息。

不一刻工夫,刘玉同志走回来,轻松地说:"走吧!"我们一起走出来。到了大街上,看了看街里无人,静悄悄的。

出了村，走不一会儿工夫，走到山边上，天就发亮了。山下有一条沟，不深，但是有水，水里放满了枣棘。看这条路走得很明，沟两旁有过水的痕迹。向南一望，在晨光中看得见敌人的岗楼。

由不得思索，我们脱下鞋子，挽上裤脚过沟。两脚踩在枣棘上，还未感觉到疼痛，就走过沟去。脚也没涮，穿上鞋子就上山，因为这地方离岗楼太近了。

踏上山路小径，我由不得长出一口气。看看脚上，有几处被荆棘划破了，流着血，但不感觉到疼痛，顾不得了。

山丘不高。当我们走过这个小山去，下坡的路上，遇上一个老汉，担着两筐甜瓜，迎面走来。老马问："大爷！是卖的吗？"老汉听说话，睁开怀疑的眼睛，说："你们是远道来的！是卖的！"说着，放下担子，用手巾擦汗。

走了一夜，跑了半天，肚子饥也饥了，渴也渴了，由不得分说，不问价钱，围着花筐蹲下，吃起甜瓜来。这时，天已经大亮了。

《天津日报》1981年10月8日

"南下"前后

一九四七年夏天,解放战争方酣。

我参加了博野十二村土改试点,任北淹村土改队长。一九四八年华北土改完成。这时,我正在武强县委工作。

我想开始写《红旗谱》这部书,理了一下题材,回顾了一下生活和经历,觉得还有不足处——有一段空白,需要补上。

按一片根据地的建设来说,从一九三八年到一九四二年"五一"大"扫荡",这几年里实行了合理负担和统累税,民主选举、扩军备战……这段生活很丰富。因为浮在上层,没有得到实际的锻炼,只是看到一些,听到一些,对于写一部长书来说,还是远远不够的,像是缺少了一些什么东西,用手一掂,轻飘飘的。我反复考虑用什么方法把这段生活补上。不然,对一生的文学创作,会有影响的。

这时,华北局下了指示,调大批干部南下,到新区开辟工作,这是一个机会。我想南下,经历更多的工作和生活。

为了这件事情,我特别找到方纪同志,他正在一个村里做土改扫尾工作。在一个晚上,睡觉时,我把这番意思跟他谈了。他就着灯龛里的小油灯,吸着自己卷的纸烟,迟迟地说:"好是好,只是自此以后,一南一北……"言外之意,他不同意。

我又反复考虑了作品中的人物和故事,想到南下新区的远景:到新开辟区工作,要长途行军,在长长的旅途中,将要见到、听到许多新鲜故事。要爬山过河,有多少困难。新区工作,是复杂多端的。只说是上新区,中国土地辽阔,还不知道到什么地方。心绪萦怀,我想得很多,也想得很远……最后,我下定决心:所谓体验生活,就是要经历这些,还有一些形形色色想不到的事,"不入虎穴,焉得虎子"!我要迎着风浪去经历这些新的生活,为了更好地打好一生的文学创作的生活基础——我回忆了一下,这种思想,我在青年时代就接受了高尔基文学作品的影响,我想闯更多的地方,经历更多的生活领域。

为此,我给区党委写了信。但只说要到新区锻炼,没有说明用意。

临别时,我告别了老战友们。当我去看杨循同志,他缓缓地摇摇头说:"……我还有封建观念,我还有老人……"虽然语重心长,并没有打动我的心。最后,他给了我一些钱,送我南行。我把车子和手枪给他留下了。

那天正刮着蒙古风,我迎着黄风到辛集去集合。在衡水车站上了火车。那是第一次坐解放区的火车,说不出有多么的新鲜。在我的记忆里,来到石家庄的时候,已经是上灯时分。当时石家庄解放不久,马路很宽,但是行人稀少。我们几个人走进一家冷饮店里,休息了一会儿,吃了一杯冰激凌。抗战八年,解放战争三年,没有吃到过甜的东西,当我吃到这一杯冰激凌的时候,又凉又甜,说不出的美气。这天晚上,住在石家庄附近的乡村里,比住在市里还方便一些。

第二天,干部大队在华北局附近集中,在平山县的山村里驻了一个月的样子。负责人有冀中区党委宣传部长阎子元同志、组织部副部长贾震同志、泊镇市委书记张秩生同志、七地委副书记赵铁夫同志。听了华北局负责同志们的报告，学习了毛主席的《目前形势和我们的任务》。最后，还做了一次考试。这次考试，我用十五分钟答完了卷子，就离开这个小院。领导上判给我八十五分。

这个问题引起同志们的轰动，对于十五分钟得了八十五分感到有些神奇。领导上把我的答卷叫同志们看了，这场风波才算平静下来。

过了几天，我们到华北局组织部帮助工作。当时陈鹏同志在组织部当秘书长。他跟我谈了，说邓拓同志来信要我，叫我到中央工作。当时邓拓同志在中央当政策研究室主任。我说："我需要到下层去锻炼……"婉言谢绝了。要离别了，陈鹏同志请我们吃了一顿丰盛的午餐。

这时候，明确了去的方向，我们这批干部要到华中局分配工作。我给路一写了一封信，向他告别。他寄给我一个被面，作为赠礼，说了一些依依惜别的话。

确定出发的前夕，陈鹏同志通过贾震同志告诉我，要把我留下，我没有同意，一心一意到新区去开辟新的工作。贾震同志留在华北局了。

当大队开拔，走到石家庄的时候，停了下来。当时吴立人同志在石家庄市委当宣传部长。我派了一个人，拿着一些钞票去，请他给换了一些银圆。他给我写了一封信，批评我不应该南下，要把我留下来工作，为了减少麻烦，我没有给他回信。

张秩生同志和赵铁夫同志又找我谈了一次话，走到村外一个土坡下的避风处，赵铁夫同志说："你还是回华北局，到邓拓同志那里去工作。"我沉默了半天，迟迟不做答复，我没有同意，一心一意要南下。这时，有些同志对于我南下新区工作，觉得是个谜。这个谜在同志之间传说着。

我觉得不论是过去或是现在，对于我们这个行业，总不是让人完全理解的。经过一场折冲，我毕竟在一个早晨迎着东升的太阳南下了。

在新区工作的几年中，在华中的农村里，我经历了剿匪反霸、减租减息、生产救灾、土改、复查等工作，我体会到：华中在国民党统治下的二十二年中，特务工作深入广大农村，形成了匪、特、霸三位一体的黑暗势力，和他们斗争是艰难曲折的。

我体会到：华中农村比华北农村封建性强得多，举出一个鲜明的例子：当时华中农村"抢婚"制度还在流行着。

经过一段新的生活的洗礼，一九五三年，我又开始了文学生涯。

《天津日报·文艺增刊》1981年第4期

在直隶新馆的日子

不知怎么,在我的青年时代、中年时代,都不爱做梦。近来上了几岁年纪,老是爱做梦,不是在白色恐怖之下埋书,就是在战争年代被日本鬼子追着跑,昨天晚上是千里第三次入梦。梦境好像是这样子的:在北京骡马市大街直隶新馆,下午饭之后,我正趴在桌子上写一点儿什么东西。千里在地上走来走去,说:"走吧!走吧!到陶然亭去吧!"我说:"走!去就去!"说着把笔放下,叫上路一、一鸿、一起,眺林,穿过一条胡同,就朝陶然亭走去……梦到这里,我就醒了,睁开眼睛看了看窗棂,只透进一点儿微明。

说也奇怪,我第一次到北京,是一九三三年。直到一九三六年,我在直隶新馆住过两次。路一也曾住在那里,那时他是北京"左联"的总编辑。掐指计算,距今也有四十五六年了,四十多年的事情,还能忆起,看样子我的脑筋还够灵的。

在北京流浪的几年,去过一次西北军,去过一次山东剧院,大部分时间留在北京。住过前英十胡同的小公寓,住过西华门大街六十一号,在直隶新馆住的时间最长。

在老北京时代,住公寓最自由了,住会馆更自由;简直一切起居饮食,各随其便,毫无拘束。

生活规律一般是这样子:早晨九点钟起床,洗漱之后,吃早饭,吃完早饭,骑上车子上北京图书馆看报读书,直到下午四时才回来。

一般的是下午四时吃晚饭。吃完饭,大家在一起说说笑笑,无非是国家大事、街谈巷议。休息一刻,就是打灯油,用一块白布或是一块小毛巾擦灯罩,一直擦得净明彻亮,这是做好晚上工作的准备。

擦完灯罩,就快到黄昏了,有个散步的时间。当时骡马市大街附近,没有公园。黄昏时刻,石头胡同正是灯红酒绿,那不是我们去的地方,就只有到陶然亭了。

出了直隶新馆的大门,跨过马路,往南有一条宽胡同,走过胡同,一出口,有一条往南去的小街道。这条小街道,既无柏油铺路,也不是灰渣马路,正是一句老北京话:"无风三尺土,有雨一街泥。"两旁的房子也多是土坯小屋,砖头瓦块砌成的。

走到尽头,就是庄稼地,高粱五谷,菜田,走不多远有一大片苇塘,一大片水坑,还有一大片公墓……这就是陶然亭了。站在这地方往南可以看见城墙的雉堞,往西可以看见西山的峰峦。据说这里过去曾经是个风景清幽的地方,常有文人雅士在此畅游欢聚。可是沧海桑田,几经变故,已经是人去楼空,如今也没有什么可玩的了。可是我们几个人老爱到这地方来玩,有时黄昏前后到那里散步,有时偶尔骑上车子到了那里,说一声:"架起来!"于是,几个人把车子靠在一起,开始遨游。

说是陶然亭,并没有找见亭子。平时除了我们几个人,也未见有人到这地方来过,可偏偏我们几个人爱到这里来玩,为的是无车马声,倒有些村野风光。直到五月大苇塘长到一房高，大宽的苇叶，绿绿葱葱的。苇塘里有各种的鸟儿，叽叽喳喳地叫着，我们只是在苇塘边听着，走来走去，不敢进去，因为里边有没胫深的水。

苇塘边上，有一座四方形的塔，塔上有一个小木屋。据说当时出了名的大盗燕子李三，晚上作案，白天就住在这座塔上。别看塔高，他能飞檐走壁，步履如飞，长着"飞毛腿"。据说他第一次作案，就偷了军阀马福祥家。晚上正在开饭的时刻，他越墙而过，偷了很多金银财宝出来。这也不过是旧时代的民间传说，也许可信，也许不可信。

塔下有香妃冢，传说是乾隆皇帝平定西域，得了那里国王的妃子，浑身有香味。纳于后宫，郁郁而死，埋于此。

香妃冢旁有鹦鹉冢，不知是谁家鹦鹉死了，埋在这里。没有什么出奇。

虽然没有什么出奇处，我们这几个好事的人，也都一一看过，并加品评。你一言我一语地做了研究。

水塘是一个死水坑，散发着一种什么味道，有时也有游鱼溅起波花。塘水不清，没有什么可以留恋的。

除此之外，就是西边那一大片公墓，荒冢累累，灌木丛生。有的坟前有一块墓碑，墓碑有大的，四五尺高；也有小的，不过二尺高。墓碑上有的只刻着本人的名字、死去的年月和树碑人的姓名，有的刻着本人的行状。我们都一一地看过，说也奇怪，有的不只看一次，而且仔细研究过上面的文辞。

一日黄昏，游兴正浓，偶尔在公墓中发现一座大墓。呈圆形，似用砖砌成，有一米高，直径两米，用灰抹过。坟前边立着一块墓碑,刻着"石评梅之墓"几个字。碑文记载她曾经去过莫斯科,参加过远东学生大会,是一个有革命思想的人。可惜一九二六年,她年纪轻轻的就去世了。碑上还刻着她的一首诗:

> 我是宝剑,
> 我是火花,
> 我愿生如闪电之耀亮,
> 我愿死如彗星之迅忽。

为了这首诗,我们几个人蹲在那里,看了又看,研究了又研究。这首诗代表了一个革命青年的思想,表现了她的高尚情操,直到现在我还不能忘记。当时我们也都是二十多岁的青年,为了追求真理,有家难归,在流浪中生活,思想容易发生共鸣。可惜诗人的去世太早了,没有能实现她的抱负。如今她长眠在地下,任凭归鸦噪晚,乱草滋荣。

为了凭吊年轻的诗人,直到夕阳西下,月亮东升了,我们才恋恋不舍地离开墓地往回走,经过那一片庄稼地的时候,看见一个小东西在头里跑,我们紧紧追上,用脚一踢,是一个圆球,弯下腰仔细一看,是一只刺猬,四肢抱得紧紧的,像一个圆球,我们用绳子把它拴上,提回来用脸盆扣上,还压上两块砖。

这时已是八点钟了,点上灯开始写东西,一直写到两三点钟才睡。第二天八九点钟才醒来,掀开洗脸盆一看,刺猬不见了。说着，我们都哈哈大笑。

这时日寇正在进攻中。千里离开北京去当工人。一九三六年，我因胃病复发，回家治病，路一也回到家乡。一九三七年，我与路一参加地下党的活动，后来和千里也在一起。抗日期间听说一鸿在平西工作，得了肺病。中华人民共和国成立以后，一起给路一写了一封很长的忏悔书，可能是有点什么问题吧！

《莲池》1982年第4期

关于保定"左联"

关于保定左翼作家联盟的情况，曾经有两个朋友来信询问，直到目前为止，我还未回信。一九二九年至一九三二年间，保定确实有"左联"，还有"剧联"。年深日久，当时的人们大部分不在了，访问起来，很难得到确实情况。

远千里同志在保定参加"左联"，我有所闻。当时我是共青团员，只知他参加"左联"了，但不知"左联"的情况。因为不能发生横的关系。此后虽然在一起工作多少年，可总忘记谈起这件事情。

一九二九年至一九三二年，是保定左翼文化最活跃的时期。

一九二九年，我在蠡县见过《朝晖月刊》，是个三十二开本，三四十页的文学刊物，有诗歌和小说。在保定发行，通过保属各县革命组织发售。按当时情况，发行量还不小，在学生界是很受欢迎的。编辑处不知在什么地方，编辑人有王晓霞和赵大宇。我推测他们可能是属于"左联"的。

一九三〇年，我到保定第二师范时，这个刊物就不见了。听说王晓霞考上第二师范第十三班。我记得在自修室里见过他一面，无人介绍，未曾说话。印象中他是长圆脸，学士头，中等身材，穿着一件灰芝麻呢袍子，脖子里缠条大围巾。这也是一个不爱多说话的人，我看了看他，他看了看我，谁也没有说什么。看样子年岁比一般同学大一些，大约二十岁左右。

赵大宇这个人，我也见过，大高个儿，长四方脸，是协生印字馆经理赵云涛的儿子，活泼人物，爱说爱笑的。也只是见了一面，未曾说话。赵大宇和王晓霞不一样，王晓霞以能写文章出名，赵大宇以长得漂亮出名。

当时保定的美男子，号称"保定三赵"，除赵大宇外，还有赵传礼、赵尔泰。投考二师的第二场，我都见过。赵传礼考上第二师范，赵尔泰未考上，考上了第六中学。经过一九三二年大动乱，都无所闻。赵大宇也不知哪里去了。

一九三一年至一九三二年，光说小书摊上的小刊物就有多少种。有组织上出的，也有几个人合伙印的，也有自己出钱印的，可以说五花八门。

高级班同学孙秉位，自己印了一个小册子。上晚自习的时候，自己搂着，串着各自修室叫卖："……书上有我的文章，也有我的诗，十大枚一本……"我买了一本看了看，文章写得不错，诗有古体诗，有自由诗。我还记得一首诗，是《过安州城》："安州城内栖晚鸦，阵阵叫来似鸣蛙……"他是安新人，人们说他有精神病，我看不一定，不过是当时形成的一种风气罢了。

保定协生印字馆，在北大街路北。在当时做了很多工作，除印刷左翼刊物外，还翻印了各种革命的书籍，在书局及各小书摊上发卖。一九三〇年，组织上捐款印了六七种社会科学讲义，就是在协生印的。

一九三二年秋，第二师范曾成立了几个研究会：文学研究会、社会科学研究会、世界语学会等。曾请赵云涛讲演过一次，题目是"抗日战争的理论和实际"。此人高个子大眼睛，两撇黑胡子，穿着大褂，谈吐颇不俗。抗战胜利后，协生印字馆不见了，赵云涛此人亦不知所终。

一九三二年，保定还出过一个小报型的刊物，叫《保定学生》。编辑人叫于永学，学生打扮，脸色黑里透红，年岁较大，大概有二十三四岁，也只是见了一次面。

一九三三年，我到了北京，开始了文学青年的生活。向《世界晚报》投稿的时候，还看见于永学这个名字，在同一张报纸上发表过文章。因为白色恐怖严重，我也不好去找他。

《花山》1982 年第 2 期

保二师——革命的摇篮

保定第二师范是个革命的学校，但是最难考。我为了投考第二师范，补习了半年的功课，《难题三百解》都背熟了。考试的时候，二千五百人下场，录取了四十个人，我考在第十三名，真不易呀！

秋季入学，入第十二班。老同学朱瑞祥介绍我参加了反帝国主义大同盟，继续奔向革命的征程。我在高小时期参加了共产主义青年团，参加了反割头税运动。考入二师并不觉得满足，我要继续革命。那时我还不懂得转关系，一九三一年的春天，我又参加了共青团。

当时白色恐怖严重。校长张陈卿是国民党的西山会议派，训育主任是国民党的改组派，稍一不慎，就有被开除学籍的可能，于是我懂得了绝对保守秘密。我是团小组长，小组会每礼拜开一次，找不到地方开会，就在操场上散步，一边走着一边谈。要汇报工作，汇报思想情况，开展批评与自我批评。在母校我过了严格的组织生活，读了《毁灭》《夏伯阳》《铁流》《士敏土》等好多革命文学作品，我立志做一个革命家、著述家，在这时已经开始努力了。

一九三一年暑期，我参加了保二师的第三次学潮斗争，驱逐贪污校长张陈卿。我是护校委员会的一个。半夜三更时分，电灯忽明，召开了学生大会，宣布了张陈卿三大罪状，派出两个代表团。一个代表团赴天津，到河北省教育厅告状；一个代表团到北京，召开新闻记者招待会，说明二师学潮真相，争取社会舆论。

河北省教育界，有留法派和留美派的斗争，利用敌人的内部矛盾，教育厅撤换了张陈卿，我们欢迎开明校长张云鹤来校。

驱逐张陈卿的胜利，带来了思想大解放，各种会社如雨后春笋；社会科学研究会、文学研究会、世界语学会、武术会相继成立。我参加了文学研究会，读了很多革命文学。

后来，我读书的兴趣转移了，读了几本《社会科学概论》《文学概论》《辩证唯物论》《社会进化史》《政治经济学》《家庭、私有制和国家的起源》……当时读这些书，有的读懂，有的读不懂，但是此后一遇到实际问题就懂了。

一九三一年九月十八日，日本帝国主义炮轰沈阳北大营兵工厂，同学们等不得下课，一齐拥进图书馆，有人拿起报纸，立在桌子上，高声朗诵。日寇在东北点起战火，同学们举起拳头，高声喊着："打倒日本帝国主义！""祖国万岁！"

自此，我投入抗日救国的高潮。每日下午课毕，携带宣传品深入工厂、农村，告诉工农大众，我们的祖国到了危亡的关头，唤醒广大群众起来抗日救亡。我参加了粉笔队，上大街书写标语……面白了保定市的墙壁。参加了南大桥码头工人工作，检查日本货。参加了南大桥飞行集会、西郊飞行集会，开展宣传鼓动工作。

因为蒋介石的"不抵抗"政策，"攘外必先安内"政策，东北大片土地很快沦失，东北同胞被踏于日寇铁蹄之下。蒋介石为了镇压抗日救亡运动，在保定设立"行营"，开来宪兵第三团。

　　统治者宣布将有兵乱，提前放假。同学们回家之后，又宣布解散第二师范。自此，我即失学失业，走上社会，开始文学青年的生活。为时不久，我即参加了抗日战争，经过了八年抗战。

　　　　　　　《天津日报》(农村版) 1983 年 5 月 12 日

第三辑　谈天说地

致北京

一想起北京,我的心上会感到温暖,感到故乡的情谊。多少年来,不论走到什么地方,常是想念着北京:"我要回到北京去!我要回到北京去!"

但我在北京的年头并不多。第一次是一九三三年到北京的,那时我才十八九岁。

记得是一九三二年五月,母校保定第二师范被解散。七月发生了七六惨案,九月故乡掀起了农民游击战争,白军开进滹沱河两岸,造成惊人的恐怖。我只好离开故乡,走到保定,保定已安下"保定行营"。走到北京,已经从南京开来了宪兵第三团。虽然如此,我还是留在北京了。那时,流浪在北京的同学不下二十人,像受了惊的雁群,见了面感到特别亲切。

旧时的北京,把历代人民的艺术生活带给我们。在太庙的柏林中,在祈年殿前,在九龙壁下,中华民族的传统诗意,像一杯醇美的酒浆，浸润人的灵魂，使人留恋不忍离去。

初到北京，更吸引人的是历史掌故，她把历代人民的斗争生活带给我们。李自成进北京是历史上的佳话。众殴章宗祥，火烧赵家楼，伟大的民族气魄，撼动了封建势力的磐石，培养了革命的新生一代。

那时，我们失去学校，又没有职业。但我们并不悲观，失去学校还有"社会大学"，每天，我们在北京图书馆读起书来。我住在骡马市大街直隶新馆里，过起"文学青年"的生活。我们的工作是在报纸上占领阵地，占领阵地越大，我们说话的地方也越多。

会馆里都是一些七倒八歪的破房子，院子里和屋顶上都生满了野草。每间房子每月要一元房金，可以管水喝。我们每天的生活费只用一角钱，用一角钱吃两顿饭。在旧时的北京，只有在我们的小屋子里是自由的。

从骡马市大街到北京图书馆，是一段不近的路程。我们每天吃过早饭到图书馆去读书。读得渴了，那里有水喝。读得累了，就在院里散步，卧在草地上休息，看远处澄明的湖水和红色的宫墙。后来，我们又开辟了新的园地，越过石栏就是北海的西岸。那时的西岸，尽生着芦苇。我们在大树下，在草丛中钓鱼读书，有时能钓到很大的鱼。可是，向北去有一堵红泥宫墙挡住去路。我们拾来砖瓦，砌成一条小桥，沿着小桥到北海去。我们悄悄用树枝把这条小桥遮住，不让他们看见。

从北海西岸向"金鳌""玉栋"桥望过去，有一群群的宪兵，穿着黄呢军装，拿着盒子炮，在那里做战斗演习，他们是保护怀仁堂的（当时何应钦住在怀仁堂），我只有怒目而视。

在北京图书馆，我读了高尔基的《母亲》，读了《铁流》《毁灭》。读了《黑猫与塔》《反正前后》《阿Q正传》《子夜》。还读了《茶花女》《春潮》《父与子》等书。还读了托尔斯泰的《复活》，我曾连读三遍《复活》。夜间，在会馆的小油灯下写东西，经常工作到深夜两三点钟。

在旧时的北京，我们是过着崭新的生活。也感到军警的重压，刑狱的威胁，但我们常是快乐的。和我们狭路往来的有不少是西装革履、举止阔绰的少爷小姐，但我们并不羡慕他们，他们有他们的心事，我们有我们的心事。

在傍晚，工作累了，我们经常去陶然亭，听草丛中鸟叫，看塘中游鱼。在塘边、在乱冢间，开着很多不知名的野花。偶尔，在一个傍晚的夕阳中，在乱冢间发现了高君宇的墓碑，碑上刻着一首诗："我是宝剑，我是火花，我愿如闪电之耀亮，我愿如彗星之迅忽。"当时，我读了这首诗，心血是沸腾了的。可惜，诗人只活到三十岁，我觉得他死得太早了。他曾到过莫斯科，开过东方革命青年会议。

旧时的北京，并没有多少人注意我们的生活，但军警机关是不会放过的。会馆中常有踪迹不明的人来来去去。一九三三年夏天，丁浩川同志由故乡到北京了，我非常高兴，他是我的老师，从此我们可以共同工作、共同学习了。在那年"五一"的头一天，他给我一卷"左联"的传单，那是他亲自写、亲自刻的蜡版油印的。北京"左联"为殷夫、柔石、冯铿等同志被惨害而呼吁。但是，"五一"那天他也被捕了。他曾经在法庭上与敌人辩论，结果被判了徒刑。

我感到心头的重压，窒息得透不过气来。无法抒发郁积的心情，在那年秋天，我不得不离开北京，到察哈尔去。在察南的群山中，对着塞外的寒林，我在想念着北京："北京，在黑暗中！"

第二年春初，我又从河南回到北京了，战友们重聚是惊喜不尽的。为了离得图书馆近一点，我们住在西安门外的公寓里。不幸夤夜十二时，有几个黑衣匪徒，提着手枪将我们架走，我们被捕了。从狱中出来已是夏天，我回不得故乡，回不得保定，又不能在北京久留，只好到济南去。战友们到车站送我，我从车窗伸出手去与友人握别，握着，握着，不忍放手。我忍着眼泪离开北京。

再回到北京，是在"何梅协定"之后，国民党的军宪及党部从北方撤退了。在北京，我看到抗日运动的汹涌澎湃，看到"一二·九""一二·一六"。广大群众鼓荡的情绪，激励我继续前进，切莫停留！

抗战八年里，我在太行山中，在河北平原上，过着"游击"生活。在长长的日子里，在露夜行军中，在冬夜的火炉旁，我们在谈着："将来，我们要回到北京去……"。我仰起头，望着天空长叹一声："北京，在忍受着强盗的宰割，北京在灾难中！"我们日以继夜的战斗，我们要夺回北京！

一九四八年，我随军南下了。在开封，在一个深沉的冬夜里，听得大街上有人在叫卖号外："北京解放！北京解放！"我猛地开门出去，买了这份报纸来，我颤着两手，一口气读完这条消息,眼里含满了泪水,仰天大呼着:"北京解放了!"

北京回到人民的怀抱,我是多么的高兴。中华人民共和国在北京建都了。在遥远的南方,我听到毛主席在天安门上宣读开国宣言。中华民族的新的日子开始了,强盗们的日子一去不复返了。毛主席号召全国人民建设祖国。

自此,我怀着异样的心情眷恋北京,希望有一天能到北京去。

一九五四年新春,我真的要回到北京去。而且要重新回到文学岗位。我兴奋,在火车上一天一夜不眠不睡。在前门车站下车,经过天安门广场,经过长安街的林荫路。我感到心情多么豁亮,不由得笑出来说:"我又回到北京了!"

到了北京,还没有安排房子,我就想出去看看。我到师范大学去拜访了丁浩川同志,找到几个第二师范的老同学。我走在宽广的街道上,看看北京活跃的人群。在新北京,在大街上,在公园里,尽是上下班的职工,青年学生们,红领巾们。那些甩着大袖子坐茶馆的人们,再也不见了。在公共汽车上,在电车上,老年人、妇女和孩子们受到尊重。

我去过几个住过的地方,到过骡马市大街直隶新馆,走到陶然亭看高君宇墓碑。时光过去了,什么也不一样了。街头上,再也没有那些衣衫褴褛无家可归的人。再也没有那些泥泥水水的街道,看不到那些堆积如山的垃圾堆了。

向远处看,那一簇簇的脚手架,一簇簇蓝色和红色的楼房,那一行行新建成的街道,遥远的郊区,矗立起的烟囱⋯⋯北京在前进中。

北京，庄严、朴素而清新。北京是充满民族风格的城市，到处是花丛和树林。

在北京，人们的工作是忙碌的。星期天我带孩子们到天坛去，孩子们放情地在草地上跑、跳。我仰卧在古柏树下，通过叶隙，看蓝色的天上，有白云片片，飞过祈年殿的圆顶。春暇的日子，我带孩子们到颐和园去，在山岭上伫立，漫步长廊，在湖滨散步。秋暇的日子，我到过西山，饱看满山红叶。工作之余，我常去什刹海边，在杨树底下散步（这里过去是没有杨树的）。风吹着大杨树的叶子，豁朗朗地响着。如有时间，我还是到图书馆去读书，在院子里休息，我喜欢那地方。

青年时代，我在北京渡过艰苦的年月，如今我在北京感到无上的幸福。

我不愿离开北京，但是因为工作，我又离开北京了。

前几天到北京去，走过天安门广场，看到白色的高大的英雄纪念碑，碑前的苍翠的松林。走过长安街，我的心上是那样宽广而辽阔。中华人民共和国在北京建都十年了，这十年，她是在火热的建设中度过的，她每天和每天都不一样。但你冷眼看起来，她是那样静静的静静的。

《北京日报》1959年9月21日

壮志未酬老不休

去年，我幸运地出席了政协河北省第四届委员会会议，与各界人士欢聚一堂，共商国家大事。抚今追昔，感慨甚深。

中国有一句古话，叫作"十月小阳春"（国历）。当时，正值初冬，却是一派阳春天气。我在石家庄市招待处的住室里招待了来访的记者们，似老友重逢，喜兴不尽。他们告诉我一个好消息：被"四人帮"禁锢了十年之久的《红旗谱》将由中国青年出版社再版了。

在一段时间里，"四人帮"抡起"黑线专政"论的大棒，把社会主义的文艺园地摧残殆尽。许多有成就的老作家被打成"黑作家"；许多国内外很有影响的作品被判为"黑书"而加以禁锢。我作为我们党长期培养的作家，当然也不能幸免。但是，我是从残酷的战争中，从革命的风暴中锻炼出来的，斗争的实践使我认识到："四人帮"那一套反革命的政策和路线，不会统治长久，他们已经为自己掘下了坟墓。于是，我开始构思一部描写我国土地革命的长篇小说《翻身记事》。当时，也有要好的朋友劝告我，"搁笔吧！不要再写这些东西，以免招来灾祸"。但是，作为一个老作家，出于强烈的革命责任感，我下定决心在秘密的情况下拿起笔来。这部小说完成之日，正当"四人帮"覆亡之时。可幸，这部书可以见着天日了。此书由人民文学出版社出版，不久就可以和广大读者见面。

忽如一夜春风来，千树万树梨花开。我们的党一举粉碎了

"四人帮",许多老作家又可以从事文学艺术的研究,更好地从事文学创作了。当时真是喜不自胜,奔走相告。我的旧作也恢复了它的生命,《播火记》稍加修改,亦将再版。

我虽花甲之年,身体尚称矫健,精力充沛,心情舒畅。我决不辜负党和广大读者的期望,以最大的韧性,继续完成《烽烟图》。这是《红旗谱》的第三部。《红旗谱》三部书描写了我国农民怎样在毛主席的领导下,以艰苦卓绝的毅力,反抗帝国主义、封建主义和官僚资本主义的压迫,为英雄祖国立下卓越的功勋。对于我来说,壮志未酬老不休,我一定要把这些酝酿已久的可歌可泣的英雄业绩,再现于文学作品之中。

《文汇报》1978年

《烽烟图》寻稿纪实

《烽烟图》这部原稿,完成于一九五三年、一九五四年间。当时的计划,是以此作为第一部,写深悬敌后小块抗日根据地的繁荣。为了完成朱老忠、严志和这两个英雄人物的典型,回述了朱严两家的友情,唤起了我青少年时代的战斗、生活,割去一部分写成了《红旗谱》,又割去了一部分写成了《播火记》,于是这部原稿只剩下五卷,分装成上下两册。

这部原稿还不是完整的,上册是经过加工过的,下册还未经过加工，除此以外，在"文化大革命"前，经过各报纸杂志选载过的部分，也已经加工过了。总算起来，这部原稿的完成，距离今天已经有二十四年。在二十四年中，它经历的风风雨雨，是不平凡的。

一九六六年八月，文联机关开始了"文化大革命"，河北作家都未参加华北局工作会议。在这一点来说，我的心上倒是没有不平，因为毛主席老人家还健在，相信党、相信群众，没有什么过不去的事。但事有意外，当我们参加八月会议尚未完结，机关群众就到大会上来揪我们，给我们戴上了牌子，牌子上写着"反革命修正主义分子"，名字上打了"×"，最大的罪名就说我在《播火记》中歌颂了王明路线，为王明树碑立传。揪回机关，关进了牛棚。因为高蠡暴动是一九三二年的事，正在王明路线时期。此外没有谈到别的错误。也还未联系《红旗谱》和《烽烟图》这部原稿。因为这部原稿是写遵义会议以后的事情，当然有的地方也回叙到一九三五年以前，这样谈似乎有点形而上学，但确是事实。

这部原稿，原名《战寇图》，后来因为有人写了部电影，叫《战洪图》。我也就改了名字，叫《抗日图》，又觉得与内容不贴切，因为它的内容是写抗日战争的烽烟初起的时候，尚未写到如火如荼的抗日战争，因此又改名为《烽烟图》，这样也就名实相符了。

事有意外，经过群众的争论，《红旗谱》也有了问题，说反割头税运动写的是立三路线，二师学潮是王明路线，这就有点莫名其妙了。经过"过作品"我才明白，反割头税运动是一九二九年冬天的事，按西历计算，正是一九三〇年的一月，因为立三路线是一九三〇年的事。二师学潮虽然写的是抗日救亡运动，也是一九三二年的事。其牵强附会竟至于此！

所谓"过作品"，就是批斗，叫作家站在凳子上，检讨书中的错误。按一般地说，检查一篇文章或一本书的错误，并不难，也就是几个地方就完了。要是按"纪要"和"两个指示"的精神来检查，那可就难了。这也不对，那也不对。此外，加上"政治背景"、当时的负责人……总之，不检查成反革命过不去关。牛棚里有一个同志实在觉得为难，叹声说："咳！这检查成个反革命也难着哪！"

林彪和"四人帮"插手"文化大革命"的形势到了这地步，是谁也没有料想到的。群众勒令大家把原稿交出来，我也只好交出《烽烟图》这部原稿及报纸选载的部分——一个小本子。这时正是一九六六年的九月。

"过"完了作品，到十一月的时候，我想起我的原稿，向机关群众问了一下。问到当时的一个头头，他红着脸说："我不知道。"有的群众也说，"无有下落了。"我的血压立时高了起来，因为写这部原稿是在一九五三年，我在《武汉日报》的任内，业余时间写几十万字不是容易。他们见我几天里精神不好，就对我说："还有，李××拿着。"我想：李××这人还不错，不会丢了的。因此，我也就放下心来了。现在我体会这是不真实的。

一九六八年八月到了石家庄三二〇学习班，一九六九年九月到了唐庄农场。说真的，这几年里，都是两派群众在斗争，很少谈到我们的问题。到了一九七〇年的春天，难过的日子似乎也就算过去了，于是我的心上又想起这部原稿。我向群众打问《烽烟图》原稿的情况；不问则已，我这一问，又惹出乱子来了。管牛棚的小组长说我犯了错误，因为他也是住过牛棚的，谈起话来，倒是和颜悦色的，但说话却很锋利，他笑着说："我也有这么一个问题，检讨吧，你反攻倒算！"开了个小组会，强迫做了检讨。

丢了原稿是小事，自此我体会到我的问题的严重性，于是心上又像是坠上了一块石头，惴惴不安。

经过一九七一、一九七二年，一般群众有的下乡落户，有的分配工作，我们的问题也透出信来，说是书上的路线问题，不是什么大问题。我们提出要求，退回抄家物资。费了很大的事，算是退回了大部分，几箱书籍不退给了。当我问到这部《烽烟图》原稿时，工宣队说是在石家庄大批判组里。大批判组的同志回答："用完后已送回唐庄指挥部。"我又连着给省委写了几封信。指挥部把所有箱子都打开，《烽烟图》原稿却杳如黄鹤，只剩下白云空悠悠了！

这时，我才明白：这一来一往，不过是两派互相推脱责任。工宣队一推六二五，说："你交给谁了找谁去，我们不管！"这时，我也就无法可施了。只好忍着肚子痛吧！

作家丢了原稿，可以想象，就像母亲丢了孩子一样的难过。尤其丢了《烽烟图》原稿，我这颗心就像是在油锅里熬着一样。又经过一九七四年，一九七五年又出了一件大事：因为我写了一封信，说明《红旗谱》的第一卷无问题，第二卷写反割头税运动,第三卷写二师学潮。《播火记》第一卷写党史上的特科工作,第三、四卷写高蠡暴动,已经是日寇大军进抵长城沿线了。日本鬼子到了家门口,农民暴动起来迎接红军北上抗日,是没有错误的。事出意外,当时省委不只不予平反,反倒来了个重新"批判"。又批判了一通。

当时我正在秘密写《翻身记事》,又考虑到问题的严重性,"作家"尚且不在话下,一部原稿,还算得了什么,由它去吧!埋头写好《翻身记事》,将来如有翻身之日,就把《翻身记事》拿出去。如果万世不得翻身,就把这部原稿留给孩子们,说明他们的祖上自从二十岁开始写文章,用此作为手段,为无产阶级革命事业奋斗终生。

话虽如此说,《红旗谱》和《播火记》已经和广大群众见过面了,虽然"批倒批臭",但却给广大群众留下了印象。可惜费了九牛二虎之力,《烽烟图》尚未和群众见过面,就石沉大海了。原稿中的人物和情节,尤其是那些动人的情节,好像鬼魂一样在追随着我,甚至在梦寐之中,也使我不安。一梦到他们,我的心头就惊怔不止。

一九七六年十月,《翻身记事》原稿完成之日,党中央揪出"四人帮",一九七七年,《翻身记事》和广大群众见了面。一九七八年秋日,新华社记者马杰同志来访,打问我的近况,我把重新写《烽烟图》的计划告诉了他。

可是,这部原稿离开我已经十二个年头了,沧桑数载,除了一些比较动人的情节还记得,其余部分已经大部模糊。尤其,不写则已,一写起来,就又想起来写《烽烟图》的不易。

想起那些为找寻原稿听到的刺耳的话，使我伤心。我无数次地拿起笔来重新写这部书，但每次拿起笔来，我的手都在发颤，十数年辛酸重上心头。为了写书，我虽然没有受到像司马迁所受的那种刑罚，我和我的家庭成员为我写书，心上受的熬煎，可说是有过之而无不及了！

新华社为此发了专稿，全国十五家报纸采用了。张家口市委办公室的张瑞林同志见到这条新闻之后，心里很不安，因为距此两年之前，他在保定某部当兵时，曾见过此稿在营里、团里流传，他曾看见过。为此，他怀着不安的心情，回到家里和爱人、母亲商量。母亲说："人家写本书不容易，给人家写封信呗！"新华社记者告诉我，为了此事，他的心上曾经做了斗争。

最后，张瑞林同志给我写了一封信，说明：两年之前，他在保定某部当兵时，有人把此稿传给他，他看了之后，又传给一个姓李的同志。现在传给他的人，已转业回四川老家。他传给的人，姓李的同志仍在该队，他转业时，此稿仍在他的手中。不知现在下落如何，云云。

我接到这封信，喜出望外，连忙给保定的朋友写了信。朋友们派人到驻军某部打听消息，负责同志很帮忙，立刻给该队打了电话。果然，有一本原稿在姓李的同志那里。他们立刻到了满城某队，李同志从衣裳包袱里拿出原稿，他保存得很好，一页也不缺少。这本原稿到了我的手上，说不出我的心里是多么激动。作家的手稿，好像从作家身上割下来的一块肉，失而复得，也说不出是一种什么滋味。但两本原稿找到一本，在完成这部书上，还存在很大困难的。

为保定驻军某部李同志归还这本原稿，新华社马杰同志又发了第二个消息，北京各报纸都采用了，同时在某部当过兵的李焕昌同志，现在已转业回到山东老家，在公社里工作。他在《光明日报》上见到这个消息，立刻给《光明日报》编辑部写了一封信，说明此稿的上册，尚在他的手中。《光明日报》的同志告诉了我这个消息，不久又把这册原稿送到我的手上，我好像母亲见到久别重逢的孩子，扑簌簌地落下了眼泪。

李焕昌同志谈到，他们见着这部原稿的确切经过：一九六八年八月，河北文联的人们到石家庄三二〇学习班时，当时某部有人在《保定日报》支左，《保定日报》与河北文联为邻，从保定文联拿出此稿，在营里、团里秘密流传了数年之久，后来才由两个人把它保存起来。经过新华社及其他各报社的帮助，又回到我的手中。我给张瑞林、李焕昌及保定驻军某部负责同志写了信，表示感谢。

自此，我明白了，某些人对此稿的说法，纯属子虚，是骗人的。

一九七九年年终之夜于天津

《新文学史料》1980年第2期

地方风味在保定

保定，古称保州。自古以来是军事重地，兵家必争。宋朝边将杨延昭，曾镇守保州至鄚州一线，号称三关口。北洋军阀时代，吴佩孚曾在保定练兵。民国以来成为文化城市，一九三〇年，我到保定的时候，只有十几万人口，就有十三所学校，还有一个河北大学。

保定是一座古城，因此在生活方面也有它的特点，古人有云：保定府三桩宝，铁球、糟糊、春不老。当我到保定的时候，铁球、糟糊已不知所云，春不老尚存，但我没有感到它有什么特点。

一九三一年"九一八"后，工作紧张，下午外出工作，伙房发伙食费，晚饭走到哪里在哪里吃。因此有机会领略保定吃食的特点。

"第一春饭店"，是冠盖往来之地，穷学生无与问津。今不复存。

"马兰斋"的烧鸡，是自古有名的，特点是味美而烂，拿在手里一抖就散了，中华人民共和国成立后尚有出售。据说现在还有，只是已无当年风味了。

西门外桥头，有两间水榭，一间厨房，一间门面。一间门面里，实际上只有三张桌子、几条凳子。是一家回回馆，卖羊肉包子，两大枚一个，特有风味。吃醋和大蒜不要钱，因此我就多吃蒜、多喝醋。跑堂的老头很不高兴，瞪直眼睛说："吃醋多了不香呀！"我没有理他。

离此不远，有一家小饭馆卖炒饼，很有风味。十两饼两拿着，已经能够吃饱。实际上十两炒饼盛在一个碗里就可以了，两拿着就是盛在两个碗里，以防老板偷工减料。这家饭馆已不复存在。

南大街路东，有一家饭馆卖牛肉罩饼。把大饼撕在碗里，切上几片牛肉，用牛肉汤淋过，吃起来味美而醇。现在已不复存在。

"槐茂"对过，有一家小馆子卖白肉罩火烧：把火烧撕在碗里，切上几刀白肉，几刀生葱，用肉汤浇过，吃起来味美而鲜。现在已扩充成了大饭馆了，罩火烧却已不复有当年风味。

"白运章包子铺"，原在天华市场内，是保属有名的，卖羊肉包子，一大枚一个，一碟盛五个，味甚佳。美中不足的是顾客太多，吃一顿饭需要两个钟头，太费时间。吃完两个包子，醋碟里就满下子油了，碟子擦了一大擦。最后喝一碗小米稀粥，搁上一包白糖。这一顿饭需要两毛钱。

现在白运章包子铺和望湖春饭庄搬在一起，小包子改成大包子，无油无味，名不复存，实亦所亡。

过去的天华市场南口，有一个小馆子卖勺拌饸饹，后来卖勺拌面条，别有风味，今不复存。

槐茂酱菜过去是有名的，而且有特点，今已不复存在。门口的大槐树也没有了。既无当日特点，亦无当日风光了。

当时，马兰斋的煮鸡和保定酱，车站常有出售。现在已销声匿迹。有时有售，亦无当年风味。

183

社会主义时代,吃食大众化是需要的,因为吃的人数多了。但吃食的风味应该保持,只可每况日上,不可每况日下。因为这是一种文化生活,地方风味是广大人民群众需要的,应该细心留传。

《莲池》1981年第1期

家乡来客

那天吃过早饭,在院子里散了一会儿步,静了一下脑筋,考虑着一篇文章的内容和结构。回到书房,拿出稿纸,坐在椅子上,沉下心来写东西。正在写着,门铃响了。

我想是来了客人,走下楼梯,去开大门。当我拉开大门,走进一个人来,哈哈笑着,说:"老叔!我来看你了,看你还认识不?"

我怔了一刻,仔细瞧着:他五十多岁年纪,中等身材,瘦巴个,穿一身白布衣服,左眼角上有一个小疤。肩上背着包袱,手里提着个小提包。我几十年不回老家,仔细看他的脸形和身姿,看了半天,怎么也认不出来。

他又笑着说:"我是老路,林海的儿子,咱们是邻家。"

谈到这里,我才想起来:林海家是近邻,我们叫他海哥,只隔一道墙。他家有四个闺女一个小子,嚼用多,劳动力只林海一个。我小的时候，海哥爱在菜园子里种瓜，不种甜瓜就种菜瓜，要不就种大葱。他有时推着小车在街上卖瓜，背着筐卖大葱，见了我就说："吃一个吧！""拿把葱去吃吧！"他是个爱说爱笑的庄稼人，爱讲故事。吃了晚饭，我们就到他的小屋里去听故事。他年幼时候，在安州陈家扛长工。他说，清朝年间，乾隆驾临白洋淀。陈殿华接驾，请皇家上下人等吃了一顿饺子。还说有一次村里唱大戏，有好事的人对戏班上的文丑说："你要在戏台上说一遍'嘻嘻嘻，哈哈哈，我是安州陈殿华'，我就给你十两银子。"远来的戏班，不知道陈殿华的来派儿，他为了得到这十两银子，戏一开场，文丑捋着胡子，跳着"扑灯蛾"走出来，照样说了一遍，才归到戏文上。这时陈殿华正在台下看戏，他一生气，把脚一跺，指挥护院的砸了戏台，封了戏箱，不准这个戏班演下去……他一边说着，张开缺了牙的大嘴，哈哈笑着。

土改时候，他家分了所好房，分了地。可是他又病了，拄着棍子，弯着腰，到县里来找我。我领他到药铺里看了病，抓了药。可是他的病没好，不久就去世了。一生的辛苦劳动夺去他的生命。

我拉住了老路的手，说："几十年不见，你不说，我就不敢认了……"说着，我伸手拉着他走上楼梯，放下东西，我说："你洗洗脸不？"

他抬起手擦着眼，说："洗洗就洗洗，坐了一夜火车。乡下人到城里，你这地方不好找，转来转去，也不知道东西南北了，找了半天才找到这个门。怎么天津地方这么不好找呀！"

他洗了脸,坐下来休息。

我给他沏上茶,拿上烟。他喝着茶,吸着烟,休息着。

每次家乡来了人,我就爱问家乡的情况,也是关心桑梓的意思。我问他:"这几年过得怎么样?"

他笑了说:"好啊!好啊!党中央的农村政策放宽了,农民们的日子好过了!我有四个儿子,去年夏天分了一千多斤小麦,有白面吃了。包了十亩棉花,分了一千四百多块钱。又分了七千斤玉米棒。家家院里戳着个大棒子囤。棒子也没法打了,没处盛呀!"他说着,笑模悠悠儿的。又说:"咱村地没分到户,是联产计酬责任制。咱们那里分田到户的,暂时有困难,怎么耕呀?怎么浇水呀?牲口呢?车呢?"

故乡是产棉区,古有"金束鹿银蠡县"之说。我问他:"有烧的吗?"

他又笑笑说:"今儿和'大跃进'时候搞大食堂不同了,那会儿人们可受了罪啦。现在冬天家家生个小煤火,柴火垛老高,还有秸秆呀!"说着,他磕着腿儿,得意地抽烟喝茶。

谈起农民生活,他说确实提高了,家家养着三四头大肥猪。肥猪过一百斤,就给八个工。向公家交猪,又奖粮食,又奖化肥。我问他:"有油吃吗?"

他说:"有了棉花,什么都有了。有棉花就有钱了。每亩皮棉过一百斤,就归自己。每人一年给十八斤油。"

我又问到故乡副业生产,他说开了一个油坊,搞了一个副业摊。赚了钱,又买了一台"东方红"拖拉机。前年村支书找了我来,我设法给村里买了台拖拉机。村子不大,土改的时候有七百多口人，每人四亩多地，现在是一千三百多口人，两台拖拉机，就够用了。

家乡的客人，我热情招待。午饭炒了几个菜，请他喝酒，他说："来了就麻烦你，还炒菜，还喝酒！"

我给他斟了一杯酒，他喝着说："我无事不登三宝殿，有困难呀！"

我问他："还有什么困难？"

他说："就是你在县里工作的时候，我不是参军了吗？你还记得吗？"

这件事情我还记得，一九四六年，正是解放战争期间，我在县委当副书记，搞过参军运动，发动青年参军，号召干部带头。

他吃了一口菜，伸头咽下去，说："你在区里讲了话，咱村没人报名，我跟老万说，'没人报名怎么办？咱俩带头吧！'"

那时，他是支部宣传委员，老万是村长。他们俩带头，全村青年都参了军。

他喝着酒，吃着菜说："咱村参军的编了一个排，是阎桐茂的部下。刘邓大军过了长江，华北战争形势好转，打了几次大仗呀！土改的时候，我也没回来。我爹死的时候，我正在前线上。在攻打清风店的时候，我负伤了，子弹从肩膀打进去，从脊背上出来，鲜血直流呀，血把衣裳都湿透了。担架队来晚一点儿，就没了我的命了。连长急忙找了担架来，这村送那村，飞签火票送到后方医院，住了半年才治好了，评的三等乙级残疾……"说着，掉过脊背，叫我看他的伤疤。我看了看，确实有一处伤。

"回家的路上，过河的时候，把褂子掉进了河里，被大水冲跑了。自此，我就没了残疾证了。'文化大革命'期间，我到了石家庄，墙上正写着'打倒阎桐茂！'以后我又跑了一趟太原，找到了，还给我开了证明……"说着，他放下筷子，从怀里掏出一个小包包，说："这不是阎军长的证明。连长在保定军分区当副司令员，写了证明。这不是排长的证明。班长阵亡了，找不到了……"他把证明材料摆在桌子上，都是打印的。

我说："你就叫县民政局补发吧！"

他说："民政局说，省里不给补。他们还受了批评。他要原始档案，我又跑了一溜遭，已经过去多年的事了，一个当小兵的，哪里还有原始档案呀！"

我说给县里写个信。他说："我是支部委员，县里好说，你就给我打通省里这一关吧！这关闯不过去，解决不了问题。"

说着，孩子们端上饭来。他一见到大米饭，眉开眼笑了，说："嚄！可没见过大米饭呀！在咱们老家吃白面、吃玉米面现成。想吃大米饭，难上加难呀！"我们老家是旱地，只种棉花五谷，不种水稻。

他把一大碗米饭端在手里，就着菜，香甜地吃着，说："咱们村里日子好过了，就是政策不落实，你跑折了腿也不行！"

说着，我把半碗肉汤倒在他碗里，他紧躲，笑了说："这一大碗饭！"

吃了饭，我给省民政局写了一封信，请他们解决这个问题。老路很高兴，打开包袱，是花生，又打开提包，拿出三瓶子棉籽油。说："老家的东西，有点乡土味儿！"

我说："你来就来，怎么还带东西？我这里什么都有。"

他望着我说："有，是你的！这叫给你带来东西了？花生是我分的，棉籽油是咱村油槽上打的……行了，不麻烦你了。"

我说："轻易不来，你住几天吧！"

他说："不，星夜赶回，解决问题要紧！"

我只好送他出门，出门的时候他还说："老叔！你回去看看吧！不是早先那个样儿了！"

《河北文学》1981年第12期

天津，我的第二故乡

在我的童年时代，每到冬闲季节，老乡亲们推着小车，搭帮结伙，下天津卫办年货。有的办海虾咸鱼，有的办官粉胭脂，有的办年画……

据说，从老家到天津的路程，是紧七慢八——走快一点儿，可以走七天；走慢一点儿，可以走八天。途中可以坐冰床子，那就快多了。不过，为了节俭，都不肯坐冰床子，宁自磨脚板，希望多有点儿盈余，省下钱来，补足一年中生活的艰难。今天想起来，坐冰床子的地方，可能是到了白洋淀，顺大清河而下了。

我的堂兄，兰玉哥和黑铁哥，就是每年下天津卫办年画的。每次回来，都谈些沿途所见、天津新闻……传说天津的北马路和三不管买卖家有多么热闹，还有各国的租界，六国的洋人……还有，杨柳青的大姑娘有多么好看，说杨柳青的姑娘都会画大美人儿。还传说：有一个老大爷撑着冰床送姑娘，姑娘怀里抱着娃娃，头上戴着一朵石榴花。那个老大爷站在冰床上，撑啊撑啊，撑得冰床子滴溜快，可是一个眼不眨，把冰床子撑进冰河里，老人双脚一跳，才跳上冰岸，冰床子和人就落入冰下了。老人无计可施，两眼流着泪，跟着冰下那朵石榴花，跑了十几里地，石榴花不见了，老大爷也气促而亡。虽然这个说法有些浪漫色彩，但是当我听了这个故事之后，止不住的两泪汪汪。

他们从杨柳青办回年画，略加裱糊，就赶年集去卖，在镇上租一间铺面房子，把年画挂在墙上，迎接川流不息的顾客。有的买八扇屏的《二度梅》《三国演义》……有的买单张的《关公挑袍》《能仁寺》……买画的人多，他们得站在凳子上瞭着高儿，以免有不速之客。

他们每次回来，都要给我父亲送点东西，比方说，大花生仁儿，现在不是稀罕东西，在当时的内地是罕见的。除此之外，如水墨竹八扇屏、草书《归去来辞》等，都是我父亲喜欢的艺术品，我父亲照价给钱。据我四哥说，画是画匠画，字是买卖字，不是什么名家。虽然如此，也只过年时挂那么十几天，一过正月十五，就用纸包好，藏在柜里，单等明年过年时再挂。

在我的童年时代，就这样逐渐加深了对天津卫的印象。听起来亲切，我可没到过天津。

直到中华人民共和国成立以后，一九五八年，河北省与天津市合并时，河北省的领导机关搬到天津，我因在北京治病，一九五九年秋天，才来天津住二五九医院，做奴夫卡因治疗。用奴夫卡因治疗失眠，当时是一种新发明。一九五九年年底，又从北京移家天津。当时因海默同志调北京，遗下一幢两楼两底的房子给我住。不临大街，在一个僻静胡同里，好处是安静，我一直住了二十多年。

谈起天津来，还是同我的病有关系。来天津也离不开第一中心医院干部病房、总医院第六病房，经了很多名医，才逐渐好转。最近在公安医院治病，两位大夫，两位护士，如同家人。

谈起我的病，还和天津的几位老中医有关系。比如说哈荔田大夫，是两代名医，他给我治过病。再就是三代名医王士相大夫，他年岁不大，但得祖上真传，可真是妙手回春，名不虚传。羽时领我找他给我治过失眠症。有一年夏天，我得了不知道什么病，在门口遇上他，他说："你去干什么？"我说："我不舒服！"他说："那个好说！"说着，随我来到家里，看了看脉，开了个方子。药剂挺小，只几味药。他说："吃两服药就好了！"我就到大街上买了两服药，回来煎了煎，澄在碗里，晾到温凉，才喝下去。说也奇怪，这服药喝到口里，脸上就有感觉。到了嗓子里，只觉得有虫儿在胳膊上爬，其实是毛孔张开了。药到肚里，就感觉到了下肢。一服药未服二煎，病就好了。第二次是我的一个朋友病了，我带他去找王大夫，王大夫问:"怎么不好?"朋友说:"心脏!"王大夫看了脉,说:"早期……"开了一个方子,说,"你先吃七剂,觉得好,再吃七剂。"我领着朋友看了病,过了好多日子才又见到面,我问他:"你的病怎么样?"他说:"我好了。"

我领着朋友找王大夫看病,还有两次,他总是说:"吃几剂,看着好再吃几剂,病就好了。"最近一次,我找他,不料他也病了,我不好意思再找他了。

我来天津以后,有两件事:一件是写书,一件是画画。一九六〇年,我跟孙犁同志说:"也许我能活到中国人的平均岁数——五十岁。"孙犁同志说:"不,一出溜就到六七十岁!"果然,我就这么病病歪歪地过来,今年六十九岁,看起来七十岁没有问题。经过十年动乱,休息了几年,身体比以前好了。

病中写书,我是有经验的。自从来到天津,一九六二年修改了《播火记》,一九六三年出书。"文化大革命"未完,一九七二年,还未被解放,我就开始构思《翻身记事》,一九七三年开始动笔。这时天津有的朋友就谈虎色变,说:"告诉他,别找麻烦!……"我不听他,偷偷地写下去。中间又赶上地震,好不容易,直到一九七六年,正当写完这部书的那几天,"四人帮"覆亡了,我把稿子交到出版社,一九七七年出书了。

《翻身记事》出版,我又修改了《红旗谱》和《播火记》。《烽烟图》原稿丢了,要重新写,正在写着,原稿又找到了。不过这部原稿写在《红旗谱》和《播火记》之前,改起来很费事,去年交到出版社,兴许今年可以出书。

朋友们帮忙,找到三十年代的《世界日报》《北平新报》

《大公报》，把一九三三年至一九三六年的十几篇散文找出来了，这是一件大喜事。我手里拿着文章的照片，真似旧友重逢，喜不自胜。加上近几年写的散文，准备出一个集子。原叫《过隙集》，意思是抗日期间写的东西都丢了，是个空白，所以留了个"隙"，后来又名为《笔耕余录》。此书交中国青年出版社出版，他们来信说，《烽烟图》出书后即可出版。

二十多年来，都是带病延年，一边跑医院，一边写书。大夫告诉我，写大字、画画对养病有好处。从一九六〇年我就开始逛画店、写字、画画，当作工余的休息。二十多年来的经验，果然有好处。前几年和几个朋友开了一个画展，居然得到好评，也是出人意料。

眨眼之间，在天津住了二十多年了。从我的出生地蠡县梁家庄说起，保定、北京、济南、襄樊、武汉……属天津住的时间最长，所以天津是我的第二故乡，特别有感情；才来时觉得不如北京，现在觉得比北京好。人少，机关少，难得的是清闲，有时间写文章。人熟是一宝，最有感情的是邮局同志们，有人不知道我的住址，只要在信皮上写上"邮局交梁斌同志"，就可以寄到天津来，邮递员同志就可以找到我。外国友人则由国际书店转交，也能收到。

此外，街道里弄之间，年岁大的老大爷、老奶奶见了面，没有不笑开脸说句话的。年岁小的小朋友，见了面就叫爷爷。这虽然是一件小事，但我觉得也是一种社会主义的幸福吧！

《天津日报》1982年5月9日

且说公园

"公园"二字,慕其名就知道是公共的园林,广大人民群众游览休息的场所。以后离休退休的老干部老工人多了,也就成了老干部老工人们休憩的地方,因此也就加重了园林局的工作。

我自一九五七年,因劳致疾,得了失眠和血压高症。当时住在北京,每天离不开公园。工作之暇,北京的公园几乎游遍了,中山公园、北海公园、颐和园、香山公园、动物园、紫竹院公园,还有景山公园。尤其景山公园,几乎每天必到。无论冬天夏天,天刚黎明,我就到景山公园的山坡上松树下,练站功,天天如此。这地方卫生条件好,空气清新。

北京,有她的历史条件。她是几代的都城,自从明清就开始了园林的建设。当然那时大部分是皇家园林和私家园林。民国以后归国家所有。因历史的悠久,布局和建筑的风格也格外的古朴。一砖一木一瓦一石,都留存下她历史的特征;所以不管多会儿,到了颐和园、西山八大处,那不只是游览,是在学习历史。北京的公园,历史的特征是浓厚的。还有一个特点,是景物清幽,空气新鲜,地面清洁,叫人有一种空阔清幽之感。此外经常看见管园的老人,手持抹布,一条椅子一条椅子地擦干净。

一九五九年移居天津,觉得天津的公园是无法与北京相比的,这不是人为的,是历史给予的;天津市发展成为一个中国有名的工业城市,才有一百多年的时间,当然没有经营一百多年的公园。因此在天津的公园身上看不出历史的年轮。

北宁公园,原来是北宁铁路局建筑的。因为离得远,车也不顺路,我还没有去过。每次赴京,或由北京回来,凭窗远眺,有水有陆,有长廊,还是像个样子,游人也多。人民公园,我只去过一次,去看过一次菊展,地方不大,经营得还不错。水上公园,自中华人民共和国成立之后,才开始建筑,可说是初具规模,近些年投资不少,有所建筑,逐渐完美。除此之外,只是一些小公园,如中心公园、市委附近的公园——现在叫作解放北园。还有土山公园,桂林路公园……那就太小了,像一个庭院一样,一眼望穿。虽然小一些,还是可供老人和孩子们休息游乐。

因此,在天津来说,就加重了园林工作,一个是绿化,一个是开辟一些园林,对于环境保护和人民健康,都是有好处的,它的好处并不比戏院和电影院低。对于物质文明、精神文明都有关系。

别的公园不用说,黄家花园一带的复兴公园,我是每天必到的,土山公园有时也走走。早晨五点钟到门口,老大爷们、老太太们,一堆人就在门口等着。门一开,人们就一拥而入。三十三式气功就开始了。时间不长,太极拳班就开始了,气功传习站开始了,各种年龄的人,各种形式的锻炼开始了。几乎足无隙地。

早饭以后,老太太们、老大爷们带着小孩子就来了,几乎座无虚席。午饭以后,又来了一班:下象棋的,打扑克的,几乎把每个椅子都占满了。晚饭以后,又来一班,一直谈到十点钟以后。由此可以看出公园的利用率之高。那么怎样使它在社会主义的两个文明的建设中发挥作用呢？

一、加强公园的管理工作。一定要按时打扫公园，使公园经常保持清洁。同时，要按时开门。冬天六点钟开门，夏天四点半或五点钟开门，是规定了的。不按时开门，应以失职论处。因为什么机关也有个规则！

二、公园不太大，利用这个空间，可否请两个说书的，讲评词的。一来增加他们的收入，二来人们出点钱，也不闷得慌。借此做些宣传。以上所提，是否妥当，请园林部门考虑。

最近，市里正在发动群众建设海河公园，这可是一件造福子孙后代的好事，它的建成，将改变天津市"公园少"的现状，为群众提供更多的休息游乐场地。

愿海河公园早日建成。

《天津日报》1983 年 5 月 11 日

我再也不为难了

编者给我出了"三十五年间的一件事"这么一个题目，正对我心上的事。这几天，我正想着这件事：

我姊妹弟兄十人，我排行第十。子女八人，大孩子正在上中专。二孩子正在村里种地，当社员。三孩子上大学，第四个孩子和第五个孩子正在上中学，第六个孩子上小学。最小的孩子，还在幼儿园。

正在此时，我的家乡，一九五四年大水。一九五五年又是一场大水。我的家乡，在潴龙河与鹿河之间，历年在水旱之间。这时，我的五哥向四哥大哭，说他的日子无法过，没有饭吃。这时四哥还在保定工作，是个一般干部，搞水利的。他给我来了一封信，一是说明他是怎样做的，每人给了几元钱。问我怎么办，我怎么办呢？只有过俭朴生活呗！

当时大哥大嫂已经去世，不需要我照顾。二哥健在，三哥健在，大姐健在。二姐在北京，姐丈是河北省政协委员，还能过得去。三姐还活着，四姐还健在。都需要我照顾，只可说是照顾，当时我是一个十一级的干部，没有别的收入，还能怎么办呢？做弟弟的只有每人每月寄几元钱给他们，打个油买个盐的，不能有更多的帮助。我的一家人，负担已是够重的。

谁知正在此时，又遇上三年困难时期，青菜和猪肉按两配售，我爱人的体重降到一百一十五斤，我的心脏出现早搏。这时，使我负担更加沉重。但愿天不灭人，一九五八年年底，我出版了第一本书《红旗谱》，国家救了我，自此以后，每家每月寄一二十元、二三十元不等，不能更多，因为我还得考虑我的将来，我的孩子们还得上学读书，他们也要吃饭。

这部《红旗谱》一出，我的名声就大了，成了"有钱的人"了，朋友们也向我伸出手来，说："有一万人想着梁斌的钱！"可是，我有一个原则，就是：有求救的，不超过二百元，老朋友们，少了也拿不出手去。范围是只有过去在一块工作过的。最多的不超过三百元，最少的也只一百。在这几年里，也确实有些朋友生活有困难。

事情也不尽如人意，有的老朋友夫妇都是高级干部，竟然也刮过风来。有个老朋友把我请到北京饭店，吃了一顿简单的便饭，说："你拿出一点钱来吧！"我诚恳地向他说明：我得的稿费并不多，负担很重，回避了。我想这不是要一点钱，这是要上千的钱。此事，直到"文化大革命"后，那个朋友才跟我说："那时有人说，咱们得跟梁斌借钱哪！"不用说，这人的用意是可知的。

也有的朋友，或明或暗发出热言冷语，颜色也不对。我请羽时同志从侧面打听了一下，他回来说："他敲着要！"这位老朋友竟然向我敲竹杠！当然，我也知道他有困难，夫妇二人工资不及二百元，六七个孩子，生活是有困难的。也有的朋友张嘴太大，使我无法回答。

姊妹弟兄之间，也出现问题：大姐和三姐，都到七八十岁，过不去"艰年"，也辞世了。我的二姐丈，月入一百三十元，也给我三哥和四哥写信：梁斌有钱，我没花过他的。这是我以后才知道的。有的弟兄说："为什么给他多，给我少呢？"有两个重外孙要求盖房，我未答应，因为这辈人太多。

这种情况到一九六四年，中央政策有所调整，弟兄们都有了饭吃，才停止了。但是，对我在农村的儿子，还多少给予帮助，有这么一条路，他是忘不了的。

到一九六六年，"文化大革命"开始，把我关起来，每月生活费发三十元，别人也就不想着了。"文化大革命"过去，家里的孩子我还是照顾的,因为已经有了一个孙女、两个孙子,人口多了。

党的十一届三中全会以后,农村的联产承包责任制一实行,我的儿子当年就包了十亩棉田,这一年,他就分了一千元、三千斤玉米棒。随后几年,每年承包六七亩棉花,有了棉花就有钱,还补助粮食、化肥、棉籽油,每人十八斤,现在农民都是用大缸盛油。今年,我的孙女出嫁,孙子结婚,就没跟我要钱,解除了我的后顾之忧。

离我村不远有个辛兴镇,由于落实政策好,十一届三中全会以前,就出去两个盖房班,收入比较多。和北京的一个工厂订下合同,每年给多少腈纶线下脚料,加工腈纶线,姑娘媳妇们、男孩子们长途贩运,赚钱不少。十一届三中全会以后,大干起来,成立了四个毛纺厂(其中一个是混纺厂),四个批发站。现在孩子们中学毕业就可以上班。还盖上电影院,家家吃上自来水。

这样一来,带动了附近各村,异样的繁荣。我三哥的两个孙子,我的一个孙子、一个孙女,都"跑"腈纶线,冬天至云南,夏天到黑龙江。每次出去一趟,除路费以外,赚一二百元。三哥翻盖了四间房。各家都有二三千元存款,粮食三年吃不完,如今农家都是吃细粮,把玉米卖出去。

我县有个留史镇,自古是皮毛集散之地,带动全县农民"跑皮子"长途贩运。我侄子的几个儿子,跑西口,贩运皮张。据孩子们说,他已经成了万元户。

自此以后,弟兄们老了,可以娱晚年了。儿子、侄子、侄女们也不来了。这是三十五年来的一件大事。我本来没有多少钱，自此以后，也就不左右为难了。

美中不足的是，我的大儿子因病去世，给我留下一个孙女、两个孙子。大儿媳当工人，大孙子也当工人。孙女上高中，功课不好。小孙子顽皮，低能。他们还能自食其力，但我还是每月寄一点钱，叫他们积起来，将来男婚女嫁，也就不为难了。

《人民政协报》1984年10月17日

饮食的传统艺术

古人有望梅止渴的说法。有滋味的东西，多咱一想起来，都会使人流出口水。我们的先辈为我们留下很多饮食的艺术传统，现在叫作第三产业。

天津市食品一条街，说是一条街，实际上是一座八角的小城堡，中间一条十字路，设有饮食业一百一十家。其中大部分是恢复、发展了古老的民族饮食艺术，也引进了外国的饮食艺术。这样很可能会引起饮食艺术的互相交流、互相补充。

有了这么一条街，除日本的"鸟居"，新加坡的"三毛餐厅"，香港的"香港酒家"等六七个国家和地区的传统菜以外，大部分是古老的中华民族的传统菜。

今年元旦，食品街开张。朋友们到食品街四大名菜馆之一的"聚合成"小聚，也是庆祝的意思。这家菜馆，早于五十年代已销声匿迹，老师傅们各自东西，目前留在天津的只有两个人。现在掌勺的大师傅，是天津的十大厨师之一。我们品尝了传统酒菜，还品尝了他的几道大菜，比如爆豆角。服务员一手端鱼，一手浇卤，鱼身上啪啪作响。红烧排骨，其味鲜美，与周家食堂的烧排骨另有不同。

就着这个机会，还调集了老天津卫的传统小吃十余种。如过去劳动人民常吃的锅巴菜、石头门坎素包、白记饺子、耳朵眼炸糕、十八街大麻花……

石头门坎的素包，据说投料十余种，现在当炉的是第三代。十八街麻花，每个半斤，也有一斤的，装盒出售，无论放到什么时候，一吃起来，香脆适口，目前出口量不小。

峨眉酒家，是四川菜馆，楼上有竹亭，壁间饰以花样竹席，标出了地方特点。这家菜馆从成都来了十几个人，还有名师，以显示它的传统特点。小菜以腌萝卜条、蒜拌黄瓜为好；大菜有麻辣肉丝、砂锅豆腐、脆皮鱼为可口。川菜的一大特点是油大、辣椒多、口重，另有风味。

香港酒家，是香港特色，一切装饰，皆为香港形。从香港来了经理和厨师，菜味不似外国，还是中华民族传统，甜中有咸，也另有风味。

饭后绕街一周，还看见有蒸饺、锅贴、爆肚、果仁张等，还有一家卖酸豆汁的。后门桥一家小馆子，还卖煎灌肠和炒肝。此外也就失传了。

抗战八年，在解放区工作，不用说传统食品，连一块糖也没有吃过，那是小米加步枪的时代。

解放战争期间，一九四八年，我随军南下，到新区工作。一九四九年，到达湖北省的襄阳地区。当时的襄樊市，只有八九万人口，交通不便。虽然是历代古城，荆襄古郡，却没有留下什么传统的食品，白色的米酒，是北方没有的，用大瓦壶盛，用大碗喝。据说《水浒传》上，武松三碗不过冈就是这种酒，不是老白干，也够古老的了。

抗战时期，此地是国民党的第三战区，康泽就是在这里被活捉的。他们留下一个大华饭店，做的南味食品，为全国之冠，另有风味，是我一生难忘的。

一九五二年，我到《武汉日报》工作，武汉市的大馆子冠生园的菜品，竟不及襄樊市的大华饭店，但武汉市流传下来的传统佳肴，如老通成的炒豆皮儿，靠墙泰的西餐，虽然只一间门面，两三张桌子，却带一点中国风味。

武汉市还留传下很多传统小吃。武汉暑天，上夜班至十二点以后，手持蒲扇走下楼梯，在马路上吹风，你就可以吃到本地馄饨、甜酒汤圆、糖炖莲子、窝子面……真是风味不同，助你解暑。

武汉的咸豆浆，也另有不同：是豆浆里放上几截油条，加上一点葱花，加上一点酱油醋，吃起来另有风味。回到北方以后，我自己照样做过，但是做不出那个味道来。

武汉还有一个小铺，单卖汤，八卦汤、鸡汤、排骨汤……喝汤就着芝麻烧饼，真是风味十足。

武汉人是讲究喝汤的。有人说，湖南人请人吃饭是吃菜，湖北人请人吃饭是喝汤，一个这个汤，一个那个汤。

一九五四年，我回到北京工作。北京的传统菜馆，烤肉季、烤肉宛、东来顺、仿膳、砂锅居、全聚德……是经得起考验的。直到六十年代四川馆子、江西馆子、新疆馆子、山西馆子、鸿宾楼……四面八方的传统食品齐集京华，可云一时之盛。但是，吃来吃去，还是忘不了襄樊市的大华饭店。可惜，据老朋友们来信说："大华的传统风味已经大众化了！"可能是那些老师傅们不在了。

中国的传统饮食，自从几千年以前，从我们的老祖宗开始，从茹毛饮血，到熟食，发展到现在，不知经过多少人的探索，经过多少艺术家、多少老师傅的发展创造，才有了现在的成就。许多外国的客人吃了中国菜，没有不说好的，绝非世界各国菜品可比，这是我们中华民族的自豪。

北京是我国的首都，据说中央叫北京市建立食品一条街，发展传统食品工艺，这是一个可喜的好消息。希望我们中华民族的传统食品源远流长，到时定有一番盛况。

烹饪艺术，有人叫作美学，我也同意，它代表了我们中华民族的古老的特点。

《科学生活》1986 年第 6 期

摆摊的老教师

去年春天，太阳很好，工作之余，在附近公园中散散步。公园中有些老人和小孩子在晒太阳，靠北墙有几堆人在下棋，下棋的人不多，观棋的人不少，而且在旁边出出主意，指指画画。有的下赢了，就嘻嘻哈哈，由不得大笑一番。

靠北墙还有一个驼背老翁，坐在小板凳上，前面铺着一方白布，似是一个包袱皮，旁边放着几本书。当时我想不出他在干什么，抬头一看，墙上贴着一张纸条，是"摆摊教英语"。但是，只他一个人晒太阳，也无人前去问津。

过了两天，我又去公园散步，那位老人还在那里坐着。可是有几个青年人，蹲在一旁，是在学英语会话。老人说一句，他们学一句，而且有女青年参加。

过了几天，我又去公园，学英语的人可就多了，围了一圈。后来，越来人越多，比那几伙下棋的人可就多多了。至于教的什么，怎样教法，因为人多，我也未挤进去看。

过了一阵子，我又去公园，那伙学英语的青年人没有了。可是对过小学校门口，贴着一张条子，写着"英语辅导"，只有授课时间，没有写明润格。我心里想，可能是那位老人搬家了。

这年夏天，我正在楼上书斋里写东西。听得有人按门铃，我到楼梯口去看。阿姨已经开了门，那位驼背老翁后头跟着一位青年，走了进来。阿姨问他："你找谁？"

老翁哈哈笑了，说："我来看看梁老啊！"

阿姨说："上楼吧！"随手开了电灯。

我也哈哈笑着，说："你慢慢走！"

老人抬起头看了看我，笑笑说："啊！我还能走啊！"说着，一步一步走上楼梯。我紧紧握了他的手，走进书房，请他坐在沙发上，沏了一杯茶，放在老人面前。老人说："生客，你还没见过我！"

我说："早就见过了，你从今年春天就在花园里摆摊教英语，后来搬到对过的小学堂里，是不是？"

说着，老人有点怪不好意思，点着头说："没出息！没出息！"说着，用手抚着胸前的花白长髯，说："我学了一辈子英语呀！在青海中学里教英语，年纪老了，领导上说，你回去吧！开始我还不想回来，人们都说开发大西北，我对大西北有了感情了。可是，孩子们却在内地，只剩我一个人在青海，年轻倒还可以，如今老了，人总有个老哇，于是携家带口，回到天津，奔儿子来了！"老人气宇轩昂，讲起话来，膛音很大。

我说："今年多大年岁？"

老人竖起大拇指头说："我还小呢，才六十六岁。"

我说："上了年纪了，休息休息吧，还教英语？"

他说："工作惯了，在家里也是闷着。又是窄房窄屋的。我想在这公园里，早春天气，教几个学生，解解闷。谁知越来人越多，索性搬到小学校里，有时晚上上课，星期日就白天上课，现在青年们求知欲大，想考大学，我就帮助他们，主要靠他们自学，我指点指点。"

205

我想，现在报纸广告上宣传开学习班的不少，什么教裁剪包缝呀，教烹饪技术呀……时间不长，要学费不少。他可能是想找个零花钱吧！我问："一个月要多少学费？"

老人喝了一口茶，伸手一摇，说："你说这话就有点外道了，我是老教师，跟青年们一块混惯了，取个热闹，消愁解闷，我一个钱不要。有一分热，发一分光，参加四化建设嘛！学生们把租教室的钱、电灯钱，拿出来就行了！"

说着，我哈哈大笑，说："老当益壮！"

老人说："我今天找你，还有一点意思。"

我说："什么事，你说吧！"

老人说："我们想请你给学员们做个报告，讲讲文艺！"

我说："讲文艺好说，只是天气热，血压高，天凉了再说吧！"

老人又仰起头哈哈大笑了，说："你还有血压高，等秋天再说吧！我还以为你身体挺好的……"说着，拿起蒲扇就要走，一边走着，我说："我神经衰弱，二十多年了！"

说着，走下楼梯，老人回身握手说："老了！多多休息！"他走出大门，又回头弯腰行礼。他说："打搅你！"我说："希望你常来喝茶！"老人迈开矫健的步子，走出胡同。

《天津日报》1985 年 9 月 11 日

摆摊闲话

一九三五年,我从山东剧院回到北平"左联",帮助路一编辑一个刊物,住骡马市大街直隶新馆。工作之余,常到陶然亭散步,当时的陶然亭,是一片苇塘、一片荒冢。据说此地过去曾有过一时的繁荣,为当代文人吟咏之地。然而物去人非,今非昔比了。

有一天,路一对我说:"咱上天桥去看'云里飞'吧!"当时的天桥是个热闹场所,与今天不同。有小戏剧、小饭馆、书馆,各种吃食摊子。最引人兴趣的,是宝三摔跤、沈友三砍石头、老头踢毽子、少女卖艺。还有拉洋片的、唱莲花落的……五方杂耍,不一而足,就是不知道这个云里飞。路一一说,千里、兆林、赵一起、段一鸿,一起走过来,大家饶有兴趣,一定要去看这个云里飞。到了天桥,人多,车马也多,找来找去,找到一个所在。一群人正在挤着听戏,我们七挤八挤,也挤进去看:中间放个小桌,两把椅子,小桌上挂着个红布幛子,横幅写着"云里飞"三个大字。有个五十多岁的人正在唱《铡美案》:"……先打官司你后上朝……"唱着,把眼一瞪,把袖子一甩。身段很带气势,唱腔也不一般化,就是嗓子有些呛了,这就是云里飞。

据说云里飞也是科班出身,年幼时期在舞台上初露头角,就唱红了。也是生不逢时,正在这个年岁儿上,嗓子倒了呛,你看倒霉不倒霉?云里飞也曾请师傅拜医生,服了很多药,用

207

了各种偏方，嗓子有些好转，毕竟不能复原了。于是他不愿登台献艺，登台也演不了正角了，演个边角，当个龙套，也怪傻脸的。于是，他带着老婆，拉着孩子，来到天桥摆摊唱戏；当云里飞一出场，老婆嘴里敲着小鼓，儿子嘴里打着家伙，居然是一台戏。唱着唱着又唱红了，凡是逛天桥的，没有不来看云里飞的。这天下午，我们听了他的《铡美案》《上天台》《盗御马》。唱完一段戏，他的老婆、孩子，就拿着小笸箩敛钱，一边敛着一边说："你老帮帮忙！""你老帮帮忙！"郑重其事，也不耍贫嘴。路一对我和千里说："多给钱！穷弟兄！"我们就抓给他一把铜圆。好在当时东西便宜，两块钱一袋"兵船"面，一家人也不愁吃穿。

据说，云里飞在天桥摆摊唱戏几十年，这时北平唱花脸的名角有侯喜瑞、郝寿臣，正在舞台上兴时，当然有人大吹大捧。但是，云里飞也有他的观众，各有各的观众，不过观众的阶层各有不同。云里飞在北平还是名噪一时，因为摆摊唱戏，更接近群众，他与群众有了精神上的联系。

云里飞的儿子叫飞不动，十七八岁开始出场唱戏，身段唱腔有乃父之风。论理说年轻力壮，嗓子又好，满可以登台献艺。可是，这需要有人引进，没人吹捧，想成名角，也是一件难事。也许他还舍不得他的观众！飞不动也在天桥摆摊唱戏几十年，直到日本鬼子要来了，我们离开北平，也就不知道云里飞和飞不动的后景了。

抗日初期，我在深县敌后的冀中抗日游击根据地工作，搞了一个剧社，开始在博野、蠡县、清苑一带活动。也是学着云里飞的方法，摆摊演戏。每到一个村里，搭个舞台，也不过二尺高的土台，埋上竿子，挂上幕布。也不下通知，也不计算票房价值，不卖票。

晚晌挂上汽灯，各村群众，附近队伍，排队入场，也无人指挥。部队在一边，群众在一边；有的席地而坐，有的带个小板凳，老太太就带个蒲团，来了就开始唱救亡歌曲，部队也唱，群众也唱，妇救会也唱，儿童团也唱。台上口哨一吹，唱歌停止，开始演戏。往西演到博野，往北演到保定附近。我们也试着白天演戏，背上锣鼓，到村里敲敲打打，召集来的尽是妇女和小孩，人并不多，我们也照常开戏。

我们也曾和名女老生卢桂芬同台演出，她演《空城计》，有人鼓掌。我们演《爸爸做错了》，也有人鼓掌。日本鬼子一出场，台下群众大声呼叫，甚至怒吼，伸起粗胳膊大拳头，喊："打倒日本帝国主义！""把日本鬼子打出去！"各人有各人的群众，时代不同了。

后来到高阳、任丘、苏桥、雄县、霸县、安新演出，在枪炮声中前进，在枪炮声中演出。这一带群众，很少看到新剧，抗战以来，连旧戏也看不到了。当然在战地演戏，观众主要是干部和农民群众；只要看舞台上一出现日本鬼子，就吼吼地喊起来。观众的情绪，是有我无敌。

一九四〇年后，我们在定县、安国、深泽、安平、饶阳一带演出，连续几年，沿村演出。剧社的演员，从定县走到饶阳，可以不带路条。搭地摊演戏，剧团与群众的鱼水关系，就可想而知了。我劝现在的剧团，可以大胆地试试，下乡演出，多交几个农民朋友，名演员，也有用武之地。现在的农民有钱看戏了。

《天津日报》1985年10月5日

新年话家常

"一夜连双岁，五更复二年。"

一九八六年元旦到了，孩子们都高兴。要过新年了，孩子们买了水果、点心、肉什么的，还准备喝一杯酒。

这几年，可说是国泰民安，吉庆有余，国家工、农业生产，进步都不慢，百分之八十的农业人口有了饭吃，有了衣穿，家家有余粮，这是一件大好事。

过去有阳历年阴历年之分。抗日战争开始，在解放区，开始过阳历元旦，把阴历元旦改为春节，是庆丰收的意思："开轩面场圃，把酒话桑麻。"

一九三七年冬天，党的统战工作开始形成，我和天津法商学院教授闻元志在豫北林县组织政治处，那时正是国民党大军退却，国民党政权岌岌可危；政治处经济无有来源，跟旧政府要些老仓米，喝着白菜汤过日子，所以谈不上过年。盗匪横行，工作深入不下去，也无心过年。元旦这天早晨，房东每人给一碗饺子，也就算是美气不过了。

八年抗战中，过的是军事共产生活，每年两身单衣一身棉衣，每天三分钱的菜金。倒是有一样好处，天天在枪炮声中过日子，比过年放爆竹还热闹。那是小米加步枪的时代，但是精神上愉快，同志间无"关系"，每次党小组会上都要谈谈同志间的"友爱"和"互助"，虽然每年元旦政府发给二斤白面、二斤肉，过起元旦来，也是心满意足的。

今年的另一大收获，是国家立法大致完成，办起事来有法可依，犯罪者难逃法网，广大人民群众可以过安生日子了。

使人心情不宁的是，"不正之风"混迹文艺界，关系复杂，是五四运动以来没有过的。想起此事，使我夜不成寐，过元旦、吃肉喝酒也是不香甜的。

《今晚报》1986年1月3日

白杨之歌

白杨，乡人称为钻天杨，是形容它亭亭玉立，矗入云霄的意思。它的树干粗壮，叶片有手掌那么大，风一吹来，哗啦哗啦地响着，似大河里流水。

儿时，常随母亲住舅家。舅舅家的房后，有三棵高大的白杨树，我很喜欢它们，高大的枝干，大片大片油绿的叶子。清晨起来，熹微的晨光，射在它的枝干上，反映出白色的亮光。

啊！白杨！它高大、苗壮、挺直的姿态，使我产生敬仰之情。

清明前后，妗子常给我一个小瓶瓶，说："去吧！到房后头大杨树底下，捉棉花虫儿，来喂鸡！"

我高兴地跑到白杨树下，蹲在地上，刨呀刨呀，刨出黑豆似的棉花虫，搁进瓶子里。偶尔心血来潮，两手搂住白杨树，用手拍着，说："你好粗哟！你好粗哟！我搂也搂不过来！"

人长大了，就要读书的。一九二五年，上海发生五卅惨案。日本帝国主义、英国帝国主义开枪打死上海工人，引起全国工人、商人、学生的反对。示威游行之余，感情苦闷，心气不舒，我们中国人为什么受帝国主义的压迫？我无法疏散心中的郁闷，独自跑到舅舅家去，悄悄走到房后，站在白杨之下，静默一刻。抬起头来，仰望高大的白杨树，高声唱着："明月何皎皎，白杨声萧萧，阿依姊与弟，离别在今宵。今宵离别后，相会不可期……"这是老师给我们讲的课文，是郭沫若写的《棠棣之花》这部诗剧的前几句，在月明之中，白杨之下，聂政辞别姐姐聂嫈，仗剑去国为正义而战。

一九三〇年暑期，我到保定二师读书，一进大门，迎面是两株白杨树，笔直地站着，矗立晴空，我站在那里，仰望树梢立下云霄之志：我要战斗，我要寻求真理！

翌年暑期，我们发动了轰轰烈烈的二次学潮，撵走了开除爱国青年、辱骂马克思和共产主义的反动校长，迎来了思想大解放，使我的思想提高了一步。

一九三一年九月十八日，日寇在关东点起战火，它要吞噬东北、占领华北、侵略全中国。同学们愤怒了，如火山爆发。

我站在白杨树下，立下誓言："不抗日毋宁死，誓死不做亡国奴！"

我们发动工人砸了黄色工会，我们列队在公安局门口示威游行，振臂高呼："要求抗日自由！"组织学生军，开赴前线！

蒋介石恼羞成怒，下决心镇压保属地区青年抗日爱国运动，张开血口，对手无寸铁的爱国青年进行了血腥的屠杀，鲜血洒满了北操场和长廊之下。两株白杨树是见证人。

自此以后，我不得不转移阵地，到北平去，到察哈尔去，到济南去……一九三二年敌人把我的名字登在报纸上。当一九三四年我正在山东剧院读书时，伪县政府的马队还到故乡去抓捕我。啊！母校的白杨，我不会违背你赐予我的情操，我要战斗到底！

一九三七年，我又回到故乡，参加地下活动，发动广大人民群众，建立游击队，建立抗日政权，建立敌后根据地。我的心思里还在想着母校的白杨！

敌酋冈村宁次，调动十万敌寇，于一九四二年五月，对心腹地区铁壁合围。从五月一日开始"扫荡"根据地。敌寇封锁了滹沱河，大堤上灯笼火把，五步一岗，十步一哨，梳篦清剿。广大群众、干部、地方部队陷于水深火热之中。白杨呀！白杨！牺牲了多少人，被捕了多少干部战士，你可是见证人？

一九四五年的"八一五"，日寇宣布无条件地投降，我们高举火把，欢呼跳跃，白杨的叶子，哗啦啦响着，似乎是在说，我们胜利了！我们胜利了！

解放战争中，我开始了渴望已久的文学创作。

一九四九年移家天津，这才结束了游击生活，开始定居了。恰好老朋友海默调离天津工作，把他的房子让给我。

我自从搬进这几间房子，也颇适意，好处是清静，无论黑天白日，皆无车马之声。原因是这"永康里"出口是一条偏僻的小马路，叫南海路。这南海路，不用说外地人，连天津人都不知道它，恬淡幽静，甚适人意。凡是来我家的朋友们都说："你这地方好，可以说'结庐在人境，而无车马喧……采菊东篱下，悠然见南山……'在天津这个工业城市来讲，可以说是世外桃源了！"

不可多得的是，此宅坐北朝南。我的书斋在二楼上，从窗子望过去，隔院邻家的院里，有几株通天的白杨树，无独有偶，我就是喜欢这白杨树。因此我的心情，不知有多么欣喜。白杨啊，白杨！我的老朋友，我的老相知！幼年时你看着我长大成人；少年时你鼓励我读书立志；中年时你督促我说，火光在前，勇敢地战斗；如今，到了老年，你又陪伴我写文章，著书立说。白杨啊，白杨！我的良师益友！

《光明日报》1986年2月9日

在治脚室

在旧社会，修脚的人，叫做下九流。在新社会，叫作治脚医生，通称之谓师傅。

这也是我的老习惯：一个礼拜洗一次澡，一个月修一次脚。修脚，自幼本来是自己的事情，拿把剪刀，把脚指甲剪了去就完了，又没有什么病。不过人老了，也就不灵便了，脚指甲也厚了，花三角钱叫师傅给修一下也就完了。

这天，我洗完了澡，下了二楼，走进治脚室，坐在师傅身旁，等不一会儿，就排上个了。躺在软椅上，伸出脚去，请师傅修脚。是个小师傅，也不过二十一二岁，他用手把我的脚按在小凳上，拿起刀子，像绣花儿一样，也怪舒服的。

我旁边坐的是个姑娘，穿的是高跟鞋，脸盘儿长得也不难看，浓眉大眼儿。她靠在椅子上，伸出脚去。

老师傅戴着老花眼镜，眯着眼睛。左看，右看，看了她的脚，咧开嘴说："姑娘！你这脚是怎么的？弄成这个样子！"

这位姑娘，本来我没有细看。老师傅这么一说，我下意识地斜过脸儿去。治脚室里人很多，那边坐着一排人等泡脚，拐过弯儿，一排人把脚伸到水池里泡着，老师傅一句话，好像体育教员教小孩子们学体操，听得老师傅喊，不约而同地扭过脸儿，盯着姑娘的脚，姑娘很不好意思的。

那姑娘的脚本来好好的，现在有点变形。十个指头弯着，直不起来，好像抗日战争开始，号召放足以后，成了"改组派"的样子。老师傅责任心很强，又说："你得考虑，上班穿什么鞋，在家里穿什么鞋，出去散步穿什么鞋！"

老师傅一说，姑娘也觉不好意思，扭捏说："是，净穿高跟鞋穿的！"

老师傅按着她的脚，修来修去，修完了，可是那脚指头还是直不起来，姑娘说："师傅给我开票！"

师傅说："还开票？"

姑娘说："还要报销呢！"

师傅说："报销？你看多少人等修脚，修脚也报销？"

那姑娘怪不好意思，穿上鞋子，开完票就走出去了。

我也问过姑娘们："穿高跟鞋舒服吗？"

都说："才穿不舒服，穿惯了也就好了！"

不过脚大爱小鞋，削足适履，也够呛的。

我又想："不舒服穿它干什么？"

人的穿着，以舒服为度。我总觉得穿牛仔裤不舒服。本来劳动布是好东西，又结实又朴素。可是做成牛仔裤，下头裤腿很细，上头兜着屁股。走起路来，两个屁股蛋子一扭动一扭动的，也不美观。

经过我这一生，人的穿着，也改变几次了。幼时兴穿瘦的，大褂的袖子瘦得箍紧胳膊，腰背里瘦得捏着腰。后来又兴穿肥衣服，又肥又短，褂子露着半截胳膊，一尺二的裤腿管，短到膝盖，好像穿裙子一样。后来，大概是总结了经验教训，才兴了不肥不瘦的，穿着怪舒服，又便于劳动。我总觉得人的穿着，以舒服便于劳动为度。

据说，历史上后金坐盛京（沈阳）以后，改国号为"大清国"，有人给皇太极上书：把穿着改为汉族的宽袍大袖。皇太极不同意，说："我满族正在兴盛之时，如把国人穿着改为宽袍大袖，怎样跑马？怎样射箭？"满族人穿紧身大袄，皮领子。天冷，有马蹄袖，便于跑马射箭。率八旗子弟兵，西攻蒙古，南下榆关，势如破竹，灭亡了明王朝。可见衣着应便于劳动，便于战斗为好。

后来，满族人穿着的变化，是汉化的结果。

《天津日报》1986年2月20日

北方昆曲的崎岖道路

昆曲，家乡人叫做"古板"。

幼时在乡村，喜欢看戏，我村有个子弟班是"丝弦"。差不多春冬两闲，年年唱戏。据说相传了二百多年，也出现几个名角。

离我村三五里的赵锻庄、辛兴镇、南宗村、五夫村，都有子弟会，两班丝弦，两班河北梆子。这些村庄，年年唱戏。虽然旧社会，乡人还是不放弃文化娱乐的，抗战期间，在冀中一带地方，曾有一千七百个村剧团。

家乡虽然说有这么多子弟会，人们还是年年请昆曲班、老调班来演出，不在辛兴镇演出，就在赵锻庄演出，我也常去看戏。当时的昆曲名角，有白玉田、陶显庭、郝振基、侯益隆、白树房等人。白云生先生正在青年，还在演青衣，不知从什么时候起，开始演小生了。韩世昌先生尚未出名。

当时白玉田已经三十多岁的人了，扮出戏来，丰俊秀雅，像是十七八岁的小姑娘，歌喉婉转、动听。白树房已经五六十岁的人了，演小生，父子二人，演《游园惊梦》，引人入胜。

陶显庭演《长生殿》中"弹词"一折，歌声委婉嘹亮，笛板齐鸣，那种昆曲艺术的魅力，对于乡下人来说，真是滋润。当时乡下人看戏是挤着看的，挤得一波未平，一波又起。但是听起陶显庭的演唱来，却站定脚跟，纹丝不动。

当时能和陶显庭相比的，只有唱老调的周福才，小名夫子。他演《铁冠图》的崇祯，一个人穿着高底靴子站在桌子上，唱一百零八句，字润腔圆，一句一句地唱，真是把人听迷了。后来上了年纪，一个人唱不下来了，只能唱一半，中间换上他的徒弟。但是后来他的徒弟并未出名，可见艺术一行，是讲功力的。自从周福才去世，留下了一个小班，演出过一出名剧《潘杨讼》。"文革"后渺无所闻，丝弦班也只剩下一个。

据说昆曲班不愿到离我村五里的刘村演出。刘村历史上曾有过一个昆曲班，此村人深懂昆曲。据说有一个演员在台上多走了一步，台下观众就喊了倒好："不要走了，再走就掉到河里了！"这是一个传说。

明末清初，我县曾出过一个颜李学派，也出过一个大学问家彭雪公，是刘村人，这个昆曲班与彭雪公有关；这个昆曲班坐科一共要打八年，先叫孩子们读几年书，然后学戏。可见昆曲艺术传习的不易，别的科班只打三年，就出科演出。

北方昆曲出自高阳县，以河西村为中心。安新县的马村、大田庄也有，白玉田是马村人，我的老师田瑞亭是大田庄人。陶显庭也是高阳或安新人，《戏曲辞典》也未肯定。

"文革"前，北方昆曲剧院来天津演出，我曾问过侯永奎先生是不是科班出身，他说不是，是跟着戏班学会的。所以北方昆曲怎样流传，从什么年代开始，也无法弄清楚。

一九五八年，机关来天津，我们也来天津。我曾向一个宣传部长提出意见："我省是北方昆曲之乡，昆曲应当搞起来。"他说："唔？入了宫廷了！"其余什么也没有说。

我也没说什么，因为感到莫名其妙。清朝的江山是什么时候倒的？北昆戏班什么时候进的北平？高阳县的河西村有宫廷？安新县的大田庄、马村有宫廷？据我所知，那里只有农民，北方昆曲是来自民间的。

北昆班进北平，可能是在一九二五年前后，因为我于该年考入高小，自此不见昆曲的演出。我于一九三三年到北平，开始发表文章，北昆戏班已在北平、天津演出。当时已不提白玉田、白树房。白云生、韩世昌已经出名，马祥麟才二十多岁，作为晚一辈的人，也在北平唱红了。大概是日本鬼子来了以后，因一九三九年天津大水，北昆班停演。据韩世昌先生写文章说，北昆班停演之后，他曾摆烟摊为生。

时间不长，南方昆曲到北京演出《十五贯》，一锤定音，人们都说好，周总理说："一出戏救活一个剧种！"这时他们对北方昆曲也改变了态度。当时高阳还有一些昆曲爱好者，调来成立了京昆剧团，戏校成立了昆曲科。

在文化部领导之下，还成立了北方昆曲剧院，北方昆曲这才畅行无阻了。

我听说田瑞亭老师在天津，但是不知下落。王林同志费了九牛二虎之力，才在天津评剧团里找到了他，昆曲老师教评剧，也是罕见的。后来才到戏校教昆曲。

一次，我见到天津的人，介绍了一下田老师的情况，他说："嘿！净念倒字！"别的什么也没有说。

这也奇怪，田瑞亭到日本东京帝国大学教了几年戏，日本人学戏够认真的，也没有人说他念倒字。回国之后，到山东剧院教戏，也不是一般的场合；当时的院长是王泊生，他是大学生下海成为名伶的。老师中有马彦祥同志，有熊佛西的高足张鸣岐先生，北平的话剧明星吴瑞燕女士。教师中有前清供奉张显庭，名老生朱桂芬，名旦老水仙花、关丽卿。同学中有赵荣琛、郑济生、郎定一、田菊林、熊佛西的高足岳路、洪深的儿子洪镇、名记者吴骰，有一部分人在来京剧院前就学戏的，他念倒字能过得去吗？也许他不会说天津话，因为他是讲"中原音韵"的。

相反，他在教师中，是最受欢迎的，他上课不带讲义，只带一支昆笛。他在台上唱，我们在台下看着工尺谱学，然后教我们唱，他用昆笛伴奏。一个人教一出戏，生、旦、净、末、丑、文武场都说下来，这是不易的。可惜不久，因病去世，这是北方昆曲的一个大的损失。

但是，不几年，北方昆曲剧院又停演。当时的说法，是因为昆曲不能演现代戏。"文革"后，我见马彦祥同志，谈起北方昆曲的停演，他说是因为康生，你改一点儿他也不干，因此只有停演。

北方昆曲的停演，影响深远。省里的京昆剧团，又改成京剧团。省戏校裁撤了昆曲科，高阳县的小昆曲班也没有了。好！这样一来，北方昆曲，就可以不犯错误了。

党的路线的变化，北方昆曲剧院才又恢复演出。北京成立了昆曲研究会，天津民间也成立了昆曲传习社。不久前，谢稚柳等十六人，建议振兴昆曲。文化部又下文，振兴京昆。可见真正的艺术，是不会被人民遗忘的。吹起来的艺术，好像肥皂泡，虽然上了天，也经不起阳光。

创新是艺术的生命，但是古老的艺术还是根源。最近有人在骂："老作家，老题材，老手法……老……老……"好像老艺术品、老作品都没有用了，这是不科学的。马列主义、唯物史观还是有用的，还是起作用的，在一定的经济、政治基础上，产生一定的作家群，产生一定的艺术和作品，这是规律，既然已经成为历史，是非功过由广大人民群众来论定，不是由哪一个人说了算。

最近有人在絮语：他们和老作家之间有一条"鸿沟"。这样也就把新、老作家对立起来，把新、老艺术品对立起来，这是不妥当的。唐诗是老作品，但是《唐诗三百首》这部书，自从中华人民共和国成立以来，不知出了多少版本，不知印了多少万册。《古文观止》不知印了多少万册，谁的作品有这样的生命力？不论你意识到还是没意识到，世代相传还是一个规律，接受遗产转过来变为方法。

最近，我没有看过北方昆曲的演出，只在电视中看到他们演出的《马前泼水》。曲牌、身段、表现思想感情的细腻，还是其他剧种所难以企及的。

昆曲，作为一种综合艺术，虽然阳春白雪吧，还有她存在的必要。作为一个古老的剧种保存下来，还是有她的价值：据说北方昆曲班初到北平，梅兰芳、程砚秋……大艺术家都去看戏。京剧从昆曲中吸收了不少营养，梅兰芳大师吸收了昆曲的东西，消化成为自己的，成了梅派的创始人。据田瑞亭说，韩世昌、梅兰芳、程砚秋、尚小云等，几位大师在一起唱堂会，唱一个曲牌，唱一个调子，从远处听来，只听得韩世昌大师的声音。这个说法，是有根据的，因为田瑞亭是一个见证人。

沿用三十年代的说法，昆曲有一百二十多个曲牌，京剧有二十几个曲牌，其他剧种可能更少一些，按这些曲牌来说，也有它存在的必要。学生时候学唱歌，学过《林冲夜奔》《张丹打子》，觉得格外入味。

至于目前各个剧种的不景气，另作别论。振兴京昆，首先要从培养人才来着手。我曾看过一省戏校毕业班的演出，一出《三岔口》还未演完，就喘了气，一看就明白，基本功不够。像昆曲剧团演出《林冲夜奔》《钟馗嫁妹》，京剧演出《四郎探母》，或载歌载舞，或穿着高底靴在舞台上站一个钟头，没有扎实的基本功是不行的。有的戏校，学生不当龙套，演戏时到外边雇人。当龙套也是学习的机会。你主演，我给你当龙套，我主演，你给我当龙套，互相学习。有的毕业班，学生分配不出去，只好成立一个剧团，学得不够火候，继续学习。我希望老一辈的戏剧家把富连成科班的经验总结一下，还是有其必要的。

我县有个翰林，叫蒋式芬，他的四弟叫蒋老四，喜欢戏曲。经他手打了几个科班，都很有名，一说蒋老四的科班过来了，人们都跑去看。他有个姨太太，可怜孩子们，不让打。夜间，孩子们学戏，她爬着墙头听着，教师们打孩子，她出头干涉，教师们都不干了，说："这样，我们不能保证三年出科！"——旧社会的科班，三年出科演出。

当然，那是旧社会，封建时代，我也不主张对学生用体罚。但是，严格要求还是必要的。不以规矩不能成方圆，松松垮垮，只有耽误孩子们的前途，四年级毕业生只学两三出戏，是交待不了的。

在目前看来，需要出现一代名流，汪派传人何玉蓉、程派传人赵荣琛、李世济来天津演出，场场客满，票房价值也不低，近来张君秋先生及其传人来天津，为庆祝张君秋先生舞台生活五十周年，做了九天的张派艺术展览，场场客满，黑票卖到三十元钱一张。人们望眼欲穿，苦于买不到票，只有站在门外听。

至于怎样才能出现一代名流，还得做具体研究：一、是否需要检查一下戏剧教育；二、是否需要把几十年来，各省戏校总结一下，可以得出一些好的经验；三、是否可以在大学中增设昆曲课、京剧课，培养一些有理论、有实际的骨干。我们进城时,毛主席曾提出外行领导内行。后来又提出钻进去成为内行。瞎指挥,只有造成破坏。"文革"中,江青弄的八个样板戏那一套,并不是她的新创作,不过是王泊生"新歌剧"的翻版而已。

我已经离开戏剧界几十年了,近来有所感触,不揣冒昧,写了这篇小文章,不过抛砖引玉罢了。

《天津日报》1986年3月26日

且说卖画

今年春天,我裱了几张画,挂在墙上。泡了一碗茶,放在茶几上,坐在沙发上喝茶看画,正在喝着茶,门铃响着,我走下楼梯,一开门,荣宝斋的老朋友张茂如,站在门廊下,他笑了说:"你在家!"

我说:"我在家!"拉了他的手,走上楼梯,走进书房仰头看着,他哈哈大笑说:"我想着什么,就是什么,画儿画得不错了,你卖画吧!"

说得我也哈哈大笑说:"哈哈!卖画!"

他说:"林琴南就卖画!"

我沏上一杯茶,放在他的面前,两个人谈了一会儿卖画的事。

画画，还是自幼的事。十二岁考入县立高小，就有图画课。几年的高小生活，画画占了我一部分的时间，那时画的是铅笔画，后来画水彩画。有一次，我用一张图画纸画了一幅秋景，被师范学校张微星老师拿了去，挂在教室里，这对我来说，是个鼓励。

高小毕业，母亲病着，升不了学，在家里读书、画画。这时画的是水墨画。

十七岁考入保定第二师范，还是画画，已经开始画素描，画石膏像。这时已经加入共青团了，读书，还忙于工作。就把画画放下了。

一九五三年开始写长篇，一九五七年因劳致疾，住了几年医院，精神衰弱，失眠。一九五九年，移家天津。无独有偶，老朋友王亢之、方纪也患失眠，大夫说："神经衰弱、失眠，你们写字画画吧！休养神经。"于是，就写起字来，画起画来。

我首先写欧阳询，再写汉碑和魏碑，我还喜欢金冬心的八分书，结果写成这个样子。几个人在一起的时候，你看看我的画，我看看你的字，自我欣赏罢了。

我的画，先学齐白石，进而学吴昌硕，再学扬州八怪，最后爱上金冬心。

说也奇怪，十年动乱以后，因为劳动了几年，已经六十岁的人了，画有进步。和辛一夫、冯骥才三个人，开了一个书画展。今年我又和九位老人开了一个书画展，人们都说好，我也很高兴。

因为裱画，常去艺林阁，管书画的余叔英同志，甚为赞赏，自此我就开始卖画了。

卖画也有好处，画不卖不能流通，一经成为商品，进入市场，就可有买有卖，可以流通了。画和书不一样，不流通，就不能接触群众，不能群众化。

《天津日报》1986年7月23日

谈"捧角"

晚上，看了看挂钟，还不到睡觉的时间。

我又慢慢走下楼梯，打开电视机一看，放映着河北梆子《寇准背靴》，正演到热闹的场合，两个演员一前一后，一男一女。

我不懂河北梆子，女主角的唱功，我不敢下断语，说是唱得好。我一时被演寇准的男主角迷住，那种舞蹈步态，那种身段的美，真是把我迷住了；抖袖、拂须、抖翅、脱靴……这可以说是特技，也可以说是表演，多彩多姿。

他一招一式，美不胜收。中国戏曲是综合艺术，唱、做、念、打、舞蹈、美术、杂技……在我所看的这一段戏中，寇准这个角色都有独到的表演，做戏够认真的了。

我在天津住了二十六年，戏也常看，还不知道演寇准的这个演员叫什么名字。因为我不是从头看起的，再者看他的戏还少，我不能说这是一个最佳演员或是一个表演艺术家。这只有由别人来评定了。

捧角的作用，一是当面鼓掌以示鼓励，引起观众的注意；一是写文章登报，加以评定，是一个最佳演员或是表演艺术家。当然，这样的文章也曾经有过，但是，要叫我说还不多。

当年高阳县的齐如山，从美国留学回来，看了梅兰芳的戏，看着好，写了一封信，表示鼓励。梅兰芳接到这封信，立刻登门回拜，自此，定下了莫逆之交，齐如山帮助梅兰芳编戏、度曲……自此，梅兰芳成就了艺术上的大事业。旧社会有捧角的习惯，看起来新社会也还需要。旧社会有"四大名旦""四小名旦""四大须生"之说，看起来新社会也还是需要的。

三十三年前，孙犁同志请我看戏，看丁至云的《玉堂春》。年华正茂，演得够好。不久前看她的《大登殿》，一出场就掌声四起，有的观众，报以同情说："六十四了！"可以看出观众的关心。

在二十四年前，方纪请我看韩俊卿的《大登殿》。身段表演圆熟、嗓音宽厚，全剧演完不见瑕疵。今天在收音机中听他的唱段，音容笑貌，如在目前。这样的一个表演艺术家，在"文化大革命"中，含恨终生，不禁使我流下几滴眼泪。

二十多年前，我与方纪同志同观王玉磬演出的《辕门斩子》。作为一个女演员，演老生戏，文戏武唱，嗓音高亢，演得实在到了家。后来只看过她的《五彩轿》《太白醉写》。几出戏不见瑕疵，也就是说每出戏一气呵成，不见败笔的地方。她

227

六岁学戏，现在也是六十多岁的人了。可以算得上一个表演艺术家了吧！

还曾观看金宝环的《喜荣归》，喜、怒、哀、乐、悲、恐、惊，一个人演满台戏，从头到尾不见瑕疵。后来又看过她演出《万花船》，身段、扮相，演起来圆熟，这算是到了家了吧！是不是表演艺术家？不能由我一个人来说！

郝寿臣演《连环套》，一出场就是真"山大王"！演曹操是"活曹操"！

杨小楼演《昙山谷》的姜维，一出场带双剑起霸，工架、身段，表现出一个"美"字，看他的戏，真正使人目不暇接；演《长坂坡》时，跪见甘、糜二夫人时，面朝里用脊背演戏，当年顾颉刚老先生曾在《东方杂志》著文《中国戏剧与杨小楼》，肯定了他一生的艺术成就。大家风范，是大艺术家。

艺术无止境，可惜今天这样的艺术家少见了！但有一技之长的演员，还是人才辈出，是不是应该为他们捧场叫好呢？

《天津日报》1986年8月20日

有感于输液治感冒

我今年七十四岁，几年了，没有得过感冒。去年入冬，得了感冒，发冷发烧，有人说，人老了不能感冒，感冒了就有危险，而且有人说，这一阵子的感冒，是病毒性的，于是我只好住进医院。

入了医院，换上衣服，大夫就来看病，量了血压，听了心区，说："有点儿啰音。气管炎多少年了？"

我说："抗日时期得的，每年冬天，有一点喘。一九四八年南下，到新区工作了几年，也就好了。一九五四年底调北京工作，天气凉，就又犯了！"

大夫说："治治吧！有气管炎，不能感冒，怕引起别的病！"

护士送来了体温表，量了量是三十八度八。又一个护士来抽血，抽了一大管子，又分在几个小管子里。又取了耳朵上的血。

忙活了半天，也就该吃晚饭了，吃了晚饭，我坐在沙发上休息。护士又拿了架子来，说是要给我输液，我说："明天再输吧！我是老病号，经得起！"我心里想：什么病？也要输液！我病了二十多年，还没输过液哩！

护士笑了，说："你上年岁了，输点液就好了！"——到了医院，就得听大夫的。输了两瓶液，直到天已大明，护士又拿了体温表来，试着表。护士站在我身旁，站了五分钟，取出表仔细看了又看，笑了说："三十六度一，你好了！"

她说着，拔下针来，用一块棉花按上。收拾了器具，搬开架子，又说："起吧，该吃饭了。"

我只好起床，说真的，输了一夜液，躺了一夜，又不能翻身，也实在累了。吃了早饭，用了药，我特别要几片安眠药吃了，躺在床上睡了一大觉。一觉睡到下午，郭主任来了，这是一个老大夫，一个慈祥的老太太，她笑了说："你好了？已经七十多岁的人了，别忙着出院，再休息几天。"

病好出了院。这次住院，使我感慨甚深：我想起我那老母亲，她只活了五十九岁，就去世了，直到逝世也没弄清楚是得了什么病。

当时我正在上县立高小，寒假回家，见母亲躺在炕上，但也有时起来走走，看样子病还不重。于是过完寒假，我就又去上学了。这一年就是一九二八年，一九二七年经过了四一二反革命政变，五卅惨案。这年暑期，北伐军打到家乡，西北军和奉军在家乡有一场激战。因为战乱，保定各中学都下来招生，我考上有名的私立育德中学。

我在家里过完了暑假，嫂子们给浆洗了被褥，整理好了衣服，就要到保定去上学了。

母亲躺在炕上，抬起头看了看我，流下眼泪说："儿啦，好儿！你看我这么病着，你就走吗？"

我也流下眼泪，走到她的跟前，握起母亲的手，说："娘！我不走，我要留在家里伺候你老人家。"

母亲伸出手来，拍着我的肩膀说："好儿，不走，伺候我几天吧！你三哥、你四哥也快回来了，我……"说着哽咽不止。

自此，我就不打算去保定上学了。在家读书伺候母亲。不久，四哥也回来了。为了静养，把母亲移到小东院里。这样，家庭事故就不累老人家的心了。

常来看病的，是我四姐夫。他父亲是有名的妇科医生。他也自十九岁就开方看病。但是，母亲吃了他多少药，总是不见起色。三哥也回来了，说："光叫他看，为什么不多叫几个大夫看看！"于是今天请大夫，明天请大夫，家乡的大夫都请遍了，谁也没说出是什么病。

有病乱投医，还请了南旺村的老道冯师傅。我也去赵锻庄佛堂里取过圣水。弟兄们都不信神佛，因为这样，可以安慰母亲的心。

有一天，四哥对我说："母亲的病，该不是糖尿病？我端尿盆时闻到甜味！"于是他劝母亲多吃豆腐，少吃米面，用豆腐干当饽饽，母亲不同意。

眼看病越来越重，才想出请我们这一带的名大夫齐麟年。这是一个大医生，秀才出身，医道精深，就是不好请。他抽大烟，病轻，人们不请他，病重了人们才请他。因此，他只好说："三服药下去，好也就好了，不好也就完了！"经常是大夫还未走，病人就咽了气了。

为了请齐麟年看病，买了二两烟膏，把大姐夫叫来，熬好大烟。大姐夫坐着车到南宗村去请齐麟年。

他下车后抽了大烟，吃了饭，再去小东院里给母亲看病，摸了脉，问了病情，走回来坐在炕沿上沉思一刻。又打开他的

231

小包袱，取出书来，戴上老花眼镜，看来看去。我在一旁看着，有一个抄本，叫《医林改错》。看了一会儿书，他说："把过去那些药方拿来我看。"他又看了一会子药方，指着四姐夫开的一个药方说："唔，尿多，怎么还利尿呢？"他生气了，说："这是消渴症！"

他一说，我们才出了一口长气，糖尿病，他算看透了，于是开方，买药。

但是请了他多少次，吃了多少药，母亲的病，还是不见好。嗓子里喘气，手拇指蛋像个蛇头。

这年八月，母亲躺在炕上，吐了一口鲜血，就去世了。直到去世，也不知到底是什么病，齐麟年也没治好。

母亲去世之后，第二年，我考上保定第二师范。一天下午大雨，我脱了衣服，在院子里洗了一个大澡，也没关窗，躺在床上就睡了觉。第二天一醒，觉得身上凉，两只胳膊抬不起来了。

这年，我十七岁，也懂事了，自知是受凉，到澡堂里泡了一个大澡，两只胳膊也就好了。但是肚子痛，三天未大便。同学们叫了一辆洋车，拉着我到大街上药铺里，请坐堂先生看病，按了脉，开了方子，吃了三服药，大便也就下来了，大便是带褐色粪条，肚子还是痛，又开始拉肚。

虽然如此，从"九一八"开始，我还是热情参加抗日救亡工作，参加南大桥飞行集会、西郊飞行集会，到街道、工厂、农村进行宣传。直到第二年春天，开始发冷发烧，身上出现雪花形红点，我到思罗医院看病，大夫叫我吃泻盐泻肚，泻了几天肚，病不见好。因为发冷发烧，校医陈寿卿，说我是疟疾，吃了几次药，还是不见好，身体日渐衰弱。

后来回到家里，还是请四姐夫看病，看了一个时期，我才知道他不懂医理，只知道一些汤头。身上越来越瘦，头发细了，也稀了。大便只拉稀水，吃什么拉什么，还看出一片一片的菜叶。有时胃痛，身体日渐衰弱。

二哥又带我去找齐麟年，老大夫倒是没有架子，看见我，面带笑容，说："来，我给你看看。"按了脉，问了病情，又拿出一本木版书来看。我在一旁看着，他看的那个题目是"泻泄"。

吃了几服药，还是不见轻。饭后嗜睡，睡起觉来迷迷糊糊。在我们这一带，叫齐麟年看了病，也就别叫别人看了，别的大夫也没有这个水平。

我只有安心静养，读读书，到园子里散散步。七六惨案，高蠡暴动失败之后，因政治上的压力，郁郁不乐，病情加剧。还没有一个大夫能说出我得了什么病。家人收秋，我参加了一些劳动，觉得病轻了一些，精神也好了些。

一九三七年，开始地下党的活动，卢沟桥事变之后，公开活动，建立了救国会，精神畅快，病似乎好了。身上的雪花形红点，经过几个夏天，消失了。胃痛偶尔发作。但拉稀一直延续了几十年，也不知道是什么病。

我自一九六二年，血糖高至一百六，大夫说，有时会有尿糖。直到如今，在五六年前，发现糖尿病。饭后两小时，尿糖高至二百七。近两年来，尿糖出现两个加号、三个加号，偶尔发现四个加号了。大夫说，糖尿病不可怕，可怕的是合并症，糖尿病是百病之源，促使疮疽、血管硬化、肺病、冠心病等。我又明白，母亲的病，可能是肺气管扩张，也可能是肺结核，是由糖尿病引起的。老朋友郭濯得了肺气管扩张，手拇指蛋像个蛇头，我才明白母亲的病是肺气管扩张。也有的大夫说，呼吸不通畅，手指尖大。

偶尔，我翻阅医学资料，得知我青年时代身上出现雪花形红点，是伤寒病。

我自得老年糖尿病以来，一直在严格控制饮食，并用进口药"达美康"，效果还好。

"文革"中，我被迫放弃写作，耽误了两本书，种园子、浇水、拔草、施肥……吹吹风、晒晒太阳，多喝点茶，多出点汗，身体比"文革"以前好多了。一直到现在，我未放弃锻炼。

几十年来，与疾病战斗的经验，体会到，身体本身有自愈的能力。再就是与大夫合作，掌握自己疾病和体质的规律，学习一些医药的常识，也是必要的。

最近我又刻了两块图章："时珍门下""食药三十年"。

《长寿》1986年第5期

津门鱼味思河豚

在我的青年时代，带着革命的狂热，奔走四方；白色恐怖时代在北京，一天一角钱的生活费。小米加步枪的时代，也就是小米干饭，稀菜汤。没有时间，没有条件讲究吃喝，因此，在我的小说和散文里，很少写大快朵颐之事，只是写一些普通农民的吃食。只有在《播火记》里，写了李霜泗大摆鱼宴招待张嘉庆。二三十种菜，没有一点猪羊肉，都是鱼虾河鲜。这样描写，意在抒发仁人志士，对党员干部的盛情。也在于我自己抒发难忘的乡情，写吃饭倒是其次。

我定居天津也有三十年了，发现天津人对鱼鳖虾蟹，有特殊的嗜好，实在是外地人难以想象的。这里有："当当吃海货，不算不会过"的谚语，每年春天，对海蟹、对虾、黄花鱼，以至那些肉很少的琵琶虾，也趋之若鹜。这种习性已经是历史性的。因为天津是退海之地，古有九河下梢之说，实则是五河——南运河、北运河、大清河等，"初仅一鱼堡耳"。最早的天津居民，实际是渔民。所以元代诗人说："鱼傍海潮多""蟹忆霜时贱"，可见这种风气，不是短时间形成的。入明之后，天津沿海，因盛产鱼、虾、蟹，惊动朝廷。正德朝的大宦官刘瑾，曾向天津派来"银鱼厂太监"专司采办海鲜水产；海蟹、河蟹、沙虹（虾）、江瑶柱（当时天津俗称"海喇"）、银鱼、河豚，成了皇族及京都的贵人席上珍品。到了清代，渔盐之利，成了天津的经济支柱。乾隆朝杭州人汪沆来津修"天津县志"，写下一本《津门杂事诗》，感于鱼户之盛，诗句中有"鱼腥入市不论钱"。水产盛季上市的鱼虾，乾隆时就有三十种，就不值钱了。难怪天津卫人吃"贴饽饽熬鱼"，成为家常便饭。

由于"银鱼紫蟹四时肥"，这几年在天津的报刊上，常见一些作者写银鱼、紫蟹的文章，据说，三岔河口下的金眼睛银鱼最好，冬天汆汤有黄瓜的香味。紫蟹又名子蟹的火锅，是天津卫人喜欢吃的，其实，在冀中水乡也有，用油炸食的小螃蟹，与紫蟹大同小异。囫囵什么食品，在平民百姓之家，只是用以果腹而已，一登侯门，就成了珍馐美味，甚至附会上许多传说，进而丰富了我们的传统文化。

鱼虾既多，也决定了天津菜的烹饪技术。在我感到，就是味厚。多新鲜的水产品，也免不了有鱼腥味，要烹饪美食佳肴，就得把它压下去。因此大师傅们，就掌握几点：

佐料多。葱、姜、蒜、花椒、大料，这些具有挥发性的香味常用，于是味也就厚了。

油大。杭州人吃"西湖醋鱼"，似乎只用水汆一下鱼片；天津卫人则不然，一般都过油。

盐多以便压腥味。

芡多。既使食香包住主料，又显得丰满，造成色泽上的美观，如白爆鱼丁等。

天津的传统名菜"八大碗"，一端上席面，就能看出，由于这种烹饪技术，所形成的色泽、滋味、造型上的特殊风格。我想鱼味菜品的做法，影响了整个天津卫的烹饪，

也不为过吧！常吃这样的好菜，难免脂多体肥，有人开玩

笑说:"天津卫三宗宝,鼓楼、炮台、大胖小",这也是食性使然。不过这对于素喜农家田园风味的人,对于布衣素食的人,往往吃不消。我要是遇着这样的席面,也只是蜻蜓点水而已。

我感到,最引人遐思的是天津的河豚,明正统己未(1439年),进士成始终,写天津(直沽)的诗,有"杨柳人家翻海燕,桃花春水上河豚"句。河豚最肥美的鱼白,被称为"西施乳",比河豚鱼肉还珍贵。清代以前,每年春天老天津卫人,都要吃几次河豚,甚至连南方人都说:"二月河豚十月蟹,两般也合住津门"。河豚有毒,吃河豚不慎,就会遇着危险。乾隆朝来津的诗人董元度,曾有所感叹:"河豚入市思拼命"的顾嘴不顾命的精神,这种美食家的气概简直令人吃惊,不过,话又说回来,什么东西都是一样,处理得宜,就会对人有益,现在日本人还很爱吃河豚,我们现在一看到不顺眼的鱼,就视为"异类",赶紧扔到"毒鱼箱"里,然后埋掉,这是不科学的。真有点像鲁迅所说:"连脏水带孩子一起泼掉"的做法。

什么时候能够在餐馆里再吃到河豚?!当然是无毒的、美味的。

《中国烹饪》1987年第12期

第四辑　师友情深

远千里同志十年祭

千里同志离开我们已经十年了。

我总觉得，同学、同事，凡是好人，人们会经常想起他，或是在梦寐中看见他。坏人，人们是想不起来的，有时想起来，也觉得秽气。如林彪、"四人帮"之类，人们一想起来，就会骂："他娘的！"

我认识千里已经四十七年了！

那是一九三〇年暑期，我从家乡到保定投考第二师范，住在学校公寓。在甬路上曾看见一个穿白制服、白陈嘉庚鞋的少年。那年他是十五岁，长头发，大眼睛火亮亮的，是一个美少年。那时心里想：我要是和他同班才好呢！然而谈何容易。这一次考试只招一班，共四十个人，下场的是两千五百余人。

两次考完，在第二榜上有我的名字。当然，这不是说我有多大的本事，同志们的帮助是主要的，当时我已经是一个共青团员了。

秋季入学,我们班住的是最好的斋舍——第四斋。那是典型的中国式建筑,前后有窗,有走廊,有自修室。当我在窗前经过的时候,一眼看见千里这个活跳跳的人儿,但不在一个寝室。

老师点名的时候,我才知道他叫远宝琨。后来又知道他叫秀昆,也叫秀峰。好像这些好的名字,他都想叫了。后来发表文章,叫千里。

在第一个学期里,大家都埋头弄功课,在课堂上知道他英文很好。

第二个学期,和我一起的王致民和千里分在一个寝室。自从王致民入了少共,我们就研究怎样培养千里。知道他喜欢新诗,就介绍革命的诗歌给他读,如《拓荒者》《太阳月刊》《战鼓》之类。他确实是一面鼓,来自农村,知道农民的疾苦,他这面鼓一敲就响了。致民告诉我,宝琨的思想开始左转,做起诗来了。谈着,我们心里说不出的高兴。那时,要多一个革命的同志有多么好呢!

大概有两个月,千里就成了我们班的诗人。他每天做诗。大清早起,他就拿着自己的诗,在走廊里走来走去,高声朗诵。

那时,青年人爱三五个志同道合的自己出钱办个刊物,在小书摊上代卖,也有自己拿着串斋卖的,一边走一边喊:"九大枚一本……"人们就向他拉稿,喜欢他的诗。特点是清新、简洁,像战鼓一样。在文学研究会里,常听到他长篇大论地讲无产阶级文学。经常挺起腰板,左手托着一摞书,走起路来学着大人的样子。我们在一旁偷偷笑他。根据他的志愿,他参加了"左联"。可是第二年秋天开学的时候,他埋怨致民:"光自!我的英文分数下来了!"

分数怎么不下来呢?早晨人家读英文,他做诗。星期六下午和星期日到农村或工厂去工作。弄功课的时间少了,功课自然就差了。

九一八事变,好像霹雳一样落在我们头上,日本侵略者的铁蹄踏上了祖国的土地。千里成天价在走廊下喊着:"我们不能当亡国奴!他娘的!我们就是不能当亡国奴!"在平津学生救亡运动影响下,保定学生救亡运动也沸腾起来了。

千里可忙了,赶快写诗,写了上街去贴。此外还要下农村、上工厂做抗日救亡的宣传。到码头上去查日货,到大街上去游行示威……

由于同学们的要求,学生军成立了,千里首先参加。上军事课,参加军事训练,他穿上新军装,挺着腰,拿着教育枪,显得那么英俊。成天价匆匆忙忙,嘴里老是在喊着:"上前线!上前线!""打鬼子!打鬼子!"英文不念了,课也听不进去了。由于日本军队的入侵,形势的变化,北方的革命运动走上高潮,人们静不下去了。

九一八事变之后,蒋介石训令张学良:"不许抵抗!"国土失去之速,真有一日千里之势。千里非常担忧。为此,他吃不下饭,睡不着觉。我和致民劝他:"得吃饭呀!也得睡觉呀!"他的脸儿几乎惨白了,说:"不能当亡国奴!不能当亡国奴!"

这时蒋介石下达了"连坐法",说:"不许抗日,不许救亡。抗日是国家的事，读书才是学生的事……"这样一来，更加激起学生们的反对。千里的革命热情更加高涨了，口口声声说着："蒋介石一定是个卖国贼！"他成天价胳肢窝下夹着宣传品走出走进。臧伯平同志比我们大几岁，是我们的团支部书记。在一个星期日，他带我们一起出去工作，他头里走，我们后头跟着，走来走去，到了北关。这里有一带青灰高墙，门外是个大柳树林子。我们贴宣传品，千里就站在门口散发传单，见出来一个人就递过一张。我以为那是一个煤厂，探头往里一看，门上挂着大牌子，是"河北省立第六中学"我拉了千里一把，说："还不快跑！"喊着，大家叽里呱嗒地跑开了。千里用手抓住我的肩膀，睁大了眼睛，问："怎么了？怎么了？"我说："要被抓住呢？"

当时，国民党反动政府已经开始抓人，镇压抗日救亡运动。过了几天，有三个同学在第六中学围墙上写标语，就被该校校役逮捕，送到公安局。当然，抗日是有理的事，我们又在公安局门口大请愿，大骂六中校长黄际蒙，要求释放被捕的同学。

千里说："敢抗日者不怕住狱，住了狱回来，我可以写一首长诗！"我和致民都笑他是"诗迷"，可不是"诗圣"，不是"诗仙"。

第二师范于一九三二年上学期被解散，我们有半年失掉联系。

一九三三年，我到北京，和二师同学陈健民同志一块住在西华门大街六十一号。千里来找我，我能在北京见到他，说不出心里有多么高兴，当时他上温泉中学。我和他一块去直隶新馆找路一。当时，我和路一没有上学读书，开始了文学青年的生活，每天到北海图书馆，看书写文章。累了就在草地上躺一会儿，或跳过石栏，在苇丛中钓鱼，或沿着墙根潜入北海去玩一会，可省下买门票的钱。他说："你们挺美气的！"自此，他也就不上学了，好像离栏的野马一样，革命、跑图书馆、写诗。

这时，蒋孝先的宪兵第三团已经开到北京，穿着绿呢军装，挎着盒子炮。在图书馆东边的金鳌玉蝀桥附近，做巷战演习。可是，我们并不怕他们，一点也不怕。

这年秋天，我到西北军去。那时人小心大，想拉起一杆队伍。心想：没有队伍，怎么打日本？怎么革命？路一和千里都同意。我们只得作暂时的离别，我到塞北的群山中，他们仍留在北京。千里曾写信告诉我说："我也要到军队上去，过军队生活，要写一首战的长诗！"这时好像他在读马雅可夫斯基的诗作和勃洛克的《十二个》，热衷于写长诗。因为我在那里待不住，回信不让他去。那个朋友思想很好，但是看我年岁太小，不称一支军队，不敢冒险。

这年底，我回到北京，仍住西华门大街六十一号，和陈健民同志同住。有一天，清华大学同学郭晓岚来玩，我们非常高兴，晚上一块读诗，直至深夜。刚睡下觉，就有特务闯进门来逮捕我们。他们拿着枪，我们手无寸铁。

住了一个月的拘留所，取保释放，第二天就去直隶新馆，才知道：就在那天晚上，二师同学留在北京的人，大部被捕，敌人是有计划的行动。

我们被捕了，可忙坏了千里和路一，东奔西跑，托人营救。千里说："第二天早晨，我去找你。隔着门窗一看没有人。被褥弄得乱七八糟，书籍撒了满地。门房里的小孩说，他们被人绑走了。我的头上'嗡'地热起来。我们这个跑蹬哟！"在白色恐怖下，千里并没有被吓倒，而是更加积极地工作——晚上八点钟开始工作，直到深夜两三点钟才睡觉，第二天九点钟起床，一批革命的诗歌就寄出去了。这是一个革命诗人的工作。

一九三四年暑期，我考上了山东剧院，要到济南去读书。当我出发的那一天，他有事情要出门，可能是工作上的事。我把铺盖卷打好，朋友们都来送行，就是不见千里回来，我心里很焦躁，觉得不见他一面，不好离开直隶新馆。但是剧院已经通知九点钟上车。他不回来，我只好赶到车站，包车已经坐满了，有男同学也有女同学。当列车快开行的时候，有一个青年人远远地跑进站台，是千里。我立刻跑下车去握紧他的手。他呼哧着嘴说："我回来了，见屋子里没了你，撒腿跑出来，找了个车子赶了来！"当我看到他穿的那件破毛蓝大褂、破陈嘉庚鞋子时，问他："你打算怎么办？"我的意思是说："你将怎样维持生活？"他睁开两只水汪汪的大眼睛，说："我，就这么着呗！"这年，他还不满二十岁。在革命工作中，我们过的是清苦生活。上午吃十二两大面条，下午吃十二两烩饼或炒饼，每天一角钱生活费。等饭馆的伙计送了饭来，经常是千里先站在台阶上大喊："吃大面条来哟！"

车要开行了，他还是依依不舍。我说："你回去吧！"他眼边上噙着泪花，说："唔。"但是，他还不肯撒手。火车开动了，我机灵地放开他的手跳上车去。他还摆着手说："你可来信呀！"说着，他的眼角上跳下两颗泪珠子。

我们的感情不只是友情，是在革命中锻炼出来的同志之爱，在敌人统治之下，年轻的同志们，怀着幼稚的心灵相依为命。

我到济南入学之后，他寄给我一封信。说他考上了技工学校，有饭吃了。并附寄一首抒情长诗，写我们这次的离别，是从报纸上剪下来的。

一九三五年，我回到北京，一到直隶新馆，路一告诉我，千里在技工学校毕业之后，当了电工，去年到云南工作，今年去四川了，可高兴了，经常寄诗来发表。这时，路一在北京"左联"当总编辑，和金肇野同志在一起工作。

一九三八年春天，我在冀中新世纪剧社工作。路一在自卫军政治部主编《红星》，住在安平黄城村。我去看路一的时候，从屋里走出一个人来，是千里，穿着一身灰色学生服。一见面就握起手，扬起头大笑了半天。他说："这就是胜利！"当然是胜利，在党的领导下，我们有了政权和军队，不在敌人眼皮子底下晃悠了。这时我们都成了大人，二十多岁了。受过长期的革命锻炼，不那么爱动感情了。

他是在日寇占领北平之后，坐着拉脚大车回到任丘老家的，又从老家赶来找路一。自此，他在自卫报社当记者。

不久，他也来新世纪剧社工作，我们共同工作了几年。有几次我跟他谈，叫他做些行政工作，他不干，要写文章。当了几年创作组长。在他的努力之下，我们刊出了《歌与剧》《新世纪诗刊》《诗与画》。那时在冀中根据地已经没有了印刷厂，同志们用铁笔写着蝇头小字，油印。《歌与剧》是供区村剧团演唱的材料。千里带领着同志们，又是刻蜡版，又是推油滚子，包装、发行、推着小车送交通站，他都干。好在大家都还年轻，不怕苦、不怕累。

一九四二年"五一"反"扫荡"以后，他病了，住在地下医院里。这年冬天，我在家乡隐蔽，经过交通站接到他的来信。说他在病中很想我，责备我不去看看他。当时，已经是岗楼如林、公路如网了。我在家乡，他在任丘，相隔并不是很远，但在当时，长不上翅膀，怎么能去和他见面啊！

此后，我做地方工作，他病愈后在军区政治部工作，见面也就少了。

一九四八年，我随军南下，到新解放区工作。他写信责备我不告诉他南下，又不给他写信。其实，我们都长成了大人，做起负责的工作，成天价忙得不行，自己的事情也就忘下了。

一九五三年，我开始了长篇的创作，一九五四年回到北京。为了离根据地更近一些，一九五五年到了河北文联。这时他是文联副主任兼文化局副局长，后来做宣传部副部长，全国文联委员。在河北文化界来讲，他工作经历是比较长的，但平易近人，没有官气，生活很朴实。更可贵的是，没有当时那种文人的习气，大门敞开，五湖四海，无门户之见。

在几年中，经过几次运动，可以看出：他是能认识人的，而且没有认错。要说他的缺点，是有些心慈手软，太善良了。

"文化大革命"的初期，曾和他在一起，我见到他瘦了，说："你要多吃一点……你没有问题，不用怕。"他只是点头，却不说话。事情已经很明白，林彪和"四人帮"之类已经开始窃权了，在鼓动极"左"思潮，趁火打劫，老干部和老作家们开始遭难了！

一九六七年，我们被押解到省委大院，住在最后那排房子，几乎每天晚上有松风鹤唳之声。有人说在批判远千里，但看不见在什么地方，有人说在工厂里，有人说在劳改"黑虎"队。过了十几天，见到他回来了。在一块劳动的时候，见到他眼睛有红丝，弯不下腰，脖子肿着。当时，我想偷个机会问问他得了什么病，因监押太严，不可能。在这几天里，广播台的喇叭特别活跃，一阵阵喊着，说我们是"黑线人物""黑作家"，说千里是"死党"。一天下午，噩耗传来，我听到这个消息，睁圆眼睛怔了老半天，心里明白，千里不是轻生的人，一定是有什么过不去的事。

"文化大革命"是一场大灾难，但是帮助我们认识人。群众的眼睛是亮的。远千里的一生，是革命的一生，是英勇奋斗的一生。在这几年里，二师同学、"新世纪"的同志们，冀中区的老同学们的来信，如雪片飞来，有的从新疆来信，有的从广州来信，打问千里的情况，关心他的逝世，是在情理之中的。

千里！我亲爱的同志！好朋友！你安息吧！你未完成的事业、高尚的理想，同志们在继续实现着！

《天津日报》1978 年 5 月 25 日

和吴立人同志在一起的日子

吴立人同志于一九七九年秋在北京逝世。开完追悼会，我的心怀里萦绪万端。

我们相识是在一九三五年。但是，我们始终没有在一个工作岗位上工作过。仅有一次惊心动魄的共同遭遇，还是在一九四二年。

那年，"五一"大"扫荡"之后，我心里在转着一个问题：今年十万鬼子兵"扫荡"冀中区的心腹地带，大部队和领导机关已经转移到外线作战，地方部队及党的领导机关和敌人展开了地道战，这是你死我活的斗争。冀中广大抗日军民正陷于水深火热之中，斗争极其残酷。我不能离开他们，我要实践毛主席《在延安文艺座谈会上的讲话》。于是，我毅然回到唐县的北洪城——冀中区党委机关所在地，向领导陈述了我的意见，回冀中深入生活，进行文学创作。

在北洪城的一天中午，初冬的太阳高照着，我对着太阳坐下，把手枪拆开擦干净油泥，检查一下机件。心想：我要用着它了！当我重新上机件的时候，怎么也上不上。这时背后有个稔熟的声音："秀才造反，三年不成！"我猛地回头一看，正是吴立人同志。我立刻站起来，握紧他的手，问："你什么时候来的？"他说："一个月了。"我一下子抓住他的手紧紧按在心窝里，说："我跟你一块回去！"他说："好吧！"

出发之前，我以为他是地委书记，一定有部队护送。其实，我的想法错了，除了他和我，只有一个警卫员，一个交通员。那时长途行军，离开交通员是寸步难行的。

我和吴立人同志，每人一支手枪，插在腰里。警卫员苫披着大袄，腰里抽着转带，横背着一只盒子枪。交通员是一般农民打扮，腰里插着一只盒子。四个人慢慢走着。吴立人同志说闷得慌，叫我给他讲个故事。

中途打尖是在一个大院里，大槐树底下放着几个桌子，几条板凳，是个饭馆子。这个饭馆有些奇怪，一边吃着饭，有人在门口看着，我体会这地方是接近敌区了。

估计二更时分，星星高照着，我们走到一条小河边，沿着河坡往东走去，脚下坎坷不平。离远看出，有灯光闪烁，仔细一看是电灯，我心里想，莫不是到了保定？

一过铁路，建筑物就多了，我心里确实明白了：是保定，就是保定！

过了铁路，我们走下河坡，吴立人同志紧紧拉着我的手，沿着水边疾步如飞。我心里奇怪，为什么水边上有一条明光小道？原来是南大桥。

离远看去，似乎桥上有人走动，我们蹲在地上呆了一会。猛地，交通员站起来，放快了脚步向前走，从南大桥下穿了过去。这时不由得把一颗心吊在嗓子眼儿上。的确，从敌人心脏中穿行，不是一件小事！

过了南大桥，我的心才放下来，暗自称赞交通员的机警。估计走出保定十几里地，我们在大洼中歇下脚来。我学着他们，把浮土推了个土墩垄，弯腰睡下来。

初冬天气，没有风，天上星光灿烂。身上实在疲乏，我睡着了。迷糊之中，听得见村里的值更人打梆子的声音。

当我醒来的时候，正是晨光熹微时分。吴立人同志已经醒来了，他笑了笑说："老梁，怎么样？"他伸直脖子看着周围的动静，有一层轻雾罩着，看不到远处。

我笑着说："还好。"

抽一袋烟的工夫，太阳起来了，我们感到太阳格外的温暖。距离不太远的地方，有敌人的岗楼，我有些嘀咕了，吴立人同志说："不要怕，过了路到处都是岗楼！"

交通员也说："只要有我在，保你们万无一失！"吴立人同志向我叙述了这个交通员不寻常的历史，他手里的枪是百发百中的。

当吃了早饭的时候，离远看得见岗楼上下来了几个伪军，肩上扛着枪，出来打兔子。吴立人同志说："做准备吧，今天算是遇上了！"大家绑绑包袱，整整鞋脚，头朝南脚向北，瞄准了准星缺口，准备战斗了。

两眼向前看着，几个伪军向这个方向兜了一个大圈子，就回去了。我的心上像一块石头落了地。正在这时，有汽车声响过来，向北一看，是一条敌人的公路。这块地方，南有岗楼，北有公路。虽然如此，吴立人同志镇静地指挥，处之泰然。

我们在那里躺着，谁也不说什么。早饭没得吃，中午也未吃饭。太阳西斜，交通员走进村去，不多时间，领着一个人走来。那个人胳膊上挎着个篮子，手里提着饭罐，走到跟前，才知道篮子里是白面大饼，罐子里是小米稀饭，还有一小盆咸菜。吃完了饭，太阳也就压山了，夕阳照在我们的脸上。我们起来打打身上的土，出发了。

没有想到，向东走不多远，是一条小河沟。水面上结着薄薄的冰。我和吴立人同志互相支持着，脱下棉裤和鞋子，冰不薄，但也走不过人，得用拳头砸碎，涉水过河。当脚刚一着水的时候，那种冰凉刺骨的滋味，是我这一生中初次尝到的。尤其，过了河一上岸的时候，北风吹着，如刀割肤。

上了岸，也顾不得擦一下，涮涮脚穿上鞋子和衣服，那时人们还都未穿袜子。

天黑了，就是我们的世界了。走过两个村庄，吴立人同志说饿了，要进村打尖。走进村公所里，坐在土炕上，不一会工夫，饭就熟了。一边吃着饭，吴立人同志对村公所里的人说："等我们走了，你们再去报告！"声音柔和而亲切。

村公所里的人点点头说："唔！"表示服从的意思。

这顿饭大家都未吃饱，就提了枪走出来。当时，村公所是两面政权，八路军来了，如果不去岗楼报告，第二天就是一阵烧杀。我们知道人民的苦衷，表示谅解。

吴立人同志逝世了，我想到他那不寻常的、革命的一生，也想起这一次共同的遭遇，从而可以看出，他和战士的关系，和同志的关系，和群众的关系。他勤勤恳恳地为党工作了一生，是党的好党员、好干部，是我们学习的好榜样。

《河北日报》1980年1月16日

怀念贾振丰同志

人的一生，凡是有所作为的地方，在那地方遇到的人和事，总是久久难忘的。

一九三〇年暑期，正是我十七岁的时候，考上保定第二师范。秋季入学，编入新十二班住第四斋。二师宿舍，分南北两斋。北斋是楼层，住高级班同学；南斋是平房大院，住低级班同学。宿舍很讲究，门前有廊，大院里有果树。每天下午课毕，在廊下散散步，休憩休憩，回忆一下一天的功课，或是在树下读书。

从第四斋往南走，有一道界墙，有门相通。过了大门，就是操场，操场南边就是校园。有荷池，池旁有几株大杨树，微风吹着，大杨树上的叶子哗哗响着。夏天池中荷花盛开。课余之暇，这就是人们游览的场所。我每天下午到这地方散散步。

当我每天到校园散步的时候，经常遇到一个同学，中等身材，四方脸盘，穿着一件旧毛蓝大褂，一副严肃的面孔，有些苍老，一对黑黑的瞳子。他在池旁散步，总是皱紧眉头，似乎在考虑什么问题。

我每次到池旁散步，总是遇上他。于是，我对他的印象逐渐加深。后来我才知道他是高级班同学贾振丰。

往后，知道贾振丰同学是保属特委书记。至于怎么知道的，我已经记不起来了。我记得我虽然是共青团员，那时不许发生横的关系，还不许问，纪律很严格。所以直到现在，我还不知道他是哪县哪村的人。

一九三一年暑期，高级班同学帮助我们闹了一次学潮斗争。这次学潮闹了四天，就宣告胜利，贪污校长张陈卿去职，欢迎开明校长张云鹤来校。

自此以后，应该说是贾振丰同志他们这一班毕业了，可是似乎是他还没有走，有时出大门进大门的时候常看见他。不过头上多了一顶礼帽，若是冬天，脖子上常搭着一条棕色的长围巾。

一九三二年，故乡发生高蠡暴动。据说司令员是湘农，政治委员是贾振丰。这年母校解散。一九三三年春天，我流浪到北京。失学失业，过起文学青年的生活。有一次我到西单商场去买了几叠稿纸，夹在胳肢窝里往外走，一出大门，撞面遇上贾振丰同志。这时我心上跳动了一下，还是过去的老习惯，既是相熟吧，又不敢说句话。这时又多了一层顾虑，白色恐怖严重，谁也不知谁的底细，也不敢相认。当互相走过去之后，我想回过头去看看他的背影，恰好他正回过头来看我，四只眼光撞在一起。我的心上又跳动了两下，浑身热乎了一阵。相熟的人，多么应该说一会子话呀，就是不敢说。

直到一九三七年春天，我和永绅、知吾在蠡县开始地下工作。这年秋天，去彭城找温建公同志，住在竹林寺山坡上。有一天，我一个人从山上下来，一下山坡，正好遇上贾振丰同志上坡，还是穿着那件蓝布长衫，戴着那顶礼帽。我的心上又跳了几下。当我走过去，又想回过头来看看他，正好，他正回过头来看我。心里又是一股子热乎劲，可是还是没有说话。咳！

多么应该说一会子话呀！

这年冬天，我们到了林县。知吾因事去前方——磁县、彭城一带。回来，他告诉我：他在前方遇上贾振丰同志了，他在张锡行（老同志张兆丰的儿子）的十三支队上当政治委员。他说："叫他们来吧！来在这里干吧！"我们没有去。

自此，多少年，贾振丰同志就再没有消息了，我常打听他。

一直到一九六三年，我正写《播火记》原稿，曾去高阳辛庄访问，在那里遇上老同志蔡如松、蔡深林。广大农民群众，谈到高蠡暴动，都谈到湘农司令员，没有谈到过贾振丰同志。都说，湘农司令员怎么那么大脾气呀！他非要枪毙赵典模同志！

"文化大革命"中，也没弄清楚贾振丰同志的下落。直到十年动乱过去，我参加了政治协商会议，在会上遇着陆治国同志，据陆治国同志说，在延安开"七大"的时候，他曾遇上贾振丰同志。据他说，"七大"结束，他离开延安，到新四军去了。

可是，直到现在，他仍无消息。

《滹沱河畔》1982 年第 1 期

怀念丁浩川老师

一

这几天心情烦闷，好像有些什么事情应该做。门铃一响，接到丁夫人何楠若同志的来信，同时寄来了《东北师大》校刊。刊头标题《深切悼念丁浩川同志逝世二十周年》。一时想起：啊！丁浩川同志离开我们已经二十年了。看了他的战友、夫人和学生们的纪念文章，不由得掉下几滴眼泪，丁老师的尊容如在目前。

我在丁老师面前聆教已是五十一年前的事。那年我才十七岁，服侍母亲去世，我去县立高小补习，准备投考保定第二师范。我先去找前国文教师、教育局宋局长。宋老师知道我喜欢文学，说："还好，你去吧，才来了一位丁老师，文学修养怪好的！"他介绍我去县立高小二年级补习，正赶上丁老师教我们的国文课。学校为了使他有机会施展文学上的才能，叫他担任两班的国文课——二十七班在楼下，二十八班在楼上，我在二十八班。两班人容易教，修改作业却不易。八九十个同学，他得每个礼拜修改八九十篇作文。那时还没有电灯，晚上他在煤油灯下修改作业，还要读书，直到十二点钟。有时我半夜以后如厕，看到他的窗子还亮着。

丁浩川同志也是保定第二师范的学生，一九二八年，因"物理教室事件"脱逃。后来因为兵乱，学校放假，他因家中寒苦，无处可去，到冀县找到他的老师、县教育局长马紫波，被安排在高小教书。一九三〇年又到蠡县县立高小。我忘记那年他多大岁数，可能大我五六岁，也就是二十二三岁吧。

丁老师是崇拜创造社，崇拜郭沫若同志的。课文大部分选讲《创造》月刊和《太阳》月刊上的文章。我记得清楚的是给我们讲《女神》，讲《聂政和聂嫈》。他讲书和别人不一样，是满带着感情的，还有表情，讲着书，手舞足蹈。也许和他的年岁有关系，那时他还是青年呀！当他给我们讲《聂政和聂嫈》时，讲到"……明月何皎皎，白杨声萧萧，阿依姊与弟，离别在今宵。今宵离别后，相会不可期……"他抬起头来，看着远方，眼睛似乎有些湿润，声音好像唱歌一样。他的感染力是那么强，似乎他不是在讲书，而是在舞台上演戏，不由你不和他的感情产生共鸣，使你的思想跟着他走；也不由你的感情不起变化，使你体会到聂政离开姐姐，去干人间那正义的事业。

他还给我们讲过郭沫若同志的另一篇文章，我忘记题目。"……独坐九仙峰顶，仙人井畔。西望夕阳里的金刚，色相庄严，云烟浮动……"内容是讲朝鲜的一个革命的义士牺牲了（可能是金英），郭沫若同志路过此处，登山凭吊，山下走出一个女郎，赶着羊群，唱着歌："……上有英郎金前痕，消时令我魂消去……"年月太久了，我不能记起丁老师给我们讲这课书的详细情节，但我能够回忆起在感情上受到的鼓舞。

丁老师还辅导我们读书，读革命的诗歌和小说，还读社会科学。在他的辅导下，我们读了蒋光慈的诗集《战鼓》，沈端先同志译的《一周间》和他创作的《冲出云围的月亮》，还有郁达夫的《沉沦》，郭沫若的《前茅》《恢复》，翻译小说《少年维特之烦恼》……读了很多。

丁老师也有好读书不求甚解的习惯。他给我们介绍，每天读一百页小说，我试了一下，如果是星期日还可以，上着课每天读一百页小说，实在困难，就是下课十分钟也打开书本来读，也读不完，而且囫囵吞枣，不能咀嚼书中的微妙。今天想起来，读了比不读好，虽然当时不能理解，但是此后无论多咱想起来，还可以幡然领悟。

二

丁老师是完县人，他有个妹妹，是后来我的朋友苏克勤同志的夫人。没有谈到他有兄弟。他谈到他的家庭生活困难，他每月挣三十块钱，要寄回家去二十块。此外伙食三四元，只剩六七元，置备鞋袜衣服，还得买两本书读。我自从和他见面直到离开，只见他穿那么一件古铜色的旧棉布袍子、黑布裤子和几件在学校穿过的旧制服，没见他穿过新衣服。

丁老师最爱和同学们聊天：聊读书，聊思想，聊未来的希望和道路。只要不上课，每天满屋子人，他不轰，人们就不走。尤其晚饭以后，他只有把人们轰走了，才能做他晚上应该做的事情。

有一次他问我准备将来考哪个学校，我说考第二师范。他说："第二师范考不上呢？"

我说："那我就没有办法了，只有失学失业了。"

他说："考第六中学吧，也不错！"

我把我的家庭情况告诉他：虽然有房有地，但是姊妹兄弟十人，人口多，嚼用大。来城里读书的那天早晨，我把被褥衣服打叠好，正在台阶上等着，这刻上，二哥走过来，说："六兄弟，咱一大家子人呀，得先说吃饭哪！"我兄弟六人，我行六。他听到这里，绷紧嘴唇说："背水列阵，干！事在人为嘛！"

他鼓励我，别的课程都在其次，把国文、算术、写小字准备好。看卷老师一见你的字写得不好，就看着没劲了！

在丁老师的鼓励下，我每天写小字，演算术，国文我有把握。经过半年的努力，小字学赵孟頫，写得蛮好，算术《难题三百解》，也背熟了。

在丁老师的鼓励下，这学期作文很有进步。我的处女作《鹞与家雀》，在《保定日报》刊出。

一天晚上，夜自习的时候，我在写一篇小叙事诗《母亲》，怀念我的母亲。写到动人之处，我由不得哇地哭了。惊动了满堂同学，停止了读书，都围上来劝我。学校把这首诗登在校刊上，传遍了全县。

丁老师对校长蒋冠五说："这个学生将来一定了不起。"

这年暑期，我报考保定二师，两千五百人下场，考一班人（四十名），我考了第十三名。保定二师是有名的学校，官费，能考上是很不容易的。

据说，当时县教育界有不团结的现象，丁老师工作得不愉快。暑期以后，他转到布里高小教书。这年秋天，他因事来保定，到母校北斋看望同学，他找人叫我去见了一面，拍着我的肩膀说："达到目的了吧？好好读书，将来你是中国的作家……"

听到他的夸奖，我只是绷着嘴唇笑了笑。我明白走到"作家"的路程不是短近的。

三

一九三一年，经历了第三次学潮，一九三二年母校被解散，一九三三年我流浪到北京，失学失业，住在亲戚家中，开始了文学青年的生活。白天在图书馆读书，晚上写文章向津京各报纸投稿。有一天，门铃一响，走进一个人来，正是丁老师。他还是穿着一条旧制服裤子，白布衬衣。我把他接到屋里，请他喝茶。

我没有问他为什么离开布里来到北京，后来听说他在那儿色太红了，有几个人不得不转移阵地。他对我说，当他一下火车时，正好遇见他的学生王俊阁，在当时的省委机关工作，到车站接客人相遇了。他问丁老师："老师打算接什么关系？"他说："我在'左联'吧！"就此在北京"左联"工作，从此我和他一起工作了。他住在沙滩公寓里，我们每天到图书馆相遇，在大阅览室读书，在松树下小憩，在石栏旁远眺北海的景物，谈读书和写文章的事。生活是艰苦的，有时，我们一块坐在马路边的小饭摊上，吃窝窝头、小米稀饭，就着咸菜。那时，北京白色恐怖严重，他没有跟我谈过组织上的事，只是谈过和我们接关系的人叫袁梅华，时隔数十年，也会记错这个人的名字，也许音义不同，反正我今天的记忆中是这么个人。他还跟我谈过当时报纸上的大字标题的《王维纲越狱案》，他曾参加这个小组，参与营救。详细情况我不了解，今天王维纲同志还健在，不知了解此事否。

这年五月，上海发生五作家被捕。六月，北京"左联"进行声援。他给我一卷传单，字是丁老师写的，油印的，并叮嘱我在墙上写标语。传单撒出去了，标语也写了。我想他既然能刻蜡版，印传单，可能参加机关工作了，这是若干年来的推测。

他曾告诉我说，他写了一篇文章叫《在黄帐篷里》，登在《世界日报》上。我曾看过，是描写基督教的教士在街头传教的情况。

六月的一天，我正在图书馆大阅览室写东西，他找到我，说："上天桥去，你去不？"他没有预先告诉我，也没有说去干什么。我说："我不去！"谁知，他一去就回不来了。

第二天吃了早饭，我去沙滩公寓找他。公寓里的老太太一见我的面，就变颜失色地说："快去吧！丁先生被捕了，人家来搜查了！"我听了一愣，一句话也没说，转身走出来。

被捕的详情我不了解。过了几天，他的前夫人和他的内兄找我，说是他到天桥去时，把手绢缠在左胳膊上，被特务抓住了。我们一块商量营救的办法，东跑西跑，跑了几天，也无结果。后来案子移到法院，托人也无用了，他被判了徒刑。

后来住了监狱，商量到监狱去看他，我也想一同去。他的内兄说："你要考虑，有妨碍的话，就不要去了！"他一说，我也不敢去了。一直到今天，我还觉得对不起他。师生一场，我应该去和他见一面，虽然是危险的，敌人抓不住我的证据，又怕什么哩？

我于一九三四年三月被捕，住在公安局拘留所一个月，取保释放，就远去山东了。直到一九三五年，我才回到北京。一九三六年初，我住在北京西华门大街六十一号。这年夏季，听说丁老师出狱了，住在对过的客栈里。当我去看他的时候，有他的老朋友韩随愚先生在座，大家谈得很高兴。丁老师谈到他在监狱时怎样进行斗争，读了很多书，还自学英语……侃侃而谈，若无其事。

他还是过着文墨生活，每天到图书馆，读书，写文章。有时来我处，我请他喝汽水，并在大酒缸上喝酒，吃饺子。他要和我住在一起，还看了三间楼房，准备一人住一头。后来他左思右想觉得住在一起不好，也未再往一处搬。那年我的胃病复发，回家治病，他就到山东去了。

四

一九四〇年，我在冀中游击根据地工作。有一天，王林同志告诉我："蠡县有一个小学教员，在陕甘宁边区当了教育厅长。"话虽这么说，我也想不到是丁老师。蠡县建党较早，在小学教员中追随革命的人为数不少。再者，经过长期的战争离乱，谁又知道谁在人间、谁不在人间呢？

直到一九四五年，中央机关撤出延安，有的来晋察冀，有的到了张家口。这时候才知道蠡县的小学教员到延安的有两个，一个是刘宪曾同志，再一个就是丁浩川同志。丁老师原在山东邹县平民教育实验区工作，卢沟桥事变后，曾到武汉工作，编辑过《中国青年》。到了延安，也曾编过报。后来到陕甘宁边区教育厅当厅长。前厅长周扬同志曾问他："你会画'行'吗？"

真的，一个小学教员当教育厅长，他知道这个官怎么做法呢？

丁浩川同志到了张家口，他的情况也就知道得多了。他在华北联合大学工作时，我常写信问候，并介绍学生去考联大。

一九四七年冬天，华北联大撤离张家口，来到冀中区的束鹿县。当时我正在区党委工作，曾奉命坐汽车去束鹿接成仿吾校长来河间，顺便去看了丁老师。时隔十几年，他还不显得老，还是那个面容。相见之下，握手言欢，我也不知道说什么好。

一九四八年，我南下新区工作，一九五三年暑期，我到北京休假，这时他在北京师范大学工作。我和永绅到什刹海西边的宿舍去看他。丁老师见了我们非常高兴，请我们到北海喝茶。

一九五四年，我从南方调来北京工作，他已去东北师范大学任副校长职务。时间错过，未见到面，感情萦怀，久久不安。

一九五七年，《红旗谱》出书，我寄给他一本，他给我写了一封很长的信，信里有一句话："你将受到祖国人民的尊敬……"当时这本书还未受到群众的考验，自己写的书，也闹不清结果如何。时间长了，这本书也就得到了广大群众的认识。

我因写这几本书，积劳成疾，住了几年医院。一九五九年移家天津，住在二五九医院，一九六〇年出院。一九六〇年秋季，他从北京来信，要到天津看看老朋友们，我和希周到车站去接他，住在睦南道招待所。

他说：去北京开会，检查了身体，结果蛮好（他有心脏病），谈着，他分外高兴。我们一块去干部俱乐部游览，喝茶谈心。谈了十多年的阔别情怀，他说在延安过得蛮好，在中央直接领导下进步很快。也谈到一些不愉快的事，但他一面谈着，一面笑着，谈到他的工作时，拍着自己的肩膀说："我担不起来呀！"我笑了，说："能者多劳！大胆地干吧！"

我们请他多住几天，他心里忙，住不住，只好送他登车北去。谁知时间不长，何楠若同志来信。说丁老师去世了。并谈到他工作心切，一天里，上了一次四层楼，上了两次六层楼，晚上顿感不适，弃世而去。看着信，我不禁流下两行眼泪。丁老师对工作太认真了！对自己的身体太不知珍惜了！

良师益友，溘然长逝，使我夜不成寐。

一九八一年十一月十九日于天津

《河北文学》1982年第5期

又是一年春草绿

"五九、六九，隔河看柳。"一九八二年过去，一九八三年的新春又来了。将是大地复苏，春草滋荣的时候。

屈指算来，在过去的一年里，有三件高兴的事。第一件事，是《李自成》剧本重返我手。

那是过去三十几年前的事。一九四四年夏季,我从冀中平原过路到山里去参加整风。到了晋察冀中央局党校,编入第二队,住在窑洞里,开始阅读文件,写自传,参加整风……后来一队和二队合并。这一队里多是比较高级的干部。

在学习的整风文件中,有一份是郭沫若同志著的《甲申三百年祭》,内容是写的李自成起义及大顺朝的成功与失败。告诫同志们在革命成功之后,要保持纪律性和艰苦作风,不要昏昏然飘飘然……读了这本书,真是发人深省。王林同志告诉我:"这真是代表作啊!"

这是一本历史书,但和司马迁的《史记》一样,写出了几个性格鲜明的人物:李自成、李岩、牛金星、刘宗敏、红娘子、宋献策……而且富于戏剧性。

战争年月,人们成天打仗跑反惯了,窝在山里久了,人们也就有些倦怠了。为了解决这个问题,领导上叫人们演戏,由抗敌剧社的同志们帮助。也不知是领导上的意见,还是校部的意见,叫把《甲申三百年祭》编成剧本上演。参加讨论的时候有邓拓、韩庄、王琢、王焕如、蔡维心,还有我和王林。这里边邓拓同志是我们的历史学家,韩庄、王焕如、王琢都是深通京戏的。

经过讨论,编好了故事梗概,分好场次,由几个人分头编写,我也参加了。写过之后,由邓拓、韩庄、王琢统一整理,剧本居然编得还不错。在我的记忆里,是增加了一个人物:顾君恩。李自成大军北伐之后,由他固守长安。

排练的时候,三个队停课参加:刘流演李自成,王焕如演李岩，我演牛金星，蔡维心演刘宗敏，韩庄演宋献策，丁一岚演红娘子，路一演宋县令，高鹏演多尔衮，高铁英演多铎，曹德全演吴三桂。演崇祯的那个人姓叶，唱得不错，我忘记他的名字。加上以外的配角和龙套，不下数十人，人才济济，蔚然可观。

排练的过程中，由抗敌剧社的王九成同志参加指导，徐曙同志操琴，一个姓刘的同志司鼓。在我的记忆里，排练的时间不太长，就上演了。

演出之前，人们心里都提着一口气。王琢同志说："闹个戏不容易！"

第一次上演是在抗敌剧社的帐篷里，晋察冀中央局负责同志和各机关的同志们，党校的几个队，附近的驻军和居民都来看这个新排的历史剧。

抗敌剧社的同志们还帮助化装、服装设计、道具……一切顺利。好处是这出戏有唱、有白、有打，演起来不单调，刘流的昆曲，王焕如的皮簧唱得都不错。连演几场，从领导同志到一般同志同声说好。

演了一阵戏，又开始整风学习。过了几个月，忘记是因为开一个什么大会，叫我们重演这个戏。这个脚本后来又在张家口、石家庄、承德演出过，影响都不错。可惜的是我所用的脚本与我的一批文稿同时丢失，没有保存下来。直至去年，老友王血波同志把他保存的《李自成》脚本送给我，毛边纸油印，风貌犹存，真是喜出望外。

抚今追昔，几十年来，我的同窗好友们，经过"文化大革命",有的人虽然健在,也几十年不见面了,有的人不在世了,有的人不知所终。我自从演过这个脚本之后,也就离开舞台了。我想把这个脚本附录在我的文集后面,作为纪念,以免遗失,亦人生一大快事!

第二件高兴的事,是赵荣琛同志来津演出。

赵荣琛同志,北京人,一九三四年暑期山东剧院同学。小我几岁,当时应是十八岁。自幼随程砚秋学戏,入山东剧院学习理论。入学十八天,与郑继生同志合演《武家坡》,掌声不绝。可说是青春年少,风华正茂。后来演出《宇宙锋》,亦甚可观。日寇进攻,山东剧院辗转移至大后方重庆,称为重庆之程砚秋。其时,我正在敌后搞新世纪剧社及文建会的文艺部。

如今过去四十余年。某日下午,我因事外出,回来后见桌子上有一纸笺:"赵荣琛来津,住睦南道二所二楼。"当日晚间,我徒步前往。人去楼空,我只好走笔留笺。

第二天上午,赵荣琛同志偕二友人来访。寒暄备至,谈及往事,如同隔世。问及年龄,已经六十五岁了。头发花白。昔日一佳人,今日一老翁,不胜今昔之感。

数日之后,友人送票二张,说是赵荣琛同志演出《锁麟囊》,当晚我即去中国大戏院看戏。未及出场,场上掌声迭起,出场之后,婀娜身姿,依然故态。虽年逾花甲,面形、扮相、身段、行腔,还不减当年,真是不可多得了!

昔日山东剧院数十人,今日尚在舞台上的,只此一人,学程砚秋者亦只此一人而已。离津之日,曾来家道别,并索画一张而去。

第三件高兴的事，是在天津文艺界一次集会上，偶遇山东剧院小班同学田菊林。

当年山东剧院开学的那一天，她才八岁，去年也已四十多岁了。自幼随父亲学昆曲，与兄鸿林合排《思凡下山》，功底已经不浅，嗓子也不错。

其父田瑞亭，白洋淀大田庄人，自幼学北昆，曾东渡日本，在东京大学教戏。后来为山东剧院院长王泊生的业师，王泊生能在昆曲上有所成就，是有其缘由的。在山东剧院一年中，我跟他学了《弹词》《关云长单刀赴会》《滑油山》，《弹词》和《单刀赴会》学得不错，《滑油山》因为是高腔，学了几个月，仍不得其中奥秘。

一九六二年，由王林同志引导，到宝鸡道访问我的业师田瑞亭，他精神矍铄不减当年。谈到菊林和鸿林，他说菊林在山东，鸿林在台湾，还谈到有几个同学在沈阳。但为时不久，我一打听，他已去世了。田老师不是一般的老师，他为北昆努力一生，在一出戏里，生、旦、净、末、丑、文武场、昆笛，都说得下来，他的逝世是北昆的一大损失。

过了几天，田菊林同志来家小叙。谈及山东剧院同学怎样纷纷离去及闹学潮等事。喝着茶，我仔细观察，虽然过去了四十余年，她的面形、身段还没有变；谈起话来，她的嗓音，犹如当年，离开舞台是可惜的。

《天津日报》1983年2月9日

忆简明同志

　　昨日晚上，我的朋友简明同志第三次入梦。他只是侧着脸儿，晃晃悠悠，在我的床前走来走去，似乎是在抽泣，又似乎是在哭诉。猛然醒来，伸起脑袋一看窗户，天已黎明，我只好披衣起床。我是十四岁加入共青团的，是无神论者，当然也不相信有鬼。你说无有鬼吧，我又老是梦见他，这时我才想起：他的事情还没有结起。老朋友们似乎有这么一点责任，所以我今天不得不拿起笔来写这一篇回忆录。

　　简明又名昭德，越南华侨，一九三八年回国参加抗日战争。从延安辗转来冀中，在冀中青年抗日救国会工作。那时他还是个小青年，中等身材，上大下小的脸儿，一对晶亮的眼睛，元宝嘴儿，多咱一见了面总是喜眯眯的，然后伸出手来，握住我的手，亲切地问："你从哪儿来？""正写什么东西？""又该演出什么好戏了？"问长问短，把胳膊搭在我的肩膀上，缠缠磨磨，不肯离去。

　　那时，我正在冀中新世纪剧社工作；新年、三八妇女节、五一劳动节……过一个节日，总要有个应时的新戏上演。一面开着会，演着戏，枪炮声不断地响着。战地生活，总是这个样子。简明同志始终是我们热情的观众。

　　那时是敌占城市，我占乡村。集中开会，分散工作。我除了办训练班、排戏、写剧本，还写小文章。我们出了两个刊物：一个是《冀中文化》、一个是《文艺学习》。虽然油印，在一个根据地来说，也是绝无仅有了。

青救会也出了一个刊物，是《冀中青年》，还约我写过一篇文章。为了写这篇小文章，青救会托简明同志送来了一点稿酬：是一个很漂亮的洋纸本子。一个纸本子本来算不了什么，但处在战争年月，就很难得了，不是从天津入口，就是从保定入口的。

这个纸本子，是红皮、白纸、有格，我一见了就喜欢。但是在那个年月里，物质困难，我不好意思地说："我不要！"

他笑了说："你为什么不要？嫌少？"

我说："我不要。"

他说："你不要，叫我怎么办？这是周主任叫我送给你的！"当时冀中的青救会主任是周克刚同志。

我说："我们还没有稿费制度。"

他说："这是个本子，又不算什么稿费！"说着，把本子按在我的怀里，用手扳着我的右手按住本子，又扳着我的左手按住我的右手。笑开元宝嘴，说："你的啦！"说着，撒腿就跑开了。自此，我就认识了简明的脾气、性格，就成了朋友了。

说这话离今天也有四十多年了，但今天想起来，如在眼前。

当时简明同志是在青救会担任武装部的工作，我没有详细问过是正部长还是副部长。有一次他叫我到安国去看爆炸比赛，当时对日本鬼子的斗争，洋枪不够用，发动群众自己制造土枪、土炮、土炸弹。尤其土炸弹，不只威力大，而且是多种多样：有手抛炸弹、牵线炸弹、定时炸弹……弄得日本鬼子行起军来，胆战心惊的。

一九四二年"五一"大"扫荡"之后，我没有见过他，可能是跟着冀中政治部、司令部打游击到冀鲁豫去了。一九四四年，形势好转，冀中区党委从冀西山地转移到冀中平原。一九四五年，我从边区党校回冀中，有人说他在武委会工作，带着一批青年参军了，此后总也没有见过面。一九四八年，我南下新区工作。后来就专业搞文学创作，说也奇怪，这种工作，很不愿多见人，因为怕耽误时间。

直到一九六六年，"文化大革命"开始的那一年春天，听说简明同志回河北省工作了，又说在文化局当副局长。据说是从南京一个海军学院转来的，现在是海军大校。我有点奇怪，一个海军大校，官儿不小了，当个文化局副局长有什么好？当时他没有找我，我也没有找他；一是因为忙，二是开展"文化大革命"的征候已经有了——有一次我去医院看病，做着心电图，年轻的女大夫说："走吧！上北戴河吧！要开展'文化大革命'了……"我心里想："曾经沧海难为水，文化大革命又怎么的？"

果然，据说简明的调动手续办完，过了两三个月，"文化大革命"就开始了。

中央工作会议和华北局会议，河北省的作家一个也没有参加，我就明白这是一个征候，但我心里也明白：一、我一生未干过坏事，没有打击过人、排挤过人、没坑害过人。二、毛主席还在着——这是我当时的真实想法。

八月十五日，河北省机关革委会在保定宾馆开处级以上的干部会议，作家们都参加了，我也参加了。听了中央工作会议的传达报告、华北局会议的部署……开着会，北院就搭起席棚，贴起大字报来：这个人是走资派……那个人是修正主义分子……大有山雨欲来风满楼之势，但我心里还是坦然的。

那天早晨，我从北院往南院走，他从南院往北院走，一闪之间，我见到了他：头上还没有白发，亮晶晶的眼睛，元宝嘴儿眯眯笑着，返回身，握了握我的手，也没说什么。虽然没有说什么，也觉得怪热乎人的。谁知，自此一别，再也见不到面了！

机关革委会发出炮打小司令部的号召，一声令下，各机关来人揪斗走资派，戴高帽子，游大院，一群群一伙伙，好像玩狗熊。我也被戴上牌子，原因是写了农民暴动，罪行是为王明树碑立传。我年岁虽不小了，学问却浅，不懂得这些名词，一时被打进五里雾中。

河北省文艺界的"文化大革命"，据说开始时是远千里和简明领导的，当时还平稳，我们也放心。后来因简明得罪了人，被拉下台来，关进牛棚，进行批斗。千里也被关进牛棚，被批斗。当时我就纳闷：简明才来两三个月，连情况都没有了解，犯了什么错误？使人百思莫解，使我几天里吃不下饭，睡不着觉。

后来被简明得罪的那个某公也被揪出来，简明一案也就好说了。据说后来简明离开了河北省，回到南京海军学院去，这也好。

一九六八年，某公被解放。于是他那派的红卫兵们又把简明从南京海军学院要回来，在石家庄残酷批斗，时间不长，传说："简明自杀了！"

当时，好像在我的头顶上打了一个沉雷：简明到河北时间不长，也没做什么工作，也谈不上有什么错误，走了也就完了，又把他要回来干什么？又批斗什么？他又为何"自杀"？

当时，我怀疑甚深。

此事，直到一九七一年，他的女儿在唐庄农场贴了一张大字报，详细地陈述了简明在"文化大革命"中的遭遇，其中一点是简明尸体烧化以前，未叫子女们见面，此事加深了我的怀疑！

简明同志去世十五年了，此事一直无有消息。现在要开始整党，知情人中会有党员，党员是有党性的，此事不难弄清。

简明同志，曾参加抗战时期的深悬敌后的游击战争，解放战争期间带头参军，他离开人世之前，是海军大校，是有功于党，有功于人民的。

《天津日报》1984年1月5日

永不消逝的友情
——怀念亢之同志

十六年前，在一个阴霾的日子，太阳落在遥远的东方的云霞之下。

于是，我觉得有些怅然了。

我站在高高的白杨树下，徘徊踌躇，仰望着天空那片红霞的幻化。这片红霞,原来是一片粉色的霞光,是被幻化成红霞了,而今天却又幻化成浅红了。而且,由浅红变成浑黄,由浑黄又变成浅蓝色。当然,浅蓝色的云彩也是我所喜欢的。不过,当时我对于这种云影的幻化,是不能理解的。而今天我却是理解了,毕竟天光放亮了。

当时,我曾长期不能入睡,一是由于我的神经衰弱,再者,是对过往的友情不能忘怀。另一方面,十年,十年的处境是很难挨过的,况且,我还是带病延年。

开始,那些人们是不把我们当人来看待的。他们希望我们变成猫,他们却充当了这狸子的角色。

这是一个民间的传说:猫儿一见了狸子,就浑身发抖,馁下精神来。于是,这狸子一龇牙,猫儿就顺从地跟随狸子走到小河边。狸子一龇牙,猫儿就摁下头去喝水,喝一会儿水,狸子再龇牙,猫儿就向外吐水。这样,反复多次,直到把肠胃洗干净,在狸子的龇牙瞪眼之下,驯顺地躺在沙坡上,任凭狸子把它吃掉。我不,我永远是一个人,不能变成猫。他们说我感情还没有起变化,是的,我的思想也是不能变化的。直到最后,还是不能变化,才引出第二次大批判,而且出现了几个积极分子;这几个人本来是我的朋友,如此,他们却高升一级了。

王亢之同志的思想也是不能变化的。他耻于吐出舌头,瞪出眼睛,看着他们筷子上的骨头。更不会喝水,也不会吐水。于是,他忍下心,也许滴下几滴眼泪之后,合紧眼睛,含恨于九泉之下,永久地沉睡了,沉睡了!

关于过往的回忆,我是想写篇文章的,曾几次动笔,却又把几滴眼泪滴在纸上，而后，重又把笔放下，在我的书案旁边徘徊，徘徊。有些事，是我百思莫解的，手颤，不能为书。当我拿起笔来，下定决心要写时，笔尖，几乎从纸上跳起来。

可是，跳，跳也要写下去，对于过往的友情，我是不能忘怀的。

我听到亢之的名字，还是在抗日战争时期，当时争战方酣，我们活动在七地委地区，听说七地委的报纸是由亢之主编的。但是，他搞报纸，我搞戏剧，不是一行，也很难碰到一起。可是，亢之的名字，在我耳朵里是响亮的。

"五一"大"扫荡"，七地委是重点，敌人的重大兵力，在冀中往返梳篦、剔抉、"扫荡"，亢之和他的战友们携着收音机和钢版在地道中坚持工作。在当时来说，这是一种英勇的行为，当然在今天来讲，也还是英雄。在黑云压城城欲摧的情况下，广大干部和群众，多么想知道世界大战和全人类未来的光明呀！

我和亢之见到面，还是在解放战争时期。那时他主编《冀中导报》，我在县里工作。有一次我到区党委办事，一个偶然的机会，在村边遇到他。如见故人，他牵起我的手，走到小井台边，垂阳柳下，说了一会儿话。高个子，白面皮，穿着一身灰色制服披着一件破绽了的灰呢大衣，步态潇洒。那时他方在盛年，是一个青年干部。

我们俩对面站着，他问长问短，很想知道地方工作中的一些问题。当然，对于他的工作来说，这是非常需要的。

后来，我在区党委工作，土改整党时，我在秘书处。分管报社和文联。当我到报社了解情况时，也到文联看一下。这时，正赶上我的老朋友质询孙犁同志一个问题——在孙犁同志的村里有个人叫孙舞阳，曾经张荫梧委任县长，他质询孙犁和孙舞阳的关系，使孙犁同志很觉为难。

我带着这个问题匆匆回到秘书处，尹哲同志说："孙犁没有问题，你去！"我又回到文联那个小组，在沉闷的气氛中，说了两句缓解的话。出乎意料，我的老朋友却把脚一跺，面红耳赤，说："你当小组长吧！我不当了！"说着，拂袖而去。

这，当下就是一个冷场。方纪同志也在座，因为是才来，也没说什么。

这时，我也很为难；这个小组长不当吧，他已走了。要是当吧，还未经支部同意。而且，我不是文联的人。无论怎么，这个会议，我得主持了。就是这样，孙犁同志算是过关了。

大概就是在这两天，当我经过对过门口时，看见对过屋里坐着一屋子人，正在质询亢之。后来，我才知道，亢之要调《晋察冀日报》，《冀中导报》由朱子强同志接任。临走，开的这个会。正在整风期间，有人给亢之提出很多问题。为此，我也觉为难。要是进去吧，有子强在屋里坐着，他是支部书记。不进去吧，亢之做的这段工作，也实在不错，要走了，大家欢送一下，也就算了。

不久，我到南方工作了几年。当时，每年有两个月的休假；我到西山碧云寺住了几天，又到天津看看老朋友们。孙犁同志叫我住在报社招待所，当晚请我看了戏，还请我吃了一顿饭。

亢之听说我来了，想见个面。在一天的上午，我走进他的大办公室，坐在沙发上聊了半天，天南海北，直到孙犁同志叫我到他家去吃饭。这天中午，大嫂给我包了饺子，和在乡村时一样，我和老孙对面坐在矮凳上，一边吃着，一边说着笑着。

我在南方工作了八年：经过剿匪、反霸、减租、减息……感到生活够了，又回到家乡写长篇。一九五八年河北省和天津市合并，河北文联搬到天津，我于一九五九年移家天津，此后，见面的机会也就多了。

这几年里，我写了几部原稿，因劳致疾，在北京住几次医院，到了天津也就成了老病号了。亢之一连搞了几十年报纸，也累得动脉粥样硬化了，有了心脏病。方纪也神经衰弱。我们三个人的病症相同之点，是失眠症，都吃安眠药。因此，我不经常上班，亢之和方纪有时开开会，有时上班，有时不上班，都成了病号了。

当时，医治神经衰弱、失眠症，没有特效药。大夫就叫我们写大字、画画，这好像练气功一样，可以休养、调节神经系统。于是，亢之和方纪开始写大字，我开始画画，我们三人结为翰墨之缘，有时集到一块，你看看我写的字，他看看我画的画，互相品评，也算是自我欣赏吧！

因为需要，我们三人就共同出入于劝业场的书画店、荣宝斋，还有北京的荣宝斋和宝古斋书画店。当时的嗜好，亢之喜欢邓石如的字，方纪喜欢黄宾虹的画和字。我喜欢吴昌硕的字画和齐白石的字和画。一般来说，他们俩会买到好的字和画，因为在画店的伙计们眼里看，他们一个是书记，一个是部长，我却是一个白丁。

当时，在相交的几年中，我没有感到他有一点官气，不只是对我，对别人也是一样，是平等相处的。这在当时来说，是一般人不易做到的。有的人节节升高，可是对老朋友们也节节远离，或者官气十足，摆出那么一点架子。也有的老朋友，当我接近他的时候，不得不怀有忐忑之心。竟也有个老同学，虽然在天津工作了几年，连谈几句话，到家里坐一会儿的机会也没有。他忘记在保二师时共同战斗的友情，因为是当了部长了。因此，我对伯平说："算了，各奔前程吧！"可是在"文化大革命"以后，偶尔见到面，他却问我说："你家里有书吗？"我只好说："我家里没有书！"何必呢！

有一天，快有十点钟了，我正在写东西，亢之同志出现在我的书房里。右手按着胸，说："难受！没有地方去！"

我立刻放下笔，说："坐下，喝一碗热茶就好了！"我洗了茶碗，给他沏上一碗茶，说："尝尝！龙井！"

说着，我们俩坐在沙发上，他抿了一口茶，说："好！好！"

我见他高兴，立刻打开小橱，说："看画吧！"

我一张一张地叫他看画，看了一会儿画，当他看到吴昌硕的墨梅时，摇摇头，说："好！神品！"念着："一枝清气满乾坤，玉骨冰肌绝点尘，俯视人间闲草木，空山高卧不知春……"

我们俩喝了一会儿茶，看了一会儿画，我问他："怎么样？"他拍拍胸脯说："忘了！我好了！"

说着，天也正午了，他说："你吃饭吧！我回去了！"高高兴兴走下楼梯。

我们在一块不只玩画，还玩瓷。有一次，我在黄家花园委托店发现两对青花盖碗，里外有花，翻过来一看，是"大明宣德"，一碗一盖。我把它买下来，拿回家里，擦洗干净，摆在我的茶几上。瓷质如玉，青花照人。

因为我已经有了青花盖碗，再有也就多余，我想送两对给朋友，至于送给谁，当然，在我的心中是有考虑的，我要送给亢之同志。至于送哪两对，也有所考虑，当然要送新的，不能送旧的。因为新的里边有花，旧的他们已经看过。于是，我包扎好了，给亢之同志送去。他一见了就说："好！美食不如美器！"又到艺林阁配上铜座。自此以后，我们每次到他家去，就坐在他的客厅里，用青花盖碗喝茶谈天。也品不出是茶叶的味儿，还是茶碗的味儿，只觉温馨沁脾！

亢之同志虽然是文教书记，但在朋友场合向来不占人便宜，于是他一时高兴，把一张吴昌硕的行书送给我，还用花梨镜框装着，不用说，我是乐于接受的。

有一次，我去北京，到庆云堂看砚台。有一块长方砚，用墨糊着，当时也辨不出是块什么砚台，反正价钱便宜，我就把它买下来。回来用水一洗，出乎意料，原来是一方龙尾歙石砚。用墨一研，下墨很快，我异常高兴。有天上午，我正磨墨写字，方纪同志来了，他弯下腰，睁着眼睛看了一下，说："这是什么？"我说："龙尾！"他说："龙尾？"我说："是，一点不错！"

我们俩坐在沙发上，喝了两碗茶，他就走了，临下楼时，他板着面孔说："龙尾？唔，要藏之名山？"他是聪明人，看样子他要出什么点子，但我也不在意上搁。

第二天中午，我写了一点东西，正在磨着墨想写两张字。

这时，亢之开门进来，不言不语，眯眯笑着走到我的跟前，抬起他的左手提起我的右手，伸出他的右手把龙尾砚一抽，回转头来就走。他没有演过戏，他这种轻俏的武生的身段，我是第一次见到的。于是，我右手拿着那段墨，哑然无声地走到楼梯口，哈哈大笑着送他走出门去。

当然，我们不是每天在一块玩，亢之还有他的工作。省市合并，他要出席省里的常委会，市里的常委会，处理文教方面的一些原则问题。这些，在他来说，都是轻车熟路。他感到为难的，是省市关系。当然，这些问题，他是不跟我们讲的。尤其是省委整方纪，他是不同意的，我也不同意。

再就是，他感麻烦的，是分管外事。

高级招待所落成，第一次交付使用，是朝鲜贵宾来天津。已经住进去了，才发现没有热水。这虽然是一件小事，可是贵宾们要洗脸、洗澡，没有热水怎么行？这问题虽小也有关国体，于是他在办公室里走走转转，焦躁不安。这对于一个有心脏病的人来说，是十分有害的。

"文化大革命"开始，我在保定，被人弄得上不来下不去。带着浑身病挨整，叫我站在高凳上交待问题，一个小伙子用脚一踢高凳，把我脑瓜朝下栽在洋灰地上。此事传到天津，天津的文化界甚为不安，亢之和方纪同志异常焦虑。为此，叫帼英到保定跑了几趟，孩子保彤安排我们在保定车站西边见面，传达了亢之和方纪同志的意见：叫我好生保重身体，不要寻短见，来日方长！在当时，我对帼英和亢之、方纪同志感激不尽，在危难中，有老朋友们关照，是不可多得的。

一九六七年夏天,天津的一些年轻人把我们弄到天津。当时,"内战"方酣,在那严峻的日子里,亢之同志曾两次来家看我,问长问短,安慰备至。临行,他又来了一趟,嘱咐了几句话,言犹在耳,这是我一生难忘的。

一九六八年三月,我们因天津"黑会"事件,被关进省委大院,接受审查。这时,有一位天津来客,带给我这个不幸的消息:亢之同志已经离开我们了!

于是,我没有再多的话说了,在几天之内,我无言地在门前的阳光之下走来走去:亢之同志你竟离开我们了!

明月皎皎,白杨萧萧。依依泉路,松疏月凉。悠悠长瞑,冰寒泪枕!

亢之同志!你安睡吧!

《天津日报》1985年7月3日

话黄胄

绘画者,天才之事业也。我们河北蠡县梁家庄不过是个只有百多户人家的荒僻小村,而黄胄在我们老梁家弟兄行中,又是比较幼小的,却从童稚时就显示出这种艺术才能。他写大仿,常是中途辍笔,竟然画开了画儿。祖父是戏班会头,而戏班就在外院,所以黄胄那时也常画"戏子人"。他现在画的人物婀娜多姿，恐怕与此不无关系吧。

黄胄八岁随母亲离开了出生他的冀中平原，浪迹在古关中地区。"渭北春天树，江东日暮云"，是古人所谓云树之思，友朋间的怀念。黄胄远在渭水之滨，我转战于冀中，却没有到过江东，但这种云树之思却常牵动我的感情。近年来，我们身居京、津两地，相距咫尺，这种感情仍然有增无减。

黄胄一去就是二十余载。五十年代初，一位老朋友、名记者方明对我说，北京有一个画家黄胄，听说话也是你们"大百尺"（村名）那里的口音。对于"黄胄"其名，我当然不陌生。他的新疆风情画我看了不少，那种运用中国水墨画的精湛笔法，流动酣畅的线条，大胆、瑰丽的设色，新奇的构图，所描绘的草原牧民生活和歌舞人物，绝非等闲画家所可望项背者，我当然印象难忘。究竟故乡谁能成为此大画家？想来想去，便想到可能是那个小兄弟"老傻"，因为只有他孜孜于习画，而他大哥也善挥洒丹青。彼时拙作长篇小说《红旗谱》已一再刊行，出版社拟再印豪华本送瑞典做书展之用。编辑询问我，请谁绘制插图为宜，我就说北京有个画家黄胄，艺事精妙，听说是我们老乡，可能熟悉书中所写的风土人情。当时，黄胄未答应作插画，但他给北京和平画店打电话，说想见我一面。我便请画店转告也有此愿。我们终于见了面。黄胄一露面，我就看出来了，不禁脱口而出："你是'老傻'！"吾弟虽长别二十余年，说话仍不失乡音，历述往事，倍为亲切。我到他家见了黄胄母亲——我的老婶子，一家子人同去吃了一顿饭，十分高兴。

我憨厚而又聪颖的小兄弟，能成就如此大的事业，全在于他的勤奋。为了画好《红旗谱》插图，他重到阔别二十多年的家乡，同亲人、老乡促膝相谈，重温了童年生活之梦。所以，黄胄为小说所绘插图，生活气息浓厚，形象地再现了那风起云涌的年代，那又富庶又贫穷的土地。他笔下的人物是家乡的人物，笔下的事物是家乡的事物，完全是小说生活的补充，使作品中的人物形象更为丰满。小说中的人物春兰那幅画，在俏丽的外形下洋溢着冀中儿女的纯朴感情和青春气息，与其说它是从属于小说的插图，毋宁说是卓越的肖像描写，这真使拙作增添光彩。有意思的是，我的《红旗谱》在"文革"中受批判，黄胄也被株连，单是春兰这张成功之作，就批了一百二十场！

黄胄为了完成自己的事业，曾经千辛万苦深入生活。他的驴子何以描绘得那样栩栩如生、憨态可掬？据他说，他在新疆维吾尔自治区下乡时，居室隔壁就是"打掌铺"（削蹄钉掌）的，小驴或则奋蹄摇尾，或则喷鼻长啸，或则倒地翻滚，他都一笔一笔而记之。在长期的生活与观察中，才创作出百态千姿的驴。前人绘驴，每以"骑驴过小桥，独叹梅花瘦"，或"此身合是诗人未，细雨骑驴入剑门"的清隽冷瘦意境为尚；黄胄画驴却着力描绘这种动物与民间生活的联系，渲染驴子的稚憨神态。这一农家蠢物竟也登上大雅之堂，是我国传统绘画创作领域的一大扩展。

清水穿石，非一日之功。深入生活即师造化，创新即不落俗套，学习传统技巧即继承古法，是他一生追求的目标。在北京，在我们几十年互相来往中，只见他一时猛攻画鸡，一时猛攻画马，一时猛攻画鸡雏，一时又见他猛攻画骆驼。有一次，我见他房里挂着一张铅笔画，上题"用铅笔也可画'八大'"。他临宋、元、明、清作品，临任伯年，画竹，画草，画棕树，画荷花，一个个攻关，又一个个转化为自己的笔墨。现在他画墨驼已经达到升华的境地。

自从我与黄胄兄弟重逢，相知数十年，感到吾弟的确永为燕赵之人，他收入颇丰，但不喜金钱，"文革"中群众冻结他的存款，发现仅有人民币三十二元。他在友朋间慷慨仗义，不拘小节，不失燕赵男儿之风。

在大千世界之中，黄胄捕捉人世间之美，创作颇丰，作品已为海内外人士所熟知。他遵中国领导人之嘱，一九七八年为日本国裕仁天皇绘制了《百驴图》，一九八四年为美国总统里根绘制了《松鹰图》，受到日、美人士的赞赏。现在一些人士已把黄胄画驴，与徐悲鸿先生画马、齐白石老人画虾，比之为我国近代画坛"三绝"。

艺无止境。我作如上说，绝非对自家弟兄故作渲染，而是表示我勉力向他学习的寸心，并互勉作更高的攀登。

今年春节，黄胄喜获一孙。这也许象征他在艺事上有更可喜的丰收吧！

绿色的晴光

今天清晨,我坐在书桌旁,用剪刀剪开一封远方的来信。这时晨光透过树影,照满书斋,在绿色的晴光中,我的思想和感情,完全被这封信吸引住了,陷入深深的沉思。

这是中国医学科学院昆明生物研究所赵玫同志的来信,打问他父亲周永言老师的情况,并附有周永言老师夫妇的照片。我拿着这张照片注视良久,心情久久不能平静:周老师的音容笑貌,重又映在我的眼前。

那是已经过去半个多世纪的事情了。一九三〇年暑期,在我十六岁的时候,考入保定第二师范第十二班。一九三一年暑期,我们闹了一次学潮,驱逐西山会议派的校长张陈卿,迎来了开明校长张云鹤,争得了"读书自由,择师自由"。随之而来的是一批共产党员的教员:国文老师周永言、英文老师刘清泰、历史老师肖振清、地理老师张明……因之引起一场思想大解放,各种会社如雨后春笋:社会科学研究会、文学研究会、世界语学会武术会,"九一八"以后又成立了学生军,添了军事科。到处欢声笑语。

当时,对我印象最深的,是周永言老师:高高的个子,匀静的面容,举止从容文雅。他有时穿西装,有时穿浅色大褂,操着一口四川口音,倒背了手儿,站在讲台上,给我们讲书。他讲鲁迅先生的小说,讲三十年代革命文学,还介绍日本左翼文学。在我的印象中,最深刻的,是讲日本女作家平林泰子的短篇,讲得有声有色,四座无声。我走上文学道路,我的文学创作风格,深得周永言老师的影响。

历史老师肖振清,高高的个子,操着山西口音,用唯物论的观点讲中国历史,当时觉得非常新鲜。

英文老师刘清泰,好像是北方人,用普通话讲英语,据说他给高级班讲《国际月刊》。我们是初学,就讲一般的英语课。

地理老师张明,他好像是北京人,他用唯物史观的观点讲天地万物的发生和发展……

总之,这批教员与张陈卿掌校时代的那批教员不同了。

这年的九一八事变之后,我们就投入如火如荼的救亡运动了。有一次我们在公安局门前示威请愿,要求释放抗日青年时,张明老师站在队前,领我们高呼口号,要求抗日自由。

一九三二年七月六日,发生了二师七六学潮,国民党反动派镇压了保属地区的抗日救亡运动,校长换了萧汉雪,解散第二师范,这批老师也就不得不离开了。

我于一九三三年到北平,始终未见到这些老师。据赵玫同志在信中说,一九三三年秋天,周永言老师在朝阳大学主持马列主义讨论会时,和他的爱人赵雪玉同时被捕,关押在草岚子军人反省院北平分院。由于范文澜、张泊生(二师高级班国文教员)的营救出狱,又到山西国民师范教书,不久又去四川嘉定联立中学教书。一九三六年八月因黑热病、肺炎,回到北平,第三天就去世了,卒年仅二十八岁,葬于陶然亭高君宇与石评梅的墓旁。当时赵玫才五岁。我也曾到过陶然亭,凭吊石评梅墓,当时是一片荒凉。

关于张明老师，据前冀中妇救会主任赵亚萍同志说，他是她的第一个丈夫。朝鲜人，十五岁来中国读书，参加中国革命，一九三一年到保定第二师范教书。一九三二年，在保定抗日救亡的高潮中，日本特务来校追捕。校长张云鹤在办公室和特务们动辄交涉，我眼看着贾良图同志等几位同学跟随张老师跑到南斋，由后花园越墙逃走，到了蠡县的布里高小，后来辗转到了延安；在反托派斗争中，被康生杀害。

二师以后，我没有听到过肖振清老师的消息。抗日战争时期，见到臧伯平同志，据他说，晋察冀边区政府成立以后，肖振清老师曾在那里工作一个时期，因肺病去世。

据说刘清泰老师离开二师之后，在北平被捕，押于陆军监狱，此后消息不明，不知道他的下落了。

写到这里，我的手由不得发抖。我眼看着周永言老师和他爱人的照片，潸然泪下。我们的先辈们培养了我们，算是完成他们的任务。经过白色恐怖，抗日战争，"文化大革命"，直到如今，我也是七十一岁的人了，完成我们的任务了。我唯一的希望，是希望后来的人们踏着先辈的脚迹前进。

《光明日报》1985 年 6 月 23 日

友情

前天下了一场雨,秋风起了,一日比一日凉下来。一年一度秋风,吹起两鬓霜花。

月季花还在开着,一串红也在争红夺艳。

长椅上坐满了老年人,有的满头白发,有的两鬓斑白。他们是从工作岗位上退下来的工人和干部,在这里度着晚年了:有的默默地坐着,有的在缓缓地读着。

秋色使我陷入沉思,白发故人稀落。

那还是在我十三岁的春天,北伐战争方酣。我和路一、牖民、金玺、绍光、汉臣、蒋湖同时加入共青团,对着红旗宣了誓:为党、为无产阶级革命战斗终生。登上革命的征程。

自此,我们上大街游行示威,写标语、散传单,抵制英国货、日本货,纪念上海工人领袖顾正红。我们在一块读着革命的诗歌和小说。而后,汉臣和蒋湖到县党部工作。牖民、绍光、路一到乡村师范读书。金玺做了博野中心县委的交通,他多么样的年轻啊!骑着车子奔波于定县、深泽、安平、饶阳的广大农村。

一九二九年的冬天,我们又一同参加了反割头税运动。那是一场轰轰烈烈的农民运动。

一九三〇年暑期,我考上保定二师,牖民是先我一年考入的。那是一座革命的学校。

一九三一年八月,绍光到天津北方局受党员训练,回来路过保定，写了一封很长很长的信，倾吐革命衷情，劝我读书，为无产阶级革命而奋斗！

一九三二年五月，母校被解散，牖民到县党部编报，我也只好到北京去，依靠"左联"，开始了我文学青年的生活。

一九三八年，我回蠡县工作，任新世纪剧社社长，调冀中区党委。一九三九年秋后，为了回避日寇的大"扫荡"，带剧社到平汉路西山地，住在阜平的晋察冀分局招待所。那一天，我在门前旷地上散步，猛抬头见到牖民，我们握手长谈：一九三三年，他随刘老师去烟台中学工作，七七事变后，他与刘老师辗转到了陕北。曾上陕北公学，毕业后在《解放日报》工作，如今算是回到家乡了。一九四〇年，我回冀中时，他在区党委任党总支书记。相识时我们都是小孩子，如今成年了，而且负起责任来，说不清我有多么高兴。

一九四一年，他带爆炸训练班去山里，曾经给我写来一封信，叫我把他在县国民党部编报纸一事跟黄敬同志谈一下。这封信在我衣袋里存了好久。他们不知道蠡县的国民党是共产党建立的。这是一个大问题，我人轻言微，怕很难解决好，因此踯躅不前，心上也有一些忐忑。

不久，传来他的消息：反"扫荡"时，他在山里牺牲了。面对多年好友，他的问题，没有得到解决，就命归黄泉了，不能不成为我的内疚。多咱想起来，不能不洒一把相思泪：牖民！我对不起你！

一九四五年，我回蠡县县委工作。绍光高高兴兴地来找我，我告诉他先到小学教师训练班去，我的意思是蠡县县委在高蠡暴动以后遭到破坏，直到目前，他的组织关系已经断了十一年；解决这个问题，需要通过县委书记，需要经过组织部审查，因为我当时只是副书记。

谁知他一出门就回家了，而且生气了，得病了。直到福禄告诉我，你快给绍光解决组织问题吧，他已经病了！我才告诉组织部，接收他重新入党。虽然多年老友，我也只有如此。

后来见了占敖，他说绍光很生你的气。他伴了绍光几个月，绍光手里攥着那封信，就与世长辞了。对绍光的去世，我的心上很觉不是滋味。

蠡县党在大革命以后没有从国民党的党政机关撤出党员，蒋湖在县国民党部一直熬到书记长的地位，为共产党做了一些工作，抗日期间，朋友们保护了他。但是在解放前夕，他走了错路，被政府机关判了劳改。

"八一五"日本投降之后，国民党的军队到了天津，金玺随军队过来了，他已经当了军需，我叫福全去和他接关系，他甚为感激。我把他的关系转到北平工作委员会。平津解放之后，他转到北京工作，不久也去世了。

汉臣和我们一道过来，只是在工作上没有得到发挥。在"文化大革命"中，他吃了"四人帮"的苦头，被逼退休，给他在家乡的树林中盖了三间房。他心气不舒，时间不长，与世长辞了。

面对秋日光景，须鬓白了，故人稀了。

《光明日报》1985年12月1日

悼丁玲同志

丁玲同志逝世了！

作为前辈作家，想到她一生的坎坷与艰辛，我便不禁流下了眼泪。

我读过她的《水》和《母亲》，知道她的一点身世。她经历了白色恐怖、抗日战争、"文化大革命"，经过漫长、艰苦的战斗。作为一个作家，无愧于党无愧于人民。

我十九岁的那年春天，失学失业，流浪到北平，遇到我的老师丁浩川，使我有机会接触"左联"，开始了我的文学生涯。那不只是学习，而且是战斗，那时浑身是火。

第一次战斗是支援上海五作家被捕，任务是写大量的标语，散发大量的传单，发动群众。丁老师因此被捕。为营救丁老师，使我了解到这一场斗争的艰巨，阶级敌人并没有睡觉。

继之而来的，是丁玲同志被捕，全国各地以及世界报刊上发表了不少营救文章。《现代》文学杂志把她的照片刊在首页上，我两手捧起她的照片，注视良久。她正是青年，举起两手，两只明亮的眸子望着前方，似乎是在召唤。

看着照片，想到监狱生活，想到她受到的各种酷刑审讯，内心十分辛酸，竟至于落泪。这好像是太幼稚了，不，这是真挚的，是阶级感情。因为在当时我没有别的办法。在北平的宪兵第三团的压迫之下，想写一篇呼吁的文章都不能写，写了一篇小文章，拐弯抹角地谈到丁玲两个字，刊在《世界日报》上。

一九三四年三月，我在北平被捕，因敌人找不到证据，取保释放，离开了恐怖的北平，就读于济南山东剧院。在国民党的报纸上，登出《丁玲到三原》一条小消息。我出了一口长气，想："啊！她脱离虎口了！"

抗战时期的生活是艰苦的，而解放以后的生活应该是美好的，《太阳照在桑干河上》使她得到最高的荣誉。不幸的是被错划为右派，过了几十年的北大荒生活。

"文革"中，她住了监狱，挨了打。住敌人的监狱容易，把心一横就住下去了；住自己的监狱最难，主要是这口气难舒。

"四人帮"倒台，使她恢复了青春，我们希望她多活些年岁，多说几句话，这对于中国文学、中国作家是有好处的。可是，年岁不让人。

丁玲同志，你安息吧！

《天津日报》1986年3月12日

昂首抵苍穹

十二年前的一天下午，我正在书斋喝茶休息，考虑着文学上的一个问题，有人按门铃叫门。我走下楼去，开门一看，一个青年人欢颜笑脸地走进来，口称是南开文学社的宋乃谦。我请他走进客厅，坐下喝茶。他一边喝茶，讲到南开文学社的情况，说是请我做他们文学社的顾问。

谈笑之间，看他的言谈语貌，我觉得他是一个老实人，而且懂得文学艺术上的问题。我虽不是伯乐，但从我参加革命和从事文学写作数十年的经验，看出来他是坚持马列主义、坚持现实主义文学原则的，而不是当时喧嚣尘上的资产阶级自由化的俘虏。于是我肯定下来，做他们文学社的顾问。

自此以后，我在没有事的时候，就坐上车，到南开文学社走走。有时候他们也来上三五个人，带篇文章，到我的客厅，喝茶谈天，从马列主义文艺思想谈到当前文坛出现的种种流派，从社会主义文学创作谈到资产阶级自由化思潮的侵袭。纵论古今，关涉中外，照了相，兴尽而去。

南开文学社常有集会，亦必然来车接我，我也是有请必到。或是我讲话，或是有问有答。我谈的无非是一些文学创作经验，例如如何深入生活，认识生活，分析生活，积累素材，从事写作。因为参加集会的都是青年工人、学生、教员，他们都在生活之中，但不善于认识生活，发现矛盾与纠葛，怎样分析概括、综合这些生活中的问题，捕捉生活中的美，写成文章，成为创作。此外也谈到文学上的理论问题，资产阶级自由化思潮泛滥成灾的问题。我的讲话也常听到他们的掌声。也许是因为我们这些老一代的人，谈的问题使他们觉得有些新鲜。那时，文坛上的许多人反对马列主义文艺思想，诋毁现实主义过时，提倡写黑暗面，表现自我，许多作品充满了低级下流的性描写。他们言必谈外国，谈弗洛伊德，意识流，荒诞派，现代派……他们听这些唯心论的东西多了，乏味了，再听我讲现实主义的东西，就觉得新鲜了。总之，我认为我们的作家得有基本的哲学思想，学习马克思主义，改造世界观。旗鼓相当，有的放矢。

我问宋乃谦同志，我这么谈，大家能接受吗？他说，开始时有些人感到模糊，现在他们相信你的话了。宋乃谦同志办了一个《南开文艺》，主要发表文学社青年作者坚持现实主义的文学创作。当时的市委宣传部长张丁华同志看着好，写了文章来，给了他们很大的鼓励。在一个除夕之夜，南开区的老区长和宋乃谦同志来了，送来了一盆罗汉松，说："祝梁老冬夏常青，百年长寿！"我的心情自然是十分激动的。

在几年中，宋乃谦同志在马列主义文艺思想的修养方面有了长足的进步。南开文学社顶住了社会上资产阶级自由化思潮的侵袭，培养了一批正派的文学青年，成为一块社会主义文艺的绿洲。当然也有一些人由于追求不同，志趣相异，离开了这个营垒去了。

两年以前，宋乃谦同志来舍下提出要办一个地方性很强的刊物，并约我和石坚同志做顾问。他要我起个刊名，我想了想说就叫《天津卫》。在区委的领导和支持下，经过紧张的筹备第一期刊物出来了。发刊词中说："她将以弘扬天津优秀民俗文化为己任。"又说"只有地方的才是国家的，只有民族的才是世界的"，"为发展服务社会主义现代化建设的、独具特色的民族新文化而竭尽绵薄之力"。这与近年来那些鼓吹"中国月亮没有外国圆"的民族虚无主义的观点，针锋相对，形成鲜明的对照。

李瑞环同志看到这期刊物，很觉高兴，并亲自写文章来，充分肯定了"弘扬中华民族文化"的主张。方放同志也写来文章，向刊物的出刊，表示衷心的祝贺。宋乃谦同志很兴奋，亲自为第二期刊物组编、签发了十五篇文章。我前面说他是一个老实人，通过十二年来的交往，验证了我的看法是对的。对于社会主义的文艺事业，他殚精竭虑，埋头苦干。现在社会上流行一些不好的风气，文坛不是一块净土，自然也不例外。如投靠权势、吹捧名人就是其中的一种。可是宋乃谦同志始终坚持马列主义文艺思想，为建设社会主义民族新文化出了力，流了汗。酒肉桌前不见他的身影，动乱游行也为他深恶痛绝。但不知什么原因，第二期刊物出来之后，他的名字却从主编栏中消失了。文坛是是非之地，迄今我参加革命已经六十三年了，历世阅人也不算少了。人各有志，选择亦自不同。面对这种事，我也要唏嘘喟叹了；只好写松与乃谦同志共勉：丈夫立如松，昂首抵苍穹。因为我还是相信："出水才看两腿泥。"胸怀坦荡的奋进者，在困难中是不会止步的。

《天津日报》1990 年 8 月 27 日

名医王士相

天津名医王士相同志，才六十多岁竟弃我们而去了，痛悼之余，流下几点眼泪。天津小孩王，自此在广大人民群众中，只留下对他的怀念，永久被人怀念，他的医德和医术不复存在了！

我认识他是在一九六〇年夏天，从二五九医院出院之后，仍有高血压和失眠症，带病延年，偶有不适，去找文史馆长、老朋友张羽时同志，他说："找个中医，调整调整。"于是他带我到附属医院中医科去找士相，初次见面，脸有笑容，说："名字熟，可没见过面，什么时候来的？"我说："一九五八年河北省与天津合并，我从北京移家天津，住了二五九医院。"说着，我把病历上的问题，说给他，他说："不要紧，我保着你长寿，有什么不舒服，就来找我，家去！"

他看了看我的舌头、眼睛，看看面色，摸了脉，开了几味药的方子，我起立告辞，他送我出门。

我自一九五六年，正在文学创作中，由于紧张，神经衰弱有了症状，四年写了三部原稿，因劳致疾。要是立刻停笔，可躲过这场大病，但《红旗谱》不能出书，坚持到年终交了稿，病已得正，一九五七年全休，住进北京红十字医院，经治大夫朱牖连同志，他是苏联大夫培养出来的，用苏联疗法，主治大夫是协和医院的神经科主任，美国留学。他听了我的病史，叹口气说："咳！我虽然只知你的名字，知道你的劳动用心，四年写三部原稿，一百多万字呀！不会用脑筋呀！神经衰弱综合症呀！治治吧！用生理睡眠疗法。"自此开始吃安眠药、降压药，一用就是三十八年。

药是苏联药，静电疗法，离子透入，体育疗法，二位大夫经心用意，颇费研究。内科名医王惠兰、翁心植也帮着，因为我是作家，另眼相待。住了一年，病情减轻，头不晕了，不疼了，只用少量安眠药和降压药。

在北京养病几年中，还住了协和医院、阜外医院、和平医院——是专治神经科的，主治大夫是苏联培养出来的孟家梅。经过很多中西医治疗。

移家天津后，住了二五九医院，当时他们发明了"奴夫卡因封闭疗法"，名噪一时，治了一年，大见好转。一九六〇年出院。见到士相，我说："能活到中国人的平均岁数么？"当时是五十岁，他说："唔？一出溜就到七八十岁！"我就笑了。这时也常到第一中心医院找王华苓大夫。

除了我常去家麻烦士相，还有些老朋友托我去麻烦他，一次也没推辞过。河北大学党委书记林大宇叫他儿子带孙子来看病，只可以找小孩王了。士相看了看，问了问日常生活情况，开了药方，说："吃了，再来看，叫他安静，好好调养！"月余，我去看了一下。士相说："我叫化验室化验了一下，有一点大脑炎，再治一个时期。"时间不长，林大宇同志和老伴来了，说："孙子好了，来拜谢大夫。"我领他们去见士相，送了一些东西，大嫂说了些感谢的话。士相说："不必，各方朋友来看我，是看得起我。"大宇说了会儿目前孩子的生活情况，表示了深深的谢意。士相说:"自己孩子,不必说了!"

等大宇和大嫂告辞出门,我留下坐了一刻,士相看了大宇送来的东西,说:"以后别叫病人送东西,我不高兴,医生就是济世活人的,这是医德!"

但我知道他的生活不富裕,叫我替他卖过两块鸡血石,只得八十元,我看值一百多元。两个孩子到北大荒是需要的。冬天,大嫂给他做一件厚棉袄,也不穿大衣。以三代名医过这样的生活,我觉得心酸。孩子们给我买点什么吃的,也送一点给他。朋友从上海带了一点素鸡、腊味,给他送去一小包,觉得太少,但是冒昧,也给他送一点去,叫他尝尝,也是我的一点心意。

小外孙没有大病,只是面黄肌瘦,不想吃东西。保姆抱着他,端着一个小碗,是点糖水,他不喝,只是眼里滴泪。保姆两眼看着他,也不说什么,只是设法不叫他哭,就尽责任了。

我看这孩子有病,领他去看士相。士相叫他站在地上,把右手按在孩子头顶上,转着头,看了看脸,说:"这孩子是喂养不当,不要叫他吃鸡蛋了,也不要叫他吃糖,叫他吃点稀粥烂饭。我开个方子,吃几服药就好了!"

我把孩子领回去,交待给闺女,吃了三服药,过了几天果然好了。闺女觉得神奇,抄了个方子拿到机关上去。她的同事,有个孩子脸色又黄又瘦,不想吃东西,拉的屎是一块一块的鸡蛋。闺女跟她说了,她照样治疗,果然,好了。小孩王的临床经验,竟是这样神奇。

彩云说她肝不好,叫我给她找个大夫。我带她去看士相,士相见了问长问短,看了看,开了个方子,说:"你吃三十五服药再来看!"彩云拿着方子走了,两个月也不见,我只好去看看她,说:"治得怎么样了?"她说:"好了!"我说:"好了,也不买些东西去酬谢大夫?"她说:"我买了,去了,几斤点心!"我说:"人家是大夫。"她说:"人们说,越送多,越是不要!人家是大大夫!"

"文革"结束,我从保定回来,胸闷、浑身不舒服。街上走着,遇上士相,他说:"你回来了?"我说:"唔!活着回来了,今天浑身不对付。"他说:"走!家去看看!"我把他领回家来,也没叫他喝一碗茶。看了脉,开了方子,我从保定带回一公斤香油,给他一瓶,叫他带回去,他说:"西医大夫不叫我吃荤油,可我吃素油,老娘七十多了,吃大油。"说着,脸上有难色。我叫保姆煎了一服药,喝着,药到哪里,身上毛孔松泛到哪里,浑身松泛,又喝了一服,第三服未喝,病也就好了,真是神了!

他年纪还不大,身体也不好,得了一次脑溢血,落了一些后遗症。身体老是弱弱的。我几次见他吃饭,早点一碗疙瘩菜,一根油条。午饭亦未见鱼肉。依我看,他的病是心情不舒,营养不良。房少,人口多,老两口住着楼下一间东南墙角四五平米的小屋。一年不见阳光。他也不肯说话。

我从农场回来,住了一个时期的医院,听说他搬家了,身体还是不好。因我身体也不好,顺便去看看他。一进门是三间住房,算有房住了。他正在躺着,见我进去,挣扎起来,我说:"你是怎么了?"他说:"身体总是不好,我以为见不着你了，又见着了！"说着，有气无力的。大嫂端进饭来，是自己做的，疙巴菜和一根油条，九点钟了才吃早饭，一口一口慢慢吃。我说："你吃吧，我不麻烦你了。"他说："我有一点东西，你给我卖了。"是两张旧画。我到医院看了刘大夫，把画拿回去，打电话给艺林阁，把小余（副经理）和此生叫来，看了看画，我说："给多少钱？"小余说："是谁的？"我说："是王士相的。"小余说："两千！"

此生听了，横了一下膀子，瞄了小余一眼，小余未说什么，就拿着走了。第二天，我给艺林阁打电话，小余接电话，我说："你给多少钱？"小余在电话中说："多给他点，两千五！"士相在广大群众中的声誉是好的。说是士相的，就多给五百。

士相唯一得到安慰的，是生前给了他"正教授"月薪，一百六十元。他已病成这个样子，一百六十元除了养老母和老伴他能吃到什么营养？这是我最后给他办的一件事情，只是卖点东西呗！

士相走时，我正住医院，听到消息，哭了一会子也未去送他，老朋友一身清白地走了。

天津第三代小孩王，在中国只有一个。从此一个也没有了。三代中医，不只是《黄帝内经》《金匮要略》《张仲景》等，所有的疾病，是几代医书上都有的，最重要的是三代专家临床经验的综合，这是古今中外医书上都没有的，这是用一百多年的临床摸索的，是宝贵的，可惜只给学生们讲课，士相同志去世，也没有写下一本书。

如此也不知到哪个年代，再有三代专科名医出现。现代中国，一些人们想的是"权"和"钱"，可是最能建国的，是学术和科技，否则生产力从何而来？生产力上不去，国民经济能上得去？士相一身清白去了，盼你长眠地下，安静地睡吧！以后的人心变化你也看不见了，听不见了，也生不着气了，但有一点你可以放心，根据马克思社会进化史，社会主义社会的完成，共产主义的到来，是科学的，定而不移的。

《天津日报》1994年2月2日

第五辑　东瀛杂记

和日本读者在一起
——访日随笔

中国作家访日代表团到达京都，开了演讲会的第二天晚上，我正在屋里休息，忽听电话铃响，便拿起听筒接谈，是一个女孩子的声音，从大阪来的电话：

"梁斌同志你好！

"你们在那里开演讲会，我们非常激动！

"我叫高苹，原是和穆青同志在一起的，他们像小妹妹一样看待我……"谈着，她的声音有些颤抖，有些激动的样子。

穆青是我的好朋友，是京津的地下党员，现在海洋石油勘探指挥部工作。"文化大革命"后期，我们在一起生活过。听筒中继续在谈："三年以前，我随我丈夫来日本，我丈夫原在天津第一中心医院当大夫。这里有一堆你的读者，我们要去看看你。"于是我们约定，第二天晚上见面。

我放下听筒，在屋子里走来走去，感情起伏不平。在京都听到北京口音，他乡遇故知，心头另起一番滋味。

第二天下午，吃过晚饭，我就安排接待客人。

第一个跳进我房子的是一个女孩子，鸭蛋脸儿，两只大眼睛，长长的头发向下垂着，穿着一件黑色纱衫。她紧紧握住我的手说："当我们刚到大阪的时候，就听说'四人帮'被揪出来了，咦呀……"她说着，眼里掉出泪珠。她又说："不离开吧，我们考虑到孩子们的教育问题……'文化大革命'总也没个完，他在一中心当大夫，说他是'反动技术权威'，可是有疑难症候还是找他……"

背后是她的丈夫，一个高个子日本人，叫气贺礼一，抱着一个小孩子。他和高苹都在大学里教中文。她介绍说："他在战争年代里给罗荣桓同志当翻译。"她一说，我也就明白了。在"四人帮"窃权时期，怀疑一切，打倒一切，甚至异国友人亦无例外。

我请他们坐下喝茶。她说："我去门口看看，他们快来了。"气贺礼一先生说："你们谈吧！我去看，这孩子也净闹……"他说着一口流利的天津话。

高苹说："当时穆青的结论不落实，我劝他不要签字……"

我说："现在都落实了！"

她笑了，说："那可好，穆青是个好同志。"

正在说着，客人们都到了，有男有女。经过介绍，他们是笕文生（立命馆大学教授）、笕美久子（神户大学助教授）、中川俊（大阪外国语大学助教授）、细谷草子（京都女子大学助教授）、下定雅红（同志社大学非常勤讲师）。

我和他们一一握手，请他们坐下喝茶。他们说："一见到你就像见到朱老忠了。"他们还谈到运涛和春兰恋爱的情节，说是中国式的恋爱。

我问他们需要些什么中国的文学资料，现在出版的有：《唐诗选》《唐诗别裁》《唐诗三百首》，还有宋词，等等。他们说，这些书本地方都能买到，不需麻烦了。

从这里看，我们外贸出口工作成绩是好的。原版书能直接和日本读者见面。同时也可以看到现在日本学中文的人多了，各大专学校差不多都有中文课。我们在访日沿途和一般人谈起来，他们都能说一两句中国话。

高苹同志继续问了一些国内的事情。她说："今年夏天，我要回国探亲。"我说："欢迎你回去！"

我给小孩子买了一些吃的东西来，孩子玩着，大家又说又笑，畅谈了许久。看看时间不早，高苹同志说："我们要回去了！"

我把带的一些小礼物送给他们，有手绢、小毛巾、大毛巾……他们很高兴地接受了。

第二天晚上，她又给我打电话，说："他们见到你，都很高兴。今年暑期，我要回国，一定去看你！"我说："欢迎你回去，我在天津等你。"

《工人日报》1979 年 7 月 21 日

访问日本讲谈社
——访日随笔

一九七九年五月，应日中文化交流协会和讲谈社的邀请，我参加中国作家访日代表团，随周扬同志访问日本。与日本讲谈社的人士及作家、社会名流等交相访问，受到热烈欢迎。

恰逢讲谈社建社七十周年，周扬同志访问了前日中友好协会理事长中岛健藏先生之后，次日即偕全体团员拜访讲谈社社长野间省一先生。我们的老朋友野间先生虽身体欠佳，亦乘车出门迎候，一一握手，表示慰问。

在会客室吃茶谈话间，野间先生精神倍增，寒暄备至，念念不忘我们的周总理。他说：周总理在世时，曾嘱咐讲谈社向非洲开发，帮助第三世界文化事业的发展。并谈到与中国美术出版社谈判，联合出版中国画集，由讲谈社承印。这样一来，好比朗月增辉，中国美术界与日本美术界的友好往来更进了一步。

讲谈社规模宏大，可与中国前商务印书馆媲美；分社遍全国，七十年来，对日本维新以后的文化事业的开拓，贡献很大。现正设法向海外开发。

谈了一刻，为了照顾野间先生身体健康，告辞出来。由代理社长服部敏幸先生陪同，访问讲谈社本部。岛田康夫及诸先生出门迎候，在会客室吃茶小坐。壁上悬挂野间先生两位先辈的浮雕铜像，皆系讲谈社的创始人。他们为日本文化事业的发展,辛勤经营了七十年,才有今天的规模。

服部敏幸先生等陪我们参观了他们的编辑部。书架栉比排列,我们散步其间。架上书籍无论平装本、精装本,都是装帧富丽、整齐大方。见架上有《扬州八怪画集》,取出一看,其中有郑板桥画竹,金冬心画梅,以及汪士慎、黄慎、高翔、李鱓、李方膺、罗聘各家作品,印刷精良,设色微妙,栩栩如生。

服部先生见我很注意这部书,便走来搭讪。我谈到郑板桥是康熙秀才、雍正举人、乾隆进士,工诗,善画兰竹和隶草相杂,号六分书。金冬心乃百年布衣,三朝名士,曾赴博学鸿词科,举盐官,后归扬州,精鉴赏,善书画。板桥亦曾居县宰十数年,辞官归扬州,以书画为生。以上八家形成扬州画派,与清朝画院派相抗衡。谈着,服部先生面有喜色,亦表示相得之意。

几十年来,常见扬州八家画册零散各地。我常想如果把扬州八家书画合集一册,以飨世人,是如何称人心意啊!今天却由讲谈社实现了这一愿望。服部先生云:此亦非易事,要派记者到世界各地搜罗拍照,才能有今天的规模。

我们又参观了他们的文艺编辑部,室中明窗净几,十数人正埋头工作。

服部敏幸、岛田康夫等君,携摄影记者陪我们访问了京都、名古屋、奈良等地,作为东道主照顾无微不至,极尽友人之意。

归国时,服部敏幸、岛田康夫及各东道主人皆候门相送。讲谈社并赠我各地拍照相册、水墨画册作为纪念。这些礼品,我将好好保存，传之久远，世世代代友好往来。

《河北日报》1979年7月22日

在火车上
——访日随笔

从京都到奈良，要坐短途火车，据说这段铁路是私人建筑的。私人能建铁路是资本主义国家的特征，再者就是说明资本家的资本集中雄厚。

陪同我们的，除了日中文化交流协会的横川先生和德地先生，还有名作家井上靖先生和讲谈社的先生们。

上了火车，找到座位。我们坐的是软席车——据说这段铁路上不分软席硬席，都是一样的。横川先生问我们要不要喝茶、橘子水之类的饮料。车上无事，我要了一杯茶、一杯橘子水。橘子水用瓶盛着，没有什么特别；茶就不同了，一杯茶用一个塑料小瓶盛着，有盖，外面套着用塑料薄膜制成的袋子，是密封的。拿在手里还蛮热乎的。我有点好奇，一杯茶也值得这么装潢，但它的价值是四角。四角钱喝一杯茶，我觉得可惜。可是，这个小塑料瓶值多少钱，我闹不清楚。但陪我们的先生们并不怎么的，他们习惯了。据说日本的物价比我国高五倍，当然，他们的工资也是比我们高的。

有了橘子水和茶，就要找一个搁放的地方，座位前面无小桌，窗前有二寸宽的台，我就放在窗台上。

我看了看座位旁边有一个巴掌大的托板，可以支起来，放一杯茶和一杯橘子水。这样一来，小桌占的位置就空出来了。

脚前有踏板，可以放脚。把踏板翻过来，是花绒面。脱了鞋子，把脚放上去也觉得轻松。旅客每人一个坐椅，旁边有个机关，用力一按，靠背斜下去，可以躺在靠背上，把鞋子脱了，脚放在踏板上，睡一小觉，很觉松快。

座椅可以转过来，四人对谈。

在东京时，大使馆的同志说："日本人还在干！……"确实如此。只要有一点儿方便旅客的地方，他们就改善。这在资本家来讲，是为了赚钱，在我们的国家来讲，是"为人民服务"。

服务员送过热手巾卷来，也是用塑料薄膜密封着。打开薄膜，是一个小毛巾，热腾腾的，我用它擦了擦手和脸。不只在火车上，在餐馆里和其他地方也是如此。据说有专门生产这种热手巾卷的公司。他们是从公司租来的。

车窗是密封的，车内有空调设备。

车上无人打扑克。旁边有两个女孩子，在拼命地看书。据说日本的中学生和大学生课间十分钟都看书。资本主义国家是讲竞争的，功课的好坏与将来就业有关。雇用的机关，要按学校的成绩定工资。我倒不想把学生们的功课弄得负担太重，但这种精神是好的。

车速很快，两旁有山有水，树林和竹林很多，庄稼地就显得少了。看不见一群群的农民在地里种田，只见到一辆拖拉机；看不见房屋密集的大村庄，只看见竹林和树林之间有三两家的小房；看起来房很小，屋顶有红色的、黄色的、绿色的、蓝色的琉璃瓦……整齐有致。也有楼房，也是小楼，不高的两层楼房。屋前有小空场，放着汽车。有的铁路两旁修有高墙，我们问横川先生这是干什么，他说是防噪声的。

从羽田机场到东京的路上，也有高墙，据说因两旁居民对噪声有意见才修起来的。这里是丘陵地带，林木更多。从远处看去，有松、有柏、有杉，还有茂密的竹林；竹有宽叶、小叶二种。除了比睿山上或京都古道上之外，看不见很大的树，间或有一丛丛死亡的。日本少风，有风亦无土，空气潮润，适于植物的生长。竹和树的叶子，都长得郁郁葱葱，清新油绿。日本国的绿化，已经走在我们前面。以东京市内来说，有二寸的土，即植一株花；有五寸的土，便植一株树。

在东京的一个僻静的小街道上，一带短墙，小门闭着。墙内高高地探出几支红色的月季。很容易使人想到中国的一首诗："去年今日此门中，人面桃花相映红。人面不知何处去，桃花依旧笑春风。"

写到这里，也就该下车了。从京都到奈良，是两小时的旅程。

《天津日报》1979 年 7 月 19 日

日本的"茶道"
——访日随笔

日本著名作家井上靖先生偕夫人及儿媳,请我们观"茶道"。日本京都有茶道学会。

汽车停在一个小门口,走进去是一个小院,长可一丈,宽约五尺。院中有小松林,林下有一小溪,汩汩地流着。主人云:这是洗茶碗的水,经过澄清,布为小溪。后院是一个柏林,林下青苔满地。

我们在屋门口脱了鞋子,走上"榻榻米"。主人引我们到一方形室中,北墙有龛,悬中堂字轴"题水莲",字近魏碑。主人云:"此我祖八十八岁所书。"

主人就是茶道学会的会长,衣绛色衣,黑纱外褂,白袜子。此即日本的和服。他上大学时是学汉语的,现在能说一口流利的中国话。

席地而坐,稍事休息,进清茶一盅。主人云:"先清清口。"日本人喝茶都用小碗,而且只是一口。

主人引我们至另一室中,北墙悬一中堂,题唐伯虎画,冷眼看来,并不太像。左右有小榻。右边榻上置铜质香炉、漆器、瓷器。左边榻上置砚二方,一为端砚,一为澄泥砚,都是近代物品。主人出示一墨头,云:"程方墨",概为"程君房墨"也。乍看起来,不到明朝年份。

我们在墙周围席地而坐,主人立在中间,说:"穿黑色的衣服，表示镇静。"

先进和餐——即日本饭，主人说："先垫垫肚子！"并介绍夫人出面，一一见过，跪坐于门口。女侍穿绣花和服。进菜用一小漆盘，举过头顶，盖仿我国唐时旧俗。用瓷盘进小碟和菜，菜量小，每人一份。一小碟中有两样菜，一个寸半长的小炸鱼和一个一寸长的炸虾，十字放着。此外还有两样别的菜。盛饭用漆盒，漆盒是有年份的，花纹古色古香。盒里一块米饭，一条腊肉，二枚蚕豆，二枚酸梅，一块腌黄菜（像中国的咸菜而有甜味）。吃了几次和餐，大致如此。日本人的食量是比较小的。

吃完了饭，主人说："吃饱了没有？吃个八分饱！"日本茶道协会，似乎还有点养生的意思。

饭后，主人表演茶道：屋西南角上，有一茶炉，有架二尺高，系木制涂以漆，似古代器物。架下有一茶锅，像一个小坛。主人介绍是"石町"时代的遗物。他蹲在那里，拿起一个茄子大的草制品，主人介绍说是"茶壶"，用以盛茶叶。他用竹制茶勺舀出茶叶，放进锅里。主人说："过去进口象牙茶勺，现在用竹制成。"

主人点火煮茶。从这里知道，古时是用锅煮茶的。

主人介绍：古时荣西十三世纪初期，有人到中国取《茶经》，大概是陆羽的《茶经》。盛行于石町时代末期，流传于上层贵族，后来才流传到下层庶民。但是，主人并没有把他亲手煮的茶给我们用。女侍用漆盘进茶，每人一碗。茶碗似中国北方民间吃饭的黑碗，形高而口小。茶只是一碗底，量很少，只供品味。

女主人还在门口跪坐，表示尊重。茶呈绿色，沫状而浓，像是捣过的，稍有苦味。

根据以上情况，可知中国古代，煮茶、用茶，也可能是这样子的。

主人说："用完茶，可以看一看碗。"我反复看了几遍，碗是有些年份的，而且八九个碗的形制不一样，迹近古代物品。他说："平时来的客人，亦只二三人，或四五人而已。"

吃完了茶，主人搬来一小几，像中国的小炕桌，似红木制成。放在屋子当中。几上置笔、墨、砚及用宣纸印成的八行笺。我仔细看了一下，笔是日本毛笔，墨为中国尧千氏造，砚台是一块中国明代端砚，做工古雅。我说："这是中国来的！"主人说："都是！"

我在八行纸上写下："己未五日井上靖先生请观茶道。"

别人也都签字留念。

我们穿了拖鞋游了后院。后院有茂密的竹林，林中伸出一个竹管，有水滴入石坛，叮叮作响。

旁有小屋，门上有牌，名三德庵。主人云：前有一女尼住此，故名忏悔房，后来脱俗而去。有小门可入，屋只四铺席子大。屋中只搁一小凳。

小屋前有二层小楼，主人云："这是我的住室！"

《新港》1979 年第 9 期

杨柳桥之夜
——访日随笔

日本的京都是一个古都，那里还保存着日本古老的风习。

日本著名作家井上靖先生请我们到稻恒餐馆夜餐。这是一个历史悠久的、典型的日本餐馆。出发之前，翻译同志给我们做了介绍，说今天的宴会上有"艺人"出面，还讲了一些艺人的历史发展及怎样看待她们。

七点出发，到了门口，我们换了拖鞋走进去，这是一座日本式古老的建筑。又脱了拖鞋走进一个四方房子，席地而坐。主人招待我们用茶，茶呈淡绿色，只有半盏——这是日本的风习，几次都是这样，不像中国，可以喝上几大碗。喝了茶，略做休息。

主人招呼我们入席，是一个长方形的餐厅，席设冂字形，坐东朝西。东道主和周扬同志等坐在主位，我们就在两旁，矮几席地而坐。我们不习惯跪坐，就把腿伸在桌子底下。

今天的宴席，女侍显得多，都是穿着五彩绣花衣服，往来上菜。菜多而且别致，除了煎的炸的以外，还有生鱼片、生贝片等。特点是量小、清淡、少油，因此有一种特别的味道。尤其是生贝片蘸酱油，味道很鲜。

据说，此地叫杨柳桥，古时是商贸荟萃之地，有小河经此流去，是一个码头，文士商贾往来于此，很像中国南京的秦淮河畔，彻夜不眠，大有"夜半钟声到客船"的意境。

现在"艺人"仅存十六家,有一个"艺人"组合。你的宴会需要多少人,就给她们打电话。今天见到的,多在中年以上,也有年老的,只有一个是二十多岁的。据说,这种职业也不容易,需要有个学习过程。

有一个艺人坐在我的旁边,布菜斟酒。酒是日本清酒,味道与我国南方的米酒相同。我喝了两盅,有一点儿酸味,但不辣。

宴会半酣,井上先生说:"大家吃着,请小姐们唱唱。"

餐厅西头,有幕布渐渐开启,是一个小小的舞台。舞台后面坐着几个艺人,两个上年岁的,用牙板拨动琵琶,有一个敲小鼓的,还有一个击着铜器。

台上出场的,手持钓竿,头戴竹笠,渔翁打扮——女扮男装。她在河边走着,边走边唱。但舞台上的人不唱,是后面弹琵琶的人在唱,据说唱得不错,可是我不懂日文,听不懂。第二个出场的是一个美女,穿着漂亮的衣服,说是一个仙女。两人载歌载舞,渔翁向仙女求婚……后来成全了婚配,很像中国黄梅戏的《天仙配》。

第二个节目是扇舞,几个姑娘穿五彩绣花衣服,持扇舞蹈,没有唱。

闭幕了,那个扮渔翁的艺人走过来,坐在我的旁边,问:"你看我演得怎么样?"这人有四十多岁年纪。

我说:"你演得很好!"我斟了一杯酒给她,她毫不客气地喝下去了。

另一个艺人,拿了一瓶啤酒来,叫我斟给她喝,她连喝两三杯，很能喝哩！但是她不吃菜，按老规矩，她只许喝酒，不许吃菜。

最后上饭，用漆盒盛着：一块米饭、两枚蚕豆、一块炸鱼……我吃了两口米饭，两枚蚕豆。

吃完饭，已经是夜深了，今日杨柳桥已非昔日秦淮河，街上汽车还是来来往往。

《河北文艺》1979年第9期

晚餐会上
——访日随笔

中国访日代表团从箱根回到东京，住在帝国饭店。

第二天，接到日本文艺家协会的请柬，邀我们于五月二十五日在千代田区纪尾町"福田家"进晚餐。"福田家"是有名的和餐馆，而且是一个历史悠久的老馆子。

日本文艺家协会，和我们的作家协会不一样，是一个工会组织，解决会员福利和共同关心的问题。

"福田家"离我们住的地方不远，七时出发，漫步当车，步行半小时，也就到了。在日本访问了二十天，这是第一次步行出门。说也奇怪，东京这么大的城市，人口这么多，但是人行道上行人格外稀少，市民出门都是坐汽车，而且绝大部分是自己当司机。

"福田家"是一座古老的日本式的建筑。理事长山本健吉先生等，站在门口迎候。我们一一握手之后，换上拖鞋，走了进去。日本式的餐厅，"榻榻米"上放着半圈矮几，几上贴着我们的名签，按次序席地而坐。我们不习惯日本式的跪坐，就把腿伸在矮几底下，别人也看不见。

这次到会的人，除理事长外，有常务理事：文艺评论家江藤浮，小说家远藤周作、新田次郎。

还有理事：小说家有吉佐和子、诗人伊藤桂一、剧作家内村直女、日本女流文学者会会长小说家芝本好子、文艺评论家中村光夫、小说家水上勉。

还有日本文艺家协会书记局长平山信义、井口一男。

还有原理事长井上靖、日本艺术院会员圆地文子。

大家喝了一杯茶之后，山本健吉先生致祝酒词，赞扬中日友好，欢迎中国作家代表团访问日本。

之后，一个日本朋友正襟危坐，把两只手放在膝髁上，挺起胸膛，眯上眼睛唱起来。唱了两三分钟之后，别的日本朋友用中国话替他解释："他唱了一首短歌，意思是，希望日中友好，不但现在友好，将来也要友好……"

为此，我们大家一齐鼓掌，因为他唱出了大家的心愿。

事先，他们提出要求，要我们每人讲三分钟的话。我们预先安排好了：有人从中日友好角度谈，有人从历史角度谈，有人从文化交流角度谈，分配我从文艺角度谈，也有的朗诵一首诗。

我谈了两个问题，一个问题，是自古以来，中日两国佛学家互访的经历。因为在几次演讲会上，井上靖先生和水上勉先生，都谈到日本学问僧访问中国的事情，也谈到中国佛学家访问日本的情节。井上靖先生还朗诵了唐朝诗人李白赠日本上人的诗，也谈到日本上人赠中国佛家及诗人的诗。但是，只谈到唐宋两代。我说："……中日两国一衣带水，不只唐宋两代两国的佛学家互相访问频繁不断，而且直到明清两代两国佛学家互相来往，关系还是很密切的。在"文化大革命"前偶游北京，得到虚谷上人自书诗卷。卷头题有'虚公遗墨'四个大字。副题是'虚谷上人自书诗草'。下款：光绪二十三年中秋月，海滨园客王道题。"

这个诗卷中，有两首诗是歌颂两国佛学家互相访问的。其中一首是《赠日本清恒和尚至中都》：

　　落帆停意泊江头，古貌清奇放浪游。
　　自大自刚离欲客，不言不语任风流。
　　天阶冷冷黄花路，水国盈盈映树秋。
　　到处重林皆可宿，一瓶一钵一灵舟。

另一首是《怀日本大为居士写菊》：

　　乘槎破浪到山家，砚墨写成晚节花。
　　仿得陶公几种菊，喜参尔老一杯茶。
　　春日春和春气象，秋月秋光秋瑞华。

>如此方为如此笔，令人遥忆海中霞。

虚谷和尚不只是一个伟大的书画家，而且是一个革命者。据说他参加过太平天国革命运动。他的这部自书诗卷，是用"蝉翼体"写成，渴墨笔体，有的字很难辨认清楚。在这部诗卷上还有两首诗，一首是《奉三先生赴日本》：

>宝剑随自佩，囊琴做枕横；
>片帆浮海去，一纸闻先生。

另一首是《岁暮送澹如先生赴日本》：

>凭轮直向水东流，爆竹声声岁月差；
>指日海山杨柳绿，英雄此去落谁家。

由此也看出两国文化交流的频繁了。

第二个问题，我谈到我自己和日本文化的关系：

在不太久以前，我国文化革命的旗手鲁迅先生，我们无产阶级的文化战士郭沫若同志，还有我们的周扬同志，以及"创造社"和一些老一辈的作家们，都是从日本学习归国的。因此，我对当时日本的新兴文化抱有深沉的恋慕之感。

我十四岁那年参加共青团。之后，看的第一本解释马列主义的书，就是日本最早的马列主义者在树林中给同志们上课的讲稿。虽然一本薄薄的小册子，也给予我深刻的启蒙思想。后来，到十八岁时，我读了日本经济学家河上肇博士著的《政治经济学大纲》和北条一雄著的《社会进化史》。尤其是《社会进化史》这本小书，帮助了我马克思主义思想的成长。

一九三四年，我考入山东省立剧院。话剧课的第一课，老师给讲的就是日本老作家菊池宽的《父归》这个独幕剧。人物不多，结构严谨，很能吸引人。

一九三〇年后，在保定河北省立第二师范读书时，学习了日本文学史和平林泰子的短篇小说及小林多喜二的《蟹工船》。

此后，在一九三一年至一九三二年间，我读了《出了象牙之塔》《走向十字街头》。这两本书对于中国的文学大众化，是有着促进作用的……

三十年代的日本新兴文化，在亚洲是有影响的。老一辈的作家厨川白村、菊池宽、武者小路实笃、夏目漱石、小林多喜二、平林泰子等人的作品，已经翻译到中国不少了……

当我谈完之后，坐在我右边的一个日本朋友说："你是读过日本文学作品的？"他好像有些惊奇，又说："你这样谈，我很高兴！"是的，两国朋友相互往来，实事求是地倾谈，是容易谈到一起的。

晚餐是日本式的和餐。日本风味很浓，有蛤片、鱼片、肉片等各种炸菜和生菜。蛤片蘸酱油，吃着很新鲜。生吃鱼片，也还可以。生吃肉片，我不太习惯。

菜很丰富，我吃着菜，喝了几杯日本清酒。

宴会完毕，当我站起身走出餐厅时，水上勉先生握紧我的手，弯下腰去，施了一个礼。我也弯腰还礼。

当我们回国之前,我们听到日本朋友们的一点评论,说:"这个代表团有水平,会上都发言,发言不拿稿,有礼貌……"

这倒不是指着这一个会说的。主要是周扬同志在东京、京都、名古屋等几个地方的演讲,每次长达六七十分钟的演讲,谈中国共产党的党史和"文化大革命"中的情况,都不拿手稿,和译者周斌同志一唱一和,博得听众的掌声。

《长城》1979 年第 3 期

和翻译家、出版家在一起
——访日随笔

中国作家访日代表团到了东京,住在新大谷饭店。开演讲会的那天下午,福井肇与松井博光两先生来访。一见面握着手,松井先生问:"'四人帮'把你关起来了?"他瞪直眼睛,等我回答。

我说:"没有关起来,把我困在农场里,种了几年菜!"我眼里含着泪珠,不敢掉出来。

他说:"我们几年听不到你的消息!"

我说:"前几年你们听不到我的消息,我失去了创作自由。"我们虽然第一次见面,却像是故友重逢。

福井肇先生说:"现在和过去不一样了!"

我说:"经过'文化大革命',十年过去了,老了。"说着,他把《红旗谱》日文译本翻开,叫我看十几年以前伏案工作的照片。我把新版本的《红旗谱》送给他们。

他们都会说中国话,勉强可以表达自己的意思。虽然言语不便,但根据以上简单的对话,还是可以看出译者和作者心心相印的感情了。翻译家是最懂得作者的语言和感情的。

福井肇先生说:"我看了你的《红旗谱》以后,就跟他说,这一本书应该翻译!"

松井先生点头说:"是的!"

一九六一年,松井先生从东京来了一封信,表示他要翻译《红旗谱》,要我把简历寄给他,并要一张相片。我根据他的意思,写了一个简历,拣了一张二寸半身照片寄给他。当时他在东京都立大学文学研究室工作。一九六二年,又接到他的来信,说日文本《红旗谱》已经出版。不久至诚堂的负责人也来了一封信说,我们出版了你的《红旗谱》。

但自此以后,好久未见到这个日文译本。我把这两封信寄给中国作家协会外国文学委员会,请他们给买两本。回信说:"买日文书有外汇问题,我们跟他们说,叫他们寄你两本。"但是,谁知石沉大海,各国译本都见到了(有五种译本),就是未见到日文本。

我把这件事情告诉两位先生。

福井肇先生说:"当时,这几种书被人称为'红书',可能邮寄有失误。"

松井博光先生也说:"我寄了两次。"

谈到这里,我也就明白了。当中日关系尚未正常化而且关系很不好的时候,寄"红书"有被扣留的危险。

松井先生出示《翻身记事》一书,我惊奇地问:"你是怎么得到的?"

松井先生告诉我,日本有三个书店可以买到中国的原版书。后来打听别人,说是他们由广交会进口的。我们一边谈着话,喝着日本茶,很有碧螺春的味道,淡淡的。

我和松井先生、福井肇先生共同进了晚餐,匆匆忙忙就去开演讲会。

过了两天,在开欢迎酒会的时候,福井先生告诉我松井先生也来了。我擎着酒杯在人群中找到了他,共同喝了一杯酒,握手言欢。

福井肇先生问我:"听说你当过游击大队的政治委员?"

我说:"那是在战争年代的初期,才二十多岁。打过小仗,没有打过大仗。"

福井肇先生说:"我们还要再谈谈!"

我说:"我们要去京都、名古屋、奈良等地访问,回来再见。"匆匆吃完饭,去开演讲会,就此分手了。

当我们从箱根回到东京,住在帝国饭店。第三天,福井肇和松井博光先生再次来访。福井肇先生说:"关于你的历史,还请你谈谈,我们要告诉读者。"

关于我的历史,他们问得很详细。本来我是不愿多讲的,他们可能是通过《红旗谱》这部书得到些模糊的概念。

我把我的籍贯告诉他们。福井肇先生说:"你在二师读过书，参加过二师暴动？"

我说："不是暴动，是二师七六学潮。"

看他们虽然知道不太详细，但也知一二，只好告诉他们：我十二岁上县立高小，毕业之后，考上河北保定二师。九一八事变的第二年，因抗日救亡运动与统治者发生冲突，母校被解散。一九三三年流浪到了北京，住在会馆里，过起文学青年的生活。白天到图书馆读书，夜间回家写文章。一九三四年考上山东剧院，学习戏剧。抗战开始，参加家乡一带地下党的活动。后来，出任新世纪剧社的社长……谈到这里我不想再说下去。

但是，他们两个人还睁着眼睛听，翻译先生还在撑着架子等翻译。

我只好把青年时代的作品告诉他们。……一九四二年，毛主席《在延安文艺座谈会上的讲话》发表后，号召文艺工作者下乡深入生活，参加火热斗争，改造世界观。我离开上层的领导岗位，到基层去工作。因战斗频繁，我得坐在地道口上读书写文章……后来在一个县委做过宣传部长、县委副书记。一九四八年随军南下，到华中新解放区一个地委做宣传部长，后来调武汉日报社当社长……听到这里，他们才有笑意，表示满意了。

虽然一衣带水，也是两国邻邦，我闹不清他们对于我的历史怎样知道得这么详细。

说到这里，他们满意地辞别。松井先生说："这本书重译起来，恐怕有些困难，再通信吧！"并出示摄影集一本，说：

"可以翻翻，了解日本社会情况。"福井肇先生赠折叠伞一把，说："黄梅季节打一打。"

在我们的告别晚会上，我们又聚在一起谈了一会子，把我画的"山中白云"（芙蓉）一张画赠给福井肇先生，可惜只剩下这一张，再没有别的礼物送给松井先生。回国之后，寄给他一本《中国作家小传》。

在福井肇先生的名片上印着：他是一个县的日中友好协会的会长，一个搞中日友好的积极分子。还是青年出版社（株式会社）的负责人。据说，这个出版社只有三个人，工作是很艰苦的。他说："只要是国内出的书，我们都出。反映新民主主义社会的书，是受欢迎的，反映社会主义的书有困难……"

他说的也有道理，因为日本是资本主义国家，读者对于社会主义制度还不易理解。

《河北日报》1979年11月18日

琵琶湖游记
——访日随笔

我们在日本的二十天中，天色总是晴明的。海洋性气候，空气潮润，没有风。即使有时刮点儿风，也不带一点尘土，很适意的。

这一天，我们坐游览车，游琵琶湖。离市不远，就望见正南方的一座山，远山苍翠，云雾蒙蒙。导游小姐用日本腔调的中国话，讲着此地风光和古迹，车在走着，很难听得清楚。

汽车开始爬坡了，山路蜿蜒，爬过一个陡坡之后，来到一个不太平坦的小平原，周围尽是油绿的灌木丛。有一个十几岁的小和尚，穿黑色袈裟，戴着眼镜，看见我们的汽车来了，返身飞跑而去。

汽车停在一个寺院的大门前，我们下了车，到这个寺院里休息。有一个二十多岁的年轻和尚，在门口迎候，接待客人。我们在门口脱了鞋子，换上拖鞋，走在"榻榻米"上。在曲折的回廊上，看得见大院里青翠的竹林和松柏，映得满院子绿油油的，觉得满身荫凉。有一个和尚在树下扫地，此外再也见不到别的人，许是在做功课吧！

方丈出迎，五十多岁年纪，光头，穿黑色袈裟，两手捻着念珠，弯腰施礼。回廊和殿堂，都像中国的古式建筑，但飞檐和斗拱的层次却比中国古式建筑简单。建筑的年代并不很远，年久失修，因风雨的剥蚀，油漆脱落了，但没有损坏。

方丈把我们引进一个方形的房子，我们在门口脱下拖鞋走进去，席地而坐。招待我们用茶，茶碗很小，而且只是半碗。茶呈淡绿色，味道很像中国的碧螺春。

在日本来说，半碗淡茶并非慢待，走了几个地方都是这样，这是日本的风习。不像中国的大茶杯，喝了一杯又一杯。

我问那个年岁大的和尚："你出家有多久？"

他说："我在大学毕了业，找不到别的职业，托朋友找了这个工作，才二年多。"

原来如此，他是以此为职业的。

坐了一会儿，我们告辞了。到了大门口，穿上鞋子，然后弯腰道谢，走出大门。

走离寺院几十步，有一个日本妇女，四十多岁年纪，穿淡墨色绣花和服，从便门走出来，弯腰施礼，说："对不起，我不能出面招待你们……我腰里系的带子还是苏州的！"我抬头一看，白色的宽带子，绣着淡色的花，已经是旧的了。一口流利的中国话，很像中国妇女，也许是在中国久住过的。小和尚说："这是方丈夫人，来送行。"日本方丈可以娶妻，并非近年的事，与中国佛家风俗不同，由来已久。

出了门往南走，不远，有小径通山麓。山下茂林修竹，清幽宜人。虽然樱花开过，满山杜鹃花盛开，红、黄、紫、白，鲜艳夺目。山下一片石墓，墓前都有短碣。仔细认了一下字迹，有老作家谷崎润一郎墓，还有日本经济学博士河上肇及夫人秀墓，心中肃然起敬。在我十八岁时，曾读过河上肇的《政治经济学大纲》。一九三三至一九三四年间，他被捕入狱，坚贞不屈。他是日本老一辈的马列主义的宣传家，著述甚夥。谷崎润一郎的作品，我也读过，有些颓废色彩。

这座山就是比睿山，汽车盘旋而上。有关卡，车过交钱，但不知要的是什么钱，许是游览费吧，也许是轧路费。山高坡陡，上山的公路，是很不容易修的。

路旁高山竹树丛杂，盘旋而上，有人晕车呕吐了。车到山顶，旅游小姐说："比睿山顶到了！"

我们下了车，向南看去，就是琵琶湖。

凭山远眺，湖呈一大琵琶形，湖水淡绿色，波光潋滟，云雾弥漫，好像美人头上的轻纱。我们站在那里，注视良久，不忍离去。它的下游是市田川，川归太平洋。据说这个瞭望台有八百四十米高。有高松，松下有"大黑天神祠"。祠前有长方形片石耸立，高可一丈，宽可五尺，刻有"比睿"二字，汉魏字体，笔法雄伟而有法度。在目前来讲，日本人对书法的研究，走在我们的前面。

沿路而上，向北转，有一大寺院，坐西朝东，建筑雄伟。我们换上拖鞋沿回廊而进。正殿中有巨佛，高数丈。供桌上有长明灯高照，香火甚盛。游人至此，屈膝示敬，有上香者，有布施香钱者……有僧人在旁，手击木鱼，念念有词，在读经。但听不出他念的是什么经。

走过日本的几个城市，看过几个寺院，大都如此，这也不足奇怪，他们是有神论者，习以为常，我们无神论者看不习惯。在日本来讲，还是传统的老习惯。

殿前左右有两高池，池中种有数支似竹的植物，竿向前弯，叶长而狭，挂有木牌，名曰"筠筱"。

走遍了日本几个地方，灌木多，大树很少。这个寺院门前却有几株大树。有巨杉一株，挂一木牌，说明：直径五尺五寸，高五十九米，体积百五十石（立方米），岁四百年。其次一株，我们四人合抱。在中国的北京这样的大树很多，在日本国这是最大的树了。

中午，市川市长请留午饭，很热情。席间谈及，过去此地人口不多。因市内地皮太贵,人们不愿在市里造房,都到这里来买地造房。风景幽雅,空气清新,因此,越来人越多了。

饭后,赠市川市长中国画一幅,作为纪念。正是我画的那两株牡丹,题为"牡丹花开时节"。

《人民文学》1979 年第 11 期

第六辑　序言与后记

《播火记》后记

这部书，在一九五六年完成初稿中间的一大部分，一九五七年写成前头的几章，直到一九六三年春天才完成最后的几章，结上尾。共经历了八个寒暑，在八年中，遭到疾病的折磨，但在最严重的日子，也未放下我的工作，无论是在病院里，或是在疗养期间。我感谢党与政府的支持，医务机关和大夫们的帮助，使我恢复了健康，恢复了工作能力。在八年里，有哪一天不摸摸稿纸或是想想创作问题，总是过不去。因为我在想着，当读者读着这部书的时候，就是我最幸福的日子。

八年中，经常接到读者来信，询问这样那样的问题。在这里，我想把几年的创作生活和体会，向热心的读者做个交代。

文学创作，因为作者的生活历史不同，文化政治水平不同，文学修养不同，各人走着的道路，是不尽相同的，但在创作规律上基本相同。

革命作家，由于政治责任感，在他的脑子里，对革命和建设的理想，是经常存在的。在日常生活里，在劳动里，他要耳听八面，眼观四方，以便获得人物和题材。一篇文章的开始，可能先看到一个出色的英雄人物，也可能先听到一个有意义的故事，同时印证他所熟悉的生活。

根据我个人的体会，写作初稿时要一气呵成，如江河流水，一泻千里，气势磅礴。这时，心如平原走马，笔足墨饱，气运横生，必至淋漓尽致而后快。但是，下笔以前，要有足够的酝酿；腹稿时期，要尽可能把有关人物性格的事情想想，这涉及人物的环境、思想、精神面貌、生活方式，涉及他们的嗜好、习惯和语言。这时，开始想象这篇文章的规模——主题和故事。想到的动人的情节，壮丽的场面，优美的画面，光芒闪烁，会照耀着你的眼睛，这些都是表现主题思想的手段，它们时时刻刻在冲动作者的创作欲。这是非常宝贵的，要加意保护，使她成长壮大。她会推动你，把想到的东西，更进一步发展完善，细致入微，直到鼓励你拿起笔来。

尽管如此，在设计提纲时，全书的人物、情节、场景、画面等，不见得能完全考虑周到，有些精致的情节，等你坐在书桌旁边，精神高度集中，创作欲异常兴奋的时候，你的笔上才会迸出火花，灿然放光，冲笔而出。愈写愈多，愈精愈细，使你不得不冲破腹稿和提纲，这是常有的事。但有个提纲总是好的，编制提纲，会促使对你所要写的东西，更多地考虑。

写作提纲，重要的场景和画面，都要精心设计。越是人物多，故事复杂，越要下苦心；要写几个村庄，几个城市，乡村和城市的时代面貌，村舍、树林、苇塘、河流、渡船……都要想出它们的形象、方向、样式。要因人物的性格设计出他们的住宅、院落和日常生活。设计出他们的形象、穿着、语言、生活方式和生活习惯。这些都要具体安排，否则，在写作过程中，就会矛盾百出，不好展开想象，限制你的理想力和联想力，使你的灵感长不出翅膀。

要安排好哪一章里写进什么事件，什么人物，什么景物。考虑到哪一个人物怎样出场，通过什么事件，什么细节，去表现和发展他的个性。要写事件，就要考虑到发生的年代和时间。是在一章里写几个事件，还是一个事件写上几章，事件与事件之间，要有机地联系。如传统戏《群英会》里就有"舌战群儒""蒋干盗书""苦肉计""借东风""草船借箭""火烧战船""芦花荡"等一系列的事件。要写景物，就要考虑到与人物性格的联系，考虑到季节变化和时间，春种秋收，有所不同。

还要考虑到，哪几章形成高潮，哪几章形成低潮。哪一章是浓密处，哪一章是疏淡处。浓密处经常是高潮，疏淡处经常是低潮。浓密处经常是步步登高，引人入胜，激人情感。疏淡处要依靠优美的境界，俏皮的对话，或者给人以幽默感。否则，只是疏淡，不能给人一点什么东西，白水煮白菜，不搁一点油盐，有什么滋味呢？一部丰富多彩的书，经常是有浓有密，有疏有淡，有激昂慷慨，也有意趣盎然。

提纲一般的从两个方面开始考虑：一方面是以人物为中心，主要人物和次要人物。人物的历史、命运、阶级、文化政治水平、人与人的关系。有的人物虽然出场很少，哪怕只露一下面，也要给读者以不能遗忘的印象。另一方面，是以故事、情节为中心，这部书有几件大事，几件小事。大事件要占用多少章节，怎样开始，怎样结束。小事件在一章里写几件，是侧面写还是正面写，也要考虑周到。

在一部书里，每一个章节、事件怎样开始，怎样结束，人物怎样出场，怎样结束，关系到艺术性的问题。

根据我个人的体会，进行写作的时候，一般的根据故事和情节的发展写文章，像河水在河床里流动，它自己会知道转弯抹角，高低不平，有时如山洪咆哮，有时如潺潺细流，任凭感情的缓流急泻。人为做作，会戕害作品。冲破提纲是好的现象，那就是有所发展。有的地方，你本来没想大写，可是有生活基础，兴之所至，写起就没个完，越写越多，云中出月，好文章就要降生了！不要担心写得多了，只要写得好，这里用不着，那里还用得着，写这个人时用不着，写那个人时还用得着。行文局促，会使你感情黯淡失色，甩不开笔头，写不出好文章。

一部作品的酝酿过程，不是几天的事情，也不一定是几个月的事情。

在打腹稿写提纲的时期，突出的人物性格，好的场景情节，鼓动着你，产生一股激情，使你跃跃欲试，不能自已。又像一个胎儿，在母亲腹中跃动，几欲破腹而出。同志！你的佳作就要出世了！如果你不是热爱你的人物、情节、场景，没有浓厚的创作欲和创作激情，请你不要动笔，那就难以坚持写下这部作品，因为一部作品需要几年时间，需要有这种毅力和恒心。也有这种情况：当你开始写初稿的时候，写着写着怎么也写不下去了，逼着你改变原计划，或重新安排那些章节，是常有的事，这主要是你打腹稿或写作提纲时，考虑得不够周到。写不下去时，也不要硬写。读读类似的书，或相反的书，读读有关政策文件，看看戏剧和电影，都有好处。生活底子厚，文章能升华处可以升华，生活不足，应该回避的地方也必须回避。作家不是万事通，没有生活基础，巧妇难为无米之炊，不能不承认生活的局限性这个问题。

在写作初稿的时候，有时是人物的成长领导故事前进，这是你熟悉人物的时候，人物的精神面貌，激发了你的激情。有时是故事的发展，领导人物前进，这是你熟悉事件的时候，事件感动了你。这也不要紧，你再回过头来，根据故事情节突出人物性格。有时你想写什么，也会写不下去，这是生活稀薄或人物性格尚未成熟，可以暂时隔过去，等待以后再写。或者暂时写下个"希望"，以后再补充。但生活最熟悉的地方，可以深入地开拓。我觉得初稿可以不雕琢语言，沿着生活的河流泻下去。写得最顺利的地方，也是文章最好的部分，生活体会最深刻的地方。有时需要虚构，那就需要很好的安排。无论如何，写过的东西，总是个基础，有了初稿就是好的，将来可以在原基础上改写、重写，甚至可能写成相反的东西。根据我个人的经验，只要完成初稿，就不会失败，不过多修改几次罢了，就怕生活底子不厚。

当你一开始写作，你的全部身心就要进入创作境界，与人物同忧乐、共命运。写哪个人物，得赋予哪个人物以思想和感情。你感动的地方,读者也会感动,你不感动,也不会感动读者。但是,过于激动,会使你写不下去;手发抖,肚子打颤,这就是告诉你:"该休息了!"太激动了,写出的东西不够细腻,需要停下笔来,镇静一下。也有时越写越愉快,感到优美不可言状。我在写《绿林行》那几节时,感情平稳而愉快。

在腹稿时期,感情最激动的地方,无时无刻不在想它,这并不由己,这里便是最激动人心的章节。写这些章节,最厌烦事务,开会开不好,听报告听不进去,看报纸也看不下去。这是什么原因?一部书要经过多少年的生活积累,直到人物题材都完整了,创作欲最浓、激情最深的时候,你不赶快去写,它会从肚子里跳出来,向你呐喊一声。一部书就是一个社会,如果写历史小说,你的整个思想就得进入当时那个社会,把那时的社会生活阅历一番。

塑造人物形象,最好有个模特儿,它是你最熟悉的人物,在写作过程中,你无时无刻不在想着她。你所蓄积的、好的生活细节、语言、景物……像箭一样,一支一支射上去,把类型的东西积累起来,成为典型。

有时,开始写作的模特儿,写来写去,形成另外一个人,这是故事情节有了变动,故事的发展,影响到人物性格形象的变化。有些人物,一下笔就写成,这是在写作之前已经胸有成竹。有些人物,才写的时候,不一定那么形象,可是越来越突出,越来越丰满了,这是在创作过程中完成的。故事情节矛盾越突出,越繁密,人物性格形成得越快。

有个老作家把他的经验告诉我:写一部作品,好比盖一幢房子。初稿是安梁立柱，二稿是砌墙，三稿是抹粗泥，四稿是挂细泥，五稿是油漆，六稿是粉刷……直到经过成品检验——看完清样为止。初稿先把大架子支起来，题材和故事穿插大致就绪，人物性格、情节安排好，把比较主要的场景及生活场面写出来，还可以写出现成的生动的细节。

根据我个人的习惯，一部书在初稿中完成的工作，至多有三分之二，还有一部分工作在修改中完成。在《播火记》里，修改少的章节，有七八次，修改多的章节，有十几次到二十次。不只写得不好的地方需要修改，写得得意的地方也需要修改。得意的地方，往往写得快，错落之处可能多。写得快的地方，往往是生活最熟悉的，更可以大做文章。《播火记》里，辛庄会战的几章，在初稿里自己觉得是写得比较满意，因此有些放松，只修改别的章节。可是后来这几章又成为落后的，因为在若干次修改中，别的章节逐步提高了，这几章却原封不动。朱老忠这个人物，在第一部里写上去了，后来有些松劲，经过反复加工才完成。

完成初稿之后，要搁一搁，让心情沉静一下，考虑考虑，哪些章节写得好，哪些章节写得差，需要扩充什么情节、场面和景物。每一章的情调和色彩如何……搁的时间，也许是三个月、四个月，或是半年。空隙中可写些短文，读几本书，或是读读有关的政策文件，以便开阔心胸，另见一层天地。最好是找几个知心朋友，谈谈心情，谈谈人物的创作，使你想到应该修改的地方。如果能有人看看原稿，提出一些修改意见，是最好不过的。不管提得对不对，总能引起一些想法，得到一些启发。

一部初稿,在修改以前,要有计划,要想到应该解决的问题:哪些章节需要前后调动,哪些情节要加以补充,要删去哪些东西,或者把某些章节补充或加强。第一次修改,还不是太细致的,在修改过程中,要逐步塑出细致的人物性格和形象。

第二次修改时,有些章节继续加以调动,没有写上去的章节,继续加以补充,好的苗头,要加以扩充,根据需要补充上一些细节和场景。陆续想起的典型语言,好的语汇,补充上去。不合乎人物性格的语言,把它性格化。不需要的东西,继续删削。第三次修改时就要细致一些,注意每个人物思想性格的发展,该补充的陆续补充。要注意每个章节的情调怎样,景物写得怎样,与人物性格的突出有什么好处。

以后每次的修改,都要注意人物的发展,性格的突出,场景的清晰,画面的优美,章节的完整,语言的修饰,等等。

在每次修改以前,作者思想上得"裂开缝",也就是说,必须发现应该补充的东西,或删去一些什么东西,有所改善,才是修改的目的。预先没有发现,没有一定计划,只是枝枝节节,改来改去,甚或不如不改的好,这样的劳动不如休息,也不如读几本好书有益。各次修改中间需要有个空隙,读一些必要参考的书,看些什么材料。

修改是为了提高。好的、闪光的地方,要展开来写。缺乏生活的地方,写也写不好,要逐渐压缩。删去繁文缛节,才会使好的章节更加突出。和人物故事没有关系的东西,一定把它删去。好的东西逐渐写进去,加以发展、补充、站立起来。无用的东西，加以压缩，或是删去，文章就升华提炼了。这样，一遍、二遍、三遍地修改下去，文章渐次起着蜕变，新陈代谢。每修改一次，使它褪去一层腐皮，生长着新肌。好的东西发展了，无用的东西删去了，文章更显得新鲜。人物逐步树立，文章逐步完整，减少拖累和冗杂。光愿发展，不愿删去，就不会由陈旧转向崭新。敢于删去无用的东西，也需要具备一种经验——鉴别和审慎。一时不慎，把有用的东西删去，以后又得翻箱倒箧，翻阅原稿，是常有的事。

在修改的过程中，故事情节，有时也要调动，看哪个情节搁在哪个人物身上，使人物性格更加突出。《播火记》中朱老忠攻打小营，历史上是李霜泗的事，直到今天，在那一带乡村里，人们还不能遗忘。初稿上也是写的李霜泗双手使两把盒子炮，跑着云梯攻下小营。后来我想到，这么漂亮的仗叫李霜泗去打，朱老忠这个人物怎么发展？应该叫朱老忠打个更漂亮的仗，这样一改，朱老忠这个人物就超过了李霜泗，因为朱老忠政治品质高，勇于战斗，应该写得比李霜泗更高些。朱老忠驯马的情节，初稿是写朱大贵的，修改时，感到朱老忠又怎样提高呢？才改成朱老忠驯马了。还有，在初稿中，朱大贵要娶春兰，后来修改了，又写出了个金华，这样又写出一个人物。也有时，有些好的语汇，有概括性的语言，要搁在手上掂掂，用在哪个人物身上更有力，对全书说来更有意义，这些事在初稿中很难想得周到，要在修改过程中逐次调动。牵一发而动全身，在我的修改过程中，文章的词句和标点符号，几乎每次都有所改动，即便是局部的添上几句，或抹去几句，整个文章的

色彩就会逐步起着变化。几句景物的描写，几句议论，几句比喻，初稿时固然要写，有好多是在修改时才补充上去的

　　文章修改的过程，也是作者进一步熟悉自己的故事和人物的过程。要熟悉到什么人物，什么情节，哪一句好的语言，在哪一页上。文章越熟悉，越容易概括升华。如果不能对全书了如指掌，几十万字，浓密之处，疏淡之处，高峰低潮，人物性格的变化，你将怎样去掌握？修改一部作品，越是能够全部掌握，越能丰富人物性格，越易于概括和提炼。只有五湖四海尽在胸中，才能调兵遣将，应对如流。一部几十万字的作品，如果不能全部掌握，你将怎样进行修改？人物性格、故事情节，甚至语汇的重复会使你烦恼。

　　艺术没有止境，修改必须不厌其烦。反复修改，是逐步提高的过程。艺术性一点一滴、一点一滴地逐步提高，又像画家作画，把一层层油彩涂上去，直到达到完美的境地为止。甚至排上版，还会发现有很多需要修改的地方，只有通过反复加工，才能达到完美的艺术境界。为了修改一部作品，甚至废寝忘食，像是入了迷。一部长篇，想经过一两次修改就完成，是不可思议的。根据我个人的体会，一部长篇没有缺点，是不可能的，作家的生活总会有局限，社会生活是多方面的，作者不能都那么熟悉。不过经过几个年头，多次修改，有的地方加以回避，会达到较高的水平。

　　在修改过程中，一次、二次、三次……也可能有些章节还不能完成，只有等待最后"攻岗楼"，岗楼攻不下来，那就证明是缺乏生活。解决的办法有二：一是补充生活素材，再就是

删！删也是提高，不能写好的部分，把它删去，去芜存精。删去坏的，好的文章就突出了。有时生活基础浓厚，但表现不好，这是技巧问题，或艺术修养问题。读读书提高自己，然后再进行修改。或者做一段实际工作，读读有关政策文件，政治思想提高了，回来再写，也许有所进益。

在修改过程中，越是到了最后阶段，越费考虑，因为最困难的问题，都要放在最后才解决，克服了困难就会出现好文章。《红旗谱》里，老驴头和老套子杀猪那一章，就是最后才写上去的。那时，因为无法分别突出两个人物性格，下决心加以解决，考虑了他们的全部经历和生活，增写了这一章。生活熟悉，写起来也很快。

一部书，哪些地方写得好，哪些地方写得不好，作者自己会明白，因为他知道在哪些章节里流下了多少血汗。也有时自己不明白，那是写得脑袋太热了，需要清醒。

毛泽东同志对创作的指示是千真万确的：生活是创作的唯一的源泉。生活基础贫瘠，会使最有才能的作者棘手。生活熟悉，容易使文章写得出色。不熟悉的生活，你将付出更多的血汗，出去采访，或者重新去体验生活。不然你将怎样完成这部作品呢？有经验的读者，只要掀开书页，就会掂出作者生活基础的分量。把一定的生活压缩了，写出来的东西，会是厚实的。把一定的生活拉长了，写出来的东西，会是单薄的。

生活是丰富多彩的，作者可以根据主题的需要去撷取。作品中生活面的展开，要根据人物性格的需要，脱离人物性格的故事情节、场面、景物，即便写得天光似锦，也许在别的一部书里需要，在这部书里却是废物。

文学作品，即便写作一个短篇也好，也需要调动一生的生活，这样写出来的东西，将是醇厚的。写长篇作品之前，需做一次清仓工作，看看积蓄了多少人物性格、故事、素材等，如果不够使用，就需要临时"购料"，或是将题材加以压缩。

一部文学作品的政治水平和艺术质量，不能由"生活"去负责，也不能由"工作"、由广大群众和党的政策去负责。因为社会生活，要通过作者的头脑和手——马克思列宁主义水平和文学素养，经过作者的艺术处理，才能反映在文学作品里。

在文学作品里，典型化的过程，是一个曲折复杂的过程。服从一定的主题、人物和故事，在创作欲的鼓舞之下，笔上像嵌了磁石，笔尖着纸，立刻会调动起生活仓库里所有的积蓄，有用的东西，钢屑和铁屑会占先吸在笔上，没用的尘沙和草末会落选。如果钢屑、铁屑、尘沙和草末一齐都来，会形成自然主义的东西。在典型化的全部过程里，综合、研究、比较、概括……的过程中，我觉得综合概括的意义更突出些，也比较显著。

人物和故事，一经向作者发出信号，作者脑子里会根据要求，反映出一系列的形象化的东西，这是一种神经机能。这种机能，巴甫洛夫称为"艺术型"，是一种生理作用。这种"艺术型"的神经机能，一方面决定于先天的基础，一方面决定于后天的培养，再就是通过创作实践得到发展，这就是所谓"艺术天才"。形象化的快和慢，决定于作者的生活积累和技巧。

作者政治思想水平不同，会对相同的社会生活，有不同的看法。认识生活，需要一个过程；思想锻炼，也需要一个过程。思想认识提高了，对生活的认识才会正确。如果只是观察，不真正深入生活斗争，就很难得到思想感情的锻炼和改造。如果作者决心写农民和农村题材，就需要下决心流下一些血汗在农民问题上，真正系统地掌握农民运动的规律。打好生活基础是作家一生的大事，只是努力读书，不深入生活斗争，也可以提高一些艺术水平和创作技巧。但是缺乏生活基础，不根据自己对生活的体会去写文章，只从书本出发去写文章，会导致文学作品的概念化和一般化。

作者，从写真人真事到写出典型环境中的典型性格，是一段不短的摸索过程。作者熟悉了丰富的社会生活，取得一定的政治水平，经过实践，取得技巧之后，手里拿着的笔，才会有"典型化"的能力。

作者，经历了社会生活，洞察了社会问题，才能写出比较成熟的作品。因为作者不会写出没有见过、没有听过、没有接触过的东西。所以党教导我们：学习文学创作的人，过早地脱离工作和生活，是无益的。

作者，有了生活基础，熟悉了工作规律，走马看花也可以写出文章，因为看到的东西，可以联系到他熟悉的工作规律和生活基础。没有生活基础，不懂得工作规律，只是走马看花，写出文章来，也会是单薄的。

作者学习马克思列宁主义之后，伴着他的文学素养和创作经验进入生活，有很大好处。中国有一句谚语："带着眼睛的人，会认识金子。不带着眼睛的人，满地黄金走也看不出金子来。"像成熟的画家一样,他会看出大自然间哪些山水花草可以入画,也看出哪些山水花草不能入画。

作者在实际工作里,在社会生活里,获得丰富的原料之后,经过沉淀、凝练,反复认识,经过肯定以后,才能写进文学作品。否则,只看到现象,没有看到本质,只看到一些幻象,没有看到现实,写出东西来,会是歪曲生活的。文学的作用,在于肯定新的现实。所以,昙花一现的东西,未经肯定的东西,不能写进文学。有人说,历史题材好写,现实题材不好写,原因就在这里。

作者,必须体验更多的政治生活,必须学习马克思列宁主义、毛泽东思想和具体政策,端正立场和态度。这样,会帮助你,在文学领域中处理问题,调整感情、色彩和角度。而十九世纪作家,只要有启蒙的革命思想——"自由"和"民主"的要求,就可以站在文学主流的前列。今天,一个作者在社会主义建设中,必须具备一定的马克思列宁主义的政治知识、政治经验,学会做工作,写出文章来,才会不犯错误。

俗语说:"什么人说什么话。"同样,什么人写出什么文章。作者会把自己的革命气魄和世界观带进文学领域。聪明的读者会从文学作品里看到作者的思想和形象。所以,作者的政治修养是非常重要的。不能写好党的领导形象,只能说明自己政治生活不够丰富,政治水平不高,不熟悉领导人物的生活规律和工作方法,不然又该怎样解释呢?

在长期创作生活里,工作与休息,要有一定安排。我过去忽略了这一点,每天工作时间在十二小时以上,在创作热潮中,不眠不休,会把身体搞坏。在长期创作生活里,必须保持身体的健康、精力的充沛。精神旺盛的时候写出来的文章才会丰满。精神疲倦的时候,写出来的文章,会是萎缩的。文章是精神的产物。古人说:"精神到处文章老。"是有道理的。

长期的创作生活,是有周期性的,写三四个礼拜,就要休息七天至十天,否则体力不济。脑系神经系统用得过多,其他部位活动过少,精神高度集中,高度兴奋,时间长了,会导致神经系统的混乱。消化神经萎缩,心脏神经的不平衡,引起心脏和消化系统的疾病。所以大夫们强调脑力劳动和体力劳动的适当结合,并要食有定量,起居有节,保持身体健康。

劳动给人坚毅,运动给人勇敢。参加劳动,参加运动,可以保持创作的青春,保证创作年龄的延长。这在托尔斯泰的历史上可以找到证明。作家年纪越大,社会经历越多,文章容易写得老练精粹,这是非常可贵的。白石老人的画就是一例,如果他在六十岁逝世,在世界上,这位老画家的艺术成就会是不存在的。

勤劳是中国人民的美德。作家坚持深入生活,坚持创作,积极参加社会活动,学会处理社会事物,接触社会生活的各个方面,对文学创作会是绝对有益的。契诃夫是医生,日常接触各个阶层、各种各样的人,才会使他获得丰富的题材,保持创作欲的旺盛。懒惰会使人无能,增加创作中的烦恼,像蜗牛一样,整天藏在壳里,不伸出触角,不了解天时气候。吃馋了,闲懒了,思想拉远了,只有改行不干了!

此外,《播火记》一书,在语言和民族化问题上,做了一些新的探索，这个途径是否正确，我殷切地等待广大读者的指正和帮助。我要继续在创作生活中进行探索，从实践中取得进步。

在病中写长篇是困难的。此书，在《新港》文学月刊连载三年，得到编辑部同志们多方面的支持。在出版过程中，百花文艺出版社及作家出版社，给我多方面的帮助。荃麟同志及侯金镜、毛星、方明等同志，都看了原稿，提出修改意见，我说不出有多么的感谢！

《新港》1963年10月号

《翻身记事》后记

一九七二年，中国文艺界又酝酿着描写我国的土改运动的问题，使我心上非常激动。那时在"四人帮"的文化专制下，我还没有创作的自由，但是广大工农兵在激情地鼓舞着我拿起笔来，我在秘密的情况下开始了构思和写作。

我们英雄的祖国，土地广大而辽阔，人口众多。百分之八十的贫下中农，只占有百分之二三十的土地，百分之二三十的地主富农却占有百分之七八十的土地，而且都是肥沃的土地。中国农民经受了地主阶级两千多年的经济剥削和政治压迫。因而解决土地问题，使广大农民阶级从封建的剥削关系中获得解放，是中国共产党的一贯主张，一贯政策，是党在新民主主义革命中的主要任务之一。

改革封建的土地制度，解放农民，解放农村生产力，建立工农联盟，是一场伟大的、轰轰烈烈的农民运动。在毛主席老人家号召下，在党的领导下，我在华北以至华中地区，从事六个年头的土改工作及剿匪反霸、减租减息斗争。在长期的农村工作中，我认识到封建的土地制度的改革是有着深远意义和国际意义的重大题材。在土改运动中，广大农民群众翻身解放的尖锐、复杂、激烈的斗争场面在不断地激励着我。于是我下决心保存了一部分土改资料，等工作上闲下手来的时候好来写她。在几十年中，她一直伴随着我，我一直在考虑着她。在过去的一些年中，我遗失了好多书籍，但是我的孩子们千方百计为我保存了这些资料。当我回到家里，孩子们拿来交还我的时候，我由不得笑了，又背过脸偷偷流下几滴眼泪。那时孩子们还小，我想不出他们是怎样体会爸爸的心意。也许他们想得到：他们的爸爸将以怎样的坚忍不拔的精神为党写作终生。

我们伟大的党，从第一次国内革命战争到第三次国内革命战争，几十年中一直在广大农民中进行工作，消灭封建半封建的剥削制度，解放农民。伟大领袖和导师毛主席为中国革命制定了一条正确的土改路线和政策，制定了在不同地区、不同情况下执行土地法的策略，在解决土地问题的实际工作中发展了马克思列宁主义。

从全部土改资料看，我们党积蓄了丰富的土改工作经验，批判了王明的地主不分田、富农分坏田、肉体消灭地主的"左"倾路线；批判了右倾的和平土改和恩赐观点，深入地发动广大农民群众起来从地主的土地上解放自己。

我开始考虑结构这部书的时候，心上有些顾虑：这个题材已经有同志写过，而且是有成就的。但我又想到：虽然同一题材，感受不同，社会生活不同，人物不同，反映在文学作品中的典型环境中的典型性格亦各异。这样，我开始了这部书的构思。

在写作的过程中，我想尽可能地在学习运用中国文学的传统手法和传统风格上做出一些新的尝试和探索，但能否得到预期的效果，还等待广大工农兵群众的讨论与批评。

当我开始写作这部书的时候，正是"四人帮"横行时期。我鼓着勇气进行创作，并不考虑她是否有机会和广大读者见面，但我深信"四人帮"不可能长久统治下去。有人嫌我学不会"帮话"，也有人当着我的面说："……你要学会他们的创作方法"这时，我慢慢放下眼睑，合紧嘴唇不置一词。我不。因为我总觉得"四人帮"三突出之类的那一套，不是创作方法。现在看来"四人帮"那一套，不过是资产阶级政客耍的把戏而已。

当这部书写完的时候，正恰好是"四人帮"被粉碎的时候。我一次又一次地流下欢欣的眼泪。我为我们伟大的党、伟大的人民、伟大的祖国的锦绣前程而欢欣鼓舞。我和我的同伴们也有一点窃窃的私念：这部书也就可以和广大读者见面了。

在这部书的创作之前，曾得到广大工农兵群众的鼓舞。在创作的过程中，温超藩和路一同志为此书付出繁重的劳动。还有更多的同志参与了劳动。方明同志和辛一夫同志曾不止一次地看了原稿。他们都提出很多宝贵的意见。

我再一次说明：这部书的完成，不是我一个人的劳动成果。如果没有广大读者的鼓励，没有很多同志参与劳动，是完不成这部书的著作的。我以诚挚的感情致以同志的谢意。

一九七七年七月二十八日于天津

《红旗谱》四版后记

中国青年出版社决定再版《红旗谱》，使我非常高兴。

以英明领袖华主席为首的党中央，一举粉碎了"四人帮"篡党夺权的反革命阴谋，使我们党能够沿着毛主席无产阶级革命路线继续前进；使我们党的优良传统和作风得到恢复和发扬。目前，全党全军和全国各族人民精神振奋，斗志昂扬，意气风发，生气勃勃，为实现党中央提出的抓纲治国的战略决策而奋斗。在这样大好形势下，这本书又和读者见面了。

《红旗谱》自从出版之后，受到工农兵群众热烈欢迎。在那几年里，差不多每天接到读者来信；其中有的读者提出一些意见。我根据读者意见做了两次修改，到一九六六年，共有三个版本，三个版本各有不同。但限于水平，修改得还是不够好。广大工农兵群众对于这本书的批评，我竭力欢迎，至于"四人帮"对我的人身攻击，我认为是醉翁之意不在酒。我作为党长期培养的老干部，在当时只有睁圆眼睛看着，看到他们的暴行,也会看到他们的毁灭!

我是这样想:艺术是没有止境的。我把这本书在第三个版本上又做了一些修改,也可能还是不够的。

《红旗谱》第四个版本又和广大读者见面了,我等待亲爱的读者对它展开热烈的讨论,继续提出意见,我当再做修改。

再见!

一九七七年十月于天津

《春朝集》序
——写在前面

戊午元月的春晨——过去叫大年初一。这天的早晨,我在鞭炮声中蒙眬地醒来。洗着脸,吃着饺子,鞭炮声应着回音,还在响着,远的、近的、大的、小的,连续不断。由不得想起儿时的新年生活——过去,在故乡的农村里过新年,是一生难忘的,一进腊月门,忙劲就来了:变米、变面、扫房做豆腐。写春联、蒸血糕、摊炉糕。一到腊月二十几,就是擦香炉、敬神、包饺子、燎草、放炮,忙个不了,一直在高兴、兴奋之中。

传统风俗:大年初一,要在半夜里起炕,叫作"起五更",直到现在还在流传。起了五更,吃了饺子,就是拜年。成群结伙的,一见面就说:"今天夜里很安静!"对方就说:"没有狗咬。"这个意思就是:预兆天下太平。今年庆祝春节,人们特别高兴，鞭炮之声，彻夜不绝于耳。一是粉碎了"四人帮"，恢复了党和国家的优良传统。二是党的工作重心转移到社会主义现代化建设上来。三是各企业、各工厂超额完成国家计划，职工们都得到一定数量的奖金，过个好春节，人们无不感到心情舒畅。

今天清晨起来无事，把这几年集下的一些旧稿子拿出来，一边喝茶，一边看。一篇一篇看着，觉得时间不长，孩子们端进茶来，说："嗬！好大的雪哟！"我立刻放下笔，看了一下表，十二点钟了。扭过头一看窗外，纷纷扬扬下起大雪来，雪光照亮了玻璃窗，什么时间开始下的，我还不知道。我伸手打了一个舒展，说："好啊！今年小麦丰收，明年又是丰收之年啊！"瑞雪兆丰年，地气湿润，人畜免灾，是人们最大的希望。

今天中午喝了一杯酒，下午把稿子看完了，个别地方做了一些修改。

我编这个集子的用意：一是上海文艺出版社约稿，二是集在一起不再流失了。这是过去的东西，是为了描写过去那个时代的。但初学写作的人看了，也许会有一点好处。集子的名称，经同朋友们商量，就叫《春朝集》。

一九七九年一月二十三日于天津

《播火记》再版后记

《红旗谱》《播火记》所反映的历史内容，是从一九三一年九一八事变到一九三六年西安事变，这一个历史时期。虽然仅仅五、六年时间，却是翻天覆地的年头。这个时期的历史特征是，中国共产党及其领导下的人民群众，开始了保家卫国的抗日救亡运动，全国广大人民群众既要抗击日本法西斯的侵略，又要反击国民党反动派的围剿和镇压，不得不两面作战。

一九三一年九月六日，日军伪造中村失踪事件，吉林、辽宁日军构筑工事，开始备战，形势极为紧张。但是国民党反动派却通令东北驻军："遇有日军寻衅，务须慎重，避免冲突。"

九月十八日晚，日本关东军司令本庄繁下令进攻中国驻军，攻取沈阳，炮轰北大营、兵工厂。东北驻军请示南京政府，蒋介石下令："不准冲突。""……日军此举不过寻常寻衅性质，为免事件扩大，绝对抱不抵抗主义。"二十日，蒋介石在南京市党员大会上讲话："……必须上下一致，先以公理对强权，以和平对野蛮，忍辱含愤，暂取逆来顺受态度，以待国联公理之判决。"并发出《告全国军民书》，声明："……政府即将此案诉之国联，以待公理之解决。故希全国军队，对日避免冲突。"

激于义愤，上海数十万大、中、小学罢课，三万五千码头工人大罢工，十数万人民反日示威。全国各地群众抗日情绪激昂。广州、香港各地日人所办工厂中的中国工人自动辞工。国庆日全国各地举行反日大示威。广州国民党军队枪杀检查日货学生，死十余人。各地学生入京请愿，要求举国抗日。

十一月六日，马占山率部抗日，国民党不予接济。马占山通电："内无粮草，外无援军。"

东北各地广大人民群众奋起组织义勇军，自动抗日。

八日，天津日本便衣队、宪兵队炮轰华界。南京政府训令河北省政府主席与日谈判。缔结三条件：一、向日道歉。二、取缔反日言论。三、中国首先撤除防御工事。

二十二日，顾维钧就南京政府外长职。蒋介石在会上讲话："攘外必先安内，统一方能御侮。未有国不统一而能取胜于外者，故今日之对外，无论用军事方式，或外交方式解决，皆非先求国家之统一不能成功。"

十二月四日，守锦州部队代表谈话："在前线抗敌亦无不可，而饷项弹械均无接济。为国牺牲亦无不可，受伤士兵均无医药，听其呻吟！"

北平、上海、广州、济南各地学生入京请愿。国民党军警出动，纷纷向学生冲击。在中央日报门前，军警开枪，并以刺刀向学生刺杀，死伤遍地，报馆门前遗尸三十余具，一百多人被捕。中央党部发布文告说：学生是"越轨行动"，国民党军警包围学生住处，押到下关车站，强迫回校。

十日，国联行政院议决："……日军在东北有'剿匪权'。……"

太原国民党部枪杀请愿学生，死数人，伤十余人。

二十日，上海日本浪人火烧三友实业社、捣毁北四川路中国商店。

日本特务机关放火焚烧日本重光公馆,作为进攻上海之借口。

一九三二年二月二十七日,日本领事馆向南京提出最后通牒,限四十八小时答复。南京政府训令:取消抗日救国团体,封闭《民国日报》,禁止反日言论,并指定翌日午后一时答复日方。

十九路军蔡廷锴表示:"日军倘敢进犯,决予抵抗。"蒋介石下令蔡廷锴撤退真茹、南翔、闸北一带防务。夜十一时,日海军陆战队向北站、江湾、吴淞等地进攻。十九路军与日军接火。上海工人、农民、学生各界爱国人士奋起抗战。

国民党反动政府迁都洛阳。

各省爱国人士向南京政府请缨抗日,自愿牺牲。三十日,蒋介石通电全国:"勿轻动""枕戈待命"。

蒋介石下令中国海军:"勿配合十九路军作战。"同日上午,日舰向下关开炮。中国海军奉命:"不准还击"。

美、法、英、意、德五国公使照会中日两国:"划上海为中立区",为"国际共管"。南京反动政府表示同意。

南京反动政府扣留国内外人士援助十九路军之捐款,断绝接济。十九路军撤退南翔、昆山一带防线。

三月九日,伪满洲国宣布成立。

保定学生运动自"九一八"开始,开展抗日宣传,检查日本货物。一九三二年春季,保定学联成立,领导保定青年学生抗日救亡。四存中学学生驱逐反对抗日校长张澍,学潮延续数月之久。反动的河北省政府下令解散第二师范。二师学潮骤然涌起。七月六日,反动军警镇压二师抗日救亡运动,死十余人、伤四人、三十余人被捕。

四月七日,国民政府在洛阳召开"国难会议",决议:"对日交涉""全力剿共"。

十五日,中华苏维埃共和国临时中央政府发表《对日战争宣言》,领导全国工农红军和被压迫人民,以民族革命战争驱逐日本帝国主义出中国。

十八日,马占山、丁超、苏炳文联合吉林、黑龙江一带义勇军三路进攻日本侵略军。

北平、西安、渭北各地学生组织抗日团体,游行示威、捣毁国民党党部。二十五日,戴季陶在西安演讲,广大学生群众包围戴季陶,焚烧了他的汽车。二十六日,全市学生进行抗日驱陶运动。反动军警枪杀学生。

五月二日,上海各抗日团体联合通电,反对出卖上海。派代表四十余人,到外交部请愿,痛打郭泰祺。反动派签订了"上海停战协定",承认上海为非武装区,不驻军警。

二十一日,蒋介石就任鄂豫皖三省"剿共"总司令,发表《告将士书》,下令:十九路军,调闽"剿共"。

六月十八日,日寇进攻热河朝阳寺。

二十三日,蒋介石在庐山召开"剿匪会议",决议:设剿匪总部于汉口,推行保甲制、连坐法。组织保安队,开始四次"围剿"。

八月,上海反帝同盟大会被特务破坏,到会者皆遭捕杀。

九月,汉口剿共总部下令,对于苏区以及分田的农民,"应作如下处理：一、匪区壮丁一律处决。二、匪区房屋一律焚毁。三、匪区粮食分给剿共义勇队，搬出匪区之外，难运者一律焚毁。需用快刀斩乱麻之手段，否则剿灭必成徒劳。"这就是国民党的三光政策。

反动派在华北镇压高蠡暴动。辛庄一战死十余人，埋在一个坟里。落狱者不少。

十一月，国民党中央宣传部公布《宣传品查禁标准》，规定："……凡批评国民党不抵抗政策，要求抗日者，均为'危害中华民国''一律禁止''以免流毒'。"

十四日，义勇军苏炳文部通电："我已弹尽粮绝，敌有增无已……将士死伤过半，实难支持。"

一九三三年一月九日，义勇军李杜部退入苏联国境。

十一日，南京工人通电全国，要求抗日。

三月，热河省主席汤玉麟与日本帝国主义相勾结，撤退滦东。四日，日军一百余人进占承德。

此时，平津与长城之间，有中国军队四十半个师，蒋介石用以监视抗战部队。对请求抗战者，蒋介石下令："言抗日者，杀勿赦。"

九日，蒋介石、张学良、何应钦会商保定，议决：张学良去职。以何应钦兼任北平军委会委员长。

十二日，蒋介石召见何应钦，"令其对关内义勇军，负责缩编。"

四月，日军进攻滦东。十四日，何应钦下令放弃滦东。

三日，何应钦下令取消河北境内义勇军、救国军等名目，不遵命改编者，皆予镇压。

四日，蒋介石赴江西"剿共"。七日对中路军训话："国家大祸不在倭寇，而在江西的土匪……"

五月二十六日，张垣事变；吉鸿昌同志与冯玉祥合作在张家口成立抗日同盟军，各县中共县委派党、团员参加。长城各口展开激烈的抗日战争。

二十七日，蒋介石与汪精卫会商华北停战问题。二十八日汪蒋通电："救国必先剿共"。并联名通电冯玉祥，责其"妨害中央统一政令"。三十日签订《塘沽协定》，把绥东、察北、冀东划为日寇可以自由出入的地区。

……

如上历史材料抄到这里也就够了。

九一八事变时，我正在保定二师读书。回忆当时情况，报纸上都用头条大字标题报道这一事变。同学们一听到这个消息，等不及下课就都蜂拥到图书馆。这时已经有人登在桌子上大声念着，同学们由不得扑碌碌流下眼泪，一齐号啕大哭。当"亡国奴"，对于人们是个很大的刺激。回到教室，人们还议论纷纷，有人把书桌一拍，说："不念这个书了，上前线！"这时人们不约而同地想到国破家亡的惨景，痛不欲生。有一个教员，回家之后，把这个消息告诉全家，于是一家人抱头大哭。在保定南关开的一个保定学生抗日救亡大会上，有第六中学的一个国文教员登台演讲，力竭声嘶地大喊："日本鬼子来啦！要亡我们的国，灭我们的种呀！我们每人预备一把小刀子呀！割断日本鬼子的喉头呀……"但是有人却想，打日本鬼子，一把小刀子顶得了什么？你割断一个日本鬼子的喉头还能割断第二个？而一般有血气的同学，只是红着眼睛想杀"鬼子兵"，不想这么许多。对于反对蒋介石的镇压抗日，有人说："跟他干，剩下一个人也要去冲公安局。"也有人想：一个人怎么能冲公安局，冲得了吗？当时多数共产党员还是冷静的，他们考虑问题会更多一些，但是从十几岁到二十几岁的广大青年学生，虽然没有斗争经验，却有满腔热情。他们振臂一呼，愤然而起，对于国难家仇的义愤，像火山一样的爆发了。青年学生们下午完了课之后，都带着宣传品到工厂农村，开展抗日宣传、示威游行、检查日货。这就是当时的斗争生活，也是那个时代的面貌。文学作品应该正确地反映那个时代的面貌。

这个时代的突出特点，是中国共产党及广大人民群众受到日本法西斯和国民党反动派的夹击。从一九三一年九月十八日，到一九三二年的九月，仅一年，中国北方的大片国土就被蒋介石断送了，日军长驱直入，抵进到长城沿线。就这样，在平津和华北，一个抗日反蒋的新局面已经形成了。有五四运动传统的北京学生界及广大爱国知识分子，首先举起抗日救亡的大旗。当年十二月，京、沪、济南、广州学生入京大请愿。长城内外义勇军揭竿而起。保定市距平津这么近，在京津学生救亡运动影响之下，从九一八事变开始，就涌起了抗日救亡运动。学生们扩大抗日宣传、检查日货、建立保定市学联、建立学生军、增加军事课、参加军事运动，并进行大规模的抗日示威。日本法西斯的入侵，激起了广大人民群众的民族民主革命的积极性。这一年的夏天就开始了高蠡暴动的准备工作。

九一八事变一周年之日,"高蠡中心县委"地区,广大农民群众和革命的知识分子拿起枪,进行了农民暴动。他们开仓济贫,发动广大农民群众起来保家卫国、抗日救亡。我为了将事件与生活联系,用二师学潮和高蠡暴动概括了这个时代,表现了广大工农群众、学生和革命的知识分子如火如荼的抗日救亡运动。

当然,一九三一年的九月,到一九三二年的九月,也在"王明路线"的日程之内,但是我并未写"王明路线"。我歌颂的是广大工农群众、青年学生、革命知识分子轰轰烈烈的抗日救亡运动,歌颂他们针锋相对反对国民党反动派投降卖国政策的英勇斗争。这样庞大的群众运动,自发性很大,免不了会有缺点、有错误,但广大群众是英勇的,他们的斗争是可歌可泣的。

在当时,还可以看出这样的特点:即自从日本法西斯在东北打响第一枪起,民族矛盾就开始上升为主要矛盾。由于蒋介石的"不抵抗政策",四个月之内整个东北沦陷了,这就引起了统治阶级内部的分化,出现了包括北方军人、东北军、西北军的第三派势力,他们愿意抗日,并向共产党领导的抗日民主阵营靠拢。然而更重要的是以爱国学生、知识分子为先锋,以广大工人、农民为主体的抗日救亡运动,汹涌澎湃形成了一股不可遏抑的激流。中国共产党英勇地领导了抗日救亡运动,并把这股激流发展为轰轰烈烈波澜壮阔的抗日武装斗争。在这股力量推动之下,广大工农群众、革命的知识分子拿起枪来,进行武装抵抗。为了表现这个内容,我写了严知孝和马老将军两个典型。

为了塑造朱老忠、严志和、江涛、张嘉庆这几个人物，我把他们放进二师学潮事件里去锻炼。我未写影响更大的北平、济南、上海、广州学生入京请愿，而写了二师学潮，主要是因为事件熟悉，情节熟悉。

为了把贾湘农、朱老忠、严志和、伍老拔、朱老星、张嘉庆、大贵、二贵、春兰、严萍……这些人物塑造得更高大一些，我把他们放进高蠡暴动这一农民的武装斗争里，使他们得到锻炼。在这两卷书里写的是不是真人真事？我说不是。事有其事，但人物是经过我几年、十几年的考虑，才完成他们的典型性格的。

我之所以要写二师学潮和高蠡暴动，一方面是由于革命经历在冲动我，另一方面是由于这两个事件，在当时的政治斗争和武装斗争上，带有鲜明的时代特点。我要在这两个典型环境中塑造代表广大农民群众和广大青年知识分子，以及站在他们的对立面的地主阶级的典型性格。我根本没有想过要从路线斗争的角度去表现和塑造人物。

我在这几卷中，写了伟大的人民群众在国民党反动派的高压之下，在艰险的环境里，进行了伟大的反蒋抗日运动。歌颂了老一辈的无产阶级革命家基于阶级仇和民族恨，为保卫祖国，挽救中华民族前仆后继、赴汤蹈火的自我牺牲精神，歌颂了他们为中国人民的彻底解放历经艰辛、坚韧不拔的战斗意志。为英雄树碑立传是应当应分的，是天经地义的。

最后谈一下李霜泗这个人物。

参加高蠡暴动的，有刘双四这样一个人，是蠡县北辛庄人，作战很英勇，曾带队攻下戎家营，双手使两把盒子炮，踩着云梯攻下寨墙。被捕之后，被反动派处以绞刑，行刑时坐在大车上，高呼："打倒蒋介石！""共产党万岁！"群众很受感动，都说："真是好样的！"在那天晚上，真可以说是万人空巷，离县城十几里的、二十几里的农民都跑去看。

刘双四确实是土匪出身，但跟了共产党，而且取得了共产党员的称号。依我的看法，他为了挽救国家民族的危亡，毅然带起他的人参加农民暴动，被捕之后，坚贞不屈。他虽然没有读过马列主义的书，但他为了无产阶级的利益牺牲自己。从主导的方面说，他的立场站在无产阶级立场上了，他的世界观已经得到改造了。

但是，小说中的李霜泗，不是刘双四。是我根据多种类型，经过综合概括，塑造了这个典型，故事情节是我虚构的。打死张福奎的不是刘双四，刘双四没有住过白洋淀，刘双四没有芝儿这么一个姑娘，也没有这样一个老婆。我这样写也许更符合艺术真实。

根据广州农民运动讲习所纪念馆的资料，高蠡地区是分配学员的重点。根据长沙秋收起义纪念馆的资料，高蠡暴动接受了秋收起义的影响。说明高蠡建党是与毛主席有历史渊源的。

以上，主要为了说明二师学潮和高蠡暴动的时代背景，以供大家研究。

一九七九年三月十一日

话剧《红旗谱》

《红旗谱》一书，于一九五八年一月出版。当时我还在北京友谊医院住院。一九五九年我在北京办事处养病，接到鲁速同志寄给我的《红旗谱》话剧本，我看了一遍，觉得写得不错。只是《红旗谱》原著是三卷，话剧本只收入两卷，其中的主要原因，是第三卷写的是二师学潮，与第二卷故事不连贯，这种大胆的取舍，是值得称赞的，不然这个剧本是很难写成的。

长篇小说改写话剧很难，原因是长篇小说容量大，话剧有时间、空间和人物、场次的限制，鲁速同志写话剧是费了一番斟酌的。《红旗谱》三卷一共写了十八个人物，话剧只写了主要人物，而且概括了全书的面貌。时间空间有所变动，却不失原著的大意，而且有的细节上有所发展，丰富了原著。这个剧本我是很满意的。

一九五九年冬季，我在天津二五九医院住院。一天的下午，路一同志和鲁速同志来看我，说是河北省话剧团来天津演出《红旗谱》，约我去看戏，我高兴地答应了。在一天的晚上，我在第一文化宫看了《红旗谱》这出戏，出乎我的意料之外，在表演上是那样深刻地表现了乡土风习、地方风光，有意地保持原著的艺术风格，并在话剧民族化探索方面作出了成绩。使我拍案叫绝！戏演完之后，在后台开座谈会的时候，我是说了这番话的。

戏一开场，用电影的手法，表现了全书的惊涛骇浪，增加了主题歌，为全戏增色不少。

整个戏突出了朱老忠、朱老明、严志和、贾湘农、运涛、春兰……几个人物。尤以鲁速同志演出的朱老忠和村里同志演出的朱老明甚为出色，着意农民英雄的刻画，使全场观众叹服。

几个反面人物，如冯老兰、李德才演得也不错。

河北省话剧团演出《红旗谱》的政治意义，是很深远的；中国农民，自有史以来，出现了很多英雄人物，从古代史上的陈涉、吴广一直到近代史上的李自成，农民起义是连绵不断的。朱老忠、朱老明、严志和、贾湘农等，都参加了农民大暴动。

从中国革命的历史上看，自从大革命、土地革命、抗日战争及三年的解放战争，广大农民阶级付出了无可估量的血汗。河北省话剧团把《红旗谱》搬上舞台，无疑的，也就加强了工农联盟，使广大农民阶级扬眉吐气。

当我写着这篇短文的时候，河北省话剧团正在北京首都剧场演出《张灯结彩》，场场客满，首都各报纸都发了评论，说："充满了《红旗谱》的风格！"说："河北省话剧团善于演出农民戏！"

可惜，鲁速同志和话剧的导演蔡松龄同志两个老艺术家都离开我们而谢世了，如果他们尚在人间，不知有多么的高兴呢！

使我们不能忘记的，是在十年内乱中，"四人帮"以《河北日报》为战场，把《红旗谱》《播火记》两书批判了一年，批判文章发了四十个整版。我个人为这两部书住"牛棚"，纠缠了十年之久。鲁速、蔡松龄等同志因演出《红旗谱》而受到株连。因两地相隔，鲁速同志和蔡松龄同志的去世，我都未亲临致祭，请他们原谅。

如今，由于党的拨乱反正，《红旗谱》《播火记》两书已重见天日。望鲁速、蔡松龄同志在天之灵含英而睡吧！

《烽烟图》后记

《烽烟图》原名《战寇图》。后来有人写了《战洪图》，我觉得重复不好，便改为《烽烟图》。是抗日战争烽烟初起的意思，更贴题一些。

《红旗谱》全书，一九四二年开始构思。因为在战争期间，无法创作长篇，仅写了与此有关的短篇和中篇。后来又因为参加实际工作，未能动笔。直到一九五二年全国土改完成，才开始想这个问题。

《烽烟图》一稿，完成于一九五三年至一九五四年间。一九五五年至一九五六年完成《红旗谱》和《播火记》原稿，这部稿子就放下了。

这几年因为体力不佳，写长篇是吃力的。一九五八年出版了《红旗谱》，一九六三年又出版了《播火记》。一九六四年稍事休息，写了一些短文章。一九六五年开始修改这部原稿，修改了两遍，一九六六年夏天就开始"文化大革命"了。是年八月我因《红旗谱》这几部书被关进了"牛棚"。《烽烟图》原稿也就离开我手,不知去向。为了这几部书,我在"文化大革命"中受尽了折磨,耽误了写两部书。

一九六六年十月,我担心丢失这部原稿,曾问过一个"文革"的负责人,他红着脸说:"不知道!"后来又听说有人拿着,我想既然有人拿着,就不必费心了。

此后一直到一九六九年,学习班进入农场,我的事情也告一段落了,我又想起这部稿子,唯恐遗失,便给工宣队写了一封信,询问这部原稿的下落。不料不寻则已,我这一寻又招来了灾祸,管着我的组长,召开小组会,说我是反攻倒算。当时我在被管制下也无可如何,只好做了检讨。但是,我的心上是愤愤不平的。自此对于这部原稿的得失,我就没有一点把握了。其实,这时候这部稿子已经丢了。

一九七〇年,大批判组在《河北日报》围歼《红旗谱》《播火记》。从省、地、市、县,直到公社、大队,各机关、工厂、学校,展开了大规模的批判。

直到一九七一年,学习班开始分配工作了,我一方面寻找抄家物资,一方面写信找寻这部原稿。工宣队打开箱子一看,谁的原稿都有,就是没有这部原稿。问石家庄大批判组,说是已经送回学习班。其实,皆系子虚之谈。

我没有办法,有时试着想一想,是不是重新写出来。可是年长日久,有些细节淡漠了,想也想不出来。心里有些懊丧;觉得人世沧桑,有些人的思想状态都变了,哪里把我的一部文稿放在心上。

一九七三年从唐庄农场转到汉沽农场，我感谢管理我们的组长，他是个外省人，有思想水平，日子过得还平稳。我硬着头皮偷偷地构思《翻身记事》。一九七四年动笔，一九七六年上半年我被"解放"，一九七六年写完原稿。当我完稿的那几天，正值"四人帮"覆亡，一九七七年就出书了。

《翻身记事》出书，我又找到《烽烟图》的零章残页，又想从这些零章残页中构思补充，谁知只有怅然失神，想也想不起来了。新华社的同志为此写了访问记。

张家口市委办公室的张儒林同志看到这个消息，给我来了一封信，说他在保定某部当兵时，曾见到此稿在部队中流传，还指出几个知情人。我给保定的朋友写了信，在驻军某部中找到这部原稿的下部。

新华社的马杰同志为此很高兴，又写了通讯。这篇通讯稿登在全国十五家报纸上。《光明日报》登了此稿，被山东一个公社的李焕昌同志看见，他给《光明日报》写了信，说他在保定某部当兵时，见到此稿上部，复员时带回山东老家。后来他又把这上部原稿寄给《光明日报》的秦晋同志，秦晋同志亲自把这半部原稿交给我。

我衷心感谢新华社、《光明日报》和这些好心的同志们。经由他们的热情帮助，才把这部原稿找全，否则这部书也就不能和读者见面了。

因为这部原稿写在《红旗谱》和《播火记》之前，修改起来很费斟酌。有几章是从《播火记》移来的，还做了一些补充。写这部原稿时，我才三十九岁，如今已年逾花甲，心情体力都有不同。我在极困难的情况下，由出版社的同志帮助，修改这部书。直到昨天，才写上最后一章，结了尾。

《红旗谱》全书，原来想写五部。第四部写抗日游击根据地的繁荣和"五一"大"扫荡"，第五部写游击根据地的恢复，直到北京解放。当时，我还没有掌握写长书的经验。在我修改这部原稿的过程中，感觉到主要人物的性格，都已完成。再往下写，生活是熟悉的，但人物和性格成长不能再有所变化，只有写故事，写过程，也就没有什么意思了。因此改变计划，《红旗谱》全书，到《烽烟图》为止。再写抗日战争时，另起炉灶，另写新的人物。因此，就加大了这部原稿的工作量。这部原稿采取了中国大团圆式的写法，大贵带着游击队回到锁井镇；江涛出狱，当了县委书记；运涛出狱后，到了延安，又回乡和春兰结了婚，并且当了游击军参谋长。最后处理江涛和严萍的婚事。我想到抗日战争开始，虽然民族矛盾上升，高于阶级矛盾，革命形势好转，但是还要经历八年抗战，三年解放战争，都是你死我活的斗争，给读者留下一点悬念，叫他们去想吧！革命毕竟会成功的。

这部书经历了二十七年的坎坷岁月，经过了十年动乱，直到如今才和广大读者见面。到此我长叹一声："这部书写得好不易呀！"

从这里，我也得出这么一点经验：什么样的人，什么样的困难，也阻止不了我们共产党人的工作毅力！

一九八一年九月一日于天津

战争年代冀中剧运回忆录序言

将过去了四十四个年头——一九三八年的春天,在深远的敌后的小片根据地上,在抗日的前哨阵地上,成立了两个剧社,一个是冀中火线剧社,一个是冀中新世纪剧社。

火线剧社是属于冀中军区政治部的,担负着部队戏剧运动;新世纪剧社是属于冀中区党委的,担负着广大农村戏剧运动。在那炮火纷飞的日子里,在那刀枪火海里,戏剧运动者和冀中子弟兵,和广大人民群众,同生死共存亡。在他们的哺育下,在冀中农村成立起一千七百多个村剧团,还有歌咏队、音乐班。每个连队每个村庄都有戏看,歌声遍野。

无疑的,我们在党的领导下,担负着广大部队和乡村的宣传鼓动工作。鼓舞着广大子弟兵和抗日人民并肩作战,一直到抗日战争的胜利,到解放战争的胜利。

当时,这批戏剧运动者,还都是青年,四十余年之后,却都长了胡子,由几个同志倡导,两个剧社的同志开了一个会。当时的领导同志程子华、吕正操、王平、史立德等同志都到会,握手言欢、盛会空前。话及当年战斗情景,不胜唏嘘!火线剧社社长苏禄同志及导演陆苓同志,新世纪剧社教员罗品同志都牺牲在敌人手下。王化同志因病去世,远千里同志亦于"文化大革命"中不幸去世。去世者千载留芳,在世者将永志不忘!写成回忆录数十篇,以传后世。

《河北戏剧》1982年6月第6期

《金谷集》序

南开文学社，几十年来，培养了不少业余作家。近三十几年来，他们在全国各地刊物上发表了七百九十多篇文章，从中选取七十五篇，编为一集，这算是他们的一点成绩，也算是代表作吧。请各地读者品评。

业余作家不是容易的。工厂、学校的工作既忙，家务劳动又重。居处不佳，下了班回到家里，吃了饭，等孩子们睡着了，才读点书，或是拿起笔来写点东西。有的实在无法，只有到马路上的路灯下去写文章。现在把这个集子呈献在读者面前，这是他们血汗的结晶。

我过去曾经谈过，作家要有基本的哲学思想。这种要求对业余作家来说，未免高了一点，但也必须如此。若不是这样，就不能立于全国作家之林。所谓基本的哲学思想，就是要读一点辩证法唯物论、社会进化史、毛泽东思想等书籍。参加本单位的政治学习，而且要学得好。不是这样，就不能建立正确的人生观和世界观。

当你体验了工厂、学校、社会的复杂纷纭的社会生活之后，要经过你的头脑——人生观，综合、概括、分析，才能得出主题和故事，才能使你写出为人民服务、为社会主义服务的好文章。现成的真人真事，在你的创作生活中，只是一个起步。一个有才智，有心胸的青年作家，只凭这一点是不够的。需要到广大的文学的海洋中去游泳，而有所作为。

我还谈过：用你最熟悉的语言，写你最熟悉的事物。这里谈了两个问题，一个是文学语言问题，一个是现实主义问题。

一个作家，每人有每人的一套文学语言。有人用新闻语言写文章，有的作家用翻译语言写文章，有人用五四时代的文学语言写今天的事物，这样都不会为广大群众所欢迎。毛主席教导我们：写文章不要用学生腔，要学习群众语言，才能写出为广大人民群众所喜闻乐见的文学作品。语言要有特点、个性，概括性要强。这点要求，对业余作家来说，是高了一点，但这是努力的方向。

写自己所熟悉的事物：就是写你经历过的，看见过的，观察过的人物和事物。写你所熟悉的素材。这就是"现实主义"。结构故事，只有按照现实生活，你所熟悉的生活，你所熟悉的人物。生编硬造，闭门造车，写出的文章，经不起太阳光的照射。

有多大本钱做多大买卖。是说：你本来对生活有一点点感触，可以写一首小诗。就不要把这点生活，写成一个短篇。你对你体验到的，观察到的一点生活可以写成一个短短篇，就不要写成一个长短篇。本来是一个短篇的素材，你非要把它写成一个中篇，这就不行了。生活越拉越薄，越浓缩越厚实。一篇文章的生活基础如何，读者会看得出来。

我过去说过，我反对写恋爱小说；在中国文学史上曾有过张资平一类的作家，专写恋爱小说。写二人恋爱、三角的、四角的。写青年人在恋爱场中的角逐。曾风行一时，海淫海盗。这是在过去的半封建半殖民地的社会的产物。这种东西对今天的社会生活无有一点好处。前几年里在中国文坛上也曾有过这么一种风气，有人写恋爱小说，掺上一点反封建的沙子，就算是反封建的文学了。也有人写插足于夫妇之间的纠葛的。改头换面，还是恋爱小说。

但我不反对在小说中有恋爱的情节，因为爱情生活毕竟是人们生活中不可缺少的一部分。写男人的美和写女人的美，是一样的，人生本来就是美好的。

编造、公式化、概念化，是缺乏生活的表现；生活不足，或者，人生观还没有形成，对于现实生活还不能进行综合、概括、分析。对现实生活，还不能正确地反映在作品中，这种情况，也许是有的。

这里有一个问题必须解决；从写真人真事到写出典型环境中的典型性格，是一个不短的摸索过程，这个过程是每一个青年作家必须经历的。这段经历有的长一点，有的短一点。虚构是必要的，因为没有虚构，就不好构思故事。在青年作家来说，虚构必须依靠现实生活的规律性，这点经验，需要青年作家去摸索，或者长期摸索。

青年作者时期，可以模仿，这好比是儿童描红。但已经成为作家，你的文学接触面大了，你必须有所创作，有所创新。或者，再提高一步，要独具风格。这样，你就接近成熟了。文艺学毕竟是一门科学，要多读些现实主义的书。还要探讨文学技巧，一个作家的成功与否，文学技巧，是绝对重要的。

青年作家在目前要读《邓小平文选》。目前的工作，正在进行城市、工厂、企业的改革，也需要看看报，听听收音机，读些应时的论文，都会对文学创作有所启发。

当然，三句话不离本行，文学理论还是要读的，这是指针。

最后一句话：借鉴是可以的，抄袭、剽窃，把人家的东西改头换面，成为自己的，是耻辱的，切不可行。借鉴和抄袭、剽窃是有界限的，这是我才学得的一点真理，也告诉你们。

一九八四年九月八日于永康里

《梁斌文集》自序

文集[①]出版，叫我自己写序。我本来不长于此道，轮到自己头上，只好不得已而为之。关于我自己的作品，在文集中已经谈过不少，现在勉强再说几句。

作家，因为历史不同，文化政治水平不同，各人又走着一条不同的路。在我的童年时代，喜欢听故事，听一些民间传说，也喜欢看戏，这不能说对我以后的文学创作没有关系。

少年时代，有幸受到中国大革命的洗礼，我参加了革命的队伍，开始了革命生涯。其间，开始阅读革命的诗歌和小说。由于客观的影响，我喜欢创造社作家们的作品，喜读郭沫若浪漫色彩浓厚的诗歌、小说和蒋光慈的诗集《战鼓》。而后，进

---

① 指五卷本《梁斌文集》，百花文艺出版社1985年出版。——编者注

一步读鲁迅先生的小说和杂文。《呐喊》《彷徨》我还读得懂；《坟》我读不懂，但因为我的崇拜，我还是要读的。

由于一个偶然的机会，又开始涉猎中国文学。《花月痕》和《儿女英雄传》我是读了；但是像《三侠剑》《小五义》我还未读过，当时叫做"看闲书"。当我懂得一些文学史的常识以后，开始读中国的古典小说《三国演义》《儒林外史》《水浒传》《二十年目睹之怪现状》，后来也读了《红楼梦》等，受到作品中民族气魄的感染。我参加了气势磅礴的农民运动，初次见到大世面。我幼稚的心灵开了一扇光亮的小门。这些，结合起来，对我以后的创作风格是有一点影响的。因为革命工作的需要，我开始读瞿秋白著作的《社会科学讲义》，以后，又陆续读了别的哲学的、社会科学的论著，如《辩证法唯物论》《社会进化史》《家庭、私有制和国家的起源》等书。我才懂得阶级、阶级斗争和无产阶级革命。在此时期，我又阅读外国文学《少年维特之烦恼》及辛克莱的《屠场》；进而阅读苏联早期革命文学和日本革命文学。这些作品，在我心里点起一把火，鼓舞我参加大规模的学潮斗争，参加九一八事变后如火如荼的抗日救亡运动，以及为保定二师七六学潮而奔走、呼号。在写这一卷书时，我概括了两个学潮的斗争生活，把一些动人的人物、故事、情节、场景，概括在文集之中。

国难当头，华北各地农民拿起枪来，进行了轰轰烈烈的游击战争，我以革命的浪漫主义的笔法肯定了他们的英勇战斗。

学潮被镇压，敌人把我的名字刊在报纸上，战友们被关监狱，死亡逃散。在失学失业的情况下，我并不悲观，我鼓起勇气，流浪到北平。参加了"左联"，开始文学青年的生活；在北京图书馆里又读了《国家与革命》《政治经济学》《共产党宣言》等书。这时，又有机会重读三十年代革命文学和苏联早期革命文学作品。读过俄罗斯文学，我一时为托翁的作品所倾倒，连读了三遍《复活》。当然，我并未接受他的人道主义，因为我已经是一个战斗唯物论者。就是在这个时候，我拿起笔来，开始了文学创作，向平津各报纸投稿，"占领阵地"。

在北平，我也学过日文，尝试着翻译，但保留下来的，只有两篇。

编在文集中一组早期的作品，看得出来，杂文学习鲁迅先生，小说则还未成熟，痕迹是明显的。生活虽然有了，但是，一是在白色恐怖下，不得不深加含蓄；再者创作实践还少，技巧上还不够熟练，还是在所谓"练笔"。现在收在文集里，是为了保留下我曾经走过的足迹。发现这一组四十多年前的作品，是唐文斌同志的劳动成果。但此外，有些作品很难找到了。

在北平的几年中，出去了几个月，去搞军运。回来，被捕了一次，补上铁窗生活的一课；又出去一年，一是要避难，一是为了学习戏剧。可以说，这增加了生活的色彩。也曾参加了故乡农村的抗日救亡运动，深入农民群众中，进行抗日的宣传鼓动。当时亲眼看到国土沦丧，大军溃退，各个阶级、阶层的不同动向，亲身经历与组织了抗日武装斗争。为了抗日救国，挽救祖国的危亡，不惜牺牲，在战乱中奔波千里。

在深县敌后的抗日游击根据地，搞了几年戏剧，搞了几年乡村文艺运动。在频繁的游击生活中，写了五个剧本、几个短篇、一个中篇，都上演了，出版了。其中一个剧本，叫一个老朋友看了，他以此为蓝本写了一个剧本，也叫《堤》；当他笑着把这个剧本给我看时，我一笑置之。那时期过的是军事共产生活，没有私有观念，也无稿费制度。

在几年的戏剧、文学的创作实践中，我体验了现实主义的创作方法，也实践了现实主义的表演体系。在文学创作中，在导演中，也探索到典型环境和典型性格问题。但是在游击环境中，今晨穿上鞋和袜，不知今夜脱不脱；轻装行军，走到哪里坚壁在哪里，如今一字无存。附在文集中的剧本，是我和别人合作、经过我参加演出的。青少年时代，写了几年诗，也只剩了两首小诗而已。

十万日军"扫荡"根据地时，领导机关和大部队从内线转移到外线作战，我和几个战友也转移到外线，转了个大圈，才回到故乡隐蔽，此时已经是岗楼如林、公路如网了。为了完成上级给予的任务，一夜之间奔走一百四十里，打了两次仗，爬了一个八里地高的山头。最后，掩护我们下山的一班战士，被敌人俘虏了！

在边区文联住了一些天，读了毛主席《在延安文艺座谈会上的讲话》，家乡的人们还在水深火热之中，战斗生活不可多得，我不忍脱离生活。于是在一夜之中，穿过保定南关的大桥，回到平原上，到了白洋淀苇塘中的九分区司令部。回到故乡挖地道，几个村的亲友，也挖了地道。我回环转移，躲过敌人的"扫荡"，守着地道口读书写文章，从北平买来了《贝姨》和《欧也妮·葛朗台》。几年之间，也写了二十多万字。

游击区无法出版，只好从平原寄到山里，由秘密交通站辗转邮递。这批作品是不易写成的，竟然丢失了！这是我平生最焦心的一件事。

我曾在一个县委工作了三年，了解了县委的生活和工作方式，了解了区委的工作和生活、村干部的工作和生活情况。在一个地委工作了三年，又了解了地委的工作和生活方式。这使我掌握了很多情况，例如中央的一次指示，经过省、地、县、区，直至村级，在广大群众的生活中，可能出现什么样的变化，出现什么样的问题。这种敏感和预见，得来是不易的。长期蹲点和短期蹲点、走马看花，对此绝不相同。而作为一个作家，这种敏感和预见是绝对有益的。

在长期蹲点期间，有四年是搞土改运动：两年在华北，搞一个试点村；两年在华中，又搞了一个试点村。我了解了很多农民的形象和性格、生活方式；也了解了地主们的形象、性格和生活方式，在几年中掌握了农民运动的规律。但是在写《翻身记事》的时候，我并没完全按实际生活来写，因为有的地方受了"左"的影响。我是按着党中央一九三三年两个土改文件的政策精神来写的。有实际经验的读者会看得出来的。

在几十年的工作和生活中，我蓄积了大量的素材，记录了许多人物、故事、情节和典型性的群众语言。

直至全国土改完成，我才放下心来。当我开始坐下来写作时，上级又调我进了城市，在一个报社工作。在这个报社里我又认识了一些知识分子，和他们做了朋友。因为我做农村工作久了，不适应报社的生活，我开始构思写书。不久，我又回到文艺工作的岗位上,开始了专业写作。立志以革命的现实主义和革命的浪漫主义相结合的创作方法,写出民族气魄的、广大人民群众所喜闻乐见的文学作品;这不是一件容易的事情。

病了几年,又遭遇了十年动乱,耽误了几部书。在这部文集中,我没有写出伟大的民族解放战争,这是我终生的遗憾。我只好用回忆录的体裁把过去的战斗生活记录下来。

我觉得,一个作家的作品,写自己经历过的生活,是得心应手的。看到一点,和听来的东西,必须联系到自己深厚的生活基础,否则有经验的读者会看出破绽的。

一个作家作品的独具风格、别开生面,需要下很大的气力,需要绕开古今中外几十个、几百个作家的文学风格。再者,也和作家的气质、经历、爱好有相应的关系,也联系到作家的审美观念。虚构,必须根据时代背景、历史的和现实生活的规律性,加以理想、联想和幻想,塑造他笔下的人物形象和性格。我相信,诸葛孔明的《空城计》和《借东风》是艺术真实,不是现实的真实。但是观众看了,认为是可信的。这是作家的大手笔,也和民间传说有相应的关系。编造、公式化和概念化的东西,是缺乏实践,生活贫瘠的表现,必须回到生活中去,才能解决问题。

我觉得,文章还是多修改几遍为好,生活和人物熟悉的地方,偶然也可能一挥而就,但毕竟是不可多得的。

想写重大题材,只靠采访是不行的,只是走马看花也不行。只有深入生活,参加实践,才能解决问题。想写工人,就要在工人生活中流下一点血汗;想写农民,就要在农民生活中流下一点血汗；想写知识分子，就要和他们交下朋友，了解他们的劳动过程，了解他们的生活和创造辉煌业绩的心情。

现在，呈献在热情的读者面前的文集，像一面镜子，使我觉得在文学生涯中，写的东西太少了！但事到如今，也无可奈何了，我今年已经是七十一岁了。

今后只能写一些小品和散文，写不了长篇了。使用录音机和打字机，在我来说，是不习惯的。我也没有这个条件。

这部文集，从旧社会写到新民主主义社会的生活。在这里，有亲身经历，有所见所闻，也有虚构。以我自己的审美观念和创作个性，写了人与人的关系，人间的悲欢离合，写了广大人民群众的命运和悲欢。写了正面的英雄，也写了所谓反面的"英雄"。写了第三派势力。写了各个阶级、阶层的人物，有男有女，有老人也有青少年。从老将军写到琐细的小人物。各有各的精神面貌，各有各的形象、性格。热情的读者去自由品评吧！

此外，我就贾湘农这个人物说几句话：有的读者说这个人物写得好，有的读者说这个人物写得不够成熟。比如一个美国人，来天津大学进修，她是学汉学的，而且以《论高阳棉布》的论文，获得博士学位。她对"高阳棉布"很有兴趣，并且亲自走了一趟。她就看着这个人物写得好，"虽然写得好，也遮不住朱老忠这个英雄人物"。这只是一个例子，其他读者也有这么说的。

关于早期的革命领导形象怎样写，这确是一个问题。以博蠡中心县委为例，它是于一九二五年建立的，我于一九二七年参加共青团。博蠡中心县委的书记，我也见过，他结婚时，我还给他画过两张水彩画。他现在还健在，已是八十余高龄。我们结为老朋友，常有往来。博蠡中心县委的委员刘显增同志，当时是我们的党团支部书记，是我们的数学教员，现在还健在。此外，还有国文教员宋卜舟，国画教员张化鲁。而且据刘显增同志说，他是一九二五年从河北省委到蠡县工作的，当时的河北省委刘延年等同志都是青年人。

我还看见过当时的北方局的视察员翟沼池和梁度世同志（此人还健在）都是青年人，都是知识分子。我还听过翟沼池的讲话，煽动性很强，但是满口的知识分子语言。以上所谈这些人，当时他们怎样到工人中、农村中去进行工作，还不像贾湘农一样？我概括得再高，也不过如此了。

博蠡中心县委，一个最突出的特点：在四一二反革命政变之后，未从国民党的政权机关、国民党部中撤出共产党员；在华北来说，这是独一无二的，在路线上来说，是正确的。这个问题，在文集中已经有所反映。

关于高蠡暴动中的湘农，当时的政治委员是贾振丰同志，他是二师高级班毕业同学，这个人我是认识的、熟悉的。他曾当过保定市委书记，当市委书记可以，他怎样去当这个政治委员？这就是一个问题了。因为他没有军事经验，没经历过战斗生活。

湘农这个人，据说搞过军事运动，他是南方（湖南）人，听不懂北方语言，说话得用"翻译"，不懂地理民情。指挥战争是会有困难的。据白坚同志说，高蠡游击战争失败后，他回到北京，曾和白坚同志同住过。省委批评他右了，他不同意。白坚同志说："这个人不错！"关于湘农的情况，我只知道这么一点。

一九三九年，我曾到一个游击部队工作，当政治委员。大队长是一二○师给的一个干部，是个农民，参加过茶陵暴动，在一二○师当过侦察员，当过侦察连长，派来当大队长。他这个南方人也不懂北方话。而我呢，说实在话，只看了毛主席的一本《论游击战争》，一本《论持久战》，以此为资本，指挥这个部队打了一年游击，指挥了两次战斗，活捉了一个大汉奸，主要是熟悉地理民情。我要是不当这一年的大队政治委员，没有这点游击战争的生活，我写不出高蠡游击战争的这些战斗。这些战争场景，我是用我的生活补充上去的。

高蠡游击战争在一九三二年九月，二师七六学潮在当年七月。关于两个事件的背景是，一九三一年九月十八日，日本关东驻屯军炮击北大营兵工厂，开始了沈阳事变。一九三一年一月一日，日军占领榆关。一月二十八日，上海十九路军开始抗战。此时日本特务、日本浪人公开在天津、北平活动。有扮为小商人、扮为日本和尚的特务深入华北内地活动，华北局势已危在旦夕。

天津、北平的学生抗日救亡运动已经起来，能不波及保定？国难当头，保定二师建党较早，党团员较多，能不掀起抗日救亡运动？我不同意有些人给二师七六学潮扣上什么样的帽子。他们充其量不过是二十二三岁、十六七岁的青年人（有两个十四岁的，被捕后未被判刑，因为不到法定年龄），血气方刚，爱国心切，被反动派屠杀，逮捕了。难道北平、天津学生运动那么大势头，保定则毫无动静就好了？

根据当时估计，为了抗日，敌人不会下死手的。为了此事，解放后，有人走访了当时的河北省政府主席、河北省政协委员、东北军将领于学忠。据他说，他当时不知此事。这么大的事情，当场死十数人，伤四人，不经过省长批示，有这个道理吗？当时对形势的估计是正确的，但怎么演变成惨案，也就难说了，世间事务是复杂多端的。

高蠡游击战争的失败，也是一样。也不过是蒋介石的"攘外必先安内"政策和"不抵抗主义"的后果而已。高蠡人民拿起枪来抗战，迎接红军北上，炳耀天日，万古流芳！

一九三三年的上半年，冯玉祥将军在张家口兴兵抗日，号称同盟军。河北省委各县都派党团员前往参加，我们县去的是李希周（此人健在）和韩福全二同志。当时的抗日同盟军大战长城的冷口、喜峰口，收复多伦，全国各地报纸都登头版头条，结果也失败了。总结一句话："当时反动势力还大，抗日的势力还小。"但是抗日的势力虽小，为了国家民族的危亡，也还是要抗日的。"不抗日毋宁死"，这是当时青年中流行的一句话。

文集的出版，得力于百花文艺出版社的编辑和许多热心的同志的帮助，这是应该感谢的。

一九八四年十月七日

第七辑　我之文学观

文艺工作者不可放过的历史体验

　　因为脱离那个工作岗位时间太长了,就把那种生活习惯甚至常用的名词也就忘了,半年来,和傅铎、赵忠信等同志见了两次面,他们都学会了一口漂亮的北平话,我惊讶地问他们:"你们都会说官话了!"他们说:"人家都说呢,准备进大城市了!"我惊讶的是这些同志心巧嘴灵,很快就学会了。

　　由于见到这些人使我读书时便于把书本和他们的职业联起来,胡丹沸同志曾示以手持土地政策,他在书上画了好多红绿线,我又把它读了一遍。

　　"中国的广大的知识分子,应该觉悟到将自己和农民结合起来之必要,农民正需要他们,等待他们的援助,他们应热情地跑到农村中去。脱下学生装换上粗布衣,不惜从任何小事情做起,在那里了解农民的要求,帮助农民觉悟起来,组织起来,为着先完成中国民主革命中一项极重要工作,即农村民主革命

而奋斗。"（论联合政府土地政策）

在蠡县讲，一年来村剧团逐渐下垮，旧年前后，由于旧剧的"复兴"来了一个总崩溃，只有招架之功，无有还手之力了，为了执行党中央文艺政策，就不得不用行政力量制止旧剧的蔓延，甚至"抓""押"，于是引起了乡民的不满。新剧团挺起它革命的精神，到处找剧本，到任丘、到河间，甚有的到张家口去找。新剧团没有领导，旧剧更没有改造。

乡村文艺是迫切地需要革命的文艺工作者来援救的，给他们新鲜的歌曲和短剧，他们创造兴趣很高，但缺乏人去帮他们排演指教（这无怪乎他们去花钱请教师买行头），他们一听说某某剧团来了，青年男女们就很快地围拢上来，问长问短，无尽热情地需要帮忙，但结果失望。

乡村里很长时间听不到新歌、见不到新剧出演了。"难家不会，会家不难"。音乐家之于小曲一哼就成，戏剧家之于小剧一挥即得，而农民男女却非常欢迎。

农民既欢喜艺术，又喜欢文艺工作者，文艺工作者也须以农民为读者为对象，有毛泽东同志的话为证：

"农民——这是中国工人的前身……

"农民——这是中国工业的市场……

"农民——这是军队的来源……

"农民——这是现阶段中国民主政治的主要基础……

"农民——这是现阶段文化运动的主要基础。所谓扫除文盲，所谓普及教育，所谓大众文艺，所谓国民卫生，离开三万万六千万农民，岂非大半成了空话？"（论联合政府土地政策）我的意见，即便专门作"提高工作"者亦须交下三个农民的朋友，书信往来讨论农村的问题和唱歌演戏的事。农民得到帮助，农民的血液与作家的血液也便于交流，作家便于吸取新的滋养，否则"他"是很难完成新民主主义革命的（妄断一下），这里也包括工人和军人，因为在中国这是互相联系的。我个人再提出这个意见：在城市未进去以前，应面对军人，面对乡村，面对农民，将来进得城去，拿农民剧、地方剧，到大城市公演，即便用土话演出，大学生、大学教授们也将认为是无上杰作（按上海欢迎延安秧歌即证明此点）。

新土地政策一实行，农民又将是一种新情绪，农村将又是一种新气象。这在文艺工作者是一个不可放过的历史体验！应该加紧学习政策，准备到乡下去工作。

一九四六年八月一日于蠡县

《冀中导报》1946 年 8 月 30 日

我怎样创作了《红旗谱》

一

有人问我，是什么事物触动你的意念，使你想起要写《红旗谱》这样的一部书。那就是，还在我少年的时代，曾经经历了旧中国广大劳动人民所经历过的苦难。那种悲愁与辛酸，那种痛苦和折磨，在我少年的心灵上打下了深刻的烙印。此外，我受到了时代的感动，受到了很多事件的感动。

我出生在中国北方的一个偏僻小乡村里，在那里度过幼年时代。在少年时代，首先感动我的，是住在土坯小屋子里的农家妇女。她们处在旧社会的最底层，在地主的压迫和剥削下，在夫权思想的蹂躏之下，忍受着抚养孩子们的忙累，穿得破破烂烂，吃着糠糠菜菜，披头散发，常常流着眼泪。她们成日为生活操心，为丈夫操心，为儿女操心，一颗火热的心就像悬在空中发抖。她们害怕说不定在什么时候，就会有灾祸临门，就会有一只黑手将她的丈夫、儿女或者她自己夺去。在我的少年时代，时常在故乡的土地上见到她们，感受到她们的痛苦，无数次地被她们感动了。在《红旗谱》中，我把她们写成老祥奶奶、顺儿他娘、春兰娘、朱老星家的……组成了广大妇女的群像。也有敢于从苦难中抬起头来，敢于显示她明朗的性格，敢于说话，敢于做事的，我便把她们写成贵他娘的性格形象。

据我所知，那个时代的妇女，十有八九有着婚姻问题的痛苦，也十有八九渴望着自由的爱情生活。但她不敢离开她不爱的丈夫，也不敢奔向她渴爱的情人，只有低下头去在泪水中度过她的一生。也有例外，我把她写成《红旗谱》中的春兰的性格，敢于脱开一般妇女的生活规律，挺起胸膛走她自己的路。虽然她也曾承受了痛苦和磨难，毕竟时代不同了，她的情人是运涛，运涛的背后是一个伟大的政党——中国共产党。她也开始冲破重重黑暗，开始为广大人民自由民主的事业而奋斗。在《红旗谱》开始的几章中，除了阶级斗争，我首先提出了妇女问题。

在旧中国的时代,像老驴头、冯大有这样的人,并不少见。他们受着严重的传统思想的束缚,咬紧牙关,瞪着眼睛,匍匐在地主的脚下,不住地发出呻吟的声音。在这个时代中,他们还不敢离开旧的轨道,他们的两只脚被拴在地主阶级的土地上。老驴头的农民性格,是小农经济的产物。

敢于从困难中站起来的,敢于打破封建镣铐的,是朱老巩、严老祥、朱老忠、严志和……这些人物。在旧社会,他们灵魂的深处,是伟大的、朴素的阶级观念。他们敢说敢笑,敢打敢骂,敢于在祖国的土地上行走。在那个时代,在他们之间存在着真正的爱:父子之爱,夫妇之爱,母子之爱。在他们之间存在着伟大的友情,敦厚的友谊。当我发现了旧中国时代这些宝贵的东西,我不禁为之钦仰,深受感动,流下了眼泪。我忍住这种快乐的眼泪同他们交下朋友。在旧社会,这也是他们团结在一起的一个方式。

过去有一句老话,说:"燕赵多慷慨悲歌之士。"真的,从我的少年时代开始,就从故乡人民的精神面貌中,窥到这种伟大的性格。于是我把这种伟大的人民性格,尽量赋予我所敬爱的人们,形成他们之间的共性。事实上,灾难深重的中国人民,经过几千年的封建剥削和压迫,曾出现过不少这样的英雄人物。我不过是从故乡的土地上综合概括,塑造了这些典型,并歌颂了他们。

二

当我开始读高级小学的那年,上海发生了五卅惨案。自此,我们每年到这一天,打出小旗,排上队,在大街上示威游行、喊口号、散传单、写标语。当时,少年的心灵受到了很大的感动。开始读着热情的诗歌、革命的小说,那时,我最喜欢"创造社"的《太阳》月刊。革命文学把我带进了革命,党亲切地教育了我。

四一二反革命政变,像一棵荆棘刺痛我的心。反动派在南方屠杀共产党员和工农大众,在北方也开始了白色恐怖。那颗少年的心好像忍住剧烈的疼痛在发抖。初具幼稚的革命思想的我像从高崖跌入了深渊。我亲眼看见一位母亲,由于儿子出走投奔了"革命军",她日夜不眠地在想念。"革命军"北伐了,她在盼望,希望革命胜利之后,能够见到她的儿子。但是四一二反革命政变打破了她的理想,儿子在广州暴动中被反动派杀害了。于是这位母亲由于爱儿心切,几乎疯了,不想吃,不想睡,头发也都脱光了。当时我是多么同情与愤懑啊。由于这个事件的启发,我要写出四一二反革命政变给予广大人民的灾难。从那时起,运涛这个人物开始在我的脑子里形成了。

自此,我懂得帝国主义与封建势力的丑恶,我痛恨反动派在这一时期夺去了不少人的爱妻、丈夫和子女,把他们砍头或投入黑暗的牢狱。

以后,我在共青团内,在文学研究会里,在飞行集会上,遇到不少像江涛、严萍、张嘉庆这样的人物,我与他们共同工作和战斗，增长友情，成了亲密的战友。直到如今，我还常在梦中看见他们。

大革命失败以后，故乡广大人民在中国共产党的领导下，掀起了数次伟大的农民运动与学生运动。其中最突出的、影响最大的是反割头税运动、保定第二师范学潮斗争、高蠡暴动。那是一个革命的高潮，在党的影响下，伟大的群众的革命热情深沉地感动了我。

一九三一年九月，像霹雳一声响，落在我们头上——日本侵略者向我们的祖国进攻了。事变调动了人们的抗日救国的积极性，大规模的抗日救亡运动开始了。

一九三二年七月，保定二师发生了七六惨案，反动派以血腥屠刀镇压了抗日青年，镇压了抗日救亡运动。在这个惨案中，我失去了很多亲密的战友。我为这些战友的被害而悲愤，在我写这部书的时候，好多次情不自禁地把眼泪滴在稿纸上。

距离七六惨案约两个月，故乡掀起了高蠡暴动，迎接红军北上抗日。

党为了发动广大人民起来抗击日本帝国主义的进攻，为了反对国民党反动派的不抵抗主义，为了配合红军北上抗日，发动党团员及革命的农民、革命的学生和知识分子，举行了轰轰烈烈的高蠡暴动，组织了北方红军。政治委员是贾振丰同志，司令员是李湘农同志，这两位农民领袖，直到如今，在这一带人民中还留有深刻的印象。

红军到处开仓济贫，斗争地主，把粮食及财物分给贫苦农民。暴动规模很大，一时振奋人心。但是，农民缺乏训练，组织工作不够好,军事骨干又未能及时赶到,而敌人是强大的。游击战争历时七天,攻下了许多寨堡,走到潴龙河东岸,南北辛庄一带,被国民党骑兵十七旅及高阳肃宁一带地主武装击败。

起义失败后,十几个农民死于战场,不少农民被关进监狱,过着暗无天日的生活。但他们在法庭上一直同敌人作斗争。最惨不忍睹的,是敌人用铡刀把他们铡成三截,砍下头颅挂在树上、城门上示众,鲜血淋漓,数日不止。起义失败以后,反动派在村里建立"和平会",要暴动者家属赔偿所谓"损失",还逮捕家属和他们的儿女。家属们不敢回家,在旷野里露宿达几个月。不少人家被地主逼迫勒索,搞得倾家荡产。

起义失败后,由于反动派的镇压,不少革命志士不得不远走高飞。白军、特务们,在故乡的土地上肆意劫掠。一九三四年,叛徒破坏了地下党组织。直到今天,很多老一代的共产党员一想起当时的情况,就不禁两眼含着泪水,追忆着烈士们的英雄气概。

当时,烈士们被埋进一个坟丘。直到今天,高蠡一带人民在每年清明节,还成群结伙,套着大车,拉着吃食和鞭炮,到辛庄为烈士们扫墓。

三

在这个时代中,一连串的事件感动了我,烈士们英勇的形象激动了我。自此,我决心在文学领域内把他们的性格、形象,把他们的英勇行为,把这一连串震惊人心的历史事件写出来。

《红旗谱》从短篇发展到中篇，又从中篇发展成长篇。其中有些人物在我的脑海里生活不下十几年。开始长篇创作的时候，我熟读了毛主席的《在延安文艺座谈会上的讲话》，仔细研究了几部中国古典文学，重新读了十月革命后的苏联革命文学。我在想着，怎样才能把那些伟大的典型性格写出来。为此，我想到要写故乡人民的风貌，写故乡的民俗、故乡的地方风光。为了把故乡的人物、性格、风貌、民俗及地方风光再现在纸上，不得不从这一带人民生活中选择、提炼典型性的语言。我也曾想避免方言土语，但字行之间缺少了它们，总觉得不够味。

我时常在思索，怎样才能使这部书成为群众喜闻乐见的艺术创作。经过反复考虑，最后我选择了古典文学中的传统手法。在章法结构上，不脱离古典文学的民族形式；语法结构上不脱离群众语言，又尽可能写得通俗易懂。我是以有文化的农民及干部为对象写的，使有文化的农民看得懂，没有文化的农民听得懂。

这部小说，开始打算写六部，第二部《北方的风暴》写高蠡暴动。第三部《战寇图》，写卢沟桥事变前后，北方农村和城市的抗日救亡运动，及故乡的革命的再起。

我并不想把小说写得部头很大，字数很多，但应该写的事情实在是太多了。抗日战争中，故乡正处在前哨阵地，故乡的人民在中国共产党的领导下，经历了轰轰烈烈的人民战争，尤其是经过"五一"大"扫荡"，遭遇到民族敌人的残酷烧杀，锻炼得更加坚韧顽强，英勇地打败了民族敌人。建国以后，故乡人民在党的领导下，为了扫清障碍走向社会主义，胜利地完成了土地改革及其他一连串的群众运动,把他们的历史上的敌人一一击败。伟大的人民,从历代烈士的鲜血染遍的土地上站了起来。

一九五八年春于北京天桥友谊医院

《文艺月报》1958年第5期

我为什么要写《红旗谱》

有人问我,怎么想要写《红旗谱》这样一部书?那就是,还在我的少年时代,我就曾经体验了旧中国广大人民经历的苦难;那种悲苦与辛酸,那种痛苦和折磨,在我少年心灵上烙下了深深的印痕。此外,我受到了时代的感动,受了很多事件的感动。过去有一句老话说:"燕赵多慷慨悲歌之士。"真的,从我的少年时代开始,我从故乡人民的精神面貌中,窥到了这种伟大的性格。于是,我把这种伟大的人民性格,尽量赋予我所敬爱的人们,形成他们之间的共性。事实上,灾难深重的中国人民,经过几千年的锻炼,曾经出现不少这样的英雄人物,我不过是从故乡的土地上,研究、塑造、歌颂了他们。

当我开始读高级小学的那年,上海发生了五卅惨案。自此,我们每年到了这一天,打出校旗,排好队,在大街上示威游行,喊口号,散发传单标语。当时,少年的心灵,很受广大人群的感动，开始读着热情的诗歌、革命的小说。那时，我最喜欢"创造社"，革命文学把我带到革命中来。党亲切地教育了我，四一二政变像一棵荆棘一样刺着我的心，听说反动派在南方屠杀了共产党，在北方也开始了白色恐怖，少年的心，好像忍住鲜血在发抖！我亲眼看见一个母亲，儿子出走了，投奔了革命军，她日夜不眠地在想念。革命军北伐了，她在盼望，希望革命胜利之后，能够重新见到她的儿子；但是，四一二政变打破了她高兴的幻想，儿子在广州暴动中被反革命杀死了。于是，这位母亲，因为爱儿心切，几乎疯狂了，不想吃，不想睡，把头发都脱光了。当时我是多么寄予同情和悲愤！由于这个事件的昭示，使我写出四一二事变对广大人民的影响。从那时开始，江涛这个人物，已经在我的脑子里成长了。自此，我懂得了帝国主义与封建势力的丑恶，我最痛恨反动派在这一时期夺去了不少人士的妻子、丈夫和子女，把他们砍头，把他们关进黑暗的监狱里。自此以后，在共青团中，在社会科学家联盟中，在文学研究会中，在飞行集会上，我遇着许多像江涛、严萍、张嘉庆这样的人物；我与他们共同工作，交好朋友，成了亲切的战友，直到如今，我还常在梦中看见他们。

大革命失败以后，故乡在中国共产党的领导下，广大人民兴起了数次伟大的革命运动和学生运动。其中最突出的，影响最大的是反割头税运动，保定第二师范学潮斗争，博野暴动和高蠡暴动。那是一个革命的高潮，在党的影响下，伟大的群众热情深深地感动了我。

一九三二年七月，保定发生了七六惨案，反动派用血腥的屠刀镇压了抗日的青年,镇压了抗日运动。在这个惨案中,我失去了很多亲密的战友。我为这些战友的遇害而悲愤,在我写这部书的时候,好多次情不自禁地把眼泪滴在原稿纸上。距离七六惨案后两个月,故乡又兴起了高蠡暴动。党为了发动广大人民起来抗击日本帝国主义的进攻,为了反对国民党政府的不抵抗主义,为了配合南方苏区反四次围剿,发动了党团员及革命的农民,举行了轰轰烈烈的高蠡暴动,组织了北方红军。政治委员是贾振丰,司令员是李湘农同志。对于这两位人民领袖,直到如今,在这一带人民中留下了深刻的印象。红军到处开仓济贫,打杀地主,把粮食及财物分给贫苦的农民。暴动规模很大,影响极深,一时振奋人心!但是农民缺乏教练,组织工作还嫌不够,军事骨干没有来得及赶到,敌人还是极端强大的。游击战争历时七天,攻下了许多村庄,走到潴龙河东岸、南北辛庄一带的时候,被国民党十四旅及高阳、肃宁的敌人合击,遭到了失败。起义失败以后,不少农民死于战场,不少农民被逮捕、屠杀、关进监狱,终身过着暗无天日的生活。但他们在法庭上,一直和敌人作着斗争。最残忍的是敌人用铡刀把他们铡成三截,砍下头颅,挂在树上、挂在城门上示众,鲜血淋漓,数日不止。今天在很多老一代的农民中,忆想起当时的情况,还不禁两眼流泪,想起烈士们的英雄气概。当时烈士们被埋进一个坟丘,直到今天,高蠡一带的人民每年清明节的日子,还成群结队,套着大车,去为烈士们扫墓。

在这个时代中,一连串的事件感动了我。自此,我决心在文学领域里把他们的性格、形象,把他们的英勇,把这一连串震惊人心的历史事件保留下来，传给后一代。我觉得这是我的责任。《红旗谱》这部书，从短篇发展到中篇，从中篇发展成长篇，其中有些人物在我的脑子里，生活了不下一二十年。开始创作的时候，我熟读了毛主席《在延安文艺座谈会上的讲话》，仔细研究了几部中国古典文学，重新读了苏联的著名小说，我时时刻刻在心中想念着，怎样才能遵照毛主席的指示，把那些伟大的品质写出来。为此，才想到要写故乡人民的风貌，写故乡的民俗，故乡的地方风光；我要把故乡的人物、性格、风貌、民俗及地方风光，活跃于纸上，我不得不从这一方人民生活中，选择、提炼典型性的语言，我也曾想过避免它们，但字里行间缺少了它们，总觉着不够味。我时常在想着，怎样才能使它成为喜闻乐见的文学创作，我选择了古典小说中的传统手法。在章法结构上，不脱离古典文学的民族形式；语法结构上，不脱离农民自己的语言，尽可能写得通俗一些，使有文化的农民看得懂，没有文化的农民听得懂。小说开始打算写六部：第二部《北方风暴》，是写高蠡暴动的；第三部《抗日图》，写卢沟桥事变前后北方农民中的阶级变化，及故乡的革命如何再起（梁斌同志写到第三部，因身体不好，就暂时停了下来。第四部计划写冀中抗日游击根据地的建设，第五部写两面政策和地道战，第八部写反蒋复仇。原刊编注）我并不想把小说写得部头很大，字数很多，实在是故乡的人民经历的事件太多，应该写的事情太多了！

《蜜蜂》1958 年第 5 期

漫谈《红旗谱》的创作

一九六〇年春天,我在天津二五九医院养病,《人民文学》编辑部肖德生同志来,要我谈一谈创作经验。惭愧得很,此书出版时,我正在北京友谊医院住院。至今,已经病了四个年头,这个问题,我还没有很好地想一想,今天回忆一下,也许会有好处。

我感到一部比较长的书,从酝酿到写成,不可能在很短的年代里完成。作为我个人的体验来说,我能写出这部长篇小说,也在思想上酝酿了很多年。我想就从这部书的酝酿过程谈起。

一

在我的青年时代(一九三五年),带着革命的狂热,想写《红旗谱》这部书,热情很高,但生活积累不足,技巧也不够,结果只写出一篇反映二师学潮、高蠡暴动的短篇小说《夜之交流》。

一九三一年,日本侵略者在东北发动了九一八事变。这年的十二月,天津、济南、上海、广州学生入京大请愿。保定市学生抗日救亡运动就走上了高潮。

迎着日军的入侵,保定第二师范学潮和高蠡暴动都发生在一九三二年,前者发生在七月,后者发生在九月,相差不过两个月。我参加了二师的护校运动,斗争对我影响极深,战友们在七六惨案中被捕的有五十几个人,被惨杀的有十多个人,这是我一生难忘的。

一九三二年九月,故乡发生了高蠡暴动,我虽没有参加,对我也有很大影响。在暴动中牺牲的同志里,有一个叫小马的,他是我的同学。《夜之交流》是写小马怎样在二师学潮后跑出去,参加了高蠡暴动,写了红军露夜行军,写了辛庄会战的失败,在回保定的路上,他被捕了。受到反动派严刑拷打,被押在保定行营里数月,在一个深沉的夜晚,他被拉到后院的木槿树下,秘密枪毙了。这篇小说的寓意,是写在这黑暗的夜晚,革命与反革命在进行斗争。现在的《红旗谱》中,还可找到这篇小说的痕迹。一是运涛被捕过堂问供的情节;一是十四旅进攻第二师范的夜晚的描写,白军洗劫了第二师范,扒下牺牲的同志们的血衣,上街叫卖,把母校的图书仪器、钢琴抬到大街上叫卖。这篇小说刊在北京"左联"主办的《伶仃》月刊第二期上。自此以后,高蠡暴动这个动人的题材,在很长的时期里,留在我的心上。

抗日战争爆发以后,我在冀中新世纪剧社工作。在一起工作的有傅铎同志。一九四一年冬天,傅铎同志那里来了客人,是一位六十岁左右的老人,个儿不高,额部很宽,三绺稀黄胡子,说话膛音很大,腿脚矫健,给人的印象是精干又智慧。他有三个儿子,二儿子宋鹤梅和三儿子宋汝梅都是我高小时代的同学。当时宋汝梅在区自卫队当大队长,不久前被内奸暗害。关于暗杀的情节,老人和县里有不同的意见,就跑来向冀中区党委告状,要给他的小儿子报仇。后来才知道他的大儿子也死了，但我忘记了死因和年代。他的二儿子宋鹤梅参加过高蠡暴动，失败后跑到深县县委隐蔽，有一个同志，为了安全起见，把他藏在一个土匪家里。不巧得很，他被封建势力当做砸明火的土匪逮捕了，解到保定法院。后来又被高蠡暴动时受过打击的封建势力发觉，控告他是共产党员。他在法庭上英勇不屈，与敌人辩论，行刑时站在汽车上高呼"打倒国民党""共产主义万岁"，给群众留下了深刻的印象。这样一来，这一家人只留下两个守寡的儿媳和几个无父亲的孩子，老人的遭遇太惨了！可是他表现得非常刚强，不给人一种悲观的印象，他的形象使我久久不忘。这就是《红旗谱》里朱老忠这个性格的原型。

到一九四二年，我根据老人的遭遇，写了短篇《三个布尔什维克的爸爸》。是用第一人称写的，通过老人的叙述，描写了宋鹤梅和宋汝梅同志英勇斗争的事迹，没有写到他的大儿子。宋鹤梅改名大贵，宋汝梅改名二贵。写大贵参加高蠡暴动，当红军大队长，失败后被捕，解到保定行营，经过严刑审讯，大贵坚贞不屈，后来终于被敌人杀害，临刑前站在汽车上，激昂慷慨地向群众宣传，高呼："打倒国民党反动派！""共产主义万岁！"我写高蠡暴动的原因，是感觉它规模大，影响深远。写二贵在抗日战争期间担任自卫队大队长，在一天的夜晚，他带领游击小组卡私，卡住一辆大车，拉着棉花走向敌区。这个走私的人，正是大队副的舅舅，大队副托人说情，要求把这辆大车和棉花归还他的舅舅。二贵不让，把眉头一皱，说："王子犯法还与民同罪哩！"因此两人发生了纠葛。这个大队副正是一个内奸，在一天夜里，二贵送干部过路的时候，被这个内奸在暗中开枪打死。小说还写了朱老忠带着铡刀跟大贵一起参加了高蠡暴动，在辛庄会战的战场上，他举起铡刀英勇地向敌人冲杀。另外还写了两个儿媳，贵他娘则着墨不多。由于情节上有所扩充，小说里革命者的形象较之《夜之交流》里的人物形象突出了。

那时，我年纪还轻，掌握材料不足，生活基础和斗争经验也不多，尤其缺乏武装斗争的经验，在这样的条件下写出来的作品，局限性很大。但也塑造了朱老忠这个矫健的形象，勾勒出高蠡暴动的简单轮廓。

由于工作关系，同年根据《三个布尔什维克的爸爸》写了一个五幕剧《千里堤》。剧本的时代背景，是一九三九年冀中大水灾，平地水深齐胸，庄稼都被涝坏，边区政府贯彻减租减息政策，扛长工的也都起来闹增资（要地主每年给长工粮食八十斗，现金八十元）。剧本中的人物有朱老忠、大贵、二贵，还添了个三贵。剧本写二贵给地主冯贵堂扛长工，团结雇工，跟冯贵堂进行增资斗争。《红旗谱》里的冯贵堂，最初就是在这个剧本里出现的。写冯贵堂在工人运动起来以后投了敌，领着伪军来扒堤放水，造成锁井镇一带的大水灾。写了水灾以后根据地群众的生活，还写了水灾以后群众修堤的场面，朱老忠在堤上同修堤的群众追述了高蠡暴动的往事。这是根据白洋淀修千里堤时敌我斗争的材料写成的。这个戏的人物比小说有所扩充，作为斗争对立面的人物，除了冯贵堂以外，还写了李德才。

一九四二年，反"扫荡"后的秋天，我到了太行山里，住在边区文联,把短篇《三个布尔什维克的爸爸》发展成中篇,篇名仍为《三个布尔什维克的爸爸》。它在《晋察冀文艺》发表时,编辑部改名为《父亲》。这个中篇有五六万字,分为十三章,还是用第一人称的写法,用夹叙夹议的方法写成,内容也有所增加。

在中篇里,把朱老忠写成下过关东、挖过参、淘过金,是个阅历多、见识广的人。写朱老忠回乡安家,有了三个儿子:大贵、二贵、三贵。写大贵在大革命时代参加了共产党,四一二反革命政变时被捕,关在济南监狱里。朱老忠步行南下探监,并见到大贵临刑时在汽车上高呼口号,英勇就义。我之所以要这样写,是因为大革命失败以后,共产党人被关监狱、被惨杀的太多了。在法庭上,在刑场上,这样悲壮、这样坚贞不屈的事也很多。写二贵在高蠡暴动时牺牲;三贵参加了抗日运动,在区里做自卫队大队长,被内奸杀害。老人在揭发内奸的问题上与县委有不同意见,他为了复仇,来到冀中区党委申诉。中篇主要写三贵,并回叙大贵在四一二反革命政变里、二贵在高蠡暴动时期的革命活动。在中篇里初次出现了严知孝这个人物。写朱老忠给严家扛过长工,严知孝见朱老忠阅历多、见识广,托他到保定去探看儿子,他的儿子正在第二师范读书,被军警包围了。他步行到保定,不几天,正碰上严知孝的儿子被反动派枪杀,看到严知孝的儿子在行刑前高呼口号的壮烈行为。反面人物出场的有冯贵堂和李德才,另外还写了李德才的姑娘珍儿在冯贵堂家当丫环,珍儿和三贵相恋,冯贵堂想霸占珍儿,引起了纠葛……

395

一九四二年反"扫荡",我到了白洋淀,遇到十分区地委书记,他告诉了我一个英雄故事。这人叫张丰来,在涿县家乡领导农民搞秋收运动,抢地主的粮食、棉花,表现得非常英勇。再加上我县老共产党员张化鲁的革命事迹和几个共产党人的性格,加以综合概括,写成五六千字的短篇。《红旗谱》里张嘉庆这个人物,就是在这个基础上形成的。当时这个短篇曾给张化鲁同志的儿子看过,他看了以后说:"这不是写的张化鲁的事情吗?"这时我暗暗点头,觉得这个人物算是写成了。

在抗日战争时期,我遇到过许多革命者的子孙,一看到他们,就忆起高蠡起义中牺牲了的同志们,觉得应该写他们。这时我写了一个短篇《抗日人家》。这个短篇通过小顺的回忆,写伍老拔怎样参加高蠡暴动,怎样牺牲了。写母亲怎样带着孩子们去探看监狱里的父亲,眼看着亲爱的丈夫被反动派杀害。又写小顺在抗战期间当了村长,和一个女劳动模范恋爱结婚,根据地搞起了生产运动,日子过得挺好。我觉得革命者的子孙应该得到自由幸福的生活。这个短篇的自然背景是一片丰裕的梨园,理想中是写饶阳城北献县岳家庄一带人民的抗日生活。

还写过一个五幕剧《五谷丰收》,人物有老套子和伍老拔的小儿子小囤。写小囤在冯老锡家扛小活,跟冯老锡的姑娘雅红恋爱,冯老锡阻止他们相爱,小囤出走,参加了队伍,后来当了游击队的大队长,最后终于和雅红结婚了。这个戏写长工和当家的姑娘结婚,在当时不合乎党的政策精神,只演出一两场就不演了。这个剧本的情节,构成了《红旗谱》第三部《烽烟图》中的一部分情节。

另外，还写过这样一个短篇，写一个伪军，他是个出了名的刽子手，酒醉后回忆起过去的行为，觉得自己杀的人太多了，有所悔悟。这个人物，就是《红旗谱》里冯大狗的影子。

我写了上面的这组短篇和剧本，约有二十六七万字，在抗日游击根据地里无法出版，反"扫荡"时，托深县文建会（全称是"冀中区文化界抗日建国联合会"）文艺部长为我保存，后来因辗转投寄遗失了。自从这组稿子遗失，我长期做着地方工作，也有十年未写文章，但这些人物并未离开过我，我常被我所熟悉的这些人物和故事所激动。于是我下了决心，从一九五三年起，开始写这部长篇。

最初计划写四部，从卢沟桥事变写起，第二部写抗日游击根据地的黄金时代，第三部写两面政策和地道战，第四部写土地改革。

第一部开头写的是这样一个故事：朱老星的儿子庆儿和二贵在高蠡暴动失败以后，被冯贵堂霸为人质，在冯家扛长工，由于过去积下的阶级仇恨，冯贵堂诬害庆儿偷了他瓜园里的瓜，指挥狗腿子老山头吊起庆儿毒打，要他招出跟朱老忠和朱老明合伙偷瓜。有人把这件事情告诉了朱老忠，朱老忠便出头干涉，要拉冯贵堂进城打官司。冯贵堂因为证据不确，没有立时跟他一块去。朱老忠和朱老明便进城找江涛商量对策，这时江涛已回县做代理县委书记的工作，见到两位老人非常高兴，在一个晚上，请老人们喝酒，在商量事情的过程中，朱老忠追述了当年朱老巩大闹柳树林的故事，追述了他下关东受尽辛苦，为了报仇才从关东跑回来，哪知回来以后仍然受着冯兰池的欺压……

原来构思这部小说的时候，是没有严志和这个家族的，因为在中篇小说里写朱老忠的三个儿子都牺牲了，读者有意见。经过考虑，自己也觉得不妥当，因为这样会给人以绝望的情绪。从写人物来说，塑造一个人物不很容易，还未完成一定任务，一个个都结束了生命，也觉得可惜，就把朱老忠一家分成了两家：安排运涛在大革命时期死去，大贵在高蠡暴动时死去，二贵在抗日战争中死去，留下三贵。张嘉庆也在抗日初期死去。当然这样死的人还是不少，可是，革命是要流血的！

所以朱老忠谈到大革命失败、大贵的死、高蠡暴动的失败、二贵的死，一方面是悲愤，另一方面对革命还是乐观的。朱老明也谈到连告三状的事，江涛也谈了二师学潮的斗争，朱老忠又谈了上保定探监的经过。这是一个倒叙的写法，这个倒叙写了十万多字。下面又写了二十万字左右，主要情节有朱老忠二次上县城，张嘉庆从门头沟回到故乡，与江涛重建地方党的工作，写到吕正操将军与孟庆山将军蠡县会师。这部书里反派人物冯贵堂、刘二卯、李德才都上了场，还写了严萍、贵他娘和涛他娘，严知孝写得少些。《红旗谱》里的人物，在这部书里大致都有了。

写完这部书以后，觉得倒叙部分太多，与全部小说不相称，而且写得不够周密，考虑的结果，决定把倒叙部分割下来，写成第一部，这样原来的第一部就成了第二部。第一部一写起来，故事就充分展开了。不过那时的第一部和现在的仍有不同。那是从朱严两家的友情写起，朱老忠由关东回来，严志和一家担负两家人的生活，等等。这样便于写出严志和这个人物，同时把朱大贵的事情分给了运涛，增加了第二部书里没有的伍老拔、朱老星。第二部书里的严知孝写成开明士绅，在这部书里则以"左倾"的知识分子出场，性格上不完全一样。第二部书里的严萍已经二三十岁，而第一部中的严萍还是个少女的形象。冯老兰这个人物是写第一部书的时候才塑造出来的。这样，第一部写了大革命时代，写了反割头税运动和二师学潮、高蠡起义等事件，共有五十多万字。我觉得一部书写五十多万字太长了，所以又把高蠡暴动的部分割下来，写成第二部《播火记》（原名是《北方的风暴》），这样一来，原来的第二部就变成第三部了。

写完三部原稿以后，觉得有些人物写得不够，像朱老忠、严志和两个主要人物性格的发展还有些突然，我又加写了第一部最初的五六万字，这些篇幅的任务，就是把朱老忠、严志和、运涛、江涛、春兰等人物性格形成的过程补上。还写出老奶奶这样一个人物形象。写到这里，小说就算初具规模了。这时，我又想到下面还要写三部书，这样长的书按照中国古典小说的传统习惯，似乎还应该有个楔子。我写这部书，一开始就明确主题思想是阶级斗争，因此前面的楔子也应该以阶级斗争概括全书。考虑了很长时间，最后决定把朱老忠回叙朱老巩大闹柳树林的故事挑出来，搁在第一章。到此为止，这部书的前一、二、三部原稿算是初步写成。

书是这样长，主题思想是明确的，但是要让读者从头到尾读完，确实不是一件容易的事情，于是安排了一些场景的描写，扩充了生活内容。过去的短篇里，写过朱老忠探监，二贵在刑场上英勇不屈的形象。因为写过，搬到长篇里来就容易写得突出。在第一部初稿中，写运涛和短篇中写二贵一样，也是牺牲了的，并把春兰处理为和大贵结婚。后来我又改写成运涛没有死，被判了无期徒刑。这样，春兰自然也就不能嫁给大贵了。大贵也没有死，起义失败以后，他拉着一股游击队上了太行山。

在那个时代，是不是可能产生朱老巩和春兰这样的人物呢？在当时是可能的。朱老巩大闹柳树林，是我母亲给我讲的故事，而且是有根据的，只是没有我书中所写的那样强烈和完整。春兰这个人物也有根据：有一天，离我们村五里路的村里唱戏，听到街上小伙子们乱嚷嚷："去看革命呀！"一打听，才知道有个漂亮的农家姑娘，把"革命"两个字绣在衣襟上，坐在台下看戏，引起了一些青年人的注意。朱老明和冯老兰打官司的故事，也是有根据的。事情出在滹沱河旁的张岗镇，这个村与锁井镇一样，东头住的多是富户，西头住的多是穷户，在军阀混战的年月，地主们拉着壮丁打逃兵，打下骡子车和洋面来发洋财，逃兵们又从保定勾来了一个团，要火洗张岗镇，经人说合，拿出五千大洋，这才罢兵。地主们把这五千块洋钱摊派在穷人头上，穷人们就联合起来跟东头的地主阶级打官司，后来穷人们把官司打输了，有一个人气瞎了眼睛，这就是我所写的朱老明。这个故事，是在抗日战争期间，搞统累税的时候翻腾出来的。当时张岗镇的政权为地主阶级所掌握，他们把统累税加在穷人身上，逼得穷人寻死上吊，区党委派张兢同志带工作组去做调查研究，才整理出这个村历史上的阶级斗争。当然，书里的故事即使有现实根据，也决不等于生活中原来事件的再现。书中写的一个事件、一个人物，都是从许多事件和许多人物中一星星、一点点地集中起来，经过综合、概括、突出和提高了的。所以，《红旗谱》中的故事不是革命生活的实录。

书中所写的这些人，当时都是群众中的英雄人物，他们有多方面的经历和经验，今天在文学作品里写起来，主要是写广大工农群众在阶级斗争中的英勇，这样便于后一代人学习。在长期的中国革命的斗争里，广大工农群众跟随党进行了轰轰烈烈的革命斗争，做了很多工作，有很多可歌可泣的故事，是应该肯定下来的。根据我个人的回忆，在北方那个白色恐怖的年代里，党的工作是绝对秘密的。对于处在基层的广大党团员及赤色群众，号召力最强的是"共产主义""反帝国主义反封建""打土豪分田地"和"打倒日本帝国主义"。处在当时的理论水平，他们并不懂得路线问题，也不知道党的负责人是谁，甚至连本县本区的党的负责人是谁也不知道。他们只是抱着满腔的热忱奔赴战场，希望早一日打倒反动派，打跑日本帝国主义，过起自由幸福的日子。因此，我用了歌颂的手法来写这部书，歌颂他们的英勇不屈。当然，运动失败了，就说明当时领导上有问题。

这部小说里的人物、故事、情节，绝大部分在我的短篇、中篇、剧本中不止出现过一次，他（她）们的形成都有较长的过程，如果没有这些人物和故事情节做基础，我是写不出这部书的。假如抗战期间那一组原稿不丢失的话，恐怕也不会再写这些人物了，或者说也可能不再写这部长篇了。当然，当时丢掉这束原稿，我的心上是经受了难以忍受的熬煎的。

二

下面，谈谈《红旗谱》中人物的塑造，和在创作生活中的一些体会。

我很早就有一种理想，要写出所谓古老的封建社会的叛逆的性格，写出中国农民的高大的形象。这是有很多因素促成的：

我在县立高小读书的时候接触了党，认识了我们县里最早的三个共产党员，其中张化鲁同志还是我的国文老师。在他们的启发、教育下，我初步懂得了一些阶级斗争的知识，认识到反帝国主义反封建的意义。在我的记忆里，在那个年代里接触的革命的农民和知识分子，性格上都带有慷慨义气的色彩，我很喜欢这样的人，这是相互团结的一个方式；这些人凑到一起，很能说到一块，大家互相关怀，互相帮助，从来不分彼此。老师在讲课的时候也说过："燕赵多慷慨悲歌之士！"我觉得很有道理。

我生长在农村，接触过许许多多的农民，记得有一个农民叫梁老宠的，他是我们邻居，长得高个子，挺腰板，很有气魄，扛了一辈子长工，庄稼活样样精通，看问题很尖锐，很准确。这是我一生中遇到的最聪明、最智慧的一个农民，看起来不像是个农民，倒很像一个文质彬彬的知识分子。这人平时很少说笑，性格善良，待人和蔼，最难得的是他的朴素的阶级观念非常清楚，向来不与地主来往。他常和我谈起地主家里的事，总是把地主阶级的生活丑化一番。这样的人，越同他接近得多，就越能发现他性格上的美。我有一个叔伯兄弟，也是扛了一辈子的长工，他和梁老宠不一样，一个是聪明智慧，一个是愣头愣脑，他跟地主有来往，也短不了与地主闹纠纷，闹不对了就骂一通街。再有一个农民按辈分要叫我叔叔，其实年岁比我大得多。这人给地主赶了一辈子脚车，走南闯北，性格豪放，敢说、敢笑、敢打、敢骂，他在抗战初期入党，在我们村里当农会主任，与封建势力斗争得很坚决。还有，在高蠡暴动过后，只要你一与参加过暴动的那些农民谈起来，就感到尽管他们性格不同，可是他们在阶级敌人迫害之下，总是患难与共。我发现他们身上具有阶级本能带来的反抗性。这时，我就想把家乡一带农民的豪壮、粗犷的性格表现在文学作品里。自从抗战以来，我长时期做农村工作，我的工作对象是农民，和我一起工作的同志大部分来自农村或出身于农民。我想，中国革命是工人阶级领导的，但我们党向来是把农民阶级作为可靠的同盟军。中国革命有了一个强大的农民阶级作为工人阶级最亲密的同盟军，才会赢得革命的胜利。

有的读者问我，你为什么不写工人？这是由于生活的限制，我熟悉农民，熟悉农村生活，我爱农民，对农民有一种特殊的亲切之感。于是我竭力想表现他们，想要创造高大的农民形象，这是我写这部书的主题思想之由来。

因为脑子里积蓄了很多憨厚善良的农民形象，所以一见到开朗、乐观、身体矫健、两眼炯炯闪光的老人，立刻感到自己的理想可以体现在他的身上，这位老人应该成为我小说中的主人公。这个感触来得快，接受、融化得也快，我的短篇《三个布尔什维克的爸爸》写得也快。我写这个人物原是雇农出身，性格豪爽，正直无私，有爱国思想，对抗日工作忠心，曾经下过关东，参加过高蠡暴动……为什么这样写？因为一个人的性格要受到生活的灌溉。朱老忠之所以聪明、智慧、有胆识、有革命的乐观主义，是因为他走南闯北，经过生活的磨炼，才成长出这样的性格来。你不写他有这样的经历，人物的性格就写不出来，或者写出的不是他应有的性格。至于原来的模特儿，我并不知道他是否下过关东，是否参加过高蠡起义，这些地方是我根据我的想象力和联想力虚构的。我觉得具有这样性格的人，他们的生活道路就应该如此。

写中篇时朱老忠的性格又有所丰富，增加了朱老巩大闹柳树林的故事，这样就赋予朱老忠以传统的反抗性格。写朱老忠被迫闯关东，在长白山上挖参，在黑河里打鱼，在海兰泡淘金……我认为有过这种生活经历的人，性格上才有慷慨豪爽的可能。当过淘金工人，就不只是农民性格了。写他大儿子在四一二反革命政变中牺牲，实际上，宋鹤梅不一定死于四一二反革命政变。这样写，是为了丰富人物性格的需要，也是为了写出中国革命历史上，反动派开始屠杀共产党人的一页。朱老忠步行南下探监，运涛被判了无期徒刑。这样，一方面写出大革命失败以后，共产党员的牢狱生活，临刑不屈，从容就义的高贵品质；同时，作为一个农民的朱老忠，和中国共产党领导的革命运动的关系更加密切了，与封建地主阶级的阶级仇恨从政治上更加深了。写他参加高蠡暴动，通过武装斗争，进一步刻画了这个人物的性格。

关于朱老忠这个人物的性格，在中篇里大致已经突出。在这里，我感到写真人真事还比较容易，但要根据现实生活中的人物加以综合、概括、提高，使人物站起来，就比较困难了。我觉得通过人物的生活、经历，通过人物的活动来刻画人物的性格，也许是一条可行的道路。一个人物性格的形成，和他的生活经历是分不开的，这是唯物主义。描写一个人物，要做到揭示了他这一面，就能使读者联想到他另一面，这就是所谓生活的烘托，如果只是简单地说明人物的经历，也能给读者一些直感的印象，但是这印象是平面的。要把人物放在一定的环境中，通过生活的细节，通过故事的纠葛，人物的性格才会突出。比如在中篇里写朱老忠替严知孝去保定二师探望儿子，长篇里朱老忠和江涛南下探监，这些都不是原来的模特儿自己的事情，但只有通过这些情节，才能写出朱老忠的侠义性格："为朋友两肋插刀"。这种人心地正义、光明，在旧社会来说，这样的人就容易靠近党，奔向党的怀抱。

写长篇的时候，我决心把朱老忠的性格再提高一步，使这个形象更加完美。

为了不使抗日人家只剩下没有儿子的父亲、没有丈夫的媳妇，我又写了严志和一家。对这一家人的性格，我觉得应该和朱老忠家族有共性，因为他们都是被压迫者，都是抗日革命的同路人。但是他们还有各人的不同的个性。我采用了对比的手法来写朱老忠和严志和，比如写朱老忠走南闯北，而严志和却从来没有离开过锁井镇这块土地，这样既可以突出朱老忠的性格，也比较容易写出严志和的性格。

怎样使朱老忠这个形象更加生动，甚至在他身上发出光彩呢？我觉得通过农民内部的团结和相互之间深挚的友情来写，可以收到这方面的效果。在长篇里就从严志和帮助朱老忠重建家园，一家担负两家人的生活写起。同样的，为了突出朱老忠这个人物，小说开头就有必要加强他与地主阶级的矛盾冲突。也曾经考虑过写进一些催租逼债的情节，这是地主阶级和农民阶级最尖锐的矛盾，后来又想到，很多作品都写过了，也容易写成《白毛女》那样，才写了鸟儿事件。原稿是写朱老忠和严志和捉到脯红，冯老兰想霸占，以表现他们和地主阶级之间的直接冲突，同时也表现了老兄弟俩的亲密友情。后来觉得运涛和大贵等第二代人还写得不够，而且那时预定运涛在四一二反革命政变时完成他的"历史任务"，而这个人物还写得太少，站立不起来。严家这一家人都是新的人物，尚待深化。拿起原稿一看，就觉得这地方缺少点什么东西，人物本身在要求行动，非补上去不可，考虑再三，才决定把鸟儿事件中朱老忠和严志和的行动让给运涛和大贵，这样一改，效果很好。通过脯红的故事，生龙活虎的第二代人物出现了，既没有削弱朱老忠和严志和的性格，又表现了运涛、大贵、江涛、二贵、春兰这些人物。表现了父一辈子一辈的友情，收到写催租逼债同样的效果。这一节也写了农民阶级热爱地方风光，热爱家乡田园。冯老兰对大贵说："庄稼人养这么好鸟儿干么？养个白家雀什么的算了。"这是点明主题，庄稼人为什么不能养好鸟儿呢？农民比地主阶级更懂得田园风光！

《红旗谱》开头加写了楔子，对塑造朱老忠这个人物来说，起了一定的作用，把朱老忠从小孩子时代就放进强烈的阶级斗争的环境中去，写朱老巩和冯老兰的冲突，不久吐血身亡，写他姐姐被狗腿子们强奸，然后又写他怀着不共戴天之仇逃走，到北京当小工，在天津学织毯子，他想到：这一条线一条线的，织到什么时候是个头儿呀？于是背起铺盖卷下了关东，在关东挖参、淘金，积了一些钱，回来安家立业，准备报仇。这样一来，朱老忠这个人物的阶级反抗性就明朗化了。朱老巩的叛逆性格遗传给了朱老忠。朱老忠参加了反割头税运动与高蠡暴动，上前线打日本，对统治阶级来说，这些都是叛逆行为。同时我又在细节上加了穿插，加上脯红事件，老奶奶暴死，朱老忠主持严家的丧事，代严志和去济南探监，拿钱给江涛上学，在反割头税运动中的奋不顾身、勇往直前，给二师学生送粮，到思罗医院救张嘉庆……这些生活细节都是为了突出这个人物的高贵品质。

从锁井镇农民的革命斗争方式，可以明显地看出一代比一代进步：朱老巩是赤膊上阵，拿起铡刀拼命；朱老明他们采取公开斗争，对簿公堂，和地主阶级打官司。这注定要失败的，就像冯贵堂说的："好像吃炸焦肉蘸花椒盐儿。吃不完咱的炸肉，就把他们那几亩地蘸完了！"到了朱老忠和江涛他们找到了党，党教导他们要团结群众，走群众路线的道路，于是所发起的反割头税运动，就取得了很大的胜利。这说明中国农民只有在共产党的领导下，才能更好地团结起来，战胜阶级敌人和民族敌人，解放自己。

最初在中篇和短篇里写朱老忠,着重写他敢说敢干,反抗性强,也就是写他性格中勇的一面;关于智的一面写得不够。写长篇的时候,这方面做了补充。比如朱老忠从关东回来,在车站上遇到严志和,回到店中叙话,严志和谈到"冯老兰比过去更加霸道了",原稿写朱老忠的火爆脾气一下子发作起来,后来就改成他竭力抑止住愤怒的心情,坚信"出水才看两腿泥"。又如朱老忠南下探监之前,先把家里做了安排,对涛他娘、春兰等都嘱咐了一阵。这些都是写他的智,使他成为有勇有智,成为更加理想、更加完整的人物。因为中国农民自古以来就有着勤劳、俭朴、勇敢、善良的崇高品质,几千年来,在中国革命的历史上,涌现了许多有勇有智的农民英雄,我认为对于中国农民英雄的典型的塑造,应该越完善越好,越理想越好。中国共产党依靠了伟大的中国农民阶级这个强大的同盟军,这个同盟军的成员具有坚强的反抗性格、不屈不挠的革命精神、有勇有智的高贵品质,也就能战胜统治阶级和日本帝国主义。也因为如此,我把原来朱老忠的火爆脾气改掉了。我认为,即使现实生活里的英雄人物有些缺点,在文学作品中为了塑造出一个更完美的英雄形象,写他没有缺点是可以被允许的,我想这不会妨碍塑造一个英雄人物的典型。

朱老忠这个人物将贯串全书。在第二部里,朱老忠参加了高蠡暴动,原来写大贵当大队长,善于使用机关枪。为了能进一步发展朱老忠的英雄性格,改由朱老忠做大队长。事实上当时朱老忠已经成为锁井镇一带农民群众的旗帜,威望很高,作者即便不让朱老忠以领袖人物出现,广大农民也要拥护他的。

事实上，原稿里朱老忠在高蠡暴动中，也要在贾湘农和大贵的背后起着主导作用。起义失败以后，贾湘农预料白色恐怖即将来临，吩咐有关的同志们离开家乡，躲避白色恐怖的锋芒，却决定叫朱老忠在家乡坚持地下党的工作：一方面监视敌人，另一方面积蓄力量，以图再起。第三部中写庆儿被冯贵堂吊打，朱老忠出头干涉，然后与江涛、张嘉庆重建党的地下堡垒，建立了抗日武装，领导当地农民进行抗日斗争。

严志和一家和朱老忠一家在性格上有强弱之分，这个概念，在开始塑造人物的时候是明确的。拿朱老巩和严老祥来说，虽然都是英雄人物，但严老祥的性格就比较软弱，他和朱老巩互为膀臂，朱老巩一死，他就感到没有依靠，孤立无援。这样的人感情深厚，性格善良，凡事多往坏处想，有时顾虑很多。他所以要下关东，固然是因水涝成灾，收不上粮食，另一方面也是害怕冯老兰要暗害他。但小虎子下关东的时候，严老祥却从房梁上抽出红缨枪来送他走出锁井镇，如果在路上碰上冯老兰的人拦路，他一定会为了保护小虎子与阶级敌人拼命。所以严老祥虽然比较"软善"，但到一定时候还是会拼命，会反抗的。

严志和继承了这个传统性格，有些地方表现得"软善"，甚至超过他的父亲。这一点也说明他受的生活的磨炼比他父亲还少。我是把他作为一个地道的农民来写的。虽然他也学过泥瓦匠，是个手艺工人，但主要还是种地。严志和是这样一个人，听到朱老明说要和冯老兰打官司，为了朋友，心里不平，毫不犹豫地说了一句："我也算上一份！"结果官司打输了，他也跟着输上了一条牛。怕回去见了涛他娘不好交代，就不声不响地离开了锁井镇。从这件事，可以看出他是多么朴实，多么善良。他帮助朱老忠建立家园，粮食不够，互相凑合一下过去。爱朋友、讲义气、舍己为人，这些地方他和朱老忠有共同之处，但他没有朱老忠的明朗、豪迈、勇于斗争的气魄。江涛从保定回来，动员他参加反割头税运动，他就说："算了吧！咱们别革什么命了……"运涛遇到贾湘农，回家和严志和谈起来，他就不想支持运涛。朱老忠就不同，不但鼓励运涛去找贾湘农，还说他在关东的时候就听得说过，在苏联列宁同志领导无产阶级掌政，打倒了资本家和地主……江涛要到城里去上学，严志和顾虑重重，朱老忠一说应该去，他也就认为可以去了。把这两个性格不同的人放在一起描写，写出他们的共性，也写出他们的个性。

我想把朱、严两家写成古老的中国封建势力压迫之下的中国农民的代表家族，使他们具有一定的典型性。朱家从朱老巩气死，朱老忠的姐姐跳河自尽，家破人亡，朱老忠被迫只身闯关东，到朱老忠回到锁井镇安家以后，逐渐过得不错了，大贵又被抓了兵。在第二部里，朱家有朱老忠、大贵、二贵三个劳动力，生活本来可以一天天过得好起来，白色恐怖一来，日子又过不成了。严家的情况也大致如此，严老祥扛了几十年长工，攒下两亩地和几间房子，结果运涛入狱，宝地被夺。过了几年，日子过得稍好了一点，江涛又入了狱。这两家人的遭遇，在旧社会里是有代表性的：农民省吃俭用，辛勤劳动，想使自己的生活过得好一点，但是，正如大贵对朱老星说的：

"牛比骆驼长得大了,拉一辈子车,也是被人杀肉吃,成不了马。"这就是说,统治阶级不会让农民有好日子过的。这不是朱老星一个人的问题,而是封建势力统治下的中国农民的普遍命运。所以贾湘农说,要摆脱这样的命运,只有在共产党的领导下起来斗争,斗争,斗争!

严志和在第二部里也参加了高蠡暴动,胳膊上负了伤,还跟着部队行军,他克服一切困难,终于回到家里,又跟朱老忠一起坚持了斗争。当时,我想把朱老忠和严志和一生的思想发展,写成是中国农民英雄从自发的阶级斗争的战士,进步到自觉的共产主义的赤色战士的典型。

对于老驴头,我主要想暴露他性格中狭隘的一面。这是一家典型的小门小户。老驴头这种人,性格孤僻,有浓厚的封建礼教观念,不多与别人往来,也不愿求人,这是小农经济下的产物。运涛和春兰的事发生以后,他狠狠地打了春兰,在通往运涛家的小路上挖了三道壕,压上枣棘针,断绝了行人,谁在那里走过,他就张开嘴大骂。他有一定的自尊心,过分损伤了他的自尊心,他也要反抗。比如李德才替冯老兰去说春兰的事,开始他还以为是说笑话,当他听明白不是说笑话以后,上去就给了李德才几个耳光。关于割头税,他最关心的是合多少粮食,一听说要合三小斗粮食,他就不干了,火起来骂街,说这是"路劫",是"砸明火",又去找老套子商量。老套子是个正统观念占统治地位的人,他提醒老驴头:这年头官法不容情,先别自己杀猪。说朱老忠和朱老明正在反割头税,他们不给,咱们也别给;朱老忠他们要给,咱们就赶快给人家送过去，千万别落在人家后面。写到这里，觉得这两个人物的形象还不完整，又加写了杀猪的一章。我写老驴头和老套子，有些地方是有意识地要批判他们的正统观念和狭隘性。他们不在中国共产党的领导下，不与广大农民团结在一起，就什么好事也干不成，甚至连杀猪都杀不好，差一点一家人过不了年。到了高蠡暴动前夕，老驴头的思想有所转变，贵他娘把牛交给春兰藏在他家里，老驴头也不反对。在第三部中，老套子回忆起弟弟的死，为了朋友伍老拔的儿子小囤与雅红的恋爱问题也觉悟过来了。

朱老星思想上有些糊涂，他原来是个中农，总想往上爬，总是打算将来过更好的日子。他只养着一条牛，但偏偏要买四个牲口拉的大车，想将来发了家，牲口多了，就不用再换车了。结果一头牛拉不动，自己只好给牛拉帮套，最后不得已才卖了大车，换了一辆小车，闲着没事就碾谷橞。他跟庆儿娘的关系是这样的：庆儿娘"越是骂他，他浑身越是觉着滋润"。他结婚的时候，借了冯家大院里五块钱、一口袋小麦，以后常帮助冯家干零活，也从来没有要过工钱。后来冯老兰找他要账，他先是忘了，等到他记起来，又说他干活也没要过工钱，可是人家有账他没账。这都说明朱老星这个人有点糊里糊涂。但有一点不糊涂，一说打倒冯老兰，他的劲头就来了。运涛入狱以后，江涛上不起学了，他自己那么穷，饭都吃不上，还多多少少去帮助严志和，这些地方又是非常可爱的。他自己说是庄稼人有庄稼秉性。伍老拔是农民中的乐天派，农村里是有这样的人，越过越穷，很多债背在身上，还是整天价嘻嘻哈哈，用伍老拔自己的话说："虱子多了不咬，账多了不愁，人穷到什么时候还是个穷字，还能把两个穷字撂在一块儿？"官司打输了，他把地卖了留下房，靠耍手艺吃饭。在河南里遇到张嘉庆，参加了秋收运动，回来以后又参加了反割头税斗争。朱老星在高蠡起义中牺牲了。他和敌人决战了一场，胜利了，跟大贵上了太行山。

《红旗谱》里描写的农民，虽然有这样或那样的缺点，但是他们都具有勤劳、善良的共同性格，即使像老套子和老驴头，我们也并不怀恨他们，因为他们的缺点是在封建势力长期压迫下形成的。

关于《红旗谱》里农民形象的创造，就谈到这里。

对于张嘉庆，我把他当作一个地主家里分化出来的、少爷出身的革命者来写。前面说过，抗战期间我曾写过一个短篇，写他怎样领导穷人抢棉花，后来就把他写在《红旗谱》里。在写长篇的时候，增写了他母亲的出身和遭遇。不然，人物的思想形成就没有来历了。事实上，在中国农村的封建大家庭里，确实有一些像张嘉庆的母亲这样的人，她们在家庭中没有地位，像长工一样付出繁重的劳动。从张嘉庆和江涛一起工作的时候起，我就把他们两个人用对比的手法来写。江涛性格比较温柔，做事细致、沉稳，张嘉庆则有些愣手愣脚，做事莽撞，干了再说。江涛家里虽穷，身上却穿得干干净净，张嘉庆则不修边幅，破鞋破袜子，买了新鞋子，就把破鞋子搁在人家花砖地上。张嘉庆的革命观点比较"左"，多少带有盲动情绪，有时思想偏激，如对二师学潮问题与江涛的辩论，批评江涛不该有爱人。在二师学潮的行动里也表现得"左",在敌人进攻的时候,他说什么也不肯离开学校。在第二部里,张嘉庆动员土匪武装李霜泗来参加高蠡暴动。暴动失败后张嘉庆被捕,后来又越狱逃走,跑到门头沟煤矿工作。在第三部里,卢沟桥事变爆发,他又回到锁井镇,那股"张飞"劲还是没有退。这时保定附近有一股联庄会武装,张嘉庆没认真考虑好,就去收编队伍,结果中了敌人圈套,地主武装把他捆起来,丢进冰窟窿里,结束了他一生的革命斗争。张嘉庆是一位永远值得后人怀念的好同志,对于他那种盲动的思想和行动,我也有意识地作了批判。

运涛,我是把他作为一个从小农家庭中生长起来的青年农民来描写的。他认识一些字,见了人老是笑嘻嘻的,群众关系很不错;他跟地主阶级也不明着起冲突,就是对李德才也很客气。这样的农民是农村中的聪明人。可是,他自己心中有数,祖、父两代辛勤劳动,好不容易置下两亩地,才有一口饭吃,这在他脑子里的印象是很深刻的,所以他一举一动都很谨慎,不得罪人;只有为了春兰,和老驴头的那次纠纷是例外。运涛爱看《三国演义》,羡慕前代英雄人物,对农村阶级斗争有所体会,他自己心里明白封建统治者的强大,不能轻易地动他一个手指头。他在接近共产党以前,思想上已经具有朴素的阶级观念,所以一经贾老师的帮助,进步就很快。

后来觉得运涛这个人物从出场到入狱写得很不够,才增写了春兰这个人物。这个农村中的女孩子,性格很开朗,泼辣、热情,热爱劳动,要求进步。运涛走上革命的道路,她也受了影响，尽管挨了父亲一顿打，她还始终钟情于运涛，对革命的信心毫不动摇。为什么春兰挨打以后性格上好像前后判若两人？我们知道春兰并没有参加党的组织，只是作为一个积极分子跟运涛一起做些工作。她与运涛的事情在当时的农村社会里是件了不起的大事情。对运涛来说，青年男女都不愿和他在一起了，对春兰来说，甚至另找婆家都成问题。在这样的情况下，她回避见人，躲在家里，情绪上有些低落，是很自然的。相反，如果她的性格上、行为上丝毫没有发生变化，在当时的社会情况下显然是不合情理的。但无论如何，她对革命没有动摇，这和她性格上的趋向沉闷是两回事。

严萍是一个知识分子家庭里的小姐，春兰是一个农村妇女。这两个人物，我也是对照起来写的。这样容易把人物的性格写得鲜明。原来我想把严萍写成是在革命中动摇的小资产阶级知识分子，因为我喜欢这个人物，读者也喜欢这个人物，写来写去，越写越觉得没有办法叫她动摇，下意识地愿意叫她走向革命，不愿叫她离开革命。结果写成现在这个样子。作为一个青年，她向往革命，是时代的潮流。春兰和严萍在第二部里也参加了高蠡起义。这时的春兰已不再沉闷，比过去更积极了。

严萍，我是作为一个知识分子改造的典型来写的。严知孝自江涛入狱以后，眼看国事日非，不愿在城里教书，搬回乡下定居。因为严家原来在地方上有些声望，逐渐成了一个新的绅士。抗战开始，江涛出狱，继续领导当地抗日斗争，具有爱国思想的严知孝也出头搞抗日工作。到了第四部里，日本军队占领了县城，冀中大水，严知孝代表两面政权要求日军筑堤，名义上由日军修堤，实际上人力、材料，由江涛领导的县政权全力调配。严知孝这个人物，在以后各部书里还有较大的发展。

严知孝和马老将军，我是作为第三派势力的典型来写的。

我在《红旗谱》里，写江涛比运涛更为沉默寡言，做事更慎重，这是不难理解的。老奶奶暴死，运涛入狱，许多不幸的事一连串地来了，给了他很大的刺激，花钱读书已经是不容易，家庭经济困难，也对他有影响，逐渐形成他稳练慎重的性格。第一部写第二师范被军警包围，江涛跳出去买粮的情节，原稿中是写张嘉庆，因感到对江涛写得少，所以改由江涛出去。这样对写严萍也多了一个机会，同时还可以写到朱老忠和严志和。在第三部里，运涛出狱后到了延安，经过学习，被派回故乡，与春兰结婚，又出外工作，但不正面出场，就把江涛作为领导人物来写了。

写贾湘农这个人物，在我来说，是个新的课题，过去没有写过党的领导形象。写长篇的时候，就感到把握不大。我明白，领导人物是不易写的，但这样一部书又怎能不写党的领导形象呢？我考虑的结果，打算尽量让他少出场，一出场就要把他写好。现在看来，这个人物之所以没有写好，毛病也出在这里，越是信心不足，让他少出场，就越是写不好。如果让他多出场，写完以后再加工修改，适当压缩，也许比现在的形象有力一些。当然，主要问题是对这个人物体会不深。为了弥补这个大的缺憾，我将在第二部里着重描写贾湘农。有人认为贾湘农过于书生气，工作不熟练。据我所知，早期的革命运动的领导人物，确以知识分子为多。那时候，马列主义的修养一般还不像现在这样，工作也不像现在的领导者这样练达。我认为不能把他写得太熟练了，就形象本身来说，如果把他写成像现在的领导者一样，反而不对头了。《红旗谱》里最小的一代人物，二贵、小顺、小囤、庆儿等，将成为后三部书中的主要人物，对于这些小英雄的塑造要另作打算。

我写这部长篇的时候，主要人物在脑子里都已酝酿成熟，比如朱老忠这个人物，写出以后，和我当初设想的并无多大出入。当然，对人物和故事情节的安排是有变化、有发展的。比如原来准备写一家牺牲一个儿子（大贵、运涛），后来都没有让他们牺牲。又如原来计划把朱老忠写成普通党员。后来，为了使这个形象更提高一步，加强他的声色气魄，同时使人物性格更进一步发展，就把他写成红军大队长，这样，朱老忠就不再是一个普通党员了。

我在写《红旗谱》的时候，有一点是明确的，就是人物必须扎根于现实，然后，大胆地尽可能用想象力和联想力去加强和提高。当时，我不想受任何束缚。另外，在塑造人物上还有这样一点体会：旧的人物好写，新的人物不好写；反面人物好写，正面人物不好写。旧的人物之所以好写，因为他经历了一段旧的社会生活，在性格上比较定型了。新的人物在新社会里，还在发展着，有待于你去创造和肯定，写起来就比较困难。写反面人物容易落笔生花，作者想给他打什么花脸就给他打什么花脸。对于《红旗谱》里的反面人物，同样是如此。当时写完第三部的时候，方明同志说："你要注意！反面人物，要是从头至尾压倒正面人物的话，就要成问题了。"是的，严重起来会成为倾向性的问题。第三部开始写的时候是有这个缺点的。后来想出了对策，第一是让他少占篇幅，第二是尽可能写得集中。我认为要压缩反面人物的阵地，正面人物的阵地愈多，则正面人物的性格形象就愈容易展开。如果反面人物的篇幅占得多，正面人物必然写得少，甚至有喧宾夺主的危险。反面人物篇幅虽然占得少，但要写得集中，这样才能突出他们的性格。由于冯老兰和冯贵堂篇幅占得不多，他再突出也压不倒朱老忠和严志和等正面人物了。还有，对于冯老兰、冯贵堂、李德才、刘二卯等反派人物，我觉得恶言恶语地骂他们，不一定真正能暴露他们的丑恶性格，人物的艺术形象也难树立。我在写冯老兰和冯贵堂的时候，尽量不用这个办法。地主阶级有地主阶级的丑恶生活，要尽量暴露他们生活的黑暗面。写父子两代思想方法的不同，剥削方式的不同，写父子两代不同经济基础上产生的不同的统治阶级的性格。冯老兰是从封建的生产基础上生长起来，是封建剥削的代表人物。冯贵堂则受了资产阶级教育及帝国主义奴化教育，开始也曾热衷于资产阶级革命，还打出改良主义的幌子，后来成为"买办"型的农村资产阶级的代表人物。

三

最后，谈谈《红旗谱》的民族风格和语言问题。

在写长篇之前，我心里暗暗产生一种期望，想在小说的气魄方面、语言方面，树立自己的风格。有人写过的题材尽可能不去写，有人用过的语汇尽可能不去用。这样，即使再不好，叫人看了也会知道是自己的东西。我们的祖国是这样的广大，我们生存的天地是这样的辽阔，我想这样是可以做得到的。想完成一部具有民族风格的小说，首先是小说的主题思想。在我来说，主题思想又是和小说的内容同时形成的。从我的青年时代开始，受到党的阶级教育，亲身经历了抗日救亡运动、反割头税运动及二师学潮，亲眼看到四一二反革命政变及高蠡暴动，一连串的事件教育了我。在党的培养之下，读了马列的书和毛主席的书，渐渐明白马克思列宁主义革命哲学中一个很重要的理论是"阶级斗争"。阶级斗争可以打倒封建势力和官僚资本主义，推动社会的进步，所以我肯定了这一主题。同时，我们党自从诞生以来，就是马克思列宁主义的党，她领导我们在各个历史时期贯彻了阶级斗争，领导我们从一个胜利走到另一个胜利。毛泽东同志把马克思列宁主义与中国革命的具体实践相结合，使革命具有了鲜明的民族气魄与民族特点。我想如果深刻地反映中国的革命斗争生活，这个革命是在马列主义、毛泽东思想普遍真理指导之下的，就会透露出中国的历史特点和民族特点。

想要完成一部有民族气魄的小说，我首先想到的是要做到深入地概括一个地区的人民生活。地方色彩浓厚，就会透露民族气魄。为了加强地方色彩，我曾注意一个地区的民俗。我认为民俗最能透露广大人民的历史生活。

同时还想到，我个人的生活领域是这样狭窄，读的书这样少，怎么能创作出有民族风格的东西？后来我体会到《水浒传》是用山东话写成，并概括了中国北方的人民的生活风习。

《红楼梦》是用北京话写成,并深入地写了北京的中国贵族的生活风习。此外还有一些古典文学作品也都是如此,但并不妨碍它们成为具有民族气魄的东西。如果一本书深入地概括了一个地区的人民生活,地方色彩(当然不仅仅是地方色彩)浓厚了,民族风格、民族气魄就容易形成。我是这样体会:拿中华民族来说,分布的地区这样广,每个地方的民俗、生活方式、生活习惯都不一样,作家即使是尽可能地概括,也不可能全部概括起来。鲁迅先生的小说主要是写绍兴家乡一带的人民生活,赵树理同志的小说,也是写他家乡一带的人民生活,但他们的小说却都具有民族风格和民族气魄。我有了这个想法,就开始根据家乡一带的人民生活、民俗和人民的精神面貌来写《红旗谱》。我又想:这到底是内容呢还是形式呢?后来我想到这恐怕是从内容渗透到民族形式上的问题。我运用了我这一认识和体会,写成了《红旗谱》。

运涛一生下来,老奶奶在窗前挂上一块红布;朱老忠还乡,一家围在严志和家炕桌上吃饭;大贵娶媳妇;"绿林行"等一系列细节,都是根据当地生活习惯写成的。我为什么写这些生活气氛、生活细节呢?一来叫读者看了,觉得真实,觉得亲切,再就是为了通过这些东西透露中华民族的生活风貌和精神风貌。

关于写人物,我想古典小说偏重于通过人物的行动来写人物性格,尤其通过人物的对话来写人物的性格,也是古典小说的传统手法,从《水浒传》《红楼梦》《三国演义》都可以明显地看出这一特点。外国小说则较多地通过描写和叙述来写人物形象，通过比较多的心理描写来写人物性格。又如我们日常生活里也有这样的情况：两个人在屋里说话，你在窗外听着，根据屋里的语声的粗细高低、抑扬顿挫、谈吐的音节，大致可以判断这两个人的文化水平和政治修养。更微妙的，甚至还可以联想到他的形象和精神面貌，这些当然要依靠我们的生活经验。根据这些理解，我在《红旗谱》里，大量运用了通过人物行动，通过人物对话来刻画人物性格的手法，有时是写对话的本人，有时通过两个人的对话来写另外一个人的性格。例如：

  话音没落，门外有人搭讪，是一个尖脆的少女的声音："志和叔，运涛呢？"

  严志和在门外头问："清早立起，找他干吗？"

  "有个事儿，问问他。"

  严志和问："昨儿后晌，他不是到机房里去睡觉吗？"

  "是呀，今儿一早他就走了！"

  严志和说："许是下地了。"

  那闺女笑了一声，说："我来看看你们来的客人。"一边说，一边跑，小跑溜丢儿跑进来。

  贵他娘一看，是谁家的姑娘？细身腰，黑脸盘儿，两只大眼睛，骨碌骨碌转着，就是脸庞长得长了一点。心上一喜，笑嘻嘻地问："谁家这么好的大闺女？"

  涛他娘低声说："老驴头家春兰。"

  说着，春兰到了眼前。她说："看看你们来的客人！"

  贵他娘闪开眼睛瞟着她，说："看吧，这不是，你来干吗？"

春兰说："找运涛。"

贵他娘说："找他干吗？他下地了。"

春兰说："找他问个字儿。"

贵他娘又问："你倒是问字儿，还是来看客人？"

春兰看这人新来乍到，倒不怯生，就说："都是。"

涛他娘嘟哝着说："问什么字？成天在一块儿，也问不够？"

春兰乜斜起眼睛瞄了瞄，见涛他娘不高兴，也不说什么，只是咯咯地笑。涛他娘说："回来再问吧！"

春兰说："我得上你们屋里看看去。"

贵他娘说："看去吧，门上又没有绊脚绳。"

通过这段对话，大致可以琢磨出春兰、贵他娘、涛他娘三个人物的性格和年龄以及人与人的关系。又如江涛和严知孝的一段对话：

"求点情吗？"严知孝吧咂着嘴唇，像在深远地回忆："咱不在政治舞台上，是朋友的，也该疏隔了……济南吗？倒是有个人。"他沉默了老半天，摊开纸，拿笔蘸墨，但不就写，眼睛看着窗外，像有很多考虑，嘴里缓缓地说着："动乱的时代呀！运涛是个有政治思想的人嘛，怀有伟大理想的人，才会为政治牺牲哪！我年幼的时候，也是这样。一说到'为了民众''为了国家',心里的血就会涨起潮,身上热烘起来。五四运动,我也参加过,亲眼看见过打章宗祥、烧赵家楼。读过李大钊在《新青年》上发表的介绍马克思列宁主义的文章。可是潮流一过去,人们就都做了官了。我呢,找不到别的职业,才当起国文教员。像我那位老朋友,他在山东省政府,当起秘书长来。当然哪,他是学政治的,我学国文嘛。我教起书来,讲啊……讲啊……成天价讲!"他说着话,铺好了纸,写起信来。

在这段对话里,把严知孝的身份、经历、思想、观点,以及他对运涛问题的看法,大致写了出来。有时在对话后面稍加分析,但不宜过多;有时则不宜分析,以免分散读者的注意力。例如江涛问老套子年下为什么不在当家的院里吃几天饭,老套子回答:"常说,大年初一吃饺子,没外人儿。咱外族外姓的,怎么觍着脸儿去吃人家的过年饺子?"这些地方不用多分析,老套子的性格就写出来了。我觉得这种手法运用得好,人物就容易活起来,你把名字盖上光看下面的对话,也能猜出这两个人是什么样的人物。

以上引用的几段话,只是说明我自己使用语言的方法,但不能说这是多么好的语言。

为了要形成自己使用的一套文学语言,我做了长期的准备工作;记录过书上的好的语汇,也记录过群众的口头语言。这很有用处,但也容易形成另一个缺点,形成语言的堆砌。《红旗谱》开头几万字里可以看得出来。我觉得这也不仅是一个语言问题，如果只是搜集、积累一些书本的和群众口头的语汇，不了解社会生活，不洞悉人民的精神面貌，也很难彻底解决语言问题。语言与生活是紧密相连的。冯老兰、冯贵堂、严知孝、陈贯群、朱老忠、老套子……在他们的语言中，尽管基本语汇相同，但各有自己的性格特点，有各自不同的表达方式。一个人通过他的社会经验和生活经历，应该形成他自己的性格语言。自从我明白了这些道理之后，我在生活里留心观察他们，并加以揣摩。我觉得粗人说粗话，比较慎重的人说话也慎重，老套子的语言和贾湘农不同，冯贵堂的语言跟朱老忠也不一样。要是用林黛玉的语言去写李逵，是不堪设想的。我感觉，必须与深入生活结合起来解决语言问题。不同的时代，有不同的经济基础和社会生活，因此有与之相适应的语言，只有深刻了解时代的社会生活，才能掌握这个时代的语言特点。社会生活变动，虽然基本语汇不动，但部分语汇却在新陈代谢，它会增加一部分，扬弃一部分。我觉得必须掌握新的语汇，掌握新的语法特点才能写出一代新人的精神面貌。根据这个想法，《红旗谱》第一、二部的语言大致上差不多，到了第三部，要开始增加新的语汇。第四部以后，要写敌我斗争和抗日民主根据地的人民生活，就必须增加抗日民主根据地的流行语言。只有这样才能写出抗日民主根据地的人民生活风貌及精神面貌。目前在这个问题上我是有了这种打算，还不能预料，在创作实践中会遇到什么问题。

在创作《红旗谱》的语言方面，我注意了农民的语法结构,但也走过一些弯路。记录的语言,到时候老是想用上去,不自觉地产生堆砌语汇的毛病,写《红旗谱》初稿的时候就有这个毛病。堆砌语汇,削弱了语言的活力。一般说来,我在人物对话方面,修改得少;在叙述和描写上修改得多,修改后也不见得满意。比如江涛冒雪回家那段,文字有些呆板,这一段在写景方面考虑得多,有些具体情况研究不够,结果语言的概括力就差。

在创作过程里,我曾考虑过,要创造一种形式,它比西洋小说的写法略粗一些,但比中国的一般古典小说要写得细一些。实践的结果,写成目前的形式。我没有考虑过用章回体来写,但考虑过中国古典小说里句和段的排法,后来才考虑到毕竟不如现代小说的排法醒目,就写成目前的形式。我想,如果仅仅考虑用章回体写,不能用经过提炼的民族语言,不能概括民族的和人民的生活风习和精神面貌,结果还是成不了民族形式;反过来说,只要概括了民族的和人民的生活风习、精神面貌,即使不用章回体来写,也仍然会成为民族形式的东西。赵树理同志的优秀小说并不是章回体,但从他笔下的人物的精神面貌、语言方面,可以显著地看出民族气魄和民族特色。我认为洋化的语法结构,会破坏民族形式与民族气魄。在创作《红旗谱》的过程中,在运用语言方面,也有较明显的缺点,有些地方用了过于狭隘的地方话,使有些地区的读者不大容易读懂,我决心在将来加以修改。

小说在写作时,每章约一万字至一万七千字。为了便于农民的阅读,我把它改成六七千字一章。我感到短小精悍的形式，适合农民群众的要求。

关于民族风格问题与语言问题，我是这样想法，也在这样实践着。究竟怎样才好，只有在创作过程中继续摸索。以上写的这些问题，只是我个人在创作实践中的体会，不一定完全正确，也不一定适用于别人。

一九六〇年春天于天津二五九医院

《人民文学》1959年第6期

谈创作准备

关于文学创作前的准备，每个作者都会有自己的感受。有人问，你的文学创作是从哪儿入手的？那么，各人的回答就会不一样。因为各人走上文学创作的道路是各不相同的。也可以说，有大同也有小异。好比到上海去，有的人坐火车，有的人乘轮船，殊途同归。有的人年轻时就喜欢写诗，从写诗入手开始他的创作生活；有的人从写小说入手；有的人从写剧本入手；还有的人当新闻记者，从写些新闻报导、特写入手。文学创作是各人走各自不相同的道路。但总起来是一个，就是鲁迅先生教导我们的，要写你最熟悉的：用你最熟悉的形式，写你最熟悉的生活。

怎样进行创作前的准备，有许多青年读者来信提出这个问题。青年人年富力强,写东西又多又快,但是写出来的东西往往不能发表,有的连自己也不满意。这都说明,创作之前应该有充足的准备,才能写出令人满意的东西。现在根据我个人的体会,谈几个有关的问题,供大家参考。

第一个问题:政治方面的准备。

认真读马列的书和毛主席的书,解决立场、观点、方法问题,对文学创作上的重要意义与作用,一般地讲大家都清楚了。今天谈谈参加政治学习、过政治生活和总结政治经验对于文学创作的作用。

六十年代的中国正处在社会主义革命和社会主义建设的伟大历史时期。任务艰巨,认真学习政治、积极参加政治活动,比任何时期都显得更为重要。

十八、十九世纪的文学高峰,资产阶级的进步作家们,在资产阶级革命当中,他们只要懂得一些自由和民主,具有资产阶级民主主义启蒙思想就行了。那个时期的作品,像海燕一样,站在自由、民主和个性解放的前列,就会受到广大读者的欢迎。但是今天,在社会主义革命和建设的时代,就不同了。社会主义革命和建设,是人类历史上最彻底、最广泛、最伟大的一次革命,它要求作家深入社会革命、生产斗争、科学实践三大革命斗争中去。有人说,抗日时期的作家是在游击战、土地改革运动中锻炼成长起来的。这话说得很有道理。因为当时的作家,参加了一系列的运动,在运动过程中认清了当时我国农村的阶级关系、阶级矛盾和阶级斗争,认识到了当时社会人与人的关系,因而能够正确地在作品中反映那一历史时期的生活和斗争。

今天，我们更需要认真学习和贯彻党的方针及许多具体政策，学习好的工作方法，积累工作经验，了解我国社会主义革命和建设时期与土改时期的阶级关系、阶级矛盾和阶级斗争的形式有什么不同，明确其意义，进而认识社会的发展和规律。只有这样，在文学作品中才能正确地反映今天的新形势。

各个历史时期都有不同的阶级关系，因而文学的矛盾冲突内容也就有所不同。土改时，斗争的目标非常清楚——反封建，消灭地主阶级。但是今天进行社会主义革命，要改造和消灭一切形式的生产资料私有制，同几千年的封建传统观念实行最彻底的决裂。其矛盾冲突则表现得更为曲折。因此，如果不深入实际中去认真学习党的方针政策，认识当前的人与人的关系，当前的主要任务，那就不可能创作出与目前社会相适应的好的作品。

过去，我曾经有过这样的错觉：最迫切需要的是读小说、剧本等文学作品，至于政治学习，认为"远水解不了近渴"。初学写作的青年也常常有这种错觉。但当我走上创作道路以后，认识就不同了。不管写什么，只要你在立场、观点和方法上有了什么缺陷，你就写不出来，或者感到没有把握。我在酝酿、创作《红旗谱》和《播火记》的整个过程中，反复学习了毛主席的《湖南农民运动考察报告》《中国革命战争的战略问题》《新民主主义论》《论持久战》《论联合政府》等著作，认真学习了党的各个历史时期的政策和文件。有人问李霜泗当过土匪，按阶级成分划分是属于流氓无产者，他为什么能参加共产党呢？在实际生活中，李霜泗是共产党员是不成问题的。我在《播火记》里写他参加共产党有什么根据呢？我查了党的各个历史时期的文件，发现在中国共产党第三次全国代表大会的文献中有明确的决定：由于中国农民深受三大敌人的残酷压迫与剥削，灾难深重，因而被迫铤而走险，或当土匪或当民团是完全可能的。所以我们党决定在民团、土匪中建立党的支部。又如贾湘农到国民党党部去找刘书记当官，在今天的青年人看来也觉得别扭，共产党的领导人怎么跑到国民党党部里当官呢？但这在当时来说确实是事实，在当时党的许多文件中也是有明确规定的。在大革命时期，以共产党员的身份参加国民党，或者集体参加国民党，这是从当时具体条件和斗争的需要出发的。因此我在《红旗谱》中还写了运涛被批准以共产党员的身份，集体加入国民党，这可以更好地表现运涛的立场坚定。土匪、民团对旧社会来说，破坏性确实很大，但经过改造，可以为新民主主义革命服务。比如人们常说的白洋淀的雁翎队中的董氏三兄弟，据说就是土匪出身。

假如我们的政治知识、政治经验不足，有些东西就不能很好地写出来，即使勉强写出来，也不会深刻。政治生活的各个方面都和文学创作有密切联系。因为政治学习、政治活动也是生活的一个方面。听了一次政治报告，开了一次小组会，社会上发生了什么重大事件，自己的政治面貌与别人的政治面貌起了什么变化？都要善于细心观察。有这方面的生活体验，就能正确地反映这方面的生活，如果这方面的经验不足，就影响全面地反映目前的社会生活。这个道理，只要走上文学创作的道路，感受就深刻了。

在创作过程中，写着写着写不下去了，这是常有的事，其原因也是多方面的。如果说是对于你所要写的生活和人物不熟悉，那就要进行补课：一是把有关的政策文件读一读，一个问题一个问题地研究，会使你开窍；一是到农村、工厂中去生活一个时期，补充政治上和生活上的不足，向你所要写的那些人物去学习、观察或者访问。政治学习好，眼睛就明亮，分析、综合、概括的能力就强。现实生活是丰富多彩的，其中有很多好的东西，但是要能认识它，好像画家作画，他知道哪些花木可以入画，哪些花木画在画里反而不好看。有的人到下面走一走，看一看，回来就能写出一篇文章，有的人在下面生活了几年，也写不出东西来。这恐怕不完全是个生活问题。正像在农村工作的干部一样，有的人从这个村到那个村，每一条小路都很熟悉，但是你要问他这个村子里的主要问题是什么，他讲不出来；而有的干部在这个村子里住的时间虽然不长，就能对村子里的问题讲得很清楚。在做领导工作的同志当中，有的同志善于从县、区、村各个方面所得到的复杂情况中，提纲挈领地谈出关键问题；有的同志虽然也能谈出一些问题和经验，但却不是这个地区的主要的问题。搞创作的人也是如此。其中就有个政治上敏感不敏感的问题。问题看得出看不出、眼睛明亮不明亮，与政治敏感性有关系。至于文章的倾向性如何，感染力强不强，也与政治学习、政治经验有关。

第二个问题：关于工作方面的准备。

工作经验与政治经验是同样重要，当然不是说要写什么就得干什么工作,但是干过什么工作,对写作却是有非常大的帮助。《红旗谱》是从一九五三年开始写作,为什么不在一九三五年写呢?那时我才二十多岁,虽然,也曾经写了二师学潮和高蠡暴动,但是,写了几章就写不下去了,只写了个几千字的短篇《夜之交流》,就是因为生活不足、技巧不足。一九四二年又想写,战争频繁,写不成,写了短篇,后来又写成中篇。写到五六万字就已经是很吃力了,只觉得再也没有什么东西往里面塞了。为什么写不出来?缺少两个因素:一个是政治准备不足,一个是工作经验准备不够。由于当时处在白色恐怖下,我在北京过学生生活,然后又过流浪生活。每天早上从很远的地方跑到北海图书馆去读书,晚上七八点钟开始工作,一两点、两三点钟才睡觉。后来打游击,虽然在农村,因为做上层工作,也没有真正深入生活,深入工作里去,不知道人家的工作是怎么做的,人家是怎么斗争过来的,人家是怎样思想的。生活基础不够,想象力和联想力就跟不上去。大革命时代,我才十几岁,是个团员,对于那个时代党的政策、党的工作,对于当时的生活,认识、体会得不那么深刻,把那些年的工作和生活上的细节忽略过去了,对当时许多重要斗争没有深刻体会。如减租减息等,费了很大的劲,怎么也写不出来。一九四八年,华北土改完成之后,我坚决要求南下,当时有很多同志猜想:他为什么坚决南下?是想做大官吧?不,我要参加开辟新区工作。后来得到领导上的帮助,做了几年农村工作,参加了一系列的农民运动——减租减息、清匪反霸、生产自救、土地改革等等,补上了这一课。对党的方针政策,群众的生活和斗争又重新体验了一遍。自己在实际工作中的感受也补充上了。到一九五三年开始写《红旗谱》,一下笔就感到顺利多了,有些问题的看法和体会也与过去不同了。我对这个问题体会很深刻。

一个作者,下决心要想写农业题材,就需要在农民问题上流点血汗,把农民问题好好研究一番,把农民运动的规律好好掌握起来。做几年农村工作,积累生活和工作的经验,打好基础,是有很大好处的。有了生活基础,即便走马观花,写起文章来,也可以调动你一生的生活经验。否则,只靠走马观花,写出来的东西,可能是单薄的。这也是我的一点感受。写工厂生活也是如此,规律可能相同。搞创作的人,不是"万事通",不可能对全部的政治、工作和生活都体验一番。但是只要你深入下去,掌握主要的政治、工作和生活的规律,就能够举一反三,由此去体会别的方面,就比较容易了。我们搞创作都是写自己熟悉的东西,不熟悉的东西也可以回避,但是回避太多了,只剩下一点点可怜的东西,写出来的文章可能是干瘪的。如果要搞文学创作,就要下决心到农村、工厂中去,搞几年实际工作,摸摸农民和工人运动的规律。打下生活基础,是一生的大事。

《红旗谱》中江涛和张嘉庆两个人的工作作风不一样,同样搞农民运动,江涛先从组织串连开始,张嘉庆则是四面点火,先把运动轰起来,然后再仔细进行组织工作。工作方法不同,反映了两个人不同的性格。如果不懂得当时搞群众运动的工作方法,不熟悉人物性格,就无法在艺术上真实地反映出来。当然，这也不等于说有了生活和工作经验就一定能写出好作品，还有个艺术修养、艺术水平、艺术技巧的能力问题。如果离开这些问题谈创作，省委、地委的书记就都成了作家了。但是你对这方面的生活回避得多了，就会影响作品的质量。

下乡以前，互相交流经验是必要的，但光靠别人的经验是不行的。只是站在一旁看，和自己动手干也不一样。深入生活斗争中去，甚至担负些实际工作，才能真正体会到怎样把党的政策化为群众的要求，才能体会到党的政策的威力，主人翁的责任感也就加强了。

一个有志于文学创作的人，除了在政治上、工作上有所准备，还要积累大量的生活素材。

第三个问题：关于生活方面的准备。

我在开始创作时，因为是在旧社会，没有机会上高中和大学，只读过两年中级师范，当时指导创作的只有两本小册子，一本是高尔基的《给青年作家的信》，一本是托尔斯泰的《给青年作家的信》。这两本小册子都强调了文学青年要好好积累生活，准备几个记事本，一个记录素材——人物、形象、性格，一个记录故事、情节、景物等等，一个记录活生生的语言。我是照这样做了，从抗战开始，我和我的伙伴们就是这样做的。现在分别谈谈自己的做法。

（一）关于素材的积累。

《红旗谱》和《播火记》中的大部分素材是我自己记录的。关于人物、形象、性格的塑造，朱老忠等人的性格产生的经过，可参看《漫谈〈红旗谱〉的创作》，这里不多说了。

有许多人问春兰这个人物是怎么写出来的？那是在大革命时期，有一天中午，我正在门口吃饭，有两个青年农民刚看戏回来，边笑边嚷："吃了饭，看革命去！""看革命"这是什么意思？原来戏台下面有个姑娘，胸襟上绣了"革命"两个字，到戏台底下去看戏，一下子就哄起来了，许多人都争着看她。这个女孩子引起了我很浓厚的兴趣，于是就把这件事记录下来。后来又遇上一件事：有个姑娘去帮人家做零工，与一个织布的小伙子相恋，有一天两人正在大柳树下谈情。邻居大婶子看见了，就大声喊："快来哟！你的姑娘招了汉子了！"她爸爸一听，拿起铁锹赶出来，拼命追。结果搞得满城风雨，全村人都跑来看。这个姑娘从此就害羞得不敢出门，想上吊自杀。这两件事就构成了春兰的形象基础。

有一次打游击到一个村子，听说村子里发生贫农上吊的事。上级派人去进行调查，原来村子里政权掌握在地主手里，地主把大部分统累税摊派到贫农身上，贫农缴不起税款，被逼得走投无路，有些人就上吊自杀。在调查过程中，又了解到这个村子里一些重大的事情。例如有个贫农串连了二十八家农民打官司，一直打到大理院，告了三状，输了三状，气得这个农民瞎了眼。在抗日期间，我还听到这样一个故事：有一个老头，日本军队打进村他也不跑，站在大街上骂街。日本侵略者跑过来打他。他就往井里爬，伪军们拦着，他说："我可不能和日本侵略者活在一块天底下。"现实生活中，具有强烈性格的人物，我都把他记录下来。这些素材记下来以后，就成为我写朱老明这个人物性格的基础。

我举这些例子是说明在日常生活和工作中,要把你所看到或听到的人物、故事、性格很好地记录下来。这些就是将来文学创作的宝库,你不能等到伏在桌上写作时才去找生活。搞文学创作,必须有生活积累,有雄厚的生活基础。尤其是写中篇和长篇,容量比较大,更需要大量的素材。积累多了,到了用的时候就方便了,"宽打窄用",多余的可以剪裁。

(二)关于语言的积累。

语言对文学创作的重要性大家都知道,文学是语言的艺术。平时积累语言,要善于记录那些典型性比较强、概括性比较大、能表现人物性格的生动活泼的语言。据我个人的体会,文章的风格与自己的一套文学语言有关,比较成熟的作者总是有自己的一套与众不同的文学语言的。

在语言问题上,我也走过一段弯路。最初,由于读翻译作品和"五四"时期的新文学比较多,一般的只会使用书面上的语言,没有自己的语言,写出的东西不新鲜、不活泼。有人说我的文章灰尘太多,擦得不亮。起初,对"擦得不亮"这四个字还不理解,实际上说的是语言不明快、不洗练、性格化不强。后来我就开始有意识地积累语言。我是从两个方面下手的:一方面学习群众的语言,一方面学习书本上好的语言。总的目的是要写出新的人物、新的性格,就是说选择适合于写工农群众的语言。自己读书时,有好的语言就把它记录下来。《红旗谱》中描写运涛爱上春兰以后,有这样一段对话:

运涛:"春兰!我看看你的手。"

春兰问:"你看俺手儿干吗?"

运涛说:"打早知道你的两只手,长着细溜儿长的手指,挺好看。就没敢捅过,连看也不敢正看一下。"

春兰抿住嘴儿笑,说:"俺晨挑菜,夜看瓜,春种谷,夏收麻,长着什么好手呢?给你,看个够!"一下子把手伸给他。

大家都说这段对话写得好,尤其是春兰最后的一句答话写得妙。妙是妙,可不是我自己的创造。我是从元曲马致远的《汉宫秋》借用来的。《汉宫秋》里,描写毛延寿选宫,皇帝要封昭君做明妃,就唱出下面一段唱词:

[金盏儿]你便晨挑菜,夜看瓜,春种谷,夏浇麻,情取棘针门,粉壁上除了差法。你向正阳门改嫁的到荣华……

我认为这前半段话是《汉宫秋》中最好的语言,它是群众的语言。昭君原来也是农家女,所以我写春兰时就借用了这段话。如果不借用这段话,就得用许多烦琐的语言来叙述,或作大量篇幅的描写,也不一定有这段话好。好的语言作用就在于它能把人物的身份、性格活生生地表现出来。

在古典戏曲中也有很多好的语言,其中最好的要算《西厢记》中所用的语言。一般说来,在小说中使用群众语言还比较方便，填曲就比较困难了，因为有曲牌、声韵、平仄的限制。而《西厢记》用的群众语言最多，显得特别美。我想，《西厢记》成为一部名著，语言是帮了它很大的忙的。例如：

《西厢记》第一折，张生出场，第一句就唱："游艺中原，脚跟无线、如蓬转。望眼连天，日近长安远。"这里面"脚跟无线、如蓬转"就是活生生的群众语言。今天农民还用"脚底下没有线"来形容那些坐不住，今天跑这儿，明天跑那儿的人。

又如，张生在经堂中第一眼看见崔莺莺，就唱道："颠不刺的见了万千，似这般可喜娘的庞儿罕曾见。"这"颠不刺的"便是用的土话，现在群众里面还把"脏"说成"脏不刺"。可见好的书面语言，有很多也是从群众中来的，群众语言是语言的大海。

"吃咸菜还泡着半碗香油"，这是从老驴头的眼里来看冯老兰的地主生活。

在三十年代，自由恋爱是"非法"的，《红旗谱》中写朱老忠劝严志和把春兰娶过来，严志和认为叫人家笑得"对不上牙儿"！朱老忠却说："哼！咱穷人家，不能讲那个老理儿，不管偷来的摸来的，坐在咱炕头上，就是咱的人儿。"这儿反映了严志和、朱老忠两个人对伦理的不同看法。这也与他们的性格有关。

工农群众总是根据自己的观点和自己的体验，用自己的语言来概括自己的生活和希望。有的概括得很妙。群众语言是在不断丰富的，每一个时代、每一个运动都会涌现新的群众语言，要善于积累新的，与众不同的新的语言。

过去我用书本上的一般化的语言比较多，后来才下决心积累群众的语言。从群众语言中提炼出好的语汇、句法，可以改变文章的风貌。我写《红旗谱》和《播火记》所使用的语言就和过去不同了。有一次参加土改，看到有一个农民出身的游击队大队长，向农民讲解土改法，使用的词汇、语言、语调完全是农民群众的一套语，讲起来非常生动。我写《红旗谱》很受这种语言的影响。不管写什么文章，如果作者有自己的一套语言，即使不看题目下面的作者的名字，读者也知道是谁写的。用旧的语言不易写出新的人物。《新港》编辑部的同志告诉我，有一个作者，用《水浒传》的语言写人民公社，读起来使人感到很别扭。中国是一个多民族的国家，各地的语言差异也很大，用一种语言概括起来有一定困难。从过去的古典文学看，虽然《水浒传》是用山东话写的，《红楼梦》是用北京话写的，但是各地方的人都能看懂。所以一个人用的一套文学语言与他的文章风格有关。越是有民族风格的语言，越能成为世界性的文学作品，因为它是有自己的特点的。

用过于狭窄的地方话写文章，会影响读者面。但是地方话可以加以改造，尤其对于有音无字的语言，要注意改造，对于烦琐的地方话，可以加以洗练。有些初学写作的人，所用的文学语言往往比较生动、比较群众化。相声演员用的多是群众语言，很生动。地方戏也吸收了大量的群众语言。对于书本上好的语言，可以翻用，这个不算抄袭。比如唐朝王勃写的《滕王阁序》，这是历史上很有名的一篇散文，文字很美，其中"落霞与孤鹜齐飞，秋水共长天一色"两句，就是翻用的同代诗人庾信的两句诗"落花与芝盖同飞,杨柳共春旗一色"。李白的《白头吟》中"东流不作西归水……"一句是翻用南朝一首《子夜歌》中"不见东流水,何时复归西"的。这个不算抄袭。人云亦云不好,捡人牙慧亦不佳。有志于写作的人,应努力创造自己的一套文学语言,这样,才能建立自己文章的风格。语言要朴实、简洁、明快、通俗明白为好。

(三)关于景物描写。

过去我对这个问题没有更多的注意,写《红旗谱》的时候,这方面感觉还不怎么强烈,写《播火记》就不同了。

景物也是生活的一部分,因而也是需要积累的。写文章写到景物,凡是自己留心过的景物,写起来就比较方便,反之,写起来就感到非常吃力。景物描写可以帮助烘托人物的心理状态和精神面貌。

春兰一听到运涛有了下落——还在革命军里当了连长的消息,我是这样通过景物描写来烘托春兰当时的心情的:"她又抬起头,看着这树上的叶子,在急风中摇摇摆摆、忽忽晃晃,像她的心情一样。"《红旗谱》和《播火记》中经常写到千里堤上的白杨树,我是用它来象征我国劳动农民的性格的。滹沱河的水怎样流,它在深山里是怎样流的,在平原里又是怎样流的?我用它来象征广大劳动人民渴望自由、渴望解放和勇于斗争的性格。

有些巨著不大注意景物描写,这并不妨碍它成为名著,但是我认为景物描写更有助于烘托人物性格和人物心理描写。当然写景物也应该注意景物在四季、早晚不同的状态。

比如说，一个人走路，晚上朝着月亮走，早上对着太阳走，黄昏沿着河堤走，他们的心情都会有所不同。把各种各样的景物记录下来，不仅有助于以后的写作，而且还可以培养我们的审美观念。

最后谈谈记录的方法。这可以多种多样。有的人用笔记本，有的人用卡片。看来用卡片记录的方法比较好，用时查起来方便些。

一九六四年五月十八日

生活·写作·语言
——在保定地、市文艺界一次会议上的讲话

关于体验生活和积累生活的问题

毛主席告诉我们，生活是创作的唯一源泉。有一些同志对怎么深入生活、观察生活、积累生活的问题，感到有些苦恼。我遇到一些业余作家、初学写作的同志说：老是让我们深入生活，我们每天都在生活里头，但是我们看不出来什么应该写。这个问题，我觉得在我们的工作着重点转移到实现四个现代化的时期，还是应该着重搜集一些先进人物、英雄人物的事迹。在科研人员里边、学生里边，在农民里边、工人里边，能够响应党中央的号召，能够很好地在自己的岗位上进行劳动，进行工作，而且能站在先列，我们就应该注意这些人物。跟这些人物交朋友，了解他们，熟悉他们。通过他们，了解广大群众如何为工业、为农业、为科研、为四个现代化进行忘我的劳动。当然，那些中间的人物，落后的人物，他们的情况也要了解。

有人提出来说：你也写英雄人物，我也写英雄人物，哪有那么多英雄人物啊！其实，我们社会主义的现实主义的创作方法，就是解决这个问题的。就是在目前，工厂生活、农村生活、学校生活及各个工作岗位上，已经有一些同志走在先列，我们应该把他们的事迹集中起来，典型化，这是我们的责任。作为写东西的人来讲，我们应该对这些人里边那些正正派派的、老老实实的，真正紧跟党中央很好地进行工作的人进行鼓励，塑造出典型人物，叫大家跟着学习。或者有的人很遵守工作制度，很守法，在工作中常常提合理化建议，在工作上有所发现、有所创造，在研究上有所进步，我们也应该把这些人作为先进人物提高起来，在文学里边加以典型化。我觉得应该是这样子。实际上这样的人很多。我们文学创作的责任就在这个地方。这要下一些苦功夫，把那些零散的材料记录下来，因此要熟悉这些人物，熟悉他们的思想、性格，了解他们向上的欲望、他们为四个现代化的艰苦努力，把他们的材料积累起来。当然有的地方也可能有现成的材料，但是比较起来，还是不多的。应该在各方面观察，和一些先进人物来往，交朋友，通过这样来了解。关于走马看花和深入生活的问题，我自己有这么个感觉：比较年轻的同志，还是在工作岗位上多干几年，正正派派地、老老实实地干那么几年。上年岁的同志有时候下去看一看，这是走马看花。真正要写长篇和中篇，根据我的经验，还是在工作岗位上时间长一点比较好，工作经验、政治经验，各方面也丰富起来。在现在青年人里头，有一种思想，有的人兢兢业业来搞科研，有所发明，有所创造，这当然也很好的。但是作为深入生活、扩大生活面来讲，不是团员，你要想写团员的生活，我觉着有困难。另外，不是党员，你要写党内生活，也会有困难。当然，采访、访问，是一个办法；但根据我的经验，能够自己亲身体验生活，还是比较好的。所以我感觉到有些作品，尤其是长篇和中篇，写得比较好的，那还是在生活上体验得比较深的，尤其谈到写正面人物、领导人物，有的人一写到领导人物，就觉得束手无策。这个问题，我感到还是下的功夫比较少，多下一些功夫，多接近，多收集多积累这方面的生活，能够解决这个问题。

听出版社的人讲，现在稿子很多，而且是长篇稿子很多，如今青年人一写就是几十万字。他没经过抗日战争，可是一写起来能写几十万字。这种情况不是正常状态，给出版社造成很多困难。有些青年同志热情很高，很愿意写，但是他没这么多生活，所以写出来的东西就不好用了。说日本文学在困难中，有些作家写"推理小说"。这一派人，在文学界很占势力。"推理小说"是什么呢？就是有这么点体验，加上他的想象，这个事情可能怎么发展，而且发展得奇奇怪怪。这个东西，在我们来讲，不是正常状态。我们现在的出版社，稿子多，能用的少。根据我的想法，写东西的同志，能够深入生活，真正能够熟悉人物，熟悉生活，积累的生活多，这个问题才能解决。除此以外，还有一个技巧问题。有些青年同志感觉到只要有热情，肯写，写得很多就好。这个不一定。文学毕竟是一门艺术，还是要技巧的。一本小说，几个不同的人物，他们的性格，他们的生活习惯、生活方式，就是所谓性格典型。在作品里有高潮，有低潮，有的地方如大河流水，有的地方像小河一样汩汩细流，有浓有淡，有疏有密，有高峰有低潮。不是说你写得多，你拼命写得长，就好。所以积累生活，根据我的经验，最好准备几个本子。在生活里边看到的闪光的东西，就是可以入文学的东西，要把它记录下来。包括好的情节，好的故事，生动的人物，他的性格，他的形象，他的生活方式，通过写笔记，把这些材料积累起来。不把它记录下来，过几天就忘了。你再想，有的你想起来了，有的想不起来。既然想写东西，就得注意在生活里边有哪些矛盾。比如说，在评工资的时候，你要注意的话，就可以看到有若干人物在这个会议上透露他的性格，甚至于他的语言、他的举止、他的形象。在生活里边还是有矛盾冲突的，阶级斗争还是有的，但是你得注意人和人关系中，同志关系中那些微妙的地方。现在我们党号召恢复好的传统，有哪些人恢复得好，有哪些人不按党的原则办事，也应该把它记录下来，这些东西有用。当你一写东西的时候，脑子里边就会把你过去积累的东西，好像吸铁石一样吸在你的笔尖上。我的经验是这样。但是你生活积累不足，写起来就困难。当然写的时候，自己生活不熟悉的地方可以回避。不了解的地方可以回避。但是你这一篇东西回避的太多了，那就不好了。回避是有限度的，所以说巧妇难为无米之炊，没有生活基础，对于写东西的人是一个致命伤。

谈谈一部书成书的过程

写一部书,首先要想清楚写一部什么样的书。这部书里要出现几个主要人物,几个次要人物;这几个主要人物,我要怎样塑造他,使他能成为典型。几个次要人物,我要怎样写,里边也有中间人物,也有落后人物,想怎么安排,要涉及哪些材料,哪些生活。先清清仓库,看看有哪些材料是我所熟悉的。如果你清仓的结果,觉得充足了,发现人物很熟悉,生活很熟悉,而且一想到那些生活就很激动,才能够说有了创作基础。第二步需要有个腹稿,要写多少章,要写多长,材料有多少,几个人物的成熟状态。今天想,明天想,大致有了把握以后,就要写个提纲,我认为这个提纲可以简单也可以复杂。假如你生活有把握,人物熟悉,提纲可以简单一些,大致在哪一章里有哪些人物出场,有哪些故事,有哪些情节,大致有个条条。如果你生活不是这么熟悉,把握不太大,这个提纲就需要仔细一些,细想一想,仔细写一写,感到没有把握的地方你可以重新去访问,或是看看别的书。有些情节,在写的过程中,你还会想出来。有些情节,非等着你进入创作生活以后,在你的精神最集中、创作欲最活跃的时候,才会自然地涌现出来。好的文章就是这样创作出来的。提纲写完以后,再考虑考虑,哪些方面不熟悉,需要访问,需要再到生活里边去,或是需要再读一些别的书,都是可以的。然后再进入创作。一部长篇或一部中篇,一进入创作生活以后,大致有个安排,有的人喜欢晚上写文章,有的人喜欢早晨写文章,下午休息,或是翻翻书报,一般的,有的人一天能写两三千字,三四千字。但是在你的创作进入高潮的时候,吃饭也好,睡觉也好,人物和故事情节,就离不开你了。走路也想,吃着饭也想,出色的文章,闪光的文章,就出现在这个时候;情绪有所激动,感情也就充沛。在写文章的时候,假如你自己无所感动,无动于衷,也就不会感动读者。有时候材料不熟,生活不熟,甚至于人物不熟,在这个时候很困难。在写作过程里边,人物是熟悉的,可能在这一段文章里,就以人物领先;但在另一段文章里边生活最熟悉,写的时候,就生活领先,人物写得不充足,这个等到修改的时候,再加以补充。写第一遍稿,根据我的经验,还是一气呵成,像大河流水一样,哗哗地响,一直向前冲,这是最顺利的时候,这样写出来的文章可能粗略,这不要紧。这一部小说里边的精彩部分,也就是在那些章节。比如《三国演义》,写得最精彩的也就是群英会、草船借箭、火烧战船、芦花荡。我们的长篇也好,中篇也好,也要考虑高峰设置在哪里,在中间还是在后半部,还是在哪一段,都要预先设计好。因为一部长篇,它里边有浓有淡,有集中的地方,有疏散的地方。有的是有诗意的地方,有的地方意趣盎然。在每一章里头,它该有什么韵味,你应该把它渲染成什么样,也应该事先仔细考虑。比如:有的地方慷慨激昂,有的地方诙谐,这些都需要注意。否则二三十万字的小说,你要想牵着读者的鼻子看完,那是困难的。在中间,或者是有哪一段写不出来,我的意见,你可以写上几行,跳过去,然后再向下冲。在你冲到困难一章,你写不了很好,你不妨大致地把它写一写,然后还朝前冲。要想头一稿就写得很好,这是任何人办不到的。总之,写一部长篇,要下一些功夫。第一稿完成以后,休息一下,或是翻翻资料,补充补充,然后再写第二稿,再修改。原稿完成,第一次修改的时候,你就可以把过去那些不充足的地方,把它补充起来,提高起来,细致起来。虽然如此,但是有些地方还是写不了那么好,这也不要紧,把它修改下去,这么着,一稿、二稿、三稿……根据我的经验,头稿是安梁立柱,二稿砌墙,三稿安门窗,四稿挂粗泥,五稿挂细泥,然后粉刷油漆,修改一次提高一次,就和画家画油画一样,一层油彩、一层油彩……这样涂上去的。完成的原稿,最后还得检查一下,还有若干章节不满意,这怎么办?我的经验,那些不满意的地方把它删了去,搭个桥,几句话过去。去芜存精,删也是提高。但是也有这个情况,在你写好原稿之后,因为你写这部书已费去了一年、两年、三年的工夫,在这三年两年里头,你又补充了一些生活,有些情节又突然活跃在你脑子里边。又考虑出在哪些地方能够加进一些情节,有些好文章是在这个时候写出来的。一般地说,能够闪光的,最能够吸引人的地方,是在什么情况下写出来的呢?在你感情最激动的时候。你自己不流泪,读者当然不流泪。写一部中篇,写一部长篇,每个作家有每个作家的道路。

关于塑造典型问题

在现实生活里边,没有放着那么完好的人物、那么完好的故事、那么完好的情节,这种事情很少,不是没有。有的写真人真事写得很生动。但是一般地说,写东西的同志,需要用你所熟悉的人物，所熟悉的生活，需要用你的技巧，来使它典型化。塑造人物和人物的典型化，可以从正面写，也可以从侧面写，从丙丁可以谈到甲乙，从甲乙也可以谈到丙丁。总之，从四面八方用烘托的办法也好，用对比的办法也好，把这个人物树立起来。在这里边，有些情节需要在现实的基础上加以虚构。从历史上说，好多文学作品都是根据作者的生活经验虚构出一些好的情节的，比如《空城计》，我不相信真有这个事，但是《空城计》写出来以后，在舞台上一演，从艺术真实上观众会相信，会喜欢。这就是作者运用他的过去的生活，他所熟悉的人物、情节，运用他的技巧写出的。此外《打严嵩》，历史上真会有这个事？严嵩是当朝一品，这个戏在舞台上一演，观众认为是真的，他就非常喜欢看，而且几百年来流传到现在。所以青年同志学习写作，从真人真事到能够塑造人物，到能够使人物典型化，甚至于在现实的基础上加以虚构，来提高典型，是个跃进的过程，而且还是个摸索的过程。

一部长篇，从一稿到二稿、三稿、四稿、五稿、六稿，中间得有个间隙，修改完了一遍稿之后，间歇一下，补充补充，读一些有关的书，读些有关的资料，脑筋活动活动，有些情节自己不大通的时候，跟相好的同志谈论谈论，要求别人帮助，都是可以的。在写作过程中原稿可以让相好的同志给看一看，提些意见，这比自己一个人琢磨好一点。

写短篇呢，一个短篇写完后，不一定立刻发表，把它搁一搁，看有什么补充的没有。看着好，可以寄出去，看着不好，再搁一搁，搁时间长一点，读书也多了，阅历也多了，生活更多了，再把它提高一步。寄出去，人家不要，又给寄回来，不要丢了。搁在抽屉里，以后再修改补充。一部长篇也好，一个短篇也好，不是说写出来就好，但只要努力，只要以现实主义的创作方法，一步步补充，一步步提高，会好的。有的人在"文化大革命"后期四个月写一部长篇，敢情最好，是最聪明的人；在我来说不行，三十万字的小说在我来说顶少三年。但我也不是说，叫大家都来三年，两年也可以，一年半也可以，总之要有个过程。

最后，谈谈语言问题

我是注意语言问题的，每个写东西的同志都注意语言的特色。要能够掌握一套生活化的、典型性最强的生动的语言，这也不是容易的，要下功夫。要有一个小本子，在日常生活中，在闲谈中，忽然间有个同志说了一句话，很有意思，很俏皮，能代表一个什么意思，赶快把它记下来，或写个条子掖在口袋里，回头记在小本子上。我经常是这样，听到有人谈了两句很好的语言，想完事回去再记，结果忘了。在群众生活里面，在劳动里面，在工作里面，在会议上，在大家闲谈议论中，来捕捉好的、生动的语言，典型性、概括性最强的语言，把它收集在小本子里。等没事时，想起小本子，有时一句有意思的语言，会引起你的创作欲。还要有两个本子，一个材料本子，记故事情节。一个人物本子，记人物性格、面貌、生活习惯、生活方式，再一个就是语言本子，专记生动的语言、歇后语等。这个非常有用，甚至有用到这个程度：有时候在你的一章书里，读者看不出有什么精彩，只是平平，但因为用了几句好的语言，这一章书也叫读者感到挺有兴味。语言的作用就在于此。如不是这样，要想写出有特色、有风格的东西，很难。

风格问题，树立自己的文学风格，能够使自己的东西使人喜见乐闻，是民族化的，是有自己独特风格的，语言对我的帮助太大了，这是我的经验。根据我国古典作品《三国演义》《水浒传》《红楼梦》《金瓶梅》等来看，都是如此。《红楼梦》中就有许多群众的语言，如说谁谁像狗颠着屁股围着谁转，一句话就把这个人写尽了，如果没有这句话，你写两三篇，也还不如这句话俏皮。语言的活力、力量就在于此。《水浒传》是用山东的群众语言写的，写潘金莲一出场，那语言真是一串一串的，字字珠玑，真把潘金莲写活了。那就是作者在运用群众语言上下了功夫了。《金瓶梅》这部书写在明朝商业资本最发达的时候，有的语言也是山东话，但用的是市井语言，是另一个特色。王实甫的《西厢记》，最好的是能用群众语言填词。词曲是有曲牌的，有平仄韵，如果用书生语言倒好办，用群众语言来填词，倒难了。群众语言还要合乎平仄韵和词曲的字数，很不容易，所以王实甫这部书是不朽的著作。如张生一出场："游艺中原，脚跟无线，如蓬转"，就是根据老太太说小孩子"看你到处乱跑，脚底下没线儿"这句话来的，但这里改动了一下，"如蓬转"，像蓬草一样的。还有张生在经堂中一眼看见莺莺，"似这般可喜娘的庞儿罕曾见"，像这样好的女子，没有见着过。在王实甫笔下，能把群众语言纳入词曲，值得我们学习。所以有志于写东西的青年同志，要想在文学上有些成就，应该有一个本子记录生活资料，有一个本子记录人物，有一个本子记录语言。这是个仓库，有了这个东西，就有了创作基础。从一九四二年开始，我就一本本地记，可惜今天我没能保存下来。我的新的本子，从"文化大革命"后期才开始记，到现在记录了不到两本，这个很有用，这叫熟悉群众语言。毛主席叫我们用群众语言来写东西，这是很有道理的。

《保定文艺》1979年第1期

虚构、幻想和联想
——在河北省文联文学创作座谈会上的即席发言之一

最近在电视里看了几出小戏，以前在剧场里也看了一些戏曲节目，如《秦香莲》《空城计》《打严嵩》《卖水》《拷红》《喜荣归》等，引起我一些感触。虽然说戏曲艺术与短篇、中篇、长篇小说有些不同，但有些地方是相通的。

我一个最大的感触是：中国戏曲的概括性、典型性很强，浪漫主义很浓，虚构的地方很多。我们提倡革命的现实主义和革命的浪漫主义相结合的创作方法，从我个人讲，对现实主义体会较深，对浪漫主义体会不深。浪漫主义到底怎么"浪漫"法？在中国戏曲中可以得到借鉴。接受艺术遗产的规律，转过来变成方法。

例如《打严嵩》，主要是邹应龙、严嵩、常宝童三个人物。邹在身份上是廉政御史，说常府里藏着什么，严就过府质问，被打了一顿，严要上殿奏本，邹说他伤不在面上，而是在身上，在殿之上，赤身验伤，有犯君颜，于是二人商量揍伤。邹应龙拿砖头狠揍了他一顿。整个戏的情节都是虚构的。严嵩在历史上不是那么草包的，明世宗很信任他，可是这出戏把严嵩贬得无以复加。从这出戏看是虚构的，可是使你可信，看了觉着愉快，高兴。高兴邹应龙的智慧，严嵩的愚蠢。戏曲中矛盾冲突的虚构，是我们现在文学作品中可以借鉴的。

例如《秦香莲》，陈世美不认秦香莲，店家让她去告状喊冤，王延龄带她去给陈祝寿，也可看出虚构的痕迹。历史上有无这么回事？我相信不像戏曲中表现的那么多。现在电影、戏剧、长篇小说、短篇小说需要这种东西，需要浪漫主义，需要幻想、联想、理想，用什么办法让作品增加艺术性，叫人爱看，喜欢看。我老想：过去演了几百年的戏，人家还爱看爱听，为什么？值得深思。

例如《空城计》。历史上有无这回事？也可能有。但像这样两个人物（司马懿和诸葛亮），情节非常简单（还没什么动作），一开始诸葛亮看了一下地图，摇了一下头，也没大呼小叫，随后就是几个"报"字，烘托了舞台的紧张空气，吸引住了观众。这里用了两种手法：一种是烘托矛盾，烘托诸葛亮用兵如神；另一种是用把司马懿和诸葛亮两个人物放在一起的对比方法来写这两个人物。最后，当众老军报告说司马懿退兵四十里，诸葛亮也出了汗了，毕竟是空城呀！后来司马懿又回兵，一听来将是赵云，就吓跑了。司马懿那时并不那么无能，他已退休了，因为能用兵，曹睿把他请了出来。司马懿是个能干的人物，但在《空城计》中是烘托诸葛亮，贬低司马懿。我们写短篇也好，写中篇也好，写长篇也好，要有浪漫主义、幻想、理想和联想，要虚构情节，这样，作品就有可欣赏的东西。把现实中的东西都拿到作品里去，下边开会，书中也开会，那有什么意思。

最近看到的几部影片，如《望乡》《被污辱与被损害的》，后者看出是虚构的，但可信，愿看，主题性非常强。《望乡》实际就一个人物，没有多少话，拿眼睛来表演，从头到尾，把资本主义制度暴露无遗。

还有几个小戏，《拷红》《喜荣归》《卖水》，三个戏一个类型，表现丫鬟。情节非常简单，主要是依靠演员的做戏，在舞台上的表演，淋漓尽致，屡次引起观众的热烈掌声。《卖水》中的丫鬟主要靠身段舞蹈表演，且歌且舞，上姿，下姿，观花……表演得淋漓尽致。在这一点上，中国戏曲比外国戏剧有长处。

周总理谈到话剧问题。"两结合"创作方法，是否再增加一些浪漫主义、斯坦尼体系，"四人帮"批了，但大部分还是用得着的。话剧是否能从中国传统戏曲里丰富表演艺术？按目前情况看，话剧在表演体系上不能满足观众的要求。在天津，最好的戏《于无声处》演了一个多月，再演就卖不出票了，一般是不看第二遍了。但是中国戏曲第二、第三、第五遍还有人看。道理在哪里？戏曲名家表演不一样，演员也不一样，每一个演员都有所创造。京剧《赤桑镇》到吉剧里变了，京剧是唱功戏，到吉剧成了做功戏了，奥妙在这儿。

戏剧与中短篇小说有相同的地方，都可以虚构。《喜荣归》人物一上场，喜怒哀乐都有，把一个少女的心情写得淋漓尽致。我们的短篇、中篇、长篇有时写得没有意思。京剧里的独白、独唱，有些是表现心理状态的。中国戏曲对着观众唱，大部分是作者对人物心理的描写，我们都可以拿来丰富我们的作品。

生活、语言与长篇
——在河北省文联文学创作座谈会上的即席发言之二

听人民文学出版社的同志说，现在好书少。长篇和短篇不一样，长篇的容量太大。三十万字的一个长篇得有多少生活呀！所以得好好体验生活，仔细观察生活。

有的青年说，写前精神很足，但趴在桌子上写不了几章，就没劲了，生活不够。创作受生活的制约。你心里装的人物多，就能促进你的写作欲望，不写睡不着觉。写长篇，生活不那么多，不那么丰富，宁可写中篇，把生活集中起来写，千万不能拉长。像抻面一样，短的是粗的，长了就细了，稀薄了。

生活中要仔细观察人物，鼻子、嘴、耳朵有什么不同，习惯有什么不同，口语、举止有什么不同……这些都是塑造典型所需要的。平常在生活中不注意观察，趴桌子上就写，没那么容易。一部长篇的腹稿要有无数的情节，好多人物，好多概括性的语言……这些都能促进你发挥创造性。

我写长篇时，越是长篇，越得写短文章。若干故事是由若干事件组成，若干事件由若干细节组成，得有情节。一部书能成立，能成功，能吸引人，很大的一个因素是人物语言问题。人物戳住了，算是写成了；人物戳不住，算是不行。人物的典型化，要经常考虑。你到大街上碰到一个老头推车到市上去卖东西，就要观察他的衣服新旧，走路姿态，联想到他的劳动、性格、家庭情况……生活是浩浩荡荡的，哪些可以入文学，哪些不可以入文学，要鉴别。老话说："带着眼睛的人在沙漠里也能拣着金子，不带眼睛的人满地黄金你也看不见。"我的习惯，有几个小本子，有些生活细节可以入文学，我就记在本子上。有人讲故事，什么东西触动我想起了一个故事情节，我赶快记上。读书也好，看戏、看报也好，听相声也好，与农民谈话也好，偶尔听到一句概括性很强的话，回来马上记上，不记就忘了。我有次看电视，有两句话非常好，我赶快上楼记下以后，才回来继续看电视。

文学是语言的艺术。文艺作品有无特色，这关系到一个作者的风格问题。我看过一本《成吉思汗传》，是苏联一个历史教员写的，写成吉思汗西征，共二十卷，三十万字。整书看不出语言有什么特色，其中有一句话令我印象很深，它写成吉思汗的骑兵一到欧洲时说："平地一声雷，震动了草原。"我把这句话放在了《红旗谱》的开头第一句话。"文化大革命"期间,红卫兵写的文章中有一句"黄河向东流,百折不回头",我改了一下,改成"黄河自古向东流,百折不回头",说明一个人的意志。语言的概括性值得研究。《西厢记》我又看了一遍,除故事吸引人以外,语言好,有许多群众语言。张生一上场,唱"游学中原,脚跟无线",农村老太太有时说孩子"看你脚跟无线",今天跑到这儿,明天跑到那儿。地方方言太狭窄,但也可以改造,或仿这意思,叫人懂。

总之,语言要简练、简洁、有力、新鲜、概括性强。相声语言概括性很强。山东快书的语言概括性也强。要从这些地方吸收语言的营养。越是初学写作的人,语言越新鲜。写多了,就顾不得这些了。

再一点是长篇不能一呼隆写,一盆饺子一呼隆倒。要有高有低,有浓有淡,有密有疏,有的感情很激烈,有的可以抒抒情。高潮、浓密在什么地方?大体在写提纲时都要考虑到。有人把文章比作"大地的山川",大地有高山,有平地,有大河,如鸟兽的羽毛,不能一般化。整个《三国演义》这么长的书,其中最精彩的地方也就是七八章,如芦花荡、草船借箭、火烧战船等。

再者,长篇有时可以设计一些矛盾、冲突、幻想,甚至做一个梦,不是什么都写上,要加以选择。文章总是文章,不完全是真事,可以虚构。

目前好书少,可能是因为"文化大革命"十年了,大家才拿起笔来,时间短,以后会逐渐好起来的。

要讲究美
——在河北省文联文学创作座谈会上的即席发言之三

关于美学问题，好多年不谈了。

小说也好，诗歌也好，如人物、情节、语言等各方面，都和美学的观念有关。过去高中、师范分科，有美学课。圆形是美，平行四边形是美，对称也是美，这在诗里就用着了。美，是客观存在，但各阶级有各阶级的理解和感受，每个人的感受也各有不同。从历史上说，历代的作家，有的人爱菊，有的人爱莲，有的人爱牡丹，这都是美。总起来说，写诗、写小说、画画，艺术作品，要让人看了有种美感。

历史上各个阶级、时代，对美的理解也不一样。封建时代，对女人要樱桃小口、杨柳细腰，才叫美，但现在就不一定是美了。缠足，我小时媒人说亲时，先说脚大小，脚大不要。后来改变了，抗日时脚大小不太严格了。现在要说个三寸金莲的媳妇，谁也不会要。美的观念变了。现在十几岁女孩子穿四十二号的鞋，不是不美。封建时代，对女人，对其他事物，要小巧玲珑，但唐朝就不一样，要胖的，杨贵妃就是一个胖闺女。后来小巧玲珑的才是美的了。过去白脸是美，现在不在乎这个了，女孩子参加劳动，风吹日晒，皮肤也不会那么白了，只要五官周正，这就是美。现在男孩挑对象说什么"十全十美一米八"，这拿到过去的绣花裙、三寸金莲，就不可理解了。说来说去，还是典型性就是美，对人的观念也好，对花也好，概括性、长得适当就是美。

这同写文章、写诗、写小说一样，也应讲究讲究美学了。就是反面人物，也要讲究美学，如娄阿鼠，是坏人的典型。艺术总是要给人以美感。《大河奔流》我也看了，从开场到闭幕，场面、人物、服装、道具，给人以美感的东西太少。诗、小说、电影都应该注意这个问题。

人们为什么喜欢唐诗？你一接触就感到余音缭绕："夜来风雨声，花落知多少。"这是《千家诗》头一首，它给人一定的美感。

社会主义社会要美化生活，美学问题应该提到日程上来了。

话说书画

我是在一九五三年全国土改完成后，开始动笔写作的。到一九五七年，四年中写了《红旗谱》《播火记》《烽烟图》三部原稿，凡百十万言，每日工作十数小时，因劳致疾，数年中辗转于病榻之上。此时大夫教习书法、绘画，说这是养慢性病的一个好方法。自此以后，常出入于北京荣宝斋、宝古斋、和平画店，天津荣宝斋、艺林阁、劝业场各书画店。每日与书画家为伍，观摩各家书画。几年中临摹了欧阳询、张千碑、郑文公碑及汉武梁碑，也习过岳武穆前后出师表、伊秉寿、吴昌硕各家行书。自一九六〇年开始习画，我画画没有老师，画到哪里算哪里，开始画得像齐白石、吴昌硕，后来画得像扬州八家。这也有因素，因为我是喜欢扬州八家的，尤其石涛及八大山人二大家，其性格之纵横，笔墨之豪放，使我倾倒。直到今天，我才画成这个样子，连我也不知道画得像谁。也不知写得像谁。

到目前为止，我只承认我是作家，因为我写了几部书，不承认也不行。但我不能承认我是一个书画家，因为我在这方面没有成就。但我承认书画一事确是休憩的手段，我的身心能够恢复到今天的情况，是与书法、绘画分不开的。

目前，我正修改我的《烽烟图》，把这部长篇出版，我想我就不再写长篇了。每日写写散文、小品，写写字、画画画，以度过我愉快的晚年。

《八小时以外》1980年第6期

关于早期的几篇作品

有很多同志问及我的早期作品，日子久了，也有些模糊了。

一九三二年，母校解散，失学失业了。一九三三年，正是我二十岁那年，流浪到北京，住在二姐家中，还是想入学读书。有人介绍了一个私立中学，我搬去住了几天，那简直不像个中学；教员少，学生也少，是才成立的。有人建议，叫我上郁文大学，混个文凭。考了一下，还是考上了。可是郁文大学是当时有名的野鸡大学,共青团员上野鸡大学,觉得很不光彩,混个文凭又有什么用?我没有那么多钱,也上不起。想来想去,还是走我自己的路,到北京图书馆自学,专攻文学。于是又搬回二姐家中,不拿房钱,不拿饭钱,是占便宜的事。

恰好,我的老师丁浩川来京,他在"左联"工作。不久路一也来北京,也在"左联"工作,我也参加了"左联"。不多日子又找到二师同学远宝琨、王致民和陈健民。大家在一块学习、研究、写文章,也不寂寞了。

二姐家住在北京后海沿一个胡同口上,她叫我住在她的小东屋里。姐丈是个老同盟会员,开明人士,追求进步,他叫我帮他学习社会科学和政治经济学。一个二十岁的人——其实只有十九岁,也说不清懂还是不懂,不过比较起来,还是懂一点辩证法唯物论的,很谈得来。

姐丈是一个不搞贪污的人,为人耿直。生活很俭朴,吃饭也很简单,吃杂合面窝窝头或是馒头,有时炒个菜,有时拌个菜,早饭更简单。门前海里长满了荷花、菱角、鸡头。海岸上一大溜子老柳树,柳丝飞舞,行人稀少,是一个很好的学习环境。

每天吃了早饭,我就沿着后海沿往东去。过了银锭桥,通过一条小巷,穿过什刹海,从北海后门西边的又窄又长的养蜂夹道走过去,就是北海南门。西边就是北京图书馆。一进大门,就会有浩川或是路一他们在大院的松林下,或是石栏旁等着。每天见了面,总是又说又笑,一块走上高台石阶,进入图书馆。先到报刊阅览室,看看有没有自己的文章,然后到取书处写取书证，再到大阅览室读书。中午有时不回家，就在马路旁的小饭摊上吃点饭。直到下午，我才走回去。当时我没有车子，来回都是走着，因为走路，磨破了鞋子。回家吃了晚饭，休息一会，开始写文章，直到夜深才睡觉。

在这个环境里，我读了很多书，写了不少文章。经过回忆，关于文章的题目，署名，发表在什么地方，事情已经过去四十多年，就不太清楚了。今年春季，河北师范大学中文系唐文斌同志来访，又问起这个问题，我把能回忆起来的题目和署名，发表的报纸，告诉他。经他查证，查出的有以下一些文章：

从蜂群说到中国社会——《世界晚报》1933年6月19日

"救灾"和"做灾"——《世界晚报》1933年6月23日

狗——《世界晚报》1933年7月9日

再谈"狗"——《世界晚报》1933年7月19日

新麦子面纸——《世界晚报》1933年7月20日

新麦子面纸（续）——《世界晚报》1933年7月21日

处世谈——《世界晚报》1933年8月15日

处世谈（续）——《世界晚报》1933年8月16日

处世谈（续）——《世界晚报》1933年8月17日

"吃苦"和"耐劳"——《世界日报》1933年7月7日

从叫花子说到土匪——《世界日报》1933年8月9日

嗡嘟草堂随笔——《世界日报》1933年8月12日

从"自杀"说到"被杀"——《世界日报》1933年8月16日

朋友的悲哀——《世界日报》1933年9月3日

朋友的悲哀（续）——《世界日报》1933年9月4日

此外我曾查过一次《大公报》副刊"小公园"，一九三三年五月发表过一篇《芒种》。记得这年七月在《益世报》副刊发表过一篇《兔子的故事》，唐文斌同志没有找到。

这些东西，写于初学练笔时期，是微不足道的。但在当时是受到姐丈和同志们的鼓励的。这年的初冬，我就离开北京到西北军去了。

《莲池》1981年第6期

我写《夜之交流》

去年春天，在石家庄开政协会议，老朋友胡汐夫妇来看我，谈了一会子闲话，他说："你年幼的时候也不显得年幼，老了也不显老。"确实，我觉得我好像没有度过青少年时代。因为我虚岁十四岁的时候就加入了共青团。纪念五卅惨案、五三惨案，游行示威，写标语，散传单，检查英国货、日本货。在党的教育下学习"反帝国主义，反封建"，学习"阶级斗争"。家里人说我人小心大，十四五岁的时候就开始想国家大事，怎样才能把国家治理好。十五岁开始读文学书籍，十七岁开始读社会科学。这样听来，还有什么少年时代，还有什么青年时代？

我开始写文章是在一九三三年，正是我虚岁廿岁的时候，翻翻旧报纸，还能见到几篇。今年春天，北京师范大学文学系朱金顺同志给我找到这篇《夜之交流》。署名梁文彬，这些事我倒忘了。

这篇文章是在山东剧院时写的。这篇文章之前，是想要写一部长篇，反映二师学潮和高蠡暴动。因为生活和工作经验、战争经验不足写不成，才写了这篇《夜之交流》，后来回到北京，给了路一同志——当时他在北京"左联"当总编辑。他说这篇文章给了师范大学的《伶仃》月刊。并且说："这篇文章吴承仕老先生看了，说有十一处文法上的错误。他们叫我告诉你。"当时我很高兴，因为吴承仕老先生是中国大学教授，一个中学生的文章，叫一个大学教授看了，而且提出具体意见，我为什么不高兴呢！

更高兴的是，时隔四十余年，直到今年的春天，北京大学文学系的朱金顺同志来信，说他找到了这篇文章，我要求他给我复印一篇，他答应了我的要求，给我寄来了。

收到这篇文章，真是喜出不望外，我和一夫一同看了，一夫满口称誉，我却很不满意，因为我自己写的文章，连我自己都读不懂了，小说不像小说，散文不像散文。读了两遍，又隔了几个月才读懂了。原因是我现在用的一套文学语言与四十多年以前用的文学语言大不相同了，那时受外国小说影响多，语言受翻译文学的影响，表现方法也受外国文学的影响。时隔四十多年我已经返回头来，重读了中国古典小说，学了群众语言，表现方法受传统小说的影响。

题目为什么叫"夜之交流"呢？一是写夜晚的事情，一是用以象征旧社会的黑暗。第一段是写二师学潮的；第一段是："夜，凶噩的，张开贪婪的大嘴，吞噬着世界。"

第二段是："山林，柳林，古冢……沉沉的含默着；不太息，也不叹声。大地好像被征服了。"

第三段是："星子，月亮，都被砍杀净尽，苍穹密布着阴湿的云块，云块上注满各式各样的狰狞的面影。风不吹，世界窒息了。"

以上是写的旧社会的黑暗，为什么用诗的语言来写，我还记得吴承仕老先生的评语："你为了追求语言的美。"我在今天还想起来，也是为着"含蓄"，叫敌人看不出我是在诅咒旧社会。因为在那个年代，革命文学能发表的阵地太少了。《伶仃》月刊，第一期出版，第二期改版，此后就被敌人勒令停刊了。

我没有如实地写出保定二师七六惨案，只是用了四个字"血染红潮"，随后，有一段，直到现在我也看不懂。

我与图书

我自小喜欢书，可是村中并没有书读，老师有一本《千家诗》，每天下午课毕，老师就教我们读《千家诗》，第一首诗是五言绝句："春眠不觉晓……"读时摇着脑袋，像唱歌一样。

有一年暑期，我侄子从北京带回一部《诗经》。夏天，我在田间小窝棚里看着瓜园，读《诗经》，那时还看不懂。

偶尔打开四哥的橱子，发现有《儒林外史》《水浒传》《二十年目睹之怪现状》……还有一些中学的讲义，我都读了。

一九二五年，我考上县立高小。课余之暇，我在图书馆里读着《儿童世界》《小说世界》《学生杂志》什么的。

老师中有两个是拥护创造社的，课文讲了郭老的《棠棣之花》《女神》……自此，我开始读郭老的《我的幼年》《反正前后》《黑猫与塔》。读了《创造月刊》和《创造周刊》，后来读了《太阳》月刊……我接受了文学上的浪漫主义，读了沈老的《冲出云围的月亮》，还读了《少年维特之烦恼》……自此，我的身上像有烈火在烧着，文学把我引进革命的大门，我参加了共青团。

十五岁开始买书，觉得有一本好书搁在书柜里像是有点什么宝贵的东西。我侄子从北京寄给我几本书，其中有晨报副刊合订本，还有鲁迅先生著的《彷徨》和《呐喊》，还有《坟》……我又接受了文学上的现实主义。

我在高小时期，读了很多小说，课间十分钟都不肯空过，读了苏联革命文学《一周间》《铁甲列车》《毁灭》《铁流》等。还读了美国作家辛克莱的《屠场》。这时,我的第一篇处女作《鸱与家雀》登在《保定日报》上。

因为母亲病着,我未能远去升学,在家里读了《花月痕》《儿女英雄传》《水浒传》《三国演义》等,我还借到一部木刻本的《红楼梦》。我还照着画谱学画中国画。

无论在校或是在家,我总是伴着图书过生活。

十七岁那年暑期,我考上了保定第二师范,使我有机会在图书的大海里游泳,因为保定有个协生印字馆,翻印了很多革命的书籍,也使我更接近了革命思想。这时,我读了苏联革命文学和日本革命文学:平林泰子的短篇小说和小林多喜二的《蟹工船》,还有《没有太阳的街》……

一九三三年初,我流浪到北京,开始在北京图书馆自学,我读了很多文学书籍,最有兴趣的是屠格涅夫、托尔斯泰、普希金和涅克拉索夫的著作。我曾三遍连读《复活》,废寝忘食,如醉如痴的。也曾熟读《严寒通红的鼻子》这首长诗。苏联革命文学和俄罗斯文学培养了我……从这一年开始向平津各大报投稿,多是写杂文、小品和短篇。这一年我是虚岁二十。

一九三四年暑期,我考上了山东剧院。这一年我得学习新的功课,使我无时间读书,但一有闲暇,就到大明湖畔市立图书馆走走,我舍不得离开书。

一九三六年暑期,我回到故乡,三七年春,参加地下党的活动。当卢沟桥的炮声一响,我把我的书箱埋在地下,直到第二年我才把它刨出来。可好,一本也未坏,我又把它整整齐齐地摆在橱子里。

经过八年抗战,我的家庭也成了堡垒户,人来人往,这个拿一本,那个拿一本,也就把书拿完了。战争年代,戎马倥偬,忙忙碌碌。读书不多,买书也不多。只是一九四三年,我侄子给我带来了商务出版的巴尔扎克的《贝姨》和《欧也妮·葛朗台》,在解放区也算是绝无仅有的了。

一九五二年土改完成,我调到《武汉日报》工作,又开始买了一批新书,一批旧书——托尔斯泰和屠格涅夫的著作。一九五三年,开始写长篇。我开始大量地购书,破天荒地买了书架,一九五九年定居天津才安排了书房。

一九五七年开始闹病,养病之暇,就是逛书店、画店、古籍门市部,经常买些书画碑帖,成了一种嗜好,还买了一部分精刻本的木版书。我买书贵实用,宋版书我是不买的,翻来翻去,我怕翻坏了。

十年动乱一开始就抄了我的家;木版书他们不要,所有现代文学、书、画、碑帖都抄走了。后来,现代文学没有归还,书画碑帖都归还了。我又买了一批旧书,一批新书,充实了我的书架。直到现在,我还是喜欢书画,工作之余,买买书,挂挂画,心旷神怡,倒也甚是惬意。

《书讯》1982 年 5 月

时代·思想·创作

在一个时期里，由于写不出作品而苦恼是个比较普遍的问题，很多作家都遇到过，我也经历过。原因不外乎两个，一是自己思想的变化，一是社会的变化。重要的是思想变化没能跟上社会变化，这个问题在新老作者身上都有，但在老作者身上普遍些。五十年代时我们有一批作者，当时还都是血气方刚的青年，那时候他们刚刚经历了苦难的童年，体验到获得解放的欢乐和幸福，也有了一些社会生活经验，理解了一些生活，又不怕吃苦，大胆地写了一批东西。现在却面临着写不出作品的苦恼。后来他们又经过十年动乱，有的还挨整，没挨整的也不舒服。一直到三中全会，每个人的思想是有很大变化的。三中全会的政策路线是针对十年动乱后的社会现实制定的，是为了解决新时期的一些新问题。工业要调整、改革、整顿、提高，有的工厂下马，或合并。工业战线的同志自然会有许多想法，某些人还会思想混乱，衡水铁厂就是个例子。农村也如此，要多种经营，因地制宜，搞责任田，那机井和拖拉机怎么办？这些都是新问题，自然要影响搞文学创作的同志的思想。这都需要我们正确认识新时期的各种现象的本质，如果我们对这些东西还不理解，还不能正确分析和认识新时期的人及其社会关系，怎么能写作品呢？自己如果也像衡水铁厂某些同志那样思想混乱，是根本没办法选材和构思的，何谈创作！

写不出作品的原因还有个创作水平的问题。还以五十年代培养的作者为例，五十年代培养的作者是那个时期的路线和社会生活条件下产生出来的。重读自己那时发表的作品，可能自己也觉得未免幼稚。现在是新时期，文学创作也有了新发展，那个时期的创作思想现在不大适应了。这就需要我们从过去的旧思想束缚下解放出来，不拘泥于旧的一套。

在历史的转折时期，这种创作苦恼我也经历过。

我从小喜爱文艺，小学时就读各种小说。后来读了苏联大革命后的革命文学，接受了革命思想，才走上了革命文学的道路。十四岁加入共青团，十六岁参加反割头税运动，十九岁看到高蠡暴动，二十岁（一九三三年）到北京开始了文学生活。那时候年轻，生龙活虎，什么都不怕，几乎三两天就发表一篇小东西。二十一岁到山东剧院。二十二岁回到北京。二十三岁又回到家乡，这时候爆发了抗日战争，形势变化了，我就有一段时间思想不跟趟。抗战前搞的是阶级斗争，当时讲普罗文学——无产阶级文学，我就是从那个基础上开始写作的。抗日战争开始，党的政策是抗日民族统一战线，我的思想一下子转变不过来，对许多问题想不通，例如，为什么要搞统一战线？统一战线对民族解放有什么好处？为什么要解散共青团，成立民先？为什么解散"左联"？当时我们在敌后，交通不便，党中央的精神下来得也慢，思想上不理解，怎么适应新时期呢？所以有好几年写东西都感到别扭。最根本的原因，就是还没有理解历史转折期的社会变化，思想感情转变不过来。

现在的新时期，是十年动乱后拨乱反正的新时期，思想解放也带来了一些新问题，社会上有一些不正常现象，走后门、投机倒把、走私等等，但这些不是主流。当然也有一些更深刻的问题，如党支部的作用，党支部在新时期还起不起堡垒作用？怎样起作用？……总之有不少问题值得研究，要在实践中解决。但要看到，这些都是十年动乱留下来的东西。我们首先要承认它，同时也应该相信，三中全会的方针政策是能够解决这些问题的。事实上，农村实行生产责任制以后，生产力得到了解放，干与不干不一样了。有了责任制，劳动时间归自己安排，有灵活性了。我有个孩子在农村，一个六口之家，去年分了七千斤玉米棒、一千多元。

一九三八年我写过两个剧本，一九四二年又写了两个。形势变化后，下乡深入生活，那时候敌人占领城市，我们在农村。挖地道，就常常在地道口读书、写文章。一九四五年抗战胜利，我当过县委宣传部长，一九四六年当县委副书记，一九四七年又下乡土改。老区土改后，按说是可以写点东西了，但总觉得生活还不充实，还有缺欠的地方。现在醒悟过来，从一九三八年至一九四二年我没有参加农村工作，是当时还写不出《红旗谱》的重要原因。

中央调大批干部南下时，我给区党委写信，积极要求南下。一九四八年到湖北，参加剿匪反霸，减租减息，土改复查，直到一九五二年华中土改完成。经过这一段生活，对地方工作熟悉了，思想上逐渐成熟了。

一九五三年到北京休假时，我住在碧云寺，忆及往事，就想着手写点东西。结果写得很顺利，自己也感到惊奇。这就是后来的《烽烟图》初稿。为什么这时候会写得很顺手呢？是什么道理？后来才明白，主要是经过几年，思想成熟了，对人和生活、对社会关系、对政策的理解吃透了。

《红旗谱》所写的事件是我青少年时经历和接触过的生活。二十二岁该可以写了吧！当时也写过，写作热情也很高，但就是写不出来，刚写几章热乎劲就下去了。为什么？生活还不充足嘛！政治上、思想上也还不成熟。一九四二年写剧本时只写出了《红旗谱》的几个人物，当时已经二十七八岁了，但还是写不出《红旗谱》。又经历了一段生活，特别是经过在湖北的剿匪反霸和土改，对许多人和事有了深刻的感受和理解，对地主和农民、对中国农村的阶级关系有了具体的、活生生的感受，才在一九五三年至一九五六年写出了《红旗谱》的三部原稿。也就是说，只有自己对自己经历过的斗争和生活理解了，反复琢磨过了，深思熟虑了，才能写出来。

写《红旗谱》之前，我还认真读过一些书，认真积累和整理过一些人物和素材。有了这些基础，写作时才能比较顺利。

有人说老业余作者目前不是提高不提高的问题。我说还是有这个问题的。要多读些书，在生活、情操、思想等方面还需要进一步充实和提高。要写东西就得憋一股劲，这股劲要从许多方面来憋。要摆脱一些家务事，不要抱怨环境，要学会适应环境，时间少就写短篇。写自己真正熟悉和深思熟虑过的东西，从五十年代到现在，你总有些经历，总有些熟悉的人物，磕打磕打自己的思想仓库，把真正熟悉的东西拿出来，找老朋友聊聊天，再进一步熟悉他们，分析研究他们的性格和语言特色。起步要高些，不能满足于过去的水平，要多读书，读古今中外的名著,"读书破万卷,下笔如有神"嘛!过去读过的好作品还要再拿起来读,近年获奖的也要读。不断提高自己的欣赏水平,读了他们的,要超过他们。

不一定要写得多,一年能写出三篇站得住的就不错嘛,十年就是三十篇,就是两本书。有条件写长篇的当然也可以写。写出来不要急着寄出去。有些聪明人写出来马上送出去;我不聪明,我总是搁一搁,等修改得满意了再送出去。

对目前社会上非主流的东西,不好的东西,要学会分析和认识。也用不着生那么大气,要学会辩证法,学会从历史的高度看问题。生气不是政治家的态度,要相信事物总是会朝好的方面转化的。

因此,希望大家能在两个方面突破,一个是思想上的突破,正确认识新的现实,从历史的高度来认识,不要只看眼前;要认识新时期文学的历史任务。另一个方面是写作技巧的突破,从自己原有水平上突破,总结自己过去写的东西,看看是否有自己的风格,有没有自己的个性?每个作家都要写出自己的风格。风格流派是各人自己选择的,完全可以按自己的意愿选。我们也不要去干涉别人,可以你写你的,我写我的,就像打游击一样,你打你的,我打我的,打胜了,好;打不赢,我跑,这有什么关系!但对自己的东西一定要从严要求。检查一下,看看语言干净不干净?利落不利落?抒情不抒情?要有自己的语言特色。结构上也如此,一定要有自己探索出来的东西,要和别人的有所不同。创作是个苦差事,这些都是创作之苦。

现在文坛上出现了各种流派。其实不光现在,三十年代就有。那时候有鲁迅,也有王统照,还有鸳鸯蝴蝶派的张资平;那时也有人用翻译语言写文章,现在有人用"五四"时代的语言写,他认为现在这个时代的语言大家太熟悉了,不新鲜,认为他写的那个才是新鲜的。

民族化问题。我认为越是在地方化、群众化方面有突出特色的作品,越能为全世界理解和承认,缺少民族特点的作品,往往经不起考验。中国文学史上留下来的,也都是用中华民族的语言写中华民族的。用群众语言写作品的前途是广阔的,当然也要吸收借鉴新东西。听说外国人在研究老舍和赵树理,这两位作家,一位绘声绘色地写出了中国城市生活特色;一位淋漓尽致地刻画了中国农村的人物。对一本书一篇作品,要用时间去考验,看五年后怎么样?还有多少人看?再过五年,有多少人看?再过五年……能流传下来的,才能成为民族的瑰宝。

人物平面化问题。只有写熟悉的人物,写出人物性格和他细致的思想,写出人物的灵魂,写出细腻的感情,写出不同的人物性格,人物才能站起来。

有的同志说,老业余作者的东西现在发表难。我看搁一搁也有好处,过一个时期再补充补充。我把《红旗谱》修改过七八次,有的地方修改过二十多次,出版后我改过三次,现在是第四个版本。多修改有什么不好!

总之,希望大家走现实主义道路,写出民族风格、地方色彩,写出反映新时期精神面貌的好作品。

《小说林》1982年第8期

我的第一篇小说

我的第一篇小说是《夜之交流》，于一九三六年四五月间刊于北京"左联"主办的《伶仃》月刊上，约有四五千字。

这篇小说的主题和题材，是从革命生活中摄取来的。

一九二七年春天，在中国大革命的高潮中，我参加了共产主义青年团，开始走上革命的征途，经历了四一二反革命政变和北伐战争。一九三〇年暑期，我考上保定第二师范这个革命的学校。在老同志们的带动下，我读了很多书，主要是三十年代的革命文学和苏联早期的革命文学作品，也读了一些社会科学著作。

一九三一年暑假，我参加了驱逐国民党西山会议派校长张陈卿的学潮。这年九月发生了"沈阳事变"。自此，就开始了轰轰烈烈的抗日救亡活动。全市学生在保定南关开了抗日救亡誓师大会，每天下午课毕，携带宣传品到农村、工厂进行宣传和组织工作。有两个同学，在东郊兵营做士兵工作被逮捕，有三个同学在第六中学墙上写标语被逮捕，押在警察局里。我们列队在警察局门口游行示威，高喊口号，要求释放抗日青年，反对国民党反动派蒋介石的不抵抗政策，要求抗日自由。

国民党反动派为了镇压抗日救亡运动，提前放假。随后登报宣布了三十名共产主义思想犯和五十名嫌疑犯的姓名（在嫌疑犯中有我的名字），解散了学校。同学们闻讯，急回学校开展护校运动。国民党军警包围了学校，在一九三二年七月六日拂晓，下了毒手，当场牺牲了十四五人，伤四人，逮捕五十余人。

这年九月，在我的家乡爆发了高蠡暴动。革命的农民拿起枪来，没收地主的枪支，开仓济贫，发动农民起来抗日救亡。当暴动的农民在高阳辛庄的学堂里休息整训的时候，被国民党骑兵十七旅包围击溃，当场牺牲十六七人。被捕的战士，则遭铡刀铡，大刀砍，人头被挂在树上、城门上，血雨淋漓，数日不止。

日寇的进攻，蒋介石的不抵抗政策，七六惨案，高蠡暴动……血海深仇，郁积在我的心底，增强了革命的意志。我要用笔写出来，公布于世。

一九三三年春天，我离开家乡和保定的白色恐怖，流浪到北京，参加了"左联"，开始了我的文学生活。白天在北京图书馆读书，夜间写文章。在这一年里，我写了不少杂文和小品，在京津各报纸上投稿，向黑暗的旧社会进行挑战。这段时间，我的笔得到了磨炼。

这时，我想写一部长篇小说，反映二师学潮和高蠡暴动。热情虽高，但因为技巧不足，不懂得生活的真实和艺术的真实的关系，只写了几章就写不下去了。当时，我为什么能写出杂文和小品，写不出长篇小说？这个问题说明：技巧与对于生活的认识是个重要问题。

这年冬季，我去西北军做兵暴工作未成，一九三四年的三月，在北京被捕，住警察局拘留所一月，取保释放。这年暑期，我考上了山东剧院。到济南去读书，一为就食，一为避难。

济南确实是家家泉水,户户垂柳。这座学校就在大明湖畔。宿舍背后的小巷中,就是《老残游记》中写过的"高升店",从此北去是"鹊华桥",桥畔就是黑白妞说书的那个地方,当时是个烧饼铺。附近还有济南图书馆,除了上课、学戏,还可以读点书。我和三四个同学办了一个副刊,反对王泊生搞封建的旧戏。我写点散文和小品。我的第一篇小说《夜之交流》就是这个时期写的。当时觉得不成熟,压在箱子底里没有发表。

按一般来说,这个学校的环境够好的了。可是一个革命者的革命热情是压抑不住的。我除办一个副刊外,还想办一个话剧团,因此,又与学校当局发生抵触,不得不离开济南,回到北京。因当时"何梅协定"已达成,国民党部要从华北撤退,北京的抗日救亡运动又有所发展。

回到北京,住在骡马市大街直隶新馆,又开始了我的文学生涯:白天到北京图书馆读书,晚饭后到陶然亭一游,夜间写文章。

这时,我把《夜之交流》拿出来,反复修改,注意到语言的美,注意到文章的含蓄——因为白色恐怖还在空中震荡。小说写了我的一个叫小马的同学(作品主人公为老牛,情节上也稍有出入)。从七六惨案中逃出来,参加了高蠡暴动;写了反动派镇压二师学潮的残暴;写了暴动起来的农民露夜行军,两军激战。最后小马被捕了,押在保定行营,经过过堂问供,小马被秘密枪毙了。整个作品揭露了统治者镇压抗日救亡运动的罪行。

中国大学的"左倾"教授吴承仕老先生（号俭斋），是老一辈的文字学家。他看了这篇小说之后说，文章写得很不错，语言很美，并指出文法上有十一点错误。这个意见通过"左联"组织告诉我。说文章写得不错，是对题材说的。语言很美，是我反复修改的结果。说文法上有十一点错误，当时我只是一个初级师范二年级的学生，还未学过文法。再一方面，我一写起小说来，就不注意文法了。但是，文法对于写文章来说，还是重要的。

时隔四十余年，北京师范大学中文系朱金顺同志把这篇文章找到了，寄给我一份复制品。我看了之后，觉得和四十年前的感觉完全不同了。说文章写得不错，今天看来，还是不成熟的；说语言很美，今天觉得雕琢过分，就不自然了；含蓄也过分，甚至没有写出人物来。当然，时代不同，要求也就不一样了。

这篇文章虽然写得不成熟，但是对于以后的影响却很大。主要是对这些题材和生活，考虑了又考虑，澄清了又澄清。所以距此十几年后，直到一九五三年，我开始写《红旗谱》《播火记》《烽烟图》时，就得心应手了。

写到这里，我感谢吴承仕老先生对我的鼓励，由于他的鼓励，使我对这些题材与生活念念不忘，以致写出《红旗谱》这几部书。据说吴承仕老先生靠近共产党，支援抗日救亡运动，学习马列主义，对于奖掖后进不遗余力。直至日寇进了北平，他还没有离开阵地。后因病逝于北京。

从第一篇小说的创作中，我体会到有了丰富的生活做基础，生活会鼓励你的创作激情。当然，除了生活基础之外，还需要多读几本好书，分析研究，学习怎样结构章法，怎样塑造人物，怎样编制故事，怎样概括生活。至于革命的情操，就需要在革命生活中逐渐养成。

《山西文学》1982年第8期

谈文学写作

一般地说，有很多人在青年时期喜欢文学；好读书，写几首诗，写几篇散文和小说。但是，最后成为作家的人，并不多。事业不负有心人，看谁努力到底。大学文科的人，最后成为作家的，也就是几个。就好像北京富连成科班一样，虽然老师一样的教导，一样的练功学习，最后出科能成为名角的，一科里也就是几个人。有的成为配角，有的只能打小旗。这决定于本身的条件和最后的努力。

有的人问，要想成为作家，应该怎么办？

我说，还是先读书；要多读，读好书，不读坏书，要是读坏书多了，是用橡皮擦不掉的。

从我来说，从十四五岁开始读书，首先读的是《晨报》副刊合订本。当时读鲁迅的《坟》还读不懂，读郭沫若的《我的幼年》《反正前后》《黑猫与塔》《棠棣之花》……觉得很有味。

后来读《创造月刊》《太阳月刊》。读了鲁迅的《阿Q正传》和他的短篇。后来读了外国的《少年维特之烦恼》及辛克莱的《屠场》。

我的幼年是在老师指导之下读书的。

小学毕业后未能升学，家居读书，无意中打开四哥的书柜，发现了《儒林外史》《水浒传》《二十年目睹之怪现状》《三国演义》，受益不小。又借了全村仅有的一部木刻本的《红楼梦》。再读《花月痕》之类的就觉得没有意思了。《三侠五义》《七侠五义》《施公案》之类的书，我未读过。以上是十六岁以前读书的情况。

十七岁写了一篇《鹞与家雀》，内容是家雀与鹞子搏斗。刊在《保定日报》上，这是我的第一篇作品。受了革命的影响。

后来读了苏联革命文学作品，高尔基的《母亲》、法捷耶夫的《毁灭》、革拉特科夫的《士敏土》以及《夏伯阳》《铁流》《铁甲列车》《一周间》《钢铁是怎样炼成的》。还读了日本的革命文学作品，如小林多喜二的《蟹工船》、平林泰子的短篇小说，以及《没有太阳的街》。总之，开始读书要读革命的书，不要读那些风花雪月、恋爱小说之类。这样对培养文学修养和革命情操有很大好处。

这时，我的读书兴趣转移到社会科学上；我读了几本《文学概论》，几本《社会科学概论》《辩证唯物论》《历史唯物论》《教育学》《国家与革命》《社会进化史》，恩格斯的《家庭、私有制及国家的起源》，河上肇的《政治经济学》，还读了六七本组织上印发的社会科学讲义，据说是瞿秋白同志等写的。学的不多，对于文学创作很是有益，还支持了我抗日战争开始以后十几年的工作。当时不完全懂，一遇着实际问题就懂了。

以上是十八岁以前读的书。当时是如饥似渴地获取知识，还不懂得改造世界观，实际上是收到这样的效果。我没有读过大学，仅是一个初级师范二年级的学生。

二十岁到了北京，开始写文章，向京津各报纸投稿；开始学习鲁迅的杂文，向旧社会进攻，写小说还写不好。在北京图书馆读了俄罗斯文学作品，托尔斯泰、屠格涅夫、涅克拉索夫、普希金等人的作品。卢那察尔斯基的《艺术论》也读过，读不懂。俄罗斯文学使我的文学素养得到提高。

以上所谈，是我读书的经过，不是给大家开书目。因为时代不同了。尤其党的十二次代表大会以后，要用共产主义思想指导文学创作了。有挑选的读书总是好的，以免误入邪路，因为青年时代还不懂得政治，无有分析的能力。一般的书，可以浏览一下，好书要多读几遍，不只是读，而且要仔细研究，要记笔记把读书心得记下来；比如人物是怎样塑造的，怎样出场的。章法、结构故事的编制、情节是怎样安排的，高峰是怎样促起的，以及好的语言等。记卡片比记笔记好，便于保存，便于查用。我在北京图书馆读书时，曾连读三遍托尔斯泰的《复活》，读了几遍屠格涅夫的《猎人笔记》，读得如醉如痴。当时已经明白托尔斯泰的人道主义了。

要想写好文章，必须深入生活，获取政治经验、工作经验。我是十四岁加入共青团的，那时是大革命时代，革命正在高潮，北伐战争在鼓舞着我；听了上级讲的《北伐战况》，简直像血液里注上针剂一样，浑身是劲，恨不得一下子把封建军阀、帝国主义、土豪劣绅打倒。经过四一二反革命政变、"马日事变"，组织上召开会议，说："当北伐军打到长江沿岸，革命就要成功的时候，蒋介石和汪精卫叛变了革命，回过头来，屠杀共产党和工农群众。国民党大清党……国共要分家了，我们要拿起武器战斗了……"

这时，我的思想好像从高崖跌进深渊……革命失败了！后来听说毛泽东同志领导了秋收起义，领导了革命的工人和农民上了井冈山，和朱德同志会师，革命又有指望了……十年土地革命在鼓舞着我。我继续写作，文章一篇连接一篇。

一九二九年，我参加了反割头税这场轰轰烈烈的农民运动。这是一篇好文章。

你一参加政治生活，参加革命运动，一做工作，就有文章可写了，文思就会像泉涌似的，生编硬造的那个不行。

上了第二师范，我过了极严格的团组织生活；每礼拜开一个小组会，小组会无处开，几个人在操场上遛圈，一边走着，一边谈着；要汇报工作、思想活动、批评和自我批评。这时能看到北方局的党内刊物《红旗》了，促进我政治上的成长。那时党团员少，工作谈何容易；发展一个同志得先交朋友，然后介绍他读革命书籍，思想进步了，才敢说介绍他参加组织，不然你就暴露了。

我参加了一九三一年的二师学潮，被选定为护校委员见着了革命的大世面；对于政治形势的分析，那一套严密的组织工作、那一场斗争、一场胜利的欢欣……真是处处皆文章啊！

一九三一年九一八事变，开始了如火如荼的救亡运动，开大会，示威游行，深入工厂农村工作。一个场面连着一个场面，一篇文章接一篇文章。

一九三四年在北京被捕，见识了牢狱生活。

一九三七年回到家乡参加了地下党的工作，搞起救国会……

一九三八年，我开始领导一个剧社。组织工作，行政工作，导演……忙了三八妇女节，忙五一节、八一建军节，都有新节目演出。剧社虽小，有党员，有非党员，有女同志，也有小鬼，你都得团结，你得教育，各人有各人的性格脾气、爱好，会使你认识一大群人。

"五一"反"扫荡"，十万鬼子兵进攻冀中区，杀气腾腾，几个月之后，岗楼如林，公路如网。我们领导广大群众，开展地道斗争。展开敌伪军工作、城市工作，被迫转入地下活动。真是一篇大文章。

整风运动，又认识一大群人的经历、脾气、性格……

一九四五年，开始做县委宣传部长、副书记。解剖了一个县委机关的政治生活，各人有各人的工作手法，工作经历，团结问题，政策的贯彻，深入群众，联系群众……真正做好一个县的工作，你就会感到没有预见就不能领导。能做好一个县的工作，写长篇不成问题了。

后来，我在华北连搞了几年的土地改革，当过一个村的土改队长。在华中当了几年地委宣传部长，开辟新区剿匪、反霸、减租减息、生产救灾、土地改革……这样更仔细地认识地主阶级和广大农民阶级的阶级关系，写了一部《翻身记事》。

以上不是向你夸耀，是我在学习文学创作的过程中在怎样的学习、深入生活。有的人不愿学习政治，不懂政治怎么塑造各种人物的思想，摄取主题和故事。有的人不愿做工作，不做工作怎么写中篇和长篇。毛主席说，生活是文学创作的唯一源泉，这是肯定的。

比较长期的工作经验，会打下你深厚的生活基础。

有了生活基础，你再短期深入生活，将事半功倍。无有生活基础，只凭短期深入生活，只可以写个短篇。至于走马看花，写篇散文是可以的。我所说的深入生活，就是做一段实际工作，只凭观察生活是不够的。

写文章是一个人一条道路，我没有做过短期深入生活，不会走马看花，总觉得不解渴。但，这仅是青少年时代的情况，以后年纪老了，长篇写不了啦，只有走马看花写些散文了。

文学创作从何入手？

首先要练笔：写笔记，写日记、随笔、散文。杜甫说："读书破万卷，下笔如有神。"练笔也是这样，练笔破万卷，下笔才有把握。不要眼高手低，写几篇文章寄出去，无人采用就不写了，那就一事无成。文学事业是一辈子的事情，一直努力写作，不到黄河不死心。

开始文学写作时，要写自己最熟悉的生活，用最熟悉的题材。有人从写短篇小说入手，有人从写诗入手，有人从写剧本入手……因人而异，因为每个人的爱好不同。才下笔时，以写短东西为好，便于掌握。一开始就写几十万字的长篇，周期长，亦难成功。

下笔以前，要先考虑生活。根据生活的多少和浓淡，看菜吃饭，量体裁衣，以精干为好。写诗，要修改几遍。写小说要把人物、故事、情节、章法想好。最好要有个提纲，小说有几个人物，每个人物的形象、性格、感情、爱好、生活方式、年岁、文化水平……都要想周到。甚至陪衬什么景物，用什么景物突出一个人的性格，有个简单的提纲也是好的。

小说分几段，哪个人物如何出场。文章如何展开，如何结尾，何处是高潮……都要写在提纲上。写提纲不要嫌麻烦，暂时写不出来的地方，可以空过去，以后再想。只有想得周到才能一气呵成。当然有些好的情节和语言，当你走笔如龙的时候，他才从笔底跳出来。

写成之后，不要立刻寄出去，要搁几天，读几篇作品，再拿出来看看，有无不足之处。如有，再修改一遍。然后寄出去。如有退稿，不要丧气，把它搁下，先写别的。当你写几篇文章，读几本书之后，再拿出来看，就会看到短处，修修改改再寄出去。文学不像工业品，有一定规格。因此，这个刊物不用，那个刊物就可能用上。这是因为每个人的历史不同、生活经历不同、艺术素养不同、爱好不同，不足为奇。

要长期深入生活，学会认识生活，分析生活中的主流与支流。没有足够的生活，足够的政治经验、工作经验，要想写出好文章，是困难的。我十八岁经历了二师一九三一年学潮，十九岁经历了一九三二年学潮和高蠡暴动。二十岁想写《红旗谱》这部长篇，写不出来。为什么？生活不足，政治、工作的经验不足，没有打过游击战……只是写了几篇散文、小说，写了几个小剧本。打了几年的游击战，一九四二年开始收集材料，一边收集材料，一边深入生活。直到一九五三年才下笔，四年写了三部原稿，笔下好像流水一样，什么原因？生活够了，技巧掌握了，有了写作经验。其中的一部《烽烟图》，经历了二十七个年头，经过"文化大革命"的动乱，今年才能和读者见面。《红旗谱》原稿，修改少的地方有七八遍，修改多的地方，有十九遍二十遍。出版以后修改了三遍，现在是第四个版本。

才写文章，可以写真人真事，可以写通讯和报告文学，也可以用日记体写文章。但不能抄袭，那是可耻的，是无能的表现。要看了他的，超过他的。你这么写，我那么写……技巧掌握了，就可以自出心裁了。

真人真事，不一定有那么多典型人物，也不一定有那么完整的故事。为了突出主题，你可以剪裁、虚构、理想和联想，也可以幻想。能够做到这一步，你的文章就会升华了，好像台上的名角，听到掌声不绝了。但是，能够做到这一步，要下很大的功夫。比如，《空城计》，谁也知道这是虚构的，但是可信的。作者用这种虚构的手法，烘托诸葛亮这个人物的用兵如神。凡是看过《空城计》的人，无不为这个剧本和故事倾倒。

夸张和虚构要合乎生活规律和历史情况。说孙悟空一个斤斗折十万八千里，人们都知道是传说、是神话。李白诗《秋浦歌》："白发三千丈，缘愁似个长。不知明镜里，何处得秋霜。"出自大诗人大手笔，千古流传称为绝唱。如你写"……如火冒三丈……"人们会无意见；如果你写"我一步迈了三丈"就有点出奇了。操纵文学的个中奥秘，只有在长期的创作实践中，在探索中才会得到。

《北方文学》1983年第7期

我在深入生活

一九四二年，准备"五一"反"扫荡"，我和四个同志到了深北县。"五一"反"扫荡"的前一天，我们通过饶阳县，越过滹沱河，回到献县的岳家庄。当天晚上，日寇十万鬼子兵，开始了对冀中抗日根据地的大"扫荡"；滹沱河的大堤上，十步一岗，五步一哨。灯笼火把，包围了饶阳县。

我们不得不离开这里，穿过肃河公路，到了肃北。刘纪同志带着段森回到里县。我带着陈春耀和王敏同志，远走任（丘）河（间）大（城），兜了一个大圈，通过一个个的岗楼群，回到蠡县老家。老家的村北有个岗楼，蠡县成了游击区，在大"扫荡"中，是个空隙地带。在老家听到县长林玉青的噩耗，亲爱的老同志，他死在日寇的屠刀之下了，我流下了眼泪。

七月，我们和"火线"的同志，到白洋淀集中，暗夜里走上千里堤，走到大水刘庄，在村西里休息。交通员说，前几天的一个晚上，有几个"火线"和"新世纪"的同志，在这里与敌人遭遇，罗品和"火线"的导演路玲同志牺牲在这里。

在苇塘里爬了几天，老同学李跃之同志带部队护送出了淀，一夜之间，通过漕河东站和封山沟，以一百四十里的行程，到了义县的北水峪。

到了冀中后方留守处，休息了几天，我把同志们送到华北联合大学文学院。我回到边区文联，沙可夫同志接待了我，我想在这里休息下去。

我住在牛棚村的小屋里，这间小屋，有门，没有窗子。有一张桌子、一个凳子。我睡在小屋中，听得门外小河的水，哗哗地流着。

我休息不下去，桌上有纸笔，我开始构思，想把《三个布尔什维克的爸爸》，写成中篇。因为它太拥挤了。

当我正在写着，沙可夫同志来看我。他哈哈笑着说："咦！休息几天吧，你们辛苦了！"他抬起头，看了看小屋，说："咦！山里的房子，也就是这个样子！"

他见我不抬起头来，也不招呼他坐下，又说："你要写东西，你就写吧！"他在屋子地下转了一个小圈，把一册小书搁在我的桌上，又悄悄地走出去了。我才抬起头来看，是一册油印的小书。拿起来一看，是毛泽东同志《在延安文艺座谈会上的讲话》。这时，它吸引了我，我放下笔，集中全副精神看起来。

我走出来，坐在河边的大石头上看书，直到日已西山。我抬起头来，仰看青天，有白云飞驰。对过山坡上的柿子树，柿子红了。这时，我进入另一个境界，自言自语："好书，这是一本新颖的书。"我把两只脚伸到河水里，让它叫河水冲刷得干干净净。

我反复地看这本书，觉得毛泽东同志给文学创作很多新东西，好多新鲜的问题。首先提出语言问题，再就是和工农兵相结合的问题，深入生活和参加火热斗争问题，社会主义现实主义问题等，很新鲜，异常新鲜，因为过去的人们不是这样谈的，在过去的《文学概论》上，不是这样谈的。当我十七岁，读着美国作家辛克莱的《屠场》时，这部书写的是屠宰厂的工人生活，觉得很新鲜，我为它所感动，我捧着这部书，找到我的老师丁浩川，说："这部书很好，我很受感动！"

他拿起这本书看了看，又放在我的手上，说："《屠场》是一本好书！"又说："辛克莱是一个资本家的儿子，他还到工厂矿山去观察生活！为了写东西，写书。"

他提出"观察生活"，使我开窍了。我说："噢，书是这样写成的！"

他说："是，想写文章，就要'观察生活'！"

当时，我说："我要当作家，要观察生活！"

丁浩川老师又拿起这本书看了看，说："是一本好书，你读吧！"

过去，我只接受了"观察生活"，而在目前，在毛泽东同志写的这本书上，《在延安文艺座谈会上的讲话》提出"深入生活，参加火热的斗争"。含意不同了，观察只站在一边看，"深入生活"是深入生活里边去，去"参加火热斗争"，参加工农兵的斗争，成为战斗的一员。在实际生活中，成为战斗的一员。这里存在着和实际相联系，和工农兵相结合，吸收工农兵的新鲜语言，才能写出新鲜多彩的文章。毛泽东同志提出的几个问题，是相互联系的。

过去，我只是观察，观察实际，观察工农兵广大人民群众，我的思想规律、思想方法不能得到改造，我的立脚点不能转移过来。虽然参加了工作，参加了运动，而我并未和工农兵交朋友，我的感情没有起变化。我过去写东西，只是居高临下，概括的社会面小，我的文章不能升华。

我把我自己写的东西，把我的思想解剖了一遍，这使我动了激情，我接受了毛泽东同志的意见，我把这本小书搂在怀里，久久而不能平静。"我要深入生活，参加火热斗争！""冀中广大人民群众在战斗中，我不应该躲到山里。"

可是，文章得写完。晚上的小油灯光线太暗，我看不清楚，只在白天趁着门外的阳光写，一直写了几天，才把文章写完又抄了一遍，一边抄，一边改动，改定后送给孙犁同志。在刊物上连载时，他把题目改成《父亲》。

交了稿子，天也就冷了，我为了穿棉衣，回到后方留守处。路上走着，心里想着：冀中人民在战斗中，我不能躲在山里，我不能放弃战斗生活，我要深入战斗生活，参加火热斗争。我走着山路，路旁的枣树，枣儿已经通红了。

回到后方留守处，穿上棉衣，遇到朱自强同志，我说："我要回去！"

他睁了一下眼睛，说："怎么？你要回去？"

我说:"我要回去!我要写文章!"

他又追问一句:"写文章,为什么要回去?"现在,我想不出,我是怎样离开他的。

第二天中午,我看见九地委书记吴立人同志,他说他过路来汇报工作,我说好跟他一块回去。他同意了,并约我到九地委工作。

在一天下午,我随他走到一个山边的小村。路上,他叫我给他讲故事,我给他讲了两个《聊斋》上的故事,他很高兴。一九三六年,在北平的时候,我们见过面,他是育德中学的学生,他很同情二师的学潮斗争。

在这个小村里住了一天,当天晚上,由两个交通员带领,午夜时分,到了保定附近,四下里黑暗,有狗的叫声,很是瘆人。南大桥上有一个很小的灯明,交通员领我们在南大桥下住过,住在保定城东边十几里的麦洼里。麦洼里当然没有被褥,夜间有风,很冷。天将黎明,听到北边有汽车疾驰而过,那是一条敌人的公路。太阳出来了,地上有霜,身上也有霜。看见南边不远的地方,有一个岗楼,伪军们下来捉兔子。顷刻之间,毛骨悚然。我合紧眼睛等待时间的裁判,我又睁开眼睛,那些伪军们又回去了。我们还是不能动,怕敌人会发现我们。一直伏到太阳平西,才开始向东移动。

东边正是一条小河,我们脱下棉裤,把脚伸到水面,水面已经结下薄冰,用脚跟砸破薄冰,涉水过了小河。第二天早晨到了白洋淀,九分区司令部还在苇塘里,他们用苇席搭起一个个的窝铺过夜,已经是北地玄冰了。

司令部找了一个老者，送我回到老家，我在后院挖下地道，坐在地道口上读书、写文章，继续记录当时的故事情节、人物和语言。

东风不与周郎便。老同事吕金亮在日本宪兵队当了特务，老同学王士奎在日伪县政府当了宣抚班长，他们在寻找我。在对过胡同里住的农会主任常瑞林，被特务们抓了一次，因为常瑞林的躲避，没有抓到。我把一个个的村干部、特务的脸谱画在小本子上，我懂得了"典型环境里的典型性格"。

这个问题的启示，我不得不到九地委参加工作，九地委给分局组织部拍了电报，说："梁斌因躲避特务的抓捕来到分区。"我在当地的区里，和李悦农同志一起，参加了第三次政治攻势；昼伏夜出，在乡村里演讲，发动群众到岗楼边去喊话，告诉他们蒋介石的摩擦罪行，他已经发动皖南事变了。

回来的时候，在路上遇着《翻身记事》里的女自卫队长李固大嫂，我把她记录在小本子上。自此我参加了"火热斗争"。

我经常住在高佐村，猛地我想起老同学马永龄，他的家就在高佐村。打听别人，说他只剩下老父亲和年幼的弟弟，我走到他的家里，和老父亲促膝相谈，老父亲流下眼泪说："他已经牺牲了！在他参加高蠡暴动之后，暴动失败，他被捕了。押在保定蒋介石驻保行营里，当我去看他，他已经被禁在铁栅中。后来，他被秘密枪毙。"一九三五年，由于我的感情激动，写出短篇《夜之交流》，老牛就有马永龄同志的影子。当时，我还不懂得"深入生活"，文章写得生分，是洋味的，连语言都是洋味的。

一九四五年，我做中共蠡县县委的宣传部长，翌年做了副书记，开始参加火热斗争。

一九四七年，我参加了冀中区博野十二村土改试点，做北淹村的土改队长、支部书记。在七十天的战斗生活中，我记录了众多的人物和故事，反面人物和正面人物，突出了典型性格。

一九四八年，我南下新区工作，在襄阳地委做宣传部长。带土改队下乡，做了刘爷庙土改试点。直到"文革"后期我用两个村的斗争和生活写了《翻身记事》这本书。本来要写两本，因为我的年老，我的病情，只写下一本书。

一九五二年，我在《武汉日报》工作。一九五三年休假，在北京的碧云寺，写出《烽烟图》原稿，独坐古刹，耳旁松风鹤鸣，我集中精神沉入"创作生活"中，笔下流利，走笔如龙。写文章就不那么生分了，写得很快。两年完成原稿。

一九五五年，我用我童年生活和少年时代的战斗生活写出了《红旗谱》这部原稿。一九五六年，写出《播火记》原稿。有了生活，写起来，并不费劲。

这时，我经过几十年的文学创作生活，我有深刻的感受：灵魂的工程师，光"观察生活"、"拥抱生活"不行，不入虎穴，焉得虎子，必须"深入生活，参加火热斗争"。大量地阅历人物、故事、情节，把典型环境里的典型性格、人物、故事、细节记录下来，才不会堕落成为"空头文学家"。各种生活，多种生活细节，会使你的文章丰富多彩。那时，将感到和工农兵交朋友，和科学家、研究工作者交朋友，感情起了变化，把立脚点转移过来，会使文章站立起来。缺乏生活，使你主观编造，导致"公式化""概念化"和"想当然"的文章。

小说文章化，是缺乏生活的表现。

在深入生活，参加火热斗争的同时，记录大量典型化的、性格化的语言。新鲜的语言，来自群众。不能造辞，造辞会使文章生涩。大量生活细节，大量新鲜的语言，会给文章带来新意，光在形式上做文章不行。

《红旗谱》的第一句，是从苏联小说《成吉思汗》来的。春兰说的："晨挑菜，夏看瓜，春种谷，夏收麻。"来自元曲马致远的《汉宫秋》。运用了大量的群众语言。

《红楼梦》用北京官话写了贵族生活。

《水浒》用的是山东的群众语言。

《金瓶梅》用了当时大量的市井语言，概括了明朝的社会市井生活。

《西厢记》运用了大量的群众语言。

运用群众语言，作品会叫群众看得亲切，才能深入群众。

《文艺报》1987年5月16日

我的文学观

——致友人书

我自十三岁加入共青团，同时开始读书，喜读革命的诗歌和小说；由于我对革命作家的崇拜，十七八岁就想当革命作家。

十六岁时，我流浪到北平（北京），加入北平"左联"，开始在平津各报纸发表文章，多是杂文和小品。杂文学习鲁迅先生。

十七岁到十九岁，读了瞿秋白同志手著的《社会科学讲义》，还读了《社会科学概论》《家庭、私有制和国家的起源》《政治经济学》《国家与革命》《唯物史观》《社会进化史》《辩证法唯物论》和卢那查尔斯基的《艺术论》。在这个过程中，我对人生有了基本的看法和态度。根据我的感受，可以概括为：人，为了生存，必须参加劳动——脑力劳动和体力劳动。人与人的关系，是劳动互助、感情往来、亲朋之情。人的生活，有经济生活、文化生活、美的享受。爱情是人的本能，母爱、父爱、夫妻之爱、兄弟姊妹之爱——恋爱是夫妻之爱的开始，不能泛滥。有人说："我是作家，我不是战士。"不对的，作家为真理而战，为真、善、美而战。我的态度就是为解放自己，并用我的作品参与解放全人类，为共产主义运动战斗终生。目前的建设四个现代化，是共产主义运动的一个阶段。

我认为司马迁是战士，高尔基是战士，托尔斯泰是战士，李白、杜甫是战士，罗贯中是战士，施耐庵是战士，曹雪芹是战士，罗曼·罗兰、纪德是战士，鲁迅是一员伟大的战士。历史上有不少作家为真理，为真、善、美战斗终生。

但我必须补充一句：写性欲、性行为，写拙劣的恋爱小说，会导致恋爱至上，败坏士气，不能称为战士，因为他不能为人生素质留下什么东西。

谈到艺术的"觉醒"，还是在我读了卢那查尔斯基的《艺术论》之后。读了《家庭、私有制和国家的起源》之后，大概是在十八九岁。

我的人生观与艺术观，没有所谓"再觉醒"，我是六十年一贯制。我的思想和艺术观，没有经过所谓"变法"，简要描述如下：

我觉得思想解放，是从"两个凡是"中解放出来，不是从马列主义、毛泽东思想里解放出来，更不是从四项基本原则中解放出来，那样就出了边儿了。我的人生道路和艺术道路，就好像画画一样，你画你的，我画我的，你说我画得不好，我还和别人画得不一样。

文学的责任，在于美化生活，给人以力量，给人以知识，提高人的素质。也有娱乐作用，叫人看了文学作品以后，感到是艺术享受，这是最好的娱乐。幽默和趣味，也是群众所需要的。写个故事，叫人看了以后，捧腹大笑，也是好的。但是，在文学中写性欲、性行为，牵着群众的鼻子背离"四化"建设，背离社会道德。写拙劣的恋爱小说，会导致恋爱至上。但我不反对小说和戏曲中出现恋爱的故事和情节，因为这是人生的一部分。

中国文学有中国文学的风格,我们要创造中国式的社会主义文学,也可以借鉴外国文学的好东西。

中国文学,自古以来,文以载道。屈原的赋,不是为了怀念他的祖国吗?诸葛亮的《出师表》,不是为了振兴祖国而慷慨陈词吗?杜甫、陆游的诗,不是为了热爱祖国而同仇敌忾吗?无病呻吟,自我表现,其思想是可以想见的。

新时期文学,是有很大成绩的。有魄力,手眼也大;批判了"文艺黑线论",拨乱反正,批判"文化大革命",都是得心应手的。有人提出写"黑暗面",是一个"失误";"文革"之后,老干部上台,百废俱兴,为收拾这个破烂摊子费了很大的力。当时应该强调写光明面,大鼓劲。不扩大光明面,不能消灭黑暗面。而且这个黑暗面过去有,现在有,将来还会有的。我们的祖国,是十亿人口的大国,可以说无奇不有。但是为了维护祖国的尊严、人民的幸福,不走斜路,题材应该有所选择,不能把什么荒诞、猎奇的东西都写,这是为了人民群众的思想健康,照相片还得照个喜气洋洋、端端正正呢!这就是革命的现实主义。

谈到我的作品"素材的来源",有家庭传说,听来的故事、情节,有亲眼看见的,有我的经历,有社会传说,也有采访来的。我的作品没有自传,写的回忆录是自传。

我认为知识,尤其文学上的知识,对我的文学创作帮助太大了;没有知识不能给予人什么东西。没有文学上的知识,不能把文学作品写得丰富多彩。谈到"想象""幻想",肯定地说,没有历史生活的知识,没有现实生活的知识,不认识它的规律性，没有耳闻目睹，没有采访来的东西，你将无法展开"想象"的翅膀。无法进行幻想，无法进行虚构，也不能使文章达到升华的境界。我相信诸葛亮那么大的军事家，不会摆空城计。但是戏台上的《空城计》，使人相信，觉得有艺术的感受。剧作者根据历史生活的规律，进行虚构，达到升华的境界，

你问我热爱的中外作家。在外国作家中，我喜欢高尔基、法捷耶夫、肖洛霍夫、托尔斯泰、屠格涅夫、普希金、涅克拉索夫、巴尔扎克、梅里美、莫泊桑、都德、老辛克莱、小林多喜二。

中国作家中，我热爱鲁迅、郭沫若、茅盾、朱自清、冰心、沈端先、曹禺、蒋光慈、孙犁、魏巍、柳青、杜鹏程、杨沫、李存葆。

你问："在艺术作品中，喜欢哪些品种？"

我自幼喜欢看戏，戏曲给予我历史知识、人物和故事。我的文学事业，实际是从戏剧起步的。自幼喜欢书画，它给我以美的感受。我在齐白石的绘画中，得到文学创作方法的启示：比方，有浓有淡，有疏有密，有时用大笔一挥，有时画出细致的小虫。在我的小说中，可以看到这种艺术境界。

少年时代，喜欢唱歌，直到我的老年，常是伴着音乐过日子。有一个很好的收音机，放在案头。有时听音乐，有时听曲艺，有时听戏曲。

你问我："在什么情况下动笔？"我总是在激情、冲动之下动笔，经常是一气呵成。

因为我自少年时代就想当作家，经常有几个人物、故事浮

动在脑际,等灵感一来,有所冲动,才进行写作。猛然约稿,有时是不成功的,无动于衷。心中必须有意念萦绕,才写文章。

因为我是一个革命作家,我有我的责任感。我的写作,无有人力物力的推动,写剧本和小说时,经常在激动的情况下进行。写散文和小品时,常常是在平静的状态下进行。

文学创作,当然是有目的的;希望这部书,达到什么艺术境界。希望这部书、这篇文章,达到什么样的社会效果。之后,我将埋头努力进行写作,不到黄河不死心!

文学创作中,没有想象力,没有联想力,难以完成故事和人物的典型。但须有个前提条件,作家必须有雄厚的生活基础。我受高尔基的影响,他在《致青年作家的信》中说,青年作家须有几个笔记本子。一个本子记录人物,一个本子记录故事、情节、景物,一个本子记录典型性的、性格化的新鲜语言,这就是作家的仓库。

当作家坐下来,运用思考时,聚精会神,把笔尖放在纸上,这时作家的笔尖,就像磁石一样,运用想象力和联想力,调动仓库里的东西。这时,钢屑和铁屑向前,粘在笔上,序列而出落在纸上,成为语言文字,柴屑草屑会落后,这只是一刹那间。这时这位灵魂的工程师将进入"梦幻"之中,你的文章会升华了!

这种情况,写长篇时,会成为连续性的。我们叫做"进入创作生活"。但是没有生活基础的人,他的笔将调动不起来,会成为光杆司令。

他们反对反映论,主张直觉,独自思考。这就是主观编造的由来，会导致公式化概念化。

我不能只靠"直觉"，对"生活的判断""美学的评论"，要运用马列主义，运用马列主义的美学观。写正面人物也好，写反面人物也好，典型就是美。

对于"生活本质"的认识，必须运用马列主义的思考，必须思考而不能运用"推理"，那样会成为想当然的作品。对于"生活本质"的认识，有政治、工作经验的人，有社会经验的人，可以看得完整。没有政治、工作经验、社会经验的人，则可能是片面的。

对于"故事的把握""人物的把握"，都要运用政治、工作经验和社会生活的经验，最后通过马列主义的考验。

没有政治经验、工作经验和社会经验的人，难于驾驭重大题材。

我再补充一个问题。有的人说我是土作家，当周扬同志转达这个意见时，我不同意。我的第一篇小说《夜之交流》是洋味的，连语言都洋味，因为那时读的外国文学多。我费了很大的劲，才转到"土"上来，完成了我的民族气魄、民族化风格，突出了我的创作个性。

《光明日报》1987年6月19日

深入生活和观察生活

××同志：

来信收悉，谢谢。关于观察生活和深入生活的问题，我也有一点感受。

早在三十年代，那时我还是一个十几岁的小学生，喜欢读书。曾读到美国作家辛克莱的长篇小说《屠场》，是写屠宰场的工人生活的。他还有几本关于石油和矿山的书，都很厚。当时传说辛克莱是一个资本家的儿子，他为了写小说，常到工厂矿山观察生活。我听了觉得很新奇，"一个资本家的儿子，常到工厂、矿山去！"

十九岁，我到北京，参加了"左联"，开始了写作生活。但只能写些杂文、小品文，写小说就有些困难。当时我已经经历了童年生活、农村生活、二师学潮、"九一八"后的抗日救亡运动等，觉得有了生活，想写一部长篇，但《红旗谱》只写了几章就写不下去了。除技巧问题外，主要原因是还不懂得怎样观察生活、理解生活。

毛泽东同志说的"深入生活，参加火热斗争"，是一句名言，千真万确的。不入虎穴，焉得虎子。抗日战争时期，我在一个剧社工作，成天在乡村里生活，村剧团、小学校、识字班……觉得够"深入"的了。后来觉得这样不行，我又钻下去，深入战地生活，拿岗楼、参加政治攻势，觉得这样才比较解渴。以后我又在一个县委机关工作了三年，当过土改试点村的土改队长兼支部书记。这时我觉得生活厚实多了,想拿起笔来写《红旗谱》。但把生活、人物、语言一一考虑下来,仍觉得不行。因为抗战期间的合理负担、减租减息……我都没有留心参加。这部书暂时不写了,我背上背包随军南下,到新区工作,在一个地委工作了三年,直接参加了剿匪、反霸、减租减息、土改……

一九五二年开始准备,一九五三年下笔写《红旗谱》,觉得要人物有人物,要语言有语言,要故事有故事,要细节有细节,三部书一气呵成,真是笔下龙蛇。一天写十几个钟头,想停笔都停不住。半夜里醒来,想起一个细节,立刻起床写下来,不然睡到天亮就忘了。

有志于文学创作的朋友,无论在工厂、农村、学校,首先要观察的是周围的人的形象、性格,他们的思想感情、生活方式,他们的爱好、习惯、动作、语言,首先把"人"研究透了。因为文学是写人物的。注意生活细节也很重要。不只工厂,还有学校、机关、农村。学校的教育改革,机关上的整风,农村经济的改革,这些都给人们带来了新的面貌、新的情趣。此外,要注意环境、景物的变化,冬夏春秋各有不同。这些你必须仔细观察,越仔细越好。

朋友,你若是有志于文学创作,你就要耳听八面,眼观四方。留心观察的人,你可以看出哪些人物、花鸟可以入画;不留心观察的人,即使满地黄金,你也看不出金子来。

朋友,你若是在工作中写文章,我希望你在岗位上多工作上两年,打下一生的生活基础,打下厚厚实实的生活基础。离开基层生活过早，写不了两本书，你还得回到生活中去。

根据我的经验，长期深入生活是有益的，观察不如当副职，当副职不如当正职。经历不同，责任心不同，接触面不同，接触的人物、场合不同，体会也就不同。

我在北京图书馆读书的时候，读到高尔基《致青年作家的信》，甚有教益。他要青年作家准备三个笔记本子，一个本子记录人物，一个本子记录情节、故事，一个本子记录有概括性、有特色的语言。我照这样做了，有的照样记录，有的加以发展，一般记录一次也就记住了。这些笔记本子，就成了我的文学仓库。

当你想写东西时，把这些本子找出来翻翻，他会给你提供题材和故事。当你聚精会神，进行写作时，钢笔著纸就好像磁石一样，笔记本上那些有用的"铁屑"靠前，粘在笔上，顺序而出；没有用的尘砂就会靠后、靠边站。深入生活三年，写三年是可以的。深入生活三月，写三年就有些困难了。

读者掀你的书页子，生活浓厚的页子是沉甸甸的，生活稀薄的页子，是轻飘飘的。

我前面谈过的那位美国作家辛克莱，后来用他在文坛上的声誉竞选当了州长，从此脱离了生活，他在文学界也就默默无闻了。

《文学报》1987年7月16日

谈谈语言问题

一个作家在创作中如果没有自己独特的语言，是不会成功的。我年轻时曾有两本专门记录各种语言的笔记本，虽然后来都丢了，但它给我留下了较深的印象，也对我的创作语言有直接的影响。我的《红旗谱》开篇第一句话，"平地一声雷"，这在任何一本书的开始都没有。它来自苏联一个历史教员写蒙古人西征题材的作品中。在他描写由于蒙古人的强悍而打到黑海边上这段话时说：东方"黄祸"的到来像平地一声雷……如果没看过这本书，我就不可能用它做楔子的首句。再举一个例子：我在这部作品中有运涛和春兰两人在一起开玩笑一段。运涛说，我看看你的手。春兰说：你看我的手干吗？晨挑菜，夜看瓜，春种谷，夏浇麻。这句话让人看了都说非常简练，非常适合春兰的身份。这几句话出自元曲，马致远的《汉宫秋》。其中有毛延寿选王昭君入宫。王昭君不去，她说，你选我干吗，我这个女人家只会晨挑菜，夜看瓜，春种谷，夏浇麻。看了一部元曲，得到这样几句话，这样东摘西借地选语言本来就不易，而更困难的是把它们完全自然地化成自己独特的语言，这就要再下一番苦功夫。

王勃在他的《滕王阁序》里写了这样两句："落霞与孤鹜齐飞，秋水共长天一色"。其实这两句并不是他自己的，而是脱胎于前人庾信《马射赋》的"落花与芝盖同飞，杨柳共青旗一色"。南朝有首叫《子夜歌》的诗，其中一句"不见东流水，何时复归西",大诗人李白把它反用"东流不作西归水"(《白头吟》),以上两个例子都是既借用前人的话,又把前后句颠倒,语言的奥妙是变幻无穷的。

要注意性格化的语言,所谓性格化语言就是使人物的语言具有其性格特征。在《红旗谱》中,朱老忠听到运涛入狱时马上跑到里院去找严志和,严志和从树上掉了下来,朱老忠抱着他说:"兄弟!兄弟!你的事就是我的事。咱们为老朋友'两肋插刀'……""为老朋友两肋插刀"这句说的意思用任何其它语言、任何描写都不如这句话。

语言还有民族化的问题,在我下笔写《红旗谱》前,着重读了几部书,《红楼梦》《三国演义》《水浒传》,后来又读了《金瓶梅》,而写《红旗谱》,最得益于《水浒传》。再一个就是《金瓶梅》。《金瓶梅》是借助于山东当时的市井语言写出来的,《红楼梦》则是以"北京官话"为基础语言写出来的。《水浒》也是用山东群众语言写出来的。他们都是借本民族的群众语言来显示其作品的民族特色。民族化语言是任何一个作家获得成功的必备条件,它影响着、决定着作品的生命力。每一个初学创作者都应给它以足够的重视。

《文艺报》1987年8月15日

坚持现实主义

今年是毛泽东同志《在延安文艺座谈会上的讲话》发表四十五周年，我重新读了一遍，觉得他的讲话，至今还是很新鲜的。

新时期文学，出了不少的好书，其中有不少还是坚持现实主义的，这一点说明，中国新时期文学，还是有希望的，前途是广阔的。

三中全会的决议，给现实生活注入了新鲜血液，雄姿勃发，伟大祖国，屹立于世界之林。我们中华民族，还是世界上的伟大民族。新时期文学将鼓舞我们前进、再前进。

新的政治基础、经济基础，给农村、战斗前线、科技战线、公安战线带来欣欣向荣的生活面貌。城市生活、工厂生活、机关学校，正在起着新的变化……需要灵魂的工程师重新认识现实，深入改革前线，反映新的现实。

新的生活，涌现了大量的英雄人物、劳动模范，等待我们反映"典型环境里的典型性格"。淡化人物的探索，也该到了做结论的时候了。有人说："中国人种不好。"这未免有严重的自卑感，是虚无主义。我们作为炎黄子孙，也够光荣的了；有史以来，有人尝百草，教稼穑。黄帝战于涿鹿。有人总结了《黄帝内经》，是祖国最早的医学。从结绳记事到创造文字，是个不小的进步。从刻竹简到造纸、造笔、造火药，又是一个不小的进步。从近几年出土文物考查，殷周文化够火的了。汉朝张骞赴西域，班超出玉门关，晋朝葛洪出睦南关，唐朝文成公主赴西藏。我们有一出戏，叫作《薛平贵征西》，还有一部书叫作《白袍征东》，还有一出戏叫作《昭君出塞》。这些史实，虽不完全见于正史，也绝非无稽之谈。

唐诗、宋词已经成为世界文学，中国人足迹遍于世界。也有外国人到中国来学习。明朝文化，是兴旺发达的一代，太监郑和下西洋。成吉思汗西征，为世界各国人所称道。康熙朝乾隆朝的文化可以说是登峰造极了，这些都是古代史的范畴。

从近代史看，我的童年时代，是在乡村度过的。抗日战争时代，我在敌后根据地。那时候多数人穿着破衣服，现在乡村姑娘穿着新衣服，半高跟鞋。过去贫下中农都吃高粱、小米、玉米，现在吃上大米白面，当然还有的山区还在吃返销粮。

这些问题，只要读一读社会进化史，现实主义精神充足一些，思想问题也就解决了；社会进化，是曲线前进的，它与时代相关，有时是时代造英雄，有时是英雄造时势。在苏联，列宁一代出了多少大作家、多少政治家、多少军事家，斯大林建设了第一个社会主义国家，指挥打败了德国法西斯，但是他犯了错误。

写历史人物也好，写现实人物也好，得运用现实主义，虚无主义不行，梦想乌托邦也不行。

文学，是齿轮和螺丝钉，作家是"雕虫小技"，但是有的作家，一讲起话来，总想学大人吃瓜，不行，祖国，是十亿人口的大国，中外古今，世界各国，谁有治理十亿人口大国的经验，现在有人管，而且三中全会以后的经济建设，还是蒸蒸日上的，人民生活逐渐好转，作家安心深入生活，写几本书，也就够幸福的了。

我读《新华月报》，它转载了何振邦先生的一篇文章，大意是说："……新时期的长篇，已经超越五老峰一大块了。"接着他列举了几部书。

我觉得有点儿玄；我隔两三天去一次新华书店，有时散散步，有好书也买两本。他列举的书中，有一本在天津新华书店的书架上搁了好几年，卖不出去，最后两角钱一本处理了。因此我怀疑何先生没有做细致的比较研究，做学问，要细致，只是说大话不行，以势压人也不行。最近我读了两本当代文学史；《中国当代文学史稿》是中国十大院校的专家，运用辩证唯物主义和历史唯物主义的观点编辑而成，请依序列做比较研究。比典型环境的典型性格，比语言，比故事，比细节，比小说美学，比时代精神。

一代作家群及其作品，是那个时代的经济、政治、生活的反映。文学不能脱离政治。文学创作受生活的制约。

有人批判鲁迅，我是不能同意的，鲁迅是现实主义大家。三十年代，张恨水写了不少小说，《春明外史》《啼笑因缘》都在北平《小实报》连载，日出刊五十万份。鲁迅的文章在《申报·自由谈》登载，出刊份数不少。他的书只出版两三千本，文坛主帅还是鲁迅，他是大思想家、大文学家，和国家民族是血脉相连的。

琼瑶小说，无论技巧和数量，不如张恨水，言情而已。对于我们的国家有什么好处，对于中华民族有什么建树？有人写性欲、性心理、性行为。对于我们的"四化"建设,经济、政治体制改革来说,简直是风马牛不相及。文学美化生活,给人以力量,给人以知识。武打、猎奇的劲头也下去了。

和文学创作相连的,是刊物,剧团和出版社。我们的社会生活,不需要那么多,用不了那么多人,可以关、停、并、转,可以精减,免得人浮于事。没有别的工作可干,可以去搞生产,对于国家民族才有好处。

文学为社会主义服务,为群众服务。现在的群众,和老一代的群众不同了;他看电影,看电视,听收音机,比看书省事多了。现在一本书印两三万份,比三十年代还多九倍,比抗日战争期间多若干倍。这也用不着犯愁,社会生活是螺旋式前进,好像穿衣服的款式,在我的一生中,几经回旋;在我的童年时代,兴穿瘦衣服,大褂子瘦得捆在身上。少年时代,兴穿肥衣服,袖管和裤管又短又肥。现在又兴穿瘦衣服了,在大街上看见女同志穿的裤子,瘦得把曲线都露出来。物极必反,过十年或十几年后,就又返回来了。人的审美观念,是有变化的。

当代的通俗文学大师,是赵树理同志,他是现实主义大家。其他通俗文学,没有几篇能比得上。

多数是庸俗文学,对于祖国,对于中华民族的素质,没有什么贡献,流毒够深的了。

有人批判"反映论",这就是批判现实主义。毛泽东同志说:"文学是社会生活的反映。"有人主张"独自思考",主张"直观",都代替不了马列主义,还是先读读马列的书为好。

淡化细节,怎么写人物?这是小说文章化的根源。

写一部好书

一部好书,也就是人们常说的"拳头作品"——有厚度、有广度、有硬度,有血有肉,百读不厌。她的生命力也许是十年、二十年、三十年……中国古典小说《三国演义》《水浒传》《金瓶梅》《红楼梦》《西厢记》……传之久远,生命力永不衰退。

但是一部书,一经看过,脑子里留不下什么印象,扔在脖子后头算了。也有的书,一经出版,经过几个亲朋好友的吹嘘,好像吹肥皂泡一样,说能反映出五光十色,蒸腾直上。但禁不起太阳的照射,也就烟消云散了。这样的书,除了得到"钱"以外,是什么东西也得不到的,更谈不上艺术价值。

这样的书,一是作者水平有限,一是与"关系文学"有关。大部分存在书店的书库里,因此"折价书市"应运而生,大做广告,招徕顾客,几角钱一本优惠了。这样的书不如不写,犯不上费这个精力。

根据我的经验,一部好书,她所表现的时代精神,她所概括的社会面、典型人物、典型性格、细节、语言、景物……是众多纷纭的。有的概括了一生的学识、政治经验和社会经验。一部好书的出世,不是"宽松"地写出来的,而是力举千钧,费尽平生之力写出来的。

"生活是文学创作的唯一源泉",这是天经地义的。《三国演义》和《水浒传》的故事,在民间流传了多年,经过多少说书人的概括和补充。罗贯中和施耐庵运用了他平生的政治经验和社会经验，概括了多么大的历史社会面，运用了多少细节语言，塑造了多少典型性格，多少典型人物，为祖国留下了不朽的文学著作。

《金瓶梅》《西厢记》《红楼梦》的作者，概括了一生的社会生活、生活细节、语言……以平生之力，完成了他们的一部好书，任人知之，他们是用平生的心血完成的。传说，王实甫躺在灵床上，口中对他的《西厢记》还念念有词。业绩的成功，并非轻而易举的。

远古的不用说，近在四五十年代的作家，孙犁同志在写完他的《风云初记》之后，一病十年，瞳孔上出现了老年环；刘流参加了抗日战争边区群英会，涉猎了战争生活，收集了素材，完成了他的《烈火金刚》之后，身上掉了几公斤肉，疾病缠身，掉了满口牙。

作家一行不是好干的，下决心干，就要尽平生之力，不到黄河不死心。

一部好书，不是说写就写出来，好比说写改革题材，不是把毯子一掀就出来。作家需要长期的阅历生活，长期的准备工作。有的书搜集荒诞、猎奇的东西，写出一本书，也不见有人捧场叫好，但自我欣赏的劲头十足，经不起考验，生命力也不会长久。只要有生活，有技巧，有足够的功力，虽然出版印数少，或者没有好朋友捧场，经过几年，或若干年之后，仍然会升浮水面，这样的事情已有前例。

创作准备，首先是阅历社会，深入生活。十年内乱之后，出现伤痕文学、知青文学，没有别的，是他们经历了这一段生活。也有一段时间，由于害怕深入生活，以致形成目前缺乏拳头作品的出现。

只谈拥抱生活是不够的，还得深入生活，参加火热斗争，记录人物、故事、语言和生活细节，透视人物性格，这是为了塑造典型人物。没有生活基础，淡化生活细节，淡化人物，是小说文章化的根源，它会使人物惨白，好像纸片子，站不起来。虽然是一个琐屑的人物，只要露一下面，也要叫读者留下深刻的印象。

根据我的经验，我所经历的每一个时代，每一个运动，每一段工作，都会出现一些典型性的、新鲜的语言。语言来自生活，作家经过提炼，积累起来，成为一套独特的文学语言。陈词滥调、拾人牙慧，写不出时代精神，写不出人物性格典型。新鲜的语言，会出现新鲜的文章风格、鲜明的人物性格典型。语言是文学最重要的要素。

文学是为社会主义服务的，为群众服务的。用群众语言的文章最好，从群众中来，到群众中去，便于大众接受。迄今几百年前，王实甫写《西厢记》还用群众语言、方言俚语填曲呢。

没有群众语言的依托，自造新词，只有个人和几个好友懂得，混乱了文学语言，大多数人难于接受。距今一百年前，柴门霍夫创造了世界语，他想用世界语沟通世界人的思想，流行世界各国，但至今却只有一小部分人进行研究，它代替不了英文、中文、法文，及世界各国的文字，因为它没有民族文化的依托。

根据我的经验，青年作家深入生活，以做几年实际工作为好。写工人就流几点血汗在工厂；写农民就要流几点血汗在农民身上。农民企业家具备农民企业家与众不同的性格，经济体制改革矛盾多端，也不是一帆风顺的，但也有规律性，如果能够在村乡工作几年，在基层工作几年，掌握农村社会的变革和工作经验，对于写一部好书，有深远的意义。

挂职不如任职，责任心不同，对于生活的感受也就不会一样，有深浅之分。

诚然，作家就是作家，但作家必须有创作准备，深入生活，参加社会活动。如果只知创作，脑子里的生活越来越少，成了白面书生，则巧妇难为无米之炊。

有了生活基础，走马看花，可以联系到社会面，没有生活基础，只是走马看花，写出一些短篇和小诗，还可能是单薄的。

一本书拿在手里，读者会掂出生活的分量。

写出一本好书，是从生活开始，不是从写开始。

当你开始写书时，最好首先清清仓底，根据你想写的书，写几个什么样的人物，生活细节够不够，语言现成不现成。如果不足，你要回到生活中去补充。

要反复咀嚼素材、人物、生活细节、景物……去粗存精，打腹稿是个重要过程，可以先写下一个人物表，每个人物的形象、性格、爱好、生活方式、口语习惯，画下工厂和乡村的地图，几条道路、几条街巷、几片梨树、几片苇塘……谁在什么地方住。考虑哪一章里写几个故事，或者一个故事写几章，好像群英会一样，它会成为全书的高峰。

有的人不习惯写提纲，其实是有很大好处的。这部书怎样开始，怎样结束，有稀有密，有浓有淡，有高峰也有低潮。高峰的文字可能是紧锣密鼓的，低潮处可以写上一段散文，抒抒情。

只要准备工作充足，掌握技巧，有操纵文字的能力，就会一泻千里，一气呵成。不仅如此，你的灵感冲动，还会冲破提纲，锦上添花。人物熟悉，也会带动文章前进；生活熟悉，也会领导文章前进。当人物、生活都有缺欠时，那就需要停下来，读读书，看看人们怎么写的；学学文件，看看怎么说的。然后搬鞍上马，再向前冲。有的地方冲不过去，拐个弯再向前冲，留着以后再补充。

一稿完了，暂时休息一下，读读书，再加修改。每修改一次，便会褪去一层腐皮，生长着新肌。一稿、两稿、三稿、四稿、五稿，逐步提高，直至章节生辉，字字珠玑。

最后需要检查一下，实在写不好的地方，唯一的办法就是删，删也是提高。有时为了加强人物的典型，故事的完整，也可以加上一章。

一本书所概括的生活面、跨度越大，越好写，便于压缩；跨度越小，则越不好写，把短篇写成中篇，把中篇写成长篇都不好。

每一个作家因为历史不同，文化政治水平不同，经历的生活不同，爱好不同，各人有着不同的创作个性，各人走着一条不同的创作道路。

《文艺报》1988 年 4 月 2 日

民族气魄与民族风格

目前文学界流派很多,可以说色彩纷呈,这是一种好现象。但是谈社会主义文学的并不多。那什么是中国式的社会主义文学呢?我认为就是具有民族气魄、民族风格的社会主义文学。

民族气魄与民族风格,从中国文学史上看,我们可以看到屈原的《离骚》《九歌》等篇,屈原既放,游于江潭,而赋《离骚》,怀念他的祖国;还可以看到诸葛亮的前、后《出师表》,为振兴祖国而慷慨陈词;李白、杜甫、陆游的诗,表现了中华民族的铿锵性格;司马迁《报任少卿书》、李陵《答苏武书》、李密的《陈情表》、李华的《吊古战场文》,都是有民族气魄的好文章,百读而不厌。

《古文观止》问世后,出版了多少版本?印行了多少万册?谁的文章有这个生命力?

我们的祖国幅员广大,是十亿人口的大国。要想在一部文学作品中,概括全国各地人民生活斗争,是困难的。所以我们要强调一个地方的生活方式、民俗,反映浓厚的地方色彩。《红楼梦》用老北京的北京话写了老北京的贵族生活;《水浒传》用山东的群众语言,概括了山东地方的群众生活方式、民情风俗,描写了山东地方一百零八家豪杰的性格;明朝商业资本繁荣,《金瓶梅》用当时的市井语言暴露了当时的市井生活,精美的地方话是一串一串的。

谈到《金瓶梅》，我想再说几句：处在那个时代，书中有很多淫秽之处，那不是文学。今天研究它，我们要借鉴它描写人物性格的手法，场面繁多，概括的市井生活、社会面大。

地方的群众语言、方言、俚语，是要积累的，丰富自己的文学语，逐渐形成自己一套独特的文学语言，用以团结更多的读者。

在文学作品中，必须描写人物形象、典型性格，在人物的语言、活动中，描写人物的思想和典型性格解决得不好，就无法描写浓厚的地方色彩。越是地方色彩浓厚，越能走向世界。《红楼梦》走向了世界，《金瓶梅》走向了世界，《水浒传》走向了世界。

借鉴外国文学的好东西，来补充中国文学的不足，并不是现在提出的新问题，而是五四运动以来就有的。读了鲁迅先生的小说，就会想起契诃夫等人的作品；读了郭沫若的诗集《女神》，就会想起惠特曼的诗歌；读了冰心的《繁星》《春水》，就会想到泰戈尔的《飞鸟集》。可以这样说，在现代文学史上，一部分有所成就的作家，或多或少、直接间接地借鉴了外国文学作品的好东西。

以上是我从事文学创作五十余年的经验。有人说，我的几部书是学习了《水浒传》的创作手法，但并不止于此，我还借鉴了《离骚》《古文观止》等名篇，我还借鉴了《红楼梦》《金瓶梅》等名著。同时我还借鉴了外国文学，我读了外国名著《成吉思汗》，学会了在文学作品中写战斗；我还借鉴了梅里美、托尔斯泰、屠格涅夫、肖洛霍夫、法捷耶夫等人的手法，所以郭沫若看了我的书说是"别开生面"。我看齐白石的画有一句题词叫：作画在似与不似之间，太似为媚俗，不似为欺世。不经过分析概括，把生活搬进文学创作，不会成为好作品，必须经过典型化，在似与不似之间，即文章要升华。

明朝是商业资本的繁荣时代，因此太监郑和曾三下西洋，从外洋带回一些新东西，甚至连青花瓷上的青花原料都带回来，把中国的铁锅带出外洋，寻觅市场，但是他并未因此失去中华民族的自豪感。清朝末年，洋务派提出"中学为体""西学为用"，保存了中华民族气魄与民族风格，这些都是值得我们在文学创作生活中好好思考的。

从中国的历史上看，有不少外国人来到中国做事业，马可·波罗来中国，在中国做官，曾写了《马可·波罗游记》，说"……中国遍地黄金"；郎士宁曾来中国，在清朝画院工作，他的西洋画吸收了中国画的民族风格，成为清朝画院的新画派。他们是外国人，可是爱中国，没有拿中国的愚蠢的国民性去取媚于人。

李鸿章曾出使俄罗斯，盲诗人爱罗先柯要求摸摸他的辫子，这也是外国人的猎奇心理吧！

有人说，不拘守传统，我说传统还是要拘守的，不拘守中华民族的传统，就要拘守外国文学的传统。不拘守中华民族的传统，就连中华民族的老祖宗发明养蚕、缫丝、炼铁、造纸、造火药、印刷术……都给忘掉了。得相信，一个人降生时，住的房子是前辈留下的。

借鉴了中国文学传统——民族气魄与民族风格，再借鉴外国文学的好东西，形成中国文学的新风格，这就是中国式的社会主义文学的新秩序。

《文艺报》1988年9月3日

我与画

一

我自幼喜欢画，那时只有年画。年画有二种：一种是武强年画；一种叫洋片，是杨柳青年画。

杨柳青年画印得好，干净，纸片颜色也好。有"连年有余"——一个大胖小子，搂着一条大鲤鱼，很逗人喜欢。也有大美人，有的也落着款，盖着章，我还记得一个叫梅生的，画得很好。

堂兄兰玉和铁哥，两人每年推着小车下天津卫办年画，就是杨柳青年画。从家乡到天津是紧七慢八——走慢点八天就到，走快点七天就回来了。我一天天地盼着。

兰玉哥回来了，就抱一大抱画来，叫我母亲挑，我母亲就挑一张大胖小子和一张大美人。我四哥挑了一幅八扇屏字画，是写的陶渊明的《归去来兮辞》。

母亲挑了就抱到我二哥屋里。二哥挑了八扇屏竹子，是印的，印得很好，我很喜欢。挂在墙上满屋子光亮，竹子栩栩如生，自此我就爱上了竹子。

有时我四哥用烟袋指点着，给我讲《归去来兮辞》，"归去来兮，田园将芜胡不归！既自以心为形役，奚惆怅而独悲……舟摇摇以轻飏，风飘飘而吹衣……"讲到这里我似乎是懂，而有所感触。一个老者弃官归去。

讲到"乃瞻衡宇，载欣载奔。僮仆欢迎，稚子候门，三径就荒，松菊犹存，携幼入室，有酒盈樽。引壶觞以自酌，眄庭柯以怡颜……"讲到这里，说："真好呀，文章真好啊！"他似乎也有所感叹，自中学毕业后，一直住在家里，找不到事情做。又说："字写得不是好的，是买卖字。"我才明白是应付乡下人的，不是书法家写的。

父亲也买武强画，是木版水印，多是戏出和连环画，我不喜欢。但在乡村有市场，便宜，两三大枚一张，农民有农民的审美观念。这时透露出我的审美观念和文学观念。

上村校时即开始写仿，村学一天四节课，早晨一起床即去上早学，早饭后开始上课，背过一课，学一会儿算术，再就是写大仿。午饭后不睡觉就是写大仿。老师睡醒了，就上课，背过一课，大家在一块念会儿《千家诗》，唱歌游戏，冬天上夜校复习功课。

实际上每天写大仿的时间很多，我开始写仿影，后来临《柳公权》。小学时写得不好，但也开始临帖。

十一岁，考上城里县立高级小学，老师好，水平高，我也开始聪明起来。国语课老师是张化鲁，是共产党员，讲书讲得好，顿着腔，一句一句地讲。有一次出了个作文题是《春景》，这题好作，我自幼生活在农村，对乡村景物是熟悉的。"春风和畅，柳丝飞舞，大地上犁牛遍地，池水绿油油，鹅鸭成群，农家开始春耕……"写得并不多，只有两页。下礼拜六发作文本时，得了第二名。那时学生年岁大。第一名是刘维崇，有十八九岁，他是排头我是排尾。自此我对文学产生了兴趣。

除对画画和文学有兴趣以外，对算术、博物、公民、英文……也跟得上，但并无兴趣，尤其童年时每天早晨，母亲在炕头上教我珠算，学半天也不懂，也学不会。

高小开始有图画课，铅笔画，一支硬铅笔，一支软铅笔，一块橡皮。临帖，画静物和风景。每周一课。

高小一天四课，早晨是早自习。早饭后四节课。午饭后不睡觉写大仿或画画，都交到老师那里去，兴趣很高。冬天有晚自习，温习功课。

二年级化鲁老师提议成立图书馆，老师们赞助了一大批旧杂志。《创造月刊》《创造周刊》《东方杂志》《学生杂志》，学校买了一批书及《小说月报》，我开始读书。

经过努力，大仿开始批"甲"，作文、图画进入成绩室。期考，考甲等第二名，第一名是曹庸民，比我大好几岁，路一是甲等第七八名，我是优等生，老师们都喜欢我。

铅笔画，多是画景物，临画徐维帮的风景画，用软铅笔，笔法放纵，很有进益，现在才明白，他是学石涛的。

三年级开始读郭沫若、鲁迅、蒋光慈的书及社会科学。

开始学水彩画，而且很上瘾，有一次我到化鲁老师屋里去交图画，遇上王志远先生。化鲁老师说："王老师结婚，你画两张画。"后来知道王志远当时是中共地下博蠡中心县委书记，自此引以为荣，中心县委书记结婚，我曾画过画的。

后来换了书法图画老师，是刘舒风，是个内行人，字写得好，画也能讲出道理。这时已感到临帖的不足，王老师叫我买好画帖，看好画。老是想有所发挥，有一次我用整张图画纸画了一张《秋风红叶》，刘老师很高兴。哈哈大笑说："我们出了画家了！"乡村师范老师张微星来了，带回去挂在课堂对过。自此，我的画在家乡出了名。

当时在家乡能看到的书法绘画：一是翰林蒋式芬的字，学虞世南，写得确实好，精彩有神；一是陈嘉楷的《岁寒三友》，此人曾在清朝画院供奉，乡村人称为画官。中华人民共和国成立后陈嘉楷的画在保定无市价，蒋式芬的一个长卷才定价三十元。不过，近百年来，学虞世南，比蒋式芬再好的，也不多见。据说，明末清初，颜李学派的李恕谷，能画好画，只是传说，没有见过。在乡村里看不到什么好书画。

写小字都是临清朝末科状元刘春霖的小楷（肃宁人）。

一九二八年，高小毕业，蒋介石率国民革命军北伐，母病，侍汤药，读了很多书，照画谱学画。（考上育德中学未去。）

一九三〇年，上半年到高小补习，专攻算术、作文、写小字，功课之余，画了很多水彩画。

半年之中，把《难题三百解》背熟了，作文有进益，小字写好了。暑期到保定考第二师范，本期只考一班，四十个人。二千五百人下场，两场我考中四十个人的第十三名。九月入学。

二师是个革命的学校。我已经是一个共青团员，担任团小组长，偏重读社会科学、文学。数学、英语将跟不上了。图画课、习字课，每周一节。书法老师是保定以画松鹰出名的姚萼先生。每上习字课，人们就拿出宣纸请他画画，老先生也没架子，戴上老花眼镜，就着讲台画画。人们围着看，我也围着看，学了一些技法。

图画老师是一个画油画的。该校校舍讲究，有阶梯式理化教室、音乐教室（有钢琴，每人一架风琴）、手工教室。图画教室，每人一个画架，围着画石膏像。窗上有幕布，便于采光。有时老师请了模特儿来。（一个老头，背着条口袋，弯腰站着。）他画画叫我们一旁看着。

在绘画一课，我算见着世面了。也有跟姚先生去学中国画的，也有到教堂跟牧师去学英文的，我却偏重于文学。

一九三一年暑期，我参加了驱逐西山会议派的张陈卿的学潮，为护校委员会委员。

该年九月十八日发生九一八事变。同学们高喊："不救国，毋宁死。"每天课余下工厂农村，宣传鼓动，开展抗日救亡运动，自此与书画绝缘了。上大街写标语，游行示威。素描没有学好。

二

一九三二年四月统治当局解散第二师范。在报纸上刊出三十名共产主义思想犯、五十名嫌疑分子。我的名字在里边。

一九三三年春，流浪到北京，在"左联"工作，在京津各报发表文章，任务是占领阵地。

一九三四年考入山东剧院,学习戏剧。济南城南不远有千佛山,有八里高亭,没有什么可说的。城中家家流水,户户垂柳。大名湖中有历下亭、岳王庙。湖北有一代城墙,城下有水沁门,倒是有可画之处。我画的《秋山红叶》这张画,下角的水沁门就是。一九三六年回故乡从事地下党活动。一九三八年任新世纪剧社社长。一九四〇年任冀中文建会文艺部长、文艺干部学校副校长,写了几个剧本、几篇小说。

一九三八年九月,带剧社北上演出,从白洋淀边走过。沿大清河北上,初次看到这条大河的汹涌澎湃,水势汹涌。两岸有合抱的大柳树,秋风吹来,柳丝飞舞,秋风黄叶,满天飘零……这个场面不只对我的文学事业上是个开扩,在我的绘画事业上,也是新的生活场面。

剧团从新镇、苏桥、雄县、霸县,到安新城里,住在董家花园,花园中有池塘柳树、苇丛残荷,在绘画上这是一个场面(残秋)。住在池塘水榭上,虽然冷,在北方也是第一次见到水榭,这是一个绘画素材。

一路枪声炮声,在安新演出了一夜,第二夜即无人来看,去人敲锣打鼓,招集观众。正在演着,地委书记罗玉川来信:敌人离此只二十里,前方已经接火,催我们火急离开此地。人们赶快收拾行李,上骡驮子,找了一只大船,黉夜渡过白洋淀,夜间虽然看不到荷花,却能看到长堤、秋柳,这是一幅夜景。我把当时的感情、夜色苍茫,画在三十余年后的《春夜雨潇潇》这幅大画中。如果没有这种体会,这幅画我是画不出来的。这幅画开始是画芭蕉。这幅画的第一张送给老友张光年同志,他很高兴。与这幅画有关系的是《昨夜梦中一阵雨,大雨小雨》,这不是我的命题,这是千里诗中的一句,我很欣赏这首诗,经过《春夜雨潇潇》的创作技巧,经过联想画出这幅画:下有几片荷叶,上有几抹云影,点上几点苔,一层浅,一层深。背景用淡墨渲染。

生活是文学创作的源泉,同样是绘画的源泉,也即是古人所说以大自然为师。中国美术史上,有比较长的一段,是临摹某某、仿某某,不足为训,不能有所创造是没有生命力的。

金冬心画过《满月全身》,先画出半树梅花,然后用淡墨衬托出夜色和圆月。但古来画夜景的并不多,画雪景的倒是有几家。

直到一九四二年春天,区党委动员反"扫荡",当时剧社驻献县岳家庄,村北有四五十里地的一片桃梨树林,梨花似雪,白皑皑的,姑娘媳妇们每天去拍土台,打步蛐(虫子),像是阮玲玉演的《香雪海》,这幅画直到现在我还未画出来——在腹稿中,技巧不足,前人亦未画过,无可参考。

离岳家庄不远,是大尹村,村西高埠之上,白杨参天。每日夕阳西下,红霞满天,炊烟渐起,有千百乌鸦盘旋飞舞,"啦啦"叫着,来寻觅归巢。这张好画写在《红旗谱》中,也未能画出来,前人无所借鉴,技巧不足。

"五一"前夕剧社分组活动。我、刘纪、陈春耀、王敏、段森分到深北爱护村。因此地聚集的人太多,第二天早晨,我们穿过饶阳县全境,越过滹沱河,回到岳家庄。此夜滹沱河大堤即被敌封锁,五步一岗,十步一哨,灯笼火把。我们又越过肃河路，兵分两路——刘纪带段森回蠡县，我与王敏、陈春耀随一文建会的干部去任、河、大联合县。遇到周小舟及吕正操司令员，敌人袭来，他们带司政两部去平原局地区。我们折转身穿过安新、高阳到蠡县东莲子口刘指南同志家中，稍事休息。夜间回老家，走到北沙口，因已改造地形，迷失路途，听有"吭唷吭唷"的声音，走进一家，屋中灯明火仗，进去一看，有一老者，举起榔头砸油槽。问他上梁庄怎么走，老者说："梁庄近啦，我领你们去。"他带我们从北沙口到梁庄。我们才回到了本村。时至夜深人静。村北就是岗楼，也不敢声张，门闩着，进不去，我抱着墙角越过墙去，叫我三姐的门。三姐猛地冲出门来叫："我的亲人呀，你打哪儿来？"

此次回乡噩耗数至。才回去听刘纪说："见到了董国钧（新世纪剧社成员，回县当县长）。"说他手提盒子枪哈哈大笑着，说："不怎么样。"不几天他即在地洞中牺牲于敌人的手榴弹下。董国钧死后，老同学祝玉璋继任县长，黎明被敌围住，他与警卫员上房抵抗，子弹剩了一颗，饮弹而亡。祝玉璋死后，老师任艺圃的儿子继任县长，被敌俘虏。董国钧的前任，一九四一年齐家庄惨案，县长王志远牺牲。二年中牺牲了四个县长，博野县十八万人口，一年中牺牲县区干部一百二十人，蠡县二十五万人口，一年中牺牲县区干部八十人。为此我流下了伤心的热泪。

七月，周小舟遣赵文彬带信来，叫带剧社过路，我通知各路人等，集中东莲子口指南家中，我先到光人家中，夜餐在大院中用过，因村东就是岗楼，几个人只有附着帖耳而谈。夜幕之中几个人议论敌情，这是一幅好画，只可惜我不会画人物。

从连子口，向肃北集中，有火线剧社几十个人在那里，还有干部。由交通员带领，不走大路，不走小路，穿着庄稼地走，旁边就是岗楼，夜幕之下，到了白洋淀的大树刘家庄。堤很高，树很大。交通员说："前天'火线'和'新世纪'的几个人于此处与敌人遭遇。"路玲与罗品牺牲在此处。路玲是"火线"的导演，躺于血泊之中，路人把她的红绫大被盖在她的身上。罗品是我们的小鬼队长，才二十几岁。他谱的《青年颂》响彻冀中平原，善画宣传画，淡色透人。于此夜间，全村人为他们送殡。这是一幅好画，叫人看了，就会引起对日本法西斯的仇恨。写至此处，我的眼泪打湿了稿纸。

白洋淀边，来来往往人很多，差不多九分区与十分区的干部都到这里来反"扫荡"。我找不到熟地方住，闪眼之间看见九地委秘书王金山，我一边叫他，他一边躲着走，我们是熟人，在九地委帮助工作时，曾经共事，现在危难之中，不伸出援助之手，也够失人心的了。遇上二师老同学王冀农，在分区任公安局长，他问："你们干什么？"我说："唱到此处，找不到地方住。"他说："走吧，跟我们去吧。"跟他去，吃了饭。薄暮，他说："去吧，上船。"去到淀边上了船。在夜幕之中看见广阔的、明亮的淀水。穿过白洋淀，到了苇塘边草地上，铺上几领苇席，盖上被子睡觉。天气太热，被子盖不住，掀开被子，蚊子太多，太大，好像蜻蜓，咬得难受，睡到黎明就醒了。雾气很大，席和被都湿了。浑身露水。苇子有一房高，野草上都是露珠。荷叶上滚着大小水珠，好像唐诗上说的"大珠小珠落玉盘"。

这是一幅好画，一九六一年开始画画，画了《朝雾蒙蒙》，即取材于此。有一次我正画着，老朋友鸿声同志来了，他是画画的。见我画画，他说："你先临临。"我说："临什么？""这就是一件好素材，不过要经过综合剪裁，典型化，画家画与文人画的不同也就在于此。这个素材也与《春夜雨潇潇》《昨夜梦中一阵雨，大雨小雨》有关。没有这样的感受，画不出这样的画。

在端村住了几天，司令部下了命令，叫烙大饼，烙饼干，准备下两天的干粮。即坐船穿过白洋淀到苇塘里。白天看淀上荷花，真有点仙气，亭亭玉立，阳光照射之下，真是《映日荷花别样红》。经过长期腹稿，直到一九八六年我才画出了这幅画。

在苇塘中住了两天，饿了吃几口饼干，渴了喝口淀水，看够了四五十里深的大苇塘，苇地上有红的、黄的、蓝的各色小花，看够了油绿淀水中的各种藻草游鱼、白色的菱角花、鸡头米。我画荷花经常将这种境界画于荷塘边上，也画在睡莲边上作为衬托。

一天下午，司令部命令："开船。"

我们即齐集塘边，有无数渔船等在那里。人们一个接一个上船。一长串小船通过一个渠道，穿过一个大淀，途中有一个高台，台上有大树，有很大的苇坨（我写在《红旗谱》中，有人说现在已经没有了）。在当时那是一幅画中的境界。要问究竟有多少小船。这次过路的是三个连保护着三百多干部，司令员是李耀之，原十八团政委，也是二师同学，原名叫李林亭，党员积极分子。反"扫荡"以后，直到现在也没有见过面，也许他已不在人世了。

我们不能忘记根据地的农民，我们吃了他们多少小米？我们也不能忘记白洋淀的渔民，我们坐了他们多少次渔船？要是没有渔船，我们能在白洋淀打游击战吗？

李耀之同志的部队带我们，一夜之间跑了一百四十里，还爬了八里高山。到了义县的北水峪口。过山沟时打了一仗，最后，保护我们下山的那个班被敌人俘虏了。

我把剧社送到联大学习，算是完成任务。十一月中，结了薄冰的时候，我随吴立人同志回到了白洋淀的大苇塘中。司令部在大苇塘中搭起窝铺，司令员是王凤斋。农民们为了保护部队，今年的芦苇还未割。已是黄叶白缨，残荷败柳，黄叶满地了。《残荷败柳》这幅画概括了我多少民族仇恨，反"扫荡"半年的辛酸，这幅画我还没有画。

我深入战地生活，写了几十万字的文章，由于我的老同学王士奎（当了伪县政府的宣抚班长）、老同事（游击十一大队的大队长吕金亮当了日本宪兵队的特务），穷追不舍，我只得到九地委帮助工作。一九四四年春的一个夜晚，随九地委宣传部郭春园、尹哲同志等，于一夜之间，从蠡县刘家营挺进白洋淀，住于淀中采蒲台村，这一年饱餐白洋淀的艺术风光。

初春，几十里的大淀上，明光如镜，太阳升起，满淀渔民在治鱼，下虾篓子的、插苇帘子的、打鱼的、抄网的、钓鱼的，忙碌不停，靠山吃山、靠水吃水，渔民就靠治鱼吃饭。直到今年我用这个生活素材画了《白洋淀渔歌》这一幅有生色的画，自古无人画过，小荷初露时，淀上点点绿荷初露水面，引人的生趣，村边藻草中露出两个小荷叶，叶茎粗壮而充沛，直到一九六一年我才画了《荷出于泥》。

初夏村边淀上荷叶已出，荷蕾出于荷叶之上（这个境界也在北京的北海中见过），直到一九八八年我才画出《小荷出水》一幅小画。

夏日炎炎的时候满淀荷花盛开，村边芦苇丛中挺出几枝很高的荷梗，几片大叶子，几朵荷花、荷蕾，阳光之下特别突出，诱人可爱，很有生意。经过多少年的腹稿，一九八五年以后，我才画出几幅《高秆荷花》《映日荷花别样红》等。

盛夏时分，满淀荷花盛开怒放，直到一九八九年我把淀上的荷花的生意概括一下，画了一幅大画《千年难忘的白洋淀》，算是把几年来的白洋淀荷花概括尽了。

秋，路一来信说周小舟叫我过路去整风，我即东去，过路到阜平的大山里，晋察冀分局的驻地史家寨的党校整风，在史家寨整了半年风，唱了半年戏——把郭沫若的《甲申三百年祭》改编成《李自成》。三个队停课排戏，刘流演李自成，王焕如演李岩，我演牛金星。为边区各机关团体部队连演几场，还招待过外国客人、分局召开大会的各区干部。自一九三五年离开山东剧院以来，这是最后一次登台，此后与舞台诀别了。

史家寨演戏生活是耐人寻味的。过去了五十年的腹稿，今年春天又在我脑子里翻腾起来，想起史家寨的高山林木村貌、演《李自成》、演《空城计》、演《失空斩》，思想无法遏止，激情之下用焦墨画出这张画。题诗曰："反照散成绮，老家住此地，我来溪间路，不复见桃花。"

八月十五，日寇投降了，引起了一场狂欢，那天夜里，人们敲锣打鼓，点火把，扭秧歌，闹了个通宵，把门上的草稿荐都烧完了。

从分局分配到冀中公安局当秘书长，准备进天津，住离天津七十里的胜芳。杜郁同志在通贸公司当经理，我去看他，中午他请吃螃蟹，胜芳螃蟹是有名的，又肥又大，我没吃过，不会吃，两手拿着翻来覆去地看，看了一个仔细。一九六四年我看过齐白石画的螃蟹，也画出螃蟹，但与他画的不一样味儿。他画得太像了，我只用四笔一勾，就出来了八条腿，也够味儿，各人有各人的艺术处理。

天津未进去，秘书长我不愿当，派回老家当县委宣传部长、副书记。一九四七年，参加区党委组织的博野十二村土改试点，搞土改，华北土改完成，我为了完成这几部书要求到新开辟区吸取新的生活，为了写这几部《红旗谱》。

一九四八年秋，徒步南下。到了邯郸，往西去，是一条大山沟，即系太行与太岳山之间。到了山西，转过太岳山的南麓，在高山之阳，有一个"世外桃源"。虽然严冬，却温暖如春，竹林松林各种鸟类，婉转鸣叫。我仔细观察了竹林，因为我喜欢竹子。竹林下种着蔬菜、大葱、蒜苗。这个境界使我留恋不舍，过去了四十多年，经过澄清直到今年我才画出《太岳途中小景》这张画，但我未画竹林，画竹好画，画竹林我的技巧还不够，当然已有人画出《杜甫诗意图卷》。

三

从此南行一日之遥，就是黄河的孟津渡，是黄河的重要渡口，队伍在此歇下，等过河船只。一眼望去，此处黄河并不宽，黄水清涛自西而下，奔腾澎湃，浪高百尺，实是吓人。一九四六年陈赓大军自此抢渡黄河，挺进豫西，调动了进攻陕北的胡宗南大军，打乱了蒋介石的战略部署。我们在此渡过黄河，抚今思昔，不胜慨叹之至。可惜此处两岸无山无林，不能入画。

休息半日，自黄河下梢来一只大船，要说这只大船之大，也实在是大，能乘一营人，是我一生未见过的。风虽大，浪虽高，这只大船却稳稳当当地过去。孟津渡是一个大的场面，大船，几百人上船，几十人摆渡，黄河中波涛，若古代画家画一张画，即便是《清明上河图》的一角也甚可观。可惜我没有这样高的技巧，也就枉然了。

过河之后，也未休息，穿过豫西山地，到达华中局所在地——禹县群山之中。

在华中局稍事休息，已是寒冬，等候分配工作，分配我到湖北省委襄阳地委。一路走着，虽然寒冬，亦感到风缓气暖。过了南阳山岭上，已是松竹成林，满山野花开，高山沟壑。与华北山区大不相同，选取景物皆堪入画。无怪赵之谦笔下的花卉画得那样好。

襄阳城是一个不很大的完整的古堡，西门上有一块石头刻着"荆襄古郡"四个大字。可知古代从襄阳到荆州一代同属一郡。城西南角，有石刻"夫人城"，即在晋朝战乱中，一夫人带全城妇女，在危城处套筑一城，以便于守城，《荀灌娘》这出戏就出在此城，不过在古城历史上"夫人城"在城东北角，时日推移，时过境迁也不知此城重修过几次了。"夫人城"却移到城东南角。

隔汉江对过是樊城，襄阳县北邻新野，即三国上所说火烧新野之处。因曹军逼紧，刘备弃新野走樊城。不过在历史上，襄阳与樊城相隔并不很近，现在只有一江之隔，有小船来往过渡。两岸都用巨石筑岸，坐船在江心之中，眺望两岸城堡家室，两岸都好似一幅画图。街道皆用石板铺路，亦可看出古代人的生活风貌。为自古以来兵家必争之处，尤其是三国时代的战乱，直至抗日战争时代枣宜之战亦在这一带。城东有习家池，池西有一幢平房，当时是习家书院。池中有亭，岸上有垂柳。书院门前有"堕泪碑"，每有阴云风雨，碑上即津出水珠。原在鹿门山上，后移于此。

习家池背靠高山即岘山余脉，这是一幅好画，将来我一定把它画出来。

城南四十里有隆中，即三国时代诸葛亮躬耕之处。在一大山沟中，据说过去有很多大树，松柏成林，抗战中被日寇毁坏，只留下几座古庙，铜鼓及诸葛亮穿过的鞋底，可能是后人的伪造。

城东有岘山，山下有杜甫墓，我已于一九七八年间画成一张小画，不好，我只好再画。李白、杜甫曾畅游此地。

历史上曾有诸葛亮躬耕南阳之说，为什么襄阳又有隆中？

原来古代属襄阳郡管辖，故有此说。

襄阳地委机关，驻原蒋军第三战区司令长官康泽的公馆，里外两层大院，都是大瓦房。后来另修了一个大院，不知历史沿革，东面有一小楼，地委负责人即搬到这个小楼上。楼前有闻喜亭，传说原在鹿阳山上，不知何时移于此处。亭后有山石，山石之旁有一古杏树，年年春节之后满树繁花灿火，清晨起身，立于楼栏之旁，观看杏花，心旷神怡，直至一九八六年画出此画，两旁有坐石并为序。

翌年，成立襄阳日报社，即在地委机关原址，我为社长，又搬回原址。该年严冬，外院花树丛中，梅花盛开，这是我第一次见到梅花，每天太阳出来我即观察，甚为喜爱，因为北方无有梅花。自此三十余年的腹稿，我画出梅花，除荷花外，是我第二个突破点。

襄阳地委共八县，土地革命时代，各县都有党的领导，萧楚女同志曾在襄阳师范教书，宣传马列主义。洪山、枣阳都曾建立苏区。河口曾建立过红军游击队。我在此工作了三年，领导建立了干部学习，国民教育。进行剿匪反霸、减租减息，亲自领导了刘爷庙土改试点。土改运动中，我曾深入工作，到过枣阳、宜城、老河口等县。现在我后悔未去保康，深山之中，有高山峻岭，茂林修竹……使我丢了几张好画。

一九五二年土改完成，李先念同志点名叫我到武汉，任武汉日报（后来改为《长江日报》）社长。因我长期做农村工作，不习惯坐办公室，不习惯也得干下去。武汉是一个好地方，三十里长街，都是楼房，人们的穿着，大部分是料子衣服，款式新颖。北方人说，南方山清水秀多美人，山清水秀我都看了，美人却未见过。到了武汉，姑娘长得白皙，身材适中，长得好看，画家到了此地，不用模特就会画出美人。天气太热，晚饭之后，马路两旁尽是竹床，无论大姑娘小媳妇只穿着一件背心一件小裤衩，脚穿木板拖鞋，手摇折扇，在马路上走来走去，呱嗒呱嗒响着，我觉得这个城市太不礼貌了，却是一幅漫画。

热得无法，我与帼英到长江边上的茶摊，坐在竹椅上沏一杯茶。月光之下，江水滚滚天上来，五尺大浪从面前滚过。江风习习，凉爽宜人。隔江相望，即是蛇山。郁郁苍苍，竹树林木虽然看不清楚，却是郁郁苍苍一幅月下的山水画。因技巧的关系，我还未把它画出来。

白天有轮渡过江，江水滚滚，源远流长，祖国河山，壮丽伟大，开阔心胸，心旷神怡。攀上蛇山，山不高，但是大石突兀，松柏竹木成林，另是一种境界。有黄鹤楼，登楼隔大江远眺，龟山名不虚传，恰似一扇伟大的龟壳，这是一幅远境的画面，如能画出，另是一种情趣。

武汉有一个很大的公园，使我看到了南方的花卉，尤其是红梅，此情此景无怪唐人王勃写出好诗。李白见了王勃的诗，也写出有名的诗句。

在长江日报社坐办公室，好像在三大火炉之一的火炉上烤。从五月进入热季，一直到九月，使我对我的"乌纱帽"发生动摇，有归队之念。恰好在体检中发现有"高血压症"。夏季即到北京度假，时间是两个月，这时我想起我的这部书，找个合适的地方开始写它。老朋友傅铎把我送到西山盘云寺。一进寺门一条甬路,直通里院。管理处给我安排北屋。有伙食单位,倒很方便,就此住下来。

西山盘云寺是所古寺,周围都是数百年老松,有各种姿态。夜深人静松涛起伏,画一幅《五松图》是不难的。寺前有一条石砌小溪,山水哗哗流着,游人不多,倒很清静。南院已成干部休养所,无有通路。往西去有一座白塔,是孙中山先生的衣冠冢,西去是一片灌木林子。

小屋之中有一床一桌一椅,我把稿纸拿出来放在桌上,即在松林中徘徊,我的思想沉浸在深远的回忆里。

《红旗谱》这部书,在一九三六年,我即开始写,只写了八章就写不下去了,生活现成——我于一九二七年入团,即听到国共合作国民军北伐。中共北方局视察员常到此地。翟邵池前后做了两次前线战况的报告。一九二七年五月,组织上传达"四一二"及"马日事变",国共分裂,号召我们要拿起武器战斗了。一九三二年七月受秋收暴动的影响发生二师七六学潮,九月故乡发生高蠡暴动。因为年轻、政治经验少,技巧的不足,使我不能完成此书。

此次动笔计划写五部长篇,先列下人物表,画出锁井镇的地图,写下第一部的提纲。然后动笔,虽然几年未写小说了,现在写来却一泻如注,停不下笔来。原因是长期深入生活。一九四一年开始准备文学语言、人物、细节故事。写了短篇概括了二师学潮及高蠡暴动。一九四二年写了中篇,增加了细节描写及人物故事。几年的剧社生活,导演、写剧本,搞话剧地方化及斯坦尼斯拉夫斯基体系，解决了人物性格及典型化，也解决了长篇的结构，解决了民族气魄及民族风格问题。青年时代读外国小说多，写出小说也是洋化的，短篇《夜之交流》，连结构语言都是洋化的，我觉得解决民族化的问题，不做长期深入生活很不容易。

工作之余仔细观赏了五百罗汉堂、卧佛寺、香山公园。初秋回武汉之前我到中央文学研究所见到老友田间，表示北上之意，他同意了。回到武汉我就称病不上班了，得到了老朋友李尔重的帮助，冬季回到北京文学研究所，继续完成《烽烟图》原稿。一九五五年夏回到河北老家保定，当时我已是十一级干部、报社社长、扫盲委员会主任，已经是部委级干部。朋友们叫我考虑这个问题。但是我已进入文学生活，也就不愿做党政工作了。开始写《红旗谱》第一部，创作的激情，使我停不下笔来，每日完成四千到五千字，甚至六七千字，有时达到九千字。经常忘了吃饭，忘了家庭生活，四年写了三部原稿。

一九五六年冬，血压高，开始失眠，一九五七年搁笔全休治疗。秋季入北京中苏医院，医生确诊为神经衰弱综合征，痛苦使我后悔万般，我宁自不写这一百多万字，也不愿得这场病。几年之中住遍北京几个大医院，也饱游北京，几个公园的花卉一饱眼福。北海与后海的荷花，与白洋淀的荷花真有异境同工之妙。我再一次看到《小荷出水》的境界。战争中看花与病中看花不同，反复看、仔细看，不同于走马看花，牡丹是我最喜爱的，很难画出花瓣的层次。有的女孩子和男孩子们坐在花旁仔细描绘。畅游琉璃厂各画店，各种画展，故宫博物院及绘画馆,养病之游,使我回到二十五年前的艺术生活。

几年的休息和治疗是有成效的,一九六〇年夏天,从二五九医院出院,脑系神经科刘主任对我说:"买部帖写写字吧!画画,休息脑筋,恢复健康。"我听了大夫的话。

出院后,与老友亢之、方纪结为翰墨之缘,当时亢之得动脉粥样硬化、失眠症,方纪也得失眠症,都在休养。三人同游于荣宝斋、天祥二楼书画店、古籍门市部,买书,字画有好的也买一张。

有时到北京住一阵子,除治病外,则游于东单市场和平画店,经理许麟芦同志热情相待,买了一张齐白石的花蝶长轴。以不大的价钱买澄泥砚一方、白寿山石章三枚、小田黄章三枚。适上海金石家邓散木来京,以许经理的介绍,无代价刻大章三枚、小章三枚,名人刀笔出手不凡,天物也。今邓老谢世,在天之灵当看我笔下功夫了。

游琉璃厂宝古斋,得伊秉寿横幅隶书大字"藏之名山"并有行书长跋。有"人镜灵"收藏印,才索价二十五元。面子实在不小,亦不可多得之物。

在庆云堂购碑帖四部,李北海《云麾碑》《麓山寺碑》,欧阳询《九成宫碑》皆明拓本,唯欧阳通《道因碑》有争议。一说系宋拓本,一说是明拓本,唯其中一字之差——明拓本"此"字有漫漶,宋拓本无漫漶。买了一些旧墨。

在荣宝斋则无所得。

每至京华必到故宫绘画馆。在那里可以看到唐、宋、元、明、清历代书画精华,唯唐宋精品年代久远,读书少,对古代社会文化知道不多，难于理解。元代艺术则有所理解，明、清后的艺术就可以理解了。开始接受吴昌硕、齐白石的艺术。

中国画以字入画。我是先从写字入手的，但我没有经验，传说梁启超曾云："临书五通，则可通慧。"于是开始学《云摩碑》《张千碑》，吴昌硕行书，岳武穆《前后出师表》，其中唯吴昌硕行书，《前后出师表》有所得。后来临过《九成宫》《华山碑》等，直到一九六五年，一明眼老人说我写的汉碑精神面貌不错。

画画我想学恽南田，以淡墨为画，不用焦墨和浓墨。首先突破荷花，因为我观察荷花太多了，画了一阵子，画得像个样子，第一张送给老朋友路一，这只是一般的。几十年前在白洋淀反"扫荡"，在苇塘边那夜的黎明境界，画了多少遍才画出《雨雾蒙蒙》，又画了一阵子，又画出一张《雨雾蒙蒙》才像个样子。挂在墙上，北京宝古斋一老人住津收买字画。他坐在沙发上，长时间注视，询问这张画。我说："是我画的。"他哈哈大笑说："我以为是一张古画呢。"

我又用淡墨画了《丰年雨露》。

我还忘不了几十年前在采蒲台村边，淀中那两片小荷叶，经过长期腹稿，我用中楷羊毫含足了水，在一边沾点焦墨，从右往左歪着笔画了两个圆圈，然后用淡墨铺上荷叶，勾上叶筋，再用足水墨侧锋画出荷梗，就是两片初出水面的荷叶，两片小荷叶卷着边，荷梗显出充沛的力量，初题《雁鸣起清音》，再题《荷出于泥》。这幅画曾送给我的老大夫"棒槌董"，他镶在镜框中，挂在墙上。病号们都说："这幅画画得奇！"

从此我觉得技巧只有从创作实践中得来，这问题与文学创作有相同之处，否则不能建立自己艺术上的风格及个性。

"文革"后，周扬、苏灵扬同志来天津。晚间在客厅休息时，我把这张画拿出，铺在地毯上。周扬同志左看右看，笑了说："好，不多见！"

休息了一会儿，说了一会儿话，他问："这画是叫我看看？还是想送给我呀？"他的秘书说："我给你要过来？"周扬同志哈哈大笑。

后来我又画了白洋淀的水雾中的荷花，题《丰年雨露》。

画中国画与西洋画不同，要在宣纸上画，用笔、水、纸、墨托出形象质感、内涵与精神面貌。一笔下去不容反手，画小荷叶只有用旧纸，新纸是画不成的。

我体会画画与文学创作一样，临摹前人容易，仿前人容易，跳出前人，另立风格，有自己的艺术个性，却是不容易的。以上三张荷花并不见于前人，自古以来，无人这样画过。但我还不满足，因为还未定型，也许不能定型，因为画画时时在前进中。

我很信服齐白石的画语录："作画之妙，在于似与不似之间，太似为媚俗，不似为欺世。"这和文学创作一样，你把社会生活原样搬进小说，升华从何而来！你不按社会生活规律，胡编滥造，美从何而来。你能概括生活、时代面貌吗？在似与不似之间，可就难了。有夸大，也有缩小，还有想象与幻想。这个必须依靠激情，灵机一动，概括精神面貌，空灵而美化，这就是升华。在我画这三张荷花时，有这个感觉，在我写朱老忠与李霜泗时有这个感觉，在我写《播火记》第一卷时，也有这个感觉，没有李霜泗、芝儿、芸儿娘这三个人物不行。这三个人物也算有模特儿，也算没有模特儿，有夸大，有缩小，也有想象和幻想，即所谓升华。

历史上的空城计，到底有没有？古代的诸葛亮实有其人，大政治家、大军事家，会摆空城计？虽然有人举出古代军事家的几个例子，我还是有所怀疑，剧作家一面洞悉古代社会生活规律、军事规律及诸葛亮和司马懿两个人的性格相对，加以夸大、缩小、想象、幻想与概括，把《空城计》升华了。观众相信空城计有此一事，是真实的，有诸葛亮此人。伟大的剧作家写出《空城计》真是美妙无穷，把诸葛亮塑造成伟大的军事家。

美术大师齐白石从美术上总结了四句画语录，也适用于文学艺术，使艺术家捕捉社会生活中的美。

荷花入门了，但是还不能说好，我即开始突破梅花，但我观察的梅花不多，突破梅花用的工夫不少、画的圆圈不少，但是还不好。我不能不翻阅《芥子园画谱》《十竹斋画谱》，还是一般。有一次我在故宫绘画馆看到金冬心的梅花，观看良久，朵朵梅花正、反、侧、仰、卧，多样多姿。我又找了几种资料，感到金冬心的作品的朴素、简洁，但概括性很强，很少用浓墨和焦墨。金冬心的风格是我所赏识的，我认为他画的梅花是超越古人的，独树一帜。所以我折转来，意追金冬心。

我还开始画芭蕉、芍药等。历史上作家兼画家，没有两全其美的，从苏东坡一直到现代的林琴南，甚至于当代作家管桦同志等，我也是同样。书画之缘，帮助我恢复了一部分健康，至一九六二年我即能执笔写文章了，但不能持久。我即开始修改《播火记》，有时带着画意写文章，一边写着不知不觉又想起画稿和字形。写得累了，放下笔，喝杯茶，执笔匆匆，写下几条大字，或画下张小画，以抒胸臆。

一九六三年暑期赴北戴河，为《播火记》定稿，写了七千字的序言，年底出书。

出书之后即构思《邻家》，在《天津日报》上发表了三章，得到好评，因此书准备不足，中途辍笔。

一九六四年，文艺界显出"文化大革命"的苗头，我只是写我的字，画我的画，也想不了许多。

一九六五年，开始修改《烽烟图》。一天，方纪同志来我家，说："昨天晚上我到机场，去接伯达，他下机之后，也未握手，径自去了。"他为什么说这话呢，因为我曾与亢之、方纪一同招待过他，请他写过字，而且写过一幅与众不同的字。

第二天晚上，他来我家小坐，喝了杯茶，我请他写字，他写了张字，郑重其事地说："以后不干这个了吧！"不像以往来时，又说又笑，翻阅碑帖字画。

他走了之后，我在屋里走来走去，仔细沉思态度有变化其中必有缘故。不久即开始批判《兵临城下》。过了一时即开始批判"三家村"，"文化大革命"开始了。我才明白，陈伯达到上海是与江青等人开部队文艺座谈会。后来发了"纪要"，其中谈到路线问题。

在我的心上并没有当成一回事，因为毛主席还在世，再者党中央有大整风的反面经验。逼、供、信已经批判过了。我没有想到，我自一九六六年八月二十日住进牛棚，直到一九七六年五月才得到解放。整整十年。

一九七一年，陈伯达的问题发生。被软禁，联系到河北省负责人及群组织，工宣队也放弃管理。自一九七二年我即开始考虑《翻身记事》这部书，画了地图，写了人物表及简略的提纲。自此我即开始偷偷地写作。

在唐庄过了几年好日子，卖香油的、卖芝麻的、卖鸡蛋的，大车的西瓜赶进院里，百里外的深州蜜桃，骑着自行车驮来。人们支上小砂锅，吃香油炸鸡蛋，炸馒头片，所以这部书写得很顺利，语言、人物别有风趣。

一九七三年冬，转到汉沽农场，也很方便，与农场一个伙食单位，还可以下饭馆。清晨起来或晚饭之后，到桃园、梨园、葡萄园中散步，观看自春到秋，桃、梨、葡萄的生长变化，文章写作进展也很快，就是不能写字画画，手心发痒，但可以请假回天津治病，借机写几天字，画几天画，留下的很少，只有一幅隶书《李白赠孟浩然诗》，并有行书题跋。

一九七四年，血压突然高起来，直到三百毫米汞柱。送我回家治疗休养，其实回到家里心里一舒畅也就好了。我一边写书一边书画倒很自在，一九七六年唐山地震，和平区受到八级地震，我在马路上的地震棚中，亦未停止我的工作。一九七六年五月我被宣布解放，下半年"四人帮"灭亡，一九七七年《翻身记事》出书。我这几部书中的问题在新华社的帮助下，也在中央政治局翻了案。

顺手又修改了《红旗谱》《播火记》，因受"文革"的影响，修改得不好，结集时未用，用了第三个版本。《播火记》修改得好，北京一个老朋友来信说："修改后的版本，可与《红旗谱》媲美。"我想重新构思丢失了的《烽烟图》，写了一些短文——散文和回忆录。

这时又感到头脑不好，有时头痛，我只好写字作画，直到一九七九年四月，已经丢失了十二年的《烽烟图》原稿，在保定找到了下半部，在山东找到了上半部。开始修改时已感到体力不佳，我已经是六十五岁的人了。文字上的功夫我懒于动笔，夏天热我在楼下写字画画，冬天冷我在楼上改稿子，我想求助于出版社，来个人帮帮忙，亦无可奈何。这部书修改不够成熟，只好交稿，写字画画倒也安闲。

一九八一年开始撰写《一个小说家的自述》，描述我的一生。

直到一九八三年在唐文斌教授帮助下，把能够找到的，从一九三三年以来写的短文结集为《笔耕余录》。抗日时期的东西，五个剧本、几个短篇、一个中篇，用麦秆纸油印，人们为了保存经常埋在地下不能持久，一无所获。

与辛一夫、冯骥才开了一个三作家书画展，参展五十幅主要是梅花和荷花，还画了《山中白云》《杏花芭蕉》，还有《秋柳蝉鸣》是画"四人帮"灭亡的，艺术界给予好评："以为梁斌同志画两笔呀！这不是画得很好了吗？"当然这是对我的鼓励。

著名画家孙其峰同志说："无法中有法。"这个我明白。我未上过专科大学，没有师承传授。我把文学创作上的规律，用于绘画，法从何来？但我开始完成我的创作个性。开始了我的艺术风格，我有我法了。

也有人说："有点生味。"我也明白，一方面功夫不到，一方面技巧不同，也就有点生味了。

也有人说："这点生味，你可别把它丢了！"我也明白他们把这点生味，当作我的风格。

其实二十年来我写了一些东西，用在书画上的工夫，实在不够。如果我不写文章，把时间都用在书画上，也就会不同了。

写自传体也就不同了，在《新文学史料》连载。季刊，也不那么忙了。

以老同志李彦吾为首，几位老同志成立了爱晚书画社，有时谈谈艺术上的问题，有时到工厂参观，也写字作画，生活甚为和谐，写字画画也多了。有时我重复地画一个题材，熟能生巧，也有所发展。我开始设色画一些家乡风物，《井台上花架下，乃吾儿时旧游之地》。我父亲每年把井台周围种上些丝瓜、扁豆、牵牛花。一到夏秋之交，丝瓜花黄，扁豆花紫，牵牛花粉红。一架繁花，我常到园里摘取茄子、北瓜，坐在井台上，仰望花架，这是农家生活的乐趣，像这样的境界，画上两遍也就成了。

有时也想入非非！自古以来，无人画雨点。有人画雨，也只画成之后，斜笔抹上道儿白色，却不像雨，因为雨点自天而下是圆的，落地有声。我想起老友千里的一首小诗："昨夜梦中一阵雨，大雨？小雨？"

我想像白洋淀的雾露黎明，下面画上几片荷叶，用淡墨铺满黎夜色，半干还混、用淡墨点苔，有深有浅，雨就下起来。就有一点难处，"大珠小珠落玉盘"不能画出，因为在荷叶上点苔，不能滚动，这是不易之处。

爱晚书画社同仁打算开一个展览会，我展出十五幅，其中即有《井台上花架下，乃吾儿时旧游之地》《昨夜梦中一阵雨，大雨小雨》。

观众说我的画进步了，当然也是多用了一些功夫。其中《昨夜梦中一阵雨，大雨小雨》受到人们的注目。艺林阁的朋友们把它挂了出去，被一个美国人拿了去。点苔式雨点自古以来无人画过，也是我在艺术上的一点点创造。《天津日报》的一位老同志，为这幅画写了一篇文章。

独创固然好，但也有缺点，故步自封，进步很慢，自此我开始大量翻阅资料，但是还要保持我的艺术个性与风格。

只写回忆录，我就有时间画画了，而且开始用我存了多年的旧纸，画大画。但是旧纸市老朋友们不叫我卖画，不能扩散，人们不知道我会画画。

一九八六年夏季，感到心区不舒，公安医院吴主任来了，检查了下，说："照个大片！"第二天我就照了，照了片我在楼下等着，等了一会儿他从楼上下来，说："肺部有阴影，心脏有问题，快去总医院。"但我不相信，我还以为是肺感染。

吴大夫说了这个话，匆匆去北京探母病去了，我耽误了几天，夜间突然病发。第二天政协同志带总医院、胸科医院几位大夫来会诊，一致的意见："从速住院。"

我住在总医院观察室，抢救了三次，算是稳定了，住了半年医院。我想已是七十五岁的人了，长篇回忆录已写到"文化大革命"，要写还有很多可写的，我下决心停笔，托张全池同志把他编的《集外集》和《一个小说家的自述》送给北京中国青年出版社王维玲同志。

经总医院的几位大夫细心治疗，出了医院浑身轻松，比过去的健康状况更好了。我也会想到已是七十六岁的人了，生命总有终止。文选已出版，在一生的文学事业上，算是做了总结。在美术事业上，虽然成就不多，也要做个小结。于是我就开始画画，把我存了多年的上上玉版宣也拿出来，到了该用的时候了。

我有时一天画一张，有时画两张、三张，精神异常充沛，六尺大画一天完成。

大年正月初三，我想今天是初三，来客会少了。我要画一张大画。清晨一起，我就擦了画案，铺上毡子，展开一张六尺玉版宣，吃了早饭，我就开始画，要画一张杏花芭蕉。

画着来了两个客人，画着又来了一个客人……来了满屋子人，我只说了一声"喝茶！"我不能放下笔和他们谈一会子过年的吉利话。我只好憋住这口气画下去。我怕破坏了我的腹稿、激情和感情。可是有的客人说一声："我们拜年来了！"就走了。这张画一直画到晚饭以后，才画完顶上的杏花，别日画画觉到心上轻松，今天却感到身上累得慌。

画着我又想起我十五岁上画的《秋风红叶》，我下笔就把它画出来。已经过了五十年的事情，埋在心中，艺术感人之心竟如此！

一直画了几个月的画，画着我想起十几年来，我常到老朋友杨循同志家去。他家有一棵石榴树，栽在篾筐中。夏初去了，坐在椅子上喝茶，看着窗外的满树红花。秋天去了，看到满树石榴。于是我画了《五月榴花红似火》《秋实累累》两张画。

还画了襄阳地委大院中的几百年杏花，繁花满树。

画了白洋淀中采蒲台村边淀中的高秆荷花。

此外就是已画过的《春夜雨潇潇》《昨夜梦中一阵雨，大雨小雨》。

我曾画过《蕉夜图》，一片大蕉叶，挺拔而有力，后来又画两片大蕉叶，一个粗大的叶梗。这张画算是完成了。一直到现在，还觉有不足之处。又用淡墨铺上夜暗，抹上云影，然后用淡墨点苔，论理说这张画算是完成了，但是心血来潮，又用白色点苔，题："昨晚有风昨夜有雨，今晨开门一看，雨雪霏霏。"此画完成，心情异常兴奋，古人无之，我今画出，也算是艺术上的一点创造吧！

幼时对门有一女友，沾点表亲，常在一起玩耍。后来上了高小，我去找她，表婶说："六儿呀！大啦，不能常在一块儿玩。"自此，我不去她家，但是思绪满怀，毕业之后，常到她家门前站立。希望见她一面。有时她在门里走过去，又走过来，是为了看我一眼，等到她家托了媒人来，母亲问我："咱家寻了她吧。"我年幼还知羞，不肯说出话来，我以为是答应了，母亲认为我是不同意。亲事未成，成了我终生的内疚，我对不起她，直到现在，我还时时在想她。我画了她家的门楼，

545

矮墙。矮墙之内，画一棵桃树，满树桃花，直扑门前，画成，挂在墙上注视良久，戏题旧句："去年今日此门中，人面桃花相映红，人面不知何处去，桃花依旧笑春风。"

自此，我想到：为了画画而画画，是画家画，带着感情画画是文人画。因一面画着想起白石老人在日寇占领北京时，画了一张画，一只公鸡、一只母鸡、两只小鸡。母鸡奓起毛，看着小鸡。四只鸡都瞪直眼睛，呆呆怔着，题："难得清平早有期，雌雄母子不相离。"透露了老人的爱国主义思想。

画了一张大画题《千年难忘的白洋淀》，还画一张大红梅，题《红梅送春图》，算是对几十年来画梅画荷的总结。

还画了一张荔枝，影影绰绰，很像齐白石，我不想挂出去。有的老朋友说："就是这张好，挂出去吧。"

画展定于九月十五日，开幕那天京津老友、画家数百人，可谓集一时之胜，画展也惊动了天津的人民："知道他是作家，不知道他是画家。"几天之中，总不断有人来看。

画展之后，李瑞环同志来天津，我把画册送给他。回京之后，他对黄胄说："叫梁斌来北京，你俩合开一个画展。"黄胄来信，把瑞环同志的话说了，也说："我弟兄二人同族同姓，皆到衰年，一块开个画展，跟广大人民见个面，亦人生一大乐事！"经过商量，定名："梁庄二梁画展。"于五月上旬举行。

画展光是旧的，我还不满足，于是稍事休息又画了十五幅画，都是熟悉的题材。

画了一张大画，一棵竹子背衬红梅，题："红梅多结子，绿竹又生孙。"这是少年时为乡亲们写的年联。

又用焦墨画了《太行途中小景》。整风时在阜平大山中的史家寨住了一年，演了半年戏是我今生难忘的。我画出了村貌：山水、林木、家屋。题："反照散成绮，姥家住栖霞。我来溪涧路，不复见桃花。"还用焦墨画出，几十里白洋淀面上的渔民操作，我为什么用焦墨，因为人们多用水墨画山水，焦墨为画，也算是个生色。

感到目前党内生活有不正之风，画了一盘荔枝。题了一首小诗："人言贵妃嗜荔枝，累死江南驿马人。姊妹弟兄攀富贵，马嵬坡前化烟尘。"一荣俱荣，应深思之！

几年前读报，见有深州蜜桃的厄运，秋日桃熟，县社干部俱来吃桃，吃了还拿着。桃农生气，把桃树刨掉不少。我心中甚为感动，画一桃枝、几个蜜桃，题了一首小诗："天下蜜桃说深州，桃农心中有苦愁。县社干部来尝鲜，吃不完得兜着走！"此亦与干部钓鱼同义也，经过八年战争，当思农民的支持，十年过来，不易也，没有农民，不能打败日寇，不能打败八百万蒋军。

此幅系旧作，本不想挂出，因画的这几个桃，甚似白石老人所画，桃梨乃家乡土产，年年所见，也无关系。最后，还是这一句话，不能忘记石涛的一句画语录："搜尽奇峰打草稿。"无论画家也好，作家也好，不会画出或写出没有见过的、没有听到说过的东西。

我们哥俩今天挂出这些画，不过是老莱子七十娱亲，与家乡父老同乐。在今天的医学科学发达的情况下，也许我能活到九十岁，或者可能于艺术上有所成就。

一九九○年三月一日于津门

我和画

余少时酷好书画,七岁写大仿,十二岁考入县立高小,乃有图画课,开始临摹铅笔画,画静物及景物。两个学期,图画进入成绩室,大仿批"甲"。最有兴趣的是临马徐维邦的风景画,直到现在,才明白他是学石涛的。

二年级开始学水彩画,多是临摹风景画,三年级画出《秋风红叶》。此画是用整张的图画纸画成,半是临摹,用马徐维邦的笔法。老师刘舒风看了,哈哈大笑,说:"我们出了画家!"

乡村师范的老师张微星见了,把此画拿回去,挂在课堂的对过。自此,我的画在蠡县的最高学府出了名。

因母病,家居一年,服侍汤药。偶尔在四哥的书橱里,发现一本中国画谱,乃开始临摹,父亲见了,笑着说:"你画一小本!"

十七岁考入保定第二师范,书法老师是保定名书画家姚萼,以画松鹰出名,每上习字课,同学们拿出宣纸,请他画画。老先生也不戴上老花眼镜,就着讲台画画,人们围着讲台看,我也来看。

图画老师王朝仁,是画油画的,课时少。他无法给我们讲理论课,有个很好的图画教室,坐北朝南,挂着幕布,便于采光。每人一个画架,学画石膏像。

此时我已开始读书,文学与社会科学。组织生活异常严密，工作亦很紧张。思想转移，素描画无所进益。

一九三一年，发生九一八事变，日本驻屯军在东北点起战火，好像一块大石头，投进中国这个古潭里，溅起了波涛。同学们大呼："不救国，毋宁死！"于是列队游行，纷纷到工厂、农村、学校，宣传鼓动，掀起救亡运动，自此就与书画绝缘了。我只是写文章，也做地方工作。枪林弹雨。

一九五七年，因劳致疾，得了神经衰弱、高血压症、失眠，几年中住遍了京津各医院。一九六〇年从二五九医院出院，带病延年。神经科主任说："写大字吧，画画，休息脑筋。"

出院后，与亢之、方纪二同志结为病友，三个人的病情相仿佛。每天逛古籍门市部，看碑帖，逛画店，看书画。有时也到北京住几天，逛和平画店、荣宝斋、庆云堂、宝古斋，看字画，买碑帖、石头、笔砚。

每到北京，必到故宫绘画馆、展览馆，浏览古今各家书画。书底浅，对唐宋书画，很少理解，明清以来的东西，能有所理会。开始接受吴昌硕、齐白石的艺术，喜欢扬州画派。

在几十年中，工作之余，临摹碑帖书画，有时也三天打鱼，两天晒网。明至余年，也不想当书画家了，消遣而已。

书法临过欧阳询《九成宫》，《张迁碑》，岳武穆《前后出师表》，吴昌硕、伊东绶的行书，《云峰山》，《礼器碑》。兴之所至，喜欢什么，就写点什么，直至现在，我写的字是四不像。

画，我没有真正临摹过谁，画到哪里算哪里。我很赞赏齐白石的题记："不似为欺世，太似则媚俗。"我认为这里有"升华"的意思。画画要画出意境，我曾七至白洋淀，每天清晨必至淀边，观看荷花，雾中之荷，扑朔迷离，雨中之荷，潇潇有声。后来我又把这个意境移至芭蕉，有时也想有所创造，画了《雨雾蒙蒙》。

南下时，曾串过竹林，但很难画出意境。在武汉工作了几年，见到过梅花，实际上我画的梅花，是意追金农。抗日期间，曾几至太行山，而且长期居住。南下时，一过武胜关，便满山野花开。在碧云寺写文章时，松柏成林，夜有涛声。我画不出来，功夫不到，也没有这个时间。我觉得画画与写文章有相通之处，一是技巧，二是阅历，写家乡景物还是容易，易于概括。

写字也好，画画也好，我有个认识："你画你的，我画我的，我画得不好，还是我家笔墨。"这和写文章是一样，写不出自己的风格，也就没有意思了。

几年前，出了我的文集，把我一生的文学创作做了一个总结。今生算是做了一点事，不枉在世上走了一遭。

老朋友们建议，我开一个画展，出一本画选，也算是人生轨迹的一点记录。今年是我参加革命工作六十周年纪念。

革命生涯注定，我不能成为画家。已经是七十五岁的人了，在我有生之年，还是笔耕不辍，继续学习，以期有所进益。

一九八九年

《梁斌散文全集》编后记

刘卫东[①]

谈到梁斌的创作,读者一般都会想到《红旗谱》三部曲。郭沫若咏之曰"红旗高举乾坤赤,生面别开宇宙新",茅盾赞之为"里程碑的作品"。《红旗谱》兼具人民性、文学性和时代性,享誉文坛,已是经典。除此之外,梁斌还创作了大量其他体裁的作品,包括戏剧、诗歌、散文等,都有鲜明风格。

在梁斌的创作中,散文的分量是很重的。20世纪30年代中期,梁斌参加母校保定第二师范的革命运动,上了"共产主义思想嫌疑犯"名单。失学后,他跑到北平,参加了"左联",开始撰写文章,不断发表在京津报刊。这是他散文的起步。其中,《从蜂群说到中国社会》《"救灾"与"做灾"》等,

---

[①] 刘卫东,现为天津师范大学文学院教授、博士生导师。天津市宣传文化"五个一批"人才。天津梁斌研究会副会长、天津写作学会副会长、中国当代文学研究会理事。

抨击了当时的社会的黑暗，显示出青年梁斌的战斗勇气。20世纪50年代后期，《红旗谱》在文坛一炮打响，梁斌应约写了不少创作谈，对创作过程做了深情回顾。《漫谈〈红旗谱〉的创作》中有经验、有理论，态度诚恳，是可以作为写小说的教科书的。到了新时期，梁斌散文创作的题材更为丰富，专题与杂感并举，笔触不拘一格，气象万千。

此前，梁斌有多部散文集行世。1984年的《笔耕余录》、1994年的《集外集》，都是在中国青年出版社出的。2005年的《梁斌文集》（人民文学出版社）和2014年的《梁斌全集》（百花文艺出版社）中，收录了当时所见的梁斌散文。

但是，我在研究梁斌的过程中，发现《梁斌全集》外，还有佚文。与博士生刘超一起查找后，发现了近20余篇，不少是散文。

于是，编一部梁斌散文全集的想法，油然而生了。现在的这部《梁斌散文全集》，包括了此前梁斌文集、全集中的散文，还有一个可观之处，就是新增了近年发现的佚作。按照大散文的概念，《梁斌散文全集》包括梁斌创作的抒情散文、游记、序跋、创作谈等。依题材，共分了七辑。

《梁斌散文全集》的面世，从题材角度，将为读者展示梁斌创作的另一个空间。"散文家梁斌"的形象，由此得到强调、深描。梁斌不仅是小说家、书法家、国画家，还创作了大量的散文，是一位需要重视的散文家。此外，新发现的20世纪30年代梁斌的散文（包括小说、诗歌），将让"早期梁斌"受到更多关注。他的早期作品颇具规模，此前曾被《红旗谱》的光环遮蔽，但现在看来，是需要深入研究的。

在《梁斌散文全集》编定过程中，天津梁斌研究会宋安娜会长、梁斌家属散襄军先生给与了指导和帮助，致谢。也再次感谢刘超博士。

献给梁斌诞辰110周年。纪念的最好方式之一，就是阅读梁斌留下的文字。

2023年12月6日于天津

图书在版编目（CIP）数据

梁斌散文全集 / 梁斌著 . -- 北京 : 中国青年出版社 , 2024.4
ISBN 978-7-5153-7239-6

Ⅰ . ①梁… Ⅱ . ①梁… Ⅲ . ①散文集－中国－当代Ⅳ . ① I267

中国国家版本馆 CIP 数据核字（2024）第 045484 号

责任编辑：叶施水　夏　青
书籍设计：瞿中华

出版发行：	中国青年出版社
社　　址：	北京市东城区东四十二条 21 号
网　　址：	www.cyp.com.cn
电子邮箱：	jdzz@cypg.cn
编辑中心：	010-57350406
营销中心：	010-57350370
经　　销：	新华书店
印　　刷：	山东新华印务有限公司
规　　格：	850 mm × 1168 mm　1/32
印　　张：	17.75
插　　页：	1
字　　数：	370 千字
版　　次：	2024 年 4 月北京第 1 版
印　　次：	2024 年 4 月山东第 1 次印刷
定　　价：	58.00 元

如有印装质量问题，请凭购书发票与质检部联系调换
联系电话：010-57350337